K. C. Atkin

New York Bastards – In deiner Erinnerung

Die Autorin

K.C. Atkin lebt in Osnabrück, wo sie Psychologie studiert. Bevor sie die LYX-Storyboard-Jury mit ihrem Debütroman von ihrem Talent als Autorin überzeugen konnte, schrieb sie vor allem für sich selbst. Mit der Veröffentlichung bei ihrem Lieblingsverlag geht für die Autorin ein lang gehegter Traum in Erfüllung. Weitere Informationen unter: www.facebook.com/k. c.atkinauthor

K. C. ATKIN

New York Bastards

In deiner Erinnerung

Roman

Vollständige ePub-to-Print-Ausgabe des in der Bastei Lübbe AG
erschienenen eBooks »New York Bastards – In deiner Erinnerung« von
K. C. Atkin

LYX.digital in der Bastei Lübbe AG

Originalausgabe
Copyright © 2018 Bastei Lübbe AG, Köln
Textredaktion: Lisa Kuppler
Umschlaggestaltung: © Guter Punkt, München | www.guter-punkt.de
unter Verwendung von Motiven von ©Art-Of-Photo/thinkstock und ©
MBPROJEKT_Maciej_Bledowski/iStock
Satz: 3w+p GmbH, Rimpar
Druck: Books on Demand GmbH, Norderstedt

ISBN 978-3-7363-0801-5

www.lyx-verlag.de
www.luebbe.de
www.lesejury.de

Für Lea, Annalena und Lauren

Als Geschwister sind wir nicht immer einer Meinung,
aber ich weiß genau, dass ich immer auf euch zählen kann.
Ganz besonders dann, wenn es hart auf hart kommt.
Vielen Dank für alles.

Allen Veränderungen, selbst jenen, die wir ersehnt haben, haftet etwas Melancholisches an; denn wir lassen einen Teil von uns selbst zurück; wir müssen in einem Leben sterben, ehe wir ein anderes beginnen können.

Anatole France

Prolog

Was war ein Menschenleben wert?

Der Mann im nachtblauen Jackett hatte sich diese Frage schon als kleiner Junge gestellt, als er von der Welt nicht viel mehr gekannt hatte als Hass und Zurückweisung. Jetzt, Jahre später, während er dabei zusah, wie der Sarg in einem Loch in der Erde verschwand, stellte er sich diese Frage erneut.

Was war ein Menschenleben wirklich wert?

Natürlich wusste er, was die gesellschaftlich akzeptierte Antwort auf diese Frage war: Ein Menschenleben war unbezahlbar.

Doch die Zahlen sprachen eine ganz andere Sprache.

Ein alleinstehender, arbeitsloser Mann Mitte vierzig, der den Staat unentwegt Geld kostete, war weniger wert als eine arbeitende Mutter mit zwei Kindern, die nicht nur zum Bruttosozialprodukt beitrug, sondern durch ihre Reproduktion auch die Zukunft des Landes sicherte. Ein CEO, der Millionen von Dollar an Steuern zahlte, war mehr wert als ein Krankenpfleger, der gerade mal so über die Runden kam. Ein hochbegabtes Kind, das schon früh Veranlagungen für spätere große Erfolge in Politik, Wirtschaft oder Kunst zeigte, war mehr wert als ein durchschnittlich begabter Erwachsener, der in der Masse seiner Mitstreiter unterging.

Menschen waren wie Gegenstände. Man benutzte sie und warf sie weg, wenn sie ihren Zweck nicht mehr erfüllten. Das

7

hatte er in dem Moment gelernt, als sein Vater ihn vor die Tür setzte, weil er sich geweigert hatte, noch ein Kind aus dem Kinderheim zu sich nach Hause zu locken. Er hatte ihre Schreie nicht ertragen und hatte rebelliert. Und dafür war er auf der Straße gelandet.

Aussortiert. Wie ein wertloses Stück Müll.

Damals war er zwölf Jahre alt gewesen.

Die Zahlen sagten, dass Menschen unterschiedlich viel wert waren. Ganz wie unterschiedliche Rohstoffe. Niemand wollte Silber, wenn er Platin haben konnte.

Und doch wollten sie alle mehr sein. Sie rühmten sich ihrer Individualität, waren so stolz auf die eine kleine Sache, die sie aus der grauen Masse in den goldenen Olymp der Einzigartigkeit erhob. Die aus ihnen mehr machte, als sie in Wirklichkeit waren.

Doch der Mann im nachtblauen Jackett war nur selten in seinem Leben wirklich einzigartigen Menschen begegnet. Er war ein Junge gewesen, der sich von Straßenabfällen ernähren musste, als es zum ersten Mal geschah. Mit großen Augen hatte er zu dem Mann mit den goldenen Ringen und den braunen Lederschuhen aufgesehen, der ihn dabei erwischt hatte, als er versuchte, ihm seine teure Taschenuhr zu stehlen.

Und diesen Mann trug er heute zu Grabe.

Der Mann im nachtblauen Jackett schlang einen Arm um seine Frau, die leise weinend neben ihm stand. Gemeinsam traten sie vor das tiefe Loch in der Erde. Sie warf eine weiße Rose hinein, die geräuschlos auf dem Sarg aus dunklem Kirschholz landete. Sie verbarg ihr Gesicht an seiner Schulter, ihre Tränen sickerten durch das nachtblaue Jackett und benetzten sein Hemd.

Er konnte es immer noch nicht glauben, dass einer der bemerkenswertesten Männer, denen er jemals begegnet war, so sein Ende gefunden haben sollte.

Der Mann griff nach der kleinen Schaufel und warf etwas Erde auf den Sarg. Sie verteilte sich auf dem kunstvollen Familienwappen, das den Deckel zierte.

Der Lorbeerkranz mit der Krone und den gekreuzten Schwertern hatte ihm sofort Ehrfurcht eingeflößt, als er das Wappen vor vielen Jahren zum ersten Mal gesehen hatte. Heute spürte er bei dem Anblick immer noch einen tief empfundenen Respekt.

Er legte den Arm fester um seine Frau, während er in das Erdloch starrte. Immer mehr Menschen traten vor, um Blumen und Erde in das Grab zu werfen. Das Familienwappen verschwand unter den Blütenblättern und dem sandigen Dreck.

Sie alle begruben heute mehr als ihren geliebten Don. Sie begruben auch die Familie. Die Traditionen. Den Stolz. Und vor allem die Ehre.

Mit dem Tod des Don, der die Familie über dreißig Jahre geleitet hatte, brach die Familie in sich zusammen. Er hinterließ eine Lücke, die mit einem unreifen Nachfolger gefüllt werden musste, der keine Ahnung hatte, wie man eine solche Familie anführte. Und der eine Familie vorfand, die durch die Schande des Dons und die Eitelkeit ihrer Mitglieder in Trümmern lag.

Aber der Mann im nachtblauen Jackett würde nicht zulassen, dass die Familie unterging. Er würde ihr zu ihrer alten Größe zurückverhelfen. Er würde sie erstarken lassen. Und dann würde er ihre Gegner vernichten.

Alle, die daran schuld waren, dass er heute an diesem Grab stehen musste. Alle, die dafür gesorgt hatten, dass der Don lieber sein eigenes Leben beendet hatte, anstatt auch nur einen Tag weiter mit seiner Schande zu leben.

Dem Mann im nachtblauen Jackett war es gleichgültig, was er dafür tun musste oder wie viele Jahrzehnte es ihn kosten mochte: Er würde an sein Ziel kommen. Und als die letzten Blumen in das Grab geworfen worden waren und die Trauergäste sich schweigend entfernten, war ihm klar, was er zu tun hatte.

Er würde dafür in die Hölle hinabsteigen müssen, in den tiefsten und dreckigsten Teil, zu dem er niemals hatte zurückkehren wollen. Zurück zu den Albträumen, die ihn noch heute verfolgten. Zurück zu den grauenhaften Praktiken, die er von Kindesbeinen an hatte lernen müssen.

Der Mensch war ein Gegenstand. Ein Mittel zum Zweck. Und der Mann im nachtblauen Jackett war geübt darin, das Beste aus dieser Tatsache zu machen.

Wenn er manchmal nur die B-Ware bekam, weil der Markt gerade nichts anderes zu bieten hatte, zerlegte er sie eben in Einzelteile und schlug daraus den meisten Profit. Wie beim Ausschlachten eines Wagens, der einen Totalschaden hatte. Man verkaufte die Einzelteile, weil der Wagen an sich wertlos war.

Er gab sich niemals dem Schicksal geschlagen, und mit seinem unbezwingbaren Willen würde er die Familie zurück an die Spitze führen. Zurück in das goldene Licht, das sie seit Generationen umgeben hatte.

Zurück zur Herrschaft über diese Stadt. Zurück zur Einheit. Und zurück zu den Lehren, die am Ende selbst der Don vergessen hatte.

Sein Blick fiel ein letztes Mal auf den Sarg. Ja, so hätte der Don es sich gewünscht. Zumindest bevor er sich eine Glock an die Schläfe gedrückt und sein Gehirn auf der Wand im Arbeitszimmer verteilt hatte.

Der Mann im nachtblauen Jackett sah hinüber zu der Gestalt, die wie er selbst noch immer am Grab stand und auf den Sarg blickte. So als könnten sie den Don allein durch unnachgiebiges Starren zur Wiederauferstehung zwingen.

»Geh schon zurück zum Wagen.« Er umfasste das Gesicht seiner Frau und strich ihr die Tränen von den Wangen. »Ich bin gleich bei dir.« Er hauchte ihr einen Kuss auf die Stirn.

Sie nickte und wandte sich zum Gehen. Der Fahrer führte sie den Hügel hinab zum Wagen. Der Mann im nachtblauen Jackett sah ihr einen Moment lang nach. Sie war das Letzte, was ihm vom Don geblieben war. Die letzte Aufgabe, die sein Mentor ihm anvertraut hatte. Und er hatte fest vor, diese bis an sein Lebensende zu erfüllen.

Er war ihr dankbar dafür, dass sie verstand. Dass sie keine Fragen stellte, sondern einfach ging, um ihn mit seinen Gedanken allein zu lassen. Und mit dem Plan, der langsam in seinem Kopf Gestalt annahm.

Er betrachtete den anderen Mann am Grab. Seit seiner Aufnahme in die Familie war er wie ein Bruder für ihn gewesen. In diesen wenigen Tagen seit dem Tod des Dons schien er um Jahre gealtert. Sein Kiefer war verkrampft, die Augen gerötet. Seine Haut war blass und aufgedunsen. Er sah überhaupt nicht aus wie der Mensch, den der Mann im nachtblauen Jackett so gut kannte.

»Wir müssen etwas tun.« Die Stimme des anderen Mannes wurde beinahe vom heulenden Wind verschluckt, der über den New Yorker Friedhof fegte. »So kann es nicht zu Ende gehen.«

Der Mann im nachtblauen Jackett nickte. Er nahm seine Lederhandschuhe aus der Jacketttasche und zog sie an. Kurz blieb er mit dem leicht gekrümmten kleinen Finger hängen, ehe auch seine linke Hand ganz in den Handschuh glitt. Sofort war die eisige Kälte verbannt, die von ihm Besitz ergriffen und ihn beinahe gelähmt hatte.

»Das wird es nicht«, sagte er. Die beiden Männer sahen einander einen Moment lang an. »Ich habe einen Plan.«

1

Victoria Stafford strich über den weißen Bilderrahmen und betrachtete ihr Lieblingsfoto von Johns und Lissianas Hochzeit vor gut einem Jahr. Die Schwarz-Weiß-Aufnahme zeigte, wie John mit Lissiana am Arm die Kirche verließ. Ihre Schwester raffte mit der einen Hand den langen Rock des Kleides, während ihr Blick auf John lag. So als hätte sie keinen Zweifel daran, dass er sie sicher in ihr neues gemeinsames Leben führen würde. John trug ein stolzes Grinsen zur Schau, so als wollte er der ganzen Welt entgegenschreien, dass Lissiana ihn tatsächlich geheiratet hatte.

»Das ist mein absolutes Lieblingsbild.«

Vicky hätte vor Schreck beinahe das Bild umgestoßen. Lissiana lächelte, und der Schalk tanzte in ihren Augen. »Du hättest nicht gedacht, dass ich noch so leise sein kann, oder?« Sie zwinkerte und legte die linke Hand in ihren Rücken. Mit der rechten strich sie über ihren stark gewölbten Bauch.

Vicky fiel es immer noch schwer, diese neue Frau mit der alten Lissiana in Einklang zu bringen. Die Frau vor ihr wirkte rundum im Reinen mit sich und hatte die meiste Zeit ein Lächeln auf den vollen Lippen. Ihre Haut war von der Sonne golden gebräunt, und sie wirkte entspannt und erholt.

Kaum zu glauben, dass Lissiana noch vor eineinhalb Jahren völlig erschöpft und mit ihrem ganzen Leben unzufrieden gewesen war. Vicky hatte immer das Gefühl gehabt, mit dem abgekämpften Schatten ihrer Schwester zu sprechen anstatt mit Lissiana selbst.

Seitdem hatte sich wirklich so viel verändert. Und das lag nicht allein an Lissianas neuem Wohnort.

»Du tust gerade so, als wärst du drei Zentner schwer.« John Cohen stellte Victorias Koffer ab, den er gerade von oben geholt hatte. Schnell drückte er Lissiana einen Kuss auf die Lippen. Wie er so da stand in dem teuren Anzug, war es kaum zu glauben, dass ein Mann wie er in einem Haus am Strand lebte. Heute hatte er noch Geschäfte im Ort zu erledigen, weshalb er und nicht Lissiana Vicky zum Flughafen fuhr.

Lissiana sah an sich herab und verzog das Gesicht. »Na ja, besonders weit davon entfernt bin ich nicht gerade.«

Vicky verdrehte die Augen. »Lissiana, du bist im sechsten Monat schwanger. Da darf man durchaus etwas mehr wiegen und sich ungelenkig fühlen.«

Lissiana stieß ein leises Lachen aus. »Ich erinnere dich dran, wenn du mal schwanger bist.«

Es tat Vicky gut, einfach einmal wieder mit Lissiana herumzublödeln. Doch im nächsten Moment legte sich Stille über das gemütliche Wohnzimmer, der Abschied war nicht mehr hinauszuzögern. Die letzten beiden Wochen hatte Vicky in Lissianas und Johns kleinem Paradies in Majuro verbringen dürfen. Nun wurde es Zeit, dass sie in die Realität zurückkehrte.

John räusperte sich und deutete auf die Uhr an der Wand. »Wir müssen los. Sonst verpasst du deinen Flug.«

Vicky rieb sich die Hände an den Jeans ab, während sie einen Blick auf Lissiana warf, deren Lächeln ein wenig verrutscht war.

Immer wenn Vicky auf der Insel landete, war es, als würde die Zeit einfach stehen bleiben. Und für diese wenigen Tage konnte sie jedes Mal alles vergessen. Sie vergaß, warum sie gerade nicht bei einem Kakao mit Lissiana vor dem Kamin in New York City saß. Warum sie nicht bei einer einzigen Ultraschalluntersuchung dabei gewesen war. Warum sie nicht beim Einrichten des Kinderzimmers geholfen hatte. Und warum sie einen falschen Pass und einen Vierzehn-Stunden-Flug benötigte, um Lissiana und John zu sehen.

Die Realität holte sie immer erst an dem Morgen ein, an dem sie wieder nach New York fliegen und Lissiana und John hier zurücklassen musste.

»Ich warte im Auto auf dich«, sagte John in die Stille hinein.

Vicky nickte nur, sie sah, wie er Lissiana einen besorgten Blick zuwarf.

»Ich bin heute Abend zurück.«

Lissiana verschränkte die Arme vor der Brust. »Ruf mich an, wenn etwas ist, okay?«

John verließ mit Vickys Koffer in der Hand das Haus, und Lissiana sah ihm einen Moment lang nach.

Vicky zwang sich zu einem Lächeln, auch wenn es ihr schwerfiel. »Es ist ja diesmal nicht lange.« Sie zog Lissiana fest in die Arme. »Tinys Hochzeit ist doch schon in ein paar Wochen.«

Lissiana nickte. »Ja, du hast recht.« Als Vicky sich von ihr lösen wollte, hielt Lissiana sie nur noch fester. »Ich werde dich trotzdem schrecklich vermissen.«

Vicky schluckte den Kloß im Hals hinunter, damit sie nicht direkt in Tränen ausbrach. Lissiana rang jedes Mal mit sich, um Vicky gehen zu lassen. Der Abschied fiel ihr immer schwerer, schon allein weil sie nicht wussten, wann sie einander wiedersehen würden. Das letzte Mal war Vicky zu Lissianas und Johns Hochzeit auf Majuro gewesen. Das Risiko, die beiden häufiger zu besuchen und ihren Aufenthaltsort zu verraten, war viel zu groß. Und ginge es nach Vicky, dann würden John und Lissiana nicht einmal auf Tinys Hochzeit in sechs Wochen auftauchen. Doch den beiden war diese fixe Idee einfach nicht auszureden. Und das, obwohl Lissiana zu diesem Zeitpunkt schon im achten Monat schwanger sein würde.

14

Vicky räusperte sich, ehe sie Lissiana sanft, aber bestimmt von sich schob. Es überraschte sie überhaupt nicht, dass Lissiana längst weinte.

»Oh, komm schon.« Vicky presste die Lippen aufeinander. »Jetzt mach es mir nicht schwerer, als es ist.«

Lissiana stieß ein trauriges Lachen aus und wischte sich schnell die Tränen fort. »Das sind die Hormone. Dafür kannst du mich nicht verantwortlich machen.«

Vicky konnte ein Grinsen nicht verhindern. »Wo du recht hast ...«

Wieder legte sich Stille über den Raum. Draußen schlug John den Kofferraumdeckel zu.

»Ich habe dich sehr lieb.« Lissianas Geständnis kam überraschend, sodass Vicky für einen Moment verwirrt blinzelte. »Und jetzt mach, dass du Land gewinnst, bevor ich nur noch mehr heule.«

Vicky küsste Lissiana auf die Wange, ehe sie mit schnellen Schritten das Haus verließ, in dem sie sich derartig wohl gefühlt hatte.

Draußen sprang der Motor von Johns Jeep an. Vicky ging schnell um die Veranda herum nach vorn, wo der Wagen stand. Sie stieg auf der Beifahrerseite ein und war froh, dass John keine weiteren Fragen stellte, sondern einfach den Gang einlegte und losfuhr.

Vicky beobachtete, wie das Häuschen im Seitenspiegel immer kleiner wurde. Dann bog John auf die schlecht asphaltierte Straße, die zum nächstgelegenen Ort führte, und das Haus verschwand.

Kaum zu glauben, dass Lissiana jetzt verheiratet und schwanger war. Und dass sie und John beide gesetzesflüchtig waren. Hätte eine Wahrsagerin Vicky vor zwei Jahren vorhergesagt, dass sie ihre Schwester auf einer Insel mitten im Pazifischen

Ozean besuchen würde, hätte sie lauthals gelacht und der Wahrsagerin geraten, sich einmal gründlich von einem Arzt durchchecken zu lassen. Doch seitdem ein Serienkiller, den die Medien damals den *Bräutigam* getauft hatten, in ihr Leben eingedrungen war, hatte sich eine ganze Menge verändert.

Und das nicht nur für Lissiana und John.

»Es ist nicht ideal und auch nicht so, wie wir uns das gewünscht hätten. Aber wir sind hier glücklich.« Vicky war so in Gedanken versunken, dass sie überrascht zusammenzuckte, als John ihre Hand nahm und sie drückte. »Vergiss das nicht, okay?«

Es war manchmal wirklich erstaunlich, dass John in ihrem Gesicht lesen konnte wie in einem offenen Buch. Es war eine seiner vielen Gaben. Gaben, die man bei einem Mann wie ihm nicht erwartete. Erst war Vicky John gegenüber skeptisch gewesen. Bis heute wusste sie nicht genau, was er eigentlich beruflich machte. Inzwischen konnte sie sich aber zusammenreimen, worauf es letztendlich hinauslief. Denn Steuerberater oder Soldat war er sicherlich nicht. Aber jedes Mal, wenn sie ihn mit Lissiana sah, wurde ihr wieder klar, dass es ihr vollkommen egal war, wie John sein Geld verdiente.

Er machte Lissiana glücklicher, als Vicky sie je gesehen hatte. Wie alle anderen Paare stritten sie auch mal, Vicky hatte ihre Auseinandersetzungen jetzt schon mehr als einmal mitbekommen. Aber wenn Lissiana wieder einen ihrer Temperamentsausbrüche hatte, hielt John einfach dagegen. Und sobald sie sich beruhigt hatte, zog er sie in die Arme und flüsterte ihr etwas ins Ohr, das Lissiana jedes Mal zum Lächeln brachte. Wenn die beiden einander ansahen, spürte Vicky immer diesen Zwang wegzuschauen, so als wäre sie ungewollt bei etwas unglaublich Intimem dabei.

Was die beiden hatten, mochte explosiv, kompliziert und verwirrend sein, aber es war echt.

Und mehr hatte Vicky für Lissiana nie gewollt.

2

Vicky konnte erst wieder tief durchatmen, als sie die Grenzkontrolle ohne weitere Vorkommnisse passiert hatte. Sie hatte nicht zum ersten Mal einen gefälschten Pass benutzt, und doch war ihr wieder der kalte Schweiß ausgebrochen, als sie sich in der Schlange vor der Grenzkontrolle einreihte. Sie wusste, dass kein Unterschied zum Original zu sehen sein würde, immerhin hatte Nathan ihr die Dokumente besorgt. Dennoch war es ungewohnt für sie, das Gesetz zu brechen. Und bei gefälschten Ausweispapieren konnte man nun wirklich nicht von einer Bagatelle sprechen.

Vicky ging zum Kofferband und griff den grellgrünen Koffer. Es musste ihr Koffer sein, schon allein wegen der auffälligen Farbe. Aber vor allem wegen des schief stehenden Rades und des gigantischen pinkfarbenen Aufklebers in der rechten oberen Ecke. Mit achtzehn hatte sie damals versucht, einen Riss abzukleben.

Am Zoll wurde Vicky nicht aufgehalten, sodass sie sofort hinaus in die Halle des Flughafens treten konnte. Vermutlich sah sie einfach zu unscheinbar aus, was im Moment durchaus ein Vorteil war. Sie kuschelte sich etwas tiefer in ihren Mantel, den sie vorsichtshalber schon in Majuro mit an Bord genommen hatte, und verfluchte New York City für seine harten Winter. Sie hasste den Winter. Er war ihr zu nass. Und entschieden zu kalt. Aber bald würde sie in einem kuschelig warmen SUV sitzen.

Vicky stellte sich auf die Zehenspitzen, um in der Menge nach ihrem Fahrer zu suchen, aber eigentlich musste sie nur den Blicken der anderen folgen. Oder dem leisen Tuscheln der meisten Frauen.

Tiny lehnte mit einem schiefen Grinsen an einem Getränke-automaten, und als er sie entdeckte, hob er die rechte Hand zum Gruß. Mit seinen über zwei Metern fiel dieser Mann wirklich überall auf. Und der schwarze Designermantel und die auf Hochglanz polierten Anzugschuhe machten es nun wirklich nicht gerade besser. Ebenso wenig wie die große Narbe in seinem Gesicht, die seiner Attraktivität keinen Abbruch tat, aber dennoch bei den meisten Menschen für ein wenig Irritation sorgte.

Und wer konnte es den Leuten verübeln? Mit seinem maskulinen, kantigen Gesicht hätte Tiny locker Model werden können. Mit dem blonden Haar und den silbergrauen Augen sah er aus, als wäre er direkt den Seiten eines Hochglanzmagazins entstiegen. Da fragte sich wohl unweigerlich jeder, welches Ereignis zu dieser Narbe geführt hatte.

Vicky hatte niemals danach gefragt. Unwissenheit war manchmal wirklich die beste Wahl.

»Hey.« Vicky lächelte Tiny an, der sie sofort fest in die Arme schloss. »Also, dieser Aufzug wäre wirklich nicht nötig gewesen.« Sie zwinkerte ihm zu. »Ich werd ja noch ganz rot.«

Tiny stieß ein leises Lachen aus und nahm ihr den Koffer ab. »Tut mir leid, dich enttäuschen zu müssen, aber ich habe gleich noch ein Meeting. Da waren Jeans und T-Shirt halt einfach nicht drin.«

Vicky fiel neben Tiny in einen Laufschritt, als sie sich auf den Weg zum Parkhaus machten. Tiny ging ganz gemächlich und nutzte die volle Spannweite seiner scheinbar endlosen Beine aus. Sie hingegen stolperte mehr oder minder hinter ihm her und betete, dass ihr Gesicht nicht gleich ein Rendezvous mit dem Boden haben würde.

Schließlich stieß Vicky ein frustriertes Seufzen aus. »Tiny, könntest du bitte …?«

Er warf einen schnellen Blick über die Schulter und wurde sofort langsamer. »Oh. Ja, natürlich. Entschuldige bitte.«

Tja, die satten fünfzig Zentimeter Größenunterschied konnte sie beim besten Willen nicht mit ihren kurzen Beinen kompensieren.

Während Vicky neben Tiny ging, fiel ihr wieder einmal auf, wie schwierig es war, sich nach der Ruhe auf den Marshallinseln wieder an die Hektik von New York City zu gewöhnen.

Alles hier schien ihr zu laut und zu schnell. Ihr Hirn wechselte direkt in den Überforderungsmodus. Die Stimmen im Flughafen kamen ihr wie ein einziges Wirrwarr vor, während ihre Nase mit einem Mix aus diversen Essensgerüchen und Kaffee zu kämpfen hatte. Hektisch versuchte sie, all diese Informationen gleichzeitig zu verarbeiten.

Wobei sie natürlich kläglich scheiterte.

Andere Passanten wichen Tiny automatisch aus, sonst würde Vicky vermutlich viel häufiger gegen irgendjemanden stoßen, anstatt nur hin und wieder als Kollateralschaden eines Ausweichmanövers zu enden.

Es wunderte sie nicht, warum die Leute so auf Tiny reagierten. Wie John hatte er eine solche Präsenz, dass er die Luft aus dem Raum zu verdrängen schien, auch wenn Tinys ganze Ausstrahlung deutlich weniger kühl und abweisend war als die von John. Zumindest kam es ihr selbst so vor, was durchaus daran liegen konnte, dass sie sich an Tiny gewöhnt hatte.

Seitdem John und Lissiana das Land verlassen hatten, waren er und Nathan die Konstante in ihrem Leben, von der sie nie gewusst hatte, dass sie sie brauchte. Die beiden unterstützten sie bedingungslos. Selbst als Vicky eine stationäre Therapie in einer psychiatrischen Klinik weit außerhalb von New York City gemacht hatte, waren die beiden jedes Wochenende zu Besuch gekommen. Sie hatten ihr beim Umzug geholfen, sich gemeinsam mit ihr nach einer neuen Stelle umgesehen und waren an ihrer Seite, wann immer sie sie brauchte.

Erst hatte Vicky gedacht, dass die beiden sich nur aus Pflichtgefühl gegenüber Lissiana und John um sie kümmerten. Doch je mehr Zeit verging, desto deutlicher wurde ihr, dass diese Fürsorge und Freundschaft echt war. Und seitdem hinterfragte sie das alles nie wieder. Sie hatte in dieser eigenwilligen *Familie* ihren Platz gefunden.

Vicky folgte Tiny weiter bis zum Parkdeck, wo sie auf den Beifahrersitz des großen Mercedes GLA glitt. Sie hatte gehört, dass er zuvor ein sportlicheres Modell gefahren war. Aber das war damals bei einer Verfolgungsjagd Lissiana zum Opfer gefallen, die in einem Versuch, den *Bräutigam* aufzuhalten, den anderen Wagen gerammt hatte. Tiny verstaute ihr Gepäck im Kofferraum und nahm dann am Steuer Platz.

»Wie geht es den beiden?«

Bei Tinys Frage lächelte Vicky. Es hatte ihn vermutlich sämtliche Beherrschung gekostet, sie erst jetzt auszufragen. Aber sie alle hatten beschlossen, dass es zu gefährlich war, an öffentlichen Orten über Lissiana und John zu sprechen.

»Es geht ihnen sehr gut.« Vicky schaltete das Radio ein, als Tiny den Wagen rückwärts aus der Parklücke steuerte. »John gibt es zwar nicht zu, aber ich glaube, er wird langsam etwas nervös wegen der Geburt.«

»Is' doch normal, oder?« Tiny legte den Vorwärtsgang ein und steuerte den Wagen in Richtung Ausfahrt. »Außerdem war er nie einer, der viel über sich selbst redet.« Er lenkte den Wagen aus dem Parkhaus und auf den Highway in Richtung New York City. »Wissen die beiden jetzt endlich, was es wird?«

Vicky grinste breit. »Ja.«

Tiny blinzelte. »Ja … und?«

Vicky genoss es, Tiny auf die Folter zu spannen, weshalb sie mit ihrer Antwort so lange wartete, bis er ungeduldig mit den Fingern auf dem Lenkrad herumtrommelte. Erst dann erbarmte sie sich. »Es ist ein Junge.«

Tinys Mundwinkel zuckten kurz, so wie immer, wenn er versuchte zu verbergen, wie sehr ihn etwas freute, er aber letztendlich kläglich scheiterte. »Im Ernst?«

Sie nickte. »Ja, im Ernst.«

Das freudige Strahlen in Tinys Augen hielt noch einen Moment an, bis es wieder schwand. Und Vicky wusste verdammt genau warum. Er dachte genau so wie sie an den einzigen Mann, der das alles hätte mitbekommen sollen und der noch nicht einmal wusste, dass sein Bruder geheiratet hatte.

»Immer noch nichts?« Sie klang viel zu enttäuscht. Doch Vicky hoffte nach wie vor, dass Butch irgendwann wieder auftauchen würde.

Tiny schüttelte den Kopf. »Nathan und ich haben die ganze Stadt auf den Kopf gestellt. Nichts.« Er presste die Lippen aufeinander. »Dieser egoistische Bastard will einfach nicht gefunden werden.«

Vicky sah auf ihre Hände hinab. Es gefiel ihr nicht, dass Tiny so über Butch sprach. Butch … Sie schloss die Augen und dachte an den Mann, der ihr das Leben gerettet hatte.

Sie hatte sich so belogen und betrogen gefühlt, als Tiny und Nathan sie damals über seine Notlügen ins Bild gesetzt hatten, und hatte mit Wut und Frust reagiert, als die beiden auf die meisten ihrer Fragen bestenfalls ausweichend geantwortet hatten. Bis ihr klargeworden war, dass Dinge wie sein Name ihr völlig egal waren. Ebenso wie es ihr egal war, womit er tatsächlich sein Geld verdiente. Oder dass er die meiste Zeit ein schroffer Mistkerl gewesen war. Für sie zählte nur, wie er sie in den wenigen Momenten behandelt hatte, in denen er nicht die ganze Zeit auf der Hut hatte sein müssen. Wie er auf ihrem Sofa gesessen und sie bewacht hatte, obwohl er tausend andere Dinge zu tun gehabt hatte. Wie sie ihm Lasagne gemacht hatte und er, ohne zu meckern, auch den leicht angebrannten Teil aß.

Und wie er sie Vic nannte. Niemals Vicky.

Doch als sie ihn später im Krankenhaus hatte besuchen wollen, war er nicht mehr dort gewesen. Und so hatte sie Butch nie für ihre Rettung vor eineinhalb Jahren danken können.

Butch ... Ja, der Name passte wirklich viel besser zu ihm.

»Wann musst du wieder zur Arbeit?« Tinys Versuch, das Thema zu wechseln, war derartig offensichtlich, dass es beinahe wehtat. Aber auch Vicky wollte nicht mehr über Butch sprechen. Sie wusste, dass Tiny unter seiner Abwesenheit am meisten litt. Gerade jetzt, wo seine eigene Hochzeit nur noch wenige Wochen entfernt war.

»Ich habe morgen die Nachtschicht.« Vicky hatte keine Ahnung, wie sie es schaffen sollte, gleich wieder zu funktionieren, wenn der Jetlag sie vermutlich wieder fest in seinen Klauen haben würde. Aber untätig in ihrer Wohnung herumzusitzen kam überhaupt nicht in Frage. Dann würde ihr nur die Decke auf den Kopf fallen.

»Gefällt es dir immer noch?« Tiny sah sie nicht an, sondern hielt den Blick direkt auf die Straße gerichtet. »Du weißt, dass du das nicht machen musst. Wir finden auch was anderes für dich.«

Vicky lächelte. Seitdem sie vor vier Monaten wieder angefangen hatte, als Krankenschwester zu arbeiten, stellten Nathan und Tiny ihr diese Frage praktisch wöchentlich. Und eigentlich hätte sie wütend oder zumindest genervt sein müssen. Stattdessen war sie gerührt.

»Ich komme klar, ehrlich. Die Arbeit mit den Kindern macht mir wirklich Spaß.« Sie hob beide Daumen, als Tiny zu ihr herübersah. »Außerdem kann ich sogar wieder Blut abnehmen.«

Tiny nickte. »Sehr gut, Vicky. Ich hab dir ja gesagt, dass das alles nur eine Frage der Zeit ist.«

Alles nur eine Frage der Zeit? Wohl eher nicht.

Auch wenn sie nun wieder Blut abnehmen konnte, zitterten ihre Hände doch immer noch, sobald sie die rote Flüssigkeit in dem kleinen Röhrchen sah. Wenn sie ehrlich war, dann vermisste sie die Hektik der Notaufnahme. Sie vermisste das Adrenalin, das sie jedes Mal gespürt hatte, wann immer wieder ein neuer Krankenwagen aufgetaucht war. Sie vermisste die lauten Rufe der Ärzte und die sich überschlagenden Stimmen der Rettungskräfte. Und sie vermisste das Hoch, das man spürte, wenn man mal wieder einem Patienten das Leben gerettet hatte.

Früher hatte ihr Blut nichts ausgemacht. Völlig egal in welchen Mengen. Doch seit ihrer albtraumhaften Begegnung mit dem *Bräutigam* war alles anders.

»Na ja, zu meinen Lieblingsaufgaben gehört es trotzdem nicht.« Sie kratzte sich ein wenig am Hinterkopf. »Außerdem fällt man bei den Kindern sofort in Ungnade, wenn man mit einer Nadel um die Ecke kommt.«

»Das kann ich mir lebhaft vorstellen.«

»Anderes Thema.« Sie streckte sich auf dem Beifahrersitz. »Wie laufen die Hochzeitsvorbereitungen? Dreht Edita schon langsam durch?«

Tiny schüttelte den Kopf. »Nein. Sie ist die Ruhe selbst. Ganz im Gegensatz zu ihrer Mutter.« Seine Hände verkrampften sich am Lenkrad. »Diese Frau treibt mich noch in den Wahnsinn.«

Und so hörte Vicky ihm eine Weile dabei zu, wie er sich über Einladungen, Farben und nervige Schwiegermütter ausließ. Sie wusste, sie beide brauchten dieses Stück Normalität in all dem Wahnsinn. Die letzten eineinhalb Jahre hatten alles verändert. Nichts in ihrem Leben war mehr an Ort und Stelle. Und Tiny ging es ähnlich.

Sie mochte vielleicht nicht wissen, was John und Butch beruflich getan hatten, aber sogar ihr war klar, wer seit ihrer Abwesenheit diese eigenwilligen Geschäfte weiterführte.

Es gab noch immer viele Dinge, die Vicky nicht wusste. Aber wollte sie überhaupt alles so genau wissen?

Diese Frage konnte sie sich nicht einmal selbst beantworten.

3

»Wenn du so weitermachst, ist von deiner Leber bald nichts mehr übrig.«

Butch riss dem Dealer seines Vertrauens die runde Dose aus der Hand. »Und wenn ich eine medizinische Meinung möchte, dann gehe ich zu einem beschissenen Arzt.«

Der Dealer hob beschwichtigend die Hände und schüttelte den Kopf. »Kein Grund, gleich auszurasten. Ich meine nur, bei der Menge Alkohol, mit der du die Dinger runterspülst, wirst du schnell in einer Holzkiste landen. Das Zeug ist nicht ohne.«

Butch verdrehte die Augen. *Ach wirklich? War mir ja vollkommen neu.* Glaubte dieser Vollidiot wirklich, dass Butch nicht selbst wusste, was er seinem Körper mit diesem Mix aus starken Schmerzmitteln, Alkohol und den Schlafmitteln antat? Das Gesicht, das ihm jeden Morgen aus dem Scheißspiegel entgegensah, sagte doch schon alles.

Immerhin war er ja nur auf dem einen Auge blind.

Butch hielt dem Dealer die üblichen zweihundert Dollar hin, steckte die Pillendose in seine Manteltasche und wandte sich zum Gehen. »Wenn ich deine Meinung gewollt hätte, dann hätte ich verdammt nochmal gefragt.«

Früher hätte er dem Kerl für seine Frechheit eine Lektion erteilt. Oder er wäre zumindest wütend aus dem Raum gestürzt. Doch sein Körper erlaubte ihm weder das eine noch das andere. Stattdessen stützte er sich schwer auf seinen Gehstock und versuchte zumindest mit erhobenem Haupt das Hinterzimmer zu verlassen, in dem er seine *Medizin* abholte.

Anfänglich einmal alle drei Monate.

Jetzt stand er schon alle vier Wochen hier auf der Matte.

Kaum hatte er die Tür hinter sich zugezogen, geriet sein Körper ins Schwanken. Die Schmerzen waren kaum noch zu ertragen.

»So ein nutzloses …«, knurrte er und schlug mit dem Gehstock gegen sein rechtes Bein. »Komm schon. Nur noch bis zur Bar.«

Butch versuchte, die laute Musik zu ignorieren, während er sich durch die Korridore des schäbigen Clubs schob, in dem der Alkohol billig, die Musik mittelmäßig und die Gesellschaft grauenvoll war. Es roch nach abgestandenem Zigarettenqualm und verbrannten Kabeln. Gelegentlich stieg Butch der Geruch von Erbrochenem und Urin in die Nase.

Der Club war das, was man gemeinhin als eine Absteige bezeichnete. Niemand in New York City, der etwas auf sich hielt, würde sich freiwillig in diesem Höllenloch sehen lassen. Und genau deshalb war dieser Ort perfekt für Butch.

Die Leute hier interessierten sich nicht für ihn. Sie suchten nur nach dem nächsten billigen Rausch – ganz egal welcher Art er auch sein mochte. Hier kümmerte es niemanden, was sein Nachname war oder woher er kam. In diesem Club war der *Butcher von Hell's Kitchen* nichts weiter als eine Legende.

Butch schleppte sich zu der kleinen Bar, die direkt neben dem Eingang lag. Die Tanzfläche dahinter mied er. Ihm war nicht danach zu bleiben. Doch der Schmerz in seinem rechten Bein war kaum noch auszuhalten. Ihm war schlecht, noch ein Schritt und er musste sich übergeben. Es hatte ihn schon alle Kraft gekostet, nicht schon in diesem verdammten Hinterzimmer umzukippen.

Jeden Tag trieb der Schmerz seine Klauen grausam in Butchs Fleisch und zerrte an seinen Nervenenden, bis er schweißgebadet zurückblieb, ohne einen klaren Gedanken fassen zu können. Der Schmerz war eine tägliche Erinnerung an seine Begegnung mit dem *Bräutigam*. Und an das Opfer, das er niemals hatte bringen wollen.

Scheiße, diesmal hatte er wirklich zu lange gewartet. Seine Gedanken waren schon ein einziges Chaos. Butch stützte eine Hand auf der billigen schwarzen Oberfläche der Theke auf, und als der Barkeeper ihn sah, wurde er von einem Moment zum anderen leichenblass. Oh Mann, er musste ja wirklich verdammt beschissen aussehen, wenn der Kleine sich derartig erschrak. Das Klirren von Glas an Glas war zu hören und wie der junge Mann leise vor sich hinfluchte, bevor ein Glas Whisky in seinem Blickfeld erschien.

»Hier. Das Übliche.«

Butch sah nicht einmal auf. Er zog die Pillendose hervor und öffnete sie mit zitternden Fingern, wobei er sich mit den Unterarmen vollständig auf dem Tresen abstützen musste, um beide Hände benützen zu können. Jetzt, wo er nicht mehr so tun musste, als wäre alles in Ordnung, zitterten seine Hände so stark, dass einige der Pillen aus der Dose fielen und sich auf der Theke verteilten. Butch kümmerte es nicht. Er stellte die Dose ab und nahm sich die erstbesten beiden weißen Pillen, die er fassen konnte. Dann warf er sie sich in den Mund und spülte sie mit dem Whisky hinunter.

Das Zeug brannte höllisch in seiner Kehle und schmeckte nach gar nichts. Früher hätte er diesen Fusel nicht einmal angefasst, wenn man ihm eine Waffe an die Stirn gehalten hätte.

Aber jetzt sah die Welt anders aus.

Ihm war es völlig egal, ob er seine Schmerzmittel mit billigem Whisky für drei Dollar das Glas hinunterspülte oder ob es ein Glas für fünfzig Dollar war. Ihn interessierte nur, dass die Schmerzen verschwanden.

»Soll ich Ihnen ein Taxi rufen?« Der junge Mann sammelte die Pillen für Butch ein, verschloss die Dose und stellte sie direkt vor ihm ab. Als ihre Blicke sich trafen, lächelte er sogar ein wenig. Nichts hätte Butch in diesem Moment mehr zur Weißglut treiben können.

Dieser Kerl war immer übertrieben freundlich. Er stellte keine unnötigen Fragen und half, wo er konnte. In seinem Blick lagen kein Vorurteil und keine Wertung. Er war einfach ein netter junger Mann, der in diesem schäbigen Club seine Schichten schob, obwohl er dafür viel zu gut war. Butch schätzte ihn auf Anfang zwanzig. Vermutlich war er gerade alt genug, um hier zu arbeiten. Sein Äußeres war gepflegt, seine Nägel waren perfekt gekürzt und sein braunes Haar war perfekt in Form gebracht. Er war das Bild perfekter Vitalität mit seiner sportlichen Statur und den sehnigen Unterarmen, die stets unter seinem hochgekrempelten schwarzen Hemd zu sehen waren.

»Nein. Nicht notwendig.« Butchs Stimme war kaum mehr als ein Knurren, als er sich die Pillendose schnappte und sie zurück in die Manteltasche stopfte. Er nahm seinen Gehstock und versuchte, diesem bescheuerten, freundlichen Lächeln zu entkommen.

Butch schob sich am Rand der Tanzfläche entlang zum Ausgang, wo er einen Moment lang innehielt und seine Handschuhe aus der Manteltasche nahm. Das schwarze Leder war angenehm auf seiner Haut und wärmte ihn sofort. Er schlug den Kragen seines Mantels hoch und trat hinaus auf den schneebedeckten Bürgersteig.

New York City im Januar war eine eisige Hölle, in der man um jeden Tag froh war, den man nicht nach draußen musste. Der Wind pfiff eisig durch die Häuserschluchten und fraß sich durch jedes noch so dicke Kleidungsstück. Man blieb mit eiskalter Haut und steifen Gliedern zurück – ganz egal wie alt man auch sein mochte. Butch hätte an diesem Tag seinen Wagen nehmen sollen, doch wie immer war er zu stolz und engstirnig, als sich den Grenzen seines Körpers zu unterwerfen.

Sein Loft lag nur sechs Blocks von dem Club entfernt, eine Distanz, an die er keinen zweiten Gedanken verschwendet hätte.

Butch wandte sich Richtung Osten und ging die Straße entlang, auf der zu der nächtlichen Stunde kaum jemand unterwegs war. Der Schnee stand so hoch, dass nur wenige Autos herumfuhren. Silvester war gerade erst vorbei, und nur nach und nach verließen die Touristen die Stadt, während die New Yorker, die ihre Familien über die Feiertage besucht hatten, zurück nach Hause kamen.

Butchs Hand verkrampfte sich um den Griff seines Gehstocks, als er an das Flugticket dachte, dass er vor anderthalb Jahren von Tiny bekommen hatte. Er war gerade aus dem Krankenhaus entlassen worden und war zurück in sein Penthouse in Midtown gezogen. Dieses Flugticket hatte ihn von seinem Couchtisch aus angestarrt. Das schlichte Himmelblau des Erste-Klasse-Tickets hatte ihm regelrecht ins Gesicht gelacht. Zumindest war es ihm damals so vorgekommen.

Er hatte seine Sachen gepackt und war verschwunden.

Er hatte es keine Sekunde länger in seinem alten Leben ausgehalten. Also war er abgetaucht. Und jetzt lebte er in einem Loft am äußersten Rand von Hell's Kitchen, wo die Mieten niedrig und die Anonymität hoch war.

Eigentlich hatte er sich geschworen, nie wieder in diesen von Gott verlassenen Stadtteil zurückzuziehen. Doch da hatte er auch noch nicht vor den beschissenen Scherben seiner Existenz gestanden. Er bereute seine Entscheidung nicht.

Er hätte in sein vorheriges Leben zurückkehren und so tun können, als wäre alles beim Alten. Doch das war definitiv nicht seine Art. Butch konnte sich nicht immer wieder vor Augen halten, was er alles verloren hatte.

Jetzt war er nichts als ein nutzloser Krüppel. Er konnte nicht mehr kämpfen. Er war sogar zu schwach, um seinen verdammten Baseballschläger zu halten.

Was zur Hölle war also noch übrig von Brian »Butch« Cohen?

Für ihn war die Antwort ganz einfach: absolut gar nichts.

Er war ein Wrack, das jeden Tag Schmerzmittel schlucken musste, um irgendwie die nächsten 24 Stunden zu überstehen. So ziemlich jeden bewussten Gedanken ertränkte er in einer ganzen Menge Alkohol. Ihm war nichts geblieben. Weder sein Körper. Noch sein Geist. Noch seine Familie.

Das alles war mit einem einzigen Kampf ausgelöscht worden.

Und wofür das alles?

Butch hielt kurz inne und schloss die Augen, als das Schmerzmittel zu wirken begann. Er seufzte erleichtert auf. Sofort lösten sich seine verkrampften Muskeln, und der Schmerz wurde zu einer dumpfen Erinnerung ganz hinten in seinem Bewusstsein. Bei Gott, genau das hatte er gebraucht. Dieser süße Moment der Erlösung war das, wofür er jeden Tag aufstand.

Es war erbärmlich.

Und doch genoss Butch diesen Moment in vollen Zügen, wenn sein Körper sich einmal nicht wie ein Gefängnis anfühlte. Er richtete sich zu seiner vollen Größe auf. Seine Wirbelsäule ließ ein protestierendes Knacken hören, weil er die letzten Stunden in einer Schonhaltung zugebracht hatte. Er streckte die Arme und die Beine aus, und jedes seiner Gelenke gab ein ekelerregendes Knirschen von sich. Aber er konnte sich nicht wirklich daran stören. Das Gefühl, nicht mehr in seiner Haut eingesperrt zu sein, war viel zu gut.

»Na endlich.« Butch ließ die Schultern rollen und bewegte seinen Kopf, um die Sehnen an seinem Nacken etwas zu dehnen. Es war, als hätte er den ganzen Tag die Luft angehalten und konnte nun endlich wieder einen tiefen Atemzug nach dem nächsten tun. Sofort setzte er sich in Bewegung. Noch immer musste er sich auf den Gehstock stützen, weil das Humpeln so stark war. Allerdings fühlte er sich jetzt nicht mehr wie eine an Altersschwäche verreckende Schildkröte. Und er würde diese Zeit nutzen, um sich ein wenig zu bewegen, bevor sein Körper ihn wieder in Ketten legte.

Früher hatte sein Leben aus der Organisation und stundenlangem Training bestanden. Seine körperliche Fitness war für ihn eine messbare Einschätzung seines Erfolges gewesen. Anders als John hatte er nie gern mit dem Kopf gearbeitet. Er war immer physisch veranlagt gewesen. Und er hatte jede Sekunde im Trainingsring geliebt. Er hatte es genossen, sein Wissen weiterzugeben und aus jedem Kämpfer das Bestmögliche herauszuholen. Auf der Straße einen Gegner nach dem anderen allein durch seine kämpferischen Fähigkeiten zur Hölle zu schicken – das war ein noch besseres Gefühl gewesen.

Als Kind hatte Butch sich alles gefallen lassen müssen. Er hatte Schläge schweigend ertragen. Bis er einen Weg gefunden hatte, sich zu wehren.

Bewegung war seine Form von Freiheit.

Diese Freiheit hatte durch einen einzigen Schlag mit einer Eisenstange ihr jähes Ende gefunden. Es machte die Momente, in denen er das einfach vergessen konnte, umso kostbarer.

Butch überquerte die Straße. Durch die Schmerzmittel bemerkte er auch kaum die Kälte. Dafür konnte er sich endlich wieder frei und mit ganz normaler Geschwindigkeit bewegen, während die eiskalte Nachtluft dafür sorgte, dass er einen klaren Kopf bewahrte.

Und er würde einen Teufel tun, das Ganze jetzt schon enden zu lassen. Butch wandte sich nach rechts in ein Labyrinth aus Seitengassen, wo sich eigentlich nachts niemand freiwillig herumtrieb. Aber er konnte nicht anders. Er musste es ausnutzen, dass er sich so frei und so viel bewegen konnte, wie er wollte. Dieser Zustand würde noch schnell genug sein schmerzerfülltes Ende finden.

Er ging weiter hinein in die Gassen, an deren Seiten Backsteinwände in die Höhe ragten. Es roch nach Müll, und in der Ferne hörte Butch Sirenen, während seine Augen über das gräuliche Weiß des Schnees wanderten. Es bildete einen starken Kontrast zu den bunten Graffiti-Schmierereien an den Wänden. Die sogenannten Künstler machten sich offensichtlich keine Gedanken, ob ihre wild zusammengemischten Farben nicht eher eine Beleidigung fürs Auge waren als eine Verschönerung der Umgebung.

Unweigerlich hielt Butch inne und starrte auf das hässliche bunte Gebilde an der Backsteinmauer, das wohl so etwas wie Kunst sein sollte. Pink und Rot kämpften gemeinsam mit Neongrün und Gelb um die Aufmerksamkeit des Betrachters. Und unweigerlich dachte er an … *sie*.

Gestochen scharf sah Butch ihr Bild vor sich, wie sie an dem Tresen in ihrer viel zu kleinen Küche lehnte und selbst im Hochsommer heißen Tee aus einer gelben Tasse mit grünen Punkten trank. Wie sie ihn anlächelte und über irgendetwas Belangloses redete, während allein ihr gelbes Sommerkleid mit den weißen Tupfen mehr Farbe besaß als alles, was sich in seiner Wohnung befand. Ihr schulterlanges Haar hatte sie unordentlich hochgebunden, sodass ihr ein paar Strähnen lose in die Stirn fielen. In ihren eigenwillig gefärbten Augen hatte ein so bestechendes Funkeln gelegen, dass er nicht hatte wegsehen können.

32

Fuck, warum dachte er ausgerechnet jetzt an Victoria Stafford? Das letzte Mal hatte er sie vor gut eineinhalb Jahren gesehen. Blutüberströmt und völlig verängstigt. Lissiana hatte sie am Ellenbogen gepackt und fortgeschafft. Was wohl aus ihr geworden war? Wie es ihr wohl ging?

Butch schüttelte den Kopf. Nein. Das Ganze ging ihn absolut nichts an. Und er würde einen Teufel tun, sich in seinem jetzigen Zustand in ihrer Nähe blicken zu lassen. Auf keinen Fall würde er –

Ein spitzer, angsterfüllter Schrei riss Butch aus seinen Gedanken. Ein Haus weiter, zwischen einer verrosteten Mülltonne und einem verschmierten Graffiti, kletterte ein kleines Mädchen auf ein Fensterbrett im ersten Stock und sprang hinaus in die eiskalte Nacht.

4

Hailey presste den Rücken an einen der wenigen Heizkörper in der heruntergekommenen Wohnung. Sie hoffte, dadurch ein wenig Wärme zu bekommen. Draußen war es bitterkalt. Schon seit Wochen zog die Kälte durch die Wände ins Innere der Wohnung. Decken waren knapp und wurden den jüngsten Kindern gegeben, zu denen Hailey nicht mehr gehörte. Die Heizung wurde nie wärmer als jetzt, und so versuchte sie seit einigen Stunden, zumindest ein bisschen warm zu bleiben. Schon seit einer Weile spürte sie ihre Hände und Füße nicht mehr. Der Boss wurde wütend, wenn sie wieder krank war. Sie war in den letzten Wochen wirklich schon oft krank gewesen.

Sie schlang die Arme um ihre Knie und schloss die Augen. Draußen war es völlig dunkel. Hailey vermutete, dass es Nacht war. Eigentlich sollte sie schlafen. Aber seit eines der Kinder vor einer Stunde laut gehustet hatte, konnte sie einfach nicht mehr einschlafen. Also saß sie hier, in der Dunkelheit, mit dem Rücken an der Heizung, und betete, dass keiner der Männer hereinkam, um nach dem Rechten zu sehen. Denn wenn einer von ihnen bemerkte, dass sie noch wach war, würde man sie wieder bestrafen.

Sie seufzte leise und strich sich mit den Fingern über die große Beule an ihrer Stirn, die seit einer Woche nicht verschwinden wollte. Einer der Männer hatte sie geschlagen, als sie ihr Essen mit einem jüngeren Kind hatte teilen wollen. Das Mädchen hatte so schrecklich geweint, dass sie nicht anders gekonnt hatte, als ihm ihre Schüssel mit Cornflakes hinzuschieben. Einer der Männer hatte es gesehen und war wahnsinnig wütend geworden. Er hatte sie angeschrien, doch sie hatte nicht wirklich verstanden, warum. Sie hatte einfach nur die Arme hochgehoben und gehofft, dass man sie nicht wieder schlagen würde. Es tat immer so schrecklich weh, wenn einer der Männer sie schlug.

Aber niemand war so schlimm wie der Boss.

Hailey schauderte bei dem Gedanken an den Boss. Er war schon länger nicht mehr hier gewesen. Eigentlich kam er regelmäßig vorbei und nahm welche von den Mädchen mit. Meist die großen und hübschen mit den glasigen Augen. Die etwas älteren. Er kümmerte sich nicht um Kinder wie sie. Außer er bekam mit, dass sie eine der Regeln gebrochen hatten.

Sie erinnerte sich noch gut an das letzte Mal. Sie hatte zu nah am Fenster gestanden. Dabei hatte sie nur den Schneeflocken beim Fallen zusehen wollen. Es sah immer so schön aus, wie sie vor dem Fenster tanzten, bevor sie zu Boden fielen.

Als er zur Tür hereingekommen war, hatte sie gerade staunend den ersten Schnee des Winters betrachtet. Seine riesige Hand hatte ihr Haar gegriffen, und als sie schrie, war seine große Faust wieder und wieder auf sie hinabgesaust. Als sie einige Stunden später wach geworden war, hatte sie auf dem Boden gelegen, mit blutverkrusteten Haaren und schlimmen Schmerzen. Es hatte so schrecklich wehgetan. Aber niemand hatte sich um sie gekümmert. Die anderen Kinder mieden ihren Blick, auch die älteren Mädchen, die sonst eigentlich ganz lieb zu ihr gewesen waren.

Seitdem hielten sich alle fern von Hailey. So als hätte sie mit dem Zorn des Bosses eine ansteckende Krankheit bekommen, die wild um sich greifen würde, wenn man nur ein bisschen nett zu ihr war. Hailey wusste nicht wirklich, warum jetzt alle so anders zu ihr waren. Sie hatte doch nur dem Schnee bei Tanzen zusehen wollen. Sie hatte nicht geschrien und nicht geweint. Sie hatte nicht unnötigen Lärm gemacht. Sie hatte nur etwas zu nahe am Fenster gestanden.

Eines der älteren Mädchen hatte einmal gesagt, dass dieser Ort die Hölle wäre. Hailey wusste nicht genau, was *Hölle* eigentlich bedeutete, aber das Wort klang so leer, dass es sich einfach richtig anfühlte. Diese Wohnung war die Hölle.

Hailey hoffte, dass es außerhalb dieser Fenster etwas gab, was schöner und wärmer war als hier. Ein Ort, an dem es keine weinenden Kinder und schreienden Männer gab. Ein Ort, an dem man ihr nicht wehtat. Ein Ort, an dem es warm war und an dem es Leute gab, die die anderen Kinder Mama und Papa nannten. Sie wusste nicht, was das für Leute waren, aber so wie die Kinder weinten und diese Wörter sagten, mussten es nette Leute sein, die die Kinder schrecklich vermissten.

Die Tür wurde aufgestoßen. Sofort legte sie sich hin, dicht bei der Heizung, und tat so, als würde sie schlafen. Die schweren Schritte hallten auf dem morschen Boden wieder. Es waren die beiden Männer, die seit einigen Stunden aufpassten. Vermutlich wollten sie nachsehen, ob alles in Ordnung war.

Eines der neuen, kleinen Mädchen fing an zu wimmern und Hailey schloss schnell die Augen. *Sei doch still. Sei bloß still. Sie tun dir doch sonst weh.*

»Halts Maul, verdammt nochmal.«

Hailey hielt die Augen fest geschlossen, als der Mann ein kleines Mädchen anfuhr. Sie hörte einen Schlag, und das Mädchen schrie auf. Danach war ihr Wimmern nur noch lauter.

»Ah verdammt. David, mach das Fenster auf. Das Miststück hat sich eingepisst.«

Der andere Mann stieß ein angewidertes Zischen aus. »Als ob das noch was ändern würde. Die ganze Wohnung stinkt nach Pisse.«

36

Wieder war ein Schlag zu hören. Gerne hätte Hailey sich die Ohren zugehalten. Aber dann hätte sie sich bewegen müssen. Und damit würde sie verraten, dass sie wach war.

Und dann wäre sie die Nächste.

Sie hörte schlurfende Schritte. Einer der beiden Männer kam auf sie zu, und sie spürte einen eisigen Hauch. Der Mann hatte das Fenster nicht weit von ihr entfernt aufgemacht. Sie rollte sich etwas enger zusammen, als die Kälte sie traf. Sie würde wieder krank werden, wenn sie das Fenster zu lange auf ließen. Und dann würde der Boss wirklich wütend werden.

Wieder hörte sie Schritte. Sie atmete flacher, als die Schritte direkt eben ihrem Kopf stoppten.

»Hey – ist das nicht das Mädchen, von dem der Boss gesprochen hat?« Der Mann stieß mit der Fußspitze gegen Haileys Rücken.

Sie riss sich zusammen, um nicht zu zucken.

»Hä, was?« Noch ein Tritt. Der Wasserhahn im Nebenzimmer tropfte noch immer leise vor sich hin. »Mmh ja, kann sein.«

»Is die nicht schon ewig hier?«

Sie betete, dass die beiden Männer einfach wieder gehen würden. Lange konnte sie sich nicht mehr zusammenreißen. Sie fror und sie hatte schreckliche Angst. Alle diese Männer waren böse.

Die anderen Schritte kamen näher. Wieder stoppten sie ganz in ihrer Nähe. »Ja, das isse. Schwer zu verkaufen wegen diesem hässlichen Ding im Nacken. Aber Boss hat wohl endlich wen gefunden. Irgend so 'n reicher Saudi. Steht wohl auf Kinder. Bestimmt überlebt se nich mal die ersten zwei Wochen.«

Er spuckte direkt neben ihr auf den Boden.

»Mir isses egal, wohin se geht. Hauptsache, se verschwindet und der Kerl zahlt. Die haben wir echt viel zu lange durchgefüttert. Außerdem macht die ständig nur Ärger.« Er stieß ein entsetzliches Lachen aus. »Der Boss holt se morgen ab. Dann is sie nicht mehr unser Problem.«

Panik erfasste Hailey. Der Boss. Der Boss würde kommen, um sie zu holen.

Die Mädchen, die er mitnahm, kamen nie wieder zurück. Sie alle schrien und weinten an der Tür. Sie wehrten sich. Heftig. Aber er schlug sie so lange, bis sie doch mitgingen. Manchen von ihnen spritzte er irgendwas. Dann bewegten sie sich plötzlich gar nicht mehr.

Sie wusste nicht, was außerhalb dieser Tür lag, aber auf keinen Fall wollte sie mit dem Boss mitgehen. Er war der Herrscher dieser Hölle. Und wo immer er sie hinbrachte, konnte es nur noch schlimmer sein.

»Na los. Das Essen wird kalt.«

Das Herz hämmerte ihr in der Brust, als die Schritte sich entfernten. Morgen kam der Boss, um sie mitzunehmen. Allein schon bei dem Gedanken daran wäre sie am liebsten in Tränen ausgebrochen. Aber weinen führte zu nichts. Wenn man weinte, wurde alles nur schlimmer. Und doch konnte sie die Tränen kaum zurückhalten.

Solange Hailey sich erinnern konnte, war sie schon an diesem schrecklichen Ort gefangen. Und sie wollte nichts anderes als fliehen. Vor allem von hier. Aber vor allem vor dem Boss.

Hailey fröstelte, als der eisige Luftzug über ihre Haut strich, der durch das Fenster von draußen hereinwehte. Durch das Fenster. Das noch offen stand. Sie erinnerte sich an das eine Mädchen. Es war schon eine Weile her. Damals waren sie noch in einer anderen Wohnung gewesen. Hailey war jünger gewesen, als sie es jetzt war.

Das Mädchen war aus dem Fenster gesprungen.

Sie hatte nicht geschrien. Sie hatte nicht geweint. Und sie war nie wieder zurückgekommen. Vielleicht was das ihr Weg hier heraus. Vielleicht gab es etwas anderes dort draußen, wenn sie nur den Sprung aus dem Fenster wagte.

Aber sie hatte Angst. Angst vor dem Unbekannten. Diese Wohnung war alles, was sie kannte. Sie wusste nicht, was auf sie wartete, wenn sie erst einmal gesprungen war. Doch wenn sie an den Boss dachte, wurde ihr sofort übel. Egal wie viel Angst sie auch haben mochte – vor ihm hatte sie mehr Angst.

Bevor Hailey weiter darüber nachdachte, kam sie auf die Füße und rannte zum Fenster. Das war ihr Weg hier raus. Der Weg weg vom Boss. Weg von dieser Hölle, in der es nichts gab außer Schmerzen und Tränen.

»Zur Hölle, was …«

»Scheiße! Halt sie auf, verdammt nochmal!«

Hailey stützte die Hände auf dem Fenstersims ab und nutzte ihr bisschen Kraft, um sich auf dem Sims hochzuziehen. Sie sah nichts als Dunkelheit und den Schnee auf der Straße. So weiß. Ob er weich sein würde? Er sah ein bisschen aus wie eine Wolke.

»Wag es ja nicht zu springen, du Miststück.«

Hailey sah über die Schulter zu den Männern, die stolpernd auf sie zustürzten.

Und dann sprang sie einfach.

Als sie fiel, schrie Hailey.

Der Fall in die Tiefe kam ihr endlos vor. Als ihre Beine wieder auf etwas Festes trafen, war da ein lautes Knacken. Der Schmerz erfasste sie so schnell, dass sie laut aufschrie. Ihr Körper schlug auf der eisigen Kälte auf, die ihr sofort durch Mark und Bein ging. Ihr Kopf prallte hart auf den Boden.

Es tat so schrecklich weh.

Immer wieder wurde ihr schwarz vor Augen. Undeutlich sah sie, wie eine große Gestalt sich zu ihr herunterlehnte. Sie wusste, es warteten noch mehr Schmerzen auf sie. Ein Mann, der so groß war, konnte nur noch schlimmere Schmerzen bedeuten.

Dabei hätte dieser Sprung doch zu einem anderen Ort führen sollen. Einem Ort ohne Schmerzen. An dem es warm war. An dem es etwas anderes gab als die Hölle.

Der große Mann streckte die Hand aus, und sie zuckte zurück. Doch statt Schmerzen spürte sie Wärme. Wie eine Decke legte etwas Weiches sich um sie und hüllte sie ein.

So warm. So unendlich warm.

Sie sah den Mann einen Moment lang an. Sein eines Auge war braun und … das andere sah aus, als wäre es der Mond.

5

Butch konnte nur regungslos dabei zusehen, wie der Körper des Mädchens auf dem Asphalt aufschlug. Das laute Knacken verriet ihm sofort, das zumindest ein Knochen in ihrem Körper gebrochen sein musste, wenn nicht mehrere.

Sie blieb einfach im Schnee liegen. Rührte sich keinen Zentimeter. Aber ihren schmerzerfüllten Schrei würde er wohl niemals wieder aus dem Kopf bekommen.

Bei Gott, bitte lass sie nicht tot sein.

So schnell, wie sein Körper es ihm erlaubte, ging Butch auf das kleine Mädchen zu. Ihr Blut färbte den Schnee rot. Ihr linker Oberschenkelknochen ragte aus dem wenigen Fleisch heraus, das sie am Körper hatte. Ihr rechter Fuß stand in eine unnatürliche Richtung ab. Man musste kein Mediziner sein, um zu wissen, dass das auf keinen Fall so sein sollte. Und die Platzwunde an ihrem Kopf war derartig tief, dass sie definitiv genäht werden musste.

Mühsam ging Butch neben ihr in die Hocke. Seinen Gehstock legte er neben das Mädchen in den Schnee. Ihre Augen waren einen Spalt geöffnet. Sie atmete sehr flach und sehr, sehr schwach.

»Hey, Mädchen! Hörst du mich?«

Sie zeigte keinerlei Reaktion. Ihre Fingerspitzen zuckten leicht, und sie schien zwischen Bewusstsein und Bewusstlosigkeit hin und her zu wechseln. Sie trug eine zerrissene dünne Stoffhose und einen Pulli, der kaum dicker war als ein einfaches T-Shirt.

Sie war so klein und zierlich. So zerbrechlich und wehrlos.

Butch zog seinen Mantel aus und breitete ihn über ihr aus. Sonst erfror sie noch auf der Stelle.

Er sah hoch zu dem Fenster, aus dem sie gesprungen war. Der erste Stock. Für einen Körper wie seinen wäre das kein wirklich schlimmer Sturz gewesen, aber sie war sehr klein und viel zu dünn. Sie konnte dieser Sturz das Leben kosten.

Was zur Hölle bewog ein kleines Mädchen dazu, den eigenen Tod in Kauf zu nehmen und aus dem Fenster zu springen? Gefallen war sie jedenfalls nicht. Das hatte Butch genau gesehen.

Er spürte etwas an seinem Hosenbein und schaute hinunter zu dem Mädchen. Ihre Blicke begegneten sich für einen Moment. Ihre Augen waren so braun, dass sie beinahe schwarz wirkten. Ihr Gesicht war kindlich rund, doch ihre Wangen waren eingefallen und ihre Wangenknochen standen zu stark hervor. Jetzt erst bemerkte er die große Beule neben der Platzwunde. Sie konnte nicht vom Sturz stammen. Vollkommen ausgeschlossen. Wenn er die Ärmel ihres dünnen Pullovers hochschob, da war Butch sich sicher, würde er sämtliche Schattierungen zwischen Schwarz und Gelb auf ihrer hellen Haut finden.

Ihre Hände krampften sich leicht an seinem Hosenbein zusammen. Sie erinnerte ihn an sich selbst. Damals, als er noch unfähig gewesen war, sich selbst zu verteidigen. Als er nur weinen und schreien konnte, um das zu ertragen, was jeden Tag in dem Wohnwagen auf ihn gewartet hatte.

Das Bild von grell lackierten Fingernägeln erschien vor seinem inneren Auge, und der beißende Geruch von billigem Wodka und Zigaretten stieg ihm in die Nase. Beinahe war es so, als könnte er wieder dieses unverkennbare Geräusch hören, das Leder verursachte, wenn es auf Haut schlug.

Er war seit Jahren nicht mehr in diesem Wohnwagen gewesen. Und doch schien er ihn niemals wirklich verlassen zu haben.

»Alles okay«, murmelte er so leise, dass das Mädchen ihn wahrscheinlich gar nicht hören konnte. »Du bist in Sicherheit.«

Ihre Augenlider zuckten kurz, bevor sie zufielen. Ihr Griff an seinem Hosenbein wurde schwach. Sie hatte endgültig das Bewusstsein verloren.

Er musste einen Krankenwagen rufen. Und das schnell. Sonst würde das Mädchen erfrieren oder verbluten. Als er das Handy aus seiner Hosentasche ziehen wollte, hörte er Schritte. Kurz schloss er die Augen. Es waren zwei. Vermutlich Männer, so laut wie sie trotz des Schnees waren. Und sie rannten.

Butch öffnete die Augen und richtete sich auf. Ohne zu zögern, zog er seine Smith & Wesson und entsicherte sie, bevor er den Lauf auf das Ende der Gasse richtete. Früher waren Schusswaffen ihm ein Dorn im Auge gewesen. Eine feige Alternative für Leute, die nicht genug Mumm in den Knochen hatten, sich eins zu eins mit ihrem Gegner zu messen.

Doch jetzt ging es nicht um sein gottverdammtes Ego, sondern um den Schutz dieses Mädchens. Und er war nicht in der Lage, sie allein mit seinem Körper zu schützen. Eine Sache stand für Butch aber völlig außer Frage: Was auch immer diese Männer wollten – es hatte nichts mit dem Wohl dieses Kindes zu tun.

»Warum hast du sie nicht aufgehalten? Der Boss wird ausrasten wenn …« Zwei Männer bogen um die Ecke und hielten abrupt an, als sie ihn sahen.

Die beiden waren klare Handlanger. Die Intelligenz in ihren Augen ließ zu wünschen übrig, und ihre Kleidung war billig und abgetragen. Einer von ihnen starrte auf die Waffe. Der andere sah zwischen dem Mädchen und Butch hin und her.

»Ich an eurer Stelle würde mich umdrehen und gehen.« Butchs legte ein tiefes Grollen in seine Stimme. »Oder euer Boss sammelt euch tot von der Straße auf.«

Die Oberlippe des Linken zuckte kurz. »Das Mädchen gehört uns. Du solltest …«

Der Rechte schlug dem anderen unsanft in die Seite, um ihn zum Schweigen zu bringen. »Halts Maul! Weißt du nicht, wer das ist?«

Butch grinste schief. Zumindest einer der beiden Idioten hatte noch die ein oder andere Gehirnzelle in seinem sonst leeren Schädel.

Der Linke musterte ihn, dann fluchte er heftig. Abwehrend hob er die Hände. »Nicht schießen, okay?« Sein Blick huschte zurück zu dem Mädchen. »Wir wollen nur, was uns gehört und …« Er machte einen Schritt auf Butch zu.

Dummer Fehler. Butch zögerte keine Sekunde. Er schoss ihm direkt in die Schulter. Der Kerl stieß ein Jaulen aus und presste seine Hände auf das blutende Loch, das die Kugel in seinem Fleisch hinterlassen hatte.

»Der nächste Schuss geht zwischen deine Augen. Versprochen.« Normalerweise zitterten Butchs Hände, wenn er eine Schusswaffe hielt. Diesmal nicht. Er hatte den Lauf der Waffe direkt auf die Stirn des linken Mannes gerichtet.

»Verdammte Scheiße, Mann! Du bist echt irre!« Der Linke verlor immer mehr Farbe im Gesicht, während der Rechte auf die Wunde in seiner Schulter starrte. Doch dann löste er sich endlich von dem Anblick. Er packte seinen Kollegen am Unterarm und zerrte ihn rückwärts aus der Gasse. Er sah nicht zurück. Er drohte Butch nicht. Und er ließ die Waffe nicht aus den Augen, bis sie hinter der Häuserecke verschwunden waren.

Der war wohl doch nicht ganz so dumm, wie Butch angenommen hatte. Er ließ die Waffe erst sinken, als er keine Schritte mehr hören konnte. Dann zog er sein Handy aus der Hosentasche und wählte die 911.

Butch steckte die Waffe zurück in den Hosenbund und wandte sich wieder zu dem Mädchen um, als er die Stimme der Telefonistin hörte.

»Notrufzentrale. Was ist die Art Ihres Notfalls?«

»Ich habe hier ein Mädchen, das aus dem ersten Stock gesprungen ist. Sie ist bewusstlos und blutet stark.« Er hockte sich neben das Mädchen. »Ich schätze sie auf unter zehn Jahre. Sie ist dürr und vermutlich kurz vor dem Erfrieren.« Er hörte, wie die Frau zu tippen begann.

»Und sie ist gesprungen, sagen Sie?«

Er hörte ihr Misstrauen und verdrehte die Augen. »Hören Sie, ich habe keine Zeit für diesen Unsinn und das Kind auch nicht. Ich habe sie nicht gestoßen. Sie ist mir praktisch vor die Füße gefallen.« Er tastete nach dem Puls des Mädchens. Schwach, aber vorhanden. Das war doch schon mal was. »Der Knochen guckt aus ihrem Oberschenkel raus und sie blutet. Stark. Bewegen Sie also verdammt nochmal Ihren Arsch und retten Sie heute zumindest irgendjemandem das Leben.« Er konnte hören, wie sie entrüstet einatmete, doch er nannte ihr nur knapp die Adresse und beendete den Anruf.

Butch legte den Kopf leicht schief. Das Mädchen war wirklich sehr jung. Seine Einschätzung, dass sie unter zehn Jahre sein musste, war doch etwas zu vage gewesen. Jetzt, wo er sie näher betrachten konnte, schätzte er sie eher auf sechs oder sieben. Normalerweise würde sie in diesem Alter in der Grundschule sitzen und mit Staunen der Lehrerin bei ihren Ausführungen über irgendeinen Unsinn zuhören, den sie ohnehin nie wieder brauchen würde. Stattdessen war sie abgemagert, misshandelt und offensichtlich verzweifelt genug, einen Sprung aus dem Fenster zu wagen.

Das war kein Leben für ein Kind. Das wusste sogar Butch.

Er blickte über die Schulter zu dem Fenster. Von dort aus waren sie beide ein leichtes Ziel. Und erschossen zu werden stand heute nun wirklich nicht unbedingt auf seiner Tagesordnung. Er musste das Mädchen und sich aus der Schusslinie bringen, ohne sich zu weit zu entfernen, da der Krankenwagen bald eintreffen würde. Von der Gasse gingen einige kleinere Nebengassen ab, durch die ein Erwachsener gerade mal so hindurchpassen würde. Keine Chance, dass er sich dort mit ihr verstecken konnte. Sein Blick fiel auf die in Dunkelheit gehüllte Häuserecke unter einer Feuertreppe. Von dort konnte er alles im Blick behalten, während er und das Mädchen nicht zu sehen waren. Ein guter Standort war eben doch die halbe Miete.

Vorsichtig, so als könnte sie zerbrechen, hob Butch das Mädchen auf seine Arme und stand schwankend auf. Sie wog fast gar nichts. Ihr Gewicht sollte ihn nicht ... Er hielt inne, als sein Blick auf den Gehstock fiel, der noch immer im Schnee lag. Zum Teufel, bei der ganzen Aufregung hatte er das verdammte Mistding tatsächlich vergessen. Aber sich jetzt mit dem Mädchen auf dem Arm zu bücken und sich den Gehstock zu greifen, war absolut keine Option. Er riskierte nur, mit dem Kind zu stürzen, und das konnten sie beide nicht gebrauchen.

Butch wandte sich ab. Er ging auf die dunkle Ecke unter der Feuerleiter zu und zog sich vollständig in die tiefen Schatten dort zurück. Mit dem Rücken lehnte er sich gegen die Wand, deren Kälte sich sofort einen Weg durch sein einfaches Shirt bahnte, während er das Mädchen in seinen dicken Mantel einwickelte. Verdammt, sie war so unfassbar leicht, dass es ihm keinerlei Probleme bereitete, sie in seinen Armen zu halten und den Mantel um sie zu legen.

So zerbrechlich. So schutzlos.

Als Butch das Mädchen dicht an sich presste, spürte er eine gefährliche Mischung aus Mitleid und Wut in sich aufsteigen. Er wusste nicht, was diesem Mädchen widerfahren war. Aber er konnte eins und eins zusammenzählen.

Und es widerte ihn an.

Klar, seine Weste war auch nicht gerade blütenweiß. Er hatte gestohlen, harte Drogen gedealt, Ladenbesitzer erpresst und Knochen gebrochen. Er hatte Waffen verschoben, Polizisten bestochen und Geldwäsche betrieben. Aber er hatte niemals auch nur im Entferntesten daran gedacht, Kinder in diese dunkle Welt hineinzuziehen. Er wusste, dass es solche Leute gab. Leute, für die Kinder nichts weiter waren als Ware.

Aber unter der kriminellen Elite in New York City galt ein einfacher Grundsatz: Kinder rührt man nicht an. Niemals.

Butch würde sich das Ganze wohl oder übel näher ansehen müssen. Aber nicht heute Nacht. Er war nicht ausreichend bewaffnet, und er hatte im Moment auch ganz andere Sorgen: Das Mädchen in seinen Armen wurde immer blasser.

»Komm schon, Kleines. Du hast es bis hierher geschafft.« Er sah zum Ende der Gasse, in der Hoffnung, endlich einen Krankenwagen vorfahren zu sehen. »Da schaffst du es auch noch, bis der Krankenwagen hier ist.«

Er verstand selbst nicht, warum er sich überhaupt mit dem Mädchen beschäftigte. Er hätte sie einfach im Schnee liegen lassen sollen, anstatt sie hier so nah bei sich zu halten. Sie hätte die paar Minuten in Schnee gewiss irgendwie durchgehalten.

Stattdessen sah er sich mit ihrem flachen Atem und ihrem hämmernden Herzschlag konfrontiert. Und vor allem mit all den Komplikationen, die dieser Begegnung folgen würden. Verdammt, er wusste schon jetzt, dass ihm das hier nur Ärger bringen würde.

Ärger, den er weder wollte, noch gebrauchen konnte.

Er sollte das Mädchen zurück in den Schnee legen und gehen. Schlichtweg so tun, als hätte er nichts gesehen und nichts gehört.

Ja, er sollte wirklich gehen. Am besten jetzt sofort.

Doch Butch konnte sich erst dazu durchringen, das Mädchen loszulassen, als er die Sirenen hören konnte, die aus der Ferne näher kamen. Na endlich. Das wurde aber auch verdammt nochmal Zeit.

»Gleich hast du es geschafft«, murmelte er leise und trat mit dem Mädchen im Arm aus den Schatten heraus. Vorsichtig legte er sie so im Schnee ab, dass man sie vom Fenster aus nicht sah, die Rettungskräfte sie aber mühelos finden konnten.

Er zog seine Waffe und humpelte zurück zu seinem Gehstock, der noch immer im Schnee lag. Er beugte sich hinunter und hob ihn auf. Der rote Fleck im Schnee erinnerte ihn an eine Mohnblüte.

Er musste verschwinden. Die Rettungssanitäter hatten bestimmt die Polizei im Schlepptau. Und die stellten eine Menge Fragen, auf die Butch lieber nicht antworten wollte. Er humpelte an dem Mädchen vorbei tiefer in die Gasse hinein zu den schmalen Gängen, die ihn aus diesem Chaos heraus zurück in sein jetziges Leben führen würden.

Er drehte sich nicht um. Versuchte das Kind zu vergessen, das schutzlos im Schnee lag. Da hörte er die aufgeregten Rufe der Rettungssanitäter.

Butch stoppte. Er sollte gehen. Jetzt sofort.

Wenn er blieb, bekam er nur noch mehr Ärger. Und er konnte es sich wirklich nicht leisten, noch tiefer in diese ganze Sache hineinzuschlittern. Er hatte beide Hände voll mit sich selbst zu tun. Oder eher damit, sich bewusst nicht mit sich und seiner eigenen Situation auseinanderzusetzen.

Und doch wandte er sich in dem engen Gang um, der ihm beinahe die Luft aus den Lungen zu pressen drohte, und beobachtete, wie die Rettungssanitäter in die Gasse stürzten und sich um das Mädchen kümmerten. Sie hatten sich wirklich verdammt viel Zeit gelassen. Aber immerhin beeilten sie sich jetzt, denn ihre Handgriffe waren schnell und präzise, sodass sie kurze Zeit später das Mädchen auf einer Trage in den Rettungswagen schoben.

Die Tür des Wagens schloss sich mit einem lauten Knall. Der Motor sprang an und der Krankenwagen schoss aus der Gasse hinaus.

Das Mädchen war jetzt in sicheren Händen. Mehr hatte ihn nicht zu kümmern. *Beweg dich verdammt nochmal, du elendiger Vollidiot.* Doch sein Blick blieb an diesem roten Fleck im Schnee hängen.

Erst als ein Polizeiwagen vorfuhr und zwei Beamte ausstiegen, um sich den Unfallort näher anzusehen, löste Butch sich aus seiner Bewegungslosigkeit. Er trat den Rückweg zu seinem Loft an. Die Kälte kroch unter seine Kleidung, doch Butch bemerkte es kaum. Er hörte nur das leise Klicken seines Gehstocks, gefolgt von seinen schweren Schritten und einer mahnenden inneren Stimme, die ihm leise zuflüsterte, diese Begegnung ganz schnell zu vergessen.

6

»Weißt du eigentlich, wie arschkalt es zu dieser Jahreszeit in den Hamptons ist? Kein Wunder, dass es dort nur Sommerresidenzen gibt. Ich verstehe nicht …«

Vicky hörte ihrer Kollegin Stephanie nur mit halbem Ohr zu, während sie im Schwesternzimmer saßen und gemeinsam den ersten Kaffee ihrer sehr langen Nachtschicht tranken. Es war unhöflich, seinem Gegenüber nicht die volle Aufmerksamkeit zukommen zu lassen, und doch konnte sie nicht anders. Nach zwei Wochen Urlaub war Stephanies Nähe einfach ein bisschen zu viel für Vicky. Sie redete zu viel und zu schnell. Sie schien absolut keinerlei Filter zu haben. Und Vicky wusste bereits jetzt schon mehr über Stephanie, als ihr lieb war. Dabei kannten sie sich kaum.

»Es geht um meine Eltern. Sonst würde ich zu dieser Jahreszeit keinen Fuß freiwillig in die Hamptons setzen. Es ist nämlich nicht nur kalt, sondern auch alles wie ausgestorben.« Stephanie schüttelte sich. »Supergruselig, sag ich dir.« Sie trank einen Schluck Kaffee, ehe sie auflachte und sich eine goldene Strähne aus der Stirn strich, die sich aus ihrem Dutt gelöst hatte. »Entschuldige bitte. Jetzt habe ich die ganze Zeit vor mich hin geplappert. Wie war denn dein Urlaub?« Vicky konnte spüren, wie Stephanie sie genauer musterte. »Siehst ganz schon braun aus. Warst du weg?«

Vicky legte das unverbindliche Lächeln auf, das sie so oft vor dem Spiegel geübt hatte. »Das muss von der Sonnenbank sein. Ich hatte leider kein Geld, um wegzufahren.« Gott, sie hasste es, wie leicht diese dreiste Lüge ihr über die Lippen ging. Sie hatte in den letzten eineinhalb Jahren mehr Übung darin bekommen, als ihr lieb war. »Aber es war trotzdem schön. Ich habe mich einfach in meinen Büchern vergraben.«

Stephanie zog die Nase kurz kraus. Dann lächelte sie. »Klingt spannend.«

Natürlich klang Urlaub zu Hause todlangweilig. Aber genau so sollte es auch klingen. Nathan hatte ihr beigebracht, wie man Fragen so beantwortete, dass man keine Folgefragen zu erwarten hatte. Wie man freundlich, aber unverbindlich blieb, bis die eigenen Worte so farblos und unbedeutend waren, dass sie in der Erinnerung anderer einfach verblassten. Und jemanden zu langweilen war immer eine gute Option, die mittlerweile zu Vickys leichtesten Übungen zählte.

Stephanie nahm sich einen Keks von dem Teller vor sich und biss eine kleine Ecke ab. »Hattest du denn schöne Feiertage? Hast du mit deinen Eltern telefoniert?«

»Meine Eltern sind tot, Stephanie.«

Stephanie verschluckte sich an ihrem Stückchen Keks. Sofort begann sie zu husten und Tränen traten ihr in die Augen. Wortlos schob Vicky ihr ein Glas Wasser hinüber, das Stephanie in gierigen Zügen austrank.

»Entschuldige bitte«, brachte sie schließlich hervor und wischte sich die Tränen aus den Augenwinkeln. »Das wusste ich nicht. Ich kann so eine unsensible Kuh sein.« Sie ließ den Kopf in die Hände sinken. »Gott, so was passiert aber auch immer nur mir.«

Vicky winkte ab. »Kein Problem. Ich mache ja kein Geheimnis daraus. Sie sind bei einem Autounfall gestorben, als ich noch klein war. Von unserer Familie leben nur noch meine Schwester und ich.« Sie dachte einen Moment lang an Sam und Susan und an das kleine Häuschen in Florida, in dem sie groß geworden war. »Und natürlich meine Pflegeeltern. Ich dachte, das wüssten alle.«

»Nein. Ich glaube, das weiß niemand.« Stephanie biss sich ein wenig auf die Unterlippe. »Es ist aber auch echt schwer, dich kennenzulernen.«

Vicky konnte diesen Satz nicht wirklich mit sich selbst in Einklang bringen. Sie war immer der Sonnenschein gewesen, war immer die Frau gewesen, die ein Lächeln auf den Lippen hatte und für die es einfach war, neue Leute kennenzulernen. Schlechte Menschen hatte es für sie einfach nicht gegeben, sie hatte in jedem einen guten Kern gesehen, auch wenn er sich noch so furchtbar benommen hatte. Vicky legte die Hände um ihre Kaffeetasse. So naiv war sie damals durch die Welt gezogen. Die Monster, die Lissiana stets in den Häuserschatten sah, hatte sie immer nur für das Produkt von Lissianas übermäßigem Misstrauen gehalten.

Bis sie dem *Bräutigam* begegnet war. Vicky umklammerte die Tasse so stark, dass ihre Knöchel weiß hervortraten.

»Vicky? Hallo?«

Sie zuckte zurück, als Stephanie mit der Hand vor ihrem Gesicht herumwedelte.

»Ist alles okay bei dir? Du wirkst total abwesend.« Stephanie war ein wenig blass geworden. »Es ist doch nicht wegen dem, was ich gesagt habe, oder?«

Vicky schüttelte den Kopf. »Nein, natürlich nicht. Entschuldige bitte. Ich war einfach nur in Gedanken.«

Stephanie atmete erleichtert aus. »Gut. Ich dachte schon, ich hätte dich jetzt durch meine unsensible Art vollkommen vergrault.«

Vicky lachte laut auf und dachte automatisch an Butch. »Nein. Um mich zu vergraulen, musst du schon härtere Geschütze auffahren. Also mach dir darum mal keinen Kopf.«

Es war ihr sowieso ein Rätsel, warum Stephanie sich derart um sie bemühte. Sie hatte, seitdem sie in diesem Krankenhaus angefangen hatte, die meisten Leute auf Distanz gehalten. Sie wollte so weit wie irgend möglich unter dem Radar fliegen. Und bisher war es ihr gut gelungen, möglichst unverfängliche und nichtssagende Gespräche zu führen, die einzig und allein dem Zweck dienten, dass die anderen Pflegerinnen und Pfleger sie nur als Arbeitskollegin wahrnahmen. Aber Stephanie hatte es sich von Anfang an zur Aufgabe gemacht, Vicky näher kennenzulernen. Was gleichermaßen schmeichelhaft wie beunruhigend war.

Stephanie sah einen Moment lang auf die dunkle Schwärze in ihrer vanillefarbenen Tasse. Es war offensichtlich, dass ihre unüberlegten Worte sie beschäftigten.

»Denk nicht weiter drüber nach. Es ist wirklich okay.« Vicky nahm Stephanies Hand und drückte sie. Dabei blickte sie zu den roten Kontrolllämpchen der Schwesternklingeln. Heute Nacht war es ruhig auf der Kinderstation. Sonst hatte sie nicht einmal die Zeit, ein Glas Wasser zu trinken, während sie über die Flure huschte, um Tränen zu trocknen und leise Worte der Ermunterung zu murmeln.

»Ungewöhnlich ruhig heute.« Keines der roten Lämpchen leuchtete auf. Außer dem leisen Surren der Kaffeemaschine war nichts zu hören. »Das heißt meist nichts Gutes.«

»Sag nicht, du glaubst an diesen ganzen *Ruhe vor dem Sturm*-Unsinn.« Vicky verbarg ein Grinsen hinter ihrer Tasse, als Stephanie nur mit den Schultern zuckte. »Ich hätte dich wirklich nicht für abergläubisch gehalten, Stephanie.«

»Ich nehme an, wir alle haben so unsere Geheimnisse.«

Bei Gott, wenn sie wüsste.

»Also«, Stephanie streckte sich, »was machen wir jetzt die ganze Nacht? Sollen wir schauen, ob es etwas Cooles im Spielzimmer gibt? Doktor Bibber vielleicht?«

Vicky grinste. Vielleicht war es doch nicht so schlecht, zumindest eine Freundin auf der Station zu haben. »Klar, gerne.« Sie lehnte sich verschwörerisch über den Tisch. »Aber ich sage dir gleich – ich habe wahnsinnig ruhige Hände.«

Das war natürlich eine dreiste Lüge. Aber Vicky vergaß tatsächlich die Zeit, während sie mit Stephanie Kinderspiele spielte. Sie war gerade dabei, das Plastikherz des Patienten zu entfernen, als das Telefon im Schwesternzimmer klingelte. Das laute Quietschen, das verriet, dass Vicky den Rand berührt hatte, erklang sofort, und vor Schreck ließ sie die kleine Zange fallen.

Vicky unterdrückte ihr Lachen und nahm den Hörer ab. »Ja?«

»Ist Schwester Victoria zu sprechen?«

Vicky erkannte die übellaunige Stimme von Dr. Palmer, dem Chirurgen der Notaufnahme, und verspannte sich sofort. Sie konnte ihn nicht leiden, aber er war ein sehr fähiger Arzt. Und wenn er anrief, bedeutete das meistens Ärger. Sie verdrehte die Augen. Er kannte nicht einmal ihre Stimme.

»Am Apparat. Was kann ich für Sie tun, Dr. Palmer?« Vicky bemühte sich, ruhig und gelassen zu klingen.

»Ich brauche Sie auf der Überwachungsstation.«

Vickys Blick flog sofort zu dem Dienstplan, der an der Wand neben der Tür zum Schwesternzimmer hing. Die Überwachungsstation? Dort war sie laut Rotationsplan erst wieder in drei Wochen eingeteilt.

Vicky räusperte sich. »Bei allem Respekt, Dr. Palmer, aber Schwester Svetlana hat dort heute Dienst, nicht ich.«

»Ist das Ihr gottverdammter Ernst?« Palmer stieß ein genervtes Seufzen aus. »Ich weiß durchaus, dass Sie keinen Dienst haben. Ich sage Ihnen dennoch, dass Sie runterkommen sollen. Schwester Svetlana übernimmt Ihren Dienst. Also tun Sie gefälligst, was ich Ihnen sage, anstatt meine Entscheidungen infrage zu stellen. Bin ich der Arzt oder Sie?«

Es war eine rhetorische Frage. Also presste sie die Lippen aufeinander, um ihre Meinung für sich zu behalten und schwieg.

»Na also. Geht doch.« Palmers selbstgefälliger Tonfall zerrte an Vickys Nerven. »In spätestens fünf Minuten sind Sie auf der Überwachungsstation. Ist das klar?« Er wartete nicht einmal ihre Antwort ab, sondern legte einfach auf.

Vicky nahm den Hörer vom Ohr und sah noch ein paar Sekunden darauf. Etwas zu heftig knallte sie ihn auf die Gabel.

Stephanie runzelte die Stirn. »Alles okay?« Sie nickte in Richtung des Telefons. »Wer war das?«

»Dr. Gottkomplex.« Vicky knirschte mit den Zähnen. Sie sollte sich besser zusammenreißen. Ein solcher Temperamentsausbruch war schlichtweg unprofessionell. Aber sie kochte innerlich und konnte wirklich keine Rücksicht darauf nehmen, ob sie sich jetzt professionell verhielt. »Ich soll mich auf der Überwachungsstation einfinden. Sofort.«

»Was? Wieso denn das?« Stephanie blickte zum Einsatzplan. »Svetlana ist doch dort. Wieso braucht er dann dich?«

Vermutlich, weil Svetlana überfordert ist und er mich einfach terrorisieren will. Weil er ein unverbesserliches Arschloch ist. Vicky zuckte mit den Schultern. Warum regte sie sich überhaupt so auf? Es war nun einmal Teil ihres Jobs. Nicht mehr und nicht weniger. Aber vermutlich lag es daran, dass Bevormundung und solche ruppig vorgebrachten Anweisungen ihr mittlerweile ein echter Dorn im Auge waren. Palmer hatte mit seiner überheblichen Art genau diese beiden Knöpfe bei ihr gedrückt. »Keine Ahnung. Aber ich sollte mich beeilen, bevor er noch einen Tobsuchtsanfall bekommt.« Immerhin lag die Überwachungsstation auf der anderen Seite des Krankenhauses. Genug Zeit, um sich wieder zu beruhigen. Auch wenn sie befürchtete, dass der Weg nicht reichen würde.

Vicky erhob sich. »Svetlana müsste gleich kommen, damit du nicht allein bist.« Sie griff sich ihre Wasserflasche und einen Schokoladenkeks und ging zur Tür.

Stephanie zog die Nase leicht kraus. »Viel Erfolg da drüben.«
Vicky seufzte. »Danke.« Mit schnellen Schritten machte sie
sich auf den Weg zur Überwachungsstation.

Sie kaute auf dem Schokoladenkeks herum und versuchte
ihre Wut in den Griff zu bekommen. Immerhin hatte Dr. Palmer sicherlich einen guten Grund, sie anzufordern, richtig? Immerhin war ihre Erfahrung aus der Notaufnahme einschlägig
bekannt und sie war länger da als die junge Svetlana, die erst vor
zwei Wochen in diesem Krankenhaus angefangen hatte. Frisch
vom College, gerade einmal 22 Jahre alt. Vicky ließ die gespenstisch stillen Gänge der Stationen des Krankenhauses hinter sich.
Svetlana war nur vier Jahre jünger als sie selbst. Und doch fühlte
sie sich Jahrzehnte älter als die junge Russin. Zumindest seit …

Vicky schüttelte den Kopf und stieß die Türen zur Überwachungsstation auf. Sie konnte dieses Monster nicht mit auf diese
Station nehmen. Nicht einmal in Gedanken. Der *Bräutigam*
hatte genug ruiniert. Hatte sie genug zerstört. Sie würde nicht
zulassen, dass er ihre Arbeit noch weiter sabotierte.

Vicky trat in den dunklen Flur, in dem das leise Piepen der
EKG-Monitore allgegenwärtig war. Am Ende des Gangs eilte
Svetlana aus einem Zimmer, und Vicky wollte sie schon begrüßen. Da blieb ihr das Wort im Hals stecken. Svetlanas Haut war
leichenblass, ihre Wangen von Tränen völlig nass. Sie sah nicht
einmal auf, als sie praktisch an Vicky vorbeistürzte.

Dr. Palmer trat aus dem Zimmer und unterschrieb etwas auf
seinem Klemmbrett. »Schön, dass Sie heute auch noch zu uns
stoßen, Schwester Victoria. Ich dachte schon, Sie wären in den
Gängen verlorengegangen und ich müsste einen Suchtrupp los-
schicken.« Er blickte auf die teure Herrenuhr an seinem Handgelenk. Vicky wusste genau, sie war nicht zu spät, denn sie hatte
sich beeilt. Er wollte nur wieder ein Arschloch sein. So wie immer.

Dr. Palmer war ein attraktiver Mann Mitte vierzig mit vollem braunem Haar und athletischem Körperbau. Aber seine markanten Gesichtszüge und seine außerordentlichen medizinischen Fähigkeiten konnten nicht über seine grenzenlos scheußliche Persönlichkeit hinwegtäuschen. Für Vicky war er einer der abstoßendsten Menschen, denen sie jemals begegnet war.

Sie sah in seine grauen Augen und drückte die Schultern durch. »Jetzt bin ich ja hier. Wie verlangt. Also, was kann ich für Sie tun, Dr. Palmer?«

Kurz glitt ein herablassendes Grinsen über sein Gesicht. Vermutlich ahnte er, dass sie ihm gerne die Meinung gesagt hätte, doch sein Status als Oberarzt der Notfallchirurgie machte ihn für sie unantastbar.

»Stimmt es, was man über Sie sagt?« Palmers Stimme war tief und melodisch, dennoch zerrte sie beharrlich an Vickys Nervenenden.

»Was genau meinen Sie?«

»Dass Sie in der Klapse waren, bevor Sie hier angefangen haben?«

Bei seinen Worten blieb Vicky der Mund offenstehen.

Palmer stieß ein leises lachen aus. »Das werte ich dann mal als ein Ja.« Er sah auf sein Klemmbrett. »Keine Sorge – hier geht es nicht um Ihre berufliche Eignung als Krankenschwester. Man sagt, Sie wären durchaus fähig.« Er musterte sie. »Für eine Krankenschwester.«

Vicky war noch immer wie erstarrt, doch der zweite Schlag unter die Gürtellinie sorgte dafür, dass sie sich wieder regen konnte. Sie ballte die Hände zu Fäusten. Es war schon eigenartig. Eigentlich war sie ein sehr friedlicher Mensch. Außer sie traf auf Palmer. Da wollte sie tatsächlich von ihrem neuen Wissen Gebrauch machen. Tiny hatte ihr gezeigt, wie man sein ganzes Gewicht in den Faustschlag legen musste, um jemanden ernsthaft zu verletzen. Sie sollte ihn wirklich nochmal danach fragen.

»Ich denke nicht, dass Sie das etwas angeht, Dr. Palmer.« Sie zischte beinahe. »Außerdem hat meine Vergangenheit absolut nichts mit …«

Er hob die Hand. »Das können Sie sich sparen, Schwester. Ich bin nicht hier, um zu urteilen.«

Ja klar. Arsch.

»Ich habe Sie herkommen lassen, weil Ihre Vergangenheit in diesem Fall durchaus hilfreich sein könnte.« Er nickte in Richtung des Zimmers, aus dem Svetlana gekommen war. »Diese Patientin ist, gelinde gesagt, schwierig.«

Wie ihre blutige Begegnung mit einem Serienmörder ihr weiterhelfen sollte, war Vicky schleierhaft. »Inwiefern?«

Palmer deutete mit einer ungeduldigen Geste kommentarlos in Richtung Tür, sodass Vicky nur mit einem tiefen Seufzer kapitulierte und über die Schwelle in das Zimmer trat. Die Wände hatten einen weißen Anstrich. Die Vorhänge waren dunkelgrün, und außer dem Krankenbett, den EKG-Monitoren, einem Schreibtisch, einem Beistelltisch, einem Stuhl und einem winzigen Kleiderschrank gab es nicht eigentlich nicht viel. Es sah genau so aus wie all die anderen hundert Zimmer in diesem Krankenhaus.

Die Patientin war ein kleines Mädchen. Vermutlich kaum älter als sechs oder sieben Jahre. Ihre Haut war aschfahl. Ihr linkes Bein steckte in einem Fixateur. Ihr Kopf war mit einem dicken Verband umwickelt und ihr rechtes Bein war dick eingegipst. An den dünnen Armen hatte sie viele Schrammen, und man hatte sie nur notdürftig zugedeckt.

»Im Aufwachraum hat sie alles zusammengeschrien.«

Das Mädchen war so unfassbar dünn. Vermutlich unterernährt. Ihr braunes Haar guckte unter dem Verband hervor. Es war strähnig. Fettig. Kaputt.

58

»Wir mussten sie sedieren, um sie hierher zu verlegen.«

»Was ist mit ihr passiert?«

Palmer zuckte mit den Schultern. »Weiß keiner so genau. Sie wurde ohne Begleitung gefunden. Laut Notruf soll sie aus dem ersten Stock gesprungen sein.« Er massierte sich mit der freien Hand leicht den Nacken. »Ich musste Dr. Hunt kommen lassen, der hat ihre Knochen zusammengeflickt.« Er verschränkte die Arme vor der Brust und knirschte mit den Zähnen. Seine Rivalität mit dem Oberarzt der Orthopädie interessierte Vicky gerade allerdings herzlich wenig. »Sie hatte eine offene Fraktur des Oberschenkelknochens und einen komplexen Bruch des Sprunggelenks.« Palmer steckte das Klemmbrett ans Fußende des Bettes. »Außerdem hat sie es irgendwie geschafft, sich bei dem Sturz die Milz anzureißen. Eine Gehirnerschütterung hat sie auch.« Er schüttelte den Kopf. »Ihre körperliche Verfassung ist eine Katastrophe. Sie ist unterernährt und ihre Knochenstruktur ist nicht gerade stark. Was sie zu essen bekommen hat, war also minderwertiger Mist. Wir werden sehen, ob sie sich davon erholen wird oder nicht. Gut ist, dass sie aufgewacht ist und eigenständig atmet.« Er verzog das Gesicht. »Wobei ich auf das Geschrei echt hätte verzichten können. Ihre Lungen sind definitiv in Ordnung.«

Vicky schluckte. Das arme Mädchen. Aber sie glaubte diese Art von Schreien zu kennen. Von sich selbst. Aus hundert Nächten, in denen ihre eigenen Schreie sie aus ihren Albträumen geweckt hatten. Sie hatten erst vor knapp acht Monaten aufgehört. Ein klares Anzeichen für eine posttraumatische Belastungsstörung. Zumindest hatte ihr Psychologe das damals gesagt. »Kennt man ihren Namen?«

»Klar. Was glauben Sie denn?« Palmers Worte trieften nur so vor Sarkasmus. Er nahm etwas von dem Nachtschrank neben dem Bett des Mädchens und drückte es Vicky in die Hand. Etwas überrascht sah sie auf den großen durchsichtigen Plastik-beutel. »Das ist alles, was bei dem Kind gefunden wurde. Die Polizei kommt vorbei, sobald das Mädchen aufgewacht und ver-nehmungsfähig ist. Ergo, wenn sie aufhört, wie am Spieß zu schreien, sobald sie wach wird.« Wieder sah er auf die Uhr an seinem Handgelenk. »Ich hoffe, Sie haben Sitzfleisch. Das könnte nämlich eine Weile dauern.«

Vicky wusste nicht wirklich, was sie tun oder sagen sollte. Sie konnte nur auf diesen Plastikbeutel starren. Das war alles? Das sollte doch wohl ein schlechter Scherz sein.

»Na dann.« Palmer ging in Richtung Tür. »Ich will regelmäßi-ge Updates bezüglich ihres Zustandes. Und sehen Sie zu, dass Sie über den Tropf 'n bisschen was an Nährstoffe in das Mäd-chen kriegen.«

Vicky brachte ein knappes Nicken zustande, während sie wie-der zu dem Mädchen in dem Bett sah. Ihre Kehle fühlte sich an wie zugeschnürt. Wo waren die Eltern des Mädchens? Hatte sie überhaupt welche? Und was hatte dazu geführt, dass sie in so einem schrecklichen Zustand in diesem Krankenhaus gelan-det war?

Palmer folgte ihrem Blick. »Die Selbstmordgefährdeten wer-den anscheinend auch immer jünger.« Er schüttelte den Kopf. Kurz wurden die Fältchen an seinen Augen und an seinem Mund sichtbar, als ein beunruhigter Ausdruck über sein Ge-sicht huschte. »Sorgen Sie dafür, dass das Kind ja nicht wieder anfängt zu schreien. Vielleicht kriegen Sie dann auch was aus ihr raus.« Damit verschwand er.

Einen Moment lang war nur das leise Piepen des EKG im Krankenzimmer zu hören. Vicky starrte auf die Tüte in ihrer Hand und dann zu dem Mädchen. Sie war aus dem Fenster ge-sprungen. Und sie war allein gewesen. Ganz allein. *Allein.*

Der Geruch von Chloroform. Das Hochzeitskleid. Die Ketten.

Vicky begann unkontrolliert zu zittern. Sie hatte ihre Erinnerungen sorgsam mit einem Absperrband vom Rest ihres Verstandes abgetrennt. Wie einen Tatort. Doch jemand riss mit scharfen Klauen an dem Plastikband.

»Vicky?« Die Stimme klang, als wäre sie meilenweit entfernt. »Ist alles okay?«

Vicky wollte nicken. Stattdessen schüttelte sie den Kopf.

Sie spürte kaum, wie jemand sie zu dem Stuhl am Bett des Mädchens führte und sie sanft an der Schulter niederdrückte. Einzig und allein die Größe der Hand verriet ihr, dass es ein Mann sein musste. Vermutlich Dave. Der nette, untersetzte Pfleger der Überwachungsstation. Sie mochte Dave. Mochte Dave …

»Ich hole jetzt die Infusionen für das Mädchen. Und dann bringe ich dir einen Kaffee, okay?«

Vicky nickte mechanisch und sah Dave einen Moment nach, bevor er aus ihrem Sichtfeld verschwand. Ihr Blick fiel wieder auf das Mädchen. Sie hatte die Augen geschlossen. Sie war bleich, aber sie kämpfte. Ihre Atmung war tief und regelmäßig.

Vicky griff sich die zierliche Kinderhand. Ihre Finger waren kalt und so klein, dass sie vollständig in Vickys eigenen Händen verschwanden.

Das Mädchen kämpfte.

Also würde Vicky das auch tun.

Mit einem entschiedenen Kopfschütteln löste sie sich aus den furchtbaren Erinnerungen. Die große durchsichtige Plastiktüte lag immer noch in ihrem Schoß. Sie neigte den Kopf zur Seite und runzelte die Stirn. Palmer hatte gesagt, das Mädchen wäre allein gewesen.

Warum war dann ein schwarzer Herrenmantel bei ihr gefunden worden?

7

Butch starrte auf die Wohnungstür aus dunklem Holz und stieß ein leises Seufzen aus. Was zum Teufel machte er eigentlich hier? Das alles ging ihn einen Scheißdreck an.

Und doch stand er jetzt in diesem Treppenhaus, in dem es nach Kotze und Pisse stank und wo die billige Farbe von den Wänden abblätterte. Die Wohnungstüren allerdings waren so alt und massiv, dass sie mehr Sicherheit versprachen als dieser ganze neumodische Mist, bei dem man ein einziges Mal gegen die Tür treten musste, damit sie aus den Angeln brach.

Er sollte so ziemlich überall in dieser gottverlassenen Stadt sein. Sogar mitten in Hell's Kitchen. Oder direkt vor Tinys Nase, der ihn zweifellos in seine Einzelteile zerlegen würde. Scheiße, vielleicht sollte er besser jemanden direkt vor dem Polizeirevier zu Brei schlagen, als jetzt hier vor dieser Wohnungstür stehen.

Aber das Mädchen hatte ihm keine Ruhe gelassen. Den Rest der Nacht hatte er damit zugebracht, sich von einer Seite auf die andere zu wälzen mit ihrem Schrei im Ohr, während er immer wieder vor seinem inneren Auge sah, wie ihr Körper auf dem schneebedeckten Asphalt der Gasse aufschlug.

Wie eine gesprungene Schallplatte hatte sich sein bizarres Kopfkino wiederholt. Der Schrei. Der Sturz. Das widerliche Knacken, als ihre Knochen brachen.

Also war er, entgegen seiner lauten inneren Stimme, die ihn warnte, sich aus diesem komplizierten Chaos herauszuhalten, zurück zur Gasse gegangen, um sich das Haus näher anzusehen, sobald es dunkel wurde. Und jetzt stand er hier, wie der letzte Vollidiot, mit einem Dietrich in der Hand und seinen beiden Handfeuerwaffen als einzige Hilfe.

Jetzt bist du hier. Jetzt kannst du es auch durchziehen.

Butch schloss für einen Moment die Augen und horchte in die Stille hinein. Die Türen mochten dick sein. Aber die Wände waren es nicht. Doch er hörte nur das helle Fiepsen der Ratte auf dem unteren Treppenabsatz.

Keine Männerstimme. Kein Weinen. Nicht einmal Schritte.

Er öffnete die Augen.

Es war still. Alarmierend still.

Doch anstatt das Weite zu suchen, lehnte er den Stock gegen die Flurwand und steckte den Dietrich ins Schloss. So viel zum Thema Selbsterhaltungstrieb.

Butch konzentrierte sich auf das Gefühl unter seinen Fingerspitzen. Er spürte jedes Klicken, als er die Zähne des Schlosses beiseiteschob, um es zu öffnen.

Früher waren Schlösser kein Hindernis für ihn gewesen. Er hatte mit neun sein erstes geknackt und hatte nie wirklich damit aufhören können. Bis es nicht mehr notwendig gewesen war, billige Karren zu stehlen oder in Wohnungen einzusteigen, um irgendwelchen Ramsch zu klauen. Den hatten John und er auf dem Schwarzmarkt verscherbelt, damit sie überhaupt irgendetwas zwischen die Zähne bekamen.

Butch rutschte ab und fluchte leise, als er von vorne anfangen musste. Er war wirklich eingerostet. Aber es war auch über zehn Jahre her, dass er sich als Kleinkrimineller über Wasser gehalten hatte. Also hatte er dieses Talent verkümmern lassen, in der arroganten Annahme, nie wieder zum kriminellen Bodensatz zu gehören.

Wie sehr man sich doch irren konnte.

Das Schloss gab ein leises Knacken von sich, als es aufsprang. Es war wie Musik in Butchs Ohren. Vorsichtig schob er die Wohnungstür ein Stück weit auf, während er den Dietrich wieder in die Tasche seiner Lederjacke gleiten ließ.

Er hielt einen Moment lang inne. Wartete, ob sich etwas hinter der Tür bewegte oder ob er hören konnte, wie sich der Hahn einer Waffe spannte. Doch wieder schlug ihm nur diese schwere Stille entgegen.

Er griff sich eine der beiden Smith & Wesson und löste die Sicherung der Waffe, ehe er einen letzten Blick auf seinen Gehstock warf. Er hatte höllische Schmerzen, weil er Vollidiot seine Pillen in dem Mantel vergessen hatte. Und der war außerhalb seiner Reichweite in irgendeinem Krankenhaus. Oder als Beweisstück bei der New Yorker Polizei.

Er hätte die Pillen herausnehmen sollen, bevor er dem Mädchen den Mantel überlassen hatte. Jetzt humpelte er so schlimm wie zum Anfang seiner sinnlosen Therapie. Eigentlich konnte er auf diese kleine Hilfe nicht verzichten. Doch wenn jemand in der Wohnung war, würde er seine Schwäche auf keinen Fall zeigen, indem er wie ein alter Krüppel an einem Gehstock in die Gefahrenzone humpelte.

Vollkommen ausgeschlossen. Auch er hatte seinen Stolz.

Butch atmete noch einmal tief durch, bevor er die Waffe hob und die Tür vollständig aufstieß. Er hatte seine Kraft falsch eingeschätzt, und die Tür schlug mit einem deutlich hörbaren, dumpfen Schlag gegen die Wand. Butch hielt den Atem an, während er mit grimmigem Blick darauf wartete, dass seine Angreifer aus irgendeiner Tür in sein Schussfeld stürzten. Geduldig presste er die Schulter gegen die schützende Wand und starrte mit gezogener Waffe in den dämmerigen Flur.

Nichts geschah.

Es blieb einfach nur gespenstisch still.

»Fuck.« Butch knirschte mit den Zähnen und steckte seine Waffe zurück in das Holster. »Die Ratten haben also das sinkende Schiff verlassen.«

Er nahm sich seinen Gehstock und stützte sich schwer darauf, als er in die Wohnung ging und die Tür leise hinter sich schloss. An der Wand tastete er nach einem Schalter, fand einen und knipste das Licht an. Eine nackte Glühbirne hing von der Decke und beleuchtete den Flur, von dem drei Türen abgingen.

Der Putz blätterte ab und gab stellenweise den Blick auf die Holzbretter in den Wänden frei. Sie sahen verdammt morsch aus. Es war ein Wunder, dass hier überhaupt noch irgendetwas stand. Die Holzdielen waren vollkommen zerkratzt, und auch die Türen waren so alt, dass nicht mehr zu erkennen war, welche Farbe sie ursprünglich gehabt hatten. Nur noch eine irritierende Mischung aus Grau und Braun war zu sehen.

Butch horchte noch einmal in die Stille hinein, doch es war wirklich nichts zu hören. Nicht einmal der übliche Straßenlärm, den man in solchen alten Gebäuden für gewöhnlich nicht aussperren konnte, selbst wenn man wollte.

Eigenartig.

Butch sah zu den drei Türen, die vom Flur abgingen. Eine war zu seiner Linken, eine zu seiner Rechten. Und eine geradeaus. Instinktiv wandte er sich zuerst nach rechts.

Vorsichtig öffnete er die Tür und schaltete das Licht ein. Der Raum war klein und dunkel. Dennoch hatte man drei Stockbetten und ein Einzelbett hineingequetscht. Zwischen den Betten war kaum Platz, um sich zu bewegen, doch um Bewegung für die Bewohner ging es offensichtlich nicht.

Butch zog die Lederhandschuhe aus seinen Jackentaschen und streifte sie über. Mit dem Handschuh berührte er die kurze Kette mit der Handschelle, die von dem Pfosten des mittleren Stockbettes hinabhing. Jedes einzelne Bett hatte eine solche Kette. Und die Schellen waren so klein, dass sie nicht für einen Erwachsenen gedacht sein konnten.

Ein Schauer lief Butch den Rücken hinab. Der Raum hatte kein einziges Fenster, doch im kalten Licht der nackten Glühbirne sah er deutlich, dass auch hier der Putz von den Wänden bröckelte. Hinter dem Einzelbett, das quer vor den Stockbetten stand, konnte er einen riesigen Schimmelfleck an der Wand ausmachen, der schon weiße Fäden gebildet hatte.

Sein Blick fiel auf die Matratze auf dem Einzelbett. Er brauchte kein Schwarzlicht, um zu erkennen, was das für hellere eingetrocknete Flecken auf dem schmutzig weißen Stoff waren. Und auch für die rötlich braunen Flecken brauchte er keine Erklärung. Seine Hand schloss sich fester um die Kette, er bebte vor Wut. Das Knarzen von Holz war zu hören. Ganz so, als wollte es ihn warnen, dass es unter seiner Gewalt bald brechen würde.

Mit einem Ruck ließ Butch die Kette fallen.

Er stützte sich auf den Gehstock und ging in Richtung Tür. Die Wut, die seinen Körper durchflutete, war wie Benzin, das man auf eine heiße Flamme goss. Butch machte größere Schritte, als er quer durch den Flur zu der gegenüberliegenden Tür ging.

Zornig stieß er die Tür auf, die gegen die Wand krachte. Der Griff hinterließ ein Loch im Putz, doch dafür hatte Butch keine Augen. Gezielt suchte er nach weiteren Hinweisen für ein Kinderbordell. Wer immer für all das hier verantwortlich war, er würde ihn jagen und eigenhändig zur Strecke bringen. Kinderhandel oder Kinderprostitution würde er auf keinen Fall in seiner Stadt dulden.

Butch ließ den Blick durch die heruntergekommene Küche gleiten. Die Einbauküche war bestenfalls aus den Sechzigerjahren. Die blassgelben Schrankfronten hingen schief in den Scharnieren. Die Metallringe der Kochstellen des altmodischen Gasherds waren schon völlig rostig und von großen Flecken überzogen, die derartig eingebrannt waren, dass sie nicht mehr braun, sondern tiefschwarz waren.

Es war offensichtlich, dass die Wohnung in Eile verlassen worden war. Einige der Schränke standen auf. Glasscherben waren überall auf dem fleckigen Linoleumboden verteilt. Eine Schublade lag auf dem Boden, als hätte man sie mit einem Ruck herausgerissen, sodass sie aus der Schiene gesprungen war. An dem Tisch standen zwei alte Klappstühle, auf ihm befand sich noch ein voller Aschenbecher. Eine umgestoßene Bierflasche hatte einen großen klebrigen Fleck auf dem Tisch und dem Boden darunter hinterlassen. Die Flüssigkeit war eingetrocknet. Die Wohnung musste also bereits gestern Nacht geräumt worden sein.

Butch kniete sich hin und betrachtete die bräunlich roten Flecken auf dem Fußboden. Blut. Vermutlich von dem Arschloch von gestern. Er musste grinsen und wollte gerade wieder aufstehen, als ihm etwas Kleines, Glänzendes ins Auge fiel. Mit ruhigen Händen zog ein Taschentuch aus seiner Jackentasche und hob es vorsichtig auf.

»Verdammte Wichser.« Eine Nadel. Abgebrochen von einer Spritze und so dünn, dass man sie leicht hätte übersehen können. Und die perfekte Nadelgröße für Kinder. Er packte die Nadel sicher in dem Taschentuch ein und steckte sie in seine Jackentasche.

Auch dieser Raum hatte kein Fenster.

Es blieb nur eine einzige Tür, die zu dem Zimmer gehören musste, aus dessen Fenster das Mädchen gesprungen war, um diesem Albtraum zu entkommen.

Butch ging zurück in den Flur und stieß die letzte Tür auf.

Dieser Raum war deutlich größer als die winzige Küche und das erste Schlafzimmer. In der ursprünglichen Planung der Wohnung war es vermutlich das Wohnzimmer gewesen. Der Raum hatte zwei große Fenster, vor denen zwei Vorhängeschlösser hingen. Überall auf den Wänden gab es kleinere nasse Flecken, auf denen sich Schimmel bildete.

Doch es war nicht der Geruch nach Urin und Erbrochenem, nicht die eisige Kälte und auch nicht der abblätternde Putz, weshalb bei Butch die Sicherungen durchbrannten.

Es waren die kleinen Matratzen, die überall im ganzen Raum verteilt lagen. Auf den Laken sah er immer wieder Urin- und Blutflecken ebenso wie größere Lachen mit eingetrocknetem Erbrochenen. In der linken Wand war eine Öffnung, deren Tür ausgehängt worden war. Dahinter war ein Badezimmer zu erahnen. Neben der Türöffnung standen vier Reisebettchen.

Für Säuglinge.

Das hier konnte kein Kinderbordell sein. Die interessierten sich nicht für Säuglinge und Kinder im Kleinkindalter. Das hier war die Wurzel des Übels: die Wohnung eines Kinderhändlers.

Oder sein bizarres Lagerhaus.

Nach der Anzahl der Matratzen zu schließen, mussten über zehn Kinder hier gewesen sein. Wenn man die Betten im ersten Raum dazuzählte, dann sogar siebzehn.

Butch stieg über die Matratzen hinweg zu einem der Fenster und sah hinab in die Gasse, in der dieses ganze Chaos gestern seinen Anfang genommen hatte. Das Glas des Fensters war ungewöhnlich dick, doch das überraschte Butch nicht. Irgendwie musste man die Kinderschreie ja abdämpfen, nicht wahr?

Wer auch immer dafür verantwortlich war, würde noch den Tag seiner Geburt verfluchen und um Gnade winseln, die er niemals bekommen würde. Dafür würde Butch höchstpersönlich sorgen.

Er wandte sich mit einem Ruck ab und verließ die Wohnung. Hier gab es nichts mehr zu holen, das wusste er genau. Wer eine Wohnung mit so vielen Kindern hatte verstecken halten können, war zu clever, um irgendwelche Hinweise auf seine Identität zu hinterlassen. Es war völlig ausgeschlossen, dass die beiden Vollidioten von gestern Nacht dazu in der Lage gewesen wären.

Nein, hinter all dem steckte jemand, der weitaus intelligenter und skrupelloser war.

Butch ging die Treppen hinab und sah auf, als ihm jemand entgegenkam. Es war ein Mann Mitte dreißig. Ausgemergelt, mit blutunterlaufenen Augen und eingefallenen Wangen. Er schwankte leicht. Keine Bedrohung für ihn. Butchs Blick war starr auf sein Handy gerichtet, während er die Nummer eingab, die er niemals wieder hatte wählen wollen.

Er trat mit dem Handy am Ohr in die Gasse und sah hinauf zu dem Fenster, wobei er das Freizeichen hörte, das sich unendlich hinzuziehen schien. Wieder sah er es vor sich. Hörte den Schrei. Das widerliche Knacken. Spürte, wie das Mädchen sich verzweifelt an seinem Hosenbein festklammerte.

Butch hörte noch, wie am anderen Ende der Leitung abgenommen wurde. Alles sonst ging unter in dem gewaltigen Knall der Explosion. Butch riss die Arme hoch, um sich vor den Glasscherben zu schützen, die aus dem ersten Stock auf ihn herabregneten. Das Feuer schlug rote Zungen in die Nacht, die jede noch so kleine Spur gierig verschlangen.

8

»Jetzt hör auf zu zucken!«

»Dann nimm gefälligst diesen verfluchten Tupfer aus meinem Gesicht!« Unsanft schob Butch die Hand von Il-Sung fort, der versuchte, Butchs Wunden mit Desinfektionsmittel zu reinigen.

»Wie ich sehe, bist du immer noch der gleiche undankbare Bastard wie das letzte Mal, als wir uns begegnet sind.« Dragon schnalzte mit der Zunge. »Ihr gottverdammten Cohens und euer riesiges Ego.«

Butch knirschte mit den Zähnen und musste sich wirklich konzentrieren, um auch nur ein Wort zu verstehen, das aus Dragons Mund kam. Durch die Explosion hatte er ein hohes Pfeifen in den Ohren, das nur langsam nachließ.

Il-Sung stieß ein genervtes Seufzen aus und ließ den Tupfer zurück in die Metallschale mit Nadel, Faden und Verbandsmaterial fallen. »Bitte. Mach do… sture Ochs.« Er strich sich mit einer Hand das flammend rote Haar aus der Stirn. »Wenn sich … entzündet, wirst du es noch … du dich wie kleines Kind aufführst.« Il-Sungs schwerer koreanischer Akzent kam Butch gerade wie eine unverständliche Geheimsprache vor.

»Was?« Er rieb sich die Ohren. »Was hast du gesagt?«

Il-Sung verdrehte die Augen und murrte irgendetwas auf Koreanisch, was dem Tonfall nach zu urteilen alles andere als charmant war, ehe er wieder neben Dragon auf dem großen schwarzen Sofa Platz nahm.

Das gedämpfte Licht der Stehlampen hinter dem Sofa ließen die drei Ringe in Il-sungs linker Augenbraue kurz aufleuchten, während er weiter leise vor sich hin murmelte und mit den Zähnen an den drei Ringen in seiner Unterlippe herumzupfte. Er lehnte sich hinunter und streichelte den cognacfarbenen Pitbull zu seinen Füßen, der Butch keines Blickes würdigte.

Es war das erste Mal, dass Butch Dragon in einer seiner unzähligen Privatwohnungen traf. Das Wohnzimmer war in Grau und Schwarz gehalten mit hellgrauen Wänden und schwarzen Möbeln. Das große schwarze Sofa nahm den meisten Platz ein. Der Pitbull lag auf dem grauen Teppich zwischen dem Sofa und dem gläsernen Couchtisch, auf dem eine Metallschale mit dem Verbandsmaterial und zwei Gläser Scotch standen.

»Also, was führt dich zu mir?« Dragon nahm sich ein Glas Scotch vom Tisch und lehnte sich auf dem Sofa zurück. Ein selbstgefälliges Lächeln umspielte seine Lippen. »Wenn ich mich recht entsinne, versinkst du doch gerade in Selbstmitleid und versteckst dich vor deinen Verantwortungen.«

»Ich bin nicht hier, um mir von dir einen Vortrag über mein Leben anzuhören. Das geht dich einen Scheißdreck an.« Butch nahm einen Schluck von seinem Scotch. Es brannte wahnsinnig im Schnitt an seiner Lippe. Bei der Explosion hatte er die Arme nicht schnell genug hochbekommen, sodass ein paar herumfliegende Glasscherben ihn im Gesicht getroffen hatten. Doch es waren nur Kratzer, kaum der Rede wert.

»Dein Leben geht mich nichts an?« Dragon lachte freudlos und die spitzen Ohren des Pitbulls zuckten, ehe er sein Glas an Il-Sung weiterreichte. »Entschuldige, dass ich dir ein paar Illusionen nehmen muss. Aber das geht mich schon was an.« Er schlug seine langen, dünnen Beine übereinander und richtete sein schwarzes Jackett mit dem goldenen Revers. »Immerhin habe ich die letzten eineinhalb Jahre damit zugebracht, das Chaos zu beseitigen, das du mit deiner feigen Aktion hinterlassen hast.«

»Ich wüsste nicht, was du mit meinem Leben zu schaffen hättest, Dragon. Und es ist mir auch scheißegal.« Butch stürzte den Rest Scotch in einem Ruck hinunter. »Ich bin hier, weil ich Informationen brauche.«

»Und warum zur Hölle sollte ich auch nur irgendetwas für dich tun, nach der ganzen Arbeit, die du mir gemacht hast? Tiny und ich haben uns den Arsch aufgerissen, damit die Stadt nicht völlig im Chaos versinkt.«

»Weil es genau das ist, was du tust: Du gibst Informationen heraus und bekommst dafür im Gegenzug einen Gefallen. Außer du hast dein Geschäftsmodell verändert. Was ich schwer bezweifle.«

Dragon schüttelte den Kopf. »Du selbstgefälliges Arschloch.« Er stemmte die Ellenbogen auf seine Knie und legte das Kinn auf seine gefalteten Hände. »Und was genau glaubst du könntest du mir geben?« Er verzog die Lippen zu einem gehässigen Grinsen. »Du bist ein Niemand, Butch. Du hast keinen Einfluss mehr. Keine nennenswerte Position, die ich für mich nutzen könnte. Nicht einmal dein Geld will ich. Davon hab ich selbst mehr als genug.« Dragon zischte verächtlich und schüttelte den Kopf, ehe er sich wieder zurücksinken ließ und seinen rechten Arm locker auf die Rückenlehne des Sofas legte. »Sieh dich doch an. Ich kann dich nicht mal mehr als Schläger gebrauchen. Du brauchst einen Gehstock, und ich wette, auf dem linken Auge bist du blind. Nicht mal dein Name hat noch Gewicht. Du bist nichts weiter als ein Gespenst. Der *Butcher von Hell's Kitchen* ist schon lange Geschichte. Also frage ich dich noch mal – was glaubst du, was du mir geben könntest, das für mich von Interesse wäre?«

Butch zuckte nicht einmal mit der Wimper. Zu der Erkenntnis, dass sein Körper nichts mehr zu bieten hatte, war er selbst schon längst gelangt. So ziemlich direkt, nachdem er aus der Narkose erwacht war. Es war nichts mehr wie zuvor. Er war nicht mehr wie zuvor.

»Ich mache die Drecksarbeit für dich.« Butch sah in Dragons grünbraune Augen. »Es hat sich ein Kinderhändler in unserer Stadt niedergelassen.«

»Du verarschst mich.«

Butch schüttelte wortlos den Kopf.

Dragon seufzte leise. »Ihr Cohens bringt nichts als Ärger.« Er ballte die Hände zu Fäusten. »Aber das können wir unmöglich ignorieren.«

Butch grinste schief. Dragon war ein herzloser Bastard, aber den ungeschriebenen Gesetzen des New Yorker Untergrunds beugte auch er sich, ohne sie nur für eine Sekunde infrage zu stellen. Und die Regeln für den Umgang mit Kinderhändlern waren ziemlich eindeutig.

Direkte Exekution, ohne weitere Fragen.

Kinderhändler waren schlecht fürs Geschäft. Denn verschwundene Kinder riefen immer die Bullen auf den Plan, die niemand herumschnüffeln lassen wollte. Außerdem ging es gegen die Ehre. Und Ehre war etwas, das besonders in New York City noch geschätzt wurde.

Kinder waren keine Ware. Sie waren unfähig, sich selbst zu schützen, und damit ihren Angreifern hilflos ausgeliefert. Nicht einmal der Bodensatz des New Yorker Untergrunds konnte so etwas gutheißen.

»Ich habe die Wohnung, die er als Lager benutzt, heute Nacht selbst gesehen, bevor sie in die Luft gejagt wurde.« Butch versuchte, die schrecklichen Bilder seiner Entdeckungen nicht zu nah an sich heranzulassen. »Wir sprechen hier von mindestens zehn Kindern, Dragon, eher siebzehn. Einige davon im Säuglingsalter.«

Il-Sung riss die Augen auf. »Säuglinge?« Seine Stimme brach. »Das darf doch wohl nicht wahr sein.«

Dragon griff Il-Sungs Hand und drückte sie kurz. Dann richtete sich sein Blick wieder auf Butch. »Was willst du?«

»Ich muss wissen, in welches Krankenhaus das Mädchen eingeliefert wurde, das gestern aus dem Fenster gesprungen ist. Sie müsste zwischen fünf und zehn Jahre alt sein.«

»Woher weißt du davon? Ich habe selbst erst vor zwei Stunden …« Dragon hielt inne. Dann kniff er die Augen zusammen. »Du warst das. Du hast den Notruf abgesetzt.«

Butch hielt sein Gesicht völlig ausdruckslos. Er wusste, wenn er sich jetzt eine Reaktion entlocken ließ, zählte Dragon eins und eins zusammen und rief direkt Tiny an, sobald Butch diesen Raum verlassen hatte. Wenn er nicht so oder so Tiny anrief. Denn das Viertel, in dem Butch das Mädchen gefunden hatte, war genau für zwei Dinge bekannt: Anonymität und den Handel mit gefährlichen, illegalen Medikamenten.

Es war nur logisch, dass Dragon bereits von dem Zwischenfall gehört hatte. Drogen gehörten zu seiner persönlichen Expertise. Butch überraschte höchstens, dass es so lange gedauert hatte. Ob Dragon an Einfluss verloren hatte?

»Was hattest du in diesem Höllenloch zu suchen, Butch?«

Butch antwortete nicht. Stattdessen fragte er: »Also, haben wir jetzt einen Deal oder nicht?«

Stille legte sich über den Raum, und Butch verspannte sich, als Dragon ihn derartig intensiv musterte. Zum Glück waren ihm starrende Augen nicht mehr so fremd wie früher, weshalb er es ertragen konnte, ohne irgendeine Reaktion zu zeigen. Die letzten eineinhalb Jahre hatte er mehr Übung im Sich-anstarren-Lassen bekommen, als ihm lieb war. Unangenehm war es ihm trotzdem. Von seinem Platz auf einem der beiden Sessel gegenüber dem Sofa konnte Butch durch die große Glasfront der Wohnung auf den Time Square hinabsehen. Die dunkle Farbpalette der Wohnung wurde durch eine große goldene Schale aufgebrochen, die die Form einer Feder hatte und sich harmonisch in den Rest der extravaganten goldenen Einzelstücke einfügte. Man mochte über Dragon sagen, was man wollte, aber Geschmack hatte er. Zumindest, wenn es um seine Einrichtung ging.

»In Ordnung.« Bei Dragons Worten hätte Butch beinahe erleichtert aufgeatmet. »Du kümmerst dich um die Drecksarbeit. Ich gebe dir die Information, die du brauchst.«

Butch nickte und streckte die Hand aus. »Deal.«

Dragon lächelte, und durch die vielen Sommersprossen in seinem schmalen Gesicht sah er deutlich unschuldiger und jünger aus, als er wirklich war. Er schlug ein und drückte sanft, aber bestimmt zu. »Deal. Und versau es nicht. Du weißt, was passiert, wenn jemand seinen Deal mit mir nicht einhält.«

Butch grinste. »Du solltest mir wirklich nicht drohen, Dragon.« Abrupt ließ er Dragons Hand los. Der Pitbull hob den Kopf und fletschte die Zähne, so als hätte er den Stimmungsumschwung sofort bemerkt. »Außerdem habe ich nicht vor zu versagen.«

»Das will ich dir auch raten.«

Butch nahm sich seinen Gehstock und erhob sich. Ein starker Schmerz schoss durch seine Glieder, und kurz schloss er die Augen. Dann wandte er sich in Richtung Tür.

»Sie liegt auf der Überwachungsstation im North General.«

Butch hielt kurz inne. Dragons Tonfall war eindeutig eine Spur zu fröhlich.

»Lass dich nicht von den Krankenschwestern erwischen. Das führt nur zu unangenehmen Fragen, die keiner von uns gebrauchen kann.«

Butch verdrehte die Augen. »Lass das mal meine Sorge sein.«

»Was willst du überhaupt von dem Mädchen?«

»Informationen. Vielleicht hat sie irgendetwas gesehen oder gehört, das für mich wichtig sein könnte.« Butch öffnete die

Tür und fluchte leise. »Scheiße, fast hätte ich es vergessen.« Er ging zurück zum Sofa und sah auf den Pitbull hinab, der an seinem Hosenbein schnüffelte, während Butch in seine Jackentasche griff und Il-Sung das Taschentuch hinhielt, in das er die Nadel eingewickelt hatte. »Ich habe eine Nadel in der Wohnung gefunden. Sie sieht abgebrochen aus. Vielleicht kleben irgendwelche Reste dran, mit denen ihr herausfinden könnt, was den Kindern gespritzt wurde.«

Il-Sung betrachtete skeptisch das Taschentuch, ehe er zu Dragon sah, der ein abschätziges Zischen ausstieß. »Das war nicht Teil der Abmachung, Cohen.«

»Du hast gesagt, du gibst mir die Information, die ich brauche. Wir haben nicht genauer vereinbart, welche Information damit gemeint war.«

Dragon blinzelte einen Moment. Dann lachte er laut auf. »Scheiße! Ich hab vergessen, wie gerissen ihr beschissenen Cohens sein könnt. Dein Bruder wäre stolz auf dich.«

Butch biss die Zähne fest aufeinander, sagte jedoch nichts.

Il-Sung nahm vorsichtig das Taschentuch mit der Nadel entgegen. »Ich werde es mir ansehen. Aber versprich dir nicht zu viel davon.«

Butch nickte. »Einen Versuch ist es wert.« Er ging wieder in Richtung Tür.

»Ach, und … Butch?«

Butch blieb stehen.

»Ich bestelle dann mal Tiny und John schöne Grüße von dir.«

9

»Ein Gasleck in einem Wohnhaus führte vor einer Stunde zu einer gewaltigen Explosion. Bisher liegt die geschätzte Opferzahl bei drei, doch von einigen Einwohnern fehlt noch immer jede Spur. Die Feuerwehr ist seit Stunden mit den Löscharbeiten beschäftigt und …«

Der Mann im dunkelbraunen Anzug schaltete den Fernseher ab und richtete den Blick auf die beiden armseligen Gestalten, die vor seinem Schreibtisch standen und wie Schuljungen betreten auf den Fußboden starrten.

Unfähiges Ungeziefer.

Seine Hand ballte sich um die Fernbedienung zur Faust, sein Kiefer verkrampfte sich. Die Uhr tickte leise vor sich hin. So lange, bis einer von beiden den Fehler machte, etwas zu sagen.

»Boss, das …«

»Wag es ja nicht, dir jetzt eine fadenscheinige Entschuldigung einfallen zu lassen.« Sein Blick richtete sich auf den Verband an Taylors Schulter und er schüttelte den Kopf. David und Taylor waren für ihn bisher nie von Bedeutung gewesen. Sie waren Arbeiterdrohnen. Nicht mehr und nicht weniger. Und doch hatten diese unbedeutenden Kakerlaken in einer Nacht zunichte gemacht, was er über Jahre aufgebaut hatte. »Wisst ihr eigentlich, wie viel Geld mich eure grenzenlose Dummheit gekostet hat?«

»Boss, das war nicht unsere Schuld. Es …«

Er schlug mit der Faust auf den Tisch. »Nicht eure Schuld?« Er knurrte die Worte. »Ihr habt das gottverdammte Fenster offen gelassen. Das Mädchen ist nur deshalb entkommen und liegt jetzt vermutlich in irgendeinem Krankenhaus, umringt von Ärzten und Polizisten.«

Taylor stieß ein leises Lachen aus. »Wird auch nicht viel bringen. Die redet ja nicht mal.«

Er atmete tief aus und legte die Fernbedienung beiseite, ehe er aufstand und mit kreisenden Bewegungen seine Schultern lockerte. Seine Finger glitten über das Holz des edlen Mahagoni-Schreibtisches, während er ihn umrundete.

»Natürlich. Da hast du vollkommen recht.« Er lächelte. »Kein Grund zur Sorge, nicht wahr? Es ist alles in bester Ordnung.«

Taylor nickte selbstgefällig, während David, der bisher klugerweise den Mund gehalten hatte, instinktiv einen Schritt zurückwich.

Interessant. Vielleicht hatte doch zumindest einer von ihnen ein wenig Grips.

Seine Hand fand den Briefbeschwerer, den er schon seit vielen Jahren besaß. Jeden Tag erinnerte er ihn an die Schnitzerei auf dem dunklen Holzsarg des Don. Aus Gold gegossen, thronten zwei gekreuzte Schwerter in einem Lorbeerkranz auf dem Briefbeschwerer. Der Sockel war eine Krone, auf der das Motto der Familie stand: *Claim. Conquer. Command.*

Fordere. Unterwerfe. Herrsche.

Er nahm den Briefbeschwerer hoch und wog ihn in seiner Hand.

Durch die Unfähigkeit dieser beiden Männer hatte er nicht nur eins seiner Mädchen verloren. Er hatte einen seiner unauffälligsten Standorte aufgeben und die übrigen Mädchen auf völlig überfüllte Wohnungen verteilen müssen.

Außerdem hatte er mit dem Kunden sprechen müssen, der das Mädchen gekauft hatte. Er hatte sich eine Ausrede einfallen lassen müssen, warum die Lieferung sich verzögern würde. Und diese Verzögerung hatte den ohnehin schon geringen Kaufpreis noch einmal weiter sinken lassen. Zumal er wirklich in ernsthafte Schwierigkeiten geraten würde, sollte er tatsächlich nicht liefern können. Seine Kunden waren immer bereit, Unsummen für die Ware zu zahlen, sie nahmen große Risiken auf sich, um das zu bekommen, was sie wollten. Doch eines waren sie nicht: gnädig.

Und besonders dieser Kunde würde keine Gnade walten lassen, wenn er nicht bald das bekam, wofür er zahlte.

Ganz zu schweigen von den Konsequenzen, die eine nicht erfüllte Lieferung sonst noch mit sich brachte. Die Preise würden fallen. Kunden würden abwandern. Eventuell würde man ihn sogar an die Elite des Untergrundes von New York verraten. Man würde ihn jagen. Die Familie zerschlagen. Und dann stand er wieder ganz am Anfang und hatte alles verloren, was er in den letzten dreißig Jahren aufgebaut hatte.

Das war schlichtweg inakzeptabel.

Dabei hatte alles so vielversprechend angefangen. Er hatte ein Vermögen für das Mädchen ausgegeben, weil sie das perfekte Rohmaterial war. Vater unbekannt. Mutter leicht zu beseitigen. Dazu noch ein amerikanisches Baby. Keines aus China oder Russland. Ein echtes amerikanisches Baby, mit dem er Höchstpreise erzielen konnte. Sie hätte ein nächster entscheidender Schritt in seinem Plan sein können.

Doch die Interessenten hatten den Kauf abgelehnt, als sie sich das Mädchen näher angesehen hatten. Und warum? Weil ihm ein entscheidendes Defizit entgangen war. Das Mädchen war beschädigte Ware. Ihr haftete ein Makel an in Form eines hässlichen Feuermals im Nacken. Und niemand wollte ein Baby mit so einem Schönheitsfehler. Zumindest nicht, wenn man mehrere hunderttausend Dollar dafür bezahlte.

Und das alles nur, weil diese gottverfluchte Ärztin das Mal bei der Untersuchung nicht bemerkt hatte.

Über die Jahre hatte er mehr in das Mädchen investiert als in sonst irgendeines seiner Objekte. Klar, er hatte oft darüber nachgedacht, sie auszuschlachten und ihre Organe einzeln zu verkaufen, damit sich die Investition wenigsten amortisierte. Aber sie war ständig krank und deshalb ungeeignet als Organspenderin. Sie war schwächlich. Und für ihn damit vollkommen wertlos.

Schließlich war er dem jetzigen Käufer begegnet, dem selbst mangelhafte Ware nichts ausmachte, solange die Mädchen jungfräulich und unter acht Jahre alt waren. Es war die perfekte Lösung gewesen. Und dann machte das Mädchen alles zunichte und sprang aus dem Fenster, das diese beiden Vollidioten offen gelassen hatten.

Taylor räusperte sich. »Also Boss, was machen wir jetzt?«

»Sehr gute Frage.« Er lehnte sich gegen den Schreibtisch und sah die beiden Männer an, während er den Briefbeschwerer in seinen Händen drehte. Eigentlich war das Ding viel zu auffällig und prunkvoll. Es war nicht sein Stil. Aber immer, wenn er den Briefbeschwerer ansah, dachte er an den Mann, auf dessen Schreibtisch er vor dreißig Jahren gestanden hatte. Vielleicht war es sentimentale Dummheit, die ihn an diesem scheußlichen Ding festhalten ließ, aber genau jetzt kam es ihm sehr gelegen.

»Ich denke, wir sollten sie einfach zurücklassen. Hat eh nur Ärger gemacht.« Taylor zupfte an seinem Verband herum. Offensichtlich war er unfähig, den Ernst der Lage und damit auch den Ernst seiner Lage zu erkennen. »Die kratzt vermutlich eh bald ab. Was soll's also? Wir haben …«

Der Schwung des Schlags riss Taylor zur Seite. Der Briefbeschwerer donnerte gegen seine Schläfe und er schlug röchelnd auf dem Boden auf.

»Taylor!« Der andere Idiot wollte seinem Kumpel schon helfen, doch er überlegte es sich wohl besser und blieb aufrecht stehen.

Dreißig Jahre. Der Plan hatte die letzten dreißig Jahre seines Lebens beansprucht. Es hatte Teile seines kompletten Lebens verschlungen. Und sogar Teile von sich selbst. Für ihn hatte es nie etwas anderes gegeben. Und das, obwohl ein echtes Leben zum Greifen nahe gewesen war. Frau. Kinder. Eine hohe Position innerhalb der Organisation. Eine echte Chance, dem bisherigen Teufelskreis seines Lebens zu entkommen. Doch das hatte er der höheren Sache geopfert. Und dieser Nichtsnutz riskierte alles, indem er den Ernst der Lage nicht begriff. Wie konnte ihn einer seiner eigenen Leute nur so bitter enttäuschen? Er setzte sich rittlings auf das Ungeziefer und schlug mit dem Briefbeschwerer immer wieder auf Gesicht und Kehlkopf ein, wieder und wieder und wieder.

Schließlich konnte er vor Erschöpfung die Arme kaum noch heben. Von Taylor war nur noch ein leises Gurgeln zu hören, als er versuchte, Luft in seine Lungen zu bekommen.

Er ließ den Briefbeschwerer fallen und erhob sich. Aus seinem Jackett zog er das Einstecktuch und reinigte seine blutverschmierten Hände damit. Sein Blick glitt zurück zu Taylor. Er beobachtete, wie er röchelte. Wie er versuchte, sich am Leben festzuklammern. Aber sein Tod war zum Greifen nah.

Er hob den Blick und sah David direkt in die Augen. »Finde raus, in welchem Krankenhaus das Mädchen behandelt wird. Ich will es so schnell wie möglich zurück. Ist das klar? Du solltest zu Gott beten, dass sie nicht in irgendeinem Leichenschauhaus liegt.«

Leise klopfte es an der Tür zu seinem Büro, und er murrte, als er auf die Uhr sah. Bei Gott – er hatte die Zeit völlig vergessen.

Mit langen Schritten ging er zur Tür und öffnete sie gerade weit genug, dass man ihn sehen konnte, aber nicht das, was hinter ihm geschah.

»Angelina.«

Wieder einmal fiel ihm auf, wie wunderschön sie war. Die letzten dreißig Jahre hatten daran nichts verändert. Ihr langes braunes Haar fiel ihr in üppigen Wellen über die Schultern. Ihr schlanker und eleganter Körper steckte in einem goldenen Abendkleid, das die natürliche Bräune ihrer Haut unterstrich. Nur ihre Augen waren anders geworden. Sie waren noch immer genauso braun und klar wie damals. Aber der Ausdruck darin, wenn sie ihn ansah, hatte sich verändert. Er konnte das Misstrauen darin sehen, das sie dazu brachte, einen Schritt von der Tür zurückzutreten, ebenso wie das Unverständnis und die leichte Furcht, die sie nicht verbergen konnte, als sie zwischen dem Einstecktuch in seiner Hand und der leicht geöffneten Tür hin und her sah. Es schmerzte ihn, diesen Blick bei ihr zu sehen. Aber jetzt war es zu spät, die Dinge zu betrauern, die hätten sein können, wenn er nicht diesen Weg eingeschlagen hätte. Denn es gab keinen Weg zurück.

»Entschuldige.« Er lächelte. »Ich habe die Zeit völlig vergessen.«

Ihre Augen verengten sich leicht, doch sie versuchte nicht, einen Blick auf das zu erhaschen, was sich hinter ihm abspielte.

»Kein Problem.« Ihre Stimme war ausdruckslos, als sie noch einen Schritt zurücktrat. Sie wusste vermutlich genau, was hier vor sich ging. Doch sie war klug genug, sich aus seinen Geschäften herauszuhalten. Das war schon immer Angelinas größte Stärke gewesen. »Ich warte auf dich. Denk aber bitte daran, dass sie mit dem Probedinner nicht ewig auf uns warten.«

»Natürlich. Gib mir nur eine Minute.« Er schloss die Tür und wandte sich wieder zu David. Das blutverschmierte Einstecktuch warf er auf den Schreibtisch und stieg über den Leichnam auf dem Boden hinweg. Dabei untersuchte er die Ärmel seines Jacketts. Verdammt, er würde sich umziehen müssen.

»Sieh zu, dass du ihn verschwinden lässt. Und das so, dass ihn niemals jemand findet, ist das klar?«

David nickte knapp und presste sich die Faust in den Magen. Er war blass. Sein Mund hing offen, während er auf seinen zugerichteten Kameraden sah. Vermutlich würde er sich auf den teuren Teppich übergeben, sobald er allein war.

»Ach, und David?«

»Ja, Boss?«

»Sieh ihn dir genau an.« Er hörte, wie David schwer schluckte. »Du solltest mich kein zweites Mal enttäuschen.«

Er wandte sich ab und ging hinaus auf den Flur, wo Angelina tatsächlich auf ihn wartete. Er legte ihr die Hand in den Rücken und führte sie den langen Gang hinab, während er ihren Duft tief in seine Lungen sog. Die exklusive Mischung aus Sandelholz und Rosen ließ sein Herz für einen Moment lang schwer werden.

Es gab kein Zurück mehr. Nie mehr.

Als sie vor seinem Schlafzimmer ankamen, hielt er inne. »Ich muss mich noch umziehen. Dann können wir sofort los.«

Wieder ließ er sie auf dem Flur zurück und trat in die stille Dunkelheit seines Schlafzimmers. Er legte das Jackett ab und knöpfte das Hemd auf. An den Manschettenknöpfen blieb sein Blick einen Moment hängen, als er den blutroten Fleck am Hemdsärmel bemerkte.

Es gab keinen Weg zurück. Er hatte in den letzten dreißig Jahren zu viel geopfert, um jetzt zu scheitern. Oder aufzugeben.

Sein Plan würde aufgehen. Ganz bestimmt.

Es war alles nur eine Frage der Zeit.

10

»Und was willst du jetzt machen?«

Vicky presste die Lippen fest zusammen. Yui hatte mit ihrer Frage mal wieder mitten ins Schwarze getroffen, und Vicky war froh, dass sie wenigstens ihren Gesichtsausdruck nicht kontrollieren musste. Sie klemmte sich ihr Handy zwischen Schulter und Ohr und griff nach einer Banane, ehe ihr Blick zur Uhr an der Wand fiel.

Vier Uhr in der Früh. Um sieben kam ihre Ablöse.

»Ich weiß es nicht, Yui.« Vicky biss von ihrer Banane ab. »Sie scheint schwer traumatisiert zu sein. Heute Morgen mussten die Ärzte sie wieder sedieren, als sie aufgewacht ist, weil sie wieder wie am Spieß geschrien hat. Sie reagiert auf gar nichts. Sie starrt nur mit großen Augen an die Decke und schreit. Und Palmer hat schon tausendmal gefragt, wie ich vorankomme. Arschloch.«

Yui seufzte leise am anderen Ende der Leitung. »Ja, was für ein Vollidiot. Das arme Mädchen.«

»Ja. Auch wenn sie tagsüber mal wach wird, ist es immer das Gleiche. Du hättest sie sehen sollen, Yui. Sie reißt einfach nur die Augen auf und schreit wie verrückt.«

»Ja, sie …« Einen Moment herrschte Stille in der Leitung. »Warte. Tagsüber? Hast du nicht Nachtschicht?«

»Ähm … Also …«

»Victoria.«

»Ich bin nach meiner Schicht nur kurz nach Hause und hab zwei Stunden geschlafen. Dann bin ich wieder ins Krankenhaus gefahren.« Vicky murmelte so leise, dass Yui sie vermutlich kaum verstehen konnte.

»Das darf doch wohl nicht wahr sein.« Yui stöhnte auf. »Du solltest dich nicht Hals über Kopf in diese Sache reinstürzen. Mach doch einfach nur deinen Job, Liebes.« Vicky sah zu den roten Lämpchen der Schwesternklingeln und betete, dass eine von ihnen zu blinken beginnen würde. »Das alles riecht zu stark nach Ärger.«

Vicky schluckte den letzten Bissen ihrer Banane hinunter und warf die Schale in den Mülleimer, während sie darüber nachdachte, was Yui gesagt hatte. »Aber … sie hat doch sonst niemanden.«

»Süße, du kannst nicht die ganze Welt retten, weißt du?«

»Ich weiß.« Vicky sah wieder das Mädchen vor sich. Die Augen weit aufgerissen. Das Gesicht rot angelaufen. Der Mund weit offen, während sie so laut schrie, als hinge ihr Leben davon ab. »Aber ich kann es hin und wieder doch mal versuchen, oder?«

Yui lachte leise, aber liebevoll. »Du wärst nicht du, wenn du es nicht versuchen würdest.«

»Du sagst es doch nicht John und Lissiana?«

Sie ging zur Spüle und zählte die Kaffeetassen.

Eins. Zwei. Drei. Vier. Dann noch einmal.

Sie legte die Hand auf die Arbeitsplatte und tippte mit dem Ringfinger gegen das dicke Holz.

»Bitte, Yui.«

Yui knirschte mit den Zähnen. »Das kannst du nicht von mir verlangen, Liebes. Wirklich nicht.«

Vicky seufzte. »Ich werde diese blinde Loyalität nie verstehen. Ihr alle tut gerade so, als wären John und Lissiana so etwas wie euer Königspaar.«

»Irgendwann erkläre ich es dir. Versprochen.«

Vicky seufzte leise. »Ich weiß nicht mal, ob ich das will.«

»Die beiden machen sich nur Sorgen um dich. Und ich auch. Zumindest was dieses Kind angeht.« Yui klang nun fast wütend. »Du solltest mal ein wenig gesunden Egoismus lernen, Vicky.«

Vicky lachte. »Sagt die Frau, die mich zweimal die Woche anruft, um zu hören, wie es mir geht.«

Yui kicherte. »Wo du recht hast.«

»Wieso bist du überhaupt noch wach?«

»Willst du die Antwort darauf wirklich hören?«

Vicky hörte ein leises Klicken, gefolgt von einem metallischen Schaben. Auf einer Tastatur drückte Yui definitiv nicht herum. »Nein. Nicht wirklich.«

»Na also.«

Das schrille Geräusch der Schwesternklingel erklang und Vikky warf einen schnellen Blick auf die Anzeige. Die Patientin aus Zimmer 21. Sie gehörte eigentlich in Daves Zuständigkeitsbereich, aber er hatte mit einem Patienten, der sich die ganze Zeit unkontrolliert übergab, mehr als genug zu tun.

»Ich muss Schluss machen. Die Patienten rufen.«

»Dann geh mal ein paar Leben retten.« Yui hielt einen Moment inne. »Ach, und … Vicky?«

»Ja?«

»Halt dich von dem Kind fern, so gut es geht. Ich hab da kein gutes Gefühl.« Damit legte Yui einfach auf.

Vicky sah auf das schwarze Display, ehe sie ihr Handy zurück in die Tasche ihres Kasacks gleiten ließ. Eigentlich war es nicht erlaubt, das Handy mit auf die Station zu nehmen. Doch sie tat es jeden Tag, aus Angst, dass etwas passieren könnte.

Vicky nahm die Füße von dem Stuhl und schlüpfte in ihre weißen Turnschuhe, ehe sie sich auf den Weg zu der Patientin in Zimmer 21 machte.

Es war schon eigenartig. Bis vor Kurzem hatte es in ihrem Leben eigentlich nur Lissiana gegeben, die sie wirklich als ihre Familie betrachtet hatte. Doch jetzt sah die Welt völlig anders aus.

In den letzten eineinhalb Jahren hatte sie so viele Menschen kennengelernt, die ihr Leben auf irgendeine Art und Weise bereicherten. Erst war sie skeptisch gewesen, besonders was die eher stillen Zwillinge Seth und Steven anging. Doch mittlerweile war sie irgendwie ein Teil dieser seltsamen Familie geworden, die bedingungslos füreinander einstand.

Anfangs hatte sie sich wie ein Fremdkörper gefühlt, weil sie nicht wirklich gewusst hatte, was vor sich ging. Doch irgendwann hatte sie begriffen, dass es völlig egal war. Sie war nun Teil von all dem – was auch immer es war. Und ihre neue Familie machte es ihr wirklich schwer, diese Tatsache zu bereuen.

Sie schob die Tür zum Zimmer der Patientin auf, die seit ihrer Herzoperation auf der Überwachungsstation lag. Mit geübten Handgriffen stellte Vicky den Tropf ein, während sie mit beruhigender Stimme auf die leicht desorientierte Patientin einredete. Es dauerte eine Weile, bis sie wieder einschlief und Vicky wieder zurück ins Schwesternzimmer konnte. Die Visite um sieben würde die Frau noch früh genug aufwecken. Bis dahin sollte sie ein paar Stunden erholsamen Schlaf bekommen.

Leise schloss Vicky die Tür hinter sich und sah den Flur entlang. Da blieb ihr Blick an der Tür am Ende hängen.

Halt dich von dem Kind fern, so gut es geht. Ich hab da kein gutes Gefühl.

Vicky wiederholte Yuis Worte wie ein Mantra in ihrem Kopf, und doch konnte sie nicht anders. Bevor sie sich's versah, stand sie schon vor dem Krankenzimmer des Mädchens. Nur einen kurzen Blick wollte sie hineinwerfen, um sicherzugehen, dass alles in Ordnung war. Dann würde sie wieder verschwinden. Sie wollte nicht wieder die ganze Nacht an der Seite des Mädchens bleiben. Denn auch wenn Vicky es nicht gerne zugab – Yui hatte durchaus recht. Wenn sie sich zu sehr auf dieses Mädchen einließ, war es für sie beide nicht gut.

Vorsichtig öffnete sie die Tür des Krankenzimmers, das nur durch den Mondschein erleuchtet wurde. Sie atmete erleichtert auf, als sie das Mädchen friedlich in seinem Bett liegen sah. Vicky blickte zu dem Monitor. Stabiler Blutdruck. Regelmäßiger Herzschlag. Nur etwas zu schnell schlug es für ihren Geschmack.

Leise ging sie zum Fußende des Bettes und sah auf das Mädchen hinab. Ihre Augenlider und ihre Finger zuckten ein wenig, so als hätte sie einen Albtraum. Sie murmelte leise, und mehr und mehr klang es wie ein Wimmern. Verwunderlich war das nicht. Ihr körperlicher Zustand erzählte klar und deutlich, dass das Mädchen durch die Hölle gegangen sein musste. Vicky wurde selbst immer wieder von ihren grauenhaften Erinnerungen geplagt. Auch wenn es über die Monate deutlich weniger Albträume geworden waren.

Vicky seufzte leise, und ihr Blick blieb an dem Plastikbeutel hängen, der auf dem Beistellschrank des Mädchens lag. Dieser schwarze Herrenmantel …

Sie lauschte in Richtung Tür, doch aus dem Gang war nichts zu hören. Schnell schnappte sie sich den Beutel und setzte sich auf den Stuhl direkt am Bett des Mädchens.

Halt dich von dem Kind fern, so gut es geht. Ich hab da kein gutes Gefühl.

Sie sollte das hier nicht tun. Es waren Beweismittel. Und dennoch … Vielleicht verbarg sich ein Hinweis in diesem Mantel. Vielleicht gab es jemanden, der dem Mädchen beistehen konnte. Es musste doch irgendjemanden geben.

»Entschuldige, Yui«, flüsterte Vicky. Kurz entschlossen öffnete sie die Tüte und wollte gerade hineinlangen, als sie innehielt. Nein, sie konnte die Sachen nicht einfach so anfassen. Sie zog Latexhandschuhe aus dem Spender neben dem Bett und streifte sie sich über. Dann holte sie den Mantel heraus.

Er war sehr lang und aus einem dicken und teuren Material. Unter ihren Fingern fühlte es sich seidig an. Vielleicht eine Mischung aus Wolle und Kaschmir? Die Nähte waren robust und dennoch fein genug, dass sie das Design des Kleidungsstücks nicht störten. Sein Besitzer musste groß und kräftig gebaut sein. Das konnte sie allein an den Ausmaßen erkennen, auch wenn sich kein Schild mit der Größe oder ähnlichen Angaben auf der Innenseite befand. Sie fuhr mit den Fingern über das Revers. Unter dem Mantelaufschlag spürte sie leichte Erhöhungen. Direkt im Kragen. Sie hielt den Mantel mehr ins Mondlicht, das kaum ausreichte, um etwas erkennen zu können. Vicky klappte das Revers um und suchte nach der Stelle, an der sie die feinen Erhöhungen gespürt hatte.

»Was zum …«

Sie blinzelte leicht, als sie ausmachen konnte, was sie unter den Fingern gespürt hatte. Es war eine winzige Stickerei. Der Stickfaden war weiß und formte mit schnörkellosen Buchstaben die Initialen B. C.

Im Kopf ging Vicky alle edlen Herrenmarken durch, die sie kannte. Doch ihr kam keine mit den Buchstaben B. C. in den Sinn. Allerdings wusste sie auch nicht viel über Männermode. Aber sie kannte jemanden, der auf diesem Gebiet ein Experte war.

Sie zog ihr Handy aus der Tasche ihres Kasacks und machte schnell ein Bild von der Stickerei. Durch den Blitz war sie ganz gut zu erkennen. Vicky öffnete WhatsApp. Lange musste sie nicht scrollen, um den Kontakt zu finden, den sie gesucht hatte.

Kannst du damit etwas anfangen? Meld dich bitte bei mir, sobald du es dir angesehen hast, okay? Danke schon mal. XOXO

Sie hängte das Bild mit an und drückte auf Senden. Es würde dauern, bis Tiny sich meldete. Vermutlich hörte sie erst von ihm, wenn ihre Schicht zu Ende war. Aber auf ihn war eben hundert Prozent Verlass. Und Vicky hatte Tinys Kleiderschrank gesehen. Sie war sich ziemlich sicher, dass er eine Antwort auf ihre Frage hatte.

Vicky stand auf und betrachtete den Mantel in seiner vollen Länge. Sie würde darin hoffnungslos verschwinden. Leicht schüttelte sie ihn und stieß ein leises Pfeifen aus. Er war deutlich schwerer, als er aussah.

Vicky hielt sich den Mantel etwas näher vor das Gesicht. Da war doch … Sie atmete einmal tief ein. Der Mantel roch nach Zigaretten und nach etwas, das sie nicht benennen konnte, das ihr aber vertraut vorkam. Eine Mischung aus dunklen und holzigen Noten, die zu unaufdringlich für ein Rasierwasser waren, ihr aber doch die Sinne vernebelten. Irgendwo hatte sie diesen Duft schon einmal gerochen. Da war sie sich absolut sicher. Nur wo?

Sie zog den Mantel noch etwas näher, da hörte sie ein leises Klackern, als der Mantel gegen ihre Knie schlug. Sie erkannte es sofort. Sie hatte es in ihrem Leben schon so oft gehört, das Geräusch war unverkennbar.

Schnell ließ sie ihre Hand in eine der Manteltaschen gleiten, umschloss ein rundes Schächtelchen und zog es heraus. Vicky blickte auf die klassische orange Pillendose, die sie schon tausendmal gesehen hatte. Blinde Freude überkam sie. Endlich konnte sie …

»Verdammte Scheiße.« Der übliche Aufkleber, auf dem der Name des Patienten und die Bezeichnung des Medikamentes zu finden waren, fehlte. In den Staaten war eine solche Kennzeichnung Pflicht. Außer es handelte sich um Medikamente vom Schwarzmarkt.

Ihr Blick fiel auf das Mädchen. »Wo bist du da nur reingeraten?« Vicky suchte auch die anderen Taschen ab, doch sie fand nur eine schlichte Geldklammer. Sie blätterte durch die Scheine und hätte sie beinahe fallen lassen. Fünfhundert Dollar in Fünfzig-Dollar-Scheinen. Nicht gerade eine Summe, die man einfach so in der Jackentasche hatte.

Vicky legte den Mantel zurück in die Tüte und betrachtete die Geldscheinklammer und die Pillendose in ihrer Hand.

Man musste kein kreatives Genie sein, um dieses Rätsel zu lösen. Wem auch immer dieser Mantel gehörte, er hatte nichts in der Nähe eines Kindes verloren. Und dabei hatte sie so sehr gehofft, dass …

Ein schriller Alarm erklang, und sofort sprang Vicky auf. Herzalarm. Aus einem anderen Zimmer. Sie legte die Geldscheinklammer und die Pillendose neben die Tüte mit dem Mantel auf den Tisch und rannte los, folgte dem schrillen Piepen den Gang hinunter, bis zu dem Zimmer direkt neben dem Eingang der Station.

»Was ist hier los?« Dave kam atemlos neben ihr vor dem Zimmer an. Er hatte schon das Telefon in der Hand, um direkt den diensthabenden Arzt anzurufen.

»Keine Ahnung.« Vicky stieß die Tür zum Patientenzimmer auf und stürzte hinein. Dave betätigte sofort den Lichtschalter.

»Was ist denn los?« Die leise und müde Stimme des Patienten war über das schrille Piepsen des Herzalarms kaum zu hören. Das EGK zeigte eine Null-Linie. Aber hier lag der Patient. Und zwar offensichtlich putzmunter.

Vicky ging zum Krankenbett und stellte mit geübten Handgriffen den laut plärrenden EKG-Monitor ab. Sie überprüfte alle Anschlüsse. Und tatsächlich – ein paar der Kabel waren nicht mehr an den Elektroden auf der Brust des Patienten angeschlossen, sondern hingen lose herunter. Das hatte das Gerät derart aus dem Konzept gebracht, dass es einen Herzalarm ausgelöst hatte.

Vicky lockerte ihre verspannten Schultern und brachte irgendwie ein Lächeln zustande. »Sie müssen sich im Schlaf ein paar der Kabel abgerissen haben. Das kann schon mal passieren.«

»Scheiße. Ich hatte 'nen halben Herzinfarkt.« Dave stützte die Hände auf den Knien ab und sah den Patienten an. »Schlecht geträumt?«

Der Patient runzelte die Stirn, während Vicky die einzelnen Kabel wieder an die Elektroden anschloss. »Eigentlich nicht.«

Aufmunternd tätschelte Vicky ihm die Schulter. »Alles halb so wild. Wie gesagt – kann ja mal passieren.«

Dave und sie schlossen alle gelösten Kabel wieder an und beruhigten den Patienten, ehe sie das Zimmer wieder verließen.

»Gott, hab ich 'nen Schreck gekriegt.« Dave kratzte sich am Hinterkopf. »Ich war wohl so mit dem kotzenden Kerl beschäftigt, dass mich das völlig aus dem Konzept gebracht hat. Tut mir leid, dass du dich darum kümmern musstest, Vicky.«

Mit einem Lächeln winkte sie ab. »Ach, Quatsch. Ich wäre eh vor Langeweile bald eingeschlafen.« *Lügnerin.*

»Wenn das so ist, würde es dir was ausmachen, mir einen Kaffee zu machen?« Dave lächelte entschuldigend. »Ich glaube, sonst schaffe ich die letzten zwei Stunden nicht mehr.«

»Klar, kein Problem.«

Dave drückte sie kurz und herzlich. »Danke. Bist 'n Engel.« Schon verschwand er wieder in dem Zimmer, aus dem noch immer Würgelaute zu hören waren.

Vicky fuhr sich mit beiden Händen über das Gesicht, ehe sie zum Schwesternzimmer ging und die Kaffeemaschine anstellte.

Wenn sie ehrlich war, dann schlug ihr das Herz noch immer bis zum Hals. Eigentlich war sie solche Ausnahmesituationen aus der Notaufnahme gewöhnt, doch in letzter Zeit hatte sie wirklich ein dünnes Fell bekommen, was Stress und laute Geräusche anging.

Einen Moment lang sah sie dem Kaffee beim Durchlaufen zu, ehe sie leise fluchte. Sie hatte die Medikamente und die

Geldklammer einfach unachtsam neben den Mantel gelegt. Sie musste die Sachen sofort zurücklegen, bevor sie jemand fand und sie noch ihren Job verlor wegen ihrer Neugierde.

Vicky ging rasch den Flur hinab zum Zimmer des Mädchens.

Nur schnell hinein, alles zurück in die Tüte und wieder raus. Sicherlich gab es noch irgendwelchen Papierkram, den sie erledigen konnte. Alles war besser, als sich zu sehr mit diesem Mädchen zu beschäftigen, das immer mehr ihre Gedanken beherrschte.

Leise öffnete Vicky die Tür zum Krankenzimmer des Mädchens, schlüpfte hinein und zog sie geräuschlos hinter sich zu. Sie machte einen Schritt in den Raum hinein – und hätte beinahe aufgeschrien. Sie presste sich die Hand vor den Mund, um jeglichen Laut zu unterdrücken.

Am Fußende des Krankenbettes stand, mit dem Rücken zu ihr, ein riesiger Mann. Seine Schultern waren breit, seine Hüften und Beine deutlich schmaler. Sein Haar war kurz.

»Wer zum Teufel sind Sie und was machen Sie hier?« Vicky konnte genau sehen, wie der Mann sich verspannte, als er ihre Stimme hörte. »Gehören Sie zu dem Mädchen?«

Was tust du da? Lös den gottverdammten Alarm aus. Oder schrei, so laut du kannst. Tu irgendwas. Kein Verwandter kommt um fünf Uhr morgens ins Krankenhaus. Sei doch nicht dumm.

Die mahnende Stimme in ihrem Kopf klang wie Lissiana, doch Vicky konnte sich nicht rühren. Sie konnte den Mann nur anstarren. Er schien ebenfalls wie versteinert. Doch schließlich streckte er seinen Arm aus und nahm sich einfach so den Mantel, die Geldklammer und die Pillendose.

Sie wollte den Mund aufmachen und ihm sagen, dass er das nicht tun konnte. Dass dies Beweismittel waren und er sich gefälligst zu erkennen geben sollte. Doch ihre Kehle war wie zugeschnürt.

Wie ein Reh im Scheinwerferlicht stand sie nur da und wartete auf ihr Ende. Denn wer auch immer dieser Mann war, gute Absichten hatte er sicherlich nicht.

Langsam wandte er sich zu ihr um. Sein Gesicht war im Schatten verborgen, als er langsam auf sie zuging.

Klack. Schritt. Schritt.

Klack. Schritt. Schritt.

Aus dem Augenwinkel nahm Vicky wahr, dass er sich auf einen Gehstock stützte. Alle ihre Sinne waren auf Empfang gestellt, aber alles kam ihr dumpf vor, während ihr Herzschlag in ihren Ohren hämmerte und sie sich keinen Zentimeter rühren konnte. Selbst nicht, als der Mann direkt vor ihr stand. Seine große, hagere Gestalt warf Schatten auf sie. Vicky hatte das Gefühl, nicht atmen zu können.

Da roch sie es. Zigaretten. Dunkle undefinierbare Unternoten. Vertraut. So unglaublich vertraut. Hektisch sog sie Luft in ihre Lungen und wollte laut schreien.

Doch sie konnte nur den Kopf heben, um ihrem potenziellen Angreifer ins Gesicht zu blicken. Sie stieß ein ersticktes Keuchen aus, als sie ihn endlich erkannte.

»Hallo, Vic«, sagte Butch.

11

»Oh mein Gott.«

Butch lief ein wohliger Schauer den Rücken hinab, als er das erste Mal seit so langer Zeit wieder Vickys Stimme hörte. Sie klang etwas rau und atemlos, aber noch genauso warm und freundlich, wie er sie in Erinnerung hatte.

Er biss die Zähne fest aufeinander. Was freute er sich überhaupt? Sie war so ziemlich der letzte Mensch auf Gottes Erden, dem er hatte begegnen wollen. Scheiße, eigentlich hatte er nur herkommen wollen, um seine Sachen zu holen und dem Mädchen ein paar Fragen zu stellen. Und doch stand er jetzt hier, im Begriff, Beweismittel zu entwenden, und kein bisschen schlauer, weil das Kind nicht bei Bewusstsein war, während ihn die Frau aus großen Augen anstarrte, für deren Ermordung er beinahe verantwortlich gewesen wäre.

»Butch.« Sie streckte die Hände nach ihm aus, so als wollte sie ihn berühren. »Butch.« Sein Name kam ihr wie ein Mantra über die Lippen. Die Welt geriet ins Wanken.

Doch da kollidierte Vickys Körper mit seinem, und er geriet wirklich ins Wanken. Er taumelte rückwärts und versuchte sich mit dem Gehstock abzufangen, während er sie mit einer Hand an sich drückte, um sie zu stabilisieren.

»Was zum …« Doch bevor er noch ein Wort herausbekam, schlang Vicky die Arme um seine Schultern und presste ihre Lippen auf seine.

Butch erstarrte.

Mit dem Alkohol und den Tabletten konnte er es nicht übertrieben haben, denn er spürte die Wärme ihrer Lippen wie ein Brennen auf seinem Mund. Er schmeckte einen Hauch von Kaffee und eine natürliche Süße, die seinen Verstand vernebelte. Was tat sie nur mit ihm? Obwohl er stand, fühlte er sich in die Knie gezwungen, während seine Brust sich zusammenzog und er am ganzen Körper bebte, so sehr wollte er sie anfassen. Diese zierliche Frau war für ihn wie eine Naturgewalt, der er nichts entgegenzusetzen hatte.

Doch zu seinem Glück verschwand die süße Wärme so schnell wieder, wie sie gekommen war.

»Oh Gott. Entschuldige bitte.« Vicky ließ sich zurück auf die Fersen sinken und schob sich mit hochrotem Kopf von ihm fort, so als würde sie jetzt gerade erst realisieren, was sie da gerade getan hatte. »Ich war nur so erleichtert. Ich weiß auch nicht, was ich mir dabei gedacht habe. Ich dachte …«

Butch fuhr sich mit einer Hand über das Gesicht. »Vergiss es einfach.« Das Blut rauschte in seinen Ohren, während ihm das Atmen schwerfiel. Diese süße Wärme würde er noch eine ganze Weile auf seinen Lippen fühlen. Aber er durfte sich darüber nicht den Kopf zerbrechen. Es war ein Impuls gewesen. Ein Ausrutscher. Und er würde Vicky nach heute Nacht ohnehin nicht wiedersehen. Deshalb verstand er auch nicht, warum sie ihren letzten Satz nicht einfach beendete. Ihm war vollkommen bewusst, was alle dachten. »Ich wäre tot?«

Sie presste die Lippen zusammen. Die Röte in ihren Wangen wich einer kühlen Blässe. »Du hast dich bei niemandem gemeldet. Die ganzen verdammten letzten achtzehn Monate nicht.«

»Und das hat seine Gründe.« Seine Hand verkrampfte sich um seinen Gehstock. »Ich wäre dir sehr verbunden, wenn du das hier …« Er deutete mit der Hand, in der er seine Sachen hielt, zwischen ihnen hin und her. »… für dich behalten könntest.«

»Auf gar keinen Fall.«

»Vic …«

»Nein, Butch.« Sie streckte wieder die Hände aus. Und als sie seinen Arm berührte, zuckte er beinahe zurück. Ihre Wärme war zu viel für ihn. Er hatte das Gefühl, sie brannte sich durch sein Fleisch und schmolz seine Knochen. Aber entziehen konnte er sich ihr auch nicht. »Wir alle waren krank vor Sorge um dich.«

Er räusperte sich. Bemühte sich, Vicky nicht so sehr in seiner Nähe wahrzunehmen. Sie nicht anzustarren, um sich zu versichern, dass es ihr gutging. Er sollte gehen. Jetzt sofort. »Das weiß ich zu schätzen, aber …«

»Nein, das weißt du nicht, du egoistisches Arschloch.«

Er zog eine Augenbraue hoch. Okay. Alles klar. »Haben wir in den letzten achtzehn Monaten ein paar Schimpfwörter dazugelernt?«

Er konnte ein Lächeln so gerade noch zurückhalten, als sie leise lachte. »Ja. Und du lernst die ganze Palette kennen, wenn du wirklich vorhast, wieder in der Versenkung zu verschwinden.«

Er war froh, dass es in dem Krankenzimmer so dunkel war. Vicky konnte sein Gesicht nicht deutlich sehen. Mit dem Mondlicht in seinem Rücken konnte sie höchstens Schemen ausmachen. Er hingegen konnte sie in aller Ruhe betrachten.

Sie sah gut aus. Gesund. Bei ihr hatte der *Bräutigam* offensichtlich keine Spuren hinterlassen, zumindest nicht äußerlich. Sie hatte noch immer die gleichen weichen Gesichtszüge mit der Stupsnase, die sie jünger wirken ließ, als sie eigentlich war. Ihre Lippen hatten noch immer den gleichen verführerischen Schwung und ihre Augen noch immer die gleiche undefinierbare Farbe zwischen Grün, Blau und Grau. Auch das Haar trug sie noch immer streng zurückgebunden. Doch ihre Haut war deutlich gebräunter. Und ihre Ausstrahlung war anders. Noch immer freundlich. Warm. Und trotzdem wirkte sie reifer, etwas weniger strahlend.

Aber wahrscheinlich bemerkte er diese Veränderungen nur, weil er die letzten Tage und Wochen vor dem Angriff des *Bräutigams* ständig an ihrer Seite gewesen war. Ihr Bild hatte sich in seine Erinnerungen eingebrannt.

Einem Fremden würde die Veränderung an ihr vermutlich nicht auffallen.

Für einen Fremden wäre sie noch immer die kleine, wunderschöne Frau mit dem ansteckenden Lächeln, dem man sich einfach nicht entziehen konnte.

»Dann hol schon mal tief Luft und lass hören.«

Bei seinen Worten verschränkte Vicky die Arme vor der Brust und reckte das Kinn vor.

Er gab sich unbeeindruckt. »Denn ich werde hier rausgehen, als wäre nichts gewesen. Ist das klar?«

»Einen Scheiß wirst du.«

»Wow, Vorsicht – sonst musst du dir den Mund noch mit Desinfektionsmittel ausspülen.«

»Butch.«

Vielleicht bildete er es sich nur ein, aber es war, als würde sie ihm direkt in die Augen sehen.

»Tu das nicht.«

Er räusperte sich. Seine Kehle fühlte sich eng und viel zu rau an. Er hob den Arm und schob sie an der Schulter unsanft beiseite. Er musste gehen. Wirklich.

»Ich löse den Alarm aus, wenn du jetzt gehst.«

Er presste seine Hand fester in ihre Schulter. Wow, sie hatte wirklich an Mut dazugewonnen. Das musste er ihr definitiv lassen. Die Vicky, die er gekannt hatte, wäre niemals derart mit ihm auf Konfrontationskurs gegangen. »Tust du nicht.«

»Willst du es wirklich darauf ankommen lassen? Immerhin hast du gerade Beweismaterial gestohlen.«

Er stieß ein leises Knurren aus. Jetzt fluchte sie nicht nur, sondern spielte auch noch unfair. »Was willst du von mir, Vic?«

»Bleib. Sprich mit mir. Beantworte mir ein paar Fragen.« Vicky legte ihre Hände auf seinen Unterarm. Das Leder seiner Jacke knarrte leise, als sie ihre Finger tiefer hineingrub. »Ich gehe davon aus, dass diese Sachen dir gehören.« Mit dem Kopf nickte sie in Richtung der Hand, die auf ihrer Schulter lag. »Also gehe ich davon aus, dass du sie gefunden hast.«

»Und?« Er zuckte mit den Schultern. »Ich habe lediglich meine Bürgerpflicht getan.«

»Dass du das Kind nicht so zugerichtet hast, ist mir vollkommen klar, Butch.« Ihre Hände lagen noch immer auf seinem Arm. »Ich muss wissen, was passiert ist, damit ich ihr helfen kann.«

Er sah über die Schulter zurück zu dem Mädchen. Ihre Augen waren geschlossen. Ihre Atmung war schnell und flach. Hinter ihren Augenliedern zuckte es. Butch sah wieder zu Vicky. »Sie ist aus dem ersten Stock gesprungen. Das ist alles, was du wissen musst.«

»Ich spreche nicht nur von ihren physischen Verletzungen.«

»Was meinst …«

Ein Schrei, so markerschütternd und angsterfüllt, dass es ihm die Nackenhaare aufstellte, zerriss die Ruhe im Krankenzimmer.

Butch wirbelte sofort zu dem Mädchen herum. Sie saß aufrecht im Bett, die Augen aufgerissen und die Wangen tränennass. Ihr Mund war weit geöffnet, während sie schrie.

»Scheiße.« Butch blinzelte, als Vicky auf den Lichtschalter schlug.

Sie eilte um das Bett herum an die Seite des Mädchens. »Schhhh, es ist alles In Ordnung. Du bist in Sicherheit.« Ihre Stimme war warm und ruhig, doch das Mädchen schien sie nicht einmal richtig wahrzunehmen.

Ihre Augen irrten hektisch durch den Raum, während sie einfach immer weiterschrie. Bis ihr Blick seinen traf.

Sie schloss den Mund und verstummte. Das hohe Piepen des EKG, das zuvor noch in ihrem Schrei untergegangen war, war jetzt wieder zu hören. Das Mädchen sah ihn einfach nur an. Dann streckte sie die Hände nach ihm aus. Wimmerte leise, als wollte sie von ihm getröstet werden.

Noch nie in seinem Leben hatte Butch sich so hilflos gefühlt wie in diesem Augenblick.

Das Mädchen hörte in dem Moment auf zu schreien, als sie Butch ansah. Passierte das gerade wirklich? Das bildete Vicky sich nicht ein, oder? Sie trat einen Schritt näher, als das kleine Mädchen sogar die Arme nach Butch ausstreckte und anfing, leise zu wimmern. So als wäre er der einzige Mensch auf der Welt, den sie jetzt an ihrer Seite ertragen konnte.

Vicky kannte dieses Gefühl nur zu gut. Doch Butch war nicht da gewesen, als sie ihn so dringend gebraucht hatte. Und so wie er jetzt dort stand, wie zu Eis erstarrt, konnte er auch ihr nicht helfen.

»Tu was«, zischte Vicky ihm leise zu, doch er bewegte sich noch immer nicht.

Butch und das Mädchen sahen einander in die Augen, bis die Unterlippe des Mädchens zu beben anfing und ihr Wimmern wieder lauter und fordernder wurde.

Vicky konnte sich das nicht länger mit ansehen. Sie ging auf Butch zu, nahm ihm den Mantel ab und ließ ihn achtlos zu Boden fallen. Dann legte sie eine Hand bestimmt in Butchs Rücken und schob ihn auf das Bett zu. Sie musste ihn mit aller Kraft vom Fleck stemmen, aber letztendlich bewegte er sich.

Sie hielt erst inne, als sie endlich an der Seite des Mädchens standen. Doch Butch tat noch immer nichts.

100

Wieder streckte das Mädchen die viel zu dünnen Arme aus. Wieder wimmerte sie. Und das Beben ihrer Unterlippe wurde immer schlimmer, während die Tränen über die Wangen flossen.

»Jetzt tu schon was.« Ungeduldig stieß Vicky ihn an.

Butch öffnete den Mund, sagte jedoch nichts. Er räusperte sich. Einmal. Zweimal. Dann endlich sprach er. »Was denn, bitte?«

»Nimm sie in den Arm.«

Butch verspannte sich. »Was?« Seine Stimme klang eine ganze Tonlage zu hoch.

»Sie wird sich sonst nie beruhigen. Mach schon!«

Butch schüttelte den Kopf. Doch dabei streckte er zögerlich die Hand aus. Beinahe so, als würde er sich einem tollwütigen Hund nähern und nicht einem unterernährten, traumatisierten Kind.

Es war offensichtlich, dass er es langsam angehen lassen wollte. Doch das Mädchen hatte andere Pläne. Sofort schlang sie die zierlichen Ärmchen um seinen Oberarm und presste ihr Gesicht gegen seine Lederjacke.

Sie wimmerte nicht mehr, sondern weinte leise und herzzerreißend.

Ihr Schluchzen brach Vicky schier das Herz. Aber immerhin schrie sie nicht mehr. Das war schon einmal ein Anfang.

Mit einem erleichterten Seufzen ließ sie den Kopf in den Nacken sinken und starrte hoch zur Decke. Erst dann realisierte sie, was eigentlich gerade geschehen war.

Das Mädchen war durch nichts zu beruhigen gewesen. Doch Butch war offenbar ihr übergroßer Aus-Knopf.

Vicky sah die beiden wieder an. Das Mädchen klammerte sich zittrig an Butch und weinte und weinte. Er stand einfach nur da, völlig verkrampft. Seine Fingerknöchel traten weiß hervor, so fest war sein Griff um den Gehstock.

Vicky blinzelte. Stopp. Gehstock?

Vorhin im Halbdunkeln des Zimmers hatte sie ihn nicht richtig sehen können. Und offensichtlich war sie vollkommen abgelenkt gewesen. Sie hatte nicht einmal bemerkt, dass er einen Gehstock benutzte. Doch im hellen Licht der Deckenbeleuchtung konnte er sich nicht mehr vor ihr verstecken.

Vicky wusste nicht, ob sie einfach nur glücklich sein sollte, ihn zu sehen, oder ob der Schock über das, was sie sah, sie in Tränen ausbrechen lassen sollte.

Denn der Mann, der an der Seite des Krankenbettes stand, hatte kaum etwas mit dem Butch gemeinsam, den sie gekannt hatte.

Früher war er muskelbepackt und vital gewesen.

Jetzt war er hager. Seine Kleidung schlackerte an seinem Körper. Wenn sie schätzen müsste, dann hatte er gewiss an die dreißig Kilogramm an Gewicht verloren. Sein braunes Haar war zwar noch immer kurz, doch es war ein gutes Stück länger als damals. Über seine Wangen und seinen Kiefer zog sich ein Bart, der schwer erkennen ließ, ob seine Wangen eingefallen waren oder nicht. Seine Haut war blass und unter seinen Augen lagen dunkle Schatten.

Sie schlug sich die Hand vor den Mund, als sie der Narbe in seinem Gesicht mit den Augen folgte. Sie begann an seiner Stirn und ging hinunter bis zum linken Wangenknochen. Doch es war nicht die helle dünne Narbe, die sie vollkommen aus dem Konzept brachte. Es war sein linkes Auge.

Das tiefe Braun, das noch in seinem rechten Auge zu sehen war, war milchig verfärbt. Die Pupille war so stark zusammengezogen, dass sie kaum größer war als ein Stecknadelkopf.

»Haben deine Eltern dir nicht beigebracht, dass es unhöflich ist zu starren?«

Schnell nahm Vicky die Hand von ihrem Mund. »Entschuldige bitte.« Er war wirklich nur ein Schatten seiner selbst mit den viel zu großen Sachen und den herabhängenden Schultern. »Oh Butch ...«

»Das Mitleid kannst du direkt wieder runterschlucken, Vic. Nicht, dass du noch dran erstickst.«

Seine Worte waren wie ein Peitschenhieb. Alarmiert blickte Vicky zu dem Mädchen. Vielleicht jagte Butch ihr mit seinen eisigen Worten Angst ein. Doch das Mädchen hatte sich wieder hingelegt. Die Arme hatte sie um Butchs Unterarm geschlungen, während ihre Wange auf seiner Hand ruhte, die flach auf der Matratze lag. Ihre Augen waren geschlossen, die Atmung war tief und gleichmäßig. Sie schlief.

Bei Gott, wie lange hatte sie Butch denn bitte angestarrt?

Er lehnte den Gehstock ans Bett und schob die freie Hand unter den Kopf des Mädchens, um ihn anzuheben. Dann zog er seine andere Hand darunter hervor und legte den Kopf des Mädchens vorsichtig wieder auf das Kissen. Anschließend entzog er ihr ganz langsam seinen Arm.

Vicky hielt den Atem an, als das Kind das Gesicht verzog. Doch dann stieß es nur ein leises Seufzen aus und schlief einfach weiter.

»Wie hast du das gemacht?« Die Frage entschlüpfte Vicky einfach so.

»Keine Ahnung. Sehe ich so aus, als wüsste ich, wie man mit Kindern umgeht, Vic?« Butch nahm sich den Gehstock und ging zu seinem Mantel, den er umständlich aufhob. Doch sie würde einen Teufel tun, ihm zu helfen. Nicht, nachdem er ihr eine derart klare Ansage zum Thema Mitleid gemacht hatte.

»Nun ja, es scheint eine Menge Dinge über dich zu geben, die ich nicht weiß.«

»Und wir sollten es auch dabei belassen.«

Hilflos sah Vicky dabei zu, wie Butch in Richtung Tür ging. »Warte!« Sie war überrascht, als er tatsächlich innehielt. »Wie erreiche ich dich?«

Die Antwort kam prompt und für Vicky wenig überraschend. »Gar nicht.«

»Ich meinte, wenn wieder etwas mit dem Mädchen ist?« Als er sie prüfend ansah, trat Vicky von einem Bein auf das andere. Sie wusste, sie klammerte sich an jeden noch so kleinen Strohhalm. Aber sie konnte ihn so nicht gehen lassen. Nicht ohne eine Möglichkeit, ihn wiederzusehen. Nicht so. Nicht, wenn sie noch immer einen Hauch von Alkohol und etwas Bitterem auf ihren Lippen schmeckte. Er konnte nicht einfach so kommen und wieder gehen. Er konnte nicht auf der Bildfläche erscheinen und dann wieder in der Versenkung verschwinden. Auf keinen Fall. Sie hatte so lange nach ihm gesucht. Hatte so lange darauf gehofft, sein Gesicht zu sehen. Sie konnte ihn so nicht gehen lassen. »Du scheinst der Einzige zu sein, der sie beruhigen kann. Es wäre ausschließlich für den Notfall.«

Draußen auf dem Flur hörte sie die leisen Schritte von Dave und das stetige Surren des Kaffeeautomaten. Das Piepen des EKG war gleichmäßig. Im Zimmer nebenan hustete ein Patient.

Butch blickte zwischen ihr und dem Mädchen hin und her. Schließlich stieß er ein leises Seufzen aus und streckte ihr die Hand entgegen.

»Gib mir dein Handy.«

12

Tiny starrte auf das Bild auf seinem Handy und war sich unsicher, ob er blinde Wut oder euphorische Freude empfand. Er wusste genau, zu wem diese Stickerei gehörte. Das schmucklose B. C. hatte er schon tausendmal gesehen. Und selbst auch schon mehr als einmal in Auftrag gegeben, wenn er Butch mal etwas geschenkt hatte, das teurer als fünfhundert Dollar gewesen war.

B. C.

Brian Cohen.

Dieser miese kleine Penner lebte also doch noch. Gott sei Dank. Er sperrte den Bildschirm seines Smartphones und legte es beiseite, ehe er sich die Schläfen rieb. Butch lebte noch.

Dann konnte Tiny ihn ja jetzt eigenhändig umbringen.

Klar, aber dazu musst du ihn erst einmal finden.

Sein Blick fiel auf die Uhr auf seinem Schreibtisch. Es war kurz nach sieben. Wieder eine Nacht, in der er kein Auge zugemacht hatte. Um acht musste er mit Edita im Krankenhaus sein, für ihre Chemotherapie.

Edita würde einen Blick auf die dunklen Schatten unter seinen Augen werfen und ihm sagen, dass er sie nicht begleiten müsste. Aber er würde sie auf keinen Fall allein durch diesen Mist gehen lassen. Schon gar nicht, wenn sie wieder alles erbrechen würde, sobald sie am Tropf hing.

Aber mit den Hochzeitsvorbereitungen, den legalen Geschäften der Organisation und den ganzen illegalen Aktivitäten hatte er nun einmal keine Zeit für Schlaf. Meist döste er an

Editas Bett im Krankenhaus, wenn sie vor lauter Erschöpfung eingenickt war. Und das auch nur für zwei oder drei Stunden. Wenn überhaupt.

Nach der Hochzeit würde die Welt etwas besser aussehen. Die Lage würde sich stabilisieren, und Tiny musste nicht länger befürchten, dass seine Familie vom Thron der Stadt gestoßen wurde.

Sobald Edita seine Frau war, würde die russische Mafia, unter der Führung von Valentin Kasakow, den Cohens die Treue halten. Immerhin heiratete Tiny Kasakows einzige Tochter. Und die Russen hatten in letzter Zeit mehr als genug Angriffe von den Iren erlitten.

Es war eine Win-Win-Situation. Für alle Beteiligten.

Außer vielleicht für Edita und ihn.

Zum Teufel, Edita war gerade einmal zwanzig Jahre alt, ganze elf Jahre jünger als er selbst. Sie sollte niemanden heiraten, den sie nicht liebte. Sie sollte aufs College gehen, sich betrinken, feiern und sich in irgendeinen Vollidioten verlieben, mit dem sie den Rest ihres Lebens verbringen würde. Stattdessen ließ sie sich auf eine politische Ehe ein, um die Machtposition ihres Vaters zu sichern, und dachte vermutlich darüber nach, wie viele Monate ihr wohl noch blieben, bis ihr Körper den Kampf gegen den Krebs endgültig verlor.

Tiny liebte sie nicht. Und sie liebte ihn nicht.

Ihnen beiden war diese Tatsache überdeutlich bewusst.

Doch in den letzten sechzehn Monaten waren sie Freunde geworden. Er hatte so viele Dinge an ihr schätzen gelernt. Ihren Humor, ihre Ehrlichkeit, ihren Scharfsinn und ihre enorme innere Stärke, die ihn jedes Mal wieder erstaunte.

Scheiße, damals hatte er ihr den Antrag eigentlich nur gemacht, weil er gewusst hatte, dass sie sterben würde und er damit schnell wieder aus der Nummer heraus wäre.

Jetzt befürchtete er, dass ihr Verlust ihn härter treffen könnte, als er gedacht hätte.

»Du grübelst schon wieder.«

Tiny sah überrascht zu Edita, die mit einem schwachen Lächeln im Türrahmen stand.

Edita war eine schlanke, hochgewachsene Frau mit hohen Wangenknochen und strahlend blauen Augen. Objektiv betrachtet war sie hübsch mit den vollen, geschwungenen Lippen und den katzenhaften Augen, die von einem dichten Wimpernkranz umgeben waren. Wäre da nicht das gespenstische Weiß ihrer Haut, das jeden wissen ließ, dass sie schwer krank war. Ihren haarlosen Kopf verdeckte sie mit einem farbenfrohen Tuch. Heute strahlte es in einem satten, mit goldenen Ornamenten durchwirkten Kirschrot, das zu ihren schwarzen Jeans und dem schwarzen Pullover passte. Sie war durch die Krankheit hager geworden, und all ihre Kleidung war ihr etwas zu groß. Sie hatte sie in den wenigen Monaten gekauft, in denen sie als erwachsene Frau gesund gewesen war.

»Du kennst mich gut.« Vielleicht sogar etwas zu gut.

»Ich werde in wenigen Wochen deine Frau. Da kann man das durchaus erwarten.« Sie trat in sein Büro und fuhr mit den Fingern über das Sideboard, auf dem sich ein paar aufgeschlagene Bücher stapelten. Sie blätterte ein wenig in dem offenen Lehrbuch über Wirtschaftsrecht herum, ehe sie auf seinen Schreitisch zuging. »Worüber denkst du nach?«

»Butch lebt noch.«

»Gott sei Dank.«

Tiny nickte. »Jetzt kann ich ihn eigenhändig umbringen.«

Edita lachte rau auf. »Aber natürlich.« Sie legte extra viel Sarkasmus in ihre Stimme. »Tu nicht so, als wärst du nicht schrecklich erleichtert.«

»Bin ich nicht.«

»Lügner.« Edita kam um den Schreibtisch herum und legte die Hand auf seine Schulter. »Du kannst es ruhig zugeben. Bin ja nur ich.«

Tiny schlang einen Arm um ihre schmale Hüfte und zog sie näher an sich heran. »Vielleicht bin ich eventuell ein kleines bisschen erleichtert.«

Edita wuschelte ihm leicht durch die Haare, und er stieß ein Murren aus. »Wissen die anderen schon Bescheid?«

Tiny schüttelte den Kopf. »Nein. Und ich will damit auch noch warten. Bisher habe ich nur ein Foto von seinem Mantel. Ich will ihnen keine Hoffnungen machen.«

Edita runzelte die Stirn. »Ein Foto von seinem Mantel?«

Tiny nickte. »Ja. Vicky hat es mir geschickt.«

»Wie kommt Vicky denn bitte an seinen Mantel?«

Tiny blinzelte. »Jetzt, wo du es sagst …« Er hatte keine Ahnung, wie Vicky an diesen Mantel gekommen war. Er war einfach nur derart erleichtert gewesen, dass er es gar nicht weiter hinterfragt hatte.

»Du solltest sie besser anrufen.« Sie sah zu der Fotografie von Vicky, die an der Wand neben den vielen Aufnahmen seiner selbst gewählten Familie hing. »Ich will ja keine Spielverderberin sein, aber sie arbeitet in einem Krankenhaus …«

»Auf der Kinderstation, Edita.«

»Und hin und wieder auf der Überwachungsstation.« Edita sah ihm direkt in die Augen. »Was, wenn ihm was passiert ist? Du solltest sie wirklich anrufen.«

Tiny schüttelte den Kopf. »Unmöglich. Sie hätte ihn sofort erkannt.«

Edita runzelte die Stirn. »Sie haben sich ewig nicht gesehen. Wer weiß schon, wie er jetzt aussieht.«

»Ausgeschlossen. Vicky würde ihn vermutlich noch vor mir wiedererkennen.« Er lachte freudlos. »Vertrau mir.«

Edita zog eine Augenbraue hoch. »Wie kannst du dir da so sicher sein?«

Tiny winkte ab. »Ich rufe sie an, sobald ihre Schicht vorbei ist.« Er sah auf die Uhr. Halb acht. »Wir müssen gleich los. Bist du so weit?«

Edita presste die Lippen fest zusammen. »Du musst nicht …«

»Willst du diese Diskussion wirklich wieder anfangen?« Er nahm den Arm von ihrer Hüfte und stand auf. »Ich warte unten auf dich, okay?«

Edita stellte sich auf die Zehnspitzen und drückte ihm einen sanften Kuss auf die Wange. Direkt auf seine Narbe. »Okay. Bis gleich.« Mit leisen Schritten verließ sie sein Arbeitszimmer.

Edita hatte recht. Die Stickerei war kein Grund zu blinder Freude. Zumindest nicht, bis er wusste, wie Vicky an Butchs Mantel gelangt war. Dennoch war er die erste brauchbare Spur nach achtzehn Monaten. Jetzt würde er diesen Mistkerl endlich finden. Und wenn er vor Butch stand, würde er spontan entscheiden, ob er ihn umarmte oder erwürgte.

Tiny zog sein Jackett an und griff zu seinem Smartphone, um Vicky anzurufen, die ungefähr jetzt das Krankenhaus verlassen müsste. Doch sein Bildschirm leuchtete in dem Moment auf, als er das Handy entsperren wollte.

Dragon? Um diese Uhrzeit? Normalerweise schlief er doch bis in die Mittagsstunden hinein.

Tiny hob ab. »Dragon?«

Der Mann am anderen Ende der Leitung lachte. »Du brauchst nicht so irritiert zu klingen. Auch ich weiß, was ein Wecker ist, mein Freund.«

»Das ist ja mal was ganz Neues. Also, was kann ich für dich tun?« Tiny nahm sein Portemonnaie vom Schreibtisch und packte ein paar Akten für die legalen Geschäfte in seine Tasche. Immerhin würde er ein paar Stunden totschlagen müssen. Da konnte er genauso gut etwas von der vielen Arbeit erledigen, die sich im Büro ansammelte. Er würde den Vertrag für den Kauf des Bürogebäudes am Time Square noch einmal sichten müssen. Außerdem musste er sich noch auf sein Abendessen mit dem Vorstand eines der Unternehmen vorbereiten, in das John investiert hatte. Und sein üblicher Blick auf die Aktienkurse stand ihm auch noch bevor. »Ich muss gleich mit Edita ins Krankenhaus und habe nicht viel Zeit.«

»Schon jetzt ganz der engagierte Ehemann. Bewundernswert.« Dragon lachte leise. »Aber glaub mir, dafür wirst du dir ein bisschen Zeit nehmen wollen.«

Tiny hielt mitten in der Bewegung inne. Er kannte diesen Tonfall bei Dragon ganz genau. Dieser unverkennbar arrogante Unterton der Überlegenheit, der ankündigte, dass Dragon etwas wusste, das Tiny noch verborgen war, für ihn aber von großer Bedeutung sein würde. »Was willst du, Dragon?«

Ein leises Kichern war zu hören. »Du wirst nie erraten, wer gestern Nacht in meiner Wohnung aufgetaucht ist.«

Tiny verspannte sich. Er musste nicht fragen, um wen es ging. »Du hast ihn gesehen?«

»Ja. Ich wollte ihm nur ein bisschen Vorsprung geben, damit du ihn nicht sofort in Stücke reißt.« Das Kichern verstummte. »Wir müssen uns dringend unterhalten.« Dragon schlug einen deutlich ernsteren Tonfall an. »Und wir sollten John anrufen. Er sollte das auch wissen.«

13

Rebecca Lightwood umklammerte mit einer Hand die Stange
in der New Yorker U-Bahn, mit dem anderen Arm presste sie
ihre Handtasche fest an ihre Seite. Es war Jahre her, dass sie
zuletzt die U-Bahn hatte nehmen müssen. Vermutlich zu Zeiten, als sie noch Studentin in Yale gewesen war. Seitdem hatte
sie stets für große Kanzleien oder Organisationen gearbeitet,
die ihr einen Wagen mit Chauffeur zur Verfügung gestellt hatten. Als sie vor drei Jahren Bezirksstaatsanwältin für New York
City geworden war, hatte sich das Thema erledigt gehabt.

Bis sie vor einem Jahr ihres Amtes enthoben worden war.

Allein wenn sie daran zurückdachte, kam Rebecca die Galle
hoch. Der Moment hatte sich so fest in ihre Erinnerung eingebrannt, dass sie ihn niemals wieder vergessen konnte. Sie erinnerte sich genau an die ernste Miene des Bürgermeisters, als er
in ihr Büro gekommen war. Wie er die Tür geschlossen hatte,
um ihr mit leiser Stimme seine Entscheidung mitzuteilen.

Es war der Tag gewesen, an dem Heath ausgezogen war.
Nach über fünfzehn Jahren Ehe hatte er einfach seine Taschen
gepackt und war gegangen. Er hatte sie in dem Moment alleingelassen, als sie ihn am meisten gebraucht hatte.

Ihr gesamtes Leben war an diesem Tag komplett aus den
Fugen geraten. Aber es war auch der Tag gewesen, an dem sie
beschlossen hatte, sich ihr Leben zurückzuerobern. Ganz egal,
was es sie auch kosten mochte.

Deshalb hatte sie auch den Mund gehalten und einfach ihre
Amtsenthebung akzeptiert. Sie hatte die flüsternden Stimmen

im Büro des Bezirksstaatsanwaltes ignoriert, als sie ihren Platz unter den unwichtigen Arbeiterdrohnen eingenommen hatte. Sie hatte einfach ihren Job gemacht, der darin bestand, dem neuen Bezirksstaatsanwalt Kaffee zu bringen oder Schreiben für ihn aufzusetzen, die er dann nur noch unterzeichnen musste.

Sie war zu einer beschissenen Anwaltsgehilfin degradiert worden, zum Teufel nochmal. Und das mit einem magna cum laude-Abschluss in Jura von der Yale Universität.

Alles nur wegen eines einzigen dummen Fehlers. Weil sie der falschen Frau vertraut hatte. Einer Frau, die ihr so ähnlich gewesen war, dass sie ihre Bedenken in den Wind geschlagen hatte. Sie war so versessen darauf gewesen, endlich den Fall zu lösen, der New York City so lange in Atem gehalten hatte.

Sie hatte sich blenden lassen. Von dem versprochenen Erfolg. Dem kompetenten Auftreten. Von Lissiana Staffords falschem Lächeln.

Ihr Leben war jetzt ein einziger Trümmerhaufen. Und das alles nur wegen Lissiana und John Cohen.

Die Stimme der mechanischen Ansage der Haltestelle plärrte los, und etliche der Passagiere verließen die U-Bahn. Endlich hatte sie genug Raum, um ein wenig durchzuatmen. Tatsächlich wurde auch noch ein gottverdammter Sitzplatz frei.

Schnell ließ Rebecca sich darauf nieder. Sie verbat sich jeden Gedanken daran, wer oder auch was schon alles auf dieser Sitzfläche gelegen hatte. Stattdessen öffnete sie ihre Handtasche und zog eine Akte heraus.

Ihr neuer Boss, der frischgebackene Bezirksstaatsanwalt Preston James, hatte ihr die Unterlagen heute regelrecht auf den Tisch geworfen. Sie solle mal einen Blick in die Akte werfen, hatte er mit gelangweiltem Blick gesagt. Er selbst habe für so einen Unsinn keine Zeit mehr. Und dann hatte er sie losgeschickt, damit sie ihm seinen morgendlichen Soja-Latte brachte.

Seit ihrer Amtsenthebung war es der erste Fall, den sie sich ansehen durfte, um ihn als verfolgungswürdig oder als nichtig einzustufen.

Allein bei dem Gedanken, wieder mit Zeugen zu sprechen und tatsächlich ihren Job zu machen, prickelte es in ihren Fingerspitzen.

Endlich weg von ihrem Schreibtisch. Weg von den ständigen Blicken ihrer Kollegen. Weg von den flüsternden Stimmen im Flur, die wieder und wieder über ihren Niedergang tratschten. Endlich zurück zu der Arbeit, die sie liebte. Zurück zu dem einzigen Grund, weshalb sie überhaupt noch morgens aufstand.

Preston mochte vielleicht denken, er habe sie mit seiner Aktion an diesem Vormittag weiter gedemütigt und erniedrigt. Er ahnte ja nicht, was für ein Geschenk er ihr damit gemacht hatte.

Sie schlug die Akte auf und sah sich die Eckdaten an. Unbekanntes Kind. Offensichtliche Zeichen von Misshandlung. Möglicher krimineller Hintergrund. Vernehmungsunfähig.

Rebecca lächelte. Der Fall war eine echte Chance, ihre Chance. Um das zu kapieren, musste sie das Mädchen nicht einmal sehen. Preston war ein solcher Idiot, dass er ihr diesen Fall überlassen hatte. Die Öffentlichkeit liebte Geschichten mit misshandelten Kindern, denen endlich Gerechtigkeit widerfuhr. Die Ermittlungen würden vielleicht anstrengend und langwierig werden, aber das störte Rebecca überhaupt nicht. Sie war einfach froh, dass sie wieder ihren Job machen konnte.

Sie blätterte weiter und las den Polizeibericht, der bestenfalls als lückenhaft zu bezeichnen war. Sorgfältig ging sie die Liste der vernommenen Zeugen durch.

An einem Namen blieben ihre Augen hängen. Sie las ihn wieder und immer wieder.

Rebecca spürte, wie ihre Lippen sich zu einem breiten Grinsen verzogen. Und dann lachte sie. Leise und hinter vorgehaltener Hand.

Besser hätte es wirklich nicht kommen können. Das hier war wirklich ihre Chance. Jetzt musste sie ihre Karten nur noch richtig ausspielen.

Als die plärrende Stimme der Ansage ihre Station verkündete, ließ Rebecca die Akte zurück in ihre Handtasche gleiten. Sie stand auf und verließ mit beschwingten Schritten die U-Bahn.

Heute war wirklich ihr Glückstag.

14

»Bleib weg von ihm.«

»Was?«

»Du hast mich genau gehört.« Tinys sonst so warme und freundliche Stimme war nur noch ein Grollen. »Und halt dich auch von dem Kind fern. Sag, dass du die Patientin nicht mehr weiter betreuen kannst.«

Vicky konnte kaum glauben, was sie da hörte. Sie presste das Handy an ihr anderes Ohr. »Aber …«

»Diskutiere das bitte nicht mit mir, Vicky.« Er seufzte. »Ich habe mit John und Dragon gesprochen, und wir sind alle der Meinung, dass es so das Beste ist.«

»Werde ich denn überhaupt nicht gefragt? Ihr könnt so was doch nicht einfach über meinen Kopf hinweg entscheiden.« Vicky biss sich auf die Unterlippe. Die Leute, die mit ihr vor den Türen des Krankenhauses standen, um in der morgendlichen Kälte schnell eine Zigarette zu rauchen, oder darauf warteten, dass die Visite vorbei war, damit sie zu ihren Liebsten konnten, starrten sie schon an, weil sie laut geworden war. Sie senkte ihre Stimme. »Ich werde dabei doch wohl ein Mitspracherecht haben.«

»Diesmal nicht.« Tinys Tonfall war unmissverständlich. Hier gab es keinen Verhandlungsspielraum. »Du hast gesagt, er war bei dir im Krankenhaus wegen des Mädchens. Weißt du, wo er hinwollte? Oder hat er dir irgendetwas hinterlassen? Eine Adresse? Oder eine Telefonnummer?«

Vicky öffnete schon den Mund, um Tiny die Ziffern durchzugeben, die sie vor wenigen Stunden auswendig gelernt hatte. Doch dann hielt sie inne.

Tiny würde sie darum bitten, ihm Butchs Nummer zu geben. Und sie würde nicht Nein sagen können. Das wusste sie genau. Aber sobald Tiny versuchen würde, mit Butch zu telefonieren, würde er wieder in der Versenkung verschwinden. Und dann wäre er für sie wieder unerreichbar. Diesmal dann vermutlich auch für immer. Denn Butch wirkte nicht gerade wie jemand, der einen solchen Vertrauensbruch verzeihen würde.

Dabei gab es so viele Dinge, die sie ihm noch sagen wollte.

So viel hatte sich in den letzten achtzehn Monaten angestaut. Sie wollte ihm für ihre Rettung danken. Für seinen Schutz. Für sein Verständnis und … Gott, für so vieles. Aber das würde sie nicht können, wenn sie Tiny jetzt Butchs Nummer gäbe.

Also tat sie etwas, das sie vorher noch nie getan hatte: Sie log Tiny an. »Nein. Gar nichts«, sagte sie und war erstaunt, wie einfach es war. Wie überzeugend die Lüge aus ihrem Mund klang.

Kurz herrschte Stille in der Leitung, und Vickys Hand verkrampfte sich leicht um ihr Handy.

»So eine Scheiße.« Sie konnte die Enttäuschung in Tinys Stimme deutlich hören. »Also sind wir nicht wirklich weiter als vorher.«

Das schlechte Gewissen begann, an Vicky zu nagen. Sie wusste genau, dass Tiny genau wie sie auf ein Lebenszeichen von Butch gewartet hatte. »Entschuldige.«

Tiny seufzte leise. »Ist ja nicht deine Schuld, dass er sich aufführt wie ein egoistisches Arschloch.« Vicky hörte leise Stimmen im Hintergrund, doch sie konnte nicht ausmachen, wer da sprach. »Sollte er noch mal auftauchen, dann ruf mich sofort an, okay?«

Vicky nickte, dann wurde ihr klar, dass er sie durch das Telefon ja schlecht sehen konnte. »Ja, natürlich.«

»Ruf mich einfach an, okay?« Tiny klang ehrlich besorgt.

»Warum?« Die Frage entschlüpfte Vicky, bevor sie darüber nachdenken konnte. Wieder blieb es still in der Leitung. Sie hörte das leise Rascheln von Papier. Dann das leise Plätschern einer Flüssigkeit. So als würde Tiny sich etwas einschenken.

»Vertraust du mir?«

Mit der Frage hatte Vicky nicht gerechnet. »Natürlich«, antwortete sie und meinte es auch. Sie vertraute wenigen Menschen so sehr wie Tiny.

»Gut.« Sie konnte hören, wie er lächelte. »Dann glaub mir, wenn ich dir sage, dass du mit Butch reden kannst so viel du willst, sobald das alles vorbei ist. Aber bis dahin halt dich bitte von ihm fern.«

Vicky verstand nicht wirklich, was Tiny ihr damit sagen wollte. »Bis was genau vorbei ist?«

»Ich muss Schluss machen. Ich rufe dich morgen wieder an.« Grußlos legte Tiny einfach auf und ließ Vicky vollkommen verwirrt zurück.

Tiny hatte sie angerufen, als sie auf dem Weg zum Krankenhaus war. Sie hatte nach ihrer aufwühlenden Nachtschicht ein paar Stunden geschlafen, hatte geduscht und sich umgezogen und war dann direkt zurück zum Krankenhaus gefahren, um ihren freien Tag an der Seite des Mädchens zu verbringen. Eigentlich hatte sie Tiny alles über ihre Begegnung mit Butch erzählen wollen. Doch er hatte sie sofort ins Kreuzverhör genommen, und sie hatte nur völlig perplex auf seine Fragen antworten können.

Und jetzt stand sie hier, vor dem Krankenhaus, im knöchelhohen Schnee und verstand nicht wirklich, um was es bei dem Telefonat gerade gegangen war oder was hier eigentlich vor sich ging.

Aber eins war klar: Sie würde sich definitiv nicht an Tinys Anweisungen halten.

Vicky steckte ihr Handy zurück in die Tasche ihres Mantels und rieb sich mit der anderen Hand leicht die Nasenwurzel.

»Schlechte Nachrichten, Miss Stafford?«

Vicky verspannte sich sofort, als sie die Stimme hörte. Sie drehte sich rasch um. An einer der beiden Säulen neben den großen Krankenhaustüren lehnte eine blonde Frau, die Vicky nur zu gut kannte.

Wie immer war Rebecca Lightwood tadellos angezogen. Ihr marineblauer Mantel passte perfekt zu ihrer hellen Haut und den langen blonden Haaren, die sie in einem strengen Knoten trug. Ihre Beine steckten in einer edlen cremefarbenen Hose, und ihre High Heels waren schwindelerregend hoch. Vicky fragte sich, wie jemand bei diesem Schnee überhaupt auf solchen Stelzen laufen konnte.

»Staatsanwältin Lightwood.« Sie zwang sich ein freundliches Lächeln auf die Lippen, auch wenn sie der Frau am liebsten vor die Füße gespuckt hätte. Aber sie hatte ja so etwas wie Erziehung genossen. »Was kann ich heute für Sie tun?«

Lightwood stieß sich von der Wand ab und kam mit langsamen Schritten auf Vicky zu. Sie sah immer ein wenig aus wie ein Raubtier. Was vielleicht an den vielen Stunden in dem Verhörraum lag, die Vicky über sich hatte ergehen lassen müssen, kaum dass sie aus dem Krankenhaus entlassen worden war.

Lightwood hatte sie behandelt wie eine Schwerverbrecherin. Sie hatte in ihrer Vergangenheit herumgeschnüffelt und an jeder noch so kleinen Wunde herumgezerrt. Auch an denen, die zu dem Zeitpunkt noch ganz frisch gewesen waren. Und das alles nur, um an Lissiana und John heranzukommen. Doch Vicky hatte geschwiegen. Und das würde sie auch für den Rest ihres Lebens tun, sollte es notwendig sein.

Lightwoods Hand wirkte seltsam leer, und mit einem Mal wurde Vicky klar, dass ihr Ehering dort nicht mehr zu sehen war. Es überraschte sie nicht. Nachdem John und Lissiana entkommen waren, hatte man Bezirksstaatsanwältin Lightwood in der Presse regelrecht zerrissen. Ihre Ehe hatte das nicht ausgehalten. Ihre Amtsenthebung hatte dann auch nicht lange auf sich warten lassen. Doch trotzdem schien Lightwood noch für das Büro des Bezirksstaatsanwaltes tätig zu sein, wenn man dem Ausweis glauben durfte, der an dem Kragen ihres Mantels befestigt war.

»Ich bin nicht Ihretwegen hier, Miss Stafford.« Lightwood lachte leise. »Zumindest nicht direkt.«

Vicky zog eine Augenbraue hoch. »Was soll das denn heißen?«

»Man hat mir gesagt, Sie hätten in den letzten beiden Nächten das namenlose Mädchen auf der Überwachungsstation betreut.« Lightwood kam einen Schritt näher. Vicky verspannte sich noch mehr, als ihr der Geruch von Lightwoods teurem Parfüm in die Nase stieg. »Ich habe gehört, Sie hätten dafür sogar Ihre Dienste getauscht.«

Sofort schrillten in Vicky alle Alarmglocken, und instinktiv verschränkte sie die Arme vor der Brust. »Wird das hier eine Befragung? Ich bin mir nämlich ziemlich sicher, dass ich dafür einen Anwalt zu Rate ziehen darf.«

In Lightwoods Augen funkelte es bedrohlich. »Sieht so aus, als hätten die Cohens Ihnen eine ganze Menge beigebracht.« Sie schüttelte den Kopf. »Und nein, das ist keine Befragung. Ich habe mir den Fall angesehen, und er ist nicht zu verfolgen.«

Hoffentlich hatte sie sich verhört. »Was? Ist das Ihr Ernst?«

Lightwood winkte nachlässig ab. »Der Zeuge hat im Notruf gesagt, das Mädchen sei gesprungen. Außerdem ist er nicht auffindbar. Es ist tragisch, dass selbst so junge Kinder versuchen, sich selbst umzubringen. Aber die Beweislage ist eindeutig. Außerdem scheint das Mädchen psychisch schwer gestört zu sein. Da ist sowieso keine Aussage möglich.«

Vicky trat einen großen Schritt auf Lightwood zu. »Sie können das doch nicht einfach so abtun. Es ist offensichtlich, dass das Mädchen misshandelt wurde. Irgendwer muss dafür doch zur Rechenschaft gezogen werden.«

»Ja, das Mädchen wurde eindeutig misshandelt. Aber das fällt nicht in meinen Zuständigkeitsbereich, sondern in den des Jugendamtes, nicht wahr?« Lightwood zuckte mit den Schultern. »Also ist mein Job hier erledigt. Aber wenn ich Ihnen einen Rat geben darf: Gerade Sie sollten sich zurückhalten, wenn es darum geht, wer hier für irgendetwas nicht zur Rechenschaft gezogen wurde. War schön Sie zu sehen, Miss Stafford.« Ihre Lippen verzogen sich zu einem gehässigen Grinsen. »Schön braun sind Sie übrigens.«

Mit diesen Worten ließ Lightwood Vicky einfach stehen und ging mit langen Schritten auf die unauffällige schwarze Limousine zu, die am Straßenrand vor dem Krankenhaus parkte. Sie stieg hinten ein, und der Wagen fuhr im nächsten Moment los.

Vicky sah ihm hinterher, bis er hinter der nächsten Häuserecke verschwand. Sie hatte kaum bemerkt, dass sich ihre Hände zu Fäusten geballt hatten. Schnell steckte sie sie in die Taschen ihres Mantels. Das durfte doch wohl nicht wahr sein. Es war offensichtlich, dass das Mädchen durch die Hölle gegangen war. Und was machte die Staatsanwaltschaft? Tat es als einen kindlichen Selbstmordversuch ab und übergab das Kind einfach der Zuständigkeit der nächsten Behörde. Als ginge es hier nicht um ein kleines Mädchen, sondern um einen Gegenstand, der beschädigt und deshalb uninteressant war.

Vicky wandte sich zum Krankenhaus um. Wenn die Staatsanwaltschaft das Mädchen schon aufgab, dann würde sie das auf gar keinen Fall tun. Sie würde herausfinden, was mit ihr passiert war. Jemand hatte ein kleines Mädchen so schwer misshandelt, dass es glaubte, der einzige Ausweg sei der Tod. Vicky würde dafür sorgen, dass dieser Jemand, wer immer er war, dafür ins Gefängnis kam.

Sie betrat das Krankenhaus, passierte die Eingangshalle und ging direkt zu den gläsernen Fahrstühlen. Heftiger als notwendig drückte sie auf den Knopf, der den Fahrstuhl rief.

Sie würde dieses Mädchen nicht aufgeben. Auf gar keinen Fall. Und sie wusste schon ganz genau, wer ihr dabei helfen könnte.

Ein leises Pling kündigte den Fahrstuhl an, und entschlossen machte sie einen großen Schritt hinein und drückte den Knopf für die Überwachungsstation. Die Türen schlossen sich, und Vikky blendete die nervige Fahrstuhlmusik aus, während er sich in Bewegung setzte. Es war schon erstaunlich, wie sehr Lightwood ihr noch immer unter die Haut ging. Denn bisher hatte Vicky lediglich auf das Mädchen achtgeben wollen, bis es wieder gesund sein würde. Aber jetzt entwickelte sich in ihr mehr und mehr diese verbissene Entschlossenheit, für die sonst eigentlich Lissiana bekannt war. Sie würde Lightwood beweisen, dass sie mit ihrer Entscheidung, das Mädchen ihrem Schicksal zu überlassen, unrecht hatte. Kaum öffneten sich die Türen auf der dritten Etage, konnte Vicky schon die Schreie hören. Es war unverkennbar die Stimme des namenlosen Mädchens.

Vicky rannte den Gang hinunter, sie stieß die Türen zur Überwachungsstation auf. Auf dem Flur herrschte Chaos und alle redeten wild durcheinander. Vicky ignorierte sie einfach und drückte sich an ihrer jüngeren rothaarigen Kollegin und einer bereits ergrauten Schwester der Intensivmedizin vorbei zu dem Zimmer des Mädchens.

Das Mädchen saß aufrecht im Bett und schrie, während sie wild mit den Armen ruderte. Sie versuchte die Spritze abzuwehren, die Palmer ihr gerade setzen wollte. Vermutlich versuchte er, ihr Blut abzunehmen, doch das war völlig unmöglich.

Die Schwester stand hilflos neben dem Krankenbett, und die Schaulustigen an der offenen Tür machten die Situation auch nicht besser.

»Jetzt reicht's!« Palmers Stimme war über das Schreien kaum zu hören. »Holt die Schnallen. Wir fixieren sie.«

Vicky schob sich weiter in den Raum. »Was machen Sie da?«, fragte sie atemlos. »Sie können das Mädchen doch nicht fixieren. Das macht es auch nicht besser.«

Palmer starrte sie wütend an. »Gut. Dann eben sedieren.«

Die Krankenschwester blinzelte. Eine, die Vicky nicht kannte, trat zum Tropf, um einen Beutel mit Beruhigungsmittel anzubringen.

»Weg vom Tropf, verdammt nochmal!« Vicky stellte sich schützend vor das Bett. »Sie können das Mädchen doch nicht jedes Mal betäuben oder fixieren, wenn Sie sie untersuchen! Sie braucht Hilfe. Aber sicherlich keine Sedierung.«

Palmer fluchte heftig. Dann warf er die Spritze in den Mülleimer. »Dann machen Sie es doch!« Er kam um das Bett herum und baute sich vor Vicky auf. »Aber wenn ihr Blut nicht in einer Stunde im Labor ist, hat das ernsthafte Konsequenzen für Sie. Das schwör ich Ihnen!«

Damit stürmte er aus dem Raum. »Aus dem Weg!«

Vicky atmete tief durch. Ihre Beine fühlten sich an, als wären sie aus Pudding. Sie hatte sich noch nie so mit Palmer angelegt. Eigentlich hatte sie sich noch nie so mit einem Arzt angelegt.

»Scheiße.« Sie rieb sich mit beiden Händen über das Gesicht, während ihre Kolleginnen sie alle anstarrten. »Was glaubt ihr, was das hier ist? Eine verdammte TV-Show? Na los, ab mit euch.«

Die jüngere rothaarige Kollegin warf ihr noch einen schnellen Blick zu und trat dann wie die anderen aus dem Patientenzimmer, bis nur noch Vicky im Raum stand. Allein mit dem Mädchen, das noch immer wie am Spieß schrie.

Vicky schloss kurz die Augen und holte zittrig Luft, ehe sie sich auf die Bettkante des Mädchens setzte. Das Mädchen zuckte zurück und schrie noch immer aus Leibeskräften. Tränen liefen ihr über die Wangen, ihr Gesicht war ganz rot. Ihre Stimme war kratzig, bald würde sie sich heiser geschrien haben.

Beschwichtigend hob Vicky die Hände, berührte das Mädchen aber nicht. »Schhh. Es ist alles okay«, murmelte sie leise, doch das Mädchen zeigte keine Reaktion. Die weit aufgerissenen dunkelbraunen Augen starrten einfach nur weiterhin ins Nichts.

Vicky versuchte noch ein paar Minuten lang, das Mädchen durch leises Zureden zu beruhigen. Doch nichts half. Sie wusste genau, wer als Einziger das Mädchen beruhigen konnte. Ihre Hand glitt zu dem Smartphone in ihrer Manteltasche. Sie hatte Butch gesagt, sie würde ihn nur im Notfall anrufen. Aber das hier war ja ein Notfall, oder?

Kurzentschlossen zog sie das Telefon aus der Tasche und zeigte es dem Mädchen.

»Ich rufe ihn an, okay? Ich rufe ihn an und dann kommt er her. Aber dafür musst du aufhören zu schreien, okay?«

Das Mädchen pumpte mit einem zittrigen Atemzug Luft in ihre Lungen. Sie blinzelte und schien nicht wirklich zu verstehen, was Vicky von ihr wollte.

Vicky lächelte schwach. »Wenn du aufhörst zu schreien, dann kommt er gleich her, okay? Nur dafür musst du bitte aufhören zu schreien.«

Das Mädchen nickte und schloss den Mund. Ihr Schrei verklang in der Stille des Krankenzimmers.

Vicky seufzte leise. »Gleich viel besser, oder?«

Das Mädchen wandte den Blick ab. Leise fing sie an zu wimmern. Ihre Atmung war noch immer viel zu hektisch. Sie zitterte am ganzen Körper. Vicky konnte ihr unmöglich Blut abnehmen, wenn sie in dieser Verfassung war.

Sie entsperrte das Handy und suchte in ihren Kontakten nach Butchs Nummer. Nach nur wenigen Freizeichen hörte sie, wie er abnahm. Eine Begrüßung wartete sie erst gar nicht ab.

»Butch? Du musst in Krankenhaus kommen. Ich brauche deine Hilfe.«

15

Rebecca schloss die Tür des Wagens. »Weiß du, du solltest mich wirklich nicht abholen. Ich bin durchaus in der Lage, die U-Bahn zu nehmen.«

»Stur wie immer.« Vito Terranova schüttelte den Kopf. »Sonst bekomme ich dich ja nicht zu Gesicht.«

»Du hättest mich heute Abend zum Dinner gesehen. Wie ursprünglich abgemacht.«

»Du hättest auch Nein zu meinem Vorschlag sagen können.«

Rebecca sah aus dem Fenster, während sie nervös ihre Hände knetete. Das Krankenhaus zog an ihnen vorbei, und der Verkehr wurde sofort wieder dichter, als sie in eines der vielen Büroviertel abbogen. Vito hatte recht. Sie hätte Nein sagen können, als er ihr geschrieben hatte, dass er sie vom Krankenhaus abholen würde. Eigentlich hätte sie schon vor sechs Monaten in dieser Bar Nein sagen sollen, als er sie auf einen Drink eingeladen hatte. Aber das hatte sie nicht getan. Und jetzt saß sie hier, auf dem Rücksitz einer Limousine, und traf sich mit einem der einflussreichsten Männer in New York City.

»Komm her.« Seine Stimme war rau. Sein italienischer Akzent war kaum zu hören. »Es ist zu lange her.«

Rebecca lachte. »Ich bin erst heute Morgen gegangen, Vito.«

»Habe ich doch gesagt: Es ist zu lange her.« Vito umfasste ihr Kinn und drehte ihren Kopf sanft, aber bestimmt zu sich.

Er war ein sehr gutaussehender Mann, mit kantigen Gesichtszügen und einer weichen, olivfarbenen Haut. Vielleicht hatte sie deshalb in dieser Bar nicht Nein zu einem Drink gesagt. Oder es hatte daran gelegen, dass sie genau an diesem Tag ihre Scheidungspapiere unterschrieben hatte. Wer wusste das schon so genau? Sie legte die Hände an das Revers seines teuren marienblauen Jacketts und zog ihn zu sich.

»Diese unangekündigten Treffen müssen aufhören, Vito.« Sie legte ihre Lippen auf seine und küsste ihn. Gott, sie konnte sich ihm einfach nicht entziehen, und sie wusste nicht einmal, woran das lag. Sie wusste, wer er war. Was er war. Und dennoch konnte sie sich nicht von ihm fernhalten. Rebecca löste sich von ihm und strich mit den Fingerspitzen über seine glatt rasierte Wange.

Seine schmalen Lippen verzogen sich zu einem trägen Grinsen, das ihn Jahre jünger aussehen ließ. Er war Anfang fünfzig. Aber nur die grauen Haare an seinen Schläfen verrieten sein Alter.

»Wenn ich damit aufhöre, hast du nur zu viel Zeit, um über alles nachzudenken.« Er zog sie näher zu sich und legte seine Lippen auf die Stelle an ihrem Hals direkt unterhalb ihres Ohrs. »Und das wollen wir doch auf keinen Fall, nicht wahr?«

Rebecca verspannte sich leicht. Er hatte recht. Das wusste sie. Sie wusste, warum er sich ständig in ihrer Nähe aufhielt. Wusste, warum er ihr keine Zeit gab, über diese Affäre nachzudenken, die jetzt schon sechs Monaten anhielt und die keiner von ihnen beenden wollte.

»Vito.«

»Denk nicht darüber nach.« Er grub seine Hand in ihren Mantel. »Lass mich dich einfach zurück zur Arbeit fahren. Mehr will ich jetzt gerade gar nicht.«

Rebecca zog zischend die Luft durch die Zähne ein und versuchte die Gänsehaut zu ignorieren, die sich bei Vitos rauem Tonfall auf ihrer Haut ausbreitete. Dann nickte sie. »Okay.«

»Geht doch.« Vito drückte ihr noch einen letzten Kuss auf den Hals, ehe er den Kopf hob und den Arm um ihre Schultern legte. »Und, lohnt sich dieser Fall für dich?«

126

Rebecca versuchte, ein diebisches Grinsen zu verbergen. »Du weißt, dass ich mit dir nicht über meinen Job sprechen darf, Vito.«

Ein belustigtes Funkeln trat in seine grünen Augen. »Deshalb macht es mir umso mehr Spaß, dich dazu zu bringen, es doch zu tun. Also – lohnt es sich?«

»Vito.« Sie legte einen mahnenden Ton in ihre Stimme. »Letzte Warnung.«

Er lachte leise. »Gott, ich liebe es, wenn du das tust.«

»Was tue ich denn?«

»Wenn du versuchst, mich in die Schranken zu weisen.« Vito ließ die Augen über ihr Gesicht wandern. »Deine aufmüpfige Seite ist immer wieder eine unterhaltsame Herausforderung.«

Rebecca lehnte sich zurück. »Ich bin nicht dein kleines Spielzeug.«

»Nein. Ich bin deins.«

Rebecca sah ihn überrascht an.

»Ich bin dein schmutziges kleines Geheimnis, nicht wahr? Ich wette, nicht mal deine Schwester weiß von mir.«

Sie blickte auf den Ärmel seines Jacketts hinab und ließ die Finger über die exklusiven Manschettenknöpfe wandern. Wie immer blieb sie mit den Fingerspitzen einen Moment an den überkreuzten Schwertern in dem Lorbeerkranz hängen.

Hatte Vito recht? War er nichts weiter als ihr schmutziges Geheimnis? Ihr Spielzeug, das sie immer dann herausholte, wenn ihr danach war? War er wirklich nicht mehr als ein Trostpflaster, das sie auf all ihre Wunden geklebt hatte, damit sie sich wieder etwas wohler in ihrer Haut fühlte? Oder schlimmer: Was wäre, wenn er all das nicht war? Wenn sie wirklich mehr für ihn empfände als diese blinde Anziehung? Was wäre dann? Was würde das über sie sagen? Was würde das aus ihr machen? Denn es war nicht so, als wüsste sie nicht, wer Vito war. Was er war. Oder war vielleicht das der Grund, warum sie ihn nicht loslassen konnte? Weil seine Verbindungen in die tiefsten Schichten der New Yorker Unterwelt ihr vielleicht irgendwann nützlich sein könnten?

Gott, dieses ganze »Was wäre, wenn« brachte ihren Kopf beinahe zum explodieren.

Natürlich wusste niemand von Vito.

Seitdem Lissiana Stafford Rebeccas Leben in einen Trümmerhaufen verwandelt hatte, achtete sie genau darauf, was sie anderen Menschen über sich preisgab. Sie hatte am eigenen Leib erfahren, wie die Medien ein Leben auseinandernehmen können. Sie hatte gehört, wie Kollegen sie ein kaltes, berechnendes Miststück genannt hatten. Hatte mit ansehen müssen, wie ihre Ehe vor die Hunde ging. Und wie sie ihren Job verlor. Ihr Job, für den sie jahrelang mit Klauen und Zähnen gekämpft hatte.

Seitdem vertraute sie niemandem mehr. Außer Vito.

Als sie ihm in dieser Bar begegnet war, hatte sie an einen One-Night-Stand gedacht. Sozusagen ihr erster Testlauf nach über fünfzehn Jahren Ehe. Aus einer Nacht war eine zweite geworden, aus einer zweiten eine dritte. Und ehe sie sich's versah, hatte sie sich ihm in den Morgenstunden anvertraut, während er träge Muster auf ihre Haut gemalt hatte.

Vito verurteilte sie nie. Er hörte einfach nur zu. Und er verstand, warum sie hatte tun müssen, was sie getan hatte. Dass ihre einzige Option war, Lissiana zu vertrauen. Und dass es von diesem Moment an keinen Weg zurück gegeben hatte. Dass sie einmal einen schmutzigen Deal eingegangen war und es wieder tun würde, um damit an ihr Ziel zu gelangen, auch wenn der Ausgang nicht zu hundert Prozent so gewesen war, wie sie es sich vorgestellt hatte. Dass sie mit aller Macht versuchen würde, alles wieder in die richtigen Bahnen zu lenken.

In diesem Aspekt waren sie wohl gleich.

Ihre Hände waren genauso schmutzig wie seine.

Der Wagen hielt einen Block vom Büro der Bezirksstaatsanwaltschaft entfernt an.

»Wir sehen uns heute Abend.« Vito zog sie an sich und drückte ihr einen sanften Kuss auf die Lippen.

Sie strich mit der Hand durch sein dunkles volles Haar. »Ja. Bis heute Abend.«

Dann stieg sie aus, und die Kälte des New Yorker Winters fiel sie unvermittelt an wie eine rücksichtslose Bestie. Sie schlang die Arme um sich und sah einen langen Moment Vitos Wagen nach. Preston James trat aus dem Gebäude der Staatsanwaltschaft hinaus, wie immer in Begleitung seiner Sekretärin, und eilte auf den am Straßenrand geparkten Lincoln zu. Er geriet ins Straucheln und hielt sich mit rudernden Armen am nächsten Verkehrsschild fest.

Bald würde es nichts mehr geben, an dem er sich festkrallen könnte.

Mit entschlossenen Schritten ging Rebecca in Richtung ihres Büros. Sie pfiff leise vor sich hin, während sich in ihrem Kopf mehr und mehr ein Plan formte.

Bei Gott, sie hätte niemals gedacht, dass sich ein dunkles Geheimnis so gut anfühlen könnte.

16

Butch hatte keine Ahnung, wie das hatte passieren können. Noch vor wenigen Tagen war es noch völlig undenkbar gewesen, dass er auf der Bettkante bei einem kleinen Mädchens saß, das sich völlig verzweifelt weinend an seinen Arm klammerte und dabei sein schwarzes Shirt durchnässte. Aber genau das war offenbar in den letzten Stunden sein neues Lebensmotto geworden.

Schöne Scheiße.

Er wusste doch nicht mal, wie man Kinder beruhigte. Hunde? Klar, kein Thema. Katzen? Schwierig, aber nicht unmöglich. Er hätte sogar einen Hamster dressieren können, wenn es nötig gewesen wäre. Verdammt, er war mit jedem Wesen auf diesem Planeten besser vertraut als mit gottverdammten Kindern. Und als er selbst eins gewesen war, das war verdammt lange her. Falls er nach seinem fünften Lebensjahr überhaupt noch ein Kind gewesen war.

»Bei dir beruhigt sie sich erstaunlich schnell.« Vicky lächelte, während ihr Blick auf dem Mädchen ruhte. »Das ist gut.«

Butch deutete mit einer Hand auf ihre bebenden Schultern. »Das nennst du beruhigen? Sie weint immer noch wie verrückt.«

»Aber immerhin schreit sie nicht mehr. Und sie ist auch deutlich weniger hysterisch als vorher.«

Butch sah auf den bandagierten Kopf des Mädchens hinab. Ihr Gesicht war noch immer gegen seine Schulter gepresst, während sie seinen rechten Arm fest umschlungen hielt. Sie sagte kein Wort. Sie weinte einfach nur und klammerte sich an ihm fest, als hätte sie Angst, in ihren eigenen Tränen zu ertrinken.

Butch erinnerte sich gut daran, wie er als Kind geweint hatte. Bis er eingesehen hatte, dass ihn Weinen keinen Schritt weiter brachte. Nicht mal, wenn er ganze Meere an Tränen vergossen hätte.

Butch biss die Zähne zusammen. So etwas konnte er doch nicht zu einem kleinen Kind sagen, oder? Sagte man so etwas? Wer wusste das schon so genau? Er sicherlich nicht.

Niemand in seinem näheren Umfeld hatte Kinder. Nicht einmal Yui und Dan, die schon eine Weile verheiratet waren. Dementsprechend hilflos fühlte er sich. Von ihm aus könnte man ihn auch zu einem weißen Hai in einen Tank werfen. Er würde sich weniger hilflos fühlen als hier.

»Wieso musste ich unbedingt jetzt herkommen?«

Bei seiner Frage zuckte Vicky leicht zusammen, so als hätte er sie aus irgendwelchen tiefschürfenden Gedanken gerissen.

»Ich muss ihr Blut abnehmen. Und das geht nur, wenn sie ruhig ist.« Vicky erhob sich vorsichtig von dem Besucherstuhl. »Dr. Palmer wollte das arme Mädchen schon wieder sedieren oder sogar fixieren. Ich wollte ihr beides gerne ersparen.«

Das erklärte ihm nicht wirklich, warum sie ihn hatte antanzen lassen. »Und ich bin hier, weil …?«

»… sie sich nur bei dir beruhigt. Deshalb.«

»Vic, ich habe keine Ahnung, was ich hier tue. Das sollte vielleicht jemand machen, der dafür … was weiß ich … ausgebildet ist oder so einen Schwachsinn.«

Vicky zuckte mit den Schultern. »Da hast du bestimmt recht. Aber ich kann mir den Luxus nicht erlauben, es mit einem Psychologen zu versuchen, weil ich nämlich sonst vermutlich meinen Job verliere. Also stell dich nicht so an. Läuft doch ganz gut.«

Ihren Job verlieren? »Was?«

Vicky winkte ab. »Vergiss es einfach und mach weiter das, was du gerade machst.«

»Und was genau mache ich hier?«

»Das weiß ich auch nicht.«

Das Mädchen hörte auf zu schluchzen, und Vicky lächelte sie warm an. »Aber es funktioniert.«

Butch seufzte leise. Vicky legte ihren gelben Mantel ab und hängte ihn an einen der Haken an der Wand gegenüber vom Bett, direkt neben seine Lederjacke.

Zu ihren hellbraunen Winterstiefeln trug sie eine dunkelblaue Jeans, die eine Art zweiter Haut sein musste, so eng wie sie war. Ein grüner dicker Rollkragenpullover guckte unter etwas hervor, das aussah, als hätte sie sich einen kompliziert gemusterten Schal wie eine Art Jacke angezogen. Ihr Haar trug sie offen, und er war überrascht, wie lang es war. Es reichte ihr jetzt bis zum Brustansatz. Außerdem war die Farbe anders. Soweit er sich erinnern konnte, waren ihre Haare braun gewesen. Jetzt blitzten goldene Strähnen in den hellbraunen Längen.

Er schluckte. Sie hatte sich doch mehr verändert, als er gedacht hatte. Nur ihre Vorliebe für starke Farben war ihm vertraut.

Das Mädchen an seiner Seite atmete zittrig ein und verstärkte ihren Griff um seinen Oberarm. Sie fixierte irgendetwas in Vickys Nähe.

»Sie darf sich nicht wieder in Rage schreien.« Vicky sprach sehr leise. »Wir brauchen ihre Blutwerte. Das ist sehr wichtig. Sorg bitte dafür, dass sie ruhig bleibt und sich von mir Blut abnehmen lässt.«

Butch verkrampfte sich. »Wie soll ich das denn bitte machen?«

»Lass dir was einfallen.«

»Sehr witzig.« Aber Vicky hatte natürlich recht.

Aber wie sollte er sie bitte ruhig halten, außer mit physischer Gewalt? Das war nämlich so ziemlich das Einzige, worauf er sich wirklich verstand. Mit der freien Hand rieb er sich die Nasenwurzel. Wenn das so weiterging, würde er seine Schmerztabletten bald nicht mehr wegen des Beins, sondern wegen massiver Kopfschmerzen einwerfen.

»Das hier? Möchtest du das haben?«

Butch blickte in Vickys Richtung. Gerade wollte er ihr sagen, dass sie bitte keinen zusammenhanglosen Unsinn von sich geben sollte, wenn er eine Lösung für diese Situation finden sollte. Doch dann realisierte er, dass Vicky überhaupt nicht mit ihm gesprochen hatte, sondern mit dem Mädchen.

Vicky hatte die Hand an seine Lederjacke gelegt und bewegte sie leicht. Das Leder knarzte leise. Das Mädchen nickte schüchtern an seiner Schulter.

»Warte, was …?«

Doch Vicky ignorierte seinen Protest. Sie nahm die Jacke vom Haken und ging auf das Mädchen zu. Vorsichtig legte sie ihr die Lederjacke um die Schultern. Butch spürte, wie seine Mundwinkel zuckten. Das Kind ging in dem Leder und Innenfutter völlig unter.

»Schön warm, oder?« Vicky lächelte das Mädchen an, das sich tiefer in die Jacke kuschelte und dabei zu Butch sah. Sie schmiegte ihre Wange an seine Schulter und atmete tief ein. Das schien sie zu beruhigen. Butch kapierte gar nichts mehr. Warum sollte seine Jacke …?

Versteck dich unter der Decke. Da kann dich niemand sehen. Versprochen.

Butch schluckte, als die kindliche Stimme von John in seinem Kopf erklang. Als Sechsjähriger hatte er zu seinem drei Jahre älteren Bruder aufgesehen in der Hoffnung, er könnte ihn vor den Schlägen und Beschimpfungen beschützen, die außerhalb der dünnen Tür des Wandschranks auf ihn warteten. John hatte ihm seine Decke um die Schultern gelegt und ihm gesagt, dass sie ihn unsichtbar machen würde. Dann hatte er gelächelt und war aus dem Wandschrank zurück in das Zimmer gegangen, das sie sich in dem schäbigen, kleinen Wohnwagen geteilt hatten. Butch hatte sich unter der Decke versteckt und gezittert wie Espenlaub, als der damalige Lebensgefährte seiner Tante in den Raum gestürzt war. Nie würde er vergessen, wie John schweigend jeden Schlag ertragen hatte. Es war das erste Mal gewesen, dass John Schläge für Butch eingesteckt hatte. Aber es war nicht das letzte Mal gewesen. Noch mit neun hatte Butch sich im Wandschrank unter der Decke versteckt, wann immer er schnell genug war.

Der Wandschrank war sein persönlicher *Panic Room* gewesen. Sein Schutzbunker inmitten der Hölle, die John und er hatten erdulden müssen.

Er schüttelte den Kopf und versuchte die Erinnerungen an damals zu verbannen. Aber erst als er sah, wie Vicky sich ein paar Latexhandschuhe anzog, kam er vollständig in die Realität zurück. Jetzt wurde es ernst. Als das Mädchen die Bewegungen bemerkte, klammerte sie sich noch fester an Butch und verbarg wimmernd ihr Gesicht an seiner Schulter. So kam Vicky nicht einmal in die Nähe ihrer Armbeuge.

»Hey.« Butch zuckte leicht mit der Schulter. »Hey Kleines – kannst du mich hören?«

Eine Weile geschah gar nichts, doch dann hob sie ihr Gesicht. Er atmete scharf ein, als er das klare Braun ihrer Augen das erste Mal bewusst wahrnahm. Es war deutlich dunkler als seine eigene Augenfarbe, und doch war ihm der Ausdruck unglaublich vertraut. Diese Mischung aus Hilflosigkeit, Angst und den Spuren des Terrors, den sie hatte ertragen müssen. Jahrelang hatte Butch diesen Ausdruck im Spiegel gesehen. An schlechten Tagen sah er ihn noch heute.

Schmerzhaft zog sich seine Brust zusammen, und er fühlte sich noch hilfloser als vor wenigen Sekunden. Dabei hatte er gedacht, dass das gar nicht möglich war.

»Hey.« Seine Stimme war belegt, und er räusperte sich. Gott, er hatte wirklich keine Ahnung, wie er mit ihr umgehen sollte. Sie war so klein. So schwach und zerbrechlich. Und sie erinnerte ihn so sehr an sich selbst. Nur dass er jemanden gehabt hatte, auf den er sich hatte verlassen können. John. Sein Bruder war die einzige Konstante in seinem Leben gewesen und vielleicht auch der einzige Grund, warum aus ihm überhaupt ein funktionsfähiger Erwachsener geworden war, nach allem was sie erlebt hatten. Auch wenn er es hasste, das zugeben zu müssen, aber er verdankte John eine ganze Menge.

Vielleicht war es an der Zeit, ein wenig davon weiterzugeben. Obwohl er dafür alles andere als bereit war.

»Es kommt alles in Ordnung. Versprochen.« Seine Worte klangen sogar in seinen eigenen Ohren hohl und bedeutungslos. Mit seiner freien Hand deutete er auf Vicky, die am Rand des Bettes stand und einfach nur ihr umwerfendes Lächeln sehen ließ. »Das ist Vic. Sie ist …« Er hielt einen Moment inne. »Sie ist eine gute Freundin von mir. Du kannst ihr vertrauen.«

Das Mädchen fixierte Vicky ganz genau und klammerte sich noch fester an Butch. Ihre kleinen Finger gruben sich durch sein Shirt in seine Haut. Sie musste wahnsinnige Angst haben.

»Sie will dir nur helfen. Aber dazu muss sie dir Blut abnehmen, okay?« Butch hatte keine Ahnung, wie man mit Kindern sprach. Er hoffte einfach, dass er es richtig machte. »Dafür muss sie dich einmal kurz piksen. Ich verspreche dir, dass es auch nur ganz kurz weh tut.«

Vicky trat einen Schritt näher auf das Bett zu. Sofort stieß das Mädchen ein so erbärmliches Wimmern aus, dass sie beide zusammenzuckten.

»Hey. Es ist alles okay.« Butch sprach ganz leise, seine Stimme wurde ruhig. »Ich bin ja hier. Ich verspreche dir, dass dir nichts passieren wird. Nur ein kleiner Piks, und schon ist alles vorbei.«

Das Mädchen starrte ihn an. Dann schüttelte sie heftig den Kopf. Sie hörte gar nicht mehr auf, den Kopf zu schütteln, und Butch fürchtete schon, ihr könnte wegen ihrer Gehirnerschütterung davon übel werden. Schnell entzog er ihr seinen Arm und legte die Hände vorsichtig an ihre Wangen, um ihren Kopf still zu halten.

»Hey, alles wird gut. Das …« Er hielt inne. »Ich Vollidiot.« Er schloss die Augen. Die Spritze. Die Nadel, die er in diesem scheußlichen Apartment gefunden hatte. Natürlich hatte sie höllische Angst vor Nadeln. Wer wusste schon, was sie hatte ertragen müssen?

Er öffnete die Augen und blickte dem Mädchen direkt ins Gesicht. Ihre Haut war aschfahl. Beinahe wie Papier. Er konnte genau die Adern durchscheinen sehen. Sie war so zerbrechlich. So ängstlich. Und diesmal wich er nicht aus. Versuchte sich nicht der Intensität ihrer Augen zu entziehen. Und als er ruhiger wurde, schien auch sie wieder langsamer und tiefer zu atmen.

»Wir beide wollen dir nichts tun, okay?« Er lächelte schwach. »Wir wollen dir nur helfen.«

Du musst dich beruhigen. Wenn du so weiterweinst, werden sie dich hören und alles geht von vorne los.

Butch blinzelte und doch sah er nur Johns kindliches Gesicht vor sich. Die hohen Wangenknochen und die leicht eingefallenen Wangen darunter. Das schiefe Lächeln und die unzähligen blauen Flecken in seinem Gesicht. Die kleine Zahnlücke, die sich später mit dem Kommen der festen Zähne geschlossen hatte. Die leicht spitz zulaufenden Ohren, wegen denen ihn die anderen Kinder manchmal ausgelacht hatten.

Komm. Beruhig dich. Alles wird wieder gut. Konzentrier dich einfach nur auf mich und vergiss alles andere.

Butch atmete zitternd ein. Er versuchte, das Lächeln nachzuahmen, das ihn damals so beruhigt hatte.

»Alles wird wieder gut. Konzentrier dich nur auf mich und vergiss alles andere.« Butch imitierte Johns Tonfall. Er versuchte, gelassen und entspannt zu wirken. Er hatte keine Ahnung, ob es ihm gelingen würde. Er versuchte sich zu erinnern, was John sonst mit ihm gemacht hatte, doch er sah kein klares Muster. Mal hatte John sinnlose kleine Spiele mit ihm gespielt. Mal hatte er gesummt. Oder er war einfach nur dagesessen und hatte leise, bedeutungslose Nichtigkeiten gemurmelt oder mit ihm zusammen geatmet, bis Butchs Tränen versiegt waren.

Also tat Butch das Einzige, was ihm einfiel: Er begann, leise zu reden. Er erzählte dem Mädchen von dem letzten Spiel der Dallas Cowboys. Von seiner gigantischen Filmsammlung. Dem rekordverdächtigen Schneefall. Er plapperte vor sich hin, während er mit den Daumen über die Wangen des Mädchens strich. Und es schien zu funktionieren. Das Mädchen beruhigte sich.

Wieder trat Vicky einen Schritt näher. Sofort zuckte das Mädchen zusammen. Sie wollte sich panisch zu Vicky umdrehen, doch Butch hielt ihren Kopf sanft aber bestimmt fest.

»Hey. Augen zu mir.« Er versuchte erneut, wie John zu lächeln. Vermutlich scheiterte er kläglich. »Es ist alles in Ordnung. Wir kriegen das hin, okay? Ich bin ja hier.«

Die Lippen des Mädchens zitterten stark. Hilflos streckte sie die Arme nach Butch aus. Er rückte noch ein Stückchen näher an sie heran. Unsicher, was sie von ihm wollte. Sie schlang die Arme um seinen Hals und drückte sich an ihn so fest sie konnte. Seine Hände lösten sich von ihren Wangen. Er erstarrte – unfähig, sich auch nur einen Millimeter zu rühren. Nicht einmal dann konnte er reagieren, als sie ihr Gesicht an seinem Hals vergrub.

Sie war so klein. Und doch schien sie ihn mit Leichtigkeit bis ins Mark erschüttern zu können.

Butch registrierte kaum, wie das Mädchen einen Arm von seinem Hals wegnahm und ihn zitternd Vicky entgegenstreckte.

Er blickte zu Vicky, die sie beide ansah, so als ob er gerade ein Wunder vollbracht hätte. Dann nickte sie knapp, als hätte sie etwas verstanden, das ihm selbst noch völlig verborgen war.

Vicky ergriff vorsichtig das Handgelenk des Mädchens, das sich nicht mehr wehrte. Sie wimmerte nur leise und presste sich so eng an Butch wie der Fixateur an ihrem Bein es ihr erlaubte.

Er legte einen Arm um ihre dünnen Schultern und hielt sie nah bei sich, als Vicky Desinfektionsmittel auf die Armbeuge des Mädchens gab. Sanft strich er mit der Hand über ihren Rücken, während er leise Worte der Ermunterung vor sich hin murmelte, die er selbst als Kind gerne gehört hatte.

Er wusste nicht, wie lange es dauerte. Ihm kam es wie endlose Stunden vor. Dabei konnten es nur wenige Sekunden gewesen sein.

»Schon fertig.«

Bei Vickys Worten atmete er erleichtert aus, doch das Mädchen ließ ihn nicht los. Auch dann nicht, als Vicky den Raum verließ, um das Blut zum Labor zu bringen. Auch nicht, als sie zurückkam und sich auf den Stuhl am Bett des Mädchens setzte. Und auch dann nicht, als Vicky leise mit ihm zu sprechen begann.

138

Butch saß einfach nur da und strich dem Mädchen über den Rücken. Immer und immer wieder.

17

Aus einer Laune heraus hatte er am Morgen keinen dunklen, sondern einen hellgrauen Anzug angelegt. Die leichte Farbe zog sich durch seinen Tag. Er sah hinab auf die Akte in seiner Hand und war mehr als zufrieden.

Nicht vernehmungsfähig. Schwerst traumatisiert. Vermutliche Aphasie. Bettlägrig durch Fixateur. Erst gestern von der Überwachungsstation auf die Kinderstation verlegt worden.

Das waren doch zur Abwechslung mal gute Neuigkeiten.

Es hatte einige Tage gedauert, bis er das Mädchen gefunden hatte. In den Akten war sie unter dem klassischen Pseudonym Jane Doe geführt worden und in den unzähligen Meldungen beinahe untergegangen. Er hatte die Suche ausschließlich auf die Krankenhäuser in der Nähe zu seinem Lager beschränkt, doch es war schwieriger gewesen als erwartet, das Mädchen zu finden. Was ihn zu der Vermutung brachte, dass jemand versucht haben könnte, sie vor ihm zu verstecken.

Nur wer? Und warum?

Es gab nicht viele Menschen in New York City, die für so etwas genug Einfluss hatten. Eigentlich nur eine Handvoll. Aber keiner von ihnen hatte ein Motiv dafür, den Aufenthaltsort des Kindes vor ihm geheim zu halten.

Doch jetzt war es auch vollkommen irrelevant. Er hatte sie gefunden. Er konnte sie endlich zurückzuholen. Und das so schnell wie möglich.

Er blätterte weiter durch die Akte.

Sie konnten das Mädchen nicht transportieren, bevor der Fixateur ab war. Zu hohes Verletzungs- und Infektionsrisiko. Angesetzt war der Termin für nächste Woche Donnerstag. Außerdem war in der Akte vermerkt, dass das Jugendamt am darauffolgenden Freitag kommen würde, um das Kind in ein Heim zu bringen, bis entschieden wurde, wie man weiter mit ihr verfahren wollte.

Das durfte unter keinen Umständen passieren.

Das Mädchen aus dem Heim zu holen würde ihn nur wieder Unsummen kosten, und er hatte mehr als genug Geld in sie investiert. Sie würde ihn keinen weiteren Penny mehr kosten. So viel stand fest.

Er würde sie noch durchfüttern, bis ihr Bein abgeheilt war. Dann würde ihr Käufer sie bekommen und sie wäre endlich nicht mehr sein Problem.

Neben seinem Schreibtisch wippte Owen unruhig von einem Fuß auf den anderen. Seitdem er Taylor derartig zugerichtet hatte, waren seine Leute in seiner Gegenwart wieder auf der Hut und sehr, sehr unruhig.

Gut so.

Er schnipste mit den Fingern, und Owen zuckte zusammen.

»Ja, Boss?« Sofort griff Owen mit zittrigen Händen nach der Akte, die er ihm hinhielt.

»Sorg dafür, dass alles im Krankenhaus bereit ist, und lass den Termin zum Abnehmen des Fixateurs einen Tag vorverlegen. Ihre Entzündungswerte sind gut genug. Das müsste sie aushalten.« Er richtete seine Manschettenknöpfe und erhob sich von seinem Sessel hinter dem Schreibtisch. »Ich will, dass das Mädchen hier ohne weitere Zwischenfälle ankommt, ist das klar?«

Owens Augen weiteten sich. »Hier, Boss?«

Er rieb sich die Schläfen. »Ja. Hier. Auf keinen Fall lasse ich zu, dass sie sich in einem der Lager noch eine Infektion holt. Außerdem macht ihr alle zu viele Fehler. Ich will diesen Deal endlich über die Bühne kriegen, ist das klar?«

Owen blinzelte. »Ja, aber …«

»Du solltest dir wirklich gut überlegen, ob du mir widersprechen willst, Owen.«

Schnell senkte Owen den Blick. »Nein, Boss.«

»Gute Entscheidung.« Er umrundete den Schreibtisch und sah durch das Fenster hinaus in den schneebedeckten Garten. Hinter den Hecken funkelten die weit entfernten Lichter von New York City. »Keine weiteren Fehler, haben wir uns verstanden?«

Owen schluckte schwer. »Ja, Boss.« Er verschwand mit hochgezogenen Schultern und leisen, hastigen Schritten.

Er schenkte sich aus seiner kleinen Bar direkt neben dem Fenster ein Glas Scotch ein. Der Schnee fiel in immer dichteren Flocken und blieb liegen.

Er lächelte. Es wurde Zeit, sich das zurückzuholen, was ihm gehörte.

18

»Sie spricht immer noch nicht?« Butch rieb sich mit der Hand über den Nacken. Das Mädchen lag im Bett und spielte geistesabwesend mit den Ärmeln seines Mantels, in den Vicky sie gehüllt hatte, sobald er durch die Tür gekommen war.

Es war jetzt fünf Tage her, seitdem das Mädchen ins Krankenhaus eingeliefert worden war. Und irgendwie hatte es sich eingebürgert, dass er jeden gottverdammten Tag herkam.

Tagsüber versuchte er, ein wenig Schlaf zu kriegen und seine Ermittlungen bezüglich des Mädchenhändlerringes voranzubringen. Doch irgendwann gegen Nachmittag klingelte meistens sein Handy, und Vicky berichtete ihm verzweifelt, dass das Mädchen wieder angefangen hatte zu weinen und nicht mehr aufhörte. Außerdem verweigerte sie jegliche Behandlung, wenn er nicht da war. Und so kam er her. Jeden Tag. Und blieb, bis sie in den später Abendstunden endlich einschlief.

Er tat es nicht, weil er ein guter Kerl war. Er tat es, weil er Informationen wollte. Doch das Mädchen sprach noch immer kein Wort. Sie nickte oder schüttelte den Kopf, wenn man ihr einfache Fragen stellte. Aber sobald er versuchte, irgendetwas aus ihr herauszubekommen, was ihre Vergangenheit anbetraf, zitterten ihre Lippen und sie brach in Tränen aus. Dann verbrachte er die nächste Stunde auf der Bettkante mit ihren Armen um seinen Hals, bis sie sich wieder beruhigte.

»Nein. Kein einziges Wort.« Vicky verschränkte die Arme vor der Brust. »Aber sie hat mich gestern angelächelt. Ich glaube, wir machen langsam Fortschritte.«

»Das bringt uns nur leider kein Stück weiter.« Butch sah zu dem Mädchen, das jetzt vergnügt die Arme bewegte. Die Ärmel flatterten herum wie Flügel. Er musste grinsen, fast gegen seinen Willen.

Vicky lachte. »Entschuldige bitte, dass ich mich für ihr seelisches Wohl interessiere und nicht nur für das, was sie eventuell auszusagen hat.«

Butch verspannte sich. »Was hast du gerade gesagt?«

Vicky schüttelte den Kopf. »Entschuldige. Ich wollte nicht … Scheiße. Entschuldige, Butch, das habe ich so nicht gemeint.« Sie hob die Hände. »Ich hab wenig geschlafen in den letzten Tagen. Dann werd ich immer etwas unsensibel. Es tut mir ehrlich leid.«

Er wollte Verständnis zeigen. Wollte ihr sagen, dass er wusste, wie schwer es sein musste, gewissermaßen in diesem Krankenhaus zu leben und zwischen ihren Schichten und der Betreuung des Mädchens hin und her zu wechseln und nur nach Hause zu fahren, um zu essen, zu duschen und frische Kleidung anzuziehen. Er wollte es wirklich.

Doch stattdessen lachte er harsch auf. »Klar. Sicher.«

Vicky biss sich auf die Unterlippe. »Was soll das nun wieder heißen?«

»Dass wir nie einfach so irgendetwas sagen. Wir meinen es, auch wenn es uns nicht bewusst ist. Wenigstens weiß ich jetzt, für welchen Kerl du mich wirklich hältst.« Er schüttelte den Kopf. Scheiße, er wusste nicht mal, warum ihre Worte ihn so auf die Palme brachten. Zumal sie sich sofort entschuldigt hatte. »Ich sollte gehen.«

»Klar.« Vicky verdrehte die Augen. »Mach das, was du am besten kannst, sobald es etwas ernster wird: Verschwinde einfach.«

Er trat einen Schritt auf Vicky zu, und sie legte den Kopf in den Nacken, um ihm direkt in die Augen zu sehen. Seine Hand umklammerte den Griff des Gehstocks, während ihr bohrender Blick seine Wut nur noch mehr anstachelte. Aber eins musste er ihr lassen: Sie mochte leichtsinnig sein, ihn derartig zu provozieren, aber es zeugte auch von einer gehörigen Portion Mut. Oder eben von Dummheit. Aber diese Dinge gingen bekanntlich meist Hand in Hand.

»Du gehst entschieden zu weit, Victoria.«

»Uh. Jetzt ist es schon Victoria und nicht mehr Vic. Mir schlottern die Knie.« Ihre Worte trieften vor Sarkasmus, und sie bohrte ihm den Zeigefinger in die Brust. »Du kannst mich nicht einschüchtern, Butch. Du führst dich auf wie ein gefühlskaltes Arschloch. Und dafür werde ich mich nicht entschuldigen. Ich sage nur die Wahrheit.«

Er nahm ihre Hand und zog sie von seiner Brust weg. »Du solltest mich nicht reizen, Vic. Ich meine es ernst.«

»Warum?« Sie entzog ihm ihre Hand. »Weil du dann eventuell mal so etwas wie Gefühle zeigen könntest?« Sie deutete in Richtung des Mädchens. »Seitdem sie hier ist, versuche ich, irgendetwas aus dir herauszubekommen. Irgendetwas!« Sie schien nicht zu bemerken, dass sie die Stimme erhoben hatte. Sie schrie nicht, aber ihre Worte waren überdeutlich und eindeutig wütend. »Aber das Einzige, was du tust, ist reagieren. Zum Teufel – du schaffst es ja nicht mal, das Kind zu umarmen, das sich an dich klammert, als würde es ertrinken! Geht dir das alles etwa völlig am Arsch vorbei?« Vicky blinzelte. »Sie ist ein menschliches Wesen, Butch. Nicht deine persönliche Informationsquelle, die du ausquetschen kannst.«

»Bin ich oder bin ich nicht jeden gottverdammten Tag hier?«

»Aber nur, weil ich dich anrufe!« Vickys Gesicht war leicht gerötet. »Du lässt mich mit all dem hier vollkommen allein! Du kommst nur im absoluten Notfall. Dabei bräuchte ich dich hier, um mich zu entlasten. Um mir bei all den Entscheidungen zu helfen, die wegen ihrer Behandlung zu treffen sind. Oder sie zu bespaßen, wenn ich arbeite. Oder einfach mal hier zu sein, damit ich in Ruhe etwas essen oder ein paar Minuten schlafen kann. Aber das ist ja anscheinend zu viel verlangt!«

Butch schüttelte den Kopf. »Was willst du von mir, Vic? Mal ganz im Ernst?« Er sah ihr direkt in die Augen und versuchte, aus ihr und ihrem Wutausbruch schlau zu werden. »Was hat diese Aktion für einen Sinn, hm?« Sie öffnete den Mund, um etwas zu sagen, doch er hob die Hand. »Dein letzter Wutanfall war genau so unsinnig und der hat uns beide fast umgebracht.«

Ihr blieb der Mund offen stehen. Die Wut in ihren Augen verwandelte sich in etwas völlig anderes, und beinahe zuckte Butch zurück. Aber eben nur beinahe. Er spürte den Stich des schlechten Gewissens, kaum dass er die Worte gesagt hatte. Aber es gab kein Zurück. Sie hatte ihn in die Enge getrieben. Jetzt musste sie mit den Konsequenzen leben.

Sie schloss den Mund und ihre Hände ballten sich zu Fäusten. Doch bevor sie etwas entgegen konnte, hörte Butch das leise Wimmern des Mädchens.

Alarmiert wandte er sich von Vicky ab und ging zurück zum Bett. Vorsichtig setzte er sich auf die Bettkante, wie er es in den letzten Tagen so oft getan hatte, und lehnte seinen Gehstock an die Wand neben dem Kopfteil des Bettes.

Das Mädchen hatte ihr Gesicht in den Ärmeln seines Mantels vergraben. Sie wimmerte und schluchzte abwechselnd, während ihre Schultern bebten.

Vorsichtig streckte er die Hand aus und legte sie ihr auf die dünnen Schultern. Doch anders als sonst hob sie nicht den Kopf, um ihn anzusehen. Sie vergrub das Gesicht nur tiefer in den Ärmeln und weinte noch mehr. Butch blickte ratsuchend zu Vicky und erstarrte. Auch ihre Unterlippe bebte leicht, und in ihren Augen glänzte es, als würde sie die Tränen zurückhalten.

Butch schluckte schwer. Scheiße. Mit einem heulenden Kind und einer weinenden Frau war er wirklich vollkommen überfordert.

»Wieso weinst du denn jetzt, Kleines?« Er versuchte seine Stimme fest klingen zu lassen, aber sogar er hörte die Unsicherheit darin. Innerlich schlug er sich vor die Stirn. Sie würde nie antworten. Egal, wie viele Fragen er ihr auch stellte.

Vicky warf ihm einen eindeutigen Blick und setzte sich auf die andere Bettkante. Dabei faltete sie die Hände in ihrem Schoß und schien zu überlegen, wie sie die Sache angehen sollte. Sie rümpfte immer ein wenig die Nase, wenn sie nachdachte. Das hatte sie vor eineinhalb Jahren schon getan.

»Hast du Angst, weil wir uns gestritten haben?« Vickys Stimme klang sanft in der Stille des Raumes, die nur von dem Wimmern des Mädchens durchbrochen wurde.

Das Mädchen reagierte erst nicht. Dann nickte sie zaghaft.

Butch hätte sich in diesem Moment am liebsten selbst in den Arsch getreten. Natürlich hatte sie Angst gehabt. Warum hatte er nicht daran gedacht? Er hätte mit Vicky vor die Tür gehen sollen. Oder besser noch: Er hätte sich erst gar nicht auf diesen blöden Streit einlassen sollen.

Du miese kleine Schlampe! Glaubst du, ich weiß nicht, was du hinter meinem Rücken machst?! Glaubst du, ich weiß nicht, dass du die Beine für das gesamte Viertel breitmachst?! – Hey, wo willst du hin? Komm zurück! Und zwar sofort!

Butch biss fest die Zähne aufeinander. Er wollte sich nicht von seinen Erinnerungen in die Tiefe zerren lassen. Aber er schaffte es nicht. Mit einem Mal war er wieder sieben Jahre alt. Es roch nach Zigaretten, Alkohol und Nagellack. Seine Tante Vera war schon immer eine Egoistin gewesen. Dass sie nun zwei Kinder einem gewalttätigen Irren auslieferte, interessierte sie nicht. Sie kümmerte sich nur darum, ihre eigene Haut zu retten, und ließ John und ihn als lebendige Sandsäcke zurück. In dieser Nacht hatte John Butch in die Notaufnahme tragen müssen. Erst in den Morgenstunden hatte er aufgehört, Blut zu spucken.

Butch rieb mit der Hand Kreise auf den Rücken des Mädchens. Er wusste nicht, was er sagen sollte. Hatte keine Ahnung, wie er sie dazu bringen könnte, keine Angst mehr zu haben. Also begann er einfach zu reden und hoffte, dass er das Richtige sagte.

»Manchmal streitet man sich, Kleines. Aber das bedeutet nicht, dass ich dir oder Vic jemals irgendetwas tun würde, verstehst du?« Butch rang um Worte. »Manchmal, wenn etwas sehr schwer ist, dann sagt man Dinge, die man nicht so meint. Das klingt gefährlicher, als es wirklich ist.« Mit der freien Hand kratzte er sich am Hinterkopf. »Ich würde Vic und dir nie etwas tun. Niemals.«

Das Mädchen hob den Kopf und sah ihn an. Die Tränen versiegten langsam.

Er lächelte. »Hey, Kleines.« Er strich ihr über die Wange, und als er die babyweiche Haut berührte, erstarrte er. Was tat er da eigentlich? Hektisch zog er seine Hand wieder weg. Er blickte zu Vicky. Hoffentlich hatte sie seinen Ausrutscher nicht bemerkt. Doch sie sah ihn direkt an. Und irgendetwas in ihrem Blick presste ihm fast die Luft aus den Lungen, sodass er schnell wieder zu dem Mädchen sah.

Er sollte sich nicht zu sehr mit Vicky befassen. Er hatte andere, wichtigere Prioritäten. Und es wurde Zeit, etwas aus diesem Mädchen herauszukriegen.

Als ihre Wangen endlich nicht mehr tränennass waren, räusperte er sich. »Also Kleines, es wird Zeit, dass ich deinen Namen erfahre, findest du nicht auch?«

Das Mädchen presste die Augen fest zusammen und schlug sich die Hände vors Gesicht. Dann nickte sie. Und schüttelte gleich darauf den Kopf. Nickte. Schüttelte den Kopf.

Vicky lachte. »Ich würde auch gerne wissen, wie dein Name ist. Er ist bestimmt sehr hübsch.«

Unsicher öffnete das Mädchen die Augen und blickte zwischen ihnen beiden hin und her. Sie machte den Mund auf. Nur um leise zu wimmern und ihn wieder zu schließen.

»Es ist okay.« Vicky lächelte sanft. »Du musst nicht reden. Wir spielen einfach ein kleines Ratespiel, okay?«

Was hatte sie denn jetzt vor?

Vicky streckte dem Mädchen die Hand entgegen. »Ich gehe das Alphabet durch und du drückst meine Hand, wenn du den Buchstaben hörst, mit dem dein Name anfängt, ja? Und dann raten wir.« Vicky grinste. »Aber du musst ehrlich sein und darfst nicht schummeln, ja? Du musst uns sagen, wenn wir den richtigen Namen erraten, okay?«

Ein aufgeregtes Glitzern trat in die Augen des Mädchens. Sie blickte unsicher auf Vickys ausgestreckte Hand, dann schaute sie hoch zu Butch.

Er nickte. »Es ist okay. Du kannst sie ruhig anfassen.«

Das Mädchen schlang den einen Arm um Butchs Oberarm und legte ihre Wange wieder an seine Schulter. Zögerlich streckte sie die andere Hand aus und ergriff die von Vicky.

Vicky schien kurz überrascht, doch dann strahlte sie.

»A. B. C.« Butch hörte kaum zu, als Vicky das Alphabet durchging. Er sah nur Vicky an, die sich ganz auf das Mädchen konzentrierte. In diesem Licht sahen ihre Augen eher graublau aus. Aber er wusste, sobald der Lichtfall sich veränderte, veränderte sich auch Vickys Augenfarbe.

»F. G. H.«

Das Mädchen drückte Vickys Hand, und sie hielt sofort inne.

»Also ein H am Anfang?«

Das Mädchen nickte.

Vicky legte ihren Zeigefinger an ihr Kinn. »Hm, lass mich überlegen.« Sie wackelte mit der Nase, und das Mädchen lächelte. »Hazel?«

Das Mädchen schüttelte den Kopf.

»Heather?«

Wieder ein Kopfschütteln.

»Helen?«

Das Mädchen schüttelte erneut den Kopf.

Vicky grinste. »Sarah?« Dann lachte sie auf. »Ich Dummerchen. Der fängt ja mit S an.«

Das Mädchen kicherte. Der Ton war hell. Sehr hell. Aber auch sehr klar.

Vicky lächelte Butch an, und er konnte nicht anders: Er erwiderte ihr Lächeln.

»Also gut. Weiter im Text.« Vicky kratzte sich an der Schläfe. »Hilary?«

Wieder schüttelte das Mädchen den Kopf.

»Holly?«, schlug Butch vor. Seine erste Freundin damals hieß Holly.

Vicky warf ihm einen schrägen Blick, so als hätte sie nicht geglaubt, dass er an diesem Spielchen teilnehmen würde.

Was?, formte er lautlos mit den Lippen.

Unauffällig zuckte Vicky mit den Schultern. Nichts.

Wieder schüttelte das Mädchen den Kopf. Einen Moment lang war außer dem leisen Ticken der Wanduhr nichts zu hören.

»Was für ein Name würde zu einem so hübschen Mädchen wie dir passen?« Vicky musterte das Gesicht des Kindes aufmerksam. Es schien, als wollte sie sich jedes noch so kleine Detail einprägen.

Dann nickte sie energisch. Ihre finale Wahl war offensichtlich gefallen. »Hailey.«

Butch hielt einen Moment lang den Atem an. Das Mädchen zögerte. Sie sah ihn an, als wolle sie fragen, ob es wirklich in Ordnung war, Vicky zu antworten. Butch nickte und ließ ein kleines Lächeln sehen.

Das Mädchen blickte zu Vicky. Dann nickte sie ganz leicht. So als wäre sie sich unsicher, ob ihr Name nicht vielleicht ein Geheimnis war, das sie niemandem verraten dürfte.

»Hallo, Hailey. Freut mich, dich kennenzulernen.« Vicky lächelte warm. »Ein hübscher Name für ein sehr hübsches Mädchen.«

Hailey. Endlich hatte das Mädchen einen Namen.

Butch blickte von Vicky zu Hailey. Die beiden schienen in ihre eigene kleine Welt abgetaucht zu sein. Aus dem Augenwinkel heraus bemerkte er, dass Hailey Vickys Hand immer noch fest umklammert hielt.

19

»Beruhig dich!«

»Wie zum Teufel soll ich mich bitte beruhigen!« Butch hielt das Handy etwas weiter von seinem Ohr weg.

»Du musst sofort herkommen!«, schnauzte Vicky ihn an.

Butch sah auf die Unterlagen auf seinem Schreibtisch und knirschte mit den Zähnen. Eigentlich hatte er keine Zeit, schon wieder ins Krankenhaus zu fahren. Er musste in diesem Fall endlich mal einen Schritt weiterkommen, wenn er diesen Mädchenhändlerring ausrotten wollte. Das war seine oberste Priorität. Und doch hatte er bisher nur ein paar weiße und rote Punkte auf einer Stadtkarte von New York City, an denen er Lager oder Operationszentren vermutete. Zu Befragungen oder Ähnlichem war er nicht einmal annähernd gekommen, weil er seit fast zwei Wochen seine meiste Zeit im Krankenhaus zubrachte.

»Muss das wirklich …« Butch zuckte zusammen, als er Haileys lautes Schreien hörte. Hailey hatte gute und schlechte Tage. Und heute schien ein besonders schlechter Tag zu sein.

»Beantwortet das deine dämliche Frage?« Vicky zischte die Worte beinahe. »Komm gefälligst her, oder Palmer wird sie wieder sedieren. Und du weißt, wie Hailey auf Nadeln reagiert.«

Butch stand auf und griff sofort nach seinem Gehstock. Da bemerkte er die Tabletten neben seinem leeren Scotchglas.

Seit wann lagen sie dort? Er hatte schon eine Weile nicht mehr an diesem Schreibtisch gesessen. Hatte er wirklich so lange keine Medikamente mehr genommen?

»Butch!«, rief Vicky am anderen Ende der Leitung.

Sofort setzte er sich in Bewegung. »Keiner rührt Hailey an, bis ich da bin.« Er klemmte sich das Handy ans Ohr, nahm den Mantel vom Sessel und zog ihn auf dem Weg zur Tür an.

Er hörte, wie Vicky erleichtert seufzte. »Danke, Butch.«

Er umklammerte den Griff des Gehstocks. »Bleib bei ihr, bis ich ankomme.«

»In Ordnung. Bis gleich.« Vicky legte auf.

Butch ließ das Handy in die Tasche seines Mantels gleiten. Er wollte schon zur Wohnungstür hinausgehen, als sein Blick auf den Schlüsselbund fiel, der an einem Haken direkt neben der Tür hing. Der Gehstock in seiner Rechten fühlte sich schwer und ungelenk an.

Er wäre schneller, wenn er seinen Wagen nähme, anstatt bei dem Wetter nach einem Taxi zu suchen. Vielleicht konnte er es wirklich riskieren.

Bevor er realisierte, was er tat, griff er schon nach dem Schlüssel. Das Gewicht ruhte vertraut in seiner Hand und er fuhr zufrieden mit dem Daumen über das Cadillac-Logo. Er zog die Wohnungstür auf, und das erste Mal, seitdem er hier eingezogen war, nahm er den Weg in Richtung Tiefgarage.

Als Butch die Kinderstation betrat, war er überrascht, wie still es war. Er hatte erwartet, Haileys Schreie schon am Ende des Flures zu hören. So hysterisch, wie sie am Telefon geklungen hatte, wäre das kein Wunder gewesen.

Doch es war nichts zu hören, außer die gedämpften Stimmen des Personals und die schellen Schritte von Eltern, die ihrem überdrehten Nachwuchs folgten.

Es war eindeutig zu still.

Butch presste sich kurz die Hand auf den Magen, ehe er den Gang hinuntereilte. Er sah nicht nach rechts oder links und er beachtete die Erwachsenen nicht, die ihn misstrauisch beäugten.

Ihn interessierte nur Hailey.

Und warum es verdammt nochmal so gespenstisch still hier war.

Wo zum Teufel war überhaupt Vicky? Normalerweise kam sie ihm entgegen, sobald sie seine Schritte hörte.

Butch erreichte das Zimmer von Hailey und stieß die Tür auf, ohne zu klopfen. Vicky wartete ja auf ihn. Kein Grund zu falscher Höflichkeit.

Doch Vicky war nicht hier.

Hailey lag im Bett und hatte die Augen geschlossen. Beinahe sah es so aus, als wäre sie einfach eingeschlafen. Wären da nicht die frischen Tränenspuren auf ihren Wangen und die Tatsache, dass sie viel zu ruhig atmete. Er hatte gesehen, wie sie schlief. Mehr als einmal. Ihr Atem wurde dann zwar ruhiger, aber niemals so ruhig. Sie wirkte selbst im Schlaf ein wenig gehetzt. Ihr Atem war eher flach und schnell.

Ein Pfleger beugte sich gerade über Hailey. Hailey mochte keine Männer. Nicht einmal Palmer, das Arschloch von einem Arzt, der sie von Anfang an behandelt hatte, kam ohne Butch nah genug an sie heran.

»Was zum Teufel tun Sie da?« Butch war blitzschnell an der Seite des Mannes, der hochschreckte.

»I-Ich p-p-rüfe ihre Atmung, Sir.« Abwehrend hob der Pfleger die Hände. Butchs Blick fiel automatisch auf das Namensschild. Owen. Er kannte keinen Owen.

Der Mann war vermutlich Mitte zwanzig. Seine Haut war blass, sein schwarzes Haar stand in starkem Kontrast zu seinen großen blauen Augen. Er hatte eher feminine Gesichtszüge und eine Nase, die etwas zu groß war für sein Gesicht. Der dichte Wimpernkranz betonte seine Augen, und seine schmalen Lippen waren fest zusammengepresst.

»Ist sie sediert worden?« Wut braute sich in Butchs Adern zusammen. Wie hatte Vicky sie allein lassen können?

»Ja, Sir.« Der Pfleger stolperte nicht mehr über seine eigene Zunge, doch seine Stimme klang immer noch dünn und unsicher.

»Auf wessen Anweisung? Und wer zum Teufel hat den Fixateur abgenommen? Das war doch erst für morgen geplant.« Vicky hatte ihn tausendmal an den wichtigen Termin erinnert. Welcher Vollidiot hatte ihn bitte vorverlegen lassen?

»Das weiß ich nicht, Sir.« Der Pfleger lächelte. »Aber ich kann es gerne für Sie in den Akten nachsehen.«

Butch nickte. »Machen Sie das.« Dann wusste er wenigstens, wem er den Arsch aufreißen musste.

Der Pfleger lächelte noch einmal, ehe er Butch allein mit Hailey im Zimmer zurückließ.

Ihr Haar war frisch gewaschen. Die Spitzen waren noch nass und begannen sich schon wieder kräuseln. Vermutlich war Vikky mal wieder vor ihrer Schicht erschienen, um sich die Zeit fürs Haarewaschen zu nehmen.

Als Butch Schritte hörte, sah er auf. Er hatte mit dem Pfleger gerechnet, doch stattdessen sah er sich Vicky gegenüber.

»Wo zum Teufel warst du?« Er stand auf und holte bereits tief Luft, um ihr zu sagen, was er davon hielt, dass sie Hailey allein gelassen hatte. Doch da bemerkte er, dass sie keinen Kasack trug, obwohl sie eigentlich hätte im Dienst sein müssen. Über der Schulter trug sie eine große Tasche, die sie so fest an sich gepresst hielt, dass ihre Knöchel um den Riemen weiß hervortraten. Ihre Schultern bebten und ihr Gesicht war rot.

»Was ist passiert?«

Vicky lachte freudlos. »Ich bin auf unbestimmte Zeit beurlaubt. Das ist passiert.«

»Was? Wieso das denn?«

Vicky stellte ihre Tasche ab. »Die Pflegedienstleitung sagt, ich wäre zu nah an Hailey dran und könnte deshalb keine adäquaten Entscheidungen mehr treffen.« Ihr Blick fiel auf Hailey. »Na endlich schläft sie. Wie lange bist du schon hier?«

»Sie schläft nicht. Man hat sie sediert.« Butch knirschte mit den Zähnen, als Vicky blass wurde. »Warum hast du sie alleingelassen?«

»I-ich musste!« Sie ging zu Hailey ans Bett und strich ihr eine Strähne aus dem Gesicht. »Ich habe ihr gesagt, dass du bald kommst, und dann hat sie aufgehört zu schreien. Sie hat noch geweint, aber es war nicht mehr ganz so schlimm.« Vicky seufzte. »Stephanie hat mir gesagt, dass die Pflegedienstleitung mich sehen will und dass es dringend ist. Ich war im Dienst, da musste ich gehen.« Sie runzelte die Stirn. »Wieso ist der Fixateur ab? Der Termin ist doch erst morgen.«

»Das hab ich euren Pfleger auch gefragt. Er wollte in den Akten nachsehen.« Butch sah auf die Rolex an seinem Handgelenk. Schon fünfzehn Minuten. Wo blieb der Kerl überhaupt? Es konnte doch nicht so schwierig sein, ein paar Daten aus einer Akte abzulesen.

»Was für ein Pfleger?«

Butch sah wieder auf seine Rolex. Holte der Typ die Akten aus Timbuktu oder was? »Na, euer Pfleger. Owen. Schwarzes Haar. Blaue Augen. Mitte zwanzig vielleicht.«

Vickys Gesichtsfarbe wechselte von blass zu kalkweiß. »Butch – wir haben keine männlichen Pfleger auf der Kinderstation.«

20

»Ich traue der ganzen Sache nicht.« Carmen rümpfte die Nase, während sie Butch betrachtete, der mit vor der Brust verschränkten Armen vor Haileys Zimmertür stand und seine Augen über jeden Erwachsenen gleiten ließ, der auch nur in die Nähe der Tür kam.

»Woher kennst du diesen Typen überhaupt? Was, wenn er dem armen Mädchen das alles angetan hat? Wir wissen ja nicht einmal, ob sie wirklich aus dem Fenster gesprungen ist oder ob sie geworfen wurde.« Carmen schüttelte den Kopf. Ihre adrett nach hinten gebundenen silbernen Haare bewegten sich, unter dem Einfluss einer vermutlich beängstigenden Menge Haarspray, keinen Millimeter. »Für mich sieht er aus, als wäre er durchaus zu so etwas fähig. Diese Narbe in seinem Gesicht …« Sie erschauderte. »Er macht den anderen Eltern und den Kindern Angst.« Sie zog ihre Brille aus der Brusttasche ihres Kasacks und setzte sie auf. »Und seine Nase sieht auch aus, als wäre sie mehr als einmal gebrochen gewesen. Vermutlich ist dieser Gehstock auch nur Show, um ein Messer mit hier reinzuschmuggeln. Der Typ ist vermutlich Zuhälter. Oder irgendein Gangster.«

Vicky verdrehte die Augen und bereute es bereits jetzt, dass sie an dem Automaten auf dem Flur zwei Kaffee hatte holen wollen.

Eigentlich hätte ihr klar sein müssen, dass ihre Kolleginnen sich das Maul zerreißen würden, sobald Butch nicht mehr nur in den dunklen Abendstunden ins Krankenhaus kam. Seitdem er fast den ganzen Tag im Krankenhaus zubrachte, wurden ihre Kolleginnen immer neugieriger. Und immer misstrauischer. Aus dem Geflüster waren laute Meinungsäußerungen geworden, die immer unverschämter und aufdringlicher wurden. Mit professioneller Sorge und ehrlicher Anteilnahme hatte der Klatsch nur noch wenig gemeinsam. Am liebsten hätte Vicky sie alle zum Teufel gejagt, doch das würde ihre Lage auch nicht verbessern.

Seit ihrer Suspendierung am Mittwoch stand sie ohnehin schon von allen Seiten unter Beobachtung. Sie fühlte die Augen der Ärzte und Krankenschwestern auf ihrer Haut, und mit jeder Minute schien dieses Gefühl schlimmer zu werden und ihr keine Luft zum Atmen zu lassen. Doch vielleicht lag das auch einzig und allein an ihrer neu gewonnenen Paranoia.

Butch hatte ihr unmissverständlich klargemacht, dass sie niemandem trauen konnten und dass sie niemanden an Hailey heranlassen durften, bis der Termin mit der Sozialarbeiterin vom Jugendamt überstanden war. Seitdem sah sie in jedem Freund einen Feind, während sie sich ständig fragte, wer sie wohl in diesem Moment genau beobachtete, um einem unschuldigen Kind zu schaden.

»Wie wäre es, wenn du deine Nase in deine eigenen Angelegenheiten steckst, Carmen?« Stephanie legte der älteren Krankenschwester einen Arm um die Schultern. »Ich denke, damit hast du mehr als genug zu tun, oder? Wie geht's eigentlich deinem Ehemann? Ich hab gehört, er vögelt immer noch die Brünette vom Empfang.«

Carmen schnappte nach Luft und schob sich von Stephanie fort. »Was fällt dir eigentlich ein?«

Stephanie blinzelte und setzte eine absolut unschuldige Miene auf. »Wieso? Ich dachte, wir fragen uns jetzt gegenseitig Dinge, die uns einen Scheißdreck angehen.«

Carmen öffnete den Mund, um etwas zu sagen, schloss ihn aber wieder. Stattdessen warf sie den Kopf in den Nacken und marschierte mit langen Schritten davon.

»Diese Frau ist echt unfassbar. Sie glaubt auch, sie kann sich alles erlauben, nur weil ihr Ehemann hier Chefarzt ist.« Stephanie schüttelte den Kopf. »Aber ganz unrecht hat sie nicht, Vicky.« Ihr Blick fiel auf Butch. »Der Kerl sieht echt ein wenig beängstigend aus.«

Vicky wunderte es wenig, dass die Leute so auf Butch reagierten. Sie wusste noch genau, dass sie sich bei ihrer ersten Begegnung mit ihm ähnlich gefühlt hatte. »Ja, das stimmt. Aber er ist weniger beängstigend, als man meinen könnte.« Sie betrachtete das Profil von Stephanie, die immer noch zu Butch hinüberstarrte. Ihr goldenes Haar trug sie wieder kunstvoll geflochten und ihre Lippen umspielte ein Lächeln.

Stephanie nickte. »Ah. Also so ein Typ der Sorte ›Hunde, die bellen, beißen nicht‹?«

Vicky dachte daran, wie Butch sich damals auf den *Bräutigam* gestürzt und ihr das Leben gerettet hatte. »So würde ich das nun auch wieder nicht sagen.« Immerhin konnte Butch ein richtiges Ekelpaket sein. »Dennoch danke, Steph.«

Stephanie grinste. »Gar kein Thema. Carmen wusste noch nie, wann es genug ist.« Sie zuckte mit den Schultern. »Außerdem, wenn du ihm vertraust, reicht mir das völlig. Du machst nicht gerade den Eindruck, als würdest du irgendjemandem leichtfertig dein Vertrauen schenken.«

Jetzt musste Vicky doch lachen. »Meine Schwester würde dir da sicherlich widersprechen.«

Kurz herrschte Schweigen. Ein älteres Ehepaar, vermutlich die Großeltern eines der kranken Kinder, machten einen großen Bogen um Butch, der nicht eine Miene verzog. Stephanie legte den Kopf leicht schief, und Vicky wand sich beinahe unter der Intensität ihres Blickes, den sie auf ihrer Haut spüren konnte.

»Was?«

»Es ist nur das erste Mal, dass du mehr über deine Schwester preisgibst als die simple Tatsache, dass du eine hast. Habt ihr beide kein gutes Verhältnis zueinander?« Stephanie lehnte sich mit der Schulter an den Kaffeeautomaten. Die Hände vergrub sie tief in den Taschen ihres Kasacks. »Auf mich wirkst du nämlich eigentlich wie ein richtiger Familienmensch. Es wundert mich, dass du bisher so wenig über deine Familie erzählt hast.«

Verdammte Scheiße.

Vicky lächelte unverbindlich. »Du bist ganz schön aufmerksam, was?« Der Automat verkündete mit einem lauten Piepsen, dass der Kaffee fertig war, und sie nahm sich die beiden Becher.

»Könnte man so sagen«, erwiderte Stephanie.

Vicky drückte die Deckel auf die braunen Plastikbecher. Wie sollte sie aus der Nummer wieder herauskommen? Es wäre unhöflich, das Gespräch jetzt abzubrechen. Aber sie konnte sich auch nicht auf diese Unterhaltung einlassen. Womöglich verriet sie unbewusst einer Fremden gegenüber irgendwelche Details über Lissiana und John. Vicky hasste es wirklich, ständig auf der Hut sein zu müssen. Das war doch kein Zustand.

»Vergiss, dass ich gefragt habe.« Stephanie winkte ab. »Dein Wachhund wird auch langsam unruhig. Er starrt schon eine Weile zu uns herüber.«

Vicky balancierte die vollen Kaffeebecher und hätte beinahe etwas davon verschüttet. »Mein was?«

Stephanie deutete unauffällig auf Butch.

»Gott, lass ihn das niemals hören.« Vicky lächelte Stephanie noch einmal kurz zu, ehe sie mit den Getränken zu Butch hinüberging.

»Was hat da so lange gedauert?« Butch nahm ihr den Becher direkt aus der Hand und trank einen Schluck. Angewidert verzog er das Gesicht. »Der ist ja nur lauwarm.«

»Weißt du, ein einfaches Dankeschön hätte auch gereicht.«
Vicky nahm selbst einen Schluck von der lauwarmen Plörre, die
mehr nach braun gefärbtem Wasser als nach richtigem Kaffee
aussah. »Die Sozialarbeiterin kommt auch nicht schneller, wenn
du hier draußen herumstehst und alle wütend anstarrst.«

Butch brummte vor sich hin. »Lass das mal meine Sorge sein.«

»Würde ich ja, wenn du nicht so viel Aufmerksamkeit auf dich
lenken würdest. Ganz wie ein pinkfarbener Plastikweihnachts-
baum.« Kurz zuckten Butchs Mundwinkel, und Vicky lächelte.
»Lass uns zu Hailey reingehen und da warten. Die Sozialarbeiterin kommt sicherlich bald.«

Doch Butch hielt Vicky am Arm zurück, als sie an ihm vorbei
in Haileys Zimmer gehen wollte. Wie immer war sein Griff etwas
zu hart, seine Finger drückten sich etwas zu tief in ihr Fleisch.
Beinahe so, als wäre er sich seiner Stärke nicht bewusst.

»Bist du dir immer noch sicher?«

Vicky nickte knapp. »Ja. Absolut.«

»Was soll das denn bitte heißen?« Vicky verschränkte die Arme
vor der Brust. »Ich bin doch als Pflegestelle nicht weniger quali-
fiziert, nur weil ich nicht verheiratet bin!«

Die Sozialarbeiterin Susan schüttelte wieder den Kopf. Vicky
verwünschte sie in Gedanken schon seit gut zwei Stunden. Kopfschütteln war so ziemlich die einzige physische Ausdrucksform,
zu der Susan überhaupt in der Lage war.

»Die Vorschriften besagen, dass …«

»Scheiß auf die Vorschriften.« Vicky deutete sauer auf Hailey,
die unsicher zwischen Vicky und Butch hin und her blickte.
»Dieses Kind ist schwer traumatisiert und braucht intensive Betreuung und nicht irgendein überfülltes Kinderheim, in dem die
Betreuer zu überlastet sind, um sich angemessen um sie zu kümmern.«

Susan strich sich eine ihrer schwarzen Locken aus der Stirn. Die Frau war vielleicht Mitte dreißig, aber sah so ausgemergelt und gestresst aus, dass man sie problemlos für Anfang fünfzig halten könnte. »Ich kann verstehen, dass Sie ungehalten sind, aber …«

»Ungehalten ist überhaupt gar kein Ausdruck!« Vicky rieb sich über die Schläfen, um die beginnenden Kopfschmerzen zu vertreiben. »Ich will nur, was das Beste für Hailey ist. Und eigentlich dachte ich, dass es euch Sozialarbeitern auch um das Kindeswohl geht. Aber anscheinend wollen Sie diesen Fall nur so schnell wie möglich ad acta legen.« Ihr wütender Blick fiel auf Butch, der, seitdem die Sozialarbeiterin gekommen war, mit vor der Brust verschränkten Armen direkt neben der Zimmertür stand. »Könntest du auch mal etwas dazu sagen?«

Butch hob nur eine Augenbraue, sagte aber nichts. Vicky hatte gedacht, dass sie in dieser Angelegenheit an einem Strang zogen. Aber offensichtlich hatte sie sich da geirrt.

Susans Gesicht nahm eine tiefrote Färbung an. »Jetzt hören Sie mir mal zu, junge Dame. Ich mache hier nur meinen gottverdammten Job.«

»Genau das ist ja das Problem.«

»Das ist jetzt wirklich genug …«

Ein leises Klopfen unterbrach Susan mitten im Satz, und Stephanie kam mit einem Tablett in den Raum. »Ich war mal so frei, der Kleinen doch noch ein Abendessen zu bringen.« Sie stellte Hailey einen dampfenden Teller Nudeln mit Tomatensauce auf den Beistelltisch. »Außerdem«, sie richtete einen vorwurfsvollen Blick auf Vicky, »kann man euch beide auf dem ganzen Flur streiten hören.«

Vicky biss sich auf die Unterlippe und fluchte leise, während Susan ein verlegenes Husten hinter ihrer Hand verbarg.

»Das liegt einzig und allein an dieser störrischen Krankenschwester.« Susan zeigte mit ihrem knochigen, aber perfekt manikürten Zeigefinger direkt auf Vicky. »Ich mache lediglich meinen Job. Und ich werde jetzt den Sicherheitsdienst holen, wenn diese Person sich weiterhin weigert, mir das Kind auszuhändigen.«

»Ihr Name ist Hailey. Und sie ist nicht irgendein Ding, das man einfach so aushändigen kann.« Vicky schüttelte den Kopf. »Unfassbar.«

»Gerade verhält sich hier niemand sonderlich professionell.« Stephanie blickte zwischen Susan und Vicky hin und her, bevor sie resigniert aufseufzte. Sie wandte sich Susan zu. »Hören Sie, ich kann verstehen, dass Sie nur dem Protokoll folgen wollen. Aber Victoria ist die beste Betreuung, die dieses Mädchen bekommen kann.«

Hailey nahm zögerlich einen Löffel in die Hand und begann, die Nudeln mit der dünnen Tomatensoße zu vermischen.

»Sie kümmert sich rührend um das Mädchen. Außerdem haben Sie keine Ahnung, was auf Sie zukommt. Das Kind bekommt regelmäßig schwere Panikattacken. Vicky weiß, wie man Hailey beruhigt. Sie kennt ihre Eigenarten und ihre speziellen Bedürfnisse. Außerdem ist Victoria derzeit …«, Stephanie zögerte kurz, »beurlaubt und kann sich rund um die Uhr um das Mädchen kümmern. Können Sie das ehrlich auch von Ihrem Personal im Kinderheim behaupten? Hailey ist ein Mädchen, das sehr viel Zuwendung und Aufmerksamkeit braucht, wenn aus ihr je wieder ein normales Kind werden soll. Sie sollten Vikky wirklich als Pflegestelle in Betracht ziehen, bis Sie eine geeignete Pflegefamilie für Hailey gefunden haben.«

Susan sah auf ihre Hände und begann sie aneinanderzureiben. Es war offensichtlich, dass sie mit sich haderte. Doch wieder schüttelte sie den Kopf. »Das kann ich nicht machen. Tut mir leid. Miss Stafford erfüllt einfach nicht die vom Protokoll vorgegebenen Kriterien für die Pflegschaft eines so schwer traumatisierten kleinen Kindes.« Sie wandte sich wieder an Vikky. »Ich möchte Sie inständig bitten, mir jetzt das Kind zu übergeben. Sonst sehe ich mich gezwungen, die Polizei zu verständigen und Sie entfernen zu lassen.«

Vicky sah Susan entschlossen in die Augen. Sie war selbst einmal ein verwaistes Kind in einer ausweglosen Situation gewesen. Es war nur ihren Pflegeeltern zu verdanken, die mit Zähnen und Klauen für Lissiana und sie gekämpft hatten, dass sie nicht in der rücksichtslosen Bürokratie des Jugendhilfesystems verschwunden war. »Nur über meine Leiche.«

Susan zog ein Smartphone aus ihrer knallroten Lederhandtasche. »Dann lassen Sie mir keine andere Wahl.«

Butch brummte etwas Unverständliches, der erste Ton, den er seit Beginn dieses Gespräches von sich gab. Er nahm seinen Gehstock und ging die wenigen Meter auf die Sozialarbeiterin zu.

Als er direkt vor ihr stand, griff er in seine hintere Hosentasche und förderte ein dickes Bündel Geldscheine zu Tage.

Vicky schluckte schwer. Stephanie stieß ein ersticktes Keuchen aus.

Alarmiert machte Vicky einen Schritt auf Butch zu. »Was zum Teufel hast du vor?«

Butch machte nur eine abweisende Handbewegung, während sein Blick fest auf Susan gerichtet hatte. Die starrte reglos auf das Geldbündel in seiner Hand.

»Aus eigener Erfahrung weiß ich, dass euch Sozialarbeiter das Kindeswohl einen Scheißdreck interessiert und ihr die Kinder nur so schnell wie möglich wieder loswerden wollt.« Er schüttelte den Kopf. Sein Kiefer war verkrampft, so fest biss er die Zähne aufeinander. »Ich habe mir das Ganze angeschaut und gewartet, ob es diesmal anders läuft. Aber offensichtlich hat sich in den letzten dreißig Jahren nichts geändert.«

164

Susans Blick schnellte von dem Geldbündel hoch zu Butchs Gesicht. Sie war blass geworden, doch jetzt bekam ihr Gesicht eine flammende Zornesröte. »Wie können Sie es wagen, solche …«

»Das hier sind dreißigtausend Dollar in Hundert-Dollar-Noten. Das ist mehr, als Sie in Ihrem armseligen Job in einem ganzen Jahr verdienen.« Butch verzog seinen Mund zu einem gehässigen Grinsen. Vicky lief ein eisiger Schauer den Rücken hinunter. »Sie werden das Geld nehmen und in Ihren Akten vermerken, dass eine entfernte Verwandte das Kind genommen hat. Sie werden den Fall ad acta legen und nie wieder aufgreifen. Und die dreißigtausend können Sie verwenden, für was auch immer Sie wollen.«

»Das ist Bestechung.« Bei Susans Worten hörte Hailey auf zu Essen und sah unsicher zu Butch.

»Das macht ihr doch schon seit Jahren so, nicht wahr?« Butch schüttelte den Kopf. »Jetzt tun Sie nicht so, als ob Sie noch lange überlegen müssten. Stecken Sie das Geld ein, damit wir die Sache endlich hinter uns haben und wir die Kleine mit nach Hause nehmen können.«

Susan sah zwischen dem Geld und Butch hin und her. Dann endlich griff sie nach dem Geld und steckte es hastig in ihre abgewetzte Handtasche.

Butch stieß ein trockenes Lachen aus. »Sind Sie nicht eine anständige Christin?« Er nickte in Richtung Tür. »Sie sollten jetzt besser gehen.«

Susan verschwand mit langen Schritten und gesenktem Kopf. Vicky konnte ihr nur hinterherstarren, während das leise Schlürfen von Hailey zu hören war, die nun wieder ungerührt ihre Nudeln aß und die Tomatensoße dabei auf der ganzen Bettdecke verteilte.

»Was zum Teufel war das gerade?«, fragte Stephanie. »Wer sind Sie, verdammt nochmal?« Sie wandte sich zu Vicky. »Bist du dir sicher, dass du diesem Kerl trauen kannst?«

Vicky sah zu Butch und betrachtete seinen harten, kühlen Gesichtsausdruck. Sein Kiefer zuckte vor Anspannung, und in mühevoller Selbstbeherrschung umklammerte er seinen Gehstock. Butch schien den Ausgang dieses Treffens zwar erwartet zu haben, aber es war offensichtlich, dass er lieber unrecht behalten hätte.

Hailey lächelte Butch mit vollem Mund an, als er sich zu ihr umwandte. Sie hatte nicht einmal mit der Wimper gezuckt, als Butch sie einfach so gekauft hatte.

Vicky presste sich die Hand auf den Magen und schluckte den Kloß in ihrem Hals hinunter. Sie blickte Butch direkt ins Gesicht.

»Ich vertraue ihm«, sagte sie leise.

Aber langsam wurde ihr bewusst, dass sie überhaupt keine Ahnung hatte, wer Butch wirklich war.

21

»Vielen Dank. Ruf mich an, sobald es etwas Neues gibt.« Der Mann im schwarzen Anzug legte auf und betrachtete einen Moment lang seine eigene Reflexion im Display des Smartphones, bevor er es zurück auf die Schreibtischplatte legte.

David und Owen standen vor ihm und beobachteten ihn so aufmerksam, dass er ihre Blicke beinahe physisch auf sich spürte. Doch keiner von ihnen sagte ein Wort. Das war auch besser für sie.

»Also.« Er räusperte sich. »Gibt es irgendetwas, was ihr mir noch sagen wollt?« Er verzog leicht das Gesicht. »Vielleicht irgendetwas, was den Fall des Mädchens betrifft?«

Owen sah unsicher zu David und schüttelte dann den Kopf. »Nein, Boss. Ich habe Ihnen alles erzählt, was passiert ist.«

Der Mann im schwarzen Anzug nickte und wandte sich David zu. »Du vielleicht?«

David zögerte keine Sekunde lang, sondern schüttelte sofort den Kopf. »Nein, Boss. Gar nichts. Ich habe ausführlich Bericht erstattet.«

Er brummte zustimmend und deutete auf Owen. »Owen, beschreib David doch mal den Mann, dem du im Krankenhaus begegnet bist.«

Owen runzelte die Stirn, nickte aber gehorsam. »Er war groß. Fast zwei Meter. Und sehr hager. Er hatte kurze Haare und trug einen Bart. Hat sich auf einen Gehstock gestützt wie ein alter Mann, dabei kann er höchstens vierzig gewesen sein.« Owen zuckte mit den Schultern. »Ich glaube, er war auf dem einen Auge blind. Es war milchig weiß eingefärbt.«

Der Mann im schwarzen Anzug richtete seinen Blick direkt auf David, der leichenblass geworden war. Auf seiner Stirn stand ein dünner Schweißfilm. Er hatte verdammt nochmal jeden Grund, nervös zu sein.

»Na, kommt dir das bekannt vor, David?«

David öffnete den Mund, schloss ihn aber schnell wieder. Anscheinend wägte er seine Worte nun sehr gut ab.

»Ich frage nicht noch einmal nach, David.« Er blickte kurz auf seine Uhr. Sicherlich war schon alles vorbereitet und sein bester Mann ging gerade vor Ungeduld auf und ab. Er sollte das Ganze etwas beschleunigen. »Und du weißt, dass Geduld nicht gerade meine Stärke ist.«

David rieb seine Hände, sein Blick war gesenkt. Der Schweißfilm auf seiner Haut wurde immer deutlicher.

»David.«

»Es tut mir leid, Boss.« David ließ die Schultern sinken. »Wenn ich gewusst hätte, dass …«

»Du hast mir erzählt, dass du den Schützen nicht erkannt hättest.« Er schüttelte den Kopf. »Mir eine Sache wie Butch Cohen zu verschweigen. Du weißt, was das heißt.«

Davids Schultern bebten, doch er nickte. »Ja.« Seine Stimme war heiser, doch er hoffte hier vergeblich auf Mitleid.

»Ich habe dir gesagt, dass du mich besser nicht noch einmal enttäuschst. Du weißt, was auf dem Spiel steht.« Er nahm sein Smartphone vom Tisch und wählte eine Nummer. Als er es wieder hinlegte, schaltete er den Lautsprecher ein. »Ich hatte wirklich mehr von dir erwartet, David.«

David starrte auf das schwarze Telefon, als könne er ihm alle seine Geheimnisse entlocken.

»Boss?« Die Stimme am anderen Ende klang etwas blechern, doch sie war ihm sehr vertraut. Er hörte sie schon seit Jahren, schon seit er dem Vollstrecker damals in Vietnam begegnet war. Er hatte einfach dort gestanden, in dem Chaos aus Bombensplittern und Toten, und hatte ihn angestarrt. Bedeckt mit Blut und mit einem Wahnsinn in den Augen, der ihm heute mehr als nützlich war.

»Du weißt, was zu tun ist.«

Das Kichern am anderen Ende der Leitung war grausam und viel zu hoch. Endlich begriff David, was geschah. Er stürzte panisch nach vorne und versuchte, nach dem Handy zu greifen. So als könnte er dadurch das stoppen, was längst begonnen hatte.

»Owen, halt ihn fest.«

»Nein!« Davids Fingerspitzen streiften das Handy, doch Owen, der treue Soldat, legte die Arme wie eine Zwangsjacke um seinen ehemaligen Ausbilder und hielt ihn fest. Owen war jünger als David. Stärker. Und weitaus dümmer. Er folgte Befehlen, ohne Fragen zu stellen.

Owen würde keine Strafe erwarten. Er war erst seit einem Jahr bei ihm. Er hatte nicht gewusst, wen er vor sich gehabt hatte, und hatte ihm direkt Bericht erstattet.

Bei David sah die Lage jedoch ganz anders aus.

Der hohe Schrei einer Frau erklang aus der Leitung, gefolgt von einem dumpfen Knall. Dann ein leises Wimmern.

»Bitte, bitte tun Sie das nicht. Ich flehe Sie an.« Die Stimme der Frau war verzerrt und viel zu hoch. »Bitte! Ich tue alles, was Sie wollen, ich schwöre es. Nur bitte …«

Wieder erklang das grausame Kichern. Eine Angewohnheit, die er ihm nie hatte austreiben können. »Hier geht es nicht um dich, Schlampe. Hier geht um deinen Versager von einem Ehemann.«

David stieß einen schmerzerfüllten Schrei aus.

Ihn selbst kümmerte es nicht. Er saß einfach da und beobachtete, wie David Höllenqualen litt. Früher hätte ihn so etwas berührt. Früher, bevor alles in seinem Leben an Bedeutung verloren hatte. Bevor es nur noch ein einziges Ziel in seinem Leben gab.

Er beobachtete David, der schrie und verzweifelt versuchte, das aufzuhalten, was kilometerweit von ihm entfernt geschah. Das war das Nützlichste an zwischenmenschlichen Beziehungen: Als effektive Erziehungsmaßnahmen eigneten sie sich so viel besser als der Tod.

»Bitte nicht!« Wieder schrie die Frau. So hoch, dass er fürchtete, ihm würde das Trommelfell platzen. »Bitte nicht! Ich …«

Ein dumpfer Schlag war zu hören. Dann noch einer.

David schrie auf, und seinem Gesicht fehlte jede Farbe.

Und dann brüllte die Frau vor Schmerzen. So markerschütternd und laut, dass es wohl das Gebäude hätte zum Beben bringen können.

Ihre Schreie mischten sich mit dem irren Kichern ihres Peinigers und anderen Geräuschen, die David in seinen Albträumen verfolgen würden. Irgendwann war nichts mehr zu hören als das zufriedene Knurren des Vollstreckers und das schmatzende Geräusch seiner Schritte, als er zum Telefon ging und die Verbindung trennte.

Er sah einen Moment lang auf sein Handy und auf die kleine Ziffer der Gesprächsdauer, bevor er David anschaute. Seine Haut war grau, seine Wangen tränennass. Er starrte mit blankem Horror in den Augen auf das Handy.

Er nickte Owen zu, der David sofort losließ. Wie leblos sackte David auf die Knie, er zitterte am ganzen Körper.

Der Mann im schwarzen Anzug winkte Owen näher zu seinem Schreibtisch. David war heute zu nichts mehr zu gebrauchen.

»Ich will alles über diese Victoria Stafford wissen«, befahl er Owen. »Und zwar jetzt sofort.«

22

»Da wären wir.« Vicky trug Hailey zum Sofa und setzte sie vorsichtig darauf ab.

Hailey hatte noch immer den Schlafanzug aus dem Krankenhaus mit den ausgeblichenen Teddybären an. Vicky hatte sie in ihren gelben Mantel gehüllt, um sie vor der eisigen Kälte in New York zu schützen, als sie überstürzt mit ihr das Krankenhaus verlassen hatte.

Morgen früh würde sie ihr Kleidung besorgen. Und ein schönes Kuscheltier. Mädchen in ihrem Alter mochten solche Dinge. Und dann würde sie die Krücken abholen, die Palmer Hailey verschrieben hatte. Und einkaufen musste sie auch, wenn sie ab jetzt für zwei kochen wollte.

Zur Vorbereitung war keine Zeit gewesen. Es war nur darum gegangen, Hailey aus dem Krankenhaus herauszuholen. Alles andere war erst einmal vollkommen nebensächlich gewesen. Um all das würde sie sich morgen in aller Ruhe kümmern. Jetzt musste sie erst einmal dafür sorgen, dass Hailey sich bei ihr wohl fühlte.

»Gefällt es dir?« Sogar in ihren eigenen Ohren klang ihre Stimme unsicher, während sie versuchte, ihre Wohnung mit den Augen eines Kindes zu sehen.

Ihre Wände hatten einen sonnengelben Anstrich bekommen, und Möbel in warmen Holztönen beherrschten den Raum. Die Küche war modern und bei Vickys Einzug gerade renoviert gewesen. Sie war ein wenig unpersönlich mit den weißen Hochglanzfassaden und Chromgriffen. Doch die gepunktete Tasse neben der Spüle und die bunten Zettel, die Vicky mit Magneten an den Kühlschrank geheftet hatte, machten den Raum etwas weniger steril. Das Sofa, auf dem Hailey saß, hatte den gleichen gelben Farbton wie die Wände. Ein paar bunte Kissen lagen darauf. Der Fernseher, der an der Wand gegenüber hing, war für Vickys Geschmack viel zu groß. Aber Nathan, Tiny und Tyrann hatten darauf bestanden. Und sie musste schon zugeben, dass die Abende, an denen alle sich in ihrem kleinen Wohnzimmer vor dem Fernseher drängten und Football guckten, zu ihren besten Erinnerungen in diesem Winter zählten.

Über dem Sofa hingen Bilderrahmen in unterschiedlichen Farben und Formen und zeigten die verschiedensten Momentaufnahmen. Eines ihrer Lieblingsfotos zeigte Tyrann, der mit einem großen Becher Bier neben Tiny in Stadion der Dallas Cowboys stand und sich gerade über irgendetwas aufregte. Er machte so wilde Bewegungen, dass das Bier aus dem Becher überall hinschwappte. Vicky hatte genau in dem Moment abgedrückt, bevor das Bier Tinys Jeans vollkommen durchnässt hatte. Sie würde diesen Tag nie vergessen, an dem Tyrann und Tiny einfach mit Flugtickets und Eintrittskarten zum Spiel bei ihr aufgetaucht waren. Und keine fünf Stunden später hatte sie die texanische Sonne auf ihrer Haut gespürt.

So viele wertvolle Erinnerungen. Doch einige davon konnte sie nicht aufhängen. Die Fotos von Lissiana und John waren sicher in einem Album verstaut, das sie in einer Kiste unter ihrem Bett aufbewahrte.

Vickys Wohnung war nicht groß. Sie war sogar noch etwas kleiner als ihre letzte – und teurer, da sie in einer besseren Gegend lag. Aber sie hätte auf keinen Fall in ihrer alten Wohnung bleiben können. Nicht nach allem, was passiert war. Und irgendwie war dieser kleine Schuhkarton von einer Wohnung zu ihrem neuen Zuhause geworden. Auch wenn sie sich im Badezimmer die Knie anstieß, wenn sie auf der Toilette saß, und das Schlafzimmer keine Tür hatte, weil ihr Bett sonst nicht in den winzigen Raum hineingepasst hätte. Auch wenn sie auf ihren Hippievorhang, wie Yui ihren bunten Perlenvorhang liebevoll genannt hatte, verzichten musste. Immerhin hatte sie jetzt vernünftigen Stauraum. Tyrann hatte ihr unzählige Regale an die Wände ihres Schlafzimmers geschraubt. Sie musste ihre Kleider nun nicht länger an der Gardinenstange aufhängen.

Das war doch schon mal ein deutlicher Fortschritt.

Doch das Beste an ihrer Wohnung war die verstärkte Tür mit den massiven Schlössern, die Nathan für sie angebracht hatte. Niemand konnte mehr einfach so in ihre Wohnung hineinkommen. Schon allein diese Gewissheit ließ sie nachts besser schlafen.

Hailey, die sich ausgiebig in der Wohnung umgeschaut hatte, nickte langsam. Für sie musste das alles eine vollkommene Reizüberflutung bedeuten.

Vielleicht wäre es besser, wenn sie beide heute früh ins Bett gingen. Wenn Vicky ehrlich war, hatten die letzten zwei Tage sie regelrecht ausgelaugt. Die ständige Wachsamkeit und die Sorge und Ungewissheit hatten sie sogar um die wenigen Stunden Schlaf gebracht, die ihr geblieben wären. Und das Misstrauen, das sie empfunden hatte, während sie im Krankenhaus war, hatte sein Übriges zu ihrer Erschöpfung beigetragen.

Vicky warf einen prüfenden Blick auf die grüne Wanduhr in der Küche. Schon neun. Der Papierkrieg für die Entlassung hatte eine halbe Ewigkeit gedauert. Aber da Butch direkt nach dem Gespräch mit der Sozialarbeiterin verschwunden war, hatte sie auch niemanden gehabt, der ihr hätte helfen können.

Er hatte sie mal wieder mit allem alleingelassen, kaum dass seiner Meinung nach alles erledigt war, was zu tun gewesen war. So ein egoistischer Mistkerl.

Immerhin war Stephanie ihr helfend zur Seite gestanden.

Vicky lächelte Hailey an, um ihre Wut auf Butch zu überspielen und ihre Gedanken auf die vor ihr liegende Aufgabe zu lenken. Denn aus Erfahrung wusste sie, dass es alles andere als einfach war, ein Kind zum Schlafengehen zu überreden. Meist half da nur eiskalte Bestechung.

»Das freut mich.« Vicky sah zu Hailey, die ihre Beine vom Sofa baumeln ließ und sich noch immer unruhig umsah. »Möchtest du noch einen Kakao, bevor wir ins Bett gehen?« Sie ging zur Tür und verschloss jedes einzelne der vier Schlösser. Als sie sich wieder zu Hailey umdrehte, blickte sie sie verständnislos und verunsichert an.

Automatisch zog sich Vickys Herz schmerzhaft zusammen. »Weißt du, was ein Kakao ist?«

Hailey schüttelte den Kopf, und Vicky wäre am liebsten in Tränen ausgebrochen. Aber sie riss sich zusammen und zwinkerte Hailey zu. »Dann wollen wir das mal schnell ändern.«

Sie ging in die Küche und holte zwei Tassen. In einen pinkfarbenen Topf kippte sie etwas Milch. Sie konnte Haileys neugierigen Blick auf sich spüren, als sie die Milch unter stetigem Rühren erhitzte, Kakaopulver hineinstreute und das Getränk auf die zwei Tassen verteilte. Sie brachte sie zum Sofa und setzte sich neben Hailey. Vorsichtig reichte sie ihr den großen Becher. Haileys Hände waren so zierlich und klein, dass sie ihn kaum umfassen konnte.

»Vorsicht, es ist heiß.« Vicky machte Hailey vor, wie sie in die Tasse pusten musste, um die Milch etwas abzukühlen. Hailey fing sofort an, ungeduldig zu pusten. Und dann trank Hailey endlich den ersten Schluck.

Überrascht hielt sie inne und starrte einfach nur in den Becher, ehe sie sich die Lippen leckte und gleich noch einen Schluck trank. Beim nächsten Schluck vergaß sie zu pusten, und bevor Vicky sie aufhalten konnte, verbrannte sie sich die Zunge und zuckte zurück. Vicky streckte die Hand aus, um die Tasse zu stabilisieren, doch es war schon zu spät für eine Rettungsaktion. Kakao schwappte über und landete auf der Couch, wo er einen großen braunen Fleck hinterließ.

Entsetzt starrte Hailey Vicky an. Ihr panischer Blick schnellte zu Vickys ausgestreckter Hand. Sofort riss Hailey die Arme hoch, um ihren Kopf zu schützen. Dabei verschüttete sie noch mehr von dem Kakao, der sich in kleinen Spritzern auf dem Sofa verteilte.

Man brauchte kein Genie sein, um zu verstehen, was gerade in Hailey vor sich ging. Welchen Horror musste sie erlebt haben, wenn sie vollkommen panisch wurde, nur weil sie einen kleinen Fehler gemacht hatte.

Es wurde Zeit, Hailey klarzumachen, dass ihr so etwas von nun an nie wieder bevorstand.

Vicky zwang sich zu einem Lächeln, obwohl ihr nach Weinen zumute war. Sie trank einen Schluck von ihrem eigenen Kakao, während sie einfach abwartete, dass Hailey die Arme sinken ließ. Nach scheinbar endlosen Minuten tat sie es endlich. Vicky bemühte sich, so unbekümmert wie möglich auszusehen. Es fiel ihr nicht leicht. Sie konnte nur daran denken, wie schmächtig Hailey war, und dass sie vermutlich bisher nur Gewalt kennengelernt hatte.

Vicky streckte langsam die Hand aus und strich Hailey sanft eine Strähne aus der Stirn. »Halb so wild. Das kann man aufwischen.« Sie nickte in Richtung von Haileys Kakaotasse. »Schmeckt es dir? Soll ich dir einen neuen machen?«

Hailey blickte überrascht auf. Sie nickte ganz langsam und vorsichtig, so als fürchte sie, dass Vicky ihre Meinung ändern und sie doch noch für ihren Fehler bestrafen würde.

Vicky nahm sich Haileys Tasse, ging in die Küche zurück und gab erneut Milch in den pinkfarbenen Topf. Ihre Bewegungen waren ruhig und langsam. Sie wollte Hailey auf keinen Fall verängstigen. Das Kind sollte wissen, dass sie bei Vicky in Sicherheit war. Hailey sollte verstehen, dass, egal was sie machte, nichts Vicky dazu bringen würde, ihr weh zu tun. Doch bis Hailey das wirklich glaubte, würde es wohl noch eine ganze Weile dauern.

Wie gut, dass Vicky mit einer Menge Geduld gesegnet war.

»Weißt du, was Kakao noch besser macht?« Vicky sah über die Schulter zu Hailey und lachte leise, als diese den Kopf schüttelte. »Schokoladenkekse.«

Butch rieb sich die Augen. Sein Blick fiel auf seine Rolex, die neben seinem Scotchglas auf dem Schreibtisch lag.

Drei Uhr nachts. Scheiße.

Seitdem er das Krankenhaus verlassen hatte, saß er in seiner Wohnung über den Akten und kam doch keinen einzigen Schritt weiter. Alles, was er hatte, waren vage Vermutungen, ein paar bunte Punkte auf einer riesigen Karte und ein paar schnell hingeschriebene Notizen, die er bei näherer Betrachtung selbst nicht mehr entziffern konnte.

Er hätte die Schmerzmittel wirklich nicht nehmen sollen. Doch der Schmerz in seinem Bein war wieder unerträglich geworden. Und das, obwohl er seit Haileys Unfall kaum Schwierigkeiten damit gehabt hatte.

Also hatte er zwei Tabletten eingeworfen, sie mit etwas Scotch hinuntergespült und war dann an die Arbeit gegangen. Die Schmerzen hatten ziemlich schnell aufgehört. Doch die Nebenwirkungen hatten nicht lange auf sich warten lassen. Er fühlte sich ausgelaugt und müde, während sein Magen revoltierte und ihm lautstark mitteilte, dass er vielleicht etwas hätte essen sollen, bevor er seinem Körper einen solchen Chemiecocktail zumutete.

176

Da sollte ihm noch mal jemand erzählen, der menschliche Körper könne sich an alles gewöhnen. So ein Schwachsinn.

Seine Notizen verschwammen vor seinen Augen, die Buchstaben auf den Zetteln verdichteten sich zu einem unlösbaren Rätsel.

»Verdammte Scheiße.« Butch schlug mit der geballten Faust auf das Holz. Sein Körper war absolut nutzlos. Anscheinend eignete er sich nicht einmal mehr für ungefährliche Schreibtischarbeit. Ganz fantastisch.

Dabei lief ihm die Zeit davon. Ihnen allen lief die Zeit davon. Haileys Verfolger konnten ihnen schon auf den Fersen sein. Oder sogar schon hundert Schritte voraus. Doch was machte er? Er klebte noch immer unkoordiniert Punkte auf eine Karte und folgte seinem Bauchgefühl, anstatt wirklich voranzukommen und damit Hailey in Sicherheit zu bringen.

John wäre für diese Aufgabe deutlich besser geeignet als er.

Mit einem wütenden Aufschrei fegte er all seine Unterlagen vom Tisch. Sie fielen zu Boden und bildeten ein unordentliches Durcheinander, das einfach keinen Sinn ergab.

Wie passend.

Er nahm sich seinen Gehstock und humpelte damit zur Küche. Aus einem der Hängeschränke holte er ein Glas und öffnete das Gefrierfach vom Kühlschrank, aus dem er eine Flasche Grey Goose zog.

Es wurde Zeit, dass er mit dem Betrinken für heute Ernst machte. Er ertrug dieses Chaos in seinem Kopf nicht eine Sekunde länger. Seine Hand glitt zu seinem Oberschenkel. Vielleicht sollte er gleich noch eine Schmerztablette hinterherschmeißen, wenn er schon dabei war.

Ungeduldig schraubte er den Verschluss auf und kippte den Wodka in das Glas, das er in einem Zug leerte. Das vertraute Brennen in seiner Kehle beruhigte ihn. Er schnappte sich das Glas, klemmte sich die Flasche unter dem Arm und humpelte damit zum Sofa, auf das er sich mit einem Ächzen fallen ließ.

Er sah an den hohen Säulen vorbei zu den großen Fenstern, hinter denen die Schneeflocken tanzend zu Boden fielen. Das war das Gute an einem Loft. Keine Wände. Er war in seinem Körper schon eingesperrt genug.

Er goss sich zwei Fingerbreit von dem Wodka nach und stellte die Flasche auf den Boden. Er machte sich nicht die Mühe, die Flasche wieder zuzuschrauben. Damit würde er nur sich selbst verarschen.

Und das hatte er seit Haileys Unfall wirklich schon mehr als genug getan.

Er zog sein Smartphone aus der Hosentasche und sah auf das Display. Keine Nachricht von Vicky. Wie wohl der erste Abend mit Hailey verlaufen war?

Butch runzelte die Stirn und starrte sein eigenes Spiegelbild im dunklen Display an. Was zum Teufel bitte war eigentlich los mit ihm?

Butch warf das Handy achtlos neben sich auf das große Sofa. Er trank noch einen Schluck Wodka und ließ seinen Kopf gegen die Rückenlehne sinken.

Seit eineinhalb Jahren lief in seinem Leben nichts mehr so wie es sollte. Und diese Sache mit Hailey war da keine Ausnahme.

Es war schon eigenartig, wie sein Leben aus den Fugen geraten war. Und wie es auch jetzt wieder aus den Fugen sprang.

Und wieder war Vicky an all dem beteiligt.

Diese Frau brachte ihm wirklich nichts als Unglück. Vielleicht sollte er einfach …

Lautstark ertönte Butchs Klingelton. Er öffnete sein noch intaktes Auge und spähte auf das Display. Wer verdammt nochmal rief ihn bitte um diese Uhrzeit noch an?

178

»Spricht man vom Teufel«, murmelte er leise, als er Vickys Namen in leuchtenden Buchstaben auf seinem Display las. Was wollte sie denn jetzt schon wieder? Stimmte etwas mit Hailey nicht?

Butch nahm den Anruf an. Doch bevor er auch nur einen Ton sagen konnte, hörte er schon Haileys bitteres Schluchzen am anderen Ende. Sofort setzte er sich auf. »Was ist passiert?«

Eine Autotür wurde zugeschlagen. Dann endlich erklang Vickys Stimme. »Wo wohnst du?«

»Was?«

»Wo du wohnst, verdammt nochmal!« Sie klang abgekämpft und eindeutig wütend. »Bist du schwerhörig oder einfach nur schwer von Begriff?«

Was zum Teufel …?

Butch ratterte, ohne nachzudenken, seine Adresse herunter. »Wieso willst du das wissen?«

Vicky wiederholte die Adresse leise. Das Geräusch eines anspringenden Motors erklang.

»Hailey hatte eine Panikattacke. Wir kommen jetzt zu dir.«

Butch brauchte einen Moment, um Vickys Worte zu verarbeiten. »Was?« Er schüttelte heftig den Kopf. »Nein. Auf gar keinen Fall!«

»Butch.« Vickys Tonfall war beinahe flehend. »Du lässt mich damit jetzt nicht schon wieder allein.« Ihre Stimme brach, und Butchs Kehle fühlte sich plötzlich viel zu eng an. »Ich habe die letzten drei Nächte kaum geschlafen. Ich bin am Ende, verstehst du? Du bist der Einzige, der sie beruhigen kann, und ich muss einfach nur schlafen. Ich kann dich nicht mehrmals in der Nacht anrufen, damit du auftauchen und verschwinden kannst, wann es dir gerade passt.« Sie schniefte leise. »Bitte. Nur heute Nacht. Morgen sind wir weg. Versprochen.«

Butch wollte weder Vicky noch Hailey in seiner Wohnung haben. Er hatte nicht umsonst seine Adresse noch nie an irgendjemanden weitergegeben. Es war der einzige Rückzugsort, der ihm geblieben war. Er war …

»Butch. Bitte.«

Er schloss die Augen, als er Vickys kraftlose Stimme hörte. Was war es nur mit dieser Frau, dass sie sein Leben immer vollkommen auf links zog? Hatte sie eigentlich eine Ahnung, was sie da anrichtete? Und was war nur falsch mit ihm, dass er es immer wieder zuließ?

»Sag dem Taxifahrer, er soll dir Bescheid sagen, kurz bevor ihr ankommt. Dann rufst du mich an. Ich hole euch unten ab.« Er hörte, wie Vicky erleichtert ausatmete. »Und, Vic?«

»Ja?«

»Ich kann es nicht leiden, wenn man mir derart die Pistole auf die Brust setzt.«

23

»Hey! Sie können nicht einfach … Sie haben keinen Termin!«

Rebecca Lightwood ignorierte die Dame am Empfang des Jugendamtes, die von ihrem Platz am Empfangstisch aufgesprungen war. Mit langen Schritten ging sie an ihr vorbei in den trostlosen Flur, der zu den Büros der Sozialarbeiter führte. Das Weiß der Wände war schmutzig, die Fenster so klein, dass sie kaum Licht spendeten. Und es war eiskalt.

Rebecca warf einen schnellen Blick auf die Daten, die sie sich notiert hatte.

Susan Ashworth. 33 Jahre alt. Büro Nummer 114.

Langsam ging sie den Gang entlang, während sie die schwarzen Zahlen auf den Schildern neben den Holztüren las. Das Gebäude der Staatsanwaltschaft war vollkommen anders als das hier. Moderner, heller, weniger deprimierend. Dabei wurden beide Einrichtungen von der Stadt New York finanziert.

Als sie vor Büro Nummer 114 ankam, machte sie sich nicht einmal die Mühe, zu klopfen. Sie war nicht für einen Höflichkeitsbesuch hergekommen. Und es war besser, wenn sie das von Anfang an klarstellte.

Rebecca stieß die Tür mit einem Ruck auf und trat in das Büro ein. Es war winzig, kaum größer als die Abstellkammer in Rebeccas Haus. Dadurch wirkte es noch bedrückender und deprimierender als der Flur.

Hinter einem schäbigen Schreibtisch saß Susan Ashworth und starrte sie wortlos an. Ihre Finger waren mitten in der Bewegung über der grau verfärbten Tastatur ihres veralteten

Computers erstarrt. Das Telefon hatte sie zwischen Schulter und Ohr eingeklemmt. Die Stimme daraus klang blechern und mechanisch, was wohl dem Alter des Telefons geschuldet war. Obwohl es mitten am Tag war, brannte die Schreibtischlampe, weil das kleine Fenster hinter dem Schreibtisch nicht annähernd genug Licht zum Arbeiten bot. Susan Ashford hatte ihren Mantel nicht ausgezogen, der Garderobenständer neben der Tür war leer. Selbst in diesem kleinen Raum zog es wie Hechtsuppe. Der Teppichboden war mindestens zwanzig Jahre alt und gräulich verfärbt. Über die Flecken darauf wollte Rebecca lieber nicht zu sehr nachdenken.

Aber sie war nicht hier, um Mitleid für diese Frau zu heucheln. Ganz im Gegenteil.

Rebecca schloss die Tür mit einem leisen Klicken und setzte sich auf den einfachen Holzstuhl gegenüber von Ashfords Schreibtisch. Sie schlug die Beine übereinander und deutete auf das Telefon.

»Ich an Ihrer Stelle würde jetzt auflegen.« Rebecca ließ ihre Stimme ruhig und gelassen klingen. »Wir beide müssen uns dringend unterhalten.«

Ashford blinzelte, bewegte sich aber keinen Millimeter. Sie starrte Rebecca einfach noch immer an. Die Stimme aus dem Telefon plärrte weiter vor sich hin und hallte in der gespenstischen Stille des Büros nach.

»Mich warten zu lassen ist keine gute Idee, Mrs Ashworth.« Rebecca lehnte sich etwas vor. »Besonders nicht in Ihrer Lage.«

Das schien Ashford aus ihrer Schockstarre zu lösen. Ohne sich von ihrem Gesprächspartner zu verabschieden, nahm sie den Hörer vom Ohr und legte auf. Ohne ein Wort zu sagen, wandte sie sich vollständig Rebecca zu.

Ihre Aufmerksamkeit hatte sie also schon einmal. »Wissen Sie, wer ich bin, Mrs Ashworth?«

Ashford nickte schnell. Ihre schwarzen Locken flogen um ihren Kopf. »Ja, Mrs Lightwood.« Sie schluckte leise. »Ich weiß genau, wer Sie sind.«

»Das ist sehr gut. Das erleichtert diese ganze Situation erheblich.« Rebecca zog aus ihrer Tasche eine Akte in einem schlichten braunen Umschlag hervor. »Können Sie sich vorstellen, warum ich hier bin?« Sie überflog die Daten, die sie eigentlich nicht besitzen dürfte und die sie auf dem Schwarzmarkt ein halbes Vermögen gekostet hatten.

»Nein, Ma'am.«

Fast wäre Rebecca bei Ashfords Worten zusammengezuckt. Mit *Ma'am* war sie schon lange nicht mehr angesprochen worden. Nicht, seitdem sie ihres Amtes enthoben worden war.

»Sie wissen aber, dass ich für die Staatsanwaltschaft arbeite?« Es war ja vollkommen irrelevant, dass sie nicht aus einem offiziellen Grund hier war oder ihr Boss von diesem kleinen Besuch auf keinen Fall Wind bekommen durfte.

Ashford wurde blass. Ihr Blick glitt unruhig an Rebecca vorbei, während sie ihre Hände knetete. »Ja, Ma'am.«

Rebecca lächelte. »Dann wissen Sie auch genau, warum ich hier bin, Mrs Ashworth.« Sie sah in die Akte und seufzte leise, um Susan das Gefühl zu geben, sich in einer vollkommen ausweglosen Situation zu befinden. »Sich dumm zu stellen wird Ihnen jetzt auch nicht mehr weiterhelfen.«

Ein Schweißfilm bildete sich auf Ashfords Stirn. Dabei war es wirklich eiskalt in diesem Büro. Rebecca hatte sie am Haken. Jetzt musste sie nur noch weiter Druck ausüben. Dieses Prickeln breitete sich in ihrem ganzen Körper aus, das sie früher bei Vernehmungen immer dann bekommen hatte, wenn der Zeuge zusammenbrach und endlich die Wahrheit sagte. Gott, für Rebecca war es das beste Gefühl der Welt. Sie hatte viel zu lange darauf verzichten müssen.

»Ich weiß wirklich nicht, wovon Sie sprechen.« Ashford sah auf ihre Hände, die sie auf dem Schreibtisch gefaltet hatte. Ihr Blick huschte zur Tür, zum Bücherregal, dem Kalender an der Wand. Sie sah überall hin. Nur nicht in Rebeccas Augen.

Diese Frau war wirklich eine verdammt miserable Lügnerin.

»Haben Sie wirklich geglaubt, wir bemerken die großzügigen Extrasummen auf Ihrem Konto nicht?« Rebecca blätterte durch die Kontoübersichten. »Allein im letzten Jahr hatten Sie einen Zusatzverdienst von circa zwanzigtausend Dollar. Sie haben es clever versteckt. Haben es immer in kleinen Raten eingezahlt, aber es fällt dennoch auf Dauer auf.«

»Ich kriege Unterstützung von meinen Eltern.« Ashford sah auf ihre Hände hinab. Ob ihr wohl bewusst war, dass sie begonnen hatte, an ihren Knöcheln zu kratzen? »Sie schicken jeden Monat Geld.«

»Und warum überweisen Sie es dann nicht direkt auf Ihr Konto? Das ist doch viel einfacher und sicherer, als einen Umschlag mit Geld per Post aus Oregon quer durchs Land nach New York City zu schicken.«

Ashfords Gesicht hatte die gleiche gräulich weiße Farbe wie die Wände ihres Büros angenommen. »Meine Eltern trauen Banken nicht.«

Diese Frau war eine furchtbare Lügnerin. Es war wirklich ein Wunder, dass ihre illegalen Aktivitäten so lange verborgen geblieben waren. »Mrs Ashworth – Ihr Vater ist Banker.«

Schnell schüttelte Ashford den Kopf. »Ich kann das alles erklären. Ich …«

»Sie müssen überhaupt nichts erklären, Mrs Ashworth. Der Fall ist ganz klar.« Rebecca zuckte mit den Schultern. »Sie nehmen Bestechungsgeld an und lösen die Fälle der Kinder, die Ihnen zugeteilt werden, dann zugunsten Ihrer zahlenden Kundschaft.« Sie schüttelte den Kopf. »Das ist nicht gerade ein Kavaliersdelikt. Besonders als Staatsdienerin.«

Ashford schossen die Tränen in die Augen. Offenbar war ihr endlich klar geworden, dass ihre Lügen sie nirgendwo hinführten. »Bitte Ma'am. Ich habe eine Familie, die ich durchbringen muss.«

Rebecca hätte beinahe die Augen verdreht. Diese fadenscheinige Ausrede hörte sie nicht zum ersten Mal. Und es würde auch nicht das letzte Mal sein. Da war sie sich ganz sicher. »Das hätten Sie sich überlegen sollen, bevor Sie das Gesetz gebrochen haben.« Sie sah auf ihre Akte hinab und spielte mit ihrem Kugelschreiber. Dann seufzte sie leise. »Aber ich verstehe, was es heißt, alles zu verlieren.«

Ashford hob den Kopf. Ihre Wangen waren tränennass und in ihren großen Augen machte sich mit einem hellen Funkeln trügerisch die Hoffnung breit. Gott, diese Frau war so leicht zu manipulieren. Das war schon beinahe zu einfach.

»Ich wusste, dass Sie es verstehen würden.« Ashford legte sich eine Hand auf die Brust. Direkt über das Herz. So als würde sie wirklich eins besitzen. »Ich tue nur, was ich tun muss. So wie Sie das getan haben.«

Rebecca wandte den Blick ab, aus Angst, ihre Wut nicht verbergen zu können.

Gott, wenn sie erst einmal wieder Bezirksstaatsanwältin war, würde sie gründlich im Jugendamt aufräumen. Aber das dauerte noch eine Weile. Doch dieser Fall war der erste Schritt in die richtige Richtung.

»Ja, das verstehe ich vollkommen.« Rebecca bemühte sich zu lächeln. »Und ich bin bereit, die Korruptionsanklage fallenzulassen. Wenn Sie mir im Gegenzug dafür helfen.«

Ashford wischte sich die Tränen von den Wangen. »Natürlich. Ich helfe, wo ich kann.

Aber sicher tust du das.

»Erzählen Sie mir alles über das namenlose Mädchen, das Sie gestern angeblich an ein Familienmitglied übergeben haben.« Rebecca überschlug die Beine und zückte einen Kugelschreiber. »Wer hat das Kind wirklich, und was hat er Ihnen dafür gezahlt?«

Ashford sah sie einen Moment lang an. Dann begann sie zu reden. Und das, was sie ihr offenbarte, war mehr wert als die lausigen dreißigtausend Dollar, die Susan Ashford von Butch Cohen bekommen hatte, damit das namenlose Mädchen bei Victoria Stafford bleiben konnte.

24

Vicky schlug träge die Augen auf und seufzte leise, ehe sie sich streckte. Gott, das war der beste und tiefste Schlaf gewesen, den sie seit Wochen gehabt hatte. Sie rieb sich die Augen und bemerkte die dunkelgraue Bettwäsche, in die sie sich eingerollt hatte. Sie hatte keine dunkelgraue Bettwäsche. Sie hatte nur gelb, grün und violett. Aber definitiv kein Grau. Das war ihr zu dunkel. Und entschieden zu langweilig.

Vicky setzte sich auf und sah zur Seite. Neben ihr im Bett lag Hailey. Sie hatte sich regelrecht in der Decke vergraben. Nur ihr Kopf guckte noch heraus. Ihre Augen waren geschlossen und sie sah so friedlich aus, dass Vicky unweigerlich lächeln musste.

Genau so sollte ein Kind in ihrem Alter aussehen.

Unschuldig. Unbedarft. Friedlich.

Nicht vom Horror gekennzeichnet, mit hektischem Blick und zitternden Fingern.

Vicky wandte sich von Hailey ab. Die fremde Wohnung hatte unverputztes rostrotes Mauerwerk, im Innenraum gab es kaum Wände. Eine hohe Konstruktion aus Milchglas zu ihrer Rechten gewährte ihrem Bett ein wenig Privatsphäre, die Außenwand des Apartments lag links von ihr. Das schlichte schwarze Kopfteil des Betts stand ebenfalls an einer Wand. Der Boden hatte eine eigenwillig graue Färbung und sah ein wenig aus wie die Böden, die man aus alten Industriehallen kannte.

Allmählich dämmerte es Vicky. Sie war bei Butch. Sie war gestern Nacht unangemeldet mit Hailey bei ihm aufgekreuzt, nachdem Hailey eine Panikattacke gehabt hatte. Er hatte sie unten an der Tür abgeholt, hatte ihr die weinende Hailey aus den Armen genommen und war schweigend in den alten, klapprigen Lastenaufzug gestiegen. Er hatte kein Wort mit ihr gewechselt. Er hatte seine Wohnungstür aufgeschlossen und sie zum Schlafzimmer geführt. Dabei hatte er leise auf Hailey eingeredet, sie auf dem Bett abgelegt und sie zugedeckt. Vicky erinnerte sich noch, wie sie neben Hailey auf die Matratze gefallen war. Sie musste sofort eingeschlafen sein. Kein Wunder nach drei Nächten, in denen sie kaum ein Auge zugetan hatte.

Oh Mann, hatte sie überhaupt ihre Schuhe ausgezogen, bevor sie in Butchs Bett gekrochen war? Oder hatte sie ihm schön den dreckigen New Yorker Schneematsch mit unter die Decke geschleppt? Wenn ja, würde sie sich einfach auf einen Zustand geistiger Umnachtung herausreden.

Sie fand ihre Stiefel fein säuberlich neben einem Metallgestell mit zwei Kleiderstangen, auf denen Butchs Kleidung hing. Ganz bestimmt war sie gestern nicht mehr in der Lage gewesen, ihre Stiefel derart ordentlich hinzustellen.

Vicky ließ den Kopf in die Hände fallen. Butch musste ihr gestern die Stiefel ausgezogen haben. Hervorragend. Als wäre er nicht schon wütend genug darüber gewesen, dass sie überhaupt hier aufgekreuzt war. Vermutlich würde er jetzt erst recht kein Wort mehr mit ihr wechseln.

Aber was wäre dann eigentlich anders als sonst? Er war ein wortkarger, mürrischer Mistkerl. Auf die paar Worte, die er mit ihr wechselte, konnte sie auch verzichten. Und da er ohnehin schon stinksauer war, weil sie überhaupt hier aufgetaucht war, konnte sie diese Gelegenheit auch nutzen, um sich ein wenig umzusehen. Vielleicht fand sie dann endlich etwas mehr über Butch heraus.

Vicky schwang die Beine aus dem großen, zweieinhalb Meter breiten Bett und seufzte leise. Sie hatte erwartet, dass der Boden eiskalt wäre. Doch er war angenehm warm. Vermutlich hatte Butch Fußbodenheizung. Auf leisen Sohlen ging sie zu der Metallkonstruktion, die Butch als Kleiderschrank diente.

Sie erkannte seine Lederjacke ebenso wie das dunkelrote Hemd, das er im Sommer vor anderthalb Jahren häufig über einem schlichten schwarzen T-Shirt getragen hatte. Seine schwarzen Timberland-Stiefel standen neben einem teuer aussehenden Paar Anzugschuhen. Den hölzernen Baseballschläger, der hinter dem Metallgestell an der Wand aus Milchglasscheiben lehnte, kannte sie allerdings nicht. Es wirkte so, als hätte Butch ihn verstecken wollen.

Das Holz des Schlägers sah ziemlich mitgenommen aus, es splitterte sogar an manchen Stellen. Der Aufdruck war derartig verblasst, dass man ihn nicht mehr lesen konnte. Das Tape vom Griff war völlig abgeblättert. Der Schläger war absolut unbrauchbar. Das erkannt sogar Vicky. Und sie hatte wirklich keine Ahnung von Baseball. Vicky hatte nicht gewusst, dass Butch ein Baseballfan war. Vielleicht war der Schläger eine alte Erinnerung aus seinen Kindertagen. Oder vielleicht hatte er sogar einmal selbst gespielt. Hatte sie ihn eigentlich schon jemals gefragt, wie seine Kindheit gewesen war? Sie wusste es nicht einmal mehr.

Aber was genau wusste sie schon über Butch Cohen? Eigentlich gar nichts.

Vicky stand langsam auf und spähte durch das Milchglas in den dahinterliegenden Raum. Doch sie konnte Butch nirgends entdecken. Und es war jetzt nicht gerade so, als könnte man einen Mann von über einen Meter neunzig so leicht übersehen.

Wo zum Teufel war er?

Eins musste Vicky Butch lassen: Für seine Größe war er verdammt gut darin, sich in Luft aufzulösen.

Sie warf einen letzten Blick zu Hailey, doch die schlief noch immer friedlich, und Vicky wollte sie auf keinen Fall wecken. Also schlich sie in Richtung des schwarzen Regals, das als eine Art Raumtrenner diente.

Auf der anderen Seite der Milchglaswand öffnete sich ein großer Raum mit hohen Decken und drei nackten, kupferfarbenen Pfeilern. Sie stützten das ganze Konstrukt in der Mitte des riesigen Raumes, und Vicky ging fasziniert darauf zu. Als sie einen der Pfosten berührte, fühlte das Metall sich kalt unter ihren Fingern an, doch die kupferne Färbung war so eigenwillig, dass sie nicht zurückschreckte. Wäre der Raum nicht so groß gewesen, hätten die drei großen Pfeiler, die im Abstand von circa fünf Metern standen, gewiss einschüchternd gewirkt. So wirkten sie wie eine wunderschöne Inszenierung aus glänzendem Kupfer inmitten von Butchs Landschaft aus Grau und Schwarz.

Vicky ging um den Raumtrenner herum und blieb überrascht stehen. Vor ihr erstreckte sich eine große Fensterfront, die die gesamte Seitenwand bis hin zu Butchs offener schwarzer Küche einnahm. Die Fenster waren klein und quadratisch und durch schwarze Streben voneinander abgetrennt. Vicky konnte sehen, dass es schneite. Die Flocken tanzten vor den Scheiben und lenkten von der grauen Hausfront ab, die sich nur wenige Meter gegenüber den großen Fenstern befand.

Der Raum war hell, dennoch hingen mehrere große Industrielampen von der Decke. Die in der Küche brannte noch. Das Licht war warm. Auf dem Frühstückstresen stand ein Aschenbecher mit einem Zigarettenstummel. Die Glut war frisch. Butch konnte also noch nicht lange fort sein.

Die moderne schwarze Hochglanzküche wollte nicht so recht in das eher rohe Design des Lofts passen. Vicky ging zu dem Bereich, den Butch offenbar für seine Arbeit nutzte. Der

Raumtrenner war ein offenes Regal, in dem sich ein paar Ordner und Bücher reihten, der aber sonst leer war. Keine Bilderrahmen, keine Deko, absolut gar nichts. Der Schreibtisch war ein einziges Durcheinander. Er war aus einem Holz mit einer schwarzroten Färbung getischlert. Die Tischplatte war unter einem wilden Chaos aus Zetteln begraben, das für Vicky keinerlei Sinn ergab. Sie trat näher und schob behutsam ein paar der vollgekritzelten Blätter beiseite. Die Schrift darauf war schwer leserlich und eher ungelenk. Ganz, als wäre sie von einer sehr ungeduldigen, ungeübten Hand geschrieben worden.

Was war denn das? Vicky schob ein paar der Zettel weg und fand eine Karte von New York City. Die Gebiete waren mit unterschiedlichen Textmarkerfarben umrandet. Jemand hatte seltsame Kürzel hastig in die Umrandungen geschrieben. CO. D. RM. Vicky fuhr mit den Fingern über die mit kleinen runden Aufklebern markierten Stellen. Einige waren weiß. Andere rot. Nur zwei waren gelb.

Vicky lehnte sich etwas weiter über die Karte. Der eine gelbe Punkt lag ein paar Blocks von Butchs Wohnung entfernt. Vielleicht acht oder neun. Der andere … Vicky kniff die Augen leicht zusammen. »Ist das mein Krankenhaus?«

In diesem Moment schlug eine Tür zu, Vicky schreckte hoch. Da hörte sie unverkennbar Butchs Gang.

Klick. Schritt. Schritt.

Klick. Schritt. Schritt.

Sie hatte sich so sehr an seine Gangart gewöhnt, dass sie ihn immer sofort erkannte. Doch als sie ihn mit einem Lächeln begrüßen wollte, blieb ihr das Hallo im Halse stecken.

Sie wusste nicht viel über Butch. Aber sie kannte seinen Gesichtsausdruck, wenn er wütend war, verdammt gut. Der verhärtete Zug um seinen Mund sprach Bände.

Butch stellte eine braune Papiertüte auf dem Küchentresen ab, ehe er sich den Schal vom Hals zog und achtlos auf einen der Bar-

hocker warf. »Es reicht wohl nicht, dass du einfach unangekündigt in meiner Wohnung aufkreuzt.« Fahrig knöpfte er
mit einer Hand seinen Mantel auf. »Jetzt musst du auch
noch herumschnüffeln.« Er lehnte seinen Gehstock an den
Tresen und zog den Mantel aus. »Und, hast du wenigstens
was Interessantes gefunden?« Er nahm seinen Gehstock
wieder, stützte sich schwer darauf und kam mit langen
Schritten auf sie zu. Sein Humpeln war heute deutlich
schlimmer als sonst. Er baute sich vor ihr auf und starrte
wütend auf sie herab.

So ein Arschloch. Wollte er sie allen Ernstes schon am
frühen Morgen dumm von der Seite her anmachen, weil er
mit dem falschen Fuß aufgestanden war? Sie reckte aufmüpfig das Kinn und blickte ihm direkt in die Augen. Mittlerweile hatte sie sich so sehr an sein blindes Auge gewöhnt,
dass ihr die milchige Verfärbung kaum noch auffiel.

»Ja, ich hab was Interessantes gefunden. Dein Herz.« Sie
zuckte mit den Schultern. »Liegt verkümmert in irgendeiner
Ecke. Ich hab's mal da liegen lassen. Hab mir gedacht, das
brauchst du bestimmt nicht.«

Von draußen konnte sie lautstark einen Hund bellen hören, ehe eine Autohupe erklang. Dann sah Vicky, wie Butchs Mundwinkel ein wenig zuckten. Es war nur für den
Bruchteil einer Sekunde, aber sie hatte es gesehen. Und
dieser kümmerliche Ansatz eines Lächelns war genug für
sie.

Vicky ließ die Arme sinken und strich sich durch das zweifellos völlig zerzauste Haar. »Ich wollte nicht herumschnüffeln. Ich habe mich nur etwas umgesehen. Mehr nicht. Das
schwör ich dir.« Sie lächelte. »Außerdem ist es nur fair. Immerhin hast du vor einigen Monaten eine ganze Menge Zeit
in meiner Wohnung zugebracht.«

Butch sah ein paarmal zwischen ihr und dem Schreibtisch hin und her. Dann nickte er in Richtung Küche. »Ich hab etwas zu essen für Hailey und dich gekauft. Ihr könnt noch hier frühstücken. Dann verschwindet ihr.«

Die Papiertüte stand noch immer auf dem Tresen. Butch wandte sich von Vicky ab und humpelte zu einem riesigen grauen Sofa, das eine große Fläche in dem weitläufigen Raum einnahm. Es stand mit seinem Rückenteil ein paar Meter von der Milchglasscheibe entfernt, hinter der Hailey schlief.

Vicky ging zu der Papiertüte und spähte hinein. Sie musste wirklich lachen. Glasierte Doughnuts? Damit brauchte sie sich um Haileys Kalorienzufuhr heute keine Gedanken machen.

Sie nahm sich einen Doughnut mit einer dunklen Schokoladenglasur und sah sich in der Hochglanzküche um. Sie musste im Himmel sein. Butch hatte einen Kaffeevollautomaten.

»Wo hast du deine Tassen?« Sie blickte über die Schulter. Butch starrte gedankenversunken auf seinen rechten Oberschenkel. Sein rechtes Bein hatte er hochgelegt, und der Schneematsch von seinen braunen Timberlands tropfte auf das Sofa.

Vicky steckte sich den Doughnut zwischen die Zähne und ging zum großen Sofa, wo sie kurzerhand begann, Butchs Schuh aufzuschnüren.

Er schlug sofort ihre Hand weg. »Ich kann das allein, verdammt nochmal.« Seine Stimme klang drohend. »Ich mag ein Krüppel sein, aber meine Schuhe kriege ich noch allein an und aus.«

Vicky nahm die Hände weg und biss von ihrem Doughnut ab. »Du bist doch kein Krüppel.« Ihre Stimme war durch den Bissen in ihrem Mund etwas gedämpft. Schnell kaute und schluckte sie. »Außerdem weiß ich, dass du das selbst kannst. Ich wollte nur hilfsbereit sein, weil du wie ein Zombie blicklos ins Leere gestarrt hast und dabei bist, dein teures Sofa zu ruinieren.« Sie deutet auf den Fleck, der sich auf dem Stoff gebildet hatte, und setzte sich neben Butch.

Er grummelte irgendetwas vor sich hin, was sie nicht verstand, doch er lehnte sich vor, öffnete seine Schuhe und zog sie aus.

»Sind deine Schmerze wieder schlimmer?« Vicky deutete auf seinen Oberschenkel. »Ich habe dich noch nie so arg humpeln gesehen wie heute.«

Butch warf ihr einen warnenden Blick zu. »Frühstücke. Weck das Kind. Und dann verschwinde. Keine unnötigen Fragen. Keine unnötigen Gespräche.« Er ließ seinen Kopf auf die Rückenlehne sinken und schloss die Augen.

»Es gibt aber ein Gespräch, das wir führen müssen. Und das dringend.« Vicky blickte über die Schulter zur Wand aus Milchglas.

Butch öffnete die Augen und schaute von ihr zur Trennwand, ehe er eine Augenbraue hochzog. »Und das wäre?«

Sie holte tief Luft und wappnete sich innerlich gegen die unweigerliche Reaktion, die auf ihre Worte folgen würde. Also, Augen zu und durch. »Ich halte es für besser, wenn Hailey hier bei dir bleibt.«

Butch erstarrte für einen Moment. Dann schüttelte er entschieden den Kopf. »Kommt gar nicht in Frage.«

Ja, eine andere Antwort hatte Vicky nicht wirklich erwartet. »Butch, ihre Panikattacken werden erst einmal nicht aufhören und …«

»Woher willst du das wissen? Sie muss sich nur etwas eingewöhnen.«

»So einfach ist das leider nicht.«

»Natürlich ist es das.« Butch rieb sich die Schläfen, als würde dieses Gespräch ihn all seine Nerven kosten. »Gib ihr einfach etwas Zeit, und dann …«

Vicky hatte genug von diesem Unsinn. »Butch, glaub mir, so schnell geht das nicht, nach all dem, was das Kind durchgemacht hat.« Sie legte ihre ganze Überzeugungskraft in ihre Stimme. »Es kann Monate oder Jahre dauern, bis sie wieder durchschlafen wird.«

»Schwachsinn.« Butch kniff die Augen zusammen, als wäre Vicky hier der Feind. Und vermutlich war sie das für ihn gerade auch. »Außerdem, woher willst du das wissen? Es kann durchaus sein, dass …«

»Weil ich selbst Albträume hatte, Butch. Sie haben erst vor wenigen Monaten aufgehört.«

Es war nichts weiter zu hören als das leise Rascheln der Bettdecke. Vermutlich bewegte Hailey sich im Schlaf ein wenig. Vicky hatte das Gefühl, die kupferfarbenen Säulen kämen immer näher und verdrängten alle Luft aus dem Raum, während leise tickend die Zeit verstrich.

»Nach allem, was passiert ist, war ich für eine Weile in psychologischer Behandlung.« Sie fuhr sich mit einer Hand durchs Haar. Zum Teufel, am liebsten würde sie einfach das Thema wechseln. »Ich kann nicht jede Nacht mit ihr mit dem Taxi herfahren, Butch. Das geht einfach nicht.«

Endlich löste sich Butch aus seiner Starre. Doch er schüttelte wieder den Kopf. »Und ich kann mich nicht um sie kümmern.«

Sofort hob Vicky die Hände. »Das musst du auch nicht. Das mache ich.« Sie roch ihre Chance. Butch würde schon noch einknicken. »Ich mache ihr Frühstück und kümmere mich den ganzen Tag um sie. Zum Teufel, ich bringe sie sogar ins Bett, solange du sie hier schlafen lässt.«

Haileys leises und regelmäßiges Atmen war alles, was zu hören war. Butch ließ den Kopf in den Nacken sinken und starrte an die Decke, so als würde er das Für und Wider abwägen.

Jetzt hatte sie ihn. »Ich halte das für das Beste für uns alle.«

»Und wann hast du dir diesen schlauen Plan überlegt?« Butch sah sie direkt an. Sein Kopf war leicht zur Seite geneigt. Seine Augen glitten über ihr Gesicht. Scannten sie. Der Ausdruck darin war hart und verschlossen. Es drehte ihr beinahe den Magen um. »Bevor oder nachdem du mich gestern Nacht derart überfallen hast?«

»Mir ist die Idee gerade eben erst gekommen, als ich sie in deinem Bett habe schlafen sehen. Sie wird sich schneller erholen, wenn sie sich sicher fühlt. Und irgendwie funktioniert das nur, wenn du in der Nähe bist.«

»Das ist eine beschissene Idee, Vic.«

Vicky rückte etwas näher an Butch heran. »Es ist die einzige sinnvolle Option, die wir haben. Du wirst gar nicht merken, dass sie hier ist. Versprochen.«

Butch lachte freudlos. »Du hast mir auch versprochen, dass ihr beide direkt wieder verschwindet.«

Vicky presste die Lippen aufeinander. Was hätte sie auch sagen sollen? Butch hatte leider vollkommen recht.

Wieder hatte Vicky das Gefühl, die riesigen Pfeiler würden näher kommen. Wieder sogen sie alle Luft aus dem Raum, während sie auf Butchs Antwort wartete. Sie konnte hören, wie jemand in der Wohnung unter ihnen die Musik einschaltete. Ein bekanntes Stück, das derzeit im Radio rauf und runter lief. Sie hätte problemlos jede Zeile mitsingen können. Als die Stimme des Sängers verklang und der Sender zu einem Rock-Klassiker wechselte, stieß Butch einen so tiefen, resignierten Seufzer aus, dass man hätte meinen können, er habe gerade seine Seele an den Teufel höchstpersönlich verkauft.

»In Ordnung. Aber ich schwöre dir, seid ihr beide mir im Weg, dann habe ich kein Problem damit, euch wieder vor die Tür zu setzen.«

196

Er erhob sich, nahm seinen Gehstock und humpelte zu einer unauffälligen Tür neben der Küche. Dahinter lag vermutlich das Badezimmer. Butch wandte sich an der Tür noch einmal zu ihr um. »Und lüg mich nie mehr so dreist an. Sonst hast du ganz andere Probleme, als ein Kind mitten in der Nacht von Midtown nach Hell's Kitchen zu bringen.«

25

Vicky fluchte leise vor sich hin, während sie die schweren Tüten auf ihrem Arm balancierte. Heute war wirklich nicht ihr Tag. So gar nicht. Dabei war es noch nicht einmal ein Uhr.

Vor dem Einkauf hatte sie Butch eröffnet, dass sie noch Kleidung und die Krücken für Hailey besorgen müsste, und dass sie sie dabei nicht mitnehmen könnte. Daraufhin war er derart ausgeflippt, dass sie beide sich laut gestritten und dabei Hailey geweckt hatten, die erst mal eine halbe Stunde nicht zu beruhigen gewesen war.

Zum Schluss hatte Hailey neben Butch auf dem Sofa gesessen und fröhlich einen Doughnut nach dem nächsten verputzt, während Butch sie nur wütend angestarrt hatte. Vicky war einfach gegangen.

In einem Kleidungsgeschäft hatte sie Sachen für Hailey eingekauft und dabei von der Verkäuferin ungefragt schlaue Tipps zum Thema Erziehung junger Mädchen bekommen. Und das, obwohl die Verkäuferin selbst nur Jungs hatte.

Vicky hatte ein halbes Vermögen in dem Laden ausgegeben und war weitergezogen, um in einem Spielwarengeschäft noch ein paar Kuscheltiere und Spielsachen für Hailey zu kaufen. Das war der größte Fehler dieses Tages gewesen.

Zum Teufel, wenn sie gewusst hätte, dass nach Weihnachten ein solches Chaos in einem Spielwarengeschäft herrscht, hätte sie keinen Fuß hineingesetzt. Sie musste sich an einer Horde aus Müttern vorbeikämpfen, die alle versuchten, bei den heruntergesetzten Sachen noch etwas Besonderes für ihren Nach-

wuchs zu ergattern. An der Kasse wartete Vicky noch eine halbe
Ewigkeit, weil gefühlt jeder Zweite in der langen Schlange etwas
von Weihnachten zurückgeben wollte.

Und als sie dann endlich aus der Spielwarenhölle herauskam,
mit einer Tüte voller Sachen für Hailey, fiel ihr ein, dass sie das
Rezept für die Krücken auf ihrem Küchentresen vergessen hatte
und sie es noch holen musste, damit Hailey zumindest ein bisschen Eigenständigkeit zurückbekam.

Und nun stand Vicky hier, voll beladen mit mindestens zehn
Einkaufstüten, weil der Taxifahrer lieber hatte Mittagspause machen wollen, anstatt die paar Minuten gegen Bezahlung auf sie
zu warten. Vorsichtig stieg sie die Treppen zu ihrem Apartment
hinauf. Zum Glück lag es nur im zweiten Stock. Sonst wäre dieser Tag wohl heute endgültig gelaufen.

Als sie endlich vor ihrer Wohnungstür stand, versuchte sie mit
einer Hand, ihren Schlüssel aus der Manteltasche zu fischen. Es
dauerte mindestens zwei Minuten, bis sie endlich das Ende des
langen Bandes zu fassen bekam. Mit einem Seufzer der Erleichterung steckte sie den Schlüssel ins Schloss. Endlich konnte sie
sich etwas ausruhen, solange sie auf das Taxi wartete, das sie sich
gleich rufen würde, sobald sie das Rezept und dazu noch Schokoladenkekse eingepackt hatte, die Hailey so gerne mochte.

Komisch. Ihre Wohnungstür klemmte ein wenig. Dabei war
sie doch neu. Tiny hatte sie einbauen lassen, als Vicky eingezogen war. Sie lehnte sich mit der Schulter dagegen und stieß sie
mit einem Ruck auf. Beinahe wäre sie mit all den Tüten in ihre
Wohnung hineingestolpert, doch sie konnte sich noch fangen.
Sie lehnte sich mit dem Rücken gegen die Tür, die mit einem
leisen Klicken wieder ins Schloss fiel. Vicky machte für einen
Moment die Augen zu.

Endlich etwas Ruhe und Frieden. Zumindest für die nächsten
zehn Minuten. Sie holte tief Luft. Aber irgendetwas war anders

als sonst. Sie roch noch immer den leichten Hauch von Lavendel, den sie so gut kannte. Aber da lag auch etwas anderes in der Luft. War das Spiritus? Der Geruch sollte doch längst verflogen sein. Es war immerhin schon ein paar Tage her, dass sie zuletzt gewischt hatte.

Vicky öffnete langsam die Augen – die Taschen glitten ihr aus den Händen. Haileys neue Kleidung verteilte sich auf dem Fußboden, und der pinkfarbene Plüschdrache mit den gelben Flügeln rollte heraus.

»Oh mein Gott.« Vicky schlug sich die Hand vor den Mund. Ihre ganze Wohnung war verwüstet. Aus allen Regalen waren sämtliche Schubladen herausgerissen worden, der Inhalt lag kreuz und quer verstreut in ihrer Wohnung. Die Polster ihres Sofas waren aufgeschnitten. Die Füllung lag überall und bildete einen eigenwilligen weißen Kontrast zum Chaos der Zerstörung, das der Einbrecher hinterlassen hatte. Die Bilderrahmen mit ihren Lieblingsfotos lagen überall herum. Die Glasscherben bildeten ein Puzzle, das sie nie wieder würde zusammensetzen können.

Vicky glitt an der Tür zu Boden und starrte in den Raum. Sie versuchte, an ihr Handy heranzukommen, doch ihre Hände zitterten so stark, dass es ihr prompt aus den Händen und über den Boden rutschte.

Schritte. Wie Kanonenschläge. Hinter ihr.

»Nein.« Vicky presste sich die Hände auf die Ohren. »Nicht jetzt. Bitte nicht jetzt. Bitte nicht.«

Ihre stolpernden Schritte. Ihr verzweifelter Schrei. Butch bewusstlos am Boden. Blut, das in den Teppich sickert.

Vicky zog die Beine an die Brust. Wiegte sich vor und zurück. Sie konnte nichts dagegen tun. Sie musste es über sich ergehen lassen. Auch wenn es sie im Inneren zerriss.

Sie summte leise. Presste die Augen fest zusammen, um nicht das Chaos vor sich sehen zu müssen. Die Hände hielt sie noch immer über ihre Ohren.

Sie wusste, dass sie die Erinnerungen nicht aussperren konnte. Sie waren in ihrem Kopf, und sie würden nie wieder verschwinden.

Ihre Hände, die verzweifelt nach den Möbeln greifen und sie umstoßen. Das kalte Messing des Türknaufs des Badezimmers unter ihren Fingern.

Vicky wimmerte. Wiegte ihren Oberkörper weiter vor und zurück. Versuchte zu atmen, auch wenn ihre Kehle und ihre Brust sich anfühlten wie zugeschnürt. Tief durchatmen. Ein und aus.

Seine Hände, wie sie nach ihrer Taille greifen. Wie er sie zurückzieht. Sein Atem auf ihrer Wange.

»Alles ist okay. Er ist nicht hier. Er ist nicht hier. Er ist tot. Tot.« Ihre Stimme klang brüchig in dem verwüsteten Flur.

Ihr letzter Versuch zu entkommen. Vergeblich. Der Geruch von Chloroform. Dann Schwärze.

Vicky nahm ihre zitternden Hände von ihren Ohren und öffnete langsam die Augen. Das Chaos war noch immer da. Ihr Leben lag noch immer in Trümmern. Und ihr Rückzugsort, ihre Festung war nicht annähernd so sicher, wie sie gedacht hatte.

Aber diesmal hatte sie dem Monster nicht selbst die Tür geöffnet.

Sie schaffte es, auf Knien und Händen in Richtung ihres Handys zu kriechen. Sie bemerkte kaum, wie sie sich an den Glasscherben die Fingerkuppen aufschnitt. Alles, woran sie denken konnte war, Hilfe zu holen.

Jemand, der sie aus diesem Albtraum rettete.

Sie brauchte zwei Anläufe, um ihr Handy zu entsperren. Dann endlich öffnete sie ihre Kontakte.

Zitternd hielt sie sich das Handy ans Ohr. Ihre Augen glitten über das Chaos. Haileys Plüschdrache lag inmitten der Scherben. Das Rezept, dass sie für Hailey hatte mitnehmen wollen, war irgendwie zwischen ihren Fotos gelandet. Sie wartete noch immer darauf, dass abgenommen wurde, als sie die Hand nach dem Drachen ausstreckte. Und dann endlich, das erlösende Klicken.

»Butch?« Sie hätte vor Erleichterung beinahe geschluchzt als sie sein übellauniges Brummen hörte. »Kannst du herkommen? Ich …« Ihre Stimme brach und Vicky holte zittrig Luft.

»Vic?« Butch klang so panisch wie sie sich fühlte. »Vic, ist alles okay? Du klingst …«

Sie schloss die Augen, als sie seine Stimme hörte. Butch. Er hatte sie schon einmal gerettet. Er würde es wieder tun.

»Du musst herkommen«, krächzte sie heiser. »Jemand ist in meine Wohnung eingebrochen.«

26

»Ich will verdammt nochmal wissen, wer das war!«

Der Mann im dunkelgrauen Anzug ballte die Hände zu Fäusten, sein ganzer Körper bebte. Auf seinem Schreibtisch lagen ausgebreitet die Fotos, die seine Leute von der Wohnung von Victoria Stafford gemacht hatten. Die Wohnung war vollkommen verwüstet worden. Und das, bevor seine Leute die Wohnung überhaupt betreten hatten.

Jetzt war das Kind weg, und er hatte absolut keine Ahnung, wohin Victoria Stafford es hatte bringen lassen. Mit einem Ruck fegte er die Fotos von seinem Schreibtisch.

»Und findet zum Teufel nochmal heraus, wo sie ist!« Sein Blick fiel auf Owen, der ihn aufmerksam beobachtete. Seine Hände zuckten ein wenig, doch er verschränkte sie schnell hinter dem Rücken.

Kluger Junge.

»Ja, Boss.« Owen verließ das Büro mit langen Schritten.

Als er endlich allein war, ließ er sich auf den großen Schreibtischstuhl fallen. Wer zum Teufel war ihm zuvorgekommen?

Die viel interessantere Frage war: Warum interessierte sich überhaupt jemand für das Kind?

Er hatte von Anfang an das Gefühl gehabt, dass etwas nicht stimmte. Dass seine Suche nach dem Mädchen sabotiert wurde. Dass jemand sie vor ihm versteckte.

Und jetzt das.

Ihm lief die Zeit davon. Sein Käufer wurde immer ungeduldiger. Und damit auch gefährlicher. Er würde sich nicht für immer vertrösten lassen.

Aber der Mann im dunkelgrauen Anzug wusste jetzt überhaupt nicht mehr, wo Victoria Stafford mit dem Mädchen abgeblieben sein könnte. Auf keinen Fall würde sie in ihre eigene Wohnung zurückkehren, so viel war ihm klar nach seinen Nachforschungen. Sein Plan war perfekt gewesen. Und so leicht umzusetzen. Er hatte an alles gedacht: den gefälschten Abschiedsbrief. Ein fingiertes Tagebuch mit Suizidgedanken. Die Klingen, mit denen sie sich die Pulsadern aufgeschnitten hätte. Es hätte so einfach sein können. Doch als seine Leute bei Victorias Wohnung ankamen, war Victoria längst fort und ihre Wohnung ein einziges Chaos. Und wieder einmal stand er vor dem gottverdammten Nichts.

Er fluchte leise und hob den Kopf. Er musste jetzt strategisch vorgehen. Seine Schritte zurückverfolgen und seinen Gegner identifizieren.

Es gab nur eine Handvoll Menschen in dieser Stadt, die einflussreich genug waren, um seine Pläne so effektiv zu durchkreuzen. Die Frage war, wer von diesen wenigen Menschen einen so starken Hass gegen die Cohens hegte, um sich direkt mit ihnen anzulegen.

Denn Victoria Stafford gehörte definitiv zu den Cohens. Daran gab es keinen Zweifel. Er griff sich die Akte, die er über Victoria Stafford hatte anlegen lassen.

26 Jahre alt. Krankenschwester. Schwester der gesetzesflüchtigen Lissiana Stafford. Einziges überlebendes Opfer des *Bräutigams*.

Ihr Einkommen war bescheiden, aber regelmäßig. Ihre Patientenakte aus der Privatklinik war umfassend, doch im ärztlichen Entlassungsbrief stand eindeutig, dass sie sich auf dem Weg der Besserung befand. Ihre Behandlung war von einem Offshore-Konto gezahlt worden, das selbst er nicht hatte zurückverfolgen können. Auf ihrer Anruferliste fanden sich regelmäßig Namen wie Yui Sullivan, Savannah Jones oder sogar Tyrann Reed. Sie war also nicht nur ein loser Teil des Netzwerkes, sondern sie gehörte zum inneren Kreis. Viele der Beschattungsfotos, die er hatte aufnehmen lassen, zeigten sie mit Logan »Tiny« Price, dem derzeitigen Anführer der Cohens. Offensichtlich kannten sich die beiden mehr als gut. Und dann war da auch noch dieser Nathan Tucson. Ein Privatdetektiv und ehemaliger Cop, der ständig bei Victoria Stafford ein- und ausging.

Victoria Stafford war interessanter, als man auf den ersten Blick vermuten könnte. Aber an sie heranzukommen war alles andere als einfach. Ihre größte und einzige Schwachstelle war ihre Vergangenheit. Wer also könnte sie sonst noch im Blick haben, außer ihm selbst?

Er rieb sich die Schläfen. Wenn er die Schritte seines Gegners vorhersagen wollte, dann musste er dringend herausfinden, wer ihm die ganze Zeit ans Bein pisste.

Aber noch dringender musste er herausfinden, wie er an Victoria Stafford und damit auch an das Mädchen herankommen konnte. Das hatte jetzt oberste Priorität.

Er suchte weiter in Victorias Akte nach einem Hinweis, wo sie sich mit dem Kind verstecken könnte. Auf keinen Fall konnte er zulassen, dass die Cohens die beiden verschluckten und nie wieder ausspuckten. Die Cohens waren bekannt dafür, Menschen spurlos verschwinden zu lassen, die Toten ebenso wie die Lebendigen. Ihr ehemaliger Anführer John Cohen war da wohl das beste Beispiel. Die halbe Nation hatte nach ihm gesucht. Aber niemand hatte ihn gefunden.

Der Mann im dunkelgrauen Anzug konnte nicht zulassen, dass das auch mit dem Kind geschah. Unter gar keinen Umständen. Nicht, wenn er seinem Ziel so nahe war.

Er musste irgendetwas in der Akte finden. Ganz egal, wie klein der Hinweis auch sein mochte.

Er blätterte weiter, scannte jedes Wort. Und dann endlich hatte er es. Es war perfekt. Warum hatte er es die ganze Zeit übersehen?

Er lächelte zufrieden, als er das Foto der Einladung betrachtete. Die Schrift war schlicht schwarz und geschwungen. Klassisch.

Er nahm sein Handy aus der Innentasche seines Jacketts und wählte mit geübten Fingern. Dann wartete er, bis jemand abnahm.

»Ja?« Die Stimme am anderen Ende klang misstrauisch.

»Hallo, mein alter Freund. Ich hätte da eine Aufgabe für dich.« Er grinste, als sein Blick noch einmal über die Einladung glitt.

Logan Price & Edita Kasakow
laden herzlichst zu ihrer Hochzeit ein.

27

Butch stützte sich schwer auf seinen Gehstock, während er mit Hailey auf dem Arm die Treppen zu Vickys Apartment hochstieg. Er ging schnell und nahm zwei Treppen auf einmal. Hailey war unruhig, schon seitdem er sein Telefonat mit Vicky beendet hatte. Er spürte es daran, wie sie sich noch fester an ihn klammerte. Sah es daran, wie ihr Blick unstet umherhuschte. Ihm wäre es tausendmal lieber gewesen, wenn er Hailey bei sich zu Hause hätte lassen können, wo sie in Sicherheit war. Doch eine höchstens Siebenjährige allein zu lassen, kam nicht in Frage. Das war sogar ihm klar. Und es war nicht gerade so, als gäbe es jemanden, den er hätte bitten können, auf Hailey aufzupassen. Also hatte er sie kurzerhand in seinen großen Mantel gewickelt und war mit ihr in seinen Wagen gestiegen.

Er erklomm die letzten paar Stufen und hielt abrupt inne. Vicky saß zusammengekauert vor ihrer Wohnungstür. Um die Fingerkuppen hatte sie ein paar bunte Pflaster mit Kindermotiven geklebt. Sie sah so verloren aus, dass er sich in die Lagerhalle vor eineinhalb Jahren zurückversetzt fühlte. Wie sie zitternd dagestanden hatte, in ein Brautkleid gehüllt und über und über mit Blut bedeckt, den blanken Horror in den Augen.

»Vic.«

Sie hob sofort den Kopf, und er hatte Probleme zu atmen. Alle Anspannung wich aus ihrem Gesicht, als sie ihn sah.

»Butch.« Vicky kam auf die Füße und eilte auf ihn zu. Er konnte sehen, dass ihre Hände zitterten. »Wie gut, dass du hier bist.« Ihr Blick fiel auf Hailey. »Hallo, Kleines.« Sie lächelte, doch es wirkte unsicherer als sonst.

Butch schob sich an Vicky vorbei und ging auf die Wohnungstür zu. Vicky schien sie wieder fest zugezogen zu haben. »Hast du schon die Polizei gerufen?«

Sie schüttelte den Kopf. »Nein, noch nicht.« Sie zuckte hilflos mit den Schultern. »Ich weiß auch nicht, ob die mir wirklich helfen würde.«

Vermutlich hatte sie recht. Sie war Lissianas Schwester. Das brachte ihr bei der Polizei keine Pluspunkte ein. Und für Butch war es ohnehin deutlich besser, wenn er sich erst in Ruhe umschauen konnte, bevor die Bullen anrückten.

»Okay.« Er sah sich die Tür etwas genauer an. Sie hatte eine Mehrfachverriegelung. Keine Einbruchsspuren. Das Hauptschloss schien unversehrt zu sein. Es gab keine Kratzer an der Türzarge, die auf eine Hebelwirkung durch eine Stange oder ähnliches hingewiesen hätten. »Nimm du Hailey, damit ich mich in Ruhe umsehen kann. Dann rufst du die Polizei.«

Vicky nickte knapp und streckte die Arme aus. Ihre Hände zitterten noch, aber nicht mehr so stark wie noch vor wenigen Minuten. Hailey löste sich zögerlich von Butchs Hals, ließ sich dann aber doch von Vicky auf den Arm nehmen.

Butch nahm die Lederhandschuhe aus seiner Jackentasche und zog sie an. Den Stock lehnte er gegen die Zarge und biss die Zähne zusammen, als er vor dem Schloss in die Knie ging, um es sich genauer anzusehen. »Du konntest das Schloss noch mit deinem Schlüssel öffnen?«

»Ja, ohne Probleme.« Vickys Stimme klang nun etwas fester. »Sie war sogar noch abgeschlossen. Zweimal. So wie ich es immer mache.«

Butch nickte knapp, richtete sich wieder auf und packte seinen Gehstock.

Keine Einbohrungen. Keine Kratzer. Kein Garnichts.

Wer auch immer hier eingebrochen war, hatte eine Menge Erfahrung. Aber etwas anderes hatte er auch nicht erwartet. Diese Leute hatten keinerlei Spuren zurücklassen wollen. Und er ahnte auch, wieso.

»Weißt du schon, ob dir etwas fehlt?« Butch streckte die Hand aus und Vicky ließ ihren Schlüssel hineinfallen.

»Ich habe noch nicht nachgesehen.« Sie presste die Lippen aufeinander. »Ich habe es keine Sekunde länger drinnen ausgehalten. Tut mir leid.«

»Schon okay, Vic.« Butch steckte den Schlüssel ins Schloss. Problemlos. Die Stifte waren also nicht beschädigt. Er schloss auf. »Warte hier draußen.« Hailey sollte nicht sehen, was hinter dieser Tür lag.

Vicky nickte und wandte sich mit Hailey ab, als Butch die Tür öffnete. Sie klemmte nur ein wenig. Er musste kaum Gewalt anwenden. Diese Leute waren wirklich verdammt gut gewesen.

Butch betrat die Wohnung und lehnte die Tür an, ehe er sich die Innensicherung näher betrachtete. Sie hatte ein Kastenzusatzschloss, ein Panzerriegelschloss und eine zusätzliche Türkette. Ihre Wohnung war ein gottverdammtes Fort Knox, wenn sie sie von innen verriegelte. Es war beinahe unmöglich, hier hineinzukommen, wenn Vicky in der Wohnung war.

Aber eben nur beinahe.

Denn mit der richtigen Ausrüstung war auch eine solche Türverriegelung kein Problem. Butch war sich sicher, dass wer auch immer hier eingebrochen war, sehr gut ausgerüstet gewesen war. Und perfekt vorbereitet.

Er trat einen Schritt in das Chaos hinein. Überall lagen Scherben herum. Alle Schubladen waren aufgerissen und der

Inhalt überall verteilt worden. Die Polster von Vickys Sofa waren aufgeschnitten worden. Alles, was zerstörbar war, war auch zerstört worden.

Und genau das war das Problem. Es war zu chaotisch.

Butch hatte in seinen jungen Jahren etliche Einbrüche hinter sich gebracht. Niemand hinterließ so ein Chaos, wenn er eine derart gut gesicherte Tür geknackt hatte. Wenn man es mit so einem Schloss aufnahm, dann wusste man, wofür man hergekommen war. Dann brauchte man so ein Chaos nicht. Man nahm sich, weswegen man gekommen war, und verschwand wieder. Man brach auch nicht mitten in der Nacht ein, wenn wahrscheinlich jemand zu Hause war. So was erledigte man am Tag. Zumindest dann, wenn man es wirklich auf etwas Materielles abgesehen hatte.

Dieses Chaos hier jedoch diente allein dem Zweck, Vicky einzuschüchtern. Jemand wollte ihr Angst machen. Und wenn er an ihre zitternden Hände dachte, dann musste er zugeben, dass der Einbruch seinen Zweck voll erfüllt hatte.

Glasscherben knirschten unter seinen Schuhen, und er ging in die Hocke, um ein paar Kleidungsstücke zur Seite zu schieben. Doch er wusste, dass er nichts finden würde.

Seine Suche nach Hinweisen würde hier ins Leere laufen. Genauso wie in dieser gottverdammten Wohnung vor knapp zwei Wochen.

Butch richtete sich auf, als er ein gedämpftes Stimmengewirr draußen im Treppenhaus wahrnahm. Hatte er Vicky nicht gesagt, dass sie die Polizei erst rufen sollte, wenn er hier durch war? Er hörte etwas genauer hin. Es war ein wilder Mix aus verschiedensten Tonlagen, und alle redeten durcheinander.

»Wo zum Teufel ist er?«

Butch schloss die Augen, als er eine Stimme nun ganz klar herausfiltern konnte. Verdammte Scheiße. Was machte Tiny denn bitte hier?

»Ist er da drin?«

Er hörte Schritte, die Tür wurde aufgestoßen und Tiny duckte sich unter dem Türrahmen hindurch. Dann stand er mitten in der Wohnung.

Bei Gott, auch wenn Butch es niemals zugegeben hätte, es tat wahnsinnig gut, Tiny zu sehen. Er hatte sich in den letzten eineinhalb Jahren kein Stück verändert, sondern war noch immer derselbe hochgewachsene, blonde Mistkerl mit den Gesichtszügen, die Butch genauso gut kannte wie seine eigenen. Er sah etwas abgekämpft aus, seine Haut war blass und unter seinen Augen lagen dunkle Schatten. Auch der Zug um seinen Mund schien Butch etwas härter zu sein als früher. Aber alles in allem sah Tiny gut aus. Er trug einen maßgeschneiderten grauen Anzug und war offensichtlich noch immer so fit, wie Butch ihn in Erinnerung hatte. Und das auch, ohne dass Butch ihn jeden Tag aus dem Bett warf und ihn zum Training zwang. Er kam offensichtlich gut ohne Butch klar. Aber hatte er etwas anderes erwartet?

Nein, nicht wirklich.

Tiny hatte sein Leben schon immer besser im Griff gehabt als Butch. Scheißegal, was das Leben ihm vor die Füße warf, Tiny kam schon immer irgendwie mit allem klar.

Tiny musterte ihn schweigend, und Butch verspannte sich. Er wusste, er war nicht gerade eine Augenweide. Aber deshalb musste er sich nicht begaffen lassen. Von niemandem. Auch nicht von Tiny, der für ihn so etwas wie ein Bruder war.

»Kein schöner Anblick, nicht wahr?« Butch verzog die Lippen zu einem spöttischen Grinsen. »Willst du noch ein Foto machen, oder kann ich jetzt gehen?«

Tiny schüttelte den Kopf. »Du egoistischer Scheißkerl.«

Im nächsten Moment hatte Tiny die Tür mit dem Fuß ins Schloss geschoben und machte einen Satz nach vorne. Butch konnte gar nicht schnell genug reagieren. Sein Kopf wurde nach hinten gerissen, ein heftiger Schmerz explodierte in seinem Kiefer. Er taumelte rückwärts und stieß gegen eines von Vickys Regalen. Sein Gehstock fiel mit einem dumpfen Aufschlag zu Boden.

»Verdammte Scheiße.« Butch rieb sich den Kiefer, er schmeckte Blut. Tinys Schlag war stark genug gewesen, dass ihm die Lippe aufgeplatzt war. Tiny wischte sich den blutigen Handrücken einfach an seiner Anzughose ab und sah Butch dabei direkt an.

»Eineinhalb verdammte Jahre, du blöder Wichser.« Tinys Stimme bebte vor Wut. »Ich hab mit den anderen und den Bullen jeden gottverdammten Stein in dieser Stadt umgedreht, um dich zu finden. Wo zum Teufel warst du?«

Butch fuhr sich über die Unterlippe. »Unter dem einen Stein, den du nicht umgedreht hast.«

Tiny starrte ihn einen Moment lang baff an. Dann schüttelte er den Kopf. »Ein Arschloch wie immer. Und anscheinend auch nicht im Mindesten reumütig.« Er rieb sich mit einer Hand fahrig über das Gesicht. »Ich sollte dich eigenhändig umbringen, du blöder Vollidiot.«

Butch zog eine Augenbraue hoch. »Dann versuch dein Glück. Glaub aber nicht, dass das so einfach wird wie dieser eine Schlag, den du landen konntest.«

Butch hörte genau das leise Stimmengewirr im Treppenhaus. Schließlich machte Tiny einen Schritt auf Butch zu, und er schlang die massigen Arme um Butchs Schultern. Dabei drückte er ihn so fest an sich, dass Butch Probleme hatte, Luft zu kriegen.

»Ich dachte, du bist tot.« Tinys Stimme war nun ganz leise. »Tut gut zu sehen, dass es nicht so ist.«

Butchs Kehle fühlte sich an wie zugeschnürt, aber nun hatte es einen ganz anderen Grund, weshalb er keine Luft mehr bekam. Er konnte einfach nur dastehen, während Tiny ihn umarmte.

»Für den Schlag werde ich mich übrigens nicht entschuldigen. Den hattest du verdient.« Tiny hob den Gehstock auf und hielt ihn Butch hin.

»Sind die anderen auch da?« Butch hasste sich dafür, dass er bei dem Gedanken, die anderen wiederzusehen, eine Mischung aus Anspannung und Vorfreude spürte.

»Ja, das sind sie.« Tiny legte seine behandschuhte Rechte auf den Türknauf. »Und ich hoffe für dich, dass du unter deinen Klamotten eine kugelsichere Weste trägst.«

28

Butch hatte nicht die leiseste Ahnung, wie es dazu gekommen war, dass die ganze Führungsebene der Organisation sich bei ihm zu Hause eingefunden hatte. Aber hier saß er nun auf dem Sofa zwischen Tiny und Vicky, während Hailey sich an seinen Oberarm klammerte und ihr Gesicht an seiner Schulter verbarg.

Er erinnerte sich durchaus daran, wie er raus ins Treppenhaus getreten war, wo alle wild durcheinandergeredet hatten. Schließlich war alles in einem Chaos aus Umarmungen und gut gemeinten Bemerkungen untergegangen, die für Butch noch unangenehmer waren, als hätte jeder ihm einfach eine verpasst.

Scheiße, er hätte die Schläge echt tausendmal lieber in Kauf genommen, als diese kollektive Erleichterung und die Umarmungen, die sich anfühlten wie temporäre Zwangsjacken. Oder wie der Würgegriff einer Königsboa. Je nachdem.

Sein Blick glitt zu Nathan, der mit dem Rücken an der Wand lehnte und nachdenklich auf den Couchtisch starrte, auf dem Tiny Butchs bisherige Ergebnisse ausgebreitet hatte. Nathan war kurz nach dem Rest der zehn bei Vickys Wohnung aufgetaucht und hatte sich zusammen mit Tiny im Inneren umgesehen. Schließlich hatten sie die Polizei gerufen, die alles abgesperrt und unsinnige Fragen gestellt hatte.

Und dann waren sie alle zu Butch gefahren. Ohne ihn zu fragen, versteht sich.

»Was macht eigentlich der Bulle hier?«

Alle Gespräche erstarben, und Nathan zog eine Augenbraue hoch, ehe er Butch direkt ansah.

214

Gott, er hatte diesen Penner noch nie leider können. Aber Mut hatte er, das musste Butch ihm lassen.

»Ich bin kein Polizist mehr.« Nathan zuckte mit den Schultern. »Was du natürlich wüsstest, wenn du dich nicht einfach so feige verpisst hättest, um dich selbst zu bemitleiden.«

»Pass auf, was du sagst. Außerdem: Einmal Bulle, immer Bulle.« Butch sah Tiny an und schenkte Nathan keine weitere Beachtung. »Also, was macht er hier?«

Tiny winkte ab. »Er ist einer von uns.«

Nathan hob abwehrend die Hände. »Ganz sicherlich nicht.« Er stieß sich von der Wand ab und kam näher zum Couchtisch. »Ich arbeite nur hin und wieder mit Tiny, wenn es nötig wird. So wie jetzt.«

Butch lachte kurz auf. »Weißt du, wenn du dich weiter so zwischen die Stühle stellst, ist am Ende kein Platz mehr für dich übrig.«

»Das lass mal meine Sorge sein, Arschloch.«

Vicky schnipste laut. »Erinnerung an alle: Es sind Kinder anwesend. Keine Kraftausdrücke.«

Nathan murmelte eine Entschuldigung und steckte die Hände in seine Hosentaschen. »Würdest du uns gnädigerweise das Chaos erklären, das du hier veranstaltet hast?« Er nickte in Richtung der Karte. »Was sollen die ganzen farblichen Markierungen und Punkte?«

Savannah strich sich eine ihrer langen roten Strähnen aus der Stirn und legte eine Hand unter ihr Kinn, während sie die Ellenbogen auf ihren Knien abstützte. »Das erkennst du nicht? Bist du blind?«

Nathan blinzelte verwirrt. »Was?«

»Das hier sind die Gebiete der großen Organisationen.« Savannah, die sich sonst mit komplizierten Computeralgorithmen beschäftigte, tippte nachlässig mit dem Finger auf einen blau markierten Bereich in Manhattan. »Und die weißen Punkte sind mögliche Operationszentren.« Sie legte den Kopf schief. »Und die gelben Punkte, das sind die Punkte, an denen Butch mit jemandem aus diesem ...« Ihr Blick fiel auf Hailey. »... aus diesem Fall zusammengestoßen ist.« Sie lächelte. »Hab ich recht, Butch?«

Butch nickte knapp.

Yui sprang auf und ihr goldener Bob schwang um ihren Kopf. »Da wir nicht alle so ein verqueres Gehirn haben wie ihr beide«, sie deutete zwischen Butch und Savannah hin und her, während sie in Richtung seines Schreibtisches ging, »machen wir die ganze Sache mal etwas klarer.«

Butch knirschte mit den Zähnen, als sie in den Schubladen wühlte, doch als sie nur mit zwei Kugelschreibern, ein paar Postits und noch mehr von den runden Aufklebern zurückkam, entspannte er sich etwas.

»Du hättest auch einfach fragen können«, sagte Butch noch, aber da zog Dan schon den Couchtisch beiseite und Tyrann breitete die Karte auf dem Boden aus.

Yui zwinkerte ihm zu. »Und wo wäre da der Spaß? So regst du dich viel mehr darüber auf.«

Butch schüttelte den Kopf. »Dan, krieg endlich mal deine Frau in den Griff.«

Dan hob die Hände, und in seinen blauen Augen funkelte es belustigt. »Du weißt, dass das ein unmögliches Unterfangen ist. Ist ja nicht so, als hätte ich es nicht die letzten paar Jahre meines Lebens versucht.« Diplomatische Antwort. Ganz der Politiker.

Butch nickte zu den Zwillingen Seth und Steven, die wie immer etwas abseits von allen standen und die ganze Situation mit stoischer Ruhe beobachteten.

Ja, er wusste genau, warum er die beiden damals mit John von der Straße aufgelesen hatte. Sie waren schon eher seine Kragenweite.

Hailey nahm den Kopf von seiner Schulter und lehnte sich etwas vor, um Yui besser dabei beobachten zu können, wie sie etwas auf die Post-its schrieb. Es war das erste Mal, seitdem sie zurück in die Wohnung gekommen waren, dass Hailey sich rührte.

Vicky strich ihr eine Strähne aus der Stirn. »Soll ich dir einen Kakao machen?« Bei Gott, ihre Stimme klang noch immer etwas brüchig. Aber immerhin hatten ihre Finger vor einer Weile aufgehört zu zittern. Das war doch schon mal was.

Hailey blickte unsicher um sich und nickte dann zögerlich.

Vicky stand auf und ging in Richtung Küche. An der Tür hielt sie inne und wandte sich zu Butch um. »Hast du überhaupt Milch? Und Kakaopulver?«

Butch trank nur Whisky und Kaffee, schwarz. Er zog eine Augenbraue hoch. »Sehe ich so aus?«

»Nein, nicht wirklich.« Sie lächelte und griff sich ihren gelben Mantel, den sie beim Hereinkommen auf den Tresen der Küche gelegt hatte. »Ich wollte eh noch einkaufen. Und dann kann ich auch gleich Haileys Krücken besorgen.«

Tiny stand alarmiert auf. »Vicky, das …«

Vicky hob sofort die Hände. »Bitte, lass mich einfach.« Sie seufzte. »Ich muss irgendetwas Normales tun. Irgendetwas, was ich gut kann. Sonst verliere ich noch meinen gottverdammten Verstand.«

Butch musterte ihr blasses Gesicht, in das langsam, aber sicher etwas Farbe zurückkehrte. Dann nickte er. »In Ordnung. Tyrann wird dich begleiten.«

»Das ist nicht notwendig, ich …«

»Keine Diskussion, Vic.« Er nahm ihren wütenden Blick gelassen hin. »Du kannst entweder mit Tyrann einkaufen gehen oder dich wieder aufs Sofa setzen und auf den Kakao verzichten. Andere Optionen gibt es nicht. Ist das klar?«

Vickys blasse Wangen färbten sich vor Zorn rot, doch abrupt nickte sie. »Gut. Wenn das der einzige Weg ist, um hier rauszukommen, dann bitte.« Ihr Blick fiel auf Tyrann. »Nichts gegen dich, T.«

Tyrann winkte ab. »Gar kein Thema.« Er erhob sich in einer fließenden Bewegung. Sein kurz rasierter Iro und seine harten Gesichtszüge würden die Leute genug abschrecken und von Vicky fernhalten. »Kann ich deinen Wagen nehmen, Butch?«

»Dein eigener steht vor der Tür.«

»Stimmt.« Tyrann zuckte mit den Schultern. »Aber ich will sichergehen, dass bei deinem alles in Ordnung ist.«

Butch knirschte mit den Zähnen. »Komm, mach was du willst. Macht ihr ja eh alle.«

»Das sagt ja genau der Richtige.« Tiny schüttelte den Kopf und sah zu Tyrann und Vicky. »Ihr seid bitte in spätestens zwei Stunden zurück.«

»Jetzt bekomme ich nicht nur einen Aufpasser, sondern auch noch Ausgangssperre. Ist ja herrlich.« Vicky streckte Butch die offene Hand entgegen. »Ich habe mein Geld bei mir vergessen. Und ich kann ja schlecht zurück in meine Wohnung.«

Butch griff in seine Hosentasche und reichte ihr, ohne weiter darüber nachzudenken, sein Portemonnaie. Vicky nickte kaum und war schon aus seiner Wohnung, dicht gefolgt von Tyrann, der es gerade noch schaffte, sich seinen Mantel anzuziehen und sich Butchs Autoschlüssel vom Haken zu schnappen.

Hailey vergrub ihr Gesicht wieder an Butchs Schulter. Er hatte eine dunkle Vorahnung, dass er Vickys Laune heute Abend ausbaden durfte.

Auf dem Boden hatte Yui ganze Arbeit geleistet. Alle Bereiche waren nun mit den Namen der Gruppierungen versehen, und auf Vickys Wohnung klebte ein gelber Punkt mit dem aktuellen Datum. Alles war geordneter, weniger chaotisch.

»Also, wir sind uns alle einig, dass das kein normaler Einbruch war«, sagte Tiny. Alle nickten grimmig. »Jemand hat versucht, einer der Unsrigen Schaden zuzufügen. Das werden wir nicht hinnehmen.«

Eine der Unsrigen? Wow, er musste ganz schon was verpasst haben, wenn Tiny Vicky als Mitglied der Organisation ansah und sich so für sie einsetzte. Aber es wunderte ihn nicht wirklich. Immerhin war sie die kleine Schwester dieser Schlange, die jetzt vermutlich an irgendeinem Strand neben seinem Bruder in der Sonne lag und es sich gutgehen ließ.

Aber war John wirklich noch sein Bruder?

»Also, erklär uns deine Punkte, Butcher.«

Butch zuckte zusammen. Seit Monaten hatten ihn niemand mehr mit seinem ehemaligen Namen angesprochen.

Nathan deutete ungeduldig auf die Karte. »Was soll der chaotische Unsinn?«

»Ich habe die Stellen markiert, die ich aufgrund meiner Erfahrung für wahrscheinliche Operationszentren halte, Bulle.« Butch fuhr sich durchs Haar. Er zeigte auf den Punkt, an dem er Hailey gefunden hatte. »Alle diese Orte haben eins gemeinsam: Sie liegen abgelegen und in den Grenzgebieten der einzelnen Gruppierungen. Dort, wo die Präsenz der Organisationen am schwächsten ist.« Er rieb sich mit einer Hand über das Gesicht. »Ich glaube nicht, dass dieses Geschäft zu den großen Organisationen gehört. Nicht mal zu Ramsey. Auch der Kerl hat zumindest noch einen Funken Ehre in seinem Körper. Es muss also jemand sein mit viel Einfluss, aber mit einem weniger bekannten Gönner.«

Nathan runzelte die Stirn. »Wie kommst du darauf, dass er überhaupt einen Gönner hat?«

Tiny zog eine Augenbraue hoch. »Weil du so eine Nummer in einer Stadt wie New York City nicht durchziehen kannst, ohne dass dir jemand den Rücken freihält.«

Yui griff sich sein Glas Scotch und trank einen Schluck. »Aber wer würde so was machen? Kinderhandel ist schmutziges Geld.«

Nathan lachte auf. »Jetzt habt ihr Mistkerle also auch noch einen Ehrenkodex, ja?« Er schüttelte den Kopf. »Drogenhandel und Prostitution ist in Ordnung, aber Mädchenhandel, das geht zu weit?« Er legte den Kopf schief. »Interessiert mich, wo ihr da die Grenze zieht.«

Dan richtete sich auf. »Du solltest nicht über Dinge urteilen, die du nicht verstehst.«

Nathan hob die Hände. »Scheiße, ich will es auch gar nicht verstehen. Das ist doch alles absoluter Irrsinn.«

»Warum?« Tiny sah Nathan direkt in die Augen. »Weil es nicht in dein hübsches Bild passt, dass Leute wie wir Moralvorstellungen und Prinzipien haben wie jeder andere auch? Weil uns das statt zu Monstern zu Menschen macht?« Als Nathan den Blick abwandte, biss Tiny fest die Zähne aufeinander. »Eineinhalb Jahre mit uns, und du hast immer noch absolut gar nichts begriffen.«

Einen Moment lang war nur das leise Zischen des Kaffeeautomaten zu hören.

Nathan rieb sich den Nacken und räusperte sich. »Also, was sollen wir tun?«

Tinys schaute zu Butch, der nur mit den Schultern zuckte. Eine stumme Vereinbarung, dass Tiny von jetzt an die Führung übernahm.

Es war besser so. Butch war für so einen Mist nicht gemacht. Er war kein Anführer. Nicht mehr.

»Wir tun das, was wir am besten können. Wir drehen jeden Stein in dieser gottverdammten Stadt um und finden dieses Arschloch.« Tinys Blick fiel auf Hailey. »Entschuldige die Ausdrucksweise, Kleines.«

Hailey hob den Kopf, und dann passierte etwas, das Butch für unmöglich gehalten hatte: Sie lächelte. Sie lächelte einen Mann an. Einen anderen Mann als ihn.

Unbewusst rieb Butch sich über die Brust, während Savannah blinzelte und Yui leise lachte. Tiny hingegen sah Hailey einfach nur an und erwiderte ihr Lächeln.

Von nun an würde Butch wieder mit den Menschen zusammenarbeiten, die einmal seine Familie gewesen waren.

»Und was tut ihr, wenn ihr ihn gefunden habt?« Bei Nathans Frage wechselte Butch einen Blick mit den anderen.

Seth, der die ganze Situation schweigend beobachtet hatte, lachte leise. »Dann werden wir zu den Monstern, die du schon die ganze Zeit in uns siehst, Bulle.«

29

Das Glas knackte leise, bevor Rebecca überhaupt bemerkte, dass der Widerstand in ihrer Faust verschwunden war. Stattdessen gruben sich die Scherben ihres Weinglases tief in die Haut ihrer Hand. Blut tropfte zusammen mit dem Rotwein auf die Arbeitsplatte in ihrer Küche.

Rebecca fluchte leise und ging zur Spüle, wo sie die Hand öffnete. Die Scherben, die sich nicht in ihr Fleisch gegraben hatten, fielen klirrend in das Becken. Das Blut strömte ungehindert hervor, während Rebecca eine Scherbe nach der anderen aus ihrer Haut zog. Sie biss die Zähne zusammen und versuchte, den Schmerz zu ignorieren.

Ihr Plan war perfekt gewesen. Wieso zum Teufel war also bisher noch nichts passiert?

Es war keine Panik ausgebrochen. Niemand hatte überstürzt etwas Leichtsinniges unternommen. Niemand hatte sich auch nur den klitzekleinsten Fehler geleistet.

Musste sie wirklich erst Victoria Stafford verletzen, damit Lissiana und John sich aus ihrem gottverdammten Rattenloch trauten? Reichte es nicht, dass sie ihre Wohnung hatte auf den Kopf stellen lassen?

Rebecca zog die letzte Scherbe aus ihrer Hand, spülte die Mischung aus Blut und Rotwein ab und wickelte sich ein Küchenhandtuch um ihre verletzte Hand. Es war niemand da, der ihr helfen konnte. Wie immer war sie allein.

Aus dem kleinen Abstellraum holte sie ihren Verbandskasten und ging damit zurück in die Küche. Die roten Tropfen, die eine deutliche Spur auf den weißen Fliesen hinterlassen hatten, ignorierte sie.

Der Rotwein hatte nur knapp die aufgeschlagene Akte neben ihrem Abendessen verfehlt. Ansonsten würde ihr Steak jetzt wohl in

Rotwein baden. Sie warf einen Blick auf die ausgebreiteten Fotos und betrachtete das Chaos, das ihre Handlanger in Victoria Staffords Wohnung angerichtet hatten. Auch die Aufzeichnungen aus der Klinik, in der Victoria behandelt worden war, sah sie sich noch einmal an.

Auch wenn Victoria sich auf dem Weg der Besserung befand, hätte dieses Ereignis einen Rückfall auslösen müssen. Und das hätte den Rest von John Cohens treuen Lemmingen aufscheuchen sollen. Aber rein gar nichts war geschehen.

Rebecca verband ihre Hand und wischte den Rotwein auf, ehe sie sich erneut die Fotos durchsah. Die Aufnahmen stammten vom Abend nach dem Einbruch und zeigten den übrig gebliebenen Rest des innersten Kreises des Cohen Imperiums. Sie standen am Straßenrand und sprachen anscheinend ruhig und gelassen miteinander. Niemand zeigte auch nur einen Hauch von Panik. Alle wirkten ruhig und gefasst.

Ruhe und Gelassenheit war das Gegenteil von dem, was Rebecca hatte erreichen wollen.

Die Fotos zeigten, wie nach und nach alle Beteiligten verschwanden, bis nur noch Logan »Tiny« Price und Nathan Maximilian Tucson vor dem Gebäude standen. Sie steckten die Köpfe zusammen und redeten offensichtlich leise miteinander. Rebecca hätte gemordet, um eine Aufnahme von diesem Gespräch zu haben.

Tinys Gesicht war im Halbschatten auf dem Foto kaum zu sehen, doch Nathan ließ die Schultern hängen. Die Hände hatte er erhoben. Sein Gesicht war leicht von Tiny abgewandt und sein Blick schien in die Ferne gerichtet.

Rebecca nahm das Foto in ihre unverletzte Hand und betrachtete Nathan genauer. Er hatte deutliche Fältchen um die Augen und wirkte gealtert. Und das, obwohl er erst einunddreißig Jahre alt war und damit deutlich jünger als sie selbst. Irgendwie war es befriedigend, zu wissen, dass auch Nathans Leben durch Lissiana und John zerstört worden war und nicht nur ihres.

Rebecca legte das Foto zurück auf den Tresen und nahm sich eine der Akten, die ihr Kontakt für sie zusammengetragen hatte. Nathan hatte noch direkt am Tag von Lissiana Staffords Verschwinden gekündigt. Danach hatte er sich Berichten zufolge für vier Wochen nach Newark abgesetzt, in seine Heimat. Nach sechs Wochen war er zurückgekommen. Niemand wusste, wo er die anderen beiden Wochen verbracht hatte. Durch seine Zusammenarbeit mit Lissiana und seiner vermuteten Hilfe bei ihrer Flucht hatte er alles verloren: seinen Job, seine Wohnung, seinen Wagen. Seine Situation hatte sich erst etwas stabilisiert, als er eine Detektei in Brooklyn eröffnete. Doch die lief mehr schlecht als recht. Niemand vertraute Nathan Tucson.

Niemand, außer offenbar Logan Price.

Sie schaute sich das Foto genauer an. Ein Ex-Bulle und ein Krimineller mit überschäumendem Charisma, der Gerüchten zufolge die Leitung der Organisation der Cohens übernommen haben soll. Und der in gut vier Wochen mit Edita Kasakow, der einzigen Erbin des Anführers der russischen Mafia Valentin Kasakow, vor den Traualtar treten würde. Es war eine wirklich eigenwillige Verbindung.

Rebecca schnitt ein Stück von dem Steak ab und schob es in den Mund. Wenn der Überfall auf Victoria Staffords Wohnung nicht gereicht hatte, um die Cohens aufzuschrecken, musste sie vielleicht wirklich zu drastischeren Mitteln greifen. Vielleicht war sie es falsch angegangen. Vielleicht hatte sie Victoria Staffords psychische Verfassung unterschätzt. Immerhin war diese Frau auch nach mehreren Stunden Verhör und mit einer mehr als angeschlagenen Psyche damals nicht eingebrochen. Sie hatte Rebecca nur mit kühlem Blick angesehen und immer wieder beteuert, dass sie nicht wüsste, wohin ihre ältere Schwester verschwunden sei.

Eine offensichtliche Lüge.

Aber das hatte Rebecca ihr nie nachweisen können.

Rebecca aß das gesamte Steak auf. Es tat weh, das Besteck in den Händen zu halten, aber sie musste etwas essen. Geschwächt in diese Situation zu gehen war keine Option. Was sie vorhatte, war ein gefährliches Spiel. Aber diesmal würde sie dieses Spiel auch gewinnen. Die Frage war nur wie.

Rebecca nahm eines der Fotos in die Hand, die aus der Nacht stammten, in der sie Victorias Wohnung hatte verwüsten lassen. Darauf war Butch Cohen zu sehen, der sich gerade hinunterlehnte und Victoria das Mädchen aus den Armen nahm. Victoria selbst sah vollkommen abgekämpft aus mit tiefen Schatten unter ihren Augen, während die Wangen des Mädchens tränennass waren.

Rebecca lachte leise und brachte den Teller zur Spüle.

Wenn sie Victoria Stafford nicht psychisch erledigen konnte, dann wurde es Zeit, ihre offensichtliche Schwachstelle anzugreifen.

Rebecca nahm ihr Handy vom Tresen. Ruhig tippte sie die Ziffern ein, bevor sie sich das Telefon ans Ohr hielt.

Das Freizeichen war nur zweimal zu hören.

»Ja?«

Sie lächelte. »Ich habe einen Auftrag für dich.«

30

»Und du bleibst jetzt erst einmal hier?«

Vicky nickte, während sie den Frischkäse auf dem getoasteten Bagel verteilte. Stephanie saß mit Hailey auf dem Sofa und sah ihr beim Puzzeln zu.

»Ja, zumindest bis meine Türen und Schlösser ausgetauscht wurden.« Vicky träufelte etwas Honig auf den Frischkäse und brachte den Teller zum Sofa.

»Hier, Kleines.« Sie hielt Hailey den Honig-Frischkäsebagel hin, den die sich sofort schnappte. Sie liebte alles, was süß und klebrig war. Ohne Umschweife griff sie sich eine Hälfte von dem Bagel und biss herzhaft hinein.

Obwohl die Verwüstung ihrer Wohnung erst zwei Tage her war und seitdem viele Veränderungen auf sie alle zugekommen waren, hatte Hailey die ganze Situation überraschend gut weggesteckt. Tatsächlich wirkte sie sogar zufriedener als zuvor. Was vermutlich daran lag, dass sie Butch jetzt viel häufiger sah.

Nachts, nachdem er Hailey zu Bett gebracht hatte, war Butch meist mit den anderen unterwegs und suchte nach den Kinderhändlern. Tagsüber schlief er meist ein paar Stunden in seinem Bett oder auf dem Sofa. Am späten Nachmittag zog er sich an seinen Schreibtisch zurück oder aß mit ihnen zu Abend. Dann verschwand er wieder mit den anderen in die Nacht.

Aber obwohl Butch meist arbeitete und nicht viel Zeit mit ihr verbrachte, war es für Hailey offensichtlich mehr als genug, dass er einfach da war.

Irgendwie verstand Vicky das sogar. Butchs pure Anwesenheit beruhigte auch sie. Er war ein mürrischer, schweigsamer Mistkerl, aber er strahlte eine Ruhe und Sicherheit aus, die sie in Zeiten wie diesen dringend brauchte, wenn sie nicht ihren Verstand verlieren wollte.

Butch beruhigte sie. Erdete sie. Und das, obwohl er nichts dafür tat.

»Und das duldet Butch einfach so?« Stephanie strich Hailey eine Strähne aus dem Gesicht, die sich sonst im Honig verfangen hätte. Hailey lächelte sie vorsichtig an. »Wo ist er überhaupt?«

»Er hat es sogar vorgeschlagen.« Vicky zuckte mit den Schultern, als sie sich neben Hailey auf das Sofa fallen ließ. »Ich glaube, er ist mit Tyrann und Tiny unterwegs. Ich weiß es aber nicht genau. Ist nicht gerade so, als würde er sich abmelden, wenn er irgendwo hingeht.«

»Glaub ich sofort. Ungehobelter ...«

Vicky warf Stephanie einen warnenden Blick zu und nickte in Richtung von Hailey.

Stephanie lächelte, als könnte sie kein Wässerchen trüben, doch in ihren Augen tanzte der Schalk. »Hornochse.«

»Er ist mir keinerlei Rechenschaft schuldig, Steph.«

»Ach, komm schon, Vicky.« Stephanie verdrehte die Augen. »Ihr kümmert euch zusammen um Hailey. Natürlich ist er dir da Rechenschaft schuldig.« Sie nahm eines der Puzzleteile und legte es an die richtige Stelle. »Lässt er dich immer noch mit allem allein?«

»Steph, das ist nicht fair.« Vicky sah zu Hailey, die noch immer die erste Hälfte ihres Bagels aß. »Er tut, was er kann.«

»Das ist aber verdammt nochmal nicht genug.« Stephanie seufzte. »Du nimmst ihn echt immer in Schutz, oder?« Sie lächelte. »Aber verübeln kann ich es dir nicht. Den Menschen, die wir am meisten lieben, verzeihen wir so ziemlich alles.«

Lieben? Vicky öffnete den Mund, um lautstark gegen Stephanies Wortwahl zu protestieren, doch da bemerkte sie den nachdenklichen Ausdruck in Stephanies Gesicht.

Vicky legte ihr eine Hand auf die Schulter. »Hey. Alles okay? Willst du darüber reden?«

Stephanie fuhr sich mit einer Hand durch ihr langes offenes Haar. Mit herunterhängenden Schultern mied sie Vickys Blick. »Ich hab nur an meinen Dad gedacht. Das ist alles.«

Hailey hörte auf zu kauen und blickte auf den Bagel in ihrer Hand. Kurz zog sie die Nase kraus, dann nahm sie die nicht angebissene Bagelhälfte und hielt sie Stephanie hin. So ein Bagel mit Frischkäse und Honig konnte doch manchmal einfach alle Probleme dieser Welt lösen.

Stephanie war einen Moment lang irritiert, doch dann lachte sie hell und klar auf.

»Danke, Süße.« Sie wuschelte Hailey durch das Haar, die schüchtern lächelte. »Das ist ganz lieb, dass du deinen Bagel mit mir teilen möchtest. Aber behalt du ihn mal. Mir geht es schon viel besser.« Stephanie grinste. »Siehst du? Und das alles nur dank dir.«

Hailey lief ein wenig rot an und legte den Bagel wieder auf den Teller. Dann biss sie glücklich wieder in ihre angefangene Hälfte hinein.

»Sie muss dich wirklich mögen.« Vicky strich Hailey eine Strähne aus der Stirn. »Ihren Süßkram teilt sie wirklich nicht mit jedem.«

»Was gibt es an mir auch nicht zu mögen.« Stephanie wackelte mit den Augenbrauen. »Aber Spaß beiseite.« Sie lehnte sich etwas zu Hailey hinunter. »Ich mag dich auch. Danke noch mal, dass du deinen Bagel mit mir teilen wolltest.«

Hailey versteckte sich hinter ihrem Bagel und kaute schweigend weiter. In solchen Situationen erinnerte Hailey Vicky ein wenig an Butch. Auch er versteckte sich hinter irgendetwas, wenn ihm irgendjemand zu nahe kam.

Vicky sah auf die Puzzleteile auf dem Couchtisch. Stephanie nahm eins der Teile, sah aber nicht wirklich hin, sondern drehte es nur zwischen ihren Fingern. »Also, was ist mit deinem Dad?«

Stephanie sah wieder auf das Puzzleteil, bevor sie es unverrichteter Dinge zurücklegte. Es war offensichtlich, dass sie mit sich haderte, denn sonst redete Stephanie eigentlich ohne Unterlass. Es war schon befremdlich, sie so still zu sehen.

»Wir müssen nicht darüber reden, wenn du nicht willst, Steph.« Vicky lehnte sich auf dem Sofa zurück. »Ich dachte nur, vielleicht möchtest du einmal mal darüber sprechen.«

»Aufmerksam wie immer.« Stephanie blickte auf ihre kurzen, perfekt manikürten Nägel hinab. »Manchmal frag ich mich, warum du Menschen so gut lesen kannst.«

Vicky lächelte unverbindlich. »Jahrelanges Training als Krankenschwester.« Wow. Wirklich total unauffällig. »Also, schieß los.«

Stephanie rutschte ein wenig auf dem Sofa hin und her. »Mein Dad und ich, wir …« Sie räusperte sich. »Also, wir haben nicht gerade ein einfaches Verhältnis. Butch erinnert mich ein wenig an ihn. So wie er nie da ist. Dich mit allem alleinlässt.« Wieder nahm sie eines der Puzzleteile in die Hand und suchte mit den Augen in dem Bild nach der passenden Stelle. »Mein Dad hat immer viel gearbeitet. Sein Job an der Wall Street war ihm immer wichtiger als meine Mutter, mein Bruder und ich.« Sie drehte das Puzzleteil in ihren Fingern und legte es an eine Stelle, doch es passte nicht. »Meine Mom hat gesagt, dass er uns ein tolles Leben ermöglichen wollte. Aber anstatt des Porsches zu meinem sechzehnten Geburtstag hätte ich es lieber gehabt, dass er zu Hause gewesen wäre.« Stephanie versuchte es mit dem Puzzleteil an einer anderen Stelle, aber wieder ohne Erfolg. »Ein Jahr später dann kam die große Finanzkrise und wir verloren alles. Mein Bruder musste sein Studium an der Harvard University abbrechen. Meine Mutter musste alles verpfänden, was nicht niet- und nagelfest war. Und mein Vater verlor letztendlich seinen Job. Das Haus in den Hamptons ist alles, was meinen Eltern geblieben ist.« Sie legte das Puzzleteil zurück auf den Tisch und griff nach ihrem Kaffee. »Es war schwierig, aber ich habe mich irgendwie dran gewöhnt. Ich dachte, das alles verändert meinen Vater vielleicht. Damit er versteht, was wirklich wichtig ist.« Sie lächelte traurig. »Aber er hat sich nicht verändert. Alles andere ist immer noch wichtiger als wir. Und so langsam erwarte ich auch nichts anderes mehr von ihm.«

Einen kurzen Moment lang war nur das leise Kauen von Hailey zu hören. Vicky war es immer so vorgekommen, als wäre in Stephanies Leben alles perfekt. Als gäbe es keinerlei Probleme bei ihr und als würde sie mit einer Leichtigkeit durchs Leben gehen, die Vicky verloren hatte. Aber offensichtlich hatte sie sich getäuscht.

Vielleicht war wirklich etwas an dem Spruch dran, dass jeder Mensch nun einmal sein Päckchen zu tragen hatte.

»Gott, jetzt schau mich bitte nicht so an.« Stephanie fuhr sich mit beiden Händen über das Gesicht.

Vicky blinzelte. »Wie sehe ich dich denn an?«

»So, als hättest du Mitleid mit mir.«

Gott, jetzt hatte sie genau das getan, was sie selbst so sehr hasste. Sie hatte Stephanie für ihre Lebensgeschichte bemitleidet. Dabei war sie offensichtlich als eine gestärkte Persönlichkeit aus der Katastrophe hervorgegangen.

»Entschuldige.« Vicky griff sich Haileys leeren Teller und stellte ihn auf den Couchtisch, bevor er herunterfallen konnte. »Ich hasse es selbst, wenn die Leute mich bemitleiden. Ich habe mir nur vorgestellt, wie hart das für dich gewesen sein muss.«

Stephanie nickte. »Das war es. Aber es ist vorbei. Nur deshalb habe ich den Job gefunden, den ich liebe. Ich habe das Gefühl,

Krankenschwester ist nicht nur mein Beruf, sondern meine Berufung.« Hailey puzzelte wieder, und Stephanie deutete auf ein Teil und die dazu passende Stelle. »Kinder geben einem so viel mehr, als Geld jemals könnte.«

Vicky bekam einen Kloß im Hals, während sie auf Haileys wirren Lockenkopf sah. Wie wahr. Alles veränderte sich, seit Hailey in ihr Leben getreten war. Alles wurde entwurzelt und an einen neuen, völlig fremden Platz gesetzt. Aber Vicky hatte keine Angst. Nicht so wie sonst, wenn etwas in ihrem Leben sich veränderte, ohne dass sie es kontrollieren konnte. Und das war an und für sich schon Geschenk genug.

»Ja, da hast du vermutlich recht.« Vicky blickte auf Haileys Puzzle. Hailey legte gerade das letzte passende Stück an den runden Bauch eines Bären. Sein Fell war braun und struppig und sein Gesicht freundlich. Der Rest des Puzzles war ein kunterbuntes Durcheinander aus Grün- und Brauntönen und niedlichen Tierzeichnungen.

Stephanie kratzte sich leicht am Hinterkopf. »Und jetzt zurück zum Thema, bevor ich die Stimmung mit meiner Lebensgeschichte nur noch mehr ruiniere.« Sie sah Vicky direkt an. »Hast du schon mit Butch geklärt, wie ihr das mit Haileys Physiotherapie machen wollt? Die beginnt doch nächste Woche, oder nicht?«

Vicky schloss einen Moment die Augen. »So ein Mist.« Das hatte sie wirklich total vergessen.

Stephanie lachte. »Das werte ich dann mal als ein Nein. Wie oft in der Woche ist das nochmal?«

»Zweimal die Woche. Dienstag und Donnerstag mittags.« Vicky rieb sich die Schläfen. Die Physiotherapie würde ein echtes Problem werden. Beim jetzigen Verkehr dauerte die Fahrt zum Krankenhaus gute dreißig Minuten. Und sie konnte mit Hailey nicht einfach die U-Bahn nehmen. Die Therapiestunde nahm noch mal eine Stunde in Anspruch. Dazu kam noch der Rückweg. Sie würde an beiden Tagen gute zwei Stunden verlieren.

»Wie wäre es denn, wenn ich das übernehme?«

Vicky sah überrascht zu Stephanie. »Was?«

»Es sind eh meine freien Tage.« Stephanie zuckte mit den Schultern. »Es ist nicht gerade so, als hätte ich etwas Besseres zu tun.«

»Steph, das kann ich nicht von dir verlangen.« Vicky schüttelte den Kopf. »Das geht einfach nicht.«

Stephanie grinste schief. »Tust du ja auch nicht. Ich biete es dir an.«

»Nein. Das ist wirklich zu viel verlangt.«

»Vicky, nimm es einfach an.« Stephanie legte ihr eine Hand auf den Unterarm und drückte sanft zu. »Du brauchst auch mal eine Pause. Und es macht mir wirklich nichts aus.«

Stephanie hatte recht. Vicky brauchte wirklich mal eine Verschnaufpause. Einfach ein wenig Zeit zum Durchatmen, und um ihre Gedanken zu ordnen. Da gab es nur ein einziges Problem. »Butch wird das auf keinen Fall zulassen.«

Stephanie runzelte die Stirn. »Warum nicht?«

Zum Teufel, wie sollte sie Stephanie das nur erklären?

»Er traut mir nicht, oder?«

Damit hatte Stephanie den Nagel auf den Kopf getroffen. Vicky öffnete den Mund, um etwas zu Butchs Verteidigung hervorzubringen, doch kein Wort kam ihr über die Lippen.

»Dann soll er uns einen von seinen Gorillas mitschicken.« Stephanie zuckte mit den Schultern. »Oder er kommt am besten gleich selbst mit.«

»Einen seiner Gorillas? Was …?«

»Versuch erst gar nicht, es abzustreiten, Vicky.« Stephanie machte eine ausladende Handbewegung, die die gesamte Wohnung einschloss. »Auch wenn die Gegend mies ist, kostet so ein Loft ein halbes Vermögen. Menschen, die sich so eine Wohnung und ein paar Leibwächter leisten können, haben ihre Leute für absolut alles.«

Vicky war sich sicher, dass Tiny oder Tyrann Stephanie und Hailey begleiten würden. Sie konnte sicher jedem der beiden das Leben von Stephanie und Hailey anvertrauen. Außerdem mochte Hailey Stephanie. Sie würde wahrscheinlich ohne Probleme mit ihr mitgehen. Und sie konnte wirklich eine kleine Pause gebrauchen.

»Also?« Stephanie lächelte. »Was sagst du?«

Vicky gab sich geschlagen. »Ich rede mit Butch darüber.« Oder ihn eben vor vollendete Tatsachen stellen.

31

»Habt ihr auch wirklich alles dabei?« Vicky drehte die Uhr an ihrem Handgelenk hin und her. »Die Sporthose? Das Kindershampoo? Ihre Schmerzmittel?«

Stephanie legte Vicky eine Hand auf die Schulter. »Vicky, wir machen das schon.«

Tyrann schulterte den roten Kinderrucksack mit den Blumen. »Du machst dir viel zu viele Gedanken. Wir sind ein gutes Team. Wir bringen sie euch wohlbehalten zurück.«

Hailey saß auf dem Sofa und sah sich mit großen Augen eine Kindersendung an. Heute Morgen hatte Vicky ihr ruhig und geduldig alles erklärt. Und Hailey mochte Tyrann und Stephanie. Das wusste Vicky auch ganz genau. Es war kein Problem, dass sie mit ihnen mitging. Und doch lastete das schlechte Gewissen schwer auf Vickys Schultern.

Tyrann warf einen Blick auf die Uhr. »Es wird Zeit.«

Vicky nickte, doch das ungute Gefühl in ihrer Magengegend blieb. »Wenn etwas ist, könnt ihr immer anrufen. Ich komme sofort.«

»Was soll schon sein?« Stephanie lachte. »Außerdem bin ich auch Kinderkrankenschwester. Sogar schon deutlich länger als du. Schon vergessen?«

In diesem Moment kam Butch aus dem Badezimmer und rubbelte sich mit einem Handtuch das Haar trocken. Dabei stützte er sich schwer auf seinen Gehstock. Seitdem Vicky ihm gesagt hatte, dass Hailey mit Stephanie zur Physiotherapie ging, hatte er kaum mehr mit ihr gesprochen. Bevor er zu Bett gegangen war, hatte er ihr vorgeworfen, dass sie das besser nicht hinter seinem Rücken entschieden hätte. Er hatte sie mit ihrem schlechten Gewissen alleingelassen. Mit ihrer Entscheidung. So wie immer.

Aber sie wusste, dass es richtig war, Hailey mit Stephanie und Tyrann gehen zu lassen. Sie und Butch brauchten eine Pause und Zeit, um zu arbeiten oder einfach mal ihre Gedanken zu ordnen. Außerdem konnten sie Hailey nicht für immer in Watte packen und ihr bei allem die Hand halten. Sonst bekam sie nie eine Chance auf ein normales Leben. Und das war die erste Gelegenheit dafür. Ein erster Testlauf sozusagen. Für sie alle.

Es war richtig. Oder?

Butch nickte Tyrann zur Begrüßung knapp zu und warf einen Blick auf den Fernseher. Er runzelte die Stirn. Ja, auch für Vikky war eine Kindersendung über eine Kuscheltierärztin erst ein wenig befremdlich gewesen. Aber Hailey mochte sie. Und das war alles, was für Vicky zählte.

»Okay, Kleines. Fernseher aus. Du musst los.« Vicky blickte auf ihre Uhr. Gleich halb drei. Das Ding zu tragen war noch immer ungewohnt. Aber da es ein Geschenk war, gewöhnte sie sich langsam daran.

»Sag mal, ist das eine Dior?« Stephanie trat einen Schritt näher und drehte leicht Vickys Handgelenk hin und her, um die Uhr besser betrachten zu können. »Woher hast du die?«

»Keine Ahnung.« Mit Marken kannte sie sich nun wirklich nicht aus. »Mein Schwager hat sie mir letztes Jahr zum Geburtstag geschickt.«

An der Badezimmertür knurrte Butch, und Vicky wusste auch ohne hinzusehen, dass er auf hundertachtzig war. Aber sie hatte gerade wirklich keine Zeit, sich mit seinem Hass auf John zu befassen. Oder generell mit seiner hundsmiserablen Laune. Ein Blick auf Hailey, und ihr Magen fühlte sich an wie zugeschnürt.

Vicky entzog Stephanie ihr Handgelenk und ging zum Sofa zurück. Hailey hatte den Fernseher bereits ausgeschaltet. Vicky half ihr beim Aufstehen und reichte ihr die Krücken.

Langsam humpelte Hailey auf Stephanie und Tyrann zu, und Vicky verschränkte die Arme vor der Brust. »Fahrt vorsichtig, okay?«

Stephanie öffnete die Tür für Hailey. »Ja, ja, du Glucke.«

Vicky wusste, dass Stephanie recht hatte. Es würde alles gut gehen. Alles war in Ordnung. Das Problem war einzig und allein Vickys Kopf, der die Situation ernster machte, als sie war.

Hailey würde nur für zwei Stunden weg sein. Kein Weltuntergang. Mit der Zeit würde sie sich sicherlich daran gewöhnen. Oder?

Vicky ging zu Hailey und drückte ihr einen schnellen Kuss auf den Scheitel. »Viel Spaß bei der Physiotherapie.«

Hailey nickte und lächelte. Gott, dieses ehrliche Kinderlächeln war der Grund, warum Vicky das alles überhaupt auf sich nahm. Den Stress, die Angst, die Ungewissheit. Die ständigen Auseinandersetzungen mit Butch. Doch das alles wurde für Vicky erträglich, wenn Hailey sie anlächelte.

»Dann bis später.« Vicky wandte sich schnell um, bevor sie es sich anders überlegen konnte und doch noch mitfuhr. Da bemerkte sie im Augenwinkel eine Bewegung. War das Butch? Langsam drehte sich Vicky wieder zur Tür.

Butch hatte den Gehstock an die Wand gelehnt und hockte vor Hailey. Die Stellung bereitete ihm starke Schmerzen, so blass wie er dabei immer wurde. Er sagte nichts, sondern sah Hailey einfach nur an. Und sie erwiderte seinen Blick. Zwischen den beiden fand diese besondere, wortlose Kommunikation statt. Manchmal fühlte Vicky sich fast ausgeschlossen, wenn die beiden so miteinander interagierten. Es war schon eigenartig. Zwischen Hailey und Butch gab es eine Verbindung, wie sie sonst niemand besaß.

»Bis später.« Butch strich Hailey mit der Hand über die Wange. Die Berührung war kurz und doch lange genug, um Vicky zu verwirren.

Er verabschiedete sich nie von Hailey. Zumindest nicht so. Und schon gar nicht fasste er sie vor anderen an. Niemals. Das machte er nur, wenn sie allein waren. Und dann auch nur sehr, sehr selten oder wenn Hailey es von sich aus einforderte. Butch war kein zärtlicher Mann.

Hailey lächelte und nickte eifrig. Ganz als wollte sie ihm beteuern, dass sie so schnell wie möglich wieder zurück sein würde.

Butch erhob sich mühsam und lehnte sich wieder auf seinen Gehstock.

Tyrann grinste schief und wollte schon etwas sagen, doch Butch warf ihm einen so vernichtenden Blick zu, dass es Vicky eiskalt den Rücken hinunterlief.

»Deinen dummen Spruch kannst du dir sparen«, brummte Butch nur und schob Tyrann ungeduldig in Richtung der Tür.

Hailey lächelte, klemmte sich die rechte Krücke unter den Arm und winkte. »Bis morgen.«

Vicky sah zu Butch, der Tyrann schon halb zur Tür hinausgedrängt hatte. Aber er hielt mitten in der Bewegung inne und starrte Hailey an, die seinen intensiven Blick unsicher erwiderte.

»Hat sie gerade …?« Vicky sah zu Stephanie, die leise vor sich hin lachte.

»Ja, ich glaube, sie hat gerade gesprochen.«

Butch räusperte sich. »Sag das noch mal.«

Hailey sah verschüchtert zu Boden. Ihre Wangen und Ohren hatten ein flammendes Rot angenommen. »Bis morgen«, sagte sie ganz leise

Ihre Stimme war hell. Sie klang freundlich und sanft. Und noch so kindlich, dass es Vicky beinahe das Herz brach.

»Bis später, Kleines.« Butch packte Vicky sanft am Arm und hielt sie zurück, als Stephanie zusammen mit Hailey und Tyrann die Wohnung verließ. Vicky war so perplex, dass sie den dreien am liebsten einfach nachgelaufen wäre.

Hailey hatte gesprochen. Die ersten Worte überhaupt.

Vicky sah zu Butch hoch. »Sie hat etwas gesagt!«

Butch schlug die Tür mit der freien Hand zu. Seine Mundwinkel zuckten leicht. »Ja.«

Vicky riss die Arme hoch und stieß ein triumphierendes Geheul aus. All die Wochen voller Geduld und Fürsorge! All die schwierigen Momente, durch die sie sich gekämpft hatten! Und endlich zahlte es sich aus.

»Sie hat etwas gesagt! Endlich!« Vicky klatschte in die Hände. »Endlich, Butch! Nach drei Wochen!«

Butch nickte. »Ja. Das hat sie.«

Vicky konnte nicht anders: Sie stellte sich auf die Zehnspitzen und legte ihm die Arme um die Schultern. Sie zog ihn etwas zu sich herunter. Dann presste sie ihre Lippen auf seine. Wieder schmeckte er nach Tabak, aber der Hauch von Alkohol war verschwunden. Sie lehnte sich leicht an Butch. Da spürte sie, wie Butchs Körper sich anspannte, und sie bereute die Geste sofort.

Sie hatte es wieder getan. Sie war wieder ihrem Impuls gefolgt. Und diesmal würde Butch nicht einfach so darüber hinweggehen wie damals im Krankenhaus. Aber wollte sie das überhaupt? Wollte sie nicht endlich darüber reden? Über das, was auch immer zwischen ihnen eigentlich war.

Sofort lehnte Vicky sich zurück. Gott, dieser Mann trieb sie noch in den Wahnsinn. »Butch, ich …«

Er hob die Hand und trat einen großen Schritt zurück, so als hätte sie eine Krankheit, mit der er sich nicht infizieren wollte. »Vergiss es einfach, Vic.« Mit langen Schritten verschwand er in seinen Arbeitsbereich.

Vicky wusste, dass sie ihn jetzt nicht mehr stören sollte. Es war seine Art, ihr in dieser offenen Wohnung die Tür vor der Nase zuzuschlagen.

Sie sah auf die Uhr. Drei Uhr. Sie hatte zwei Stunden.

Das reichte für Einkäufe und einen sehr langen Spaziergang, bei dem sie ihre Gedanken ordnen konnte. Denn genau das hatte sie jetzt bitter nötig.

32

Eine Woche. Eine *gottverdammte* Woche.

Und sie waren immer noch genauso schlau wie am Anfang.

Butch starrte wütend auf die Karte, die nun hinter seinem Schreibtisch an der Wand hing. Manchmal hoffte er, sie würde ihm all ihre Geheimnisse offenbaren, wenn er sie nur lange genug anstarrte. Einen Versuch war es wert.

Wer auch immer dieser Scheißkerl war, er versteckte sich verdammt gut. Butch würde es niemals vor ihnen zugeben, aber seine Leute hatten ganze Arbeit geleistet. Seth und Steven hatten auf der Straße jeden gefragt, den sie kannten, über alle Organisationen hinweg. Sogar die unbedeutenden und fraktionslosen Fußsoldaten. Sogar Peter »The Rat« hatten sie gefragt. Aber niemand hatte etwas gewusst.

Doch ehrlich gesagt, hätte es ihn auch ziemlich gewundert, wenn sie auf der Straße etwas herausgefunden hätten.

Denn dieser Mistkerl gehörte auf keinen Fall zu den Hauptgruppierungen. Er war schlau, gerissen. Hatte sich jemanden als Partner gesucht, der zwar einflussreich, aber verzweifelt genug war, um sich auf Kinderhandel einzulassen. Und solche Leute gab es in New York City nicht gerade viele.

Scheiße, so eine Nummer traute er nicht einmal dem irren Iren Ramsey zu, und der war nun nicht gerade das, was Butch als moralisches Vorbild bezeichnen würde. Der Kerl hatte ungefähr so viel Ehre in seinem ganzen Körper wie Butch in seinem kleinen Finger. Aber auch er hatte mit Wut und Entrüstung reagiert, als er gehört hatte, dass es in der Stadt einen Mädchenhändlerring gab.

Seitdem Seth und Steven überall Fragen stellten, hatte die Nachricht sich wie ein Lauffeuer verbreitet. Und die Nachricht von seiner angeblichen Rückkehr hatten natürlich auch alle gehört.

Butch umfasste den Griff seines Gehstocks noch fester. Nichts hätte er lieber getan, als diese Gerüchte eigenhändig im Keim zu ersticken. Denn er kam nicht zurück. Niemals. So sehr er es vielleicht auch wollte. Er war nicht mehr der Butcher von Hell's Kitchen. Er war höchstens noch ein Schatten des Mannes, der er einst gewesen war. Eine Witzfigur, ein Krüppel.

Er versuchte, sich wieder auf die Karte zu konzentrieren. Alle Organisationen der Stadt hatten für diese Angelegenheit ihre Streitigkeiten beiseitegelegt. Alle durchkämmten ihre Gebiete. Aber bisher war absolut gar nichts dabei herausgekommen. Nicht mal ein paar Brotkrumen, die sie im Schnee hätten auflesen können. Und ihnen lief die Zeit davon.

Sein Blick glitt über den Raumtrenner hinweg zu seinem Bett. Vicky hatte die Augen geschlossen und die Arme fest um Hailey geschlungen, die mit einem friedlichen Lächeln schlief. Ihre braunen Locken standen wild von ihrem Kopf ab und mischten sich mit Vickys goldbraunen Strähnen. Ihre Wange war fest an Vickys Schlüsselbein geschmiegt, und beide sahen einfach nur zufrieden aus.

Wie war es eigentlich dazu gekommen, dass er seit zwei Wochen auf dem Sofa schlief und Vicky und Hailey in seinem Bett?

Vor allem Vicky. Er hatte nie zugestimmt, dass sie bei ihm einzog. Soweit er sich recht entsinnen konnte, hatte sein Angebot nur Hailey gegolten. Vicky war nie Teil dieses Deals gewesen.

Klar, er hatte gesagt, dass sie bleiben könnte, bis ihre Schlösser und ihre Tür ausgetauscht worden waren. Aber das müsste inzwischen ja längst erledigt sein. Wieso zum Teufel war sie immer noch hier?

Er ging in Richtung der Küche, wo er verwirrt innehielt. Was zum Teufel …?

Wann hatte Vicky dieses hässliche pinkfarbene Kindergeschirrset mitgebracht? Und was hatte es bitte mit diesem winzigen Messer auf sich? Die Klinge war ja zu nichts weiter zu gebrauchen, als Marmelade auf einem Brötchen zu verteilen. Wieso zum Geier hatte niemand diesen ganzen Mist gestern Abend weggeräumt? Er hatte neben Hailey am Tresen gesessen und etwas gegessen. Dann hatte Tiny ihn abgeholt und sie waren zusammen durch die Stadt gezogen. Hatten einen Hinweis nach dem nächsten abgearbeitet. Erfolglos.

Was passierte eigentlich jedes Mal, wenn er das Haus verließ? Brach hier die Anarchie aus?

Er nahm sich den Teller, das Messer und den dazu passenden Becher und warf alles in die Spüle. Seine Tassen standen im Hochschrank, und er brauchte eine für seinen Kaffee, den er nach der letzten Nacht definitiv nötig hatte.

»Fuck.« Eine volle Ladung verschiedenster Snacks fiel Butch entgegen, als er die Schranktür öffnete. Aus einem Reflex heraus ließ er seinen Gehstock fallen und riss die Hände nach vorne. Blinzelnd sah er auf die Ausbeute in seinen Armen: Käsebällchen, Chips, Gummibärchen, Cracker, Kekse.

Wieso zum Teufel hatte er so viel Junkfood in seinem Haus? Er ernährte sich seit Monaten von Schmerztabletten und Alkohol und hin und wieder mal einem gebratenen Stück Fleisch. Obwohl …

Er sah an sich herab. Er hatte eindeutig zugenommen. Sicher an die vier Kilo in den letzten zwei Wochen. Nicht, dass ihm ein bisschen mehr Fleisch auf den Rippen schadete, nachdem er in den letzten eineinhalb Jahren derart an Gewicht verloren hatte. Aber dennoch. Wie zum Teufel war das passiert?

Angefangen hatte es vermutlich, als Hailey eines Abends das Essen verweigert hatte. Sie hatte dicke Tränen vergossen, als sie das erste Mal gebratene Zucchinistücke hatte essen sollen. Irgendwann war es Butch zu bunt geworden und er hatte einfach ein paar Bissen von dem Zucchinigericht gegessen. Er wusste, dass es funktionieren würde. So hatte John ihn als Kind dazu bekommen, überhaupt irgendein Gemüse zu essen. Und es dauerte auch nicht lange, bis Hailey das grüne Zeug in sich hineinschaufelte. Ehe er sich's versah, aß er jeden Abend etwas, das Vicky für Hailey gekocht hatte, damit es nicht ständig einen Kampf ums Essen gab.

»Was machst du denn so einen Lärm?«

Vicky stand am Küchentresen und rieb sich den Schlaf aus den Augen.

»Das ist allein deine Schuld.« Er stopfte all die Snack-Tüten zurück in den Schrank und verschloss ihn so schnell er konnte. Wie die Büchse der Pandora. »Was macht bitte das ganze Junkfood in meiner Wohnung?« Er schüttelte den Kopf. »So viel Zeug könnt ihr unmöglich essen.«

Vicky legte den Kopf schief. Ihre Haare waren ein wildes Chaos und sie trug ein viel zu großes Shirt, das ihr von der rechten Schulter gerutscht war und ihre sonnengebräunte Haut zeigte. Ihre Beine steckten in einer viel zu großen Schlafanzughose, die so tief auf ihren Hüften saß, dass er einen Blick auf ihre Hüftknochen erhaschen konnte, wenn sie sich streckte. Und wie immer war sie barfuß.

Diese Frau war ein gottverdammter Hippie.

Sie fuhr sich mit beiden Händen über das Gesicht. »Das ist für übermorgen.« Ihre Stimme klang noch ganz rau. »Wieso regst du dich schon wieder so auf? Schlechte Nacht gehabt?«

»Ich rege mich auf, weil meine Wohnung nicht dein gottverdammter persönlicher Spielplatz ist.« Butch wollte sich schon eine Kaffeetasse schnappen, als bei ihm ankam, was Vicky gesagt hatte. »Für übermorgen? Was ist denn bitte übermorgen?«

Vicky öffnete den Kühlschrank und nahm eine Flasche Orangensaft heraus. Ohne mit der Wimper zu zucken trank sie direkt aus der Flasche.

»Der Superbowl. Die anderen kommen, schon vergessen?« Sie stellte den Orangensaft zurück und nahm sich einen Apfel.

Er hatte Äpfel in seiner Wohnung? Wann bitte war das passiert? Und wann hatte er die anderen zum Superbowl in seine Wohnung eingeladen? Reichte es nicht, dass sie mittlerweile alle bei ihm ein- und ausgingen, wie sie gottverdammt nochmal wollten? Und dass sie ständig neue Sachen für Hailey mitbrachten? Scheiße, sogar der Bulle und die blonde Krankenschwester kamen regelmäßig vorbei. Und wann hatte er bitte zugestimmt, den Superbowl zu gucken? Er hasste beide Mannschaften, die es ins Finale geschafft hatten.

Butch hielt einen Moment inne. Der Superbowl? Das bedeutete, es war Anfang Februar. Er schloss die Augen. Anfang Februar.

Vier Wochen war es her, dass Hailey aus dem Fenster gesprungen war. Vier Wochen, in denen er keinen Schritt weitergekommen war.

»Verdammte Scheiße.« Er schlug mit der Faust auf den Küchentresen. Vicky, die einen Apfel zum Frühstück aß, zuckte zusammen. Er hatte sich ablenken lassen. Hatte sich in ein Leben zerren lassen, das er gottverdammt nochmal nicht wollte.

Er wollte zurück in seine stille Einsamkeit. Zu seinem Alkohol und seinen Tabletten. Stattdessen lag überall in seiner Wohnung Kinderspielzeug herum. Die Menschen, die er auf Distanz hatte halten wollen, gingen bei ihm ein und aus. Und die Frau, die das alles ausgelöst hatte und sein Leben regelmäßig aus den Fugen warf, wohnte nun auch noch bei ihm.

Er bekam einfach keine Luft mehr. Diese Wohnung, die er immer als offen und weit empfunden hatte, kam ihm vor wie ein Schuhkarton ohne Luftlöcher. Und er war darin einge-schlossen. Wie damals in diesem Wandschrank. Er war einge-schlossen und musste warten, bis er gefunden und windelweich geprügelt wurde.

»Butch?« Das war Vickys Stimme. »Hey, alles okay bei dir?« Sie berührte seinen Arm, ehe sie den Apfel auf den Tresen leg-te. Ihre warmen Augen sahen ihn voller Sorge an. »Du siehst blass aus.«

Mit einem Ruck entriss Butch ihr seinen Arm. »Ich komme schon klar. Ich brauche deine Hilfe nicht. Ich brauche von dir nur, dass du deine Sachen packst und verschwindest, damit mein Leben wieder seinen geregelten Gang gehen kann.«

Vickys Gesichtsfarbe wechselte von rosig zu feuerrot. »Jetzt hör mir mal genau zu, du undankbares Arschloch.« Sie trat di-rekt vor ihn und bohrte ihm den Zeigefinger in die Brust. »Ich kann absolut nichts dafür, dass die Situation so ist, wie sie gera-de ist. Ich versuche lediglich, das Beste daraus zu machen. Für Hailey und für mich. Und wenn du Einsiedlerkrebs damit nicht zurechtkommst, dann tut es mir leid. Aber ich werde nicht klein beigeben, nur weil dir plötzlich einfällt, dass dir das alles zu viel wird.« Ihre Augen blitzten vor Wut. »Newsflash: Es geht nicht immer nur um dich, Butch. Auch wenn das dein zer-brechliches Ego verletzt. Ich bleibe hier so lange, wie es mir passt. Denn aus mir unerfindlichen Gründen fühle ich mich bei dir sicher. Und das, obwohl du ein unausstehliches, selbstge-rechtes …«

Butch wusste nicht, was er tat. In einem Moment starrte er Vicky noch wütend an, im nächsten vergrub er die Hand tief in ihrem langen, seidigen Haar und zog sie an sich, um seine Lip-pen auf ihre zu pressen.

Er hörte Vickys überraschtes Keuchen. Er spürte, wie sie die Hände auf seine Schultern legte und die Finger fest in den

Stoff seines Hemdes krallte. Doch er konnte sich nur noch auf das Gefühl ihrer weichen Lippen auf seinen konzentrieren. Auf ihre Wärme. Auf ihren leicht süßlichen Geschmack, den er nie vergessen würde.

Sie schmeckte nach Orangensaft, Apfel und Vicky.

Er spürte, wie sie sich an ihn klammerte, und während die Welt gerade noch stillgestanden hatte, geriet plötzlich alles aus den Fugen, als Vicky ihren Körper an seinen presste und ihre Hände sich in seinen Nacken legten.

Ihr Kuss war nicht sanft. Er war nicht vorsichtig. Er war wütend und chaotisch. Angriffslustig und fordernd – genau das, was er brauchte.

Er zwang Vickys Kopf weiter in den Nacken und vertiefte den Kuss. Seine freie Hand legte er auf ihre Hüften. Seine Finger gruben sich tief in ihre nackte Haut. Er drängte sie rückwärts, bis sie beide gegen den Tresen stießen.

Und dann klingelte sein gottverdammtes Handy.

Der Klingelton hatte ihn noch nie so genervt wie in diesem Augenblick. Widerwillig ließ er Vicky los, griff in seine Hosentasche und zerrte das verdammte Smartphone hervor. Bei dem Namen auf dem Display verdrehte er die Augen.

»Wehe, es ist nicht wirklich wichtig, Bulle.« Er sah zu Vicky, die sich mit der Zungenspitze über die Lippen fuhr, und er schluckte schwer.

»Dir auch einen guten Morgen, Arschloch.« Am anderen Ende der Leitung ordnete Nathan irgendwelche Papiere. Das Rascheln war unerträglich laut in der Leitung.

»Was willst du?« Über Vickys Schulter sah Butch Hailey, die auf Krücken zu ihnen humpelte. Er löste sich sofort von Vicky. Seitdem Hailey zweimal die Woche mit Stephanie und Tyrann zur Physiotherapie ging, bewegte sie sich auf den Krücken schon deutlich besser. Als Vicky nach ihm greifen wollte, nickte er in Haileys Richtung. Vicky drehte sich sofort um und ging mit einem Lächeln auf Hailey zu. Leise sprach sie mit ihr, bevor sie ihr auf einen der Hocker am Tresen half.

»Erinnerst du dich, wie ich dir gesagt habe, dass ich keinen Zugriff mehr auf polizeiliche Datenbanken habe, weil ich kein Bulle mehr bin? Zum Beispiel auf die Datenbank mit den vermissten Kindern?« Butch ging um den Tresen herum und in Richtung seines Büros.

»Ja. Savannah hat sich darum gekümmert, hat aber nichts Brauchbares gefunden.«

»Genau.« Nathan räusperte sich. »Weil wir keine Daten von Hailey haben. Wir können ihr Alter nur schätzen und wissen ihren Geburtsort nicht, richtig? Wir haben keine Ahnung, ob sie gerade erst entführt wurde oder schon seit Jahren von diesem Ring gefangen gehalten wird. Wir wissen nichts über sie, weil sie nicht spricht.«

»Richtig.« Vicky stellte gerade einen Becher mit Milch in die Mikrowelle, während Hailey sie beobachtete. »Worauf willst du hinaus, Bulle?«

»Was, wenn Hailey gar nicht vermisst wird? Was, wenn es so ist wie bei dir?« Nathan zögerte einen Moment. Wahrscheinlich hatte er Angst, er könnte Butchs Gefühle verletzen. Fast hätte Butch laut gelacht. »Dass sie nicht vermisst, sondern für tot gehalten wird?«

»Also darauf willst du hinaus.« Butch rieb sich mit einer Hand über das Gesicht. »Das würde bedeuten, dass wir in einer ganz anderen Datenbank nach ihr suchen müssten.«

Vicky ging ins Badezimmer und kam mit einer Bürste zurück zum Küchentresen. Sie begann, Haileys Haar zu kämmen. Die ließ sich das Ganze mit geschlossenen Augen und einem Lächeln im Gesicht gefallen.

»Richtig.« Nathan raschelte wieder. »Aber selbst wenn wir an die Datenbanken mit den für tot erklärten Fällen rankommen, sind wir auch nicht viel weiter. Weil wir keine Daten haben. Und damit auch keine Anhaltspunkte.«

»Hm.« Sie waren genau so weit wie am Anfang.

Vicky begann, Haileys Haare zu flechten, und Hailey griff nach hinten und riss die Augen weit auf. Tränen glänzten in ihnen.

Und dann sah Butch es. Da war ein großes Feuermal in ihrem Nacken, ungefähr so groß wie sein Handteller.

Vicky hörte sofort mit dem Flechten auf und redete beruhigend auf Hailey ein. Doch Hailey sah unsicher über die Schulter zu Butch.

Er lächelte sie an. Spürte sogar, wie sein Lächeln zu einem breiten Grinsen wurde. Wie zum Teufel hatten sie das nur die ganze Zeit übersehen können?

Nathan fluchte am anderen Ende der Leitung. »Bist du noch dran, Cohen?«

»Bulle, ich glaube ich habe endlich etwas, was uns weiterhilft.«

33

»Dann hau mal in die Tasten, Kleiner.«

»Nate, ich werde bald einundzwanzig. ›Kleiner‹ ist also langsam wirklich nur noch peinlich.«

Nathan sah zu Ryan, der mit stoischem Blick auf die großen Monitore vor sich starrte. Eine Zigarette klemmte zwischen seinen Lippen, und er schob mit dem Zeigefinger die hässliche Hornbrille zurück, die er seit einem Jahr tragen musste. Seine roten Locken waren ein einziges Chaos, doch er schien sie nicht ernsthaft bändigen zu wollen. Generell hatte er außer an seinem Computer kaum Interesse an irgendetwas anderem.

Vor anderthalb Jahren hatte Ryan Savannah dabei zugesehen, wie sie mühelos ein System geknackt hatte, an dem er gescheitert war. Seither war er geradezu obsessiv, was den Erwerb von neuem Wissen betraf. Nathan beobachtete das Ganze mit einem unguten Gefühl in der Magengegend. Ryans regelmäßige Besuche bei Savannah konnte er nun wirklich nicht gerade gutheißen.

Der Umgang mit ihr hatte Ryan deutlich rebellischer gemacht. Wo war der neunzehnjährige Junge, der Nathan wie ein kleiner Hund hinterherlief, seit er ihn mit Gras erwischt, ihn aber nicht angezeigt und ihm damit den Arsch gerettet hatte? Ryan hatte den Jungen offensichtlich gegen eine aufmüpfigere, erwachsenere Version von sich selbst eingetauscht.

»Du bist immer zehn Jahre jünger als ich. Also find dich mit dem Spitznamen ab.« Nathan schlug Ryan mit einem Grinsen gegen die Schulter. Die letzten eineinhalb Jahre hatten der

Wohnung nicht gerade einen Gefallen getan. Das Rattenloch war noch verkommener. Die Löcher im Teppich wurden immer größer, und es gab immer weniger Platz, weil Ryan alles mit seinen Fachbüchern zustellte. Außerdem war es hier drinnen arschkalt. Nathan rieb die Hände aneinander, um wieder warme Finger zu bekommen.

»Es wird echt Zeit, dass du umziehst.« Er schüttelte den Kopf. So eine Kälte war doch nicht tragbar.

»Klar. Sofort.« Ryan warf ihm über den Rand seiner Brille einen eindeutigen Blick zu. »Nur, wie soll ich das bitte finanzieren, du Genie? Ist ja nicht gerade so, als hätten meine Eltern Geld im Überfluss.«

Nathan zuckte mit den Achseln. »Dann such dir halt einen Job. Kann doch nicht so schwer sein. Deine Noten sind dafür gut genug. Damit sollten deine Eltern kein Problem haben.« Er rümpfte die Nase. »Hier kannst du auf alle Fälle nicht wohnen bleiben.«

Ryan seufzte. »Du bist nicht mein Bruder, Nathan. Hör also auf, mein Leben zu organisieren.«

Er packte Ryans Rückenlehne fester, und das Leder protestierte mit einem Quietschen. Er versuchte, ruhig weiterzuatmen.

Ein und aus. Ein und aus. Ein und aus.

Auch nach elf Jahren fühlten sich diese Worte noch an wie angeschossen zu werden. Dabei hätte er mittlerweile über den Tod seines kleinen Bruders hinweg sein müssen.

Ryan hörte abrupt auf zu tippen und sah hoch zu Nathan. Seine blasse Haut wurde noch blasser. »Oh Fuck. Entschuldige bitte. Dass war so nicht …«

Nathan schnipste mit den Fingern und deutete auf die Bildschirme. Auf keinen Fall wollte er sich auf den Knoten konzentrieren müssen, der sich in seinem Magen bildete. »Schon okay. Mach einfach deinen Job.«

Ryan biss sich auf die Unterlippe und nickte abrupt. Wieder glitten seine Finger über die Tastatur. Nathan konnte zusehen, wie er eine Firewall nach der nächsten durchbrach, um auf nationale und internationale Datenbanken zuzugreifen. Mit jeder Firewall brach Ryan auch so an die hundert Gesetze.

Er war ja wirklich ein toller Einfluss auf den Jungen. Bei Gott, Ryans Mom würde ihm den Hals umdrehen, wenn sie wüsste, dass ihr Sohn Nathan zuliebe mehr als nur ein US-amerikanisches Gesetz brach. Dabei hatte er sich geschworen, nie wieder jemanden in Schwierigkeiten zu bringen, der ihm so viel bedeutete.

Ryan war nicht wirklich sein kleiner Bruder, aber über die Jahre, die sie sich nun kannten, war er es doch irgendwie geworden.

Nathan räusperte sich. »Bilde ich mir das ein oder bist du noch schneller in dem Scheiß geworden?« Er nickte in Richtung der Bildschirme.

Ryan stieß ein leises Lachen aus. »Den Scheiß nennt man Hacken. Und ja, bin ich.« Er grinste. »Red hat mir ein paar Tipps und Tricks gezeigt.«

Nathan zog eine Augenbraue hoch. »Red?«

»Ja, Red. Savannah halt. Rote Haare so wie ich. Red eben.«

»Entschuldige bitte.« Nathan blinzelte. »Ich wusste nicht, dass ihr beide jetzt schon Spitznamen füreinander benutzt.«

Ryan zuckte mit den Schultern. »Ich bin zweimal die Woche bei ihr zu Hause. Sie macht fantastischen Irish Stew. Solltest du auch mal probieren. Ich hab noch einen Rest im Kühlschrank.«

Okay, wann war das bitte passiert? Nathan schüttelte den Kopf und ging zum Kühlschrank. Darin stapelten sich Energydrinks neben Kartons vom Chinesen um die Ecke. Vereinzelte Tupperdosen standen dazwischen.

Er öffnete eine davon und runzelte die Stirn. »Woher ist denn das Sushi?«

»Oh, das?« Ryans Stimme klang abwesend. »Das ist von Yui.«

»Wann warst du denn bitte bei Yui?«

Ryan schaute zur Decke hoch, als stünden dort die Antworten auf Nathans Fragen. »Vorgestern oder so. Dan und sie haben mich zum Essen eingeladen. Machen die häufiger mal.«

Bitte was? Nathan sah auf die Sushi-Reste in der Tupperdose. »Pass auf, diese Leute sind nicht so nett, wie du denkst.« Er stellte die Dose wieder zurück und knallte die Kühlschranktür zu.

»Ich weiß.« Ryan zuckte mit den Schultern. »Es sind Gangster, oder? Also organisiertes Verbrechen und so.«

Nathan blieb für einen Moment der Mund offen stehen. »Woher weißt du das?«

»Hab Red gefragt, ob ich für sie arbeiten kann. Sie hat Nein gesagt. Das würde mir die Zukunft versauen. Den Rest hab ich mir zusammengereimt.« Ryan grinste Nathan jungenhaft an. »Dafür muss man jetzt kein Genie sein.« Er wandte sich wieder zu den Monitoren. »Außerdem sind es nette Leute. Ist doch scheißegal, womit sie ihr Geld machen. Ich hab Professoren an meiner Uni, die deutlich schlimmer sind.«

Nathan schüttelte den Kopf. »Du tust ja gerade so, als wären sie die beschissenen Waltons.«

»Und du tust so, als wären sie Terroristen.« Ryan runzelte die Stirn. »Und könntest du mal kurz die Klappe halten? Ich versuche hier, meinen Job zu machen.«

Nathan drehte einen imaginären Schlüssel vor seinem Mund und schwieg. Vielleicht hatte Ryan ja recht und er übertrieb mit seinen Befürchtungen. Er griff in die Innentasche seiner Jacke und zog eine Schachtel Zigaretten heraus.

Natürlich war die Organisation der Cohens keine Terrorgruppe. Aber sie standen auch nicht gerade auf der richtigen Seite des Gesetzes. Sie lebten von Drogenhandel, Waffenhandel und Prostitution. Nathan hatte auf einem Video gesehen, wie Butch Cohen Menschen zurichtete, die sich ihm in den Weg gestellt hatten.

Für einen Moment schloss Nathan die Augen und versuchte, den Butch von damals und den Butch von heute in Einklang zu bringen. Doch er scheiterte.

Butch war ein Koloss gewesen. An die zwei Meter groß und derartig muskelbepackt, dass man sich ausrechnen konnte, was einem blühte, wenn er zuschlug. Seine ganze Ausstrahlung war aggressiv gewesen. Und seine Angriffslust war von einer kämpferischen Arroganz begleitet, die jedem deutlich sagte, dass dieser Mann nicht häufig in seinem Leben besiegt worden war.

Und heute? Heute war er ein Schatten des Mannes, der er einmal gewesen war. Klar, er war noch immer fast zwei Meter groß und allein dadurch eine imposante Erscheinung, aber heute wirkte er hager. Seine Muskeln waren so gut wie alle verschwunden. Der Gehstock war zwar elegant, konnte aber nicht über seine Behinderung hinwegtäuschen. Und dann war da noch dieses Auge. Dieses milchig weiß verfärbte, braune Auge mit der winzigen Pupille. Man musste kein Genie sein, um zu erkennen, dass er auf dem Auge blind war. Die Narbe, die sich von seiner Stirn bis zu seinem Wangenknochen zog, sagte einem das Übrige. Sein Kampf mit dem *Bräutigam* hatte Butch für immer gekennzeichnet. Und es hatte ihn verändert. Klar, er war auch damals schon ein schweigsames und mürrisches Arschloch gewesen, aber das war nichts gegen die stumme Feindseligkeit, die einem jetzt entgegenschlug, wenn man ihm begegnete.

Nathan hatte keine Ahnung, wie Vicky es auch nur fünf Minuten in der Nähe dieses Mannes aushielt. Und warum Hailey nicht schreiend davonlief, sobald sie Butch sah. Doch beide blieben bei ihm. Nathan hatte Vicky mehr als einmal angeboten, dass sie beide auch in seiner Wohnung wohnen könnten. Aber sie hatte immer nur gelächelt, sich bedankt und freundlich, aber bestimmt abgelehnt.

Irgendwann hatte er es einfach aufgegeben. Aber bei dem Gedanken, Vicky und Hailey in der Nähe dieses ungehobelten Mistkerls zu lassen, war ihm immer noch nicht wohl.

»Wie alt ist das Mädchen nochmal?« Ryan presste seine Nase beinahe gegen den Monitor.

»Sechs oder sieben. Schwer zu sagen, weil sie nicht spricht und unterernährt ist.« Nathan kratzte sich am Hinterkopf. »Sie hat ein großes Feuermal im Nacken. Such also Mädchen, auf die diese Beschreibung passt. So viele kann es davon doch nicht geben.«

Nathan steckte sich eine Zigarette zwischen die Lippen und zündete sie an. Lästige Angewohnheit. Eigentlich hatte er mit dem Rauchen längst aufhören wollen. Aber seit er als Privatdetektiv arbeitete, hatte er jede Menge Zeit zur Verfügung. Die Raucherei war deshalb nur noch schlimmer geworden.

Immer noch bekam er kaum Aufträge. Meistens beschattete er im Auftrag von betrogenen Frauen deren Ehemänner und machte Fotos von ihren Seitensprüngen.

Oh Mann, mittlerweile hatte er genügend Fotos, um das Kamasutra damit zu füllen. Nicht gerade das, was er sich vorgestellt hatte, als er seine Detektei *Tucson Investigations* gegründet hatte.

Aber es war besser, als nichts zu tun, und sein monatliches Einkommen reichte für das Büro in Brooklyn und sein Essen. Sogar für eine Monatskarte für die Metro reichte es. Dafür musste er auf dem Sofa in der Detektei schlafen. Immerhin hatten die Räumlichkeiten ein anständiges Bad mit einer Dusche. Das Wasser war zwar immer nur lauwarm, aber ihn kümmerte das nicht. Er hatte gelernt, seine Ansprüche herunterzuschrauben.

Und wenn das der Preis dafür war, dass er sich morgens weiterhin im Spiegel ansehen konnte, dann war das eben so. Aber

Nathan müsste lügen, wenn er behaupten würde, dass er seine Wohnung in Queens und seinen Dodge Charger nicht vermisste. Er vermisste sein altes Leben. Sogar den Job bei der Mordkommission. Auch wenn der ihn Stück für Stück aufgefressen hatte und er einem Burn-out näher gewesen war, als er jemals zugeben würde.

Aber wenn er die Bilder von Lissiana sah, wie sie schwanger in die Kamera lächelte, dann wusste er, dass es das alles wert gewesen war. Obwohl er sich gewünscht hätte, dass sie ihren Mann fürs Leben in jemand anderem gefunden hätte als in John Cohen.

»Treffer.«

Nathan erstarrte für einen Moment. »Was?« Sofort war er mit langen Schritten an Ryans Seite. »Willst du mich verarschen, Mann?«

Ryan schüttelte den Kopf. »Nein. Hier, schau.« Er deutete auf den Eintrag in einer Datenbank. »Vor sieben Jahren wurde in New Orleans ein Säugling nach der Geburt für tot erklärt. Angebliche Todesursache war ein in der Schwangerschaft nicht feststellbarer Herzfehler.« Ryan überflog die Zeilen mit geübtem Blick. »Großes Feuermal im Nacken. Geburtsname unbekannt. Geboren am zweiten Dezember. Sie würde also dieses Jahr noch acht werden. Hier steht Vater unbekannt. Mutter Maria Santos.« Ryan öffnete ein neues Fenster und gab den Namen der Frau ein. »Maria Santos. Laut Akten eine Borderline-Patientin. Sie hat sich kurz nach der Totgeburt ihrer Tochter das Leben genommen.«

»Na, was für ein Zufall.« Nathan zog sein Handy heraus und wollte schon Butch anrufen. Da hielt er inne. Er sollte besser auf Nummer sicher gehen. »Hast du ein Foto von ihr?«

Ryan ließ seine Finger über die Tatstatur gleiten. Das Bild einer Frau erschien auf dem Monitor.

Die gleichen braunen Augen. Die gleichen braunen Haare. Und die gleiche Stupsnase. Das war Haileys Mutter. Daran gab es überhaupt keinen Zweifel.

Nathan sah wieder auf sein Handy. Butchs Nummer kannte er auswendig. Aber wenn er ihm jetzt sagte, dass sie eine Spur gefunden hatten, dann würde der verrückte Mistkerl sofort auf eigene Faust ermitteln. Dabei konnte er New York City im Moment schlichtweg nicht verlassen.

So wie niemand von ihnen.

Sie waren alle damit beschäftigt, die Stadt zu durchkämmen und mit den anderen Organisationen zu kooperieren. Jeder von ihnen leistete seinen Teil bei der Suche nach den Mädchenhändlern und war deshalb gerade unersetzlich.

Aber sie konnten diese Spur auch nicht unbeachtet lassen. Es musste doch irgendeine Lösung ...

Nathan lachte leise und suchte in seinen Kontakten nach einer ganz anderen Nummer. Gott, Butch würde ihn umbringen, wenn er das herausfand.

Es klingelte genau drei Mal. Dann wurde am anderen Ende abgenommen.

»Bulle, ich hoffe inständig für dich, dass es wichtig ist.« John Cohens Stimme war rau und verschlafen. In diesem Moment klang er Butch wahnsinnig ähnlich.

Nathan warf einen Blick auf die Uhr. Kurz nach halb vier nachmittags am Samstag. In Majuro war es dann ungefähr halb acht. Am Sonntagmorgen.

»Was ist los?«

Nathan hörte das verschlafene Flüstern von Lissiana im Hintergrund. Dann raschelten Laken.

»Der Bulle hat offensichtlich Todessehnsucht. Das ist los.« John klang jetzt ernsthaft sauer. »Jetzt hast du nicht nur mich geweckt, sondern auch meine Frau. Was willst du?«

»Es wird Zeit, dass ich den Gefallen einfordere, den du mir schuldest.« John fluchte, und Nathan grinste. »Es geht um Butch. Diesmal könnte ich echt deine Hilfe gebrauchen.«

34

Tiny drehte den Zettel mit den Ziffern zwischen seinen Fingern hin und her, während er dem leisen Ticken der Uhr lauschte. Zum Teufel, er hätte niemals gedacht, dass er noch einmal eine Telefonnummer im Zusammenhang mit diesem Namen lesen würde. Dass er wirklich vorhatte, diese Nummer auch zu wählen, ging völlig gegen das, was er sich vor Jahren geschworen hatte.

Er nahm sich ein Glas Wodka und trank es in einem Zug leer. Wenn er dieses Gespräch schon führen musste, dann nicht nüchtern. Unweigerlich musste Tiny über sich selbst lachen.

Er hatte in seinem Leben schon oft in den Lauf einer Waffe gestarrt, man hatte ihm mehrere Knochen gebrochen. Einmal hatte jemand versucht, ihm die Kehle aufzuschlitzen. Scheiße, so ein armer Irrer wollte ihm mal die Zunge rausschneiden und sie John und Butch als Warnung zuschicken.

Und trotzdem hatte er vor nichts in seinem Leben so eine Angst wie vor diesem Telefongespräch mit dieser Frau.

Sage.

Sein Daumen fuhr über die leichten Einkerbungen, die Dragons klare Handschrift auf dem Zettel hinterlassen hatte. Das war jetzt schon der dritte Gefallen, den er diesem deutschen Scheißkerl schuldete. Und Dragon kam immer, um die Zeche einzufordern. So viel stand fest. Aber Tinys Rechnung bei Dragon wäre noch höher, wenn er ihm in den letzten eineinhalb Jahren nicht auch wiederholt den Arsch gerettet hätte.

Zuerst war er vor dieser Partnerschaft zurückgeschreckt, weil jeder im Untergrund wusste, wie Dragon war. Und aus einer

Schlange machte man nun mal kein zahmes Haustier. Ganz egal, wie loyal eine Schlange auch erscheinen mochte, sie behielt eben doch immer ihre tödlichen Zähne.

Aber ohne Dragons Hilfe hätte Tiny die Organisation längst verloren. Alles wäre vor die Hunde gegangen. Und es gab nichts, womit Tiny diesen Umstand hätte beschönigen können.

Zuerst war bekannt geworden, dass John das Land verlassen hatte, dann war auch noch Butch abgetaucht. In der Organisation war das reinste Chaos ausgebrochen. Einzig und allein sein Deal mit Dragon und der damit einhergehende Respekt hatte die Kämpfe in den Straßen und das Blutvergießen beendet. Es war auch Dragons Idee gewesen, dass Tiny Edita heiraten sollte.

Tiny warf einen Blick auf seinen Schreibtisch und das Hochzeitsmagazin mit den vielen pinkfarbenen Post-its, die Edita als Markierungen aufgeklebt hatte.

Bei Gott, er hätte niemals gedacht, dass er einmal heiraten würde. Obwohl …

Wieder sah er auf das Stück Papier in seiner Hand und seufzte leise. Es hatte keinen Sinn, dieses Gespräch noch länger aufzuschieben. Elf Jahre war es her, dass sie ihn ohne ein Wort des Abschieds verlassen hatte. Ihre Stimme zu hören würde ihm so oder so das Herz herausreißen.

Tiny gab die Ziffern ein, eine nach der anderen. Am Ende schwebte sein Daumen über dem grünen Anrufsymbol, und er zögerte, als müsste er noch überlegen, ob er anrufen würde.

Natürlich würde er anrufen.

Dieses Telefongespräch würde für ihn die Hölle sein, aber alles in ihm verzehrte sich danach, endlich ihre Stimme wieder zu hören. Ihren einschmeichelnden Louisiana-Akzent, bei dem er immer Gänsehaut bekommen hatte. Den sanften Tonfall ihrer Stimme, die Art, wie sie zwischen den Worten immer eine kleine Pause einlegte, so wie ihre Logopädin es ihr eingebläut hatte.

Sage.

Scheiße, er hatte keine Ahnung, ob er bereit für dieses Gespräch war. Wollte er wirklich all die alten Wunden wieder aufreißen, die er so mühsam über die Jahre verschlossen hatte?

Aber er musste Sage anrufen. Für Vicky, Butch und Hailey. Der Anruf des Bullen hatte ihn vollkommen überrascht. Sonst hätte er noch Zeit gehabt, sich eine andere Lösung einfallen zu lassen. Aber jetzt waren Lissiana und John schon auf dem Weg in die Staaten, um die Ermittlungen in New Orleans zu übernehmen. Und auch wenn er es ungern zugab, Sage war die Einzige, die John und Lissiana in New Orleans helfen konnte. Denn niemand der zehn konnte derzeit New York City verlassen. Nicht, wenn sie den Kinderhändlerring schnell finden und zerschlagen wollten.

Außerdem hatte Sage eine Expertise, die sonst niemand von ihnen mitbrachte.

Er drückte auf das grüne Anrufsymbol und hielt sich das Telefon ans Ohr. Das Freizeichen beendete die Stille um ihn herum, und für einen Moment dachte er, es würde sein Trommelfell zerreißen. Er packte das Wodkaglas noch fester, während er mit angehaltenem Atem darauf wartete, dass sie abhob.

»Doktor Laveau.«

Tiny schloss die Augen. Scheiße, ihre Stimme klang noch genauso, wie er sie in Erinnerung hatte. Automatisch wurde er zurückkatapultiert in diese schäbige Wohnung in Hell's Kitchen. Zu der einfachen Matratze auf dem Boden, umgeben von unzähligen Umzugskisten. Und zu Sage, wie sie mit einem breiten Lächeln ihre Immatrikulationsbescheinigung für die Universität vor ihre nackte Brust hielt.

»Hallo?« Sie klang sofort etwas genervt, und Tiny lächelte unweigerlich. Sie hatte also immer noch das gleiche aufbrausende New-Orleans-Temperament. »Hallo, wer ist denn da?«

Er räusperte sich leise.

Zwei Sekunden lang war nichts zu hören. »Logan?«, sagte Sage schließlich. Ihre Stimme klang brüchig.

Tiny erstarrte. Es war lange her, dass er diesen Namen gehört hatte. Und es war noch länger her, dass er ihn von ihr gehört hatte.

»Hallo, Sage.« Er atmete tief ein und versuchte sich zu sammeln.

Sie seufzte leise. »Ich wusste immer, dass du mich nochmal anrufen würdest. Es ist lange her, Logan.«

35

»Kätzchen, langsamer.«

»John, ich bin schwanger. Nicht behindert.«

John legte Lissiana sanft eine Hand in den Rücken, während er sie in Richtung der Passkontrolle führte. Es war vollkommen sinnlos, mit ihr zu diskutieren. Sie hatte ihren ganz eigenen Kopf. Und auch wenn er sie dafür liebte, waren es Momente wie diese, die ihn zur Verzweiflung trieben.

Lissiana war im siebten Monat schwanger. Bald im achten. Und trotzdem schien sie das nicht auszubremsen.

Ihm wäre es viel lieber gewesen, wenn Lissiana in Majuro geblieben wäre. In ihren gemeinsamen vier Wänden war sie sicher. Aber als Nathan angerufen und die Situation geschildert hatte, war ihm klar gewesen, dass seine Frau die Füße nicht würde stillhalten können. Also hatte er ihr beim Packen geholfen und auf Nathans Anweisungen gewartet. Keine vierundzwanzig Stunden später saßen sie beide in einem Flieger in die USA.

Natürlich hatten sie ein paar clever arrangierte Umwege genommen, dennoch war es ein enorm hohes Risiko, das sie beide eingingen. Und wenn auch nur eine einzige Sache schiefliefe, bekäme er Lissiana nicht mehr zu Gesicht, und sie müsste ihren gemeinsamen Sohn in einem Gefängnis zur Welt bringen.

Das war schlichtweg keine Option.

Er blickte prüfend über die Kameras im Bereich der Grenzkontrolle, während er versuchte, die laut durcheinanderredenden Stimmen und die schrill klingelnden Diensttelefone des

Flughafenpersonals zu ignorieren. Savannah musste ihre Finger im Spiel haben, denn jedes Mal, wenn er einen Blick riskierte, war die Linsen der Überwachungskameras von seinem Gesicht abgewandt.

John lächelte. Auf Savannah und die anderen war Verlass. Sie würden hier unbeschadet durchkommen.

Er entspannte sich, während er mit Lissiana vor dem Schalter der Grenzkontrolle wartete.

Nach der Ruhe in Majuro war der geschäftige Lärm in New Orleans für ihn beinahe ungewohnt. Aber er genoss ihn in vollen Zügen. Der Lärm war der eindeutige Beweis dafür, dass er zurück war. In den Staaten, in seiner Heimat. Sein richtiges Zuhause war zwar noch kilometerweit entfernt von hier, aber es war ein erster Schritt. Auch wenn er nicht wusste, wie lange sie es riskieren konnten, sich auf amerikanischem Boden aufzuhalten.

John trat vor, als der Grenzbeamte ihn heranwinkte. Er legte seinen gefälschten italienischen Pass vor, zusammen mit seiner Zollerklärung und seiner ESTA.

Der Grenzbeamte warf einen Blick auf seinen Pass und betrachtete ihn ganz genau, ehe er den Pass einscannte.

Keine Probleme. Etwas anderes hatte John auch nicht erwartet. Nathan leistete nun einmal fantastische Arbeit, das musste er ihm lassen. Auch wenn er dem Bullen noch immer nicht zu hundert Prozent vertraute.

»Was ist der Grund für Ihren Aufenthalt?« Der Grenzbeamte steckte Johns Zollerklärung und die ESTA wieder in den Reisepass, gab ihn ihm aber noch nicht zurück.

Cleverer Kerl. Aber nicht clever genug. Sonst hätte er bemerkt, dass John in seinem rechten Auge eine Kontaktlinse trug, die das natürliche Blau verbarg und es stattdessen dem Braun seines linken Auges anpasste.

John lächelte und deutete zu Lissiana. »Ich bin mit meiner Frau hier.« Er ließ den italienischen Akzent hören, den er bis zur Perfektion trainiert hatte. »Sie hat Familie in New Orleans, die wir besuchen wollen, bevor das Kind kommt. Ein kleiner Kurzurlaub sozusagen.«

Der Grenzbeamte musterte auch Lissiana, die mit einem Lächeln hinter John stand. Eine Hand hatte sie auf ihrem Schwangerschaftsbauch liegen, mit der anderen fuhr sie sich durchs Haar. Sie sah so unschuldig und harmlos aus, dass John beinahe gelacht hätte. Lissiana war wirklich eine Meisterin der Täuschung.

Der Grenzbeamte nickte knapp und lächelte sogar ein wenig. »Dann alles Gute für Sie beide und willkommen in den Vereinigten Staaten von Amerika.«

»Vielen Dank, Sir.« John nahm seinen Pass entgegen und ging durch die Kontrolle. Der Grenzbeamte sprach kurz mit Lissiana, aber in seinem Gesicht war keine Spur von Misstrauen zu lesen.

Sie waren wirklich alle zu leicht zu täuschen.

Als Lissiana neben ihn trat, legte er einen Arm um ihre Schultern und zog sie dicht an seine Seite.

»Die erste Hürde wäre geschafft«, murmelte er so leise in ihr Ohr, dass nur sie ihn hören konnte. Lissiana nickte und sie gingen gemeinsam zum Gepäckband, um ihre Koffer zu holen. Auch beim Zoll wurden sie nicht aufgehalten. John schöpfte tief Luft, als sie die letzten Türen passierten und sich endlich in der Ankunftshalle des Flughafens befanden.

Sie waren aus der unmittelbaren Gefahrenzone heraus. Ab jetzt mussten sie sich nur noch so unauffällig wie möglich verhalten.

John sah auf seine Uhr. Kurz nach halb zehn. Der Flieger hatte eine Viertelstunde Verspätung gehabt, und an der Grenzkontrolle hatten sie auch ein wenig Zeit verloren. Es war vereinbart, dass Tinys Kontakt in der Eingangshalle auf sie beide wartete. John wollte ihn nicht länger als unbedingt notwendig warten lassen.

Es war nicht so, dass er Tinys Einschätzungen, was Kontaktpersonen anging, misstraute. Aber er wollte dem Mann keinerlei Veranlassung geben, genervt oder gereizt zu sein. Man wusste nie, wann solche Leute die Schnauze voll hatten und beschlossen, wie kleine Vögelchen bei den Bullen zu singen.

Lissiana schlenderte langsam neben ihm her. Ihre Augen glitten über die Menge der Wartenden, die in der Ankunftshalle standen und nach ihren Liebsten Ausschau hielten. »Weißt du, nach wem du suchen musst?«

John schüttelte den Kopf. Tiny hatte ihm nur gesagt, dass jemand auf sie warten würde. Er hatte nicht erwähnt, wer.

»Nein.« Er suchte nach einem Schild oder einem Symbol, an dem er ihre Kontaktperson erkennen würde. »Aber ich bin mir sicher …«

»Hey! John!«

John schloss die Augen, als er die raue, tiefe Frauenstimme mit dem schweren Louisiana-Akzent erkannte. Verdammte Scheiße, das durfte doch wohl nicht wahr sein. *Das* war Tinys brillanter Plan gewesen? *Sage* war seine Kontaktperson? Jetzt schuldete er Tiny wirklich etwas. Es musste Tiny eine Menge Überwindung gekostet haben, sie anzurufen.

»Ich bin hier! Bist du blind?«

John öffnete die Augen und fand Sage in der Menschenmenge sofort. Mit ihren eins fünfundachtzig überragte sie jede Frau in ihrer Umgebung, und ihre Ausstrahlung forderte sofort die Aufmerksamkeit eines jeden Anwesenden. Die blond gefärbten Afrolocken standen ihr in alle Richtungen vom Kopf ab und reichten bis zu ihren schmalen Schultern. An den Ohren trug sie große goldene Ohrringe, an dem Arm, mit dem sie wie wild winkte, klimperten goldene Armreifen. Sie hatte ein langes, sommerliches Kleid in einem strahlenden Türkis mit roten Farbverläufen am Ende des Rockes an. Darüber trug sie eine lange, in groben Maschen gestrickte schwarze Jacke.

Zum Teufel, es war elf Jahre her, seit er Sage zuletzt gesehen hatte, aber sie hatte sich kein bisschen verändert. Und vermutlich hatte sie auch ihr Temperament einer echten Cajun-Lady nicht verloren.

»Sage.« John ging direkt auf sie zu.

Als Sage die Arme um seine Schulter legte, spürte er, wie Lissiana einen Schritt zurücktrat. Sein Körper verkrampfte sich. Sage roch noch immer nach Sonnencreme und einem Hauch Vanille. Trügerisch vertraut und beruhigend. Aber das war nur Schein. Früher hatte er sie als Teil seiner Organisation gesehen, als eine echte Freundin. Doch dann hatte sie in einer Nacht-und-Nebel-Aktion ihre Sachen gepackt und war zurück nach New Orleans gegangen. Und hatte dabei Tiny das Herz gebrochen.

»Könntest dich ruhig etwas mehr freuen, mich zu sehen.« Sie ließ ihn los und grinste breit. Ihr starker Louisiana-Akzent war nicht einfach zu verstehen. Er hatte sich viel zu sehr an den Akzent in New York City gewöhnt. »Siehst verdammt gut aus. Der erzwungene Ruhestand scheint dir gut zu bekommen. Bist auch ganz schon braun. Siehst ein bisschen aus wie einer dieser reichen Geschäftsmänner, die mehr Urlaub machen als zu arbeiten.«

»Danke.«

Sage musterte ihn eingehend. Ihr prüfender Blick war ihm unangenehm. Er konnte sich noch zu gut daran erinnern, was sie Tiny angetan hatte.

»Logan hat mir erzählt, was mit dir passiert ist. Und dass Butch sich danach wie ein fußballfeldgroßes Arschloch benommen hat. Mal im Ernst, der Mann hat echt ein zu großes Ego. Trotzdem solltest du den Kopf aus deinem Arsch ziehen und dich mit ihm versöhnen. Er ist immerhin dein Bruder.«

War das jetzt ihr beschissener Ernst? »Und wer bist du, dass du mir etwas über meine Familie erzählen willst? Was zwischen Butch und mir passiert ist, geht dich überhaupt nichts an.« Er würde sie auf keinen Fall weiter in seinem Privatleben herumstochern lassen. »Du hast deine gottverdammten Sonderprivilegien verloren, als du abgehauen bist. Schon vergessen?«

»Und trotzdem rette ich dir hier den Arsch. Also wirst du meine Ratschläge wohl ertragen müssen, nicht wahr?« Sage wich seinem Blick nicht aus. »Manche Dinge ändern sich wirklich nicht. Wenn es um Butch geht, fletschst du immer noch sofort die Zähne.«

Lissiana räusperte sich leise, und Sage richtige sofort ihre großen braunen Augen auf sie. »Und du bist Lissiana, richtig? Die Arme, die diesen bissigen Idioten geheiratet hat.«

John verdrehte nur die Augen. Na, das war ja herrlich.

»Ja, die bin ich.« Lissianas Mundwinkel zuckten, als sie Sage ihre Hand hinhielt.

John fluchte innerlich. Lissiana mochte Sage. Das konnte ja heiter werden.

Sage sah auf die ausgestreckte Hand und zog eine Augenbraue hoch, ehe sie Lissianas Hand ergriff und sie mit einem Ruck in die Arme schloss. »Freunde von Tiny sind immer auch Freunde von mir.«

Das waren ja ganz neue Töne. Aber das ließ John wohl besser unkommentiert. Denn Sage hatte recht: Sie rettete ihnen hier den Arsch. Und da er wusste, wie schnell sie ihre Meinung ändern konnte, würde er einen Teufel tun, sie noch weiter vor den Kopf zu stoßen.

John sah auf die Uhr. Viertel vor zehn. »Können wir dann?«

Sage ließ Lissiana los, die ein Grinsen hinter ihrer Hand verbarg. »Ja, wir können. Aber ihr solltet eure Jacken loswerden. Heute sind es neunzehn Grad.« Sie setzte sich in Bewegung und ging mit entschlossenem Schritt voraus. »Ich habe euch ein Hotel besorgt, in der Nähe des Krankenhauses, in dem das Mädchen damals für tot erklärt wurde. Ist am einfachsten, denke ich. Außerdem lasse ich euch meinen Wagen da und nehme ein Taxi nach Hause.«

Ein eigener Wagen. Perfekt. John nickte knapp. »Okay.«

Sage zog die Nase kraus. »Weißt du, hin und wieder ein Danke bringt dich nicht um.«

John zuckte mit den Schultern und legte eine Hand in Lissianas Rücken, während er ihre Koffer hinter sich herzog. »Ich gehe da lieber kein Risiko ein.«

Sage lachte leise und führte sie zum Parkhaus und zu ihrem Wagen. Die Scheinwerfer leuchteten auf, als sie die Fernbedienung am Schlüssel betätigte.

Anerkennend pfiff John durch die Zähne. »Das Medizinstudium muss sich ja gelohnt haben.« Einen Moment lang bewunderte er den weißen Range Rover Evoque. Dieser Wagen kostete locker an die achtzigtausend Dollar. »Oder hat dein alter Herr endlich das Zeitliche gesegnet?«

»Halt die Klappe und steig ein.«

Das hieß dann wohl Nein.

John setzte sich auf den Beifahrersitz. Kaum hatte er die Tür geschlossen, zog er das Handschuhfach auf. Er nickte zufrieden, als er darin zwei Glocks und ein paar Ersatzmagazine fand.

»Tiny hat mir gesagt, was du brauchst.« Sage startete den Motor, der mit einem leisen Surren ansprang.

Er wusste, warum sie ihn bei diesen Worten nicht ansah. Es hatte absolut nichts mit dem Ausparken zu tun. Es gefiel ihr nicht, dass sie Waffen für ihn besorgen musste. Immerhin waren es dieser Lebensstil und die ständige Gefahr, die ein hochrangiges Mitglied einer Mafiafamilie ständig verfolgte, gewesen, weshalb sie damals ihre Sachen gepackt hatte. Sie hatte es nur getan, weil eine einzige Emotion sie dazu trieb: Schuldgefühle.

Sage fuhr aus dem Parkhaus. »Sieh einfach zu, dass niemand wegen dir bei mir auf dem Tisch landet.«

Lissiana lehnte sich im Rücksitz vor und streckte fordernd eine Hand aus. Er reichte ihr eine der Pistolen, und sofort prüfte sie mit geübten Händen das Magazin und die Sicherung.

Sage sog überrascht die Luft ein, doch sie stellte keine unnötigen Fragen. Was eindeutig besser für sie alle war.

»Bist du Chirurgin, Sage?«, fragte Lissiana. Als Sage eine Augenbraue hochzog, deutet sie auf John. »Weil du ihm gesagt hast, dass niemand bei dir auf dem Tisch landen soll.«

»Nein. Ich bin Pathologin.«

»Oh.« Lissiana blinzelte einen Moment, bevor sie loslachte. »Gott, ich mag sie.«

Sage grinste schief. »Gleichfalls.«

John ignorierte Lissianas Kommentar. »Ich dachte, du wolltest dich auf Neurologie spezialisieren.«

Sage zuckte mit den Schultern. Das Grinsen war schon wieder verschwunden. »Manche Dinge ändern sich wohl doch.«

John zog kommentarlos seine Jacke aus. Was sie nicht sagte. Er lud die Pistole durch und steckte sie in seinen Hosenbund. Das Oberschenkelholster reichte er nach hinten. Lissiana raffte den Rock ihres Kleides und brachte die Waffe an ihrem Oberschenkel an.

»Hast du schon irgendetwas rausgefunden?«, fragte John.

Sage schüttelte den Kopf. »Ich bekomme keine Akteneinsicht.« Sie zog die Augenbrauen leicht zusammen. »Was an und für sich schon seltsam ist. Autopsieberichte müssen eigentlich immer zugänglich sein.«

Na, was für ein Zufall. »Wundert mich nicht unbedingt.«

»Weißt du schon, mit wem ihr es zu tun habt?«

»Wären wir dann hier?«

»Guter Einwand.« Sage pustete sich eine Strähne aus dem Gesicht. »Im Krankenhaus sagen sie zwar, dass sie keine Unterlagen zu dem Fall haben, aber eine lokale Aufzeichnung gibt es eigentlich immer. Ich habe nur keine Ahnung, wie wir da rankommen sollen.« Sie überholte einen Wagen vor sich und warf einen Blick in den Rückspiegel. »Irgendwelche Ideen?«

»Die Berichte müssten in den Krankenhausarchiven sein.« Lissiana legte den Kopf leicht schief. »Vicky hatte da mal etwas erzählt.«

»Aber es ist ja nicht gerade so, dass man einfach in ein Archiv hineinspazieren kann, oder?« John kratzte sich am Hinterkopf.

Lissiana schüttelte den Kopf. »Nein. Soweit ich weiß, hat nur befugtes Personal Zugang zum Archiv.«

John wandte sich zu Sage, die sofort abwehrend eine Hand hob. »Sieh mich nicht so an. Ich habe keine Befugnis. Ich arbeite in einem ganz anderen Krankenhaus.«

»Aber du bist auch Pathologin.«

»Deshalb lässt man mich nicht gleich in jedes Archiv.« Sage winkte ab. »Ich kann dir da nicht weiterhelfen. Meine Zulassung riskiere ich nicht für so was.«

John rieb sich mit einer Hand über die Stirn. »Wer würde denn Zugang kriegen?«

Sage schwieg einen Moment. »Ärzte des Krankenhauses«, sagte sie dann. »Eventuell noch die dort beschäftigten Medizinstudenten.«

Ihm würde man weder einen Arzt noch einen Studenten abkaufen. Aber mit seiner Glock konnte er jemanden zwingen, ihm Zutritt zu verschaffen. Allerdings hatte er dann auch direkt die Bullen am Hals. Und das war viel zu riskant. Er könnte es natürlich mit Bestechung versuchen, aber er war sich verdammt sicher, dass alle Mitarbeiter des Archives mehr als genug Geld aus anderer Quelle bekamen. Außerdem wusste er nicht, wessen Aufmerksamkeit er damit auf sich ziehen würde. Und unvorbereitet zu einem weißen Hai ins Wasser zu springen war selten eine gute Idee.

»Mir kommt da ein Gedanke.« Lissiana lehnte sich wieder vor. Auf ihrem Gesicht zeigte sich ein spielerisches Grinsen. »Könnte allerdings sein, dass wir dabei mehr als nur ein Gesetz brechen.«

Gott, er liebte diese Frau.

36

Adrenalin.

Das war es, was Lissiana spürte.

Ihr Herz schlug schneller als sonst. Ihre Konzentration steigerte sich. Ihre Hände wurden feucht. Und sie fühlte sich sogar ein wenig euphorisch.

Bei Gott, es war fantastisch, endlich wieder ihren Job zu machen. Nicht, dass sie es jemals zugeben würde, aber sie hatte sich auf der Insel zu Tode gelangweilt. Denn während John seinen Geschäften nachgegangen war, hatte sie nichts weiter tun können, als ein paar einheimischen Kindern etwas Nachhilfe zu geben. Und das war ungefähr so erfüllend gewesen wie ein Stück Diät-Schokolade.

Sie mochte die Kinder, jedes einzelne. Aber ihr war schnell klar geworden, wie sehr ihr alter Job ihr fehlte. Sie vermisste alles daran. Den Nervenkitzel, den Stress. Das Gefühl, etwas Gutes und Richtiges zu tun.

Aber John konnte sie das nicht sagen. Sie beide hatten gemeinsam beschlossen, ihr altes Leben hinter sich zu lassen. Sie hatten alles aufgegeben, was sie beide ausgemacht hatte, um sich ein gemeinsames Leben aufzubauen. Sie hatten beide viel verloren dabei.

Lissiana würde dieses Opfer auf keinen Fall durch ihre Ungeduld herabwürdigen. Denn auch wenn sie ihren Job vermisste, auch wenn sie New York City und Vicky vermisste, bereute sie ihre Entscheidung kein bisschen.

John war alles, was sie wirklich jemals brauchen würde.

Lissiana rieb sich die feuchten Hände an dem gestohlenen Arztkittel ab und warf einen letzten Blick auf den gefälschten Krankenhausausweis.

Elizabeth Blake. Den Name sollte sie sich besser einprägen, wenn sie nicht auffliegen wollte. Sie hatte nicht vor, ihren Sohn später durch irgendwelche Adoptionsagenturen suchen zu müssen, und deshalb murmelte sie den Namen wie ein Mantra vor sich hin.

Sie nahm die Treppe hinab zu den Archiven. Vermutlich ging John gerade in ihrem Hotelzimmer nervös auf und ab. Aber sie waren sich schnell einig gewesen, dass nur sie für diese Aktion infrage kam.

Trotz der Schwangerschaft war sie immer noch deutlich unauffälliger als ein zwei Meter großer, unglaublich attraktiver Mann mit einer autoritären Ausstrahlung.

Aus Vickys Erzählungen vom Krankenhaus war Lissiana eine Sache hängengeblieben: Die Leute redeten wahnsinnig gerne, gerade die Krankenschwestern. Und da dieser Beruf nun mal hauptsächlich von Frauen ausgeübt wurde, würde John sofort auffallen wie ein bunter Hund. Sie hingegen hatte eine verdammt gute Ausrede, warum man sie in die Archive schickte. Eine schwangere Frau hatte im OP oder auf den Stationen nichts zu suchen.

Lissiana ging durch die langen Kellerkorridore des Krankenhauses, in denen sich allmählich der Geruch von Desinfektionsmittel verlor und die abgestandene Luft zunehmend nach altem Papier roch.

Wann immer ihr jemand auf den langen weißen Fluren entgegenkam, senkte sie den Kopf und gab sich so unscheinbar wie möglich. Nicht auffallen. Nicht zu viel riskieren. Sie wollte ihren Job erledigen und dann so schnell wie möglich ins Hotel zurückkehren.

Denn obwohl sie das Adrenalin bis in ihre Fingerspitzen fühlen konnte, spürte sie auch eine gewisse nervöse Unruhe. Lissiana wusste ganz genau, was sie gerade riskierte. Ein einziger Fehler konnte ihr Leben für immer ruinieren.

Aber sie wusste auch, wofür sie dieses Risiko einging. Vicky brauchte sie. Also würde sie sie auf keinen Fall hängenlassen. Schon gar nicht, nachdem Nathan ihr erzählt hatte, was dieses kleine Mädchen Vicky wirklich bedeutete.

Vor dem Archiv atmete Lissiana noch einmal tief durch, bevor sie die eine der beiden schweren Türen aufstieß. Der Metallgriff fühlte sich kalt an, und sie ließ ihn schnell wieder los.

Hinter einem Tresen saß eine ältere Frau mit grauem Haar, das sie zu einem adretten Dutt hochgebunden hatte. Sie war dezent geschminkt und trug einen einfachen braunen Bleistiftrock mit weißer Bluse. Sie sah aus wie eine Bibliothekarin. Offensichtlich war sie gelangweilt von ihrem Job, denn sie blätterte lustlos in einem Klatschmagazin. Und Langeweile machte die Menschen meistens unaufmerksamer.

Mit einem unverbindlichen Lächeln trat Lissiana an den Tresen heran. Die Frau schien immer noch ganz in ihr Magazin vertieft, doch sie schob Lissiana ein Klemmbrett mit einem Kugelschreiber zu.

»Ausfüllen und dann noch mal melden.« Sie hob nicht einmal den Blick, um Lissiana genauer anzusehen. Perfekt. Das Ganze würde doch deutlich leichter werden als gedacht.

Sie schaute sich das Formular genauer an und fluchte innerlich.

Oder auch nicht.

»Alles klar. Vielen Dank.« Nach einem längeren Blick auf das Formular musste Lissiana sich zusammenreißen, um nicht die Farbe zu verlieren.

Von der Hälfte der Angaben, die sie hier machen sollte, hatte sie keine Ahnung. Sie war nun mal keine Ärztin oder Medizinstudentin. Sie war eine ehemalige Polizistin, verdammt nochmal. Woher sollte sie bitte wissen, in welchen Forschungsbereich ihre Anfrage fiel? Oder welcher Professor zuständig war?

Sie füllte erst einmal die Dinge aus, von denen sie eine Ahnung hatte. Oder bei denen sie zumindest eine Ahnung vortäuschen konnte, weil sie Vicky immer aufmerksam zugehört hatte.

»Weißt du, Schätzchen, ich hab nicht den ganzen Tag Zeit.«

Lissiana schaute hoch, als die Frau sie endlich doch ansprach. Auf der Wanduhr war es dreizehn Uhr. Scheiße, stand sie echt schon zehn Minuten mit diesem verdammten Formular vor dem Tresen?

Lissiana lächelte entschuldigend. »Verzeihung, ich bin neu hier.«

Die Frau rümpfte die Nase. »Nicht mein Problem, Kleines. Wenn du nicht weißt, was du willst, kann ich dich auch nicht ins Archiv lassen.« Sie ließ ihren Blick misstrauisch über Lissiana gleiten. »Ich hab dich hier noch nie gesehen. Wer bist du überhaupt?«

Lissiana versuchte, ihr freundliches Lächeln aufrechtzuerhalten. Nicht auffallen. »Ich bin Elizabeth Blake. Ich bin erst vor Kurzem aus New York an dieses Krankenhaus gewechselt.«

»Aahaa.« Die Frau zog die Silben unnatürlich lang. »Und was suchst du?«

Lissiana schob das Formular zurück über den Tresen. »Ich suche alle Akten zu verstorbenen Säuglingen der letzten zehn Jahre. Ich möchte eine wissenschaftliche Arbeit zur Säuglingssterblichkeit schreiben, wenn ich schon nicht in den OP kann.«

»Das ist das Gebiet von Dr. Kaan. Pädiatrische Pathologie. Soweit ich weiß, ist der aber gerade im Urlaub.« Die Frau seufzte. »Du bist noch jung. Ich würde mir wirklich einen anderen Fachbereich aussuchen, Schätzchen.« Sie deutete auf Lissianas Schwangerschaftsbauch. »Gerade in deinem Zustand.

Tote Kinder, das ist doch irgendwie deprimierend.« Sie unterschrieb das Formular einfach so und blickte auf die Uhr. »Du hast vierzig Minuten. Dann gehe ich in die Mittagspause. Und die werde ich nicht für dich verschieben, ist das klar?«

Lissiana nickte schnell. »Glasklar. Vielen Dank.« Mit großen Schritten ging sie auf die elektronisch gesicherte Tür zu, die ins Archiv führte.

»Wie kommt man eigentlich darauf, aus einer Stadt wie New York City nach New Orleans zu wechseln?«

Lissiana erstarrte. Scheiße. Verdammt. Sie brauchte eine gute Lüge. Und das schnell.

Sie wandte sich um und lächelte nichtssagend, während sie überlegte. Die Frau las die Klatschpresse. Also interessierte sie sich für schmutzige kleine Geheimnisse.

»Ich dachte, ich hätte die große Liebe gefunden.« Lissiana gab sich ehrlich Mühe, ein wenig niedergeschlagen zu klingen. »War wohl ein Irrtum. Hat sich herausgestellt, dass er verheiratet ist.« Sie legte eine Hand auf ihren Bauch. »Und als ich es nicht mehr verstecken konnte, hat er mich weggeschickt. Er wollte nicht riskieren, dass sie es doch noch herausfindet.«

Ein mitleidiges Lächeln zuckte um die Mundwinkel der Frau. »Du armes Ding.« Dann betätigte sie endlich den Summer.

Lissiana lehnte sich mit ihrem vollen Gewicht gegen die Tür und schlüpfte in das Archiv. Erst als die Tür hinter ihr ins Schloss fiel, traute sie sich wieder, zu tief durchzuatmen.

Das war doch gar nicht mal so schlecht gelaufen, oder? Immerhin war sie im Archiv.

Schnell schaute sie sich nach Kameras um. Sie fand zwei Stück, die direkt auf die Tür gerichtet waren. Schwer zu sagen, wie viele sonst noch hier zu finden waren. Und wer eigentlich überhaupt die Überwachung übernahm. Die Frau vorne am Tresen sicherlich nicht.

So oder so hatte Lissiana wenig Zeit. Sie blickte noch einmal auf die Notiz, die Sage ihr gegeben hatte.

»Totenregister.« Lissiana achtete darauf, dass die Kameras keine direkte Aufnahme von ihrem Gesicht bekamen, und betrachtete das Archiv zu ersten Mal etwas genauer.

Der Raum war riesig. Das Linoleum hatte einen grässlich ausgeblichenen grünen Farbton, und die weißen Wände machten ihn nicht gerade einladender. Das grelle Licht der Neonröhren tat sein Übriges. Massive Archivschränke standen auf weißen Schienen dicht an dicht. Man konnte sie nur mithilfe einer Kurbel am Kopfende auseinanderbewegen. Es gab eine ganze Menge von diesen Schränken. An der Wand neben der Tür standen zwei einfache Schreibtische ohne Stühle. Offenbar glaubte niemand wirklich, dass jemals jemand hier unten recherchieren würde.

»Totenregister.« Lissiana murmelte das Wort vor sich hin, als sie den langen Gang hinunterging. Auf beiden Seiten befanden sich die hohen Archivregale. Grüne Schildchen markierten die einzelnen Sachgebiete.

Neurologie. Pädiatrie. Dermatologie. Chirurgie.

Lissiana beschleunigte ihre Schritte.

Gynäkologie. Kardiologie. Psychiatrie.

»Komm schon.«

Totenregister. Na endlich.

Noch einmal schaute sie auf Sages Notiz und suchte weiter in dem Bereich der Pathologie. Sie brauchte die Aufzeichnungen von vor sieben Jahren.

Als sie die passende Jahreszahl gefunden hatte, drehte sie an dem großen Rad am Kopfende des Regals. Mit einem protestierenden Ächzen bewegte es sich und gab einen schmalen Gang frei, in den Lissiana trotz Bauch so gerade hineinpasste.

Sie blickte hoch zur Decke und entdeckte sofort zwei weitere Kameras. Aber der Winkel war so, dass sie zwischen den Regalen einen blinden Fleck finden konnte, um unbemerkt ein paar Fotos von den Akten zu machen.

Schnell zwängte sie sich dazwischen und überflog die beschrifteten Kisten. Es waren unglaublich viele. Kaum zu glauben, dass so viele Menschen in diesem Krankenhaus im Jahr von Haileys Geburt gestorben waren. Damals waren sie Patienten gewesen mit Hoffnungen, Wünschen und Träumen. Jetzt, sieben Jahre später, war nichts mehr von ihnen übrig als eine verstaubte Kiste in einem Archiv.

Sie werden die Kiste nicht beschriftet haben. Lissiana rief sich Johns Worte ins Gedächtnis. *Such also nach der Kiste mit dem Namen der Mutter oder nach einer unbeschrifteten Kiste auf einem der untersten und hintersten Regalbretter.*

Während sie nach der Kiste von Maria Santos oder einer unbeschrifteten Box suchte, bemühte sie sich, all die Namen mit den Geburts- und Todesdaten nicht an sich heranzulassen. Die Zeit auf der Insel hatte sie wirklich weich gemacht.

»Santos, Maria.« Mit einem Ruck zog Lissiana die Box hervor und öffnete sie. Sie griff hinein und betrachtete das Foto von Haileys Mutter, das an den Obduktionsbericht angeheftet war, bevor sie das Vergleichsfoto von Hailey auf ihrem Handy öffnete.

Die Haut von Maria Santos war leichenblass. Die Augen hatte sie geschlossen und ihre Lippen waren so farblos, dass sie aussahen wie Papier. Lissianas Blick glitt über die hohe Stirn, die definierten Augenbrauen und die eingefallenen Wangen, ehe er an der unverkennbaren Stupsnase hängenblieb, die Mutter und Tochter teilten. Das braune lockige Haar war ihr adrett aus der Stirn gekämmt worden, es kringelte sich auf dem silbernen Obduktionstisch.

278

Das hier war definitiv Haileys Mutter. Daran gab es gar keinen Zweifel. Die Ähnlichkeit war zu offensichtlich. Lissiana hatte sie wirklich gefunden.

Sie öffnete die Kamera an ihrem Smartphone und fotografierte den Obduktionsbericht und das Bild. In der Kiste befanden sich noch jede Menge weiterer Akten. Alle waren unterschiedlich dick und von verschiedenen Ärzten. Einige waren aus der Gynäkologie. Aber die Zahl der psychiatrischen Akten überwog bei Weitem.

Sie hatte keine Zeit, jede einzelne davon zu sichten, sondern musste sich auf das Wesentliche konzentrieren. Doch Lissiana ging unter in dem Strom an verfügbaren Informationen. Verschiedenste Überweisungen aus diversen Gründen. Unzählige Berichte über den psychischen und physischen Zustand von Maria Santos. Alle unterschiedlich detailliert dokumentiert. Gerade als sie aufgeben wollte, fand sie eine dünne, unscheinbar braune Akte in dem ganzen haushohen Aktenstapel.

Lissiana zog sie heraus und schlug sie auf. Als sie den Namen in der obersten Zeile las, lächelte sie.

Hailey Santos. Na endlich.

Auch von dieser Akte fotografierte sie jede einzelne Seite. Sie wollte jede noch so kleine Information mitnehmen, die sie finden konnte. Da fiel ihr Blick auf die Unterschrift, die unten auf dem Obduktionsbericht stand.

Sie war ausladend und geschwungen, eher die Unterschrift eines Künstlers als die eines Arztes. Der handschriftliche Name war nicht zu entziffern, doch unter der Linie stand in klaren Buchstaben der Name der verantwortlichen Ärztin.

Doktor Jane Dunne.

37

»Danke für den Bericht.« Vicky sah von ihren Tortellini hoch zu Butch. Er stand mit dem Rücken zu ihr und schaute zu einem der großen Fenster hinaus. »Ja, wir werden vorsichtig sein. Bis dann.«

Einen Moment lang ließ Butch die Schultern hängen, dann atmete er tief durch und wandte sich zu ihr. Mit langen Schritten kam er auf sie zu und setzte sich neben sie an den Küchentresen.

»Das war Tiny.« Butch griff über den Tresen hinweg zu der Flasche Scotch und dem Glas, das wie immer auf der Arbeitsplatte stand. Er schraubte den Deckel ab und schenkte sich gut zwei Fingerbreit ein. Es war erst fünfzehn Uhr, doch Vicky wusste, dass sie dazu besser nichts sagen sollte.

»Sein Kontakt in New Orleans hat die Akten von Hailey und ihrer Mutter gefunden.« Er leerte das Glas in einem Zug und schenkte sich nach. Erst dann aß er endlich etwas von dem Steak, das sie für ihn gebraten hatte. »Sie haben den Namen der Pathologin gefunden. Ihr Name ist Jane Dunne. Tiny schickt uns gleich ein Bild von ihr. Heute ist Dunne Professorin an der Uni. Der Kontakt wird morgen versuchen, etwas aus ihr herauszubekommen.« Er schnitt sich ein zweites Stück Steak ab und steckte es in den Mund. »Allerdings sind die aufgeführte Hebamme und die Gynäkologin beide 'ne Sackgasse. Beide sind tot. Die Gynäkologin hatte vor drei Jahren einen Herzinfarkt. Die Hebamme hatte, wie es der Zufall so will, drei Tage nach Haileys Geburt einen tragischen Autounfall.« Er schnitt das nächste Stück Steak ab. »Wer auch immer da die Fäden in der Hand hält, er ist verdammt gut in dem, was er tut.«

Vicky schob ihre Tortellini auf dem Teller hin und her. Eigentlich hatte sie gar keinen Hunger und wollte Butch lediglich beim Essen Gesellschaft leisten. »Das alles ist so irreal.« Sie schüttelte den Kopf. »Mädchenhändler. Tote Hebammen. Versteckte Autopsieberichte.« Sie fuhr sich mit einer Hand durch das Haar. »Mir kommt das Ganze vor wie aus einem Drehbuch für eine Crime-Serie. Das kann doch alles nicht real sein. Ich warte immer noch darauf, dass irgendjemand laut ›Cut!‹ ruft und alles vorbei ist.«

Butch genehmigte sich noch einen Schluck von seinem Scotch. »Das wäre wirklich ein ziemlich beschissenes Drehbuch.«

Vicky lachte. »Ja, vermutlich.« Sie brachte nichts mehr hinunter. Seufzend legte sie ihr Besteck beiseite.

Butch betrachtete einen Moment lang ihre Hände. Dann legte er ebenfalls sein Besteck weg. »Sicher, dass es dir gut geht? Du siehst blass aus.«

Vicky schüttelte den Kopf. »Nein, es ist alles okay. Wirklich.«

Butch nickte und nahm sein Besteck wieder auf. »Na dann.« Er deutete mit dem Messer zu ihrem Teller. »Du solltest etwas essen.«

Vicky wusste, dass Butch recht hatte. Sie musste etwas essen. Schon allein deshalb, weil sie nicht gefrühstückt hatte. Ihr war übel gewesen. Ihr Magen hatte sich allein bei dem Gedanken an Essen zusammengezogen. Schon die ganze Zeit machte sich eine ungute Vorahnung in ihr breit und lähmte sie. Aber wie sollte sie das nur erklären?

»Ich kann nicht.« Sie seufzte und trank einen Schluck von ihrem Wasser. »Ich habe das Gefühl, als hätte ich Steine im Magen.«

»Von was denn? Dem halben Brötchen heute Morgen, das du eigentlich nur zerrupft hast, anstatt irgendetwas davon zu essen?« Butch schüttelte den Kopf. »Du brauchst deine Kraft. Also iss etwas.«

Vicky lächelte. Das hatte er mitbekommen? Heute Morgen war er direkt ins Bett gefallen, und sie hatte gedacht, dass er überhaupt nichts hatte wahrnehmen können. Aber offenbar bemerkte Butch doch deutlich mehr, als sie annahm. »Vorsicht, Butch. Man könnte fast meinen, dass du dir Sorgen um mich machst.«

Er schüttelte nur den Kopf und deutete auf ihr Wasserglas. »Sicher, dass da kein Wodka drin ist? Irgendwas ist dir nämlich zu Kopf gestiegen.«

Vicky nahm den Löffel wieder in die Hand und schob weiter die Tortellini auf ihrem Teller hin und her.

Unter anderen Umständen hätte sie das alles vielleicht genießen können: Die friedliche Stille im Loft. Dass sie einmal nicht mit Butch stritt, sondern ihm einfach nur Gesellschaft leistete. Dass ihr das Essen so gut gelungen war. Und dass Stephanie und Tyrann gerade eben mit Hailey zur Physiotherapie gefahren waren und Butch sich nicht sofort in seinem Arbeitsbereich verkrochen hatte. Dass sie gerade einmal Zeit miteinander verbrachten.

Doch ihre Gedanken kreisten einzig und allein darum, was die Ermittlungen in New Orleans ergeben würden und wie diese Ergebnisse ihr Leben verändern könnten.

Vicky wollte eben doch einen Tortellino in den Mund stecken, als Butchs Handy leise piepte. Er zog es sofort aus seiner Hosentasche und gab den Code ein. Kurz betrachtete er das Display, dann schob er es ihr wortlos hin.

Die Aufnahme, die Tiny geschickt hatte, schien von einem Artikel aus einem medizinischen Fachjournal im Internet zu stammen. Doch statt ins Gesicht eines Monsters zu blicken, sah Vicky einfach nur eine Frau.

Sie blickte überrascht zu Butch. »Ist sie das?«

Er nickte schweigend und trank noch mehr von seinem Scotch.

Jane Dunne war eine Frau Ende vierzig mit einer modischen Kurzhaarfrisur, intelligenten grauen Augen und einem so charmanten Lächeln, dass es Vicky beinahe den Magen umdrehte. Ihre Zähne waren gerade und weiß, ihre Nägel waren tadellos manikürt. Sie lehnte an einer Wand und hatte die Arme locker vor der Brust verschränkt. Ihr schlanker Körper war in eine blaue Bluse und eine cremefarbene Hose gehüllt.

Sie sah wahnsinnig professionell aus. Und auf einschüchternde Art und Weise perfekt. Das Einzige, was diesen Eindruck ein wenig störte, war die leicht schiefe Nase, die der Fotograf aber aus einem guten Winkel erwischt hatte. Es fiel kaum auf, wenn man nicht wie Vicky wie gebannt das Foto anstarrte.

»Das soll sie sein?« Sie konnte selbst den Zweifel deutlich in ihrer Stimme hören.

Butch runzelte einen Moment die Stirn. »Ja. Wieso?«

»Sie sieht so …«

Butch wandte sich wieder seinem Steak zu und schnitt noch ein Stück ab. »So was?«

»So …« Vicky biss sich auf die Unterlippe. Butch würde sie auslachen, sobald sie aussprach, was ihr auf der Zunge lag.

»Sie sieht so normal aus?«

Überrascht sah Vicky zu Butch, der weder die Miene verzog noch sein sarkastisches Lachen hören ließ. Er sah ihr einfach nur direkt in die Augen.

»Ja.« Vicky blickte zurück auf das Foto. »Ich hatte sie mir ganz anders vorgestellt.«

Butch lachte harsch auf. »Das ist das Ding mit Monstern, Vic. Sie leben nicht unter Brücken und sehen auch nicht aus wie dein persönlicher Albtraum.« Er deutete auf das Handyfoto. »Sie wohnen direkt nebenan und sehen aus wie ganz normale Menschen. Ms Dunne ist weit gekommen – von einer

Mädchenhändlerin zu einer renommierten Professorin.« Butchs Stimme triefte vor Sarkasmus. Es war nicht zu überhören, was er von der Frau hielt.

»Glaubst du wirklich, dass man irgendetwas aus ihr herausbekommt?« Als Butch eine Augenbraue hochzog, seufzte Vicky. »Ich denke nicht, dass sie einfach so anfangen wird zu reden. Sie hat dieses Geheimnis so lange gehütet. Warum sollte sie ihr Schweigen jetzt brechen?«

Butch sah einen Moment lang in sein Scotchglas. »Man braucht nur die passenden Methoden.«

»Wie meinst du das?«

Butch wischte sich mit seiner Serviette den Mund ab, ehe er ihr das Handy aus der Hand nahm und es beiseitelegte. »Willst du es wirklich wissen, Vic?«

Vicky hielt den Atem an. Instinktiv wusste sie, dass das einer von diesen Momenten im Leben war, bei dem es kein Zurück mehr gab, sobald man einen Schritt nach vorne gemacht hatte. Sobald sie Ja sagte, würde der Zug aus der Station rollen. Und dann war er nicht mehr aufzuhalten, bis er seine Endstation erreicht hatte. Die Notbremse wäre dann defekt, ebenso wie die Lenkung, und sie würde einfach dafür beten müssen, dass ihr der Zug nicht entgleiste und alles um sich herum mit ins Verderben riss.

Aber hatte sie nicht lange genug die Augen geschlossen? Hatte sie nicht lange genug versucht wegzusehen, obwohl sie eigentlich ganz genau wusste, was vor sich ging? Seitdem der *Bräutigam* in ihr Leben getreten war, hatte sich alles verändert. Aber sie hatte es vorgezogen, diese Veränderungen einfach hinzunehmen, anstatt sich der Wahrheit zu stellen. Einer Wahrheit, von der sie wusste, dass sie wieder alles verändern würde.

Und sie hatte wahnsinnige Angst davor.

Sie nahm das Scotchglas von Butch und leerte es in einem Zug.

»Ja.« Sie schluckte schwer. »Ja, ich will es wissen.«

Butch zog eine Augenbraue hoch. »Hat ja lange genug gedauert.« Er stand auf, humpelte ohne seinen Gehstock zum Kühlschrank und öffnete ihn. »Ich denke, für dieses Gespräch brauchst du was Stärkeres als Wasser. Das Gift deiner Wahl?«

Vicky blinzelte verwirrt. »Mein was?«

Butchs Mundwinkel zuckten kurz. »Das Gift deiner Wahl.« Er lehnte sich hinunter und Flaschen klirrten, als er etwas im Kühlschrank hin und her schob. »Scotch, Whisky, Wodka, Gin? Was soll es sein?«

Etwas Stärkeres als Tequila auf einer College-Party hatte sie noch nie getrunken. Und das war Ewigkeiten her. Butchs Scotch gerade eben war mehr eine Verzweiflungstat gewesen. Sie hatte hartem Alkohol noch nie etwas abgewinnen können. Anders als Lissiana, die von diesem Teufelszeug viel zu häufig Gebrauch gemacht hatte.

»Ich nehme Gin.«

Butch kam mit einer Flasche mit gelbem Label und einem weiteren Glas zurück an den Tresen und stellte beides vor ihr ab.

»Dir ist schon klar, dass es mitten am Tag ist, oder?«

»Guck einfach nicht auf die Uhr.« Butch goss den Gin ein, und sie hob das Glas an die Nase und roch daran. Gott, sie konnte riechen, wie stark der Alkohol war. Aber vermutlich hatte Butch recht. Für dieses Gespräch war flüssige Stärkung durchaus angebracht. »Danke.«

Butch nickte nur knapp und setzte sich auf den Barhocker neben ihr. Er goss sich etwas Scotch nach und schwenkte dann die braune Flüssigkeit im Glas. »Ich beantworte alle deine Fragen. Dafür isst du etwas.« Er deutete auf ihre Tortellini, die mittlerweile sicherlich kalt waren.

»Butch, ich glaube, ich kriege nichts runter.« Vicky seufzte. Sie benahm sich wie ein trotziges Kind, aber sie konnte wirklich keinen Bissen herunterwürgen.

»Kein Essen, keine Antworten.« Butch zuckte mit den Schultern. »So einfach ist das.«

Vicky presste die Lippen fest aufeinander. Dann nahm sie den Löffel in die Hand und aß einen der Tortellini. Die klebrige Sahnesauce schmeckte fantastisch, aber sie fühlte sich an wie Klebstoff.

»Du hast mich gefragt, was man mit Jane Dunne machen wird, wenn sie nicht reden will, richtig?« Butch wartete, bis Vikky nickte und einen weiteren Tortellino in den Mund schob. »Tinys Kontakt in New Orleans ist einer von uns. Er wird also tun, was auch immer nötig ist, damit sie redet.«

Vicky hielt mitten im Kauen inne und betrachtete Butch genau. Oh Gott, er musste es nicht einmal aussprechen. Sie wusste genau, was er meinte. Dennoch, sie musste es von ihm hören. Sie konnte sich nicht weiter verstecken. Sie nahm ihr Glas und trank einen Schluck Gin. Der Alkohol brannte in ihrer Kehle, sie mussten husten und presste sich den Handrücken an die Lippen. Ja, der Gin war definitiv so stark wie er roch.

»Was genau heißt das?« Sie aß noch einen Tortellino. Jetzt, wo sie einmal angefangen hatte zu essen, hatte sie das Gefühl, nicht mehr damit aufhören zu können. Schon allein deshalb, um ihre Hände irgendwie zu beschäftigten.

»Ich kann nur spekulieren, aber wenn ich es wäre, würde ich ihr erst die Fingernägel ausreißen und ihr dann jeden Finger einzeln brechen, sollte das notwendig sein.«

Vicky versuchte, irgendetwas in Butchs Gesicht zu finden, das darauf hinwies, dass er sie auf den Arm nahm. Doch sein Gesicht war völlig ausdruckslos. Wie immer, wenn ihm etwas wirklich ernst war.

»Du sagst das so, als wäre es nicht das erste Mal, dass du so etwas tust.« Vicky steckte sich betont gelassen noch einen Tortellino in den Mund. Dabei fühlte sie sich ganz und gar nicht gelassen.

»Wäre es auch nicht.« Butch zuckte mit den Schultern. »Ich habe schon Leuten für Informationen die Haut mit einer Rasierklinge abgezogen, als du noch zur High-School gegangen bist.«

Vicky verschluckte sich prompt und hustete unkontrolliert. »Was?«, krächzte sie.

»Nicht jeder hat so eine behütete Kindheit wie du, Vic.« Butch sagte das so, als wäre es eine schlichte Tatsache. Eine einfache Feststellung, die ihn nicht weiter betraf. »Ich habe dir damals gesagt, dass ich kein Bulle bin. Dass ich das Gegenteil von einem Bullen bin.«

Ihr Blick fiel auf die große Narbe in seinem Gesicht. Der *Bräutigam* hatte Butch *Boss* genannt. Sie hatte es nie hinterfragt. Zu sehr hatte sie versucht, die Erinnerungen zu verdrängen. Aber jetzt sah sie es wieder vor sich. Wie Butch rittlings auf dem *Bräutigam* saß. Die Fäuste erhoben. Und wie er wieder und wieder auf sein Gesicht einschlug. Ausdruckslos. So als wäre dieses Ausmaß von Gewalt rein gar nichts. Sie brachte keinen Ton heraus. Plötzlich ergab das alles einen Sinn. Nathans Misstrauen gegenüber den anderen, obwohl er recht viel Zeit mit ihnen verbrachte. Yuis unchristliche Arbeitszeiten. Warum sie nie versucht hatten, Butch polizeilich suchen zu lassen. Tinys ständige vage Aussagen und Andeutungen. Die Tatsache, dass niemand von ihnen jemals in ihrer Gegenwart über seinen Job sprach. Warum Butch damals tagsüber Zeit gehabt hatte, sie zu beschützen. Die Art, wie sie alle immer alles regelten, völlig egal, wie unmöglich die Aufgabe auch erschien. Der wahre Grund, warum Lissiana mit John das Land verlassen hatte.

Vicky ließ die Gabel auf den Tresen fallen und presste sich die Hände auf den Magen, als die Puzzleteile sich in ihrem Verstand vollständig zusammensetzten. »Oh Gott. Oh mein Gott.«

Butch trank ungerührt einen Schluck von seinem Scotch und betrachtete sie einfach weiter, während Vickys Verstand lautstark gegen ihre Erkenntnis revoltierte.

»Trink etwas.« Butch schob ihr das Glas Gin hin. »Das wird helfen.«

Vicky nahm einen großen Schluck, der sofort wieder zu einem Hustenanfall führte. Sie blickte zu Butch, der immer noch ganz ruhig dasaß. Das alles ergab jetzt viel mehr Sinn.

Wie er sich bewegte. Wie er sich gab. Warum er so war, wie er war. Und wie er es geschafft hatte, in einer Stadt wie New York City spurlos zu verschwinden.

»Ihr seid Verbrecher, oder?« Vicky sah Butch direkt in die Augen. Das eine klar und braun. Das andere milchig verfärbt und blind. Beschädigt. Wieder huschte ihr Blick zu der Narbe in seinem Gesicht, und zum ersten Mal versuchte sie ihn mit den Augen einer Fremden zu sehen. Nicht wie jemand, der ihm sein Leben verdankte. Nicht wie jemand, der verzweifelt eineinhalb Jahre nach ihm gesucht hatte. Und instinktiv verspannte sie sich. Butch mochte an Muskelmasse verloren haben, aber diese Gefahr, die sie damals schon bei ihm gespürt hatte, ging noch immer von ihm aus. Sie versuchte, in seinen Zügen die Wahrheit zu erkennen, vor der sie sich so lange versteckt hatte. »Ihr alle. Savannah, Yui, Tiny, du … Sogar John. Ihr gehört zur Mafia. Habe ich recht?«

Butch schwieg. Er nickte nicht einmal. Aber er musste nichts sagen. Die Antwort stand klar in seinem Gesicht geschrieben. In der Art, wie er sie beobachtete. Wie sein Blick zwischen ihr und der Wohnungstür hin und her wanderte. So als fürchtete er, dass sie mit einem Mal aufspringen und davonlaufen würde.

Und für einige lange Sekunden fürchtete sie das sogar selbst. Zumindest, bis sie Haileys pinkfarbenen Plüschdrachen sah, der neben Butchs Mantel auf dem Sofa lag. Denn während sie hier saß und ihr Leben gerade erneut aus den Fugen gerissen wurde, spürte sie eine innere Ruhe, von der sie nicht gewusst hatte, dass sie in ihr existierte. Und mit dieser inneren Ruhe ging ein klarer Gedanke einher.

Es war ihr vollkommen egal, wer oder was genau Butch war. Sie wusste, sie war in seiner Nähe sicher. Genauso wie Hailey. Ganz egal, ob er nun Polizist, Mechaniker oder Verbrecher war. Sie vertraute Butch blind.

Und da realisiert sie noch etwas anderes. Etwas, das noch viel schlimmer war als die Tatsache, dass er und all ihre neuen Freunde zur Mafia gehörten.

Ihr Blick fiel auf die großen kupferfarbenen Pfosten. Verdammte Scheiße. Sie hatte sich doch tatsächlich in Butch Cohen verliebt.

Von jetzt an gab es kein Zurück mehr. Es gab keine Ausflüchte mehr. Keine Halbwahrheiten, hinter denen sie sich zum Selbstschutz verstecken konnte.

Also öffnete sie die Augen, stürzte ihren Gin hinunter und hielt Butch ihr leeres Glas hin.

Er zog eine Augenbraue hoch. »Alles okay, Vic?«

Sie schüttelte energisch den Kopf. Nein, absolut gar nichts war okay. Und sie bezweifelte, dass in ihrem Leben jemals wieder etwas in Ordnung sein würde. Aber es gab kein Zurück mehr. Und sie sprang lieber mit offenen Augen von der Klippe und wusste, wann sie aufschlug, anstatt sich blind in etwas zu stürzen, das sie ohnehin nicht mehr aufhalten konnte.

»Nein, nicht wirklich. Aber ich habe noch eine Menge Fragen und wir haben nicht mehr viel Zeit, bis Hailey zurückkommt.« Sie nickte in Richtung der Ginflasche. »Außerdem glaube ich, dass ich für dieses Gespräch jede Hilfe brauche, die ich kriegen kann.«

38

Seine Hände krampften sich um das Lenkrad, bis seine Knöchel weiß hervortraten. Wieso zum Teufel waren alle Menschen in seinem Umfeld nur so verdammt inkompetent? Hatte er nur Versager um sich geschart? Eigentlich suchte er seine Leute doch mit größter Sorgfalt aus. Sie waren alle Figuren auf seinem Schachbrett und er organisierte sie so, dass sie ihm den größten Nutzen brachten. Natürlich musste er dafür manchmal die eine oder andere Figur opfern, aber wen kümmerte das schon? Sie waren nichts weiter als Fußsoldaten. Für ihn ging es nur darum, dass sein König nicht fiel.

Aber gerade jetzt machten die Cohens einen Zug nach dem anderen, um ihn schachmatt zu setzen.

Er würde einen Teufel tun und dabei zusehen, wie sein jahrelang gehegter, perfekter Plan durch die gottverdammten Cohens zunichte gemacht wurde.

Deshalb saß er hier, in einem gottverdammten Leihwagen, und fuhr mit überhöhter Geschwindigkeit durch New Orleans. Er hatte genug dumme Fehler geduldet. Hatte lange genug gewartet. Es wurde Zeit, dass er die Sache selbst in die Hand nahm.

Ansonsten hatte dieser ganze Unsinn ja nie ein Ende.

Der Mann im nachtblauen Anzug schaltete das Radio ein. Irgendeine Popsängerin gab irgendeinen sentimentalen und bedeutungslosen Unsinn von sich. Wie hatte es seinen Leuten nur entgehen können, dass die Cohens etwas in New Orleans gefunden hatten, das offensichtlich wichtig genug war, um jemanden dort hinzuschicken? Sie hatten es zwar clever arrangiert, aber er hatte die Flugtickets trotzdem zu Tiny zurückverfolgen können. Und er hatte eine leise Vorahnung, wen Tiny würde einfliegen lassen.

Zum Teufel, nur wegen dieser dummen Unachtsamkeit seiner eigenen Leute war er jetzt derart im Stress. Er kam ganze zehn Stunden später als die Cohens. Nicht gerade optimal, aber er würde das Beste aus seiner Lage machen. Das hatte er schon immer tun müssen, schon seit er klein war. Er musste einfach die Figuren auf seinem Schachbrett wieder richtig positionieren.

Er versuchte sich zu beruhigen. Für das, was er vorhatte, brauchte er starke Nerven und einen klaren Verstand. Anders würde sein Plan nicht aufgehen.

Ein- und ausatmen. Ein und aus. Ein, aus.

Er lenkte den Wagen auf eine geteerte Auffahrt und schaltete den Motor ab. In dem Einfamilienhaus brannte nirgends Licht. Immerhin war es beinahe Mitternacht. Er wusste auch so, was hinter der Haustür auf ihn warten würde.

Ein Leben wie aus dem Bilderbuch. Mann, Frau, zwei Kinder. Ein hübsches Haus in einem Vorort. Ein Hund im Garten. Keine Alarmanlage. Hier war die Welt noch in Ordnung und man vertraute einander.

Sein persönlicher Albtraum aus Angepasstheit und Anonymität.

Aber über die Jahre hatte er mindestens die Hälfte von diesem gemauerten Albtraum bezahlt. Wenn nicht sogar deutlich mehr.

Er sah sich noch einmal um, doch wie nicht anders zu erwarten, war alles still. Niemand war mehr auf den sorgfältig gesäuberten Straßen unterwegs. In keinem der unzähligen, gleich aussehenden Häuser mit hübschem Vorgarten brannte Licht. Es führte nicht einmal mehr jemand seinen kleinen Kläffer spazieren.

Gut so.

Er glitt aus dem Wagen und ging ruhig auf die Haustür zu, während er sich entschlossen seine Latexhandschuhe überstreifte. So als gehörte er hierher.

Für das Schloss an der Haustür brauchte er nicht lange. Mit einem leisen Klicken sprang es ohne Gegenwehr auf. Hoffentlich verlief der Rest des Abends auch so ruhig.

Im Flur schloss er leise die Tür hinter sich und warf einen Blick auf die Schlüssel, die am Schlüsselbrett hingen. Drei fehlten. Vermutlich waren die Kinder und der Mann nicht zu Hause.

Schade, er hätte liebend gerne zusätzlichen Dampf abgelassen. Es hätte ihm gut getan. Na ja, so konnte er seine ganze Energie auf eine Person konzentrieren.

Er setzte einen Fuß auf die Treppe und konnte ein Grinsen nicht unterdrücken.

Es war an der Zeit, dass er Jane Dunne mal wieder einen Besuch abstattete. Immerhin war es schon verdammt lange her, seit sie sich das letzte Mal gesehen hatten.

292

39

»Also, damit ich das richtig verstehe …« Vicky legte den Kopf in den Nacken und stürzte den letzten Rest Gin hinunter. Sie musste schon seit einer Weile nicht mehr bei jedem Schluck husten. Dafür fühlte sich die Welt weniger schwer und erdrückend an. »Yui handelt mit illegalen Waffen. Hauptsächlich aus Asien, aber nicht ausschließlich. Ihr Ehemann Dan ist für Bestechungen zuständig. Er schmiert alles und jeden, der wichtig ist, und hat einen Fuß in so ziemlich jeder Lobbygruppe, die für euch von Interesse ist und dafür sorgt, dass Gesetze zu euren Gunsten geändert werden. Du und John, ihr habt die Organisation gegründet. Und Tiny hat sich früher ausschließlich um alle legalen Geschäfte und die Geldwäsche gekümmert, aber seitdem John weg ist, ist er eigentlich der Anführer.« Vicky betrachtete das Weiß der Zimmerdecke. »Tyrann macht die Drecksarbeit wie Geldeintreibung, Tatortreinigung, die Verteilung der Prostituierten und …« Sie schüttelte den Kopf. »Nein, das waren Seth und Steven, oder?«

Butch nickte und deutete ihr an, weiterzusprechen.

»Tyrann macht die Hehlerei und einen Teil der Geldwäsche durch seine Werkstatt und koordiniert den Drogenhandel auf der Straße. Und Savannah ist für jegliche Form von Internetkriminalität zuständig. Hab ich es jetzt?« Vicky sah Butch an, der tatsächlich sogar ein wenig lächelte.

»Ja, jetzt hast du es.« Er trank seinen Scotch aus und warf einen Blick auf die Uhr. »Du solltest etwas schlafen. Hailey kommt bald zurück und du bist ziemlich angetrunken.«

»Überhaupt nicht. Außerdem habe ich noch so viele Fragen!« Als Butch aufstand und an ihr vorbei ins Badezimmer gehen wollte, griff Vicky sich sein Handgelenk. »Was war deine Aufgabe? Du bist ausgestiegen, das habe ich verstanden. Aber du hattest doch auch bestimmt eine Aufgabe, oder?« Sie deutete in Richtung des Gehstocks, der schon eine Weile unberührt am Tresen lehnte. »Und wie kommt es, dass du ihn mal brauchst und ihn dann wieder für ein paar Stunden liegenlassen kannst?«

Die letzte Frage war kaum über ihre Lippen gekommen, da machte Butch schon dicht. Seine Lippen waren nur noch ein schmaler Strich und seine braunen Augen verengten sich warnend. Mit einem scharfen Ruck entzog er ihr sein Handgelenk.

»Ich denke, für heute reicht es mit den Fragen.« Er sprach sehr leise. Vicky wusste inzwischen, dass das ein Warnzeichen war, doch in ihrem jetzigen Zustand kümmerte es sie nicht. Sie hatte diesen Ton schon so oft gehört, dass er ihr keine Angst mehr einjagte.

»Wie kommt es eigentlich, dass du immer sofort dichtmachst, wenn es um dich selbst geht?« Vicky schüttelte den Kopf und stand auf. Aufmüpfig reckte sie das Kinn.

»Geh ins Bett, Vic.« Butch verschwand im Bad und ließ Vicky allein in dem großen Raum zurück.

Sie seufzte leise. Dann würde sie sich eben wirklich etwas hinlegen. Butch hatte recht. Auch wenn sie es ungern zugab, sie war ein wenig angetrunken. Sie sollte sich mit einem Nickerchen zumindest ein bisschen etwas von dem Rausch vertreiben.

Sie ging an der Wand aus Milchglas vorbei und sah auf das große, leere Bett. Wann immer sie das Gefühl hatte, Butch mal einen Schritt näherzukommen, prallte sie an dem Schutzwall ab, den er um sich selbst gezogen hatte. Gottverdammt, sie lebte seit zwei Wochen mit ihm zusammen und wusste praktisch gar nichts über ihn. Und dennoch war das anscheinend genug, um sich in ihn zu verlieben.

Vicky zog sich den Pullover über den Kopf und ließ ihn neben dem Bett auf den Boden fallen. Sie löste den Gürtel ihrer Hose, die zu Boden glitt, sodass sie einfach aus der Hose heraussteigen konnte.

Als wäre die ganze Lage nicht schon verzwickt genug, nein, sie musste sich auch noch in Butch verlieben. Dabei tat es ihr richtig weh, dass er sich kein bisschen für sie interessierte.

Sie zog ihren BH aus und holte ein übergroßes Shirt aus ihrer Tasche. Es reichte ihr problemlos bis zur Mitte der Oberschenkel. Sie schlüpfte unter die Decken in das Bett.

Interessierte er sich wirklich nicht für sie? Mit den Fingerspitzen fuhr Vicky sich über die Lippen. Butchs Kuss vor wenigen Tagen hatte sich in ihre Erinnerung eingebrannt. Die Art, wie seine Lippen sich auf ihren angefühlt hatten. Wie er seine Hand in ihrem Haar vergraben hatte. Wie er sie dicht an sich gepresst hatte, als könnte er von ihr genauso wenig genug bekommen wie sie von ihm.

Vicky ließ die Hand auf das Kopfkissen fallen. Butch war ein Rätsel, zu dem es keine vernünftige Lösung gab. Ständig zerbrach sie sich den Kopf über ihn. Er brachte sie durcheinander. Sorgte dafür, dass sie an sich selbst und an allem zweifelte, was sie wusste.

Und doch konnte sie ihm nicht fernbleiben. Ganz egal, wie schroff er zu ihr war. Egal, wie mürrisch er auf so ziemlich alles und jeden reagierte. Und es war ihr auch egal, dass er immer wieder versuchte, sie von sich zu stoßen.

Scheiße, sie war wirklich ein hoffnungsloser Fall.

Sie rieb sich über die Augen. Wieso zum Teufel musste auch immer alles so kompliziert sein, wenn es um Butch ging? Warum konnte es nicht einfach sein? Leicht. Natürlich. So wie atmen.

Nein, mit ihm war immer alles schwierig. Seine Reaktionen waren wie ein Glücksspiel, und gerade wenn man dachte, dass man dem Hauptgewinn ein Stückchen näher gekommen war, änderte er die Spielregeln und man musste von vorne anfangen.

Objektiv betrachtet, gab es für Vicky nicht einen einzigen Grund, warum sie Butch mögen sollte. Er war ein mürrischer, rechthaberischer Mistkerl, der ungefähr so viele Emotionen preisgab wie ein gottverdammter Eisblock.

Und dennoch war da etwas zwischen ihnen, das sie nicht erklären konnte.

Schöne Scheiße.

Da hörte Vicky, wie die Badezimmertür aufging. Sofort setzte sie sich auf. Sie würden das Gespräch von vorhin beenden, ob er das nun wollte oder nicht. Das zumindest schuldete er ihr, wenn er ihr Leben schon in ein emotionales Chaos verwandelte.

Doch als Butch um die Trennwand herumkam, blieben Vicky alle ihre Fragen im Hals stecken.

Es war das erste Mal, dass sie Butch ohne ein Shirt sah. Auch in den letzten zwei Wochen hatte sie nur die Haut an seinen Händen und an seinem Hals zu sehen bekommen. Da er die Nächte mit Tiny unterwegs war, schlief er meist tagsüber in voller Montur auf dem Sofa. Wenn er duschen ging, nahm er einen Stapel Kleidung mit und kam umgezogen wieder aus dem Bad. Aber jetzt gerade trug er nichts weiter als schwarze Boxershorts. Vicky wusste nicht, wo sie zuerst hinsehen sollte.

Butch war früher sehr muskulös gewesen. Das hatte sie auch problemlos erkennen können, ohne dass er seine Kleidung ausgezogen hatte. Jetzt war Butch eher sehnig, drahtig. Seine Muskeln lagen noch klar definiert unter seiner Haut. Nicht, weil er viel trainierte, sondern weil Butch so viel an Körpergewicht verloren hatte. Für seine Größe war er sogar zu dünn. Vicky sah es besonders an seinen Rippen.

Sein Oberkörper war ein einziges Kunstwerk aus unzähligen Tätowierungen in unterschiedlichsten Stilrichtungen, die in ihrem eigenwilligen stilistischen Chaos ein so harmonisches Ganzes bildeten, dass sie nicht wegsehen konnte. Die Tattoos zogen sich von den Handgelenken über seine Oberarme und seine breite Brust bis hinunter zu seinen Leisten, wo die letzten Ausläufer der Tinte unter dem Bund der Boxershorts verschwanden. Ihr Blick blieb an den römischen Zahlen auf Butchs Brust hängen. Direkt über dem Herzen. Das Schwarz war etwas verblasster als das seiner übrigen Tattoos. Die Ränder waren auch weniger klar. Das Tattoo war also älter. Und es schien ein Datum zu sein. *IV IX MCMLXXIX.* Auf der anderen Seite seiner Brust riss ein Drache angriffslustig sein Maul auf. Sie hatte solche Drachen schon häufiger gesehen. Der schlanke Tierkörper zog sich mit kunstvollen Mustern von Butchs Brust über seine Schulter bis hin zu seinem Arm. Anders als die meisten Tattoos war dieses bunt. Die Schuppen des Drachen waren grün. Die Muster, die ihn umgaben, erstrahlten in Grau, Schwarz, Rot und Violett.

Sie hatte gewusst, dass er Tattoos hatte. Die auf seinen Unterarmen hatte sie im Sommer vor eineinhalb Jahres gesehen, wenn er die Ärmel hochgekrempelt hatte. Aber dass er so viele hatte, war ihr nicht klar gewesen.

Fasziniert starrte Vicky ihn an, als Butch auf das Bett zukam. Seine Muskeln bewegten sich geschmeidig unter seiner Haut. Als er sich auf der Bettkante niederließ, senkte sich die Matratze.

»Ich muss auch etwas von dem Alkohol loswerden, und ich penne auf keinen Fall auf dem Sofa, wenn in meinem Bett ausnahmsweise mal mehr als genug Platz ist.« Butch streckte sich. »Wenn du ein Problem damit hast, kannst du ja aufs Sofa umziehen.«

Vicky betrachtete seinen breiten Rücken in dem schwachen Licht, das durch die Fenster hereinfiel. Vielleicht war es der Alkohol, der sie mutig machte, oder vielleicht die Tatsache, dass sie vielleicht doch den Verstand verloren hatte, als Butch mit seiner schonungslosen Ehrlichkeit ihr Leben aus der Bahn geworfen hatte. Auf jeden Fall rückte sie näher an ihn heran und sah sich die Tattoos an, die sich über seinen Rücken zogen.

Das Hauptmotiv auf seinem Rücken war eine antike Göttin. In der ausgestreckten linken Hand hielt sie eine Waage, in der abgewinkelten Rechten ein langes Schwert. Ihre Augen waren verbunden. Vicky kannte diese Abbildung. Es war Justitia, die Göttin der Gerechtigkeit und ein Sinnbild der Justiz, die blind und fair urteilen sollte. Doch etwas stimmte mit dieser Darstellung nicht: Um ihren linken Arm rankte sich eine grüne Schlange, die ihre Giftzähne tief in das Fleisch der Göttin bohrte. Die Waage war nicht ausgeglichen, sondern zu einer Seite geneigt. Die Augenbinde der Justitia war blutgetränkt, ihr göttliches Kleid wirkte zerschlissen und abgetragen. Tränen liefen ihr über das Gesicht, und sie wirkte schmerzerfüllt.

Bevor Vicky wirklich wusste, was sie tat, fuhr sie mit den Fingerspitzen über die Tätowierung. Justitia sollte stolz und entschlossen wirken. Doch in dieser Abbildung war sie ein geschundener Schatten dessen, was sie eigentlich verkörperte.

Butch zuckte zusammen, als ihre Finger seine Haut berührten. »Was glaubst du, was du da tust?« Er rückte ein ganzes Stück von ihr weg, doch Vicky folgte ihm sofort.

Sie fuhr weiter mit den Fingern über seinen Rücken, ertastete die feinen Linien der Tätowierung und das, was sie verdecken sollten. Denn das Bild der Justitia war nicht eben. Lange, dünne Narben zogen sich über Butchs kompletten Rücken. Die Haut dort fühlte sich viel dünner an als am Rest seines Rückens. Es waren so unendlich viele Narben, sie konnte sie kaum zählen. Das großflächige Tattoo überdeckte sie vollständig. Sie mussten sehr alt sein. Irgendjemand hatte Butch diese Verletzungen zugefügt, bevor er sich hatte zur Wehr setzen können.

»Woher hast du all die Narben?« Sie folgte einer Narbe direkt über seiner Wirbelsäule, als Butch sich zu ihr umwandte. Er packte ihr Handgelenk und drückte so fest zu, dass sie vor Schmerz leise zischte.

»Hatte ich nicht gesagt, dass es für heute mit den Fragen reicht, Vic?« Er ließ sie abrupt los und rückte noch ein Stück von ihr ab. Wenn das so weiterging, saß er gleich am Fußende des Bettes.

Vicky massierte sanft ihr Handgelenk. Es gab noch so vieles, was sie nicht über Butch wusste. Doch so wie er sie abblockte, würde sie wohl auch nie mehr über ihn erfahren. Zumindest nicht, wenn sie ihn nicht dazu zwang.

»Wieso entscheidest eigentlich immer du, wann es genug ist?« Frust und Wut mischten sich in ihr zu einem gefährlichen Cocktail, den sie wohl am ehesten als Verzweiflung bezeichnen würde. »Was ist mit mir und mit dem, was ich will? Zählt das überhaupt nicht?«

»Vic, da ist nicht die Zeit für …«

Wieder wollte er sie ausschließen. Wollte ihr wieder die Tür direkt vor der Nase zuschlagen. Und das, obwohl sie heute das erste Mal so etwas wie ein offenes und ehrliches Gespräch geführt hatten.

Das war doch zum Kotzen.

»Wann ist es denn jemals Zeit dafür, Butch?« Vicky verschränkte die Arme vor der Brust. Butch öffnete den Mund, um etwas zu sagen, doch sie kam ihm zuvor. »Spar es dir. Im Ernst. Ich kenne die Antwort. Nämlich nie. Weil das voraussetzen würde, dass du über dich selbst sprechen müsstest und ich die Chance bekäme, dich besser kennenzulernen. Und das können wir ja nicht riskieren, nicht wahr?« Sie schüttelte den Kopf. Es war sinnlos, ihn zu irgendeiner Reaktion zu zwingen. Er würde sie einfach wieder abprallen lassen, so wie jedes Mal. Und sie würde wieder dastehen wie eine verdammte Idiotin, weil sie es überhaupt versucht hatte.

Butch fluchte leise, ehe er sich zu ihr umwandte. »Mal im Ernst, Vic, was willst du eigentlich von mir hören? Falls du über tiefschürfende Gefühle, meine Vergangenheit oder sonst so einen emotionalen Scheiß reden willst, bei dem ich theatralisch in deinen Armen in Tränen ausbreche und dir klar wird, dass meine harte Schale nur eine Maske ist, so wie in deinen Kitsch-Romanen, dann muss ich dich leider enttäuschen. Das wird nie passieren.« Er lachte auf, und der Sarkasmus war nicht zu überhören.

Dieses harte, gefühllose Lachen störte Vicky mehr als die Tatsache, dass er sich gerade fies über sie lustig machte. Denn es schien das einzige Lachen zu sein, zu dem er überhaupt noch imstande war.

»Newsflash: Ich bin einfach ein Arschloch.« Er rückte wieder etwas näher an sie heran, doch sein Gesicht blieb hart und verschlossen. Dafür grinste er sie höhnisch an.

Ja, er war wirklich ein absolutes Arschloch.

Das konnte nicht einmal sie sich schönreden. Ganz egal, wie sehr sie es auch versuchen würde. Aber er war eben *nicht nur* ein Arschloch. Sie sah es in der Art, wie er mit Hailey sprach, wenn sie eine Panikattacke hatte. Oder dann, wenn er die anderen schweigend in seinem Apartment ertrug, anstatt sie zum Teufel zu jagen. Oder in Kleinigkeiten wie der Tatsache, dass er sie mit einem Trick zum Essen gebracht hatte.

Ja, Butch Cohen war mehr als nur ein Arschloch. Aber er machte es Menschen verdammt schwer, etwas anderes in ihm zu sehen.

300

Leider war es ihr Pech, dass sie einen Blick auf den Mann hinter dem Arschloch geworfen hatte. Denn jetzt war sie in einen Mann verliebt, von dem sie wusste, dass er ihre Gefühle vermutlich niemals würde erwidern können.

Was auch immer zwischen ihnen war, diese Verbindung, es würde nie Sinn ergeben. Sie würde immer unvollständig bleiben. Sie würde immer mehr geben, als Butch je in der Lage sein würde ihr zurückzugeben. Was sie für Butch empfand, würde immer einseitig bleiben. Sie würde immer alles geben, selbst wenn er nur nehmen konnte. Bis am Ende rein gar nichts von ihr übrigblieb.

Das alles wusste Vicky. Dieses Wissen war so tief in ihr verankert wie das Wissen um ihre Gefühle für ihn.

Er würde sie zerstören. Weil er gar nicht anders konnte.

Am besten drehte sie sich jetzt um und schlief einfach ein. Schloss die Augen und schluckte ihre Gefühle für den Rest ihres Lebens hinunter. So wie Butch es tat. Sie sollte wie er ihre Gefühle einfach jeden Abend in mindestens einem Glas Gin ertränken, immer wenn sie glaubte, dass niemand hinsah.

Nur gab es da ein kleines, aber entscheidendes Problem: Sie war nicht wie Butch. Und sie würde niemals so sein wie er.

Vicky musterte das höhnische Grinsen in seinem Gesicht, die dunklen Schatten unter seinen Augen, den kalten, distanzierten Ausdruck. Sie betrachtete den Bart und seine kantigen, harten Gesichtszüge darunter.

Ja, es gab wirklich keinen Grund für das, was sie fühlte. Keine logische Erklärung dafür, wie stark das Herz in ihrer Brust hämmerte, keine für die Kraft, mit der das Blut in ihren Ohren rauschte.

Nichts davon ergab auch nur einen Funken Sinn. Nichts davon war gut für sie. Nichts von alldem würde zu irgendetwas führen.

Und doch wollte sie für nur einen Augenblick so tun, als wüsste sie das alles nicht. Sie wollte auf die törichte Stimme in ihrem Herzen hören, die ihr zuraunte, sie könne ihn ändern. Auch wenn sie wusste, dass es unmöglich war, einen anderen Menschen zu ändern, wenn er es nicht selbst wollte. Doch nur in diesem Moment wollte sie glauben, dass, wenn sie Butch nur genug von sich selbst gab, er irgendwann verstehen würde, was sie empfand. Und dass er ihre Liebe vielleicht irgendwann erwidern würde.

Sie hatte sich für einen Abend genug Wahrheiten gestellt. Vielleicht war es jetzt an der Zeit, dass sie sich für eine kurze Weile lang selbst belog.

Sie legte die Hände an Butchs Wangen, worauf sein höhnisches Grinsen sofort verschwand.

»Vic, was …«

Vicky ignorierte seine Worte, blendete ihn vollkommen aus. Sie rückte näher an ihn heran. So nah, dass sie seinen Atem auf ihren Lippen spüren konnte.

Und dann küsste sie ihn.

Eine letzte Lüge. Irgendwann würde sie sich der Wahrheit stellen müssen. Butch würde schon dafür sorgen.

Er steckte in ernsthaften Schwierigkeiten.

Das war ihm klar, sobald er Vickys Lippen auf seinen spürte, und ihr süßer Geschmack ihn beinahe ins Wanken brachte. Die Hitze ihrer Lippen versengte ihn bis ins Mark, und er hatte Schwierigkeiten, auch nur einen einzigen klaren Gedanken zu fassen. Sie küsste ihn so sanft, dass sein Herz sich schmerzhaft zusammenzog.

Was zum Teufel dachte sie sich dabei?

Das machte die Dinge nur noch komplizierter, als sie es ohnehin schon waren. Viel, viel komplizierter.

Das konnten sie beide verdammt nochmal nicht gebrauchen.

Butch legte seine Hände an Vickys Oberarme und schob sie von sich. »Was soll das bitte werden?« Er versuchte, Vickys rosige Wangen und ihre vollen Lippen zu ignorieren, während er in ihrem Gesicht nach etwas suchte, das ihr jetziges Verhalten erklären würde. Zwei Wochen! Sie hatten das Ganze jetzt zwei Wochen lang durchgehalten. Sie durften jetzt nicht nachgeben. Unter keinen Umständen. Er hätte auf dem Sofa schlafen sollen. Hatte er denn völlig den Verstand verloren?

»Ich dachte, das wäre offensichtlich.« Vicky legte den Kopf leicht schief. »Du willst nicht reden und ich gerade auch nicht.«

Butch wollte tief durchatmen, scheiterte jedoch kläglich. Hatte jemand die Heizung hier drinnen aufgedreht, oder warum fühlte die Luft sich plötzlich so viel wärmer an als noch vor ein paar Sekunden?

»Und da dachtest du dir, dass das hier ...«, er deutete mit einer Hand zwischen sie beide, »... eine gute Idee ist?«

»Es ist eine bessere Idee, als immer nur zu streiten.«

Butch hatte Schwierigkeiten, sich auf Vickys Worte zu konzentrieren, wenn sie sich mit der Zunge über die Unterlippe fuhr. Generell hatte er Schwierigkeiten, sich überhaupt auf irgendetwas zu konzentrieren, wenn sie das tat.

»Außerdem ist es das erste Mal, dass wir allein sind und du dich nicht sofort verkriechst.«

Beinahe wäre er zurückgezuckt, als Vicky noch etwas näher rückte. Ihre Brüste drückten sich durch den dünnen Stoff ihres T-Shirts gegen seinen Oberarm, und er konnte die Hitze ihrer Haut spüren, die seine eigene beinahe verbrannte.

Er konnte nur wie hypnotisiert dabei zusehen, wie Vicky eine Hand an seine Wange legte und sie mit dem Daumen über seinen Wangenknochen fuhr. Allein dieses sanfte Streichen sorgte dafür, dass ihm ein heißer Schauer den Rücken hinablief.

Gott, was machte diese Frau nur mit ihm?

Sofort schob er diesen Gedanken beiseite. Es hatte nichts mit Vicky an sich zu tun, sondern mit der Tatsache, dass er seit einеinhalb Jahren mit keiner Frau mehr geschlafen hatte, die er nicht für Sex bezahlt hatte.

Das musste es sein. Alles andere war ausgeschlossen.

Er erschauderte, als Vicky ihre Lippen wieder auf seinen Mund legte. Er spürte ihre Wärme und hörte ihr leises Seufzen, und er hatte weder die Kraft noch die Willensstärke, sich weiter gegen sie zu wehren.

Es war nur Sex. Nicht mehr.

Es war also alles in bester Ordnung.

Mit einem Brummen gab er nach. Ließ die Vernunft und alle Rationalität fahren, während er ihren Kuss in vollen Zügen genoss.

Was auch immer Vicky sich dabei gedacht hatte, er würde einen Teufel tun, das jetzt weiter zu hinterfragen. Jetzt wollte er nur noch spüren, wie ihre Lippen sich auf seinen anfühlten, wie weich und warm ihre Haut war. Jetzt konnte er sie endlich so haben, wie er sie schon eine ganze Weile lang begehrt hatte.

Mit einem Ruck zog Butch die Bettdecke von Vickys Beinen, ehe er sie so weit von sich schob, wie das Bett es nur zuließ. Er knurrte zufrieden, als er sah, dass sie außer dem T-Shirt nichts trug.

Perfekt. Das würde die Sache erheblich beschleunigen. Hailey kam bald zurück.

Butch legte die Hände an Vickys Oberarme, drehte sich um und drängte sie mit seinem Körper zurück in die Matratze. Dabei hörte er nicht auf, sie zu küssen. Ihre süßen Lippen waren wie weicher Scotch für ihn.

Sie brachte ihn um den Verstand. Aber das war noch lange kein Grund, deshalb von ihr wegzubleiben.

Vicky öffnete die Lippen und sofort drang er mit der Zunge in ihren Mund, um mehr von ihrem süßen Geschmack zu bekommen. Er wanderte mit einer Hand an der Seite ihres Körpers hinab. Die andere Hand versenkte er tief in ihrem Haar, um sie zu halten wo sie war, während er den Kuss vollkommen auskostete. Für sie gab es jetzt kein Zurück mehr. Sie hatte das hier begonnen, aber er würde es beenden.

Sie stieß ein leises Stöhnen aus, das in seinem gesamten Körper wiederhallte und ihn direkt ins Nervenzentrum traf. Es schaltete das letzte bisschen Verstand aus, das er noch übrig gehabt hatte.

Butch ließ seine Hand unter Vickys Shirt gleiten, und als er die zarte und weiche Haut spürte, wusste er, dass nur Berührungen ihm auf keinen Fall reichen würden.

Nein, er brauchte mehr. Viel, viel mehr.

Mit einem Ruck setzte er sich auf und zog Vicky mit sich. Sie fing sich mit den Händen auf, als er den Griff in ihrem Haar abrupt löste.

»Arme hoch.« Sogar in seinen eigenen Ohren klang seine Stimme rau und herrisch.

»Was?« Vicky blinzelte verwirrt, hob aber ohne jegliche Diskussion die Arme. Ihre Augen waren dunkler, als er sie in Erinnerung hatte. Ihr Blick war verhangen, und er spürte ihn wie eine Berührung auf seiner Haut. Seine Erektion machte sich mit einem schmerzhaften Ziehen bemerkbar. Er packte Vickys Shirt am Saum und zog es einfach über ihren Kopf nach oben.

Achtlos ließ er es neben sich auf die Matratze fallen, während er Vickys sanft gebräunte Haut betrachtete.

Sie war jetzt endlich sein. Zumindest für diesen Moment.

Bei Gott, Vicky war noch zerbrechlicher als er gedacht hatte. Ihr ganzer Körperbau war zierlich. Ihre Taille war schmal, die Schlüsselbeine für ihn klar und deutlich zu erkennen. Ihre beiden Handgelenke könnte er mühelos mit einer Hand umfassen. Ihre Haut war straff und ihr Bauch war flach, während ihre Brüste voll waren und seine Hände gut ausfüllten. Ihre Brustwarzen hatten sich zusammengezogen, sie wirkten wie eine direkte Einladung, die er auf keinen Fall ausschlagen würde.

Er lehnte sich vor und schloss seinen Mund um ihre Brustwarze. Ihre Haut schmeckte noch süßer als ihre Lippen.

Vicky ließ den Kopf mit einem Stöhnen in den Nacken fallen. Ihre Arme gaben nach, und sie glitten beide zurück auf die Matratze. Er fing sich gerade noch mit einer Hand ab, bevor er sie noch unter seinem vollen Gewicht begrub. Genüsslich löste er die Lippen von ihrer Brust und ließ sie tiefer wandern.

Sie packte ihn bei den Haaren und drängte sich ihm entgegen, während er weiter jeden Zentimeter von ihrer Haut kostete, den er erreichen konnte. Sie sollte sich unter ihm winden. Sich ihm ergeben. Ihm gehören.

Zumindest in diesem einen Augenblick.

Als er am Saum ihres Slips ankam, hob er den Kopf und betrachtete einen Moment lang das dunkle Rot der feinen Spitze, die bedeckte, was er unbedingt wollte.

Was er brauchte.

Allein wenn er nur daran dachte, wie sie ihn feucht und eng umfing. Wie sie stöhnte. Wie sie unter ihm bebte.

Butch hakte die Finger unter den Rand des Slips und zog ihn ihr von den Beinen. Er nahm er sich einen Moment lang Zeit, um Vicky anzusehen. Nackt lag sie vor ihm, ihre Brüste hoben und senkten sich schnell, sie atmete schwer. Ihre Lippen glänzten leicht und waren wie geschwollen, weil sie mehr als einmal darauf gebissen haben musste. Ihre Haare breiteten sich auf dem Bett aus wie ein Fächer aus Hellbraun und Gold.

306

Aber es war die Art, wie sie ihn ansah, die sich für immer in seiner Erinnerung festbrennen würde. Sie sah ihn an, als wäre er der einzige Mann auf dieser Welt für sie.

Butchs Kehle zog sich zusammen und seine Brust fühlte sich an, als wäre sie zu eng für ihn. Das Atmen fiel ihm schwer und sein Herzschlag beschleunigte sich.

Aber jetzt gab es kein Zurück mehr. Panik stieg in ihm hoch, aber er war nicht stark genug, jetzt noch Nein zu ihr zu sagen.

Butch schob sich die Boxershorts von den Hüften. Die Narben, die sich über seinen Oberschenkel zogen, vergaß er fast. Wieder beugte er sich über Vicky. Sie streckte sofort die Arme nach ihm aus, hieß ihn willkommen mit ihrer Wärme, die ihn versengte und ihn benebelte, und schlang die Beine um seine Hüften.

Er konnte ihre feuchte Hitze an seiner Eichel spüren. Für diesen einen Moment hatte er sie besitzen wollen, doch nun war er es, der sich in Besitz genommen fühlte.

Schnell presste Butch seine Lippen auf Vickys Mund. Er wollte jetzt nicht denken. Wollte jetzt nicht begreifen, was hier gerade geschah. Er wollte nur noch eins: sie endlich spüren.

Mit einem tiefen Stoß drang er in sie ein und – er spürte es sofort. Die Barriere, die er durchbrochen hatte. Vicky gab einen Laut von sich, ein zischendes Stöhnen, halb Schmerz, halb Lust. Butch erstarrte. Sie war so eng, dass er es nicht ignorieren konnte, selbst wenn er gewollt hätte.

Sofort löste er den Kuss und sah Vicky fragend an. »Vic …«

Sie schüttelte den Kopf. »Vergiss es einfach.« Sie schlang die Arme um seinen Nacken, drängte ihren Körper an seinen. Ihre Lippen fuhren über seine Wange. »Vergiss es einfach.«

Wieder kroch die Panik in Butch hoch. Er spürte die Enge in seiner Brust, die ihm mittlerweile so vertraut war. Inzwischen war sie ein ständiger Begleiter geworden, kein ungebetener Gast.

»Denk nicht darüber nach, Butch«, flüstere Vicky. Ihre Worte waren so verlockend, dass er nicht anders konnte als auf sie zu hören.

Er legte eine Hand auf Vickys Hüfte, die andere in ihren Nacken. Und als er sie küsste und begann, sich in ihr zu bewegen, vergaß er alles andere. Die Welt stand still, solange er hier mit ihr in diesem Bett war.

40

»Mir wäre es wirklich lieber, wenn du im Hotel geblieben wärst.«

»Und mir wäre es wirklich lieber, wenn du dieses leidige Thema nicht mehr ansprechen würdest. Offensichtlich kriegen wir beide nicht immer das, was wir wollen.«

John lächelte still in sich hinein, während er Sages Wagen in ein Wohngebiet außerhalb von New Orleans lenkte. Lissiana saß auf dem Beifahrersitz und sah stur und mit verschränkten Armen aus dem Fenster.

So war sie schon, seit er sie am Morgen gebeten hatte, an dem Treffen, das Sage für sie mit Jane Dunne organisiert hatte, nicht teilzunehmen. Jetzt war es später Nachmittag und sie zeigte ihm noch immer die kalte Schulter.

Vermutlich hätte er verstimmt sein sollen, vielleicht sogar wütend. Für eine Weile war er auch stinksauer gewesen. Dann hatte er sich daran erinnert, warum er sich in Lissiana verliebt hatte. Wegen ihrer Unnachgiebigkeit, wegen ihrer Art, sich ohne Wenn und Aber für die Dinge einzusetzen, die sie für richtig und wichtig hielt. Das war einfach Teil ihrer Persönlichkeit. Und auch wenn diese Eigenschaft sich manchmal gegen ihn richtete und gegen seine Vorstellung von dem, was logisch und vernünftig war, konnte er ihr deshalb nie lange böse sein.

Und John wusste genau, warum sie in dieser Diskussion nicht nachgegeben hatte. Er solle nicht allein in so eine gefährliche Situation gehen, hatte sie gesagt, doch er wusste, dass mehr dahintersteckte. Er hatte es in dem Moment begriffen, als sie aus dem Krankenhaus herausgekommen war, mit einem Funkeln in den Augen und einem Lächeln auf den Lippen. Sie hatte ihr Handy hervorgezogen und ihm die Beweise gezeigt. Die halbe Nacht hatte sie vor den vergrößerten Ausdrucken gebrütet und sich tiefer in die Materie eingearbeitet, um etwas zu finden, das sie vielleicht bisher übersehen hatten.

Es war das erste Mal, seitdem sie New York verlassen hatten, dass er sie so gesehen hatte.

Lissiana liebte ihn, sie waren glücklich in ihrem neuen Leben. Daran zweifelte John nicht. Aber während er zumindest einen Teil seiner alten Geschäfte wieder hatte aufnehmen können, war Lissiana in ein Loch gefallen, weil sie nichts mit sich anzufangen gewusst hatte.

Sie hatte nie darüber gesprochen, aber das musste sie nicht. Für ihn hatte sie ihre zwei Lebensaufgaben in den USA zurückgelassen: ihre Arbeit als Polizistin und Victoria.

Bis zu ihrer Flucht hatte sie ihr komplettes Leben um ihre Arbeit und ihre Schwester arrangiert. Und auch wenn der Job bei der Mordkommission sie aufgefressen hatte, hatte sie ihn dennoch gern gemacht. Es war Lissianas Methode gewesen, Victoria zu beschützen und gleichzeitig etwas für ihren eigenwilligen Gerechtigkeitssinn zu tun.

Und beides hatte sie für ihn aufgegeben, praktisch über Nacht. Auf der Insel hatte sie nicht wirklich arbeiten können. Sie hatte ein paar Kinder dort unterrichtet und hier und da ausgeholfen, aber erfüllt hatte sie das nicht, das war John klar. Nachts hatte sie sich schlaflos neben ihm hin und her gewälzt. Und sie hatte versucht, diesen kleinen Funken Neid in ihren Augen zu verbergen, wann immer er für seine Geschäfte aufs Festland gefahren war.

Doch nie hatte Lissiana einen Ton gesagt. Sie hatte sich nie beklagt. Hatte ihn nie daran zweifeln lassen, ob sie die Entscheidung, die sie getroffen hatte, bereute.

John nahm die rechte Hand vom Lenkrad und ergriff Lissianas Finger. Sofort sah sie zu ihm herüber. Sanft zeichnete er mit dem Daumen kleine Kreise auf ihren Handrücken.

»Waffenstillstand?« John sah kurz zu Lissiana herüber.

»Waffenstillstand.« Sie lächelte. Ihre Finger spielten an dem Band seiner Breitling. »Danke, John.«

Johns Kehle zog sich zusammen. Er konnte ihr nicht das zurückgeben, wonach sie sich sehnte. Aber zumindest das hier konnte er tun. »Nichts zu danken.«

Er folgte den Anweisungen des Navigationsgerätes und fuhr weiter in den Vorort hinein. Es überraschte ihn immer wieder, wie einfach es für die abscheulichsten Monster der Menschheit war, sich hinter einem weißen Gartenzaun und einem tadellosen Einfamilienhaus zu verstecken, vor dem ein neumodischer Hybrid geparkt war, während ein Golden Retriever im Vorgarten schlief.

»Mädchenhandel muss sich wohl auszahlen.« John schüttelte den Kopf. Für diese Monster war es leicht, in der unwissenden Masse unterzugehen und ein normales Leben zu führen. Abends brachten sie die Kinder ins Bett und lasen ihnen etwas vor, bevor sie sie auf die Stirn küssten und leise aus dem Raum schlichen. Sie strichen über das Haar ihrer eigenen Kinder, und mit denselben Händen verkauften sie hinter der perfekten Fassade andere Kinder für eine obszön hohe Summe an einen Mädchenhändlerring.

Und ihn und seine Organisation hielt man für Monster.

Er sah einen Moment auf Lissianas stark gewölbten Schwangerschaftsbauch. Noch nie hatte John das Geschäft mit wehrlosen Kindern verstanden oder gutgeheißen. Es wäre ihm nicht einmal im Traum eingefallen, sich daran zu beteiligen. Aber jetzt, wo er selbst Vater wurde, war es noch schlimmer. Das Problem war zu etwas sehr Persönlichem geworden. Auch wenn Butch ihn nicht um Hilfe gebeten hatte, würde er dennoch alles tun, um diesem Wahnsinn zumindest in seiner Stadt ein Ende zu setzen.

Auch wenn er selbst nicht dabei sein konnte, wenn sie die Kinderhändler ausräucherten.

Lissiana nahm das Navigationsgerät etwas näher in Augenschein. »Park da vorne.« Sie deutete auf den Straßenrand. »Wir sollten Sages Wagen nicht vor Dunnes Haus parken.« Sie lehnte sich zurück. »Es sind von hier aus nur noch ein paar Meter, aber sicher ist sicher.«

John nickte knapp und lenkte den Wagen an den Straßenrand, wo er den Motor abstellte und ausstieg. Er ging zur Beifahrerseite und legte einen Arm um Lissianas Schultern. Als er sie dicht an seine Seite zog, ließ er seinen Blick prüfend über die Siedlung gleiten.

Es waren kaum Menschen zu sehen. Nur hin und wieder mal schlenderte ein Ehepaar den Gehweg entlang oder es spielten Kinder in der Auffahrt. Die Häuser waren alle gleich und nichtssagend, vermittelten aber dennoch den Eindruck von gehobenem Mittelstand, allein durch die Hausgröße und die teuren Wagen, die hier und da in der Einfahrt standen.

Perfekt. Weder Sages Wagen noch Lissiana und er würden hier großartig auffallen. Sie waren nur ein Paar wie all die anderen in dieser Gegend. Nichts Besonderes. Sage hatte wirklich mitgedacht, als sie Jane Dunne um ein Treffen bei ihr zu Hause gebeten hatte.

»Willst du noch mal alles durchgehen?« John sprach leise, während er mit Lissiana entspannt den Weg entlangging.

»Nein, ich denke, ich habe es.« Lissiana sah zu ihm auf und lächelte. »Wir sind ein Journalistenpaar von einem medizinischen Fachjournal und interessieren uns für ihre Forschung im Bereich der Säuglingssterblichkeit.« Sie grinste schief. »Das ist nicht mein erster Undercover-Einsatz, John. Schon vergessen?«

»Wie könnte ich das vergessen, *Kätzchen?*« John küsste Lissiana auf die Schläfe, als er mit ihr die Auffahrt von Jane Dunnes Haus hinaufging. Lissianas Körper neben ihm spannte sich an, und auch er wurde instinktiv wachsamer. Jetzt wurde es ernst. Wenn sie Komplikationen vermeiden wollten, sollten sie sich besser keinen Fehler erlauben.

Das Haus von Jane Dunne unterschied sich kaum von alle anderen im Viertel: schlichte silberne Hausnummer, weißer Putz, dunkle Dachschindeln. In der langen Einfahrt vor der Garage stand kein Wagen. Vermutlich war Jane Dunnes Ehemann nicht zu Hause. Und wahrscheinlich auch nicht die beiden erwachsenen Kinder. Nathan hatte ihnen gestern noch Unterlagen geschickt, und John erinnerte sich, dass ihre Tochter irgendwo Medizin studierte und ihr Sohn gerade ein Auslandssemester machte.

Perfekt. Weniger Zeugen für den Fall, dass er mit einem einfachen Verhör nicht weiterkam.

John ging mit Lissiana zur Haustür und sah kurz auf seine Uhr. Sie waren fünf Minuten zu spät. Ideal. Es war eine akzeptable und sehr natürliche Verspätung, die weder Desinteresse noch übermäßiges Interesse suggerierte.

»John.«

Bei Lissianas Worten hob er den Blick von seinem Ziffernblatt.

»John, die Tür steht auf.«

Sofort sah er sich im Vorgarten um. Suchte nach etwas, das die offen stehende Tür erklären würde. Vielleicht war Jane Dunne schnell rüber zu den Nachbarn gegangen, um ein Paket abzuholen, das sie für sie angenommen hatten. Oder sie hatte nur schnell den Müll an die Straße gestellt. Doch die Mülltonnen standen aufgereiht in der Einfahrt. Und das rote Fähnchen am Briefkasten war auch heruntergeklappt. Er sah zurück zur

Tür. Direkt daneben stand ein großer Blumenkübel mit einem Rosenstämmchen. Einige der Blüten waren vertrocknet. Ungewöhnlich bei einem Vorgarten, bei dem der Rasen scheinbar mit der Nagelschere auf exakte Länge gebracht worden war. Ein ungutes Gefühl erfasste ihn. So penetrant, dass es sich durch all seine Nervenbahnen zog und seinen Körper in erhöhte Alarmbereitschaft versetzte. John zog seine Glock und entsicherte sie. Dabei lehnte er sich zur Seite und versuchte, einen Blick durch das Fenster ins Innere des Hauses zu werfen. Doch er konnte nur einen weißen Konzertflügel erkennen, auf dem ordentlich ein paar Blumen in einer Vase arrangiert waren.

So kamen sie nicht weiter. Er nahm eine gute Schussposition am Eingang ein und nickte Lissiana zu. Sie stieß mit einem Taschentuch vorsichtig die nur leicht angelehnte Tür auf.

John spähte in das Haus hinein. In dem schwach beleuchteten Flur, an dessen Wänden ein paar wenige Familienfotos hingen, war niemand zu sehen. Alles lag still.

Hinter ihm entsicherte Lissiana ihre Glock, und er betrat das Haus mit erhobener Waffe.

»Verdammte Scheiße!«

Jane Dunne lag am Fuß der Treppe, die vom Eingangsbereich ins zweite Stockwerk führte. Ihre leblosen Augen starrten ihn direkt an, ihre Haut war aschfahl.

Kaum war Lissiana ins Haus gekommen, trat John die Haustür schnell mit dem Fuß zu. Nicht, dass noch ein neugieriger Nachbar einen Blick hineinwarf, die Tote sah und die Polizei verständigte.

Jane Dunnes Glieder waren grotesk verdreht, ihr Kopf war unnatürlich weit nach hinten gestreckt. Jemand hatte ihr das Genick gebrochen. Und vermutlich noch einige andere Knochen. Unter ihrem Kopf war eine angetrocknete Blutlache, die aber nicht groß genug war für die Annahme, dass die Frau bei diesem Sturz von der Treppe noch am Leben gewesen sein könnte.

Nein, der Sturz war Show. Die Todesursache lag wo anders. »Sieh sie dir an.« John fuhr sich mit einer Hand über das Gesicht. »Wir haben nicht viel Zeit. Wer auch immer Jane Dunne ermordet hat, wusste, dass wir kommen, und wollte, dass wir sie finden.«

Lissiana kniete sich neben die Leiche und betrachtete sie genauer. »Was bedeutet, dass jemand vermutlich beobachtet hat, wie wir das Haus betreten haben, um gleich die Polizei zu informieren.«

John stöhnte auf. Lissiana hatte recht. »Wir müssen hier so schnell wie möglich weg. In Louisiana gibt es immer noch die Todesstrafe.«

»Einen Moment.« Lissiana runzelte die Stirn. »Eigenartig.«

»Was ist?«

»Der Sturz die Treppe hinunter kann nicht die Todesursache sein.« Lissiana deutete nachlässig in Richtung der Treppe. »So grotesk wie ihr Kopf verdreht ist, sind mindestens drei Halswirbel gebrochen.«

John sah die Treppe hinauf. »Nur ein Stockwerk. Selbst bei einem Kopfsprung die Treppe hinunter hätte sie sich nicht eine solche Verletzung zuziehen können.«

»Nein, jemand hat nachgeholfen. Jemand mit großen Händen und einer ordentlichen Menge Kraft. Und jemand, der sich mit solchen Dingen auskennt, wenn er so gezielt ein Genick brechen kann.« Lissiana schnalzte mit der Zunge. »Ich kann es nicht riskieren, ihren Kopf zu bewegen. Nicht ohne Handschuhe.« Sie schob sich etwas näher an die Leiche heran. Ihr Gesicht schwebte nur wenige Zentimeter über Jane Dunnes Genick. »Sie hat Einblutungen am Hals.«

»Was?« John stellte sich neben Lissiana. »Die sind nicht gerade klassisch für einen Genickbruch.« Einblutungen entstanden beim platzen von Blutgefäßen. Zum Beispiel durch stumpfe

Gewalteinwirkung wie bei einem blauen Auge. Ein Genickbruch hingegen war eine gezielte Fraktur der Halswirbel, wobei das Rückenmark zertrennt wurde. Und er musste es wissen. Er hatte immerhin schon selbst beim einen oder anderen nachgeholfen.

John beugte sich etwas weiter hinunter. Lissiana lehnte sich zur Seite, um ihm mehr Raum zu geben. John deutete mit dem Zeigefinger auf Jane Dunnes Hals. »Siehst du das? Da sind Striemen unter den Einblutungen.«

»Stimmt.« Lissiana sah von den Striemen auf ihre Hände und bewegte ihre Finger einen Moment lang. »Sieht aus wie …«

In der Ferne erklangen Sirenen. John legte sofort eine Hand unter Lissianas Oberarm und zog sie auf die Füße. Ihre Zeit war abgelaufen. Sie mussten so schnell wie möglich von hier verschwinden.

Sanft, aber bestimmt führte er Lissiana zur Tür und trat mit ihr wieder ins Freie. Mit dem Taschentuch in der Hand zog Lissiana die Haustür fest ins Schloss. Sie schlang einen Arm um seine Taille und sie gingen ruhig und gelassen zurück zum Gehweg.

Sie rannten nicht. Machten keine auffällig großen Schritte. Sie schlenderten zurück zum Wagen, als kämen sie gerade von einem Spaziergang zurück.

John löste sich erst von Lissiana, als sie am Wagen waren. Nachdem sie eingestiegen war, setzte er sich hinters Steuer, startete den Motor und betätigte den Blinker.

In diesem Moment erschien das erste Polizeifahrzeug in seinem Seitenspiegel. Das Blaulicht flimmerte, doch er wartete geduldig, bis zwei Streifenwagen in Richtung von Jane Dunnes Haus an ihnen vorbeirasten. Erst dann scherte er aus und fuhr mit normaler Geschwindigkeit die Straße hinunter.

»Wir müssen New Orleans so schnell wie möglich verlassen.« Er lenkte den Wagen in die nächste Straße und fuhr ohne Umwege in Richtung des Highways, der sie zum Flughafen führte. »Ruf Nathan an.«

Lissiana zog ihr Smartphone hervor. Sie war nicht hektisch. Ihre Bewegungen waren ruhig und unaufgeregt. Auf ihren Lippen lag ein Lächeln.

Und John wusste genau, wieso.

Jane Dunne war nicht an einem Genickbruch gestorben, auch nicht an den Knochenbrüchen. Oder gar an dem Sturz die Treppe hinunter.

Nein, sie war erwürgt worden.

Von jemandem, der sie persönlich gekannt hatte. Der Mörder hatte ihr beim Sterben in die Augen sehen wollen. Er war so wütend gewesen, dass er all seinen Frust an ihrer Leiche ausgelassen hatte.

Wieder lächelte John in sich hinein, während Lissiana leise mit Nathan sprach.

Der Mistkerl hatte die Beherrschung verloren. Was bedeutete, dass sie ihm verdammt dicht auf den Fersen waren.

41

Obwohl es in Butchs Wohnung warm war, spürte Vicky die Kälte bis ins Mark. Sie fraß sich in sie hinein, füllte jeden noch so kleinen Zentimeter von ihr und machte sie taub.

Sie war allein. Vollkommen allein.

Sie fuhr mit dem Fingern über das Kopfkissen zu ihrer Linken. Butch war nicht hier gewesen, als sie aufgewacht war. Er hatte sie alleingelassen mit dem Chaos in ihrem Inneren und mit ihren Erinnerungen. Er hatte wieder das getan, was er am besten konnte: Er war verschwunden.

Vicky raffte die Decke um sich zusammen, setzte sich auf und zog die Beine an ihre Brust. Warum war er nicht geblieben? Warum hatte er wieder die Flucht vor ihr ergriffen? Sie hatten doch einen großen Schritt nach vorne gemacht. Es musste sich doch irgendetwas zwischen ihnen verändert haben.

Sie seufzte leise und schwang die Beine aus dem Bett. Ihre Muskeln schmerzten ein wenig, aber es war nicht schlimm, also zog sie sich ihre Sachen an und holte frische Bettwäsche.

Sie hatte das Gefühl, auf Autopilot zu laufen, als sie die grauen Bezüge und das Laken auswechselte. Doch während sie mechanisch ihrer Aufgabe folgte, konnte sie an nichts anderes denken als an Butch.

War es ihm vollkommen egal, wie sie sich fühlte? Kümmerte es ihn überhaupt, was sie dachte oder was sie brauchte?

Für einen Moment schloss sie die Augen und versuchte, sich zu beruhigen. Es war lediglich die Enttäuschung, die aus ihr sprach. Denn sie erinnerte sich nur zu gut daran, wie sanft und vorsichtig Butch vor wenigen Augenblicken noch gewesen war. Wie er sie berührt hatte, als wäre sie aus Glas. Wie er sie geküsst hatte.

Vicky fuhr sich mit beiden Händen durchs Haar und zog daran, bis ihr Tränen in die Augen traten. So hatte sie sich das nicht vorgestellt. So hätte es nicht sein dürfen. Er hätte hier sein müssen. Er hätte neben ihr liegen sollen. Und dann hätten sie über das geredet, was auch immer da zwischen ihnen war.

Vicky musste lachen bei dem Gedanken. Klar. Reden. Mit Butch. In welchem Paralleluniversum war sie bitte unterwegs?

Butch war überhaupt nicht imstande, ein Gespräch über Gefühle zu führen. Das wusste sie genau. Immerhin hatte er ihr ganz klar die Tür vor der Nase zugeschlagen, als sie versucht hatte, mehr über ihn herauszufinden. Warum hatte sie etwas anderes erwartet? Warum zum Teufel hatte sie geglaubt, dass sich irgendetwas verändern würde, nur weil sie mit ihm schlief?

Sie wusste es doch besser.

Ihr Leben war kein Kitschroman, in dem Sex alles veränderte und ein monumentales Ereignis in einer Beziehung darstellte. Butch hatte nicht plötzlich erkannt, dass er sie liebte. Oder dass sie zumindest ein wichtiger Mensch für ihn war.

Es war einfach nur Sex gewesen. Nicht mehr und nicht weniger.

Nichts änderte sich. Alles blieb gleich.

Und sie war weiterhin allein mit ihren Gefühlen für Butch. Vermutlich hatte er genau deshalb die Flucht ergriffen. Um sich nicht mit ihrer kindischen Erwartungshaltung auseinandersetzen zu müssen. Oder generell mit ihren Gefühlen.

Vicky warf die Laken in Butchs Wäschekorb und machte das Bett. Da hörte sie das leise Klicken der Wohnungstür.

Klick. Schritt. Schritt.

Klick. Schritt. Schritt.

Vickys Körper spannte sich an. Butch war zu Hause.

Sie ging um die Abtrennung aus Milchglas herum, und da stand er. Der Kragen seines Mantels war hochgeschlagen. Schneeflocken klebten in seinen Haaren und lagen auf seinen Schultern. Er stützte sich schwer auf seinen Gehstock, als er sich seine Timberlands auszog. Dann ging er zur Küche.

Erst jetzt bemerkte Vicky die braune Papiertüte, die Butch auf dem Tresen abstellte. Das schlichte weiße Logo ihrer Lieblingsbäckerei um die Ecke war auf der Tüte aufgedruckt. Er zog seinen Mantel aus und hängte ihn über einen Barhocker. Die Hand noch am Mantel, hob er den Blick und sah sie an.

Wie üblich war sein Gesicht ausdruckslos und verschlossen. Es war unmöglich, etwas darin zu lesen. Er schloss sie mit Absicht aus, verweigerte ihr jeglichen Einblick in sich, während sie immer alles von sich selbst preisgab. Und genau so würde es immer bleiben.

Vicky fuhr sich mit einer Hand unauffällig über die Brust, die leise schmerzte.

»Wie geht es dir?«, fragte Butch.

Vicky hielt mitten in der Bewegung inne. »Was?«

Butch murrte genervt. »Ich habe gefragt, wie es dir geht. Hast du Schmerzen?«

Vicky schüttelte den Kopf, während das Herz in ihrer Brust zu hämmern begann. »Nein, es geht mir gut.«

»Gut.« Butch deutete nachlässig auf die Tüte. »Ich habe diese seltsamen Dinger mitgebracht, die du immer mit Hailey isst. Diese …« Er fluchte leise. »Ach, keine Ahnung, wie die Dinger heißen.«

Vicky konnte ein Lächeln nicht zurückhalten. »Macarons?«

Butch zuckte mit den Schultern. »Kann sein. Diese widerlich süßen bunten Dinger eben.«

Vicky ging zu ihm in die Küche, während er sich der Kaffeemaschine zuwandte. Seine Bewegungen waren ruppig und ungelenk, als er eine Tasse aus einem der Hängeschränke nahm und den Vollautomaten anstellte. Seine Schultern waren angespannt, so als müsste er sich dazu zwingen, in ihrer Nähe zu sein.

Und dennoch war er hier.

Vicky warf einen Blick in die Tüte auf dem Tresen. Sie lächelte, als sie die schwarze Box erkannte. Er hatte nicht die kleine Vierer-Box gekauft, die Vicky normalerweise für Hailey und sich holte. Er hatte gleich ganze sechzehn Stück gekauft.

Sie nahm die Box heraus und öffnete sie. Sofort umgab sie der vertraute Duft von Baiser und Vanille. Sie griff sich eines der rosa Macarons mit einer Füllung aus weißer Schokolade und biss hinein.

Die tröstliche Süße trieb ihr beinahe die Tränen in die Augen. Sie selbst hatte nicht gewusst, wie sehr sie diese Macarons gebraucht hatte. Und es war ein armseliger Bestechungsversuch. Aber in diesem Moment war ihr das vollkommen egal.

Es war eine aufmerksame Geste, an die Vicky sich für eine Weile klammern würde.

»Butch?« Sie wunderte sich nicht, dass er sich nicht zu ihr umdrehte, sondern nur ein Brummen hören ließ. »Danke.«

Die Knöchel seiner Hand traten weiß hervor, doch sie ignorierte es einfach, während sie einen weiteren Bissen aß.

Butch räusperte sich. »Wo ist Hailey? Schläft sie?«

Der Bissen blieb Vicky im Hals stecken. Sie schaute hoch zur Küchenuhr, es war 18 Uhr. Hailey hätte schon vor einer Stunde zurück sein sollen.

Sofort griff Vicky nach ihrem Handy, das noch immer neben ihrem Teller auf dem Tresen lag. Sie bemerkte kaum, dass sie einen der Barhocker dabei umstieß.

Sie blickte auf das Handydisplay. Fünfzehn verpasste Anrufe. Alle von Stephanie.

»Was ist los?« Butch betrachtete sie mit gerunzelter Stirn, dann wich die Irritation in seinem Gesicht echter Sorge.

Sie konnte nicht antworten. Die Süße in ihrem Mund fühlte sich mit einem Mal an wie Klebstoff, während sie sich wie vollständig erstarrt fühlte.

»Vic? Was ist los?« Butch kam um den Tresen herum und sah auf das Handy. Er nahm es ihr sofort aus der Hand und rief zurück.

»Vicky! Gott sei Dank, dass ich dich endlich erreiche!« Stephanies Stimme war so laut und aufgeregt, dass Vicky sie sogar ohne die Lautsprecherfunktion ihres Handys verstehen konnte. »Wo zum Teufel warst du?«

»Stephanie, hier spricht Butch.« Sein Tonfall war kühl, er wirkte ungerührt und gefasst. Ganz anders als Vicky selbst. »Was ist passiert?«

Vicky legte eine Hand auf Butchs Unterarm und hielt sich daran aufrecht. Das Blut rauschte in ihren Ohren, während ihre Brust sich zusammenzog. Wie hatte sie das Telefon überhören können?

»Diese Männer haben uns verfolgt. Auf der Dreiundvierzigsten.« Stephanie schluchzte auf. »Tyrann hat versucht, ihnen davonzufahren. Sie haben unseren Wagen gerammt, die Türen aufgerissen.« Sie sprach so schnell, dass ihre Worte sich beinahe überschlugen. »Wir sind jetzt im Krankenhaus.«

Vicky hatte das Gefühl, dass die Welt sich unter ihren Füßen wegdrehte. Ihr wurde speiübel.

»Butch, ich glaube, sie wollten Hailey mitnehmen.«

42

Rebecca zog sich die Kapuze ihrer Jacke etwas tiefer ins Gesicht, als Victoria Stafford durch die Eingangshalle des Krankenhauses auf das namenlose Mädchen zu hastete. In einer fließenden Bewegung nahm sie sie auf die Arme und drückte sie so fest an sich, dass man hätte glauben können, sie wäre schwer verletzt und hätte von dem Zwischenfall auf der Dreiundvierzigsten mehr davongetragen als einen Schrecken und ein paar Kratzer.

Butch Cohen war direkt hinter Victoria. Der Ausdruck auf seinem Gesicht war eine Mischung aus Entschlossenheit und eiskalter Wut, die Rebecca erschauern ließ. Er sprach leise mit Tyrann Reed, der nur hin und wieder nickte, während Stephanie Miller Victoria die Hand in den Rücken legte und sie sanft aus der Eingangshalle führte. Tyrann nahm die Krücken des Kindes und folgte mit Butch den beiden Frauen nach draußen.

Vorhin hatte Victoria noch vollkommen verstört ausgesehen. Die Panik und die Angst waren ihr in das blasse Gesicht geschrieben gewesen. Und dieser Ausdruck war erst gewichen, als sie das Mädchen an sich gepresst hatte. So als würde ihr Leben davon abhängen. Oder das Leben des Mädchens.

Rebecca lächelte zufrieden. Wenn Victoria eine solch panische Angst hatte, war das der beste Köder, den sie sich wünschen konnte. Es war genau die Reaktion gewesen, die sie sich von dieser Aktion erhofft hatte.

Denn je mehr Victoria Stafford in Panik geriet, desto näher kam der Tag, an dem Lissiana es nicht mehr in ihrem Versteck aushalten würde. Auch wenn Lissiana sich in irgendeinem Rattenloch am Ende der Welt versteckte, so hatte sie doch eine ganz klare und einfache Schwäche: ihre kleine Schwester.

Sobald die Gruppe außer Sichtweite war, lachte Rebecca leise und nahm die Kapuze von ihrem Kopf. Gott, das Geld, das sie in diese Kontakte von Vito investiert hatte, war wirklich jeden Cent wert gewesen. Denn ihr Plan ging langsam, aber sicher auf. Es war definitiv die richtige Entscheidung gewesen, nicht länger Victoria direkt anzugehen, sondern sie über das Kind anzugreifen. Das hatte sie tatsächlich aufgerüttelt. Und genau das hatte Rebecca erreichen wollen.

Jetzt musste sie nur noch die Flughäfen von New York City im Auge behalten. Sie ließ alle Flüge aus sonnigen Regionen, die mindestens zehn Flugstunden von den Staaten entfernt waren, überwachen. Denn in einer solchen Region hatten Lissiana und John sich verkrochen, wenn sie von der Sonnenbräune ausging, die Lissiana auf dem Foto gehabt hatte, das ihre Leute beim Einbruch in Victorias Wohnung gefunden hatten.

Rebecca pfiff leise vor sich hin, als sie das Krankenhaus verließ. Nicht mehr lange, und ihr Leben würde endlich wieder in seinen gewohnten Bahnen verlaufen. Wenn erst einmal die Handschnellen hinter ihrem Rücken zuschnappten, würde Lissiana endlich begreifen, dass es Rebecca war, die dieses Katz-und-Maus-Spiel am Ende doch gewonnen hatte.

43

John sah auf sein Handy und fluchte leise, als er mit den Schultern an die Metallwand des Transporters stieß. Es war mindestens das zehnte Mal, dass er auf der Ladefläche hin- und hergeschleudert wurde.

Er ging die Nachrichten durch, die Tiny ihm geschickt hatte. Jane Dunnes unnatürliches Ableben hatte sich wie ein Lauffeuer in den Medien verbreitet und ihre ganze Situation noch einmal erheblich verschärft. Eigentlich hatten Lissiana und er nur einen kurzen Abstecher in die Staaten machen wollen, um zu Tinys Hochzeit zu kommen. Aber das alles hatte sich in dem Moment in Wohlgefallen aufgelöst, als Nathan ihn angerufen hatte.

Stattdessen hatte er Lissiana seit ihrer Flucht aus New Orleans vor einer Woche nicht mehr gesehen. Sie hatten sich aufgeteilt, weil Einzelpersonen kein so leichtes Ziel waren wie ein hochschwangeres Paar. Er hatte sich quer durchs halbe Land karren lassen, um falsche Fährten zu legen und mögliche Verfolger abzuschütteln.

Wo Lissiana im Moment war, wusste er nicht. Das beunruhigte ihn mit Abstand am meisten. Aber er durfte jetzt nicht zu sehr darüber nachdenken. Bald war er in New York City, und da sollte er auf alles vorbereitet sein, was ihn eventuell erwarten könnte.

Tiny hatte geschrieben, dass Butch seit dem vermeintlichen Autounfall die Sicherheitsmaßnahmen für seine Wohnung massiv verstärkt hatte. Niemand kam oder ging, ohne dass Butch davon wusste. Vicky und dem Mädchen war er seitdem nicht mehr von der Seite gewichen. Die Nachforschungen standen still, denn Nathan hatte den Fahrer des angreifenden Wagens immer noch nicht ermitteln können.

In seinen Nachrichten nannte Nathan Butch schon den Zerberus.

Gott, John hoffte wirklich, dass Nathan nur einmal seine Zunge im Zaum halten konnte. Mit einer Schlägerei unter den zehn konnte er sich nicht auch noch befassen. Nicht, wenn seine hochschwangere Frau auch dort war und sie sich schon genug über dieses ganze Chaos rund um Vicky aufregen würde.

John sperrte sein Handy und warf es zurück in seine Tasche. Tinys Hochzeit war morgen. An diesem Abend würden die ranghöchsten Mitglieder des New Yorker Untergrunds alle an einem Ort versammelt sein. Was generell schon ungefähr so sicher war wie eine geladene Waffe in einem Zimmer voller Kleinkinder. Was für eine Scheiße.

Draußen kreischten die Bremsen auf, der Transporter kam abrupt zum Stillstand, und John knallte mit voller Wucht auf den Boden des Wagens. Der Motor erstarb, und keine zehn Sekunden später wurden die Türen zur Ladefläche mit einem Ruck aufgerissen.

»Na hallo, Sonnenschein. Willkommen zu Hause.« Dragon grinste so breit, dass er John damit automatisch auf die Nerven ging. Unter seinem rechten Auge klebten halbkreisförmig gereihte rote Schmucksteine, die seine grünen Kontaktlinsen extravagant betonten und wie die Faust aufs Auge zu seinem knallroten Anzug und dem grünen Zylinder passten.

»Freut mich auch, dich zu sehen, Dragon.« John richtete sich auf, schnappte sich seine Tasche und stieg aus dem Lieferwagen. Er atmete tief ein, und die eiskalte Luft von New York City im Februar brannte in seinen Lungen. Sofort stieg ihm der vertraute Geruch seiner Stadt in dieser Seitengasse hinter Dragons Club in die Nase. Es roch nach Schnee und Rauch.

Er war zu Hause. Nach so langer Zeit.

»Ein Lieferwagen? Wäre das wirklich nötig gewesen, Markus?«, kam da Lissianas Stimme vom Ende der Gasse, als sie aus dem Häuserschatten hervortrat. Sofort suchte John sie nach Verletzungen ab, aber ihre Haut schien unversehrt. Ihre Wangen waren rosig und ihre Augen klar. Der Zug um ihre vollen Lippen war gelassen und entspannt. Auch die Jeans und der Mantel, den sie trug, waren unbeschädigt.

Sie schlenderte auf ihn zu, und er legte einen Arm um ihre Schultern. Dann hauchte er ihr einen sanften Kuss auf die Lippen. Erst jetzt bemerkte er, wie angespannt er wirklich durch die Trennung von ihr gewesen war. Mit einem Mal hatte er das Gefühl, endlich wieder tief durchatmen zu können.

»Was hätte ich sonst machen sollen, Schätzchen? Du bist deutlich leichter zu verstecken als dieser Riese.« Dragon ließ ein durchtriebenes Grinsen sehen. »Außerdem hat es so viel mehr Spaß gemacht.«

Lissiana kicherte leise und sah zu ihm hoch. »Bist du okay?«

John nickte und küsste sie noch einmal kurz auf die Lippen. Sie sah erholt aus, weshalb er davon ausging, dass sie schon eine Weile in New York war. »Ich habe vielleicht ein paar blaue Flecken mehr als vorher, aber was soll's.« Er sah sich um und lachte leise. »Wir sind zu Hause, Kätzchen.«

Lissiana folgte seinem Blick zu den flackernden Lichtern der Stadt. Sie legte ihren Kopf an seine Schulter. »Ja, wir sind zu Hause. Wenn auch nur kurz.«

»Es tut mir ja wirklich leid, diesen hübschen kleinen Moment zwischen euch beiden unterbrechen zu müssen, aber wenn ich euch daran erinnern darf: Ihr seid Gesetzesflüchtige, die von einer sehr motivierten Staatsanwältin gesucht werden.« Dragon deutete auf einen unauffälligen schwarzen Volvo mit getönten Scheiben, der direkt und illegal vor der Tür zu seinem Club parkte. Ein Fahrer saß hinter dem Steuer. »Wir sollten also zusehen, dass wir von hier verschwinden.«

»Danke, Dragon.« John hielt ihm die Hand hin, die Dragon fest griff und kurz drückte.

»Hab ich nicht für dich gemacht, sondern für dein liebreizendes Frauchen.« Dragon küsste Lissiana auf beide Wangen. »Es war schön, dich bei mir zu haben, Schätzchen. Wir sehen uns morgen auf der Hochzeit.«

»Danke, Markus. Für alles.« Lissiana lächelte Dragon noch einmal an, ehe John sie zu dem Volvo führte.

Es war ihr Glück, dass Dragon so einen Narren an Lissiana gefressen hatte. Sonst wäre ihre Flucht aus New Orleans um einiges schwieriger geworden. Der Fahrer stieg aus und nahm John seine Tasche ab, ehe dieser mit Lissiana auf dem Rücksitz Platz nahm.

»Warst du schon bei Vicky?« John rieb sich kurz die schmerzenden Muskeln und zog Lissiana dicht an seine Seite. Der Duft von Orangenblüte, der ihr immer anhaftete, stieg ihm in die Nase und beruhigte ihn sofort. Entschleunigte seine Gedanken und machte das undurchsichtige Chaos wieder weniger verworren.

»Nein. Tiny hat gesagt, es wäre keine gute Idee, ohne eine große Gruppe aus Zeugen auf Butch zu treffen.« Lissiana blickte auf den Ehering an ihrem Finger und legte dann ihre Hand auf ihren Schwangerschaftsbauch.

John knurrte leise. »Da hat er vermutlich recht.« Er küsste Lissiana auf die Schläfe. »Gibt es sonst irgendetwas Neues?«

Sie schüttelte den Kopf. »Nein, gar nichts. Ich habe mir mit Nathan auch noch mal alles angesehen. Aber alle losen Enden laufen ins Nichts. Dieser Kerl ist wirklich verdammt gut. Aber lass uns darüber reden, wenn die anderen morgen kommen.«

»Ja, vermutlich hast du recht.« Er grinste schief, als er daran dachte, die anderen morgen nach so langer Zeit endlich wiederzusehen. Sie hatten sich damals darauf geeinigt, dass Lissiana und John nach ihrer Ankunft direkt in die Hamptons fahren würden, für den Fall, dass die Wohnungen der anderen überwacht wurden. »Wie bist du eigentlich hergekommen? Auch über diverse Staatsgrenzen in unterschiedlich kleinen Fahrzeugen mit unzähligen Zwischenstopps, gekrönt von einer netten Fahrt auf der Ladefläche eines Transporters?« Gott, wenn Dragon Lissiana so hätte reisen lassen, würde er ihn eigenhändig umbringen. Aber so wie er Dragon kannte, hatte Lissiana es um einiges angenehmer gehabt als er.

»Willst du es wirklich wissen?« Lissiana kicherte.

John zuckte mit den Achseln. »Klar, ich weiß ja schon länger, dass dieser Mistkerl mich nicht ausstehen kann. Also schieß los.«

»Mit einem Direktflug von New Orleans in dem Privatjet von einem seiner Freunde. Und vom Flughafen in Boston auf dem Rücksitz eines Bentleys nach New York.«

Na, das war ja so was von klar gewesen.

44

»Danke, dass du das für uns gemacht hast, Steph.« Vicky rieb sich den Nacken. Gott, sie war von der Autofahrt in die Hamptons vollkommen verspannt. Sie war so gestresst gewesen, dass ihre ganzen Muskeln sich verkrampft hatten.

Dabei waren sie zu einhundert Prozent sicher gewesen. Immerhin waren sie in der Mitte eines Konvois gefahren. Im vordersten Wagen hatten Seth und Steven zusammen mit Savannah gesessen, während im hinteren Wagen Tyrann zusammen mit Dan und Yui darauf geachtet hatte, dass ihnen kein anderes Auto zu nahe kam. Denn niemand wollte, dass sich der Unfall von vor einer Woche wiederholte.

Stephanie hatte ihnen heute wirklich den Arsch gerettet. Butch und Vicky selbst waren viel zu angespannt gewesen, um Hailey abzulenken. Und genau da war Stephanie eingesprungen. Sie hatte sich zu Hailey auf die Rückbank des Wagens gesetzt und mit ihr Reisespiele gespielt und Rätsel gelöst.

Stephanie winkte ab. »Gar kein Problem. Für dich und die Kleine mache ich doch alles.« Sie zog Vicky in eine Umarmung. »Wir sehen uns morgen auf der Hochzeit, okay?«

Vicky lächelte und verabschiedete sich von Stephanie. Als sie den Hotelflur entlang zu ihrem eigenen Zimmer ging, blickte Vicky ihr einen Moment lang nach. Ob Stephanie bewusst war, in was sie da hineingeschlittert war?

Vermutlich nicht.

Kaum hatte Vicky ihr Hotelzimmer betreten, als Butch an ihr vorbeiging und die Tür hinter ihr abschloss. Er steckte die Schlüsselkarte zurück in das dafür vorgesehene Fach am Türschloss und rüttelte an der Tür.

»Butch, ich glaube die Tür ist zu.« Vicky schmunzelte. »Wie oft möchtest du das Schloss noch prüfen?« Sie lehnte sich an die Wand, während Butch erneut am Türschloss rüttelte. Zum zehnten Mal am heutigen Abend, wohlgemerkt.

»So oft, wie es mir verdammt nochmal gefällt.« Butch nahm die Hände von der Tür und lockerte kurz seine Schultern, nur um das Schloss erneut zu testen.

Doch Vicky fing seine Hände mitten in der Luft ab und drückte sie sanft, dann zog sie Butch vom Eingang weg. »Hör auf. Die Tür ist sicher genug.« Sie lächelte ihn an und versuchte Ruhe und Gelassenheit auszustrahlen, obwohl sie selbst innerlich vollkommen aufgewühlt war. »Du machst sogar schon Hailey nervös.« Sie nickte in Richtung des großen Sofas, wo Hailey das Puzzle auf dem Couchtisch löste, das sie von Yui geschenkt bekommen hatte. Ihren pinkfarbenen Plüschdrachen hatte sie mit dem anderen Arm fest an ihre Brust gezogen. Nervös spielte sie mit einem der kleinen gelben Flügel, während sie mit der anderen Hand Puzzleteile hin- und herschob. Seitdem sie die Wohnung verlassen hatten, war Hailey in sich gekehrt und wirkte etwas abwesend, was bedeutete, dass heute einer ihrer schlechteren Tage war.

Dabei hatte sie in der letzten Woche wirklich wahnsinnige Fortschritte gemacht. Trotz des Autounfalls. Sie sprach noch immer nicht viel, doch sie bildete einfache Sätze und antwortete meist mit Ja und Nein, wenn man sie etwas direkt fragte. Nur wenn es um ihre Vergangenheit ging, schrie sie laut und hörte für den Rest des Tages auf zu sprechen. Bei der Nachuntersuchung im Krankenhaus hatte man ihr endlich den Gips abgenommen. Stephanie kam jeden Tag nach ihrer Schicht vorbei und machte einfache Reha-Übungen mit Hailey, um ihre Physiotherapie weiter zu unterstützen. Die meiste Zeit lief sie ganz allein und ohne große Hilfe durch die Krücken, aber da sie schnell müde davon wurde, ruhte sie sich gerne eine lange Zeit aus oder ließ sich von Butch oder Vicky durch die Gegend tragen.

»Sie gefällt mir heute nicht«, murmelte Vicky mit gesenkter Stimme. »Sie ist so still. Ich glaube, heute ist kein guter Tag.«

Butch rieb sich mit einer Hand über das Gesicht. »Das habe ich auch schon gedacht.«

Hailey war blasser als sonst und lächelte weniger. Zwar war sie auf Stephanies Spiele eingegangen, aber doch eher halbherzig anstatt mit dem überschäumenden Enthusiasmus, den sie sonst bei solchen Dingen an den Tag legte.

»Vielleicht sollte ich morgen mit ihr hier oben bleiben.« Hailey legte das Puzzleteil zurück auf den Couchtisch und schmiegte ihr Gesicht fest an den Drachen. »Vielleicht ist sie einfach überfordert mit der ganzen Situation.« Immerhin hatten sie in der letzten Woche die Wohnung nur verlassen, wenn es unbedingt nötig gewesen war. Und dann hatten sie plötzlich ihre Sachen gepackt und waren in Richtung der Hamptons aufgebrochen, an einen völlig unbekannten Ort für Hailey. Vielleicht war das für sie einfach alles ein bisschen viel.

»Wir können sie nicht ewig in Watte packen, Vic.« Butch blickte für einen Moment an die Decke. Dann sah er wieder zu Hailey, und Vicky beobachtete fasziniert, wie seine Gesichtszüge für einen Augenblick lang weicher wurden. Butch selbst war das sicher nicht bewusst, und Vicky dankte Gott dafür. Sonst würde er vermutlich sofort wieder seine steinerne Miene aufsetzen und sie damit wieder ausschließen. So wie er es die letzte Woche getan hatte.

Denn seit sie miteinander geschlafen hatten, war Butch anders zu ihr. Klar, er war ständig in ihrer Nähe und gab ihr das Gefühl, in Sicherheit zu sein. Aber er verhielt sich distanzierter und kälter. Dabei hatte Vicky das nicht für möglich gehalten.

Natürlich sprach er mit ihr, wenn sie ihm eine Frage stellte oder es um Hailey ging. Aber sonst erstickte er jegliches Gespräch zwischen ihnen im Keim, indem er vorgab, schwer beschäftigt zu sein.

Vicky schüttelte den Kopf. Heute würde sie über dieses ganze Chaos nicht nachdenken. Sie hatte andere Sorgen als das, was zwischen ihr und Butch passiert war. Wie zum Beispiel Haileys Verfassung. Oder die Tatsache, dass wer auch immer Hailey bei diesem gestellten Autounfall zu entführen versucht hatte, noch frei herumlief.

Vicky drehte die Uhr an ihrem Handgelenk hin und her. Dann spielte sie an der Halskette herum, die sie heute Morgen angelegt hatte.

»Beruhig dich, Vic.«

Vicky sah überrascht zu Butch. Es war das erste Mal seit Tagen, dass er sie als Erster ansprach.

»Dieses Hotelzimmer ist derzeit der sicherste Ort für uns alle. Niemand wird zulassen, dass dir oder Hailey etwas geschieht.«

Hatte er gerade allen Ernstes versucht sie aufzuheitern? War das gerade wirklich passiert?

»Ich lasse uns vom Zimmerservice etwas zu essen hochbringen.« Er ließ sie an der Tür stehen und hockte sich vor Hailey, die immer noch auf dem Sofa spielte. Leise redete Butch mit ihr.

Vicky stieß sich von der Wand ab und griff sich die Speisekarte des Hotels vom Sideboard im Wohnzimmer. Sie würde aus diesem Mann wohl nie schlau werden.

Gott, war das Personal hier gesprächig. Vicky schloss erleichtert die Hotelzimmertür hinter sich. Dabei hatte sie nur darum gebeten, dass der Zimmerservice die leeren Teller wieder mitnahm. Stattdessen hatte sie sich plumpe Flirtversuche des jungen Kellners gefallen lassen müssen. Das Trinkgeld hatte sie daraufhin auf die Hälfte gekürzt.

Sie ging zurück ins Wohnzimmer. Wo war eigentlich Butch? Ihr Blick fiel auf die Doppeltür zu seinem Schlafzimmer. Ob er schon schlafen gegangen war? Wahrscheinlich. Sie konnte es ihm nicht verdenken. Er war genau so angespannt wie sie selbst, und die letzte Woche hatte ihm stark zugesetzt. Auch wenn Butch es niemals zugeben würde, war Hailey ihm wichtig. Vicky sah es jedes Mal, wenn er mit Hailey sprach oder sich tagsüber die Zeit nahm, damit sie ihm all die neuen Dinge zeigen konnte, die sie von seinen Freunden geschenkt bekommen hatte. Vicky sah es darin, wie er sich die Nächte mit Tiny um die Ohren schlug und absolut alles gab, um die Monster zu finden, die Hailey das angetan hatten. Und sie sah es vor allem dann, wenn Butch sich unbeobachtet glaubte. Dann sah er Hailey an, als wäre sie das größte Geschenk auf dieser Welt.

Butch mochte schwierig sein. Das wusste sie besser als jeder andere. Aber er war nicht herzlos.

Und deshalb hielt sie an ihm fest, auch wenn es naiv und dumm war. Sie hoffte weiter auf jeden noch so kleinen Funken, der ihn endlich auftauen würde. Denn sie wusste, dass da etwas zwischen ihnen war. Sie spürte es mit jeder Faser ihres Seins. Auch wenn er alle Gespräche abblockte. Auch wenn er sie aussperrte. Auch wenn er noch so kühl zu ihr war.

Sie wusste es besser.

Oder zumindest bildete sie es sich ein, es besser zu wissen.

Vicky seufzte leise und löste ihr Haarband, während sie in Richtung ihres Schlafzimmers ging, das sie sich mit Hailey teilte.

Sie konnte sich auch noch morgen um ihre verquere Situation mit Butch Gedanken machen. Jetzt musste sie vor allem eins: schlafen.

Einer der beiden Flügel der Doppeltür zu ihrem Schlafzimmer stand leicht offen. Hatte sie vergessen sie zu schließen, als sie Hailey ins Bett gebracht hatte?

Nein, sie war sich sicher, dass sie die Tür fest zugezogen hatte, als sie aus dem Raum geschlichen war.

Vorsichtig schob Vicky den Türflügel ein bisschen weiter auf. Das Mondlicht, das in den Raum fiel, war spärlich, aber es reichte aus, um Butch zu erkennen, der auf Haileys Bettkante saß. Er hatte eine Hand neben ihr auf dem Bett abgestützt und schaute sie einfach nur an. Sein Gesicht sah so viel weicher aus als sonst. Anlässlich der morgigen Hochzeit hatte er heute früh endlich diesen Bart abrasiert, der es ihr noch schwerer gemacht hatte, etwas in seinen Gesichtszügen zu erkennen.

Vicky lehnte sich an den Türrahmen und lächelte, während Butch Haileys Decke etwas höher zog. Zärtlich strich er ihr eine Strähne aus der Stirn. Aber es war die Art, wie er Hailey danach mit den Fingern über die Wange strich, die Vicky die Tränen in die Augen trieb.

Er war so sanft zu Hailey. Er hatte so eine Geduld mit ihr und reagierte nie schroff oder grob, wenn es um sie ging. Er war einfach anders. Auch wenn er sich alle Mühe gab, das vor den anderen zu verbergen.

Sogar vor Vicky.

Gott, er würde vollkommen ausflippen, wenn er sie jetzt bemerkte. Diesen Moment durfte niemand mitbekommen, am wenigsten Vicky. Er würde wütend werden und wieder Dinge sagen, die sie mit Absicht verletzen sollten. Nur damit er wieder so viel Abstand wie möglich zwischen sie beide bringen konnte.

Das war die traurige Realität, wenn es um Butch ging: Er kümmerte sich darum, wie er die Situation für sich erträglich machen konnte. Jegliche Form von emotionaler Nähe schien für ihn ein echter Albtraum zu sein.

Vicky war klar, dass es zu nichts führte, an Gefühlen für so einen Menschen festzuhalten. Aber sie konnte nicht anders. Und sie fragte sich, ob sie ihn jemals würde loslassen können. Denn vermutlich wäre es das Beste für sie beide.

Da stand Butch plötzlich auf und zog die Vorhänge vor dem Fenster zu. Vicky schlich sich so schnell und lautlos wie möglich zurück ins Wohnzimmer. Dort bückte sie sich und stieg endlich aus ihren hochhackigen Schuhen.

Sobald sie die nackten Füße auf den Teppich setzte, stieß sie ein erleichtertes Seufzen aus. Gott, sie hasste diese Dinger. Aber wenn sie morgen nicht Höllenqualen leiden wollte, musste sie die neuen Schuhe eintragen.

»Ich habe nie verstanden, warum ihr Frauen euch ständig diese Foltergeräte anzieht.« Butch schloss die Tür zum Schlafzimmer und kam auf sie zu.

Sein Humpeln war wieder deutlich schlimmer, aber Vicky hatte kein Mitleid mit ihm. Dass es ihm jetzt schlecht ging, war einzig und allein seinem dummen Stolz geschuldet, der es ihm verboten hatte, seinen Gehstock zu benutzen.

»Weil sie wahnsinnig gut aussehen.« Vicky lächelte und wackelte mit den Zehen. »Außerdem war es ganz schön, dass sich Tiny mal nicht völlig verbiegen musste, um mich zu umarmen.« Aber ob das die roten Druckstellen an ihren Füßen wert war, wagte sie durchaus zu bezweifeln. Deshalb trug sie sonst nie hohe Schuhe. Es war die schmerzenden Füße einfach nicht wert.

»Das sind Stelzen. Keine Schuhe.« Er trat einen Schritt näher. Er hatte es deutlich besser als sie. Außer dass er sich rasiert hatte, gab es nichts, was er für die Hochzeit hatte vorbereiten müssen. Er trug seine übliche Kombination aus schwarzen Timberlands, Bluejeans und einem schwarzen T-Shirt unter einem offenen Jeanshemd. »Die zehn Zentimeter machen vermutlich keinen großen Unterschied für Tiny.«

Vicky lachte leise. »Weißt du, Butch, du hättest einfach sagen können: *Ja Vicky, die Schuhe stehen dir wirklich wahnsinnig gut*, anstatt mich darüber aufzuklären, dass sie für Tiny keinen Unterschied gemacht hätten.«

Die Chance, Butch ein Kompliment zu entlocken, war ungefähr so wahrscheinlich wie ein Sechser im Lotto. Aber dennoch wäre es schön gewesen, wenn er einmal etwas Nettes über sie gesagt hätte.

Butch zuckte gleichmütig mit den Achseln. »Du bist nun mal winzig. An den Tatsachen kann man nicht vorbei.« Er musterte sie aufmerksam. »Wie groß bist du eigentlich?«

Vicky nahm ihren Schmuck ab und legte ihn auf das Sideboard. »Stolze ein Meter achtundfünfzig.« Sie musste lachen, als sie es sagte. Sie war wirklich nicht die Größte.

»Ich sagte ja: winzig.« Butchs Mundwinkel zuckte ein wenig. Versuchte er gerade wirklich eine Art Gespräch mit ihr zu führen? Nachdem er sie so lange so gut wie ignoriert hatte? Diese Chance würde sie sich auf keinen Fall entgehen lassen.

»Um dir die Stirn zu bieten, reicht es allemal.« Vicky tat so, als hätte sie Probleme dabei, den Verschluss ihrer Ohrringe zu öffnen. Sie wusste, sobald sie fertig wäre und Butch keine plausible Ausrede mehr hatte mit ihr zu sprechen, würde zwischen ihnen wieder Funkstille herrschen.

Butch steckte die Hände in seine Hosentaschen, und das Zucken um seine Mundwinkel wurde tatsächlich zu einem Lächeln. »Dafür scheint auch ein Meter fünfzehn zu reichen.« Er deutete über die Schulter zu der geschlossenen Schlafzimmertür.

»Sie wickelt dich um den Finger. Das ist ein bisschen was anderes.« Vicky legte ihre Ohrringe neben den restlichen Schmuck auf das Sideboard. Länger hatte sie es nicht hinauszögern können, wenn sie nicht wie eine völlige Idiotin aussehen wollte.

»Ja. Kann sein.« Für einen Moment lang waren nur die leisen Stimmen aus der Nachbarsuite zu hören. Sie kannte diese anhaltende Stille. Ein deutliches Zeichen dafür, dass jedes weitere

Gespräch beendet war. Und sie hatte nicht wirklich die Energie, jetzt auf Biegen und Brechen dieses Gespräch am Leben zu erhalten. Sie würde sich mit dem zufrieden geben, was sie bekommen hatte. Jetzt wollte sie einfach nur schlafen und diesen Tag hinter sich lassen.

»Gute Nacht, Butch.« Sie lächelte ihn an und ging in Richtung des Schlafzimmers, aus dem er gerade gekommen war. Doch bevor sie zwei Schritte tun konnte, legte Butch seine große Hand auf ihren Unterarm und hielt sie zurück.

Er nickte in Richtung der Doppeltür. »Lass sie schlafen. Du weckst sie nur, wenn du dich jetzt umziehst und zu ihr ins Bett kriechst.«

Butchs Hand sah riesig aus, so wie sie da auf ihrem schmalen Unterarm lag. »Ich schlafe auf keinen Fall auf der Couch, wenn ein Kingsize-Bett auf mich wartet, Butch. Ich werde leise sein und sie nicht aufwecken. Versprochen.«

Butch antwortete nicht, sondern trat näher zu ihr. Er war ihr jetzt so nahe, dass sie den Kopf in den Nacken legen musste, um ihn anzusehen.

»Es hat niemand gesagt, dass du auf der Couch schlafen sollst.« Er lehnte sich zu ihr hinunter. Sein heißer Atem strich über ihre Lippen.

»Aber …«

In einer einzigen flüssigen Bewegung überwand Butch die letzten Zentimeter, die ihre Lippen noch von seinen trennten. Er legte einen Arm um ihre Taille und zog sie fest an sich.

Vicky wusste, was seine Einladung zu bedeuten hatte. Und sie wusste verdammt nochmal auch, dass sie Nein sagen sollte. Sie war keine Frau, die mit einem Mann schlief, der nichts für sie empfand. Doch wenn er sie so küsste und sie an sich drückte, als bräuchte er ihre Nähe so sehr wie sie seine, dann konnte sie nicht Nein sagen.

Morgen würde er wieder so tun, als wäre nichts zwischen ihnen geschehen. Er würde ihr mit seiner Art wieder wehtun. Er würde sie wieder von sich stoßen. Nicht einmal die Tatsache, dass sie eine Jungfrau gewesen war, als sie das erste Mal mit ihm geschlafen hatte, hatte ihn davon abgehalten, sie von sich zu schieben.

Und eigentlich sollte sie daraus gelernt haben.

Aber sie konnte nicht Nein sagen.

Und so stellte sie sich auf die Zehenspitzen und schlang die Arme um seinen Nacken. Was war schon eine weitere Nacht des Selbstbetrugs, nicht wahr?

45

Vicky schlief friedlich neben ihm. Ihr Haar war ein bisschen zerzaust und lag ausgebreitet auf den weißen Kissen der Hotelbettwäsche. Jetzt wo sie die Augen geschlossen hatte, sah er erst, wie voll und lang ihre Wimpern eigentlich waren. Ihre Hand ruhte unter ihrer Wange. Ihre Atmung war ruhig und tief. Butch sah in ihr Gesicht und fragte sich, was das alles zu bedeuten hatte.

Nicht nur, dass er wieder mit ihr im Bett gelandet war. Nein. Es war wieder völlig anders gewesen als alles, was er bisher erlebt hatte. Die Art, wie sie ihn berührt hatte. Wie sie ihn angesehen hatte. Wie sie seinen Namen geflüstert hatte. Allein bei der Erinnerung daran zog sich sein Herz schmerzhaft zusammen.

Gestern hatte er wieder etwas *gefühlt*.

Es jagte ihm eine Scheißangst ein.

Sie lag einfach nur neben ihm und schlief, doch selbst jetzt fühlte er diese Enge in seiner Brust, die er nicht abstellen konnte. Sie machte ihm das Atmen schwer. Es war, als hätte jemand einen gottverdammten LKW auf ihm geparkt.

Butch rieb sich über die Brust und wollte gegen die unsichtbare Last anatmen, doch so wirklich gelang es ihm nicht. Die Panik breitete sich mehr und mehr in seinem Körper aus wie eine Krankheit, die er nicht aufhalten konnte und die ihn in ein viel zu frühes Grab bringen würde, ganz egal, wie sehr er sich dagegen wehren und wie viele Pillen er schlucken würde.

Diese Panik würde immer da sein.

Sie würde ihn beherrschen. Ihn in einem festen Klammergriff halten und das ruinieren, was auch immer zwischen Vicky und ihm war.

Denn dass da etwas war, das konnte er beim besten Willen nicht mehr leugnen. Nicht nach gestern Nacht. Und nicht nach allem, was sie bisher gemeinsam bewältigt hatten. Vicky hatte sein Leben in ein einziges Chaos verwandelt.

Und doch hatte sie es dadurch besser gemacht.

Er hatte jetzt eine Aufgabe, ein Ziel. Ohne Vicky hätte er das niemals gehabt. Er hätte sich einfach weiterhin in Tabletten und Alkohol geflüchtet, bis sein Körper irgendwann aufgegeben hätte. Er hätte sich weiter vor dem Rest der Welt versteckt und darauf gewartet, dass der Tod an seine Tür klopfte. Immerhin hatte er lange und intensiv darauf hingearbeitet, dass der Sensenmann ihn nicht mehr lange ignorieren konnte.

Doch obwohl Vicky sein Leben verändert hatte, blieb da diese Panik. Diese alles lähmende Panik, die seine Lungen zerquetschte und seinen Magen in einen Klumpen aus Eis verwandelte. Er musste sie nur ansehen, so wie jetzt. Sie musste nichts sagen. Musste ihn nicht mit ihrer schonungslosen Ehrlichkeit und ihren wissenden Augen in die Enge treiben. Er empfand schon blinde Panik, wenn sie einfach nur neben ihm schlief.

Gott, sogar ihm war klar, dass das einfach nur krank war.

Er vergaß fast zu atmen, als Vicky die Augen öffnete. Ihr Blick war noch vom Schlaf verhangen, sie streckte sich und fuhr mit einer Hand durch ihr wirres Haar. Sie drehte den Kopf und sah, dass er wach war. Sofort verwandelte sich der verschlafene Zug um ihren Mund in ein so sanftes Lächeln, dass er nicht aufhören konnte sie anzusehen.

Und schon kam sie wieder, die Panik. Sie explodierte in seiner Brust und strahlte durch seinen ganzen Körper, ohne dass er etwas dagegen tun konnte.

Er war nicht bereit für dieses Lächeln. War nicht bereit dafür, neben ihr aufzuwachen und ihre Wärme zu spüren. Und erst recht konnte er diesen warmen Ausdruck in ihren Augen nicht aushalten, der seinen Verstand in ein einziges Chaos verwandelte.

»Guten Morgen.« Vickys Stimme klang belegt und rau. Ganz anders als er es gewöhnt war. Und doch sorgte ihre Stimme dafür, dass ihm ein Schauer den Rücken herunterlief.

Er wollte etwas sagen. Die Situation herunterspielen, damit sie ihn nicht durchschaute. Doch er brachte kein Wort heraus. Er sah sie einfach nur an und versuchte zu atmen. Doch irgendwie fiel ihm das mit jeder Sekunde, die verging, schwerer.

Er spürte ihren brennenden Blick auf sich und fluchte innerlich, als er sah, wie ihr Lächeln schwand und der warme Ausdruck in ihren Augen etwas wich, das er da nicht sehen wollte. Unsicherheit und Zweifel. Das hatte er ja wieder gut hinbekommen.

Vicky setzte sich auf und hielt das Laken über ihren nackten Brüsten fest, ehe sie sich zu ihm herüberlehnte. Ihr Gesicht schwebte wenige Zentimeter über seinem. Ihr Geruch nach Jasmin schien überall zu sein. In den Kissen, den Laken und im ganzen Raum. Und mit jedem Atemzug nahm er alles von ihr noch mehr in sich auf.

»Ruinier es nicht.« Ihre Stimme klang beinahe flehend, als sie eine Hand an seine Wange legte. »Bitte, ruinier es einfach nicht.« Sie presste ihre Lippen sanft auf seine, und für einen Moment vertrieb ihr Kuss die Panik. Doch im nächsten Augenblick explodierte sie wieder ohne jegliche Vorwarnung in seiner Brust.

Vicky lächelte ihn an und fuhr mit dem Daumen über seine Lippen. Sie schaute über seine Schulter zum Wecker. »Oh Mist. Ich sollte Hailey wecken.« Sie schwang die Beine aus dem Bett und stand auf, warf sich sein Shirt über und schlüpfte in ihre Unterwäsche. »Bestellst du schon mal Frühstück?«

Sie ging zur Tür, wo sie einen Moment innehielt. Mit raschen Schritten kam sie zurück zum Bett und beugte sich über ihn. Ihre Lippen strichen sanft über seine, und wieder hatte er das Gefühl, nicht atmen zu können.

»Denk nicht darüber nach«, flüsterte Vicky, richtete sich auf und verließ das Schlafzimmer.

Wie lange konnte es denn bitte dauern, sich fertig zu machen? Butch warf einen Blick auf seine Rolex und schüttelte den Kopf, während er kurz überlegte, sich auf das große Sofa im Wohnzimmer der Suite sinken zu lassen. Aber dann würde sein Anzug deutlich sichtbare Falten kriegen. Das würde Vicky ihm nicht durchgehen lassen, und sie würden noch mehr Zeit verlieren.

Bis zur Zeremonie waren es nur noch zehn Minuten, und weder von Hailey noch von Vicky war eine Spur zu sehen. Er war nicht sonderlich scharf darauf, sich die ganze gestelzte, grässlich lange Zeremonie aus der ersten Reihe anzusehen, aber es war einfach extrem unhöflich, zu einer Hochzeit zu spät zu kommen.

Gott, diese ganze Hochzeit ging ihm gegen den Strich. Und zwar nicht etwa deshalb, weil Tiny allein aus politischen Gründen heiratete. Nein, das war ihm scheißegal. Tiny war ein erwachsener Mann und konnte tun und lassen, was er wollte. Und wenn er sich sein Leben durch so eine veraltete Institution wie die Ehe versauen lassen wollte, dann bitte. Das war nicht Butchs Problem.

Sein Problem war, dass ihn alle begaffen würden wie ein Zirkustier. Tiny hatte die ganze Elite des New Yorker Untergrunds eingeladen. Keiner hatte Butch mehr zu Gesicht bekommen seit seinem unschönen Zusammenstoß mit dem *Bräutigam*. Niemand wusste, was dieser Kampf für Spuren an ihm hinterlassen hatte. Und wenn es nach Butch gegangen wäre, dann würde es auch nie jemand erfahren. Aber weil Vicky alle seine Freunde wieder in sein Leben geholt hatte, konnte er es sich nicht leisten, nicht zu dieser Hochzeit zu erscheinen.

Tiny hatte ihm unmissverständlich klargemacht, dass er ihn am nächsten Tag häuten würde, wenn er nicht bei der Hochzeit auftauchte.

Also war er hier, rasiert und in einem gottverdammten Anzug. Viel lieber hätte er sich mit Hailey und Vicky in seiner Wohnung verschanzt und weiter nach dem Mädchenhändlerring gesucht.

Bisher war ihre Suche nicht sonderlich von Erfolg gekrönt. Alle Spuren hatten sich im Sande verlaufen – die Drogen, die Il-Sung für ihn untersucht hatte, die verlassene Wohnung, die in die Luft gejagt worden war, oder eben der Entführungsversuch. Nichts brachte ihn weiter.

Immer wieder schien er gegen eine undurchdringliche Wand zu rennen, die er einfach nicht einreißen konnte, auch wenn er tausendmal mit dem Vorschlaghammer dagegenschlug. Er hatte das Gefühl, dass sie kaum am Putz kratzten. Es war einfach wahnsinnig frustrierend.

»Entschuldige, Hailey in dieses Kleid zu kriegen, hat etwas länger gedauert, als ich dachte.«

Butch wandte sich zu Vicky um, als er ihre Stimme von der Doppeltür zu Haileys Schlafzimmer her hörte, um ihr zu sagen, dass sie sich das hätte denken können, nach dem Theater, das sie beim Kauf gehabt hatten. Doch bei ihrem Anblick brachte er kein Wort heraus.

Scheiße, sie war wunderschön.

Vicky hatte ihre Haare zu kunstvollen Locken gedreht und über eine Schulter drapiert. Dunkles Make-up betonte ihre Augen, ihre Lippen waren in einem unauffälligen Rosé gehalten.

Sie trug ein trägerloses schwarzes Kleid mit einer geschickten Raffung, die ihre Brüste so gut zur Geltung brachte, dass man den hohen Schlitz im Kleid beinahe übersehen könnte. Als sie näher kam, erhaschte Butch kurz einen Blick auf ihre blassen Oberschenkel und die mörderisch hohen Schuhe. An ihren Armen klimperten ein paar goldene Armreifen, aber sonst hatte sie auf Schmuck verzichtet. Sie strahlte eine klassische, schlichte Eleganz aus, und er konnte seinen Blick nicht von ihr nehmen.

Dann stand Vicky direkt vor ihm und stieß einen anerkennenden Pfiff aus. Mit einem Lächeln ließ sie ihre Hand über das Revers seines Jacketts gleiten.

»Endlich siehst du wieder aus wie du selbst.« Sie strich über die Linie seines Kiefers.

Allein wie ihre Finger sich auf seiner Haut anfühlten, verschlug Butch den Atem. Es überraschte ihn, wie vertraut sie ihn berührte. Dabei hatte er sich in der letzten Woche alle Mühe gegeben, sich von ihr fernzuhalten, obwohl ihm das schwerer gefallen war, als er jemals zugeben würde. Aber diese Bemühungen hatte er wohl selbst gestern Nacht sabotiert.

»Sieht er nicht toll aus, Hailey?«

»Ja.« Hailey nickte eifrig. Mit der einen Hand zupfte sie nervös an dem Rock ihres fliederfarbenen Kleides herum, die andere lag in der von Vicky. Das Kleid war bauschig und mit viel Tüll verarbeitet. Als Butch es im Laden gesehen hatte, war sein erster Gedanke gewesen, dass Hailey darin untergehen würde, aber der Rock reichte ihr nur bis zur Mitte der Schienbeine und war ihr beim Laufen nicht im Weg. Das Oberteil des Kleides hatte breite Träger und lag dicht an ihrem schmalen Oberkörper an. Haileys Haare hatte Vicky offen gelassen, sodass die natürlichen Locken gut zur Geltung kamen. Auf dem Kopf trug Hailey eine Blumenkrone, die sie unbedingt hatte haben wollen, und ihre Füße steckten in einfachen weißen Halbschuhen.

»Danke, Kleines.« Butch beugte sich zu ihr hinunter. »Aber du siehst auch wirklich schön aus.«

Haileys Augen leuchteten auf. »So schön wie Vicky?«

Butch lachte leise, als er Hailey auf seine Arme hob. »Ja, genau so schön wie Vicky.« Er warf einen Blick auf seine Rolex. Es wurde wirklich Zeit. »Wir müssen los.«

Er legte Vicky eine Hand in den Rücken und führte sie mit langen Schritten aus der Suite heraus. Und jetzt, wo er Vicky an seiner Seite und Hailey auf dem Arm hatte, fühlte er sich schon deutlich weniger unruhig als noch vor wenigen Minuten.

Eigenartig.

46

»Das war wirklich eine wunderschöne Zeremonie.« Yui lächelte Dan an, der den Arm um sie gelegt hatte.

Die Hochzeit war schon seit einer Weile vorbei. Die Gäste waren in den Ballsaal des Anwesens gebeten worden. Butch war nur froh, dass er endlich aus der Kirche, die nur wenige Meter von dem hochrangigen Hotel entfernt war, hatte verschwinden können. Religion war ihm wirklich vollkommen fremd.

Und jetzt standen sie hier und warteten, bis Edita und Tiny mit dem Händeschütteln durch waren, damit das Abendessen und die Feierlichkeiten beginnen konnten.

Was für ein Zirkus.

Tyrann nahm sich ein Glas Scotch vom Tablett eines vorbeieilenden Kellners. »Ich fand sie ein bisschen zu lang.«

»War ja klar.« Yui lachte. »Du bist auch einfach wahnsinnig unromantisch.«

»Was hast du erwartet? Ich bin geschieden.« Tyrann zuckte mit den Achseln und stürzte den Scotch in einem Zug hinunter. Der Kellner war noch in der Nähe, und Tyrann nahm sich gleich das nächste Glas.

Butch zog Vicky näher an seine Seite. Dabei spürte er, wie Hailey seine Hand fester griff und sie ihr Gesicht an seinem Hosenbein verbarg. Es wunderte ihn überhaupt nicht, dass das für Hailey alles etwas zu viel war.

Der Ballsaal war riesig, doch für all die geladenen Gäste hätte wohl eine kleinere Halle nicht genügend Platz geboten. Unzählige Tische waren um die Tanzfläche arrangiert worden. Wie ein Baldachin hingen zarte weiße Stoffe von der Decke herab, die Deko auf den Tischen bestand aus aufwändigen Blumenarrangements ganz in Weiß. Die Kronleuchter ebenso wie die Kristallgläser waren auf Hochglanz poliert. Diese ganze Hochzeit wirkte wie aus einem Hochglanzmagazin. Oder wie aus einem dieser grässlichen Kitschfilme, die dank Vicky jetzt immer mehr Platz auf der Festplatte seines Fernsehers einnahmen. Das Licht war gedimmt, um eine stimmungsvollere Atmosphäre zu erzeugen. Doch durch die Lichtverhältnisse entstanden in dem großen Raum dunkle Ecken, die er mit nur einem funktionsfähigen Auge kaum mehr einsehen konnte.

Generell war diese Hochzeit ein wahrer Sicherheitsalbtraum.

Wie alle anderen Gäste hatte Butch seine Waffen vor dem Betreten der Anlage abgeben müssen. Nein, er hatte nicht mal einen Schlagring oder ein Messer mitnehmen dürfen. Die Buttermesser auf den Tischen würden ihm auch nicht großartig weiterhelfen, falls er eine Waffe brauchte. Er ließ den Blick über die Menge schweifen. Die meisten der großen Organisationen waren eindeutig nicht nur mit der Führungsebene ihrer Familien angereist, sondern auch zumindest mit einer Handvoll ihrer besten Kämpfer.

Der Ballsaal war gefüllt mit vierhundert Gästen aus den unterschiedlichsten Mafia-Gruppierungen, die sich mit einflussreichen Geschäftsleuten und hochrangigen Politikern mischten. Keinem von denen traute Butch über den Weg.

Offensichtlich ging es Hailey genauso. Kaum hatten sie die Kirche betreten, war sie noch stiller geworden als gestern und hatte sich an ihn geklammert, als hinge ihr Leben davon ab.

Das alles gefiel ihm überhaupt nicht.

Aber diese Hochzeit war die perfekte Gelegenheit, um mit den Gruppen zu sprechen, die sie in ihrer Suche unterstützt hatten. Deshalb konnte er nicht einfach verschwinden, was er am liebsten getan hätte. Aber er würde erst wieder tief durchatmen können, wenn er mit Vicky und Hailey zurück in der Suite war. Dann würde er sich zumindest ein wenig entspannen können. Niemand außer ihm hatte Zugang zu den Zimmern, nicht mal eine Putzfrau. Dafür hatte er an der Rezeption gesorgt.

Aber bis sie wieder in der Suite waren, würde er das ungute Gefühl in seiner Magengegend einfach ignorieren müssen.

Immerhin schien er nicht der Einzige zu sein, der sich nicht wohl in seiner Haut fühlte. Nathan trat von einem Fuß auf den anderen, während sein Blick unstet durch den Raum glitt. Dabei war er für seine Verhältnisse auffällig ruhig.

Butch grinste schief. Musste echt ein beschissenes Gefühl sein, so als einziger Bulle unter lauter Verbrechern.

Die Einzige, die mit der neuen Umgebung überhaupt nicht zu kämpfen schien, war Stephanie. In ihrem langen goldenen Kleid und mit dem aufwändigen Make-up sah sie aus, als hätte sie schon immer in die feinere Gesellschaft von New York City gehört, mit der er selbst so gar nichts anfangen konnte. Für ihn waren diese gesellschaftlichen Anlässe nichts weiter als ein riesiger Zirkus, den die Elite der Unterwelt veranstaltete, um antiquierte Traditionen zu wahren, die eigentlich längst abgeschafft gehörten.

Allein die Tatsache, dass es noch immer so etwas wie Debütantinnen-Bälle gab, sagte absolut alles.

Vicky nahm sich gerade ein Glas Champagner, als sie den Arm hochriss und wie wild winkte. »Edita! Tiny!«

Tiny, der einen klassischen schwarzen Anzug mit einem weißen Hemd trug, führte gerade seine Braut am Rand der Tanzfläche entlang. Der Zug um seinen Mund war etwas zu verkniffen, um als glücklich durchzugehen, doch als er ihnen näher kam, lächelte er sogar.

Edita trug ein aufwändiges Brautkleid mit langen Ärmeln aus Spitze und einem langen Rock mit Schleppe. Butch wusste, dass sie durch die Chemotherapie all ihre Haare verloren hatte. Die hochgesteckten blonden Haare, in denen sie einen langen Schleier trug, mussten eine Perücke sein. Wer auch immer ihr Make-up gemacht hatte, verdiente ehrliche Anerkennung. Edita sah gesund und strahlend aus, und das, obwohl sie noch vor zwei Tagen den Eindruck gemacht hatte, als stünde sie dem Tod näher als dem Leben. Ihre Haut war aschfahl gewesen und hatte dünn wie Papier gewirkt, ihre Wangen waren eingefallen, die Schatten unter ihren Augen waren fast schwarz gewesen. Es war Butch schwergefallen, die junge Zwanzigjährige hinter dem Krebs wahrzunehmen.

Doch davon war nun nichts mehr zu sehen. Edita sah gesund aus. Und tatsächlich sogar glücklich.

»Das war eine schöne Zeremonie.« Yui zog Edita an sich, auch wenn sich das mit dem Kleid offenbar etwas schwierig gestaltete. Yui fluchte leise, als sie auf Editas ausladenden Rock trat.

»Danke.« Edita lächelte und löste sich von Yui. »Ich fand sie etwas lang.«

»Ha! Was ich dir doch sage, Yui.« Tyrann schlug mit Tiny ein und klopfte ihm leicht auf die Schulter, dabei grinste er breit. »Nichts für ungut, aber der Priester hat echt ein bisschen sehr lange vor sich hingeschwafelt.«

»Dann ist es ja nicht so schlimm, dass wir nicht da waren.«

Butch erstarrte, als er die tiefe Stimme hörte, die ihn fast sein ganzes Leben lang begleitet hatte. Eineinhalb Jahre war es her, seit …

John kam direkt auf ihn zu. Er trug einen schwarzen Anzug mit einem weinroten Hemd. Mit seiner gebräunten Haut und dem breiten Grinsen im Gesicht sah er wahnsinnig glücklich aus. Und unglaublich gesund und vital. Ein glühender Stich durchfuhr Butch und eine Mischung aus blinder Wut und bitterem Neid. John hatte die Begegnung mit dem *Bräutigam* offenbar ein Leben wie im Bilderbuch verschafft, während sie Butchs Leben in einen Trümmerhaufen verwandelt hatte.

Wieso zum Teufel hatte ihm niemand gesagt, dass sein Bruder hier aufschlagen würde? War das so eine Art Falle, damit sie gezwungen waren, miteinander zu sprechen?

Butch knirschte mit den Zähnen. Er schaute zu Tiny, der ungerührt zurückstarrte. Die Botschaft in seinem Blick war eindeutig. *Leb damit, Arschloch.*

»John.« Steven grinste.

Vicky dagegen stieß ein überraschtes Keuchen aus. »Ihr zwei seid doch vollkommen verrückt.«

Ihr zwei?

Butch sah an John vorbei und da stand sie: Lissiana. Es war wie ein Schlag ins Gesicht. Sie hatte sich bei Dragon untergehakt, der sie direkt zu ihnen führte. Il-Sung hielt sich dicht neben ihm. Lissiana hatte ein breites Lächeln auf den vollen Lippen und ein Funkeln in den Augen, bei dem sich Butch sofort verarscht vorkam. Sie trug ein langes weinrotes Kleid, das fest an ihren Brüsten anlag, während das Band direkt darunter, das Rock und Oberteil des Kleides trennte, ihren Schwangerschaftsbauch betonte. Ihre linke Hand lag auf der Rundung, und er bemerkte sofort die beiden Ringe an ihrem Ringfinger. Einmal ein Verlobungsring mit einem klassischen Diamanten und dann direkt darüber ein Ehering mit drei kleineren Diamanten.

Hier war die Frau, die sie alle verraten und John ins Gefängnis gebracht hatte. Die Frau, die John so um ihren kleinen Finger gewickelt hatte, dass er mit ihr abgehauen war. Und nicht genug damit, offenbar war Lissiana jetzt auch noch Butchs Schwägerin und bald die Mutter von Johns Kind.

Das sollte doch wohl ein schlechter Scherz sein.

John stand direkt vor ihm. Butch hatte es kaum mitbekommen, so lange hatte er Lissiana angesehen. Erst als John sich räusperte, wandte Butch sich ihm endlich zu.

»Butch.« John streckt ihm die Hand entgegen. Butch konnte spüren, wie ihn alle erwartungsvoll anstarrten. »Schön, dass …«

»Spar dir die Scheiße.« Butch sah John direkt in die Augen, die dargebotene Hand ignorierte. Er deutete nachlässig in Lissianas Richtung. »Wann ist das bitte passiert?«

Ein paar Hochzeitsgäste, die in ihrer Nähe standen, wandten sich zu ihm um. Steven wechselte unruhig von einem Bein aufs andere. Doch ihm war das scheißegal. Was hatten sie denn erwartet, wenn sie John völlig unerwartet auf ihn losließen? Dass er plötzlich in Tränen ausbrechen und diesem miesen Scheißkerl in die Arme fallen würde, der ihn für eine Verräterin einfach hatte links liegenlassen? Hatten sie etwa gehofft, dass Butch ihm plötzlich auf magische Weise verzeihen würde?

Nur über seine gottverdammte Leiche.

John verschränkte die Arme vor der Brust. »Was? Meine Hochzeit oder die Tatsache, dass du Onkel wirst?« Er zuckte mit den Schultern. »Das alles wüsstest du, wenn du dich nicht wie ein absolutes Arschloch benommen hättest. War's schön unter dem Stein, unter dem du dich verkrochen hast? Hat das mit dem Selbstmitleid da gut geklappt, ja?«

»Du selbstgefälliger Scheißkerl.«

John war abgehauen, als Butch ihn am meisten gebraucht hatte. Mit einer Frau, die alle ihre Leben überhaupt erst hatte aus den Fugen springen lassen. John hatte alles verraten, was je zwischen ihnen gewesen war. Butch hatte seine Lektion sehr gut gelernt: Blut war nur dann dicker als Wasser, wenn keine Frauen im Spiel waren.

Lissiana löste sich von Dragon und ergriff Johns Hand. Butch ignorierte sie. Er starrte nur seinen Bruder an, der seinen Blick unnachgiebig erwiderte.

»Ganz schön undankbar dafür, dass wir in New Orleans alles für dein kleines Mädchen riskiert haben.«

Butch erstarrte für einen Moment. New Orleans?

Was hatte sein Bruder bitte in New Orleans verloren? Und wann war er … Sein Blick fiel auf Tiny, und er dachte an das Gespräch zurück, das er mit ihm gehabt hatte. An seinen Kontakt vor Ort. An die Ermittlungen. An das plötzliche Ableben von Jane Dunne.

Es waren also John und Lissiana gewesen, die nach Haileys Mutter gesucht hatten.

Verdammte Scheiße.

John seufzte nur leise und schüttelte den Kopf. »Aber ganz wie du willst. Irgendwann wirst du mit mir reden müssen.«

Auf den Tag konnte der Mistkerl lange warten. Scheißegal, was John angeblich in New Orleans für Hailey oder ihn getan hatte. Das hatte nichts damit zu, dass er ihn verraten hatte. Butch hatte verletzt in einem Krankenhausbett gelegen, auf einem Auge blind und vermutlich für immer ein Krüppel. Und in dieser Situation hatte John ihm den Rücken gekehrt und war mit der Frau verschwunden, die die Katastrophe überhaupt erst ausgelöst hatte. Da glaubte John doch nicht wirklich, dass seine Ermittlungen in New Orleans irgendetwas ändern würden.

John wandte sich von ihm ab und begrüßte Vicky mit einer Umarmung. Lissiana küsste sie auf beide Wangen und begann leise mit ihr zu sprechen.

Er würde sich ernsthaft mit Tiny unterhalten müssen, wenn das hier vorbei war. Ihn derart in die Falle zu locken und ihm nicht einmal zu sagen, wer in New Orleans für sie Nachforschungen anstellte. Das war doch …

»Und du musst Hailey sein.«

John hockte vor Hailey, die ihr Gesicht schüchtern an Butchs Hosenbein verbarg, aber immer wieder zu John hinüberlinste.

»Ich habe schon sehr viel von dir gehört.« John ließ sein charmantestes Lächeln aufblitzen. »Hübsch siehst du aus mit deinem Kleid.«

»Danke.« Die Stimme von Hailey war kaum zu hören, doch sie lächelte John mit ihrem strahlenden Lächeln an, das absolut alles und jeden für sich einnahm.

Das musste sie von Vicky gelernt haben.

John erhob sich und sah mit einem Lächeln in die Runde. »Also, ist das hier eine Hochzeit oder eine Trauerfeier?«

Wenn es nach Butch gegangen wäre, wäre ein fließender Übergang durchaus möglich. Und er wusste auch schon, wer dann im Sarg landen sollte.

47

Vicky strich ihr Kleid glatt, obwohl es keine Falten hatte, während sie sich Haileys Hand etwas fester griff.

»Sei nicht nervös.« Bei Yuis Worten hätte sie am liebsten mit den Augen gerollt, doch sie hielt sich zurück. Nicht nervös sein? Natürlich. Ganz einfach, wenn man kurz davor stand, dem Oberhaupt der russischen Mafia vorgestellt zu werden, der nach Tyranns Erzählungen auch noch ein kalter und sehr distanzierter Mann war. Alles kein Thema. »Er ist ...« Yui sah zu Dan, der mit den Schultern zuckte. »Er ist etwas ...«

»Schwierig.« Tiny legte Vicky eine Hand in den Rücken und schob sie sanft, aber bestimmt ein Stückchen voran. »Aber damit kennst du dich ja jetzt bestens aus.«

Vicky sah über die Schulter zurück zu ihrem Tisch, an dem Butch saß. Er hatte ein Glas Scotch in der Hand und unterhielt sich mit Il-Sung. Er war angespannt. Das sah sie daran, wie kerzengerade er auf dem Stuhl saß. So als hätte man ihn an einem Balken festgebunden. Seit seiner Begegnung mit John war er schon so. Das Essen hatte er schweigend hinter sich gebracht. Tiny hatte er seitdem nicht einmal mehr eines Blickes gewürdigt.

Ja, mit schwierigen Menschen kannte sie sich aus.

Und es war nicht gerade so, als könnte sie Nein sagen. Edita hatte sie immerhin darum gebeten. Und es war ja nur ein kurzes Hallo. Nicht mehr. Es würde schon schiefgehen.

»Irgendetwas, auf das ich achten muss?«, fragte sie Tiny, als er sie am Rande der sich füllenden Tanzfläche entlang zu dem

Tisch führte, an dem die Eltern der Braut saßen. Und eine Handvoll Gangster, wenn sie die fünf bulligen Kerle in schwarzen Anzügen genauer betrachtete.

Aber am deutlichsten stach der Mann hervor, mit dem Edita gerade leise sprach. Das musste ihr Vater sein. Valentin Kasakow. Oberhaupt der russischen Mafia in New York City. Edita saß rechts von ihm. Ihre zierlichen Hände umfassten seine riesigen tätowierten Pranken. Aus der Ferne konnte Vicky das Muster nicht klar erkennen, dass sich über seine Haut zog, aber sie konnte durchaus ein paar kyrillische Buchstaben ausmachen. Der Mann hatte kantige Gesichtszüge mit markanten, dichten Augenbrauen und schmalen Lippen. Seine Nase war breit und hatte einen leichten Höcker. Sein Haar war hellblond und zurückgekämmt, sodass seine eisblauen Augen noch stärker zur Geltung kamen. Er war jung für den Vater einer erwachsenen Tochter. Vicky schätzte ihn auf Anfang bis Mitte vierzig. Aber Edita selbst war ja gerade einmal Anfang zwanzig.

»Außer dass du es ihm nicht krummnehmen solltest, wenn er außer einem Hallo nichts sagt, denke ich nicht, dass du auf irgendetwas achten musst.« Tiny und sie waren nur noch wenige Meter vom Tisch entfernt. Valentin bemerkte sie nicht. Sein Blick war einzig und allein auf Edita gerichtet. Er löste eine Hand aus ihrem Griff und strich ihr eine verirrte Strähne zurück hinters Ohr, die ihr in die Stirn gefallen war.

Sofort bekam Vicky einen Kloß im Hals.

»Vielleicht sollten wir später wieder kommen.« Hailey sah zu ihr auf, als Vicky so abrupt anhielt. »Ich denke, wir sollten ...«

»Vicky!« Edita löste die Hände aus dem Griff ihres Vaters und winkte ihnen zu. Das war es mit ihrem geplanten Rückzug. Edita raffte den Rock ihres Hochzeitskleides und stand sofort auf. Valentin erhob sich mit ihr, und Hailey rückte ein ganzes Stück näher an Vicky heran. Kein Wunder.

Valentin Kasakow war einschüchternd. Er war groß. Ungefähr ein Meter fünfundachtzig. Seine Schultern waren sehr breit und seine Oberarme massiv. Das konnte man nur zu gut in dem eng geschnittenen braunen Jackett sehen, das er trug. Seine Gesichtszüge mit dem angespannten Kiefer wirkten hart und verschlossen. Er legte eine Hand unter Editas Unterarm und stützte sie leicht. Seine große Hand bildete einen starken Kontrast zu Editas zierlichem und blassem Unterarm. Jetzt, wo sie etwas näher stand, konnte Vicky deutlich die kyrillische Schrift auf seinem Handrücken erkennen. Auf den Fingerknöcheln trug er diverse Symbole. Das auf seinem kleinen Finger war ein Punkt, von dem sieben Linien abgingen. Es sah ein wenig aus wie die vereinfachte Darstellung eines Kompasses.

»Papa, das ist Victoria. Und das kleine Mädchen neben ihr ist Hailey.« Edita stützte sich vertrauensvoll auf ihren Vater. »Ich habe dir von den beiden erzählt.«

»Guten Abend, Mr Kasakow.« Vicky legte Hailey eine Hand auf die Schulter und zog sie sanft dichter an ihre Seite. Dann streckte sie Valentin Kasakow die Hand entgegen. Sie legte das offenste und freundlichste Lächeln auf, das sie zu bieten hatte. Aus Erfahrung wusste sie, dass man einen Menschen nicht allein nach seinem Aussehen beurteilen sollte. Butch war dafür das beste Beispiel. »Freut mich, Sie kennenzulernen.« Valentin sah zwischen ihr und Hailey hin und her. Verschüchtert verbarg Hailey ihr Gesicht in Vickys Rock. »Tut mir leid. Sie ist etwas schüchtern.«

Valentin sah zu Edita. Seine Augen glitten über ihr Gesicht, und der verhärtete Zug um seinen Kiefer entspannte sich merklich. »Das macht nichts. Meine Edita war auch so.« Seine Stimme war tief und dunkel. Der russische Akzent war nicht zu überhören. »Freut mich auch, Sie kennenzulernen. Edita hat mir viel von Ihnen erzählt.« Ihre Hand verschwand in seiner, als er sie ergriff. Sein Händedruck war fest und warm. »Es ist wirklich bewundernswert, was sie für dieses Mädchen tun.« Als er lächelte, blitzte die silberne Metallkrone an seinem rechten Schneidezahn auf. »Das hätte sicherlich nicht jeder getan. Noch dazu für ein völlig fremdes Kind.«

Vicky sah auf Haileys braune Locken hinab, und als diese schüchtern den Kopf hob und ihr direkt in die Augen sah, spürte Vicky wieder diese Wärme in sich aufsteigen. »Sie gibt mir mehr, als ich ihr jemals zurückgeben könnte.« Hailey sah unsicher zu Valentin hinüber. »Es ist also fraglich, ob ich etwas für sie tue oder sie etwas für mich.«

»Ja, Kinder verändern so einiges.« Valentin Kasakow lehnte sich zu Hailey herunter, die sofort wieder ihr Gesicht in Vickys Rock verbarg. Er lachte leise und richtete sich wieder auf, ehe er einen Arm um Editas Schultern legte und sie fest an seine Seite zog. Er drückte ihr einen Kuss auf die Schläfe und sprach leise Worte auf Russisch, die Vicky beim besten Willen nicht verstehen konnte. Dann wandte er sich wieder an Vicky. »Sie sind wirklich bemerkenswert, Victoria. Sollten Sie oder das Mädchen jemals etwas brauchen, können Sie und Hailey immer zu mir kommen.« Er nickte Tiny zu. »Immerhin gehören Sie jetzt praktisch zur Familie.«

»Valentin! Edita!« Vicky sah zu dem älteren, leicht untersetzten Mann, der gerade auf sie zukam. Er hielt ein Geschenk in der Hand und breitete die Arme aus, als er die Gruppe erreichte.

Valentins Mundwinkel zuckten leicht, als er den Mann entdeckte. »Entschuldigen Sie mich bitte. Ich muss einen alten Freund begrüßen. Ich hoffe, ich habe später noch Zeit, mich ein wenig mit Ihnen zu unterhalten.« Er schüttelte Vickys Hand noch einmal zum Abschied, bevor er Edita an ihr vorbeiführte und den älteren Mann mit einem Grinsen in die Arme schloss.

Als ein Kellner an Vicky vorbeiging, griff sie sich sofort ein Champagnerglas und leerte es in einem einzigen Zug.

»Ist das gerade wirklich passiert?« Tiny kratzte sich am Hinterkopf. »Das habe ich mir nicht eingebildet. Er hat gelächelt, oder?«

Vicky stellte das Glas auf dem nächstbesten Tisch ab und nickte, ehe sie einmal tief durchatmete. Sie hatte gar nicht bemerkt, wie angespannt sie wirklich gewesen war. Sie bemerkte es erst, als sie spürte, wie steif ihre Schultern sich anfühlten.

Irgendwie musste sie diese Anspannung loswerden. Ihr Blick fiel auf die Tanzfläche, auf der sich mehr und mehr Paare einfanden. Vicky raffte den Rock ihres Kleides und hockte sich zu Hailey hinunter.

»Was hältst du davon, wenn wir zwei eine Runde tanzen?« Hailey sah an ihr vorbei und beobachtete skeptisch die Paare, die sich zur Musik bewegten. »Hast du Lust?«

Hailey bauschte den Rock ihres Kleides auf und strich ihn dann wieder glatt. Bauschte ihn auf und strich ihn glatt.

»Wir müssen nicht, wenn du nicht möchtest.« Vicky legte die Hände auf Haileys Oberarme und streichelte beruhigend darüber.

Hailey zupfte weiter an ihrem Rock herum. »Ich weiß nicht, wie das geht.« Ihre Stimme war so leise, dass Vicky sie über die Musik hinweg kaum verstehen konnte.

»Gar kein Problem. Ich zeig dir, wie es geht, okay?« Vicky stand auf und hielt Hailey die Hand hin. »Mach es mir einfach nach.«

Hailey ergriff sofort ihre Hand und Vicky lächelte, ehe sie Hailey an Tiny vorbei auf die Tanzfläche führte. An eine Stelle etwas am Rand und dort, wo Hailey Butch noch immer an seinem Tisch sehen konnte.

Der DJ legte ein langsameres Lied auf, und Vicky ergriff Haileys Hände und begann sich sanft mit ihr im Takt zu bewegen. Leise sang sie mit, während sie sich von einem Fuß auf den anderen wiegte. Erst sah Hailey ihr nur dabei zu. Sie beobachtete jede noch so kleine Bewegung, als wäre es ein komplexes Problem, das es zu lösen galt. Langsam tat Hailey es ihr mit ungelenken Bewegungen und völlig abseits vom Takt gleich. Wiegend tastete sie sich an das Tanzen heran, während das Grinsen auf ihrem Gesicht immer breiter wurde und ihr Griff um Vickys Hände sich etwas lockerte. Der Song wechselte zu einem schnelleren Stück, und Vicky musste lachen, als Hailey mit typisch kindlichem Übereifer zu tanzen begann.

Alle Anspannung wich mit einem Mal von Vicky. Denn egal was sie bisher durchgemacht hatte, in diesem Moment war Hailey ein Kind wie jedes andere auch. Und diesen Moment würden sie in vollen Zügen genießen.

»Und du hast wirklich nichts gefunden?« Butch rieb sich die Schläfen und sah zu Il-Sung, der den Kopf schüttelte.

»Nein, gar nichts. Das Heroin an der Nadel war von der Stange. Bekommst du in dieser Stadt so ziemlich an jeder Straßenecke. Die Qualität war nicht annähernd so gut wie das, was wir produzieren. Aber es war auch nicht auffällig schlecht, sodass man es auf einen kleineren Dealerkreis hätte eingrenzen können. Jeder Dealer in der Stadt hätte den Mist verkaufen können.« Er richtete sein Jackett, das ein Muster aus großen weißen und schwarzen Quadraten hatte und das Butch erst jetzt wirklich auffiel. »Tut mir leid, dass ich keine besseren Nachrichten für dich habe.«

Butch winkte ab. »Ich hatte nicht wirklich damit gerechnet, um ehrlich zu sein. Der Kerl ist zu clever, als dass wir ihn über irgendwelche Drogen schnappen könnten. Aber danke, einen Versuch war es wert.«

Il-Sung schlug ihm leicht auf die Schulter. »Nicht der Rede wert. Für Vicky und dein kleines Mädchen immer.«

Sein kleines Mädchen? Wann war das denn bitte passiert? Aber Butch hatte nicht die Energie, Il-Sung zu erklären, dass Hailey nicht sein kleines Mädchen war. Sie war lediglich *ein* kleines Mädchen, dem er nur geholfen hatte, weil es ihm direkt vor die Füße gefallen war. Und bei sich aufgenommen hatte er sie nur, weil er geglaubt hatte, dass sie ihm bei seiner Jagd auf die Mädchenhändler mit Informationen helfen könnte.

Aber bisher war auch das eine Sackgasse gewesen. Sobald er Hailey auf ihre Vergangenheit ansprach, schrie sie sofort und sagte den Rest des Tages kein Wort mehr. Nicht dass sie sonst sonderlich viel von sich gab.

Aber sie machte Fortschritte, das merkte sogar er. Ihre nächtlichen Panikattacken waren nicht mehr annähernd so schlimm, wie sie einmal gewesen waren, und meist reichte es, wenn er sich an ihre Bettkante setzte, bis sie wieder einschlief. Sie klammerte sich nicht mehr völlig verzweifelt an ihn und sie brauchte auch keine halbe Stunde mehr, um mit dem Weinen aufzuhören.

Sie befand sich eindeutig auf dem Weg der Besserung. Und das lag hauptsächlich an Vicky.

Er sah zur Tanzfläche und verbarg sein Lächeln hinter seinem Scotchglas. Hailey hielt Vicky an beiden Händen und lachte, als Vicky sich mit ihr leicht zur Musik bewegte. Sie wiegten sich zu einem Beat, den offensichtlich nur sie beide hören konnten, weil er absolut nichts mit dem Song zu tun hatte, der gerade gespielt wurde. Vicky tanzte nicht sehr schnell, vermutlich um Haileys Bein nicht allzu sehr zu belasten, doch Hailey hatte offenbar trotzdem den Spaß ihres Lebens.

Es war schon erstaunlich. Vicky war das genaue Gegenteil von ihm. Sie war freundlich und offen, er war mürrisch und verschlossen. Sie war sanft und verständnisvoll, er war grobschlächtig und ungeduldig. Sie gab nie auf. Er versuchte es nicht einmal.

Denn während sie ihr Leben nach ihrer Konfrontation mit dem *Bräutigam* wieder allein auf die Reihe gekriegt hatte, war er noch weit davon entfernt, sein Leben überhaupt wieder in akzeptable Bahnen zu lenken. Und so langsam fragte er sich, ob er es überhaupt schon wirklich versucht hatte.

»Gibt es bei euch denn etwas Neues?« Il-Sung fuhr sich durch sein derzeit weißes Haar. Gott, dieser Kerl wechselte wirklich häufiger seine Haarfarbe als manche Menschen ihre Unterwäsche. »Tiny soll es ja geschafft haben, dass alle großen Familien in ihren Gebieten nach diesem Mistkerl suchen. Er hat sie sozusagen für diese Sache auf seine Seite gezogen. Hat mir Dragon erzählt.«

Il-Sung klang beeindruckt, und sein Tonfall war durchaus berechtigt. Seit der Prohibition in den 1930er-Jahren hatten sich die einzelnen Gruppierungen in New York nicht mehr gemeinsam für eine Sache eingesetzt.

»Tiny ist halt ein charismatischer Scheißkerl.« Butch lehnte sich auf seinem Stuhl etwas zurück. »Der kriegt sogar eine Nonne dazu, dass sie ihre Seele an den Teufel verkauft, wenn ihn das irgendwie weiterbringt.« Vielleicht hätten sie ihm damals einen passenderen Spitznamen verpassen sollen. Aus seinem alten war er eindeutig herausgewachsen. »Aber leider hat das alles zu nichts geführt. Niemand hat etwas gefunden. Und falls doch, dann hat niemand es gemeldet, was bedeutet, dass wer immer diese Scheiße abzieht, mächtig genug ist, die großen Familien dieser Stadt zum Schweigen zu bringen.«

Il-Sung schauderte. »Ich weiß nicht, was gruseliger ist: Die Vorstellung, dass sich jemand vor einer ganzen Stadt verstecken kann oder dass jemand genug Macht und Einfluss hat, um die großen Familien mundtot zu machen.« Er schüttelte sich. »Ich bin froh, dass wir unabhängig sind.«

»Niemand ist jemals wirklich unabhängig. Das ist eine Illusion.« Dragon tauchte hinter Il-Sung auf, beugte sich von der Seite zu ihm und küsste ihn kurz auf die Lippen. Mit der Hand auf Il-Sungs Schulter sah er Butch an. »Nicht wahr?«

Butch winkte den Kellner heran und deutete ihm an, ihm selbst und Il-Sung nachzuschenken. »Stimmt. Aber wenn man für alle Teams spielt, ist man so gut wie unabhängig.«

Dragon zog einen imaginären Hut und verneigte sich leicht. »Chapeau.« Er ließ sich auf einen freien Stuhl sinken und griff sich Il-Sungs gerade gefülltes Weinglas. »Aber im Krieg macht es einen verwundbar und schutzlos, wenn man für alle Seiten spielt. Weil einem dann niemand vertraut.«

Wovon redete der Kerl? Einen Krieg unter den Familien hatte es seit Jahren nicht gegeben. »Krieg? Was …«

Ein markerschütternder Schrei erschütterte die Halle. Butchs Worte erstarben direkt auf seiner Zunge. Er kannte diese Stimme.

»Hailey!«

Butch kam so hektisch auf die Füße, dass er den Stuhl umstieß, der krachend zu Boden fiel. Um den Tisch herum stürzte er in Richtung der Tanzfläche, wo ein kleines Chaos ausbrach. Eine Frau in einem eleganten schwarzen Kleid hatte vor Schreck ihr Sektglas fallen lassen, das nun in Einzelteilen auf der Tanzfläche lag, während sie den Hals reckte, um einen Blick auf die Quelle des Schreis zu werfen. Ein älterer Mann rückte seine Brille zurecht und schob sich näher an Hailey und Vicky heran.

»Butch!« Vickys schrie verzweifelt nach ihm. Aber ihre Stimme konnte Haileys hohen anhaltenden Schrei nicht übertönen. Butch schob sich durch die Menschentraube, die sich in der Sekunde, die er gebraucht hatte, um von seinem Tisch zur Tanzfläche zu kommen, um Hailey und Vicky gebildet hatte.

»Aus dem Weg.« Unsanft stieß er ein Paar zur Seite.

Vicky hockte vor Hailey und redete mit leiser Stimme beruhigend auf sie ein. Doch Hailey starrte blicklos ins Leere, Tränen liefen über ihre Wangen und sie schrie aus vollem Hals. Schrie so laut und so gequält, wie er es noch nie zuvor von ihr gehört hatte.

»Was ist passiert?« Butch hockte sich neben Vicky, die ihn mit glänzenden Augen ansah.

»Ich weiß es nicht.« Ihre Stimme klang brüchig. »In einem Moment hat sie noch gelacht und getanzt, und im nächsten hat sie plötzlich ins Nichts gestarrt und angefangen zu schreien.«

Die Frau in dem eleganten Kleid schien jede seiner Bewegungen genau zu beobachten, während er das Gefühl hatte, der ältere Mann von vorhin war noch einen Schritt näher an sie herangekommen. Sie mussten hier weg. Für Haileys Panikattacke brauchten sie wirklich kein Publikum. Und es war auch besser, wenn er nicht im Zentrum der Aufmerksamkeit stand.

Er nahm den Zimmerschlüssel aus der Tasche seines Jacketts und reichte ihn Vicky, die ihn sofort nahm. Hailey ließ sich von ihm auf den Arm nehmen, er ergriff Vickys Hand und führte sie beide aus dem Raum.

Im Foyer, wo die Musik Haileys Schreien nicht mehr abdämpfen konnte, klang sie noch kläglicher und schriller. Butchs Magen zog sich schmerzhaft zusammen. Er presste Hailey fest an sich und ging rasch auf die Treppen zu.

Er nahm immer zwei Stufen auf einmal und trug Hailey so schnell er konnte hoch zu ihrem Stockwerk. Vicky zog er mehr oder minder hinter sich her.

Kaum war ihre Suite in Sicht, stolperte Vicky an ihm vorbei und schloss die Tür auf. Butch trat ein und setzte sich sofort aufs Sofa. Es war ein vertrauter Ort für Hailey, wo sie sich hoffentlich beruhigen würde.

»Hey, Kleines, kannst du mich hören?« Er wiegte Hailey sanft in seinen Armen hin und her, während er leise mit ihr sprach.

Doch sie reagierte nicht, sondern schrie einfach weiter, als ob sie nie wieder aufhören könnte.

»Hey, Hailey.«

Butch legte ihr eine Hand an die Wange und zwang sie, ihn anzusehen. Doch sie blickte weiterhin schreiend ins Leere. Also lehnte er seine Stirn an ihre. Wie John es früher mit ihm gemacht hatte, wenn etwas geschah, das Butch nicht mitbekommen sollte. Oder wenn er nicht aufhören konnte zu weinen.

»Hey, alles ist okay. Ich bin hier. Vicky ist hier. Alles ist okay.« Er sprach leise und behutsam im ruhigsten Tonfall, den er zustande brachte. »Wir sind hier. Dir kann nichts passieren.« Er wiederholte die Worte wie ein Mantra. Wieder und wieder und wieder. »Dir kann nichts passieren. Dir kann nichts passieren …«

Bis endlich Leben in Haileys Augen kam. Sie starrten nicht mehr blicklos auf etwas, das nur sie sehen konnte, sondern sie blickte ihn direkt an. Drehte den Kopf etwas und nahm auch Vicky wahr, die wie erstarrt unweit vom Sofa stand.

»Wir sind hier. Alles ist okay.« Er strich mit seinen Daumen über ihre Wangen. »Dir kann nichts passieren.«

Haileys Schrei verstummte, sie drehte ihren Kopf und ließ den Blick hektisch schweifen. Dann sah sie wieder ihn an. Es war, als würde sie erst jetzt begreifen, dass sie nicht mehr dort unten in diesem Ballsaal war.

Einen kurzen Moment lang war es vollkommen still. Nicht einmal der Lärm der Hochzeitsgesellschaft drang zu ihnen durch. Auch nicht die laute Musik des DJs. Und dann brachen alle Dämme auf einmal. Hailey schluchzte herzzerreißend. Dieses verzweifelte Schluchzen würde Butch ebenso wenig vergessen können wie den markerschütternden Schrei vorher. Das wusste er, als er ihren zitternden Körper an sich drückte. Hailey schlang ihm die Arme um den Hals, vergrub ihr Gesicht an seiner Halsbeuge und weinte.

Butch strich ihr sanft über den Rücken und murmelte Nichtigkeiten vor sich hin, die er selbst als Kind gerne gehört hatte. Dabei sah er Vicky, die die Hand vor den Mund geschlagen hatte und ihn anstarrte. Nach ein paar Minuten ließ sie die Hand sinken und sah zu Hailey. Ihre Gesichtszüge verhärteten sich. Die Sorge in ihnen wechselte zu ehrlicher Panik, ehe sie Butch direkt in die Augen sah. Ihre Hand griff nach seinem Unterarm. Dann drückte sie fest zu.

Vicky hatte also verstanden, was er schon begriffen hatte, als er Hailey die Treppen hinaufgetragen hatte.

Wer auch immer Hailey eine solche Angst eingejagt hatte – er war noch unten im Ballsaal.

48

Sie hatte ihn erkannt.

Ihre Augen hatten seine gefunden und sie hatte losgebrüllt. Laut, durchdringend, unüberhörbar. Alle im Saal hatten mitbekommen, was gerade geschehen war.

Und das war ein echtes Problem.

Der Mann im nachtblauen Anzug konnte förmlich mit ansehen, wie die Cohens sich formierten, um die Ursache für den Angstschrei des Kindes zu finden. Er spürte, wie ihre Augen den Raum absuchten. Fühlte ihre Blicke auf seiner Haut, wann immer einer von ihnen zu ihm herübersah. Doch kein Augenpaar hielt bei ihm inne. Nicht eines.

Die Aufregung im Saal war spürbar. Alle redeten wild durcheinander und versuchten zu verstehen, was da gerade passiert war. Auch Angelina, die dicht neben ihm stand, wirkte angespannt und misstrauisch.

Etwas, was er problemlos bei ihr identifizieren konnte. Immerhin bekam er es selbst jeden Tag zu spüren.

Sein Blick glitt zu Don Vito, der ihn für einen Moment lang ansah und die Augen verengte, bevor er sich wieder seiner Begleitung widmete. Heute trug er einen anthrazitfarbenen Anzug und eine goldene Brosche mit dem Familienwappen am Revers des Jacketts. Das schwarze Haar hatte er elegant zurückgekämmt.

Don Vitos Begleitung war die einzige Frau im Raum, die sich von dem Chaos nicht anstecken ließ. Sie beobachtete die Situation völlig ruhig und gelassen. Und mit einem Lächeln auf den Lippen, das er nicht ganz zu deuten vermochte.

Wer war sie noch gleich?

Er hatte sich noch nie sonderlich mit den Liebhaberinnen des Don befasst. Aber er hatte eine dunkle Ahnung, dass er das bei dieser Frau besser hätte tun sollen.

Sie war blond und hochgewachsen mit einprägsamen Gesichtszügen und einem schlanken Körperbau, der von ihrem mitternachtsblauen Kleid perfekt in Szene gesetzt wurde. Er schätzte sie auf Anfang vierzig mit den leichten Fältchen um Augen und Mund herum. An ihren Fingern sah er keinen Ehering. Und auch sonst wirkte sie eigenwillig deplatziert. So, als gehörte sie nicht hierher.

Er legte seine Hand etwas fester als notwendig an Angelinas Taille, als der kühle Blick der Frau ihn traf. Ihre Augen waren eisblau und klar und scharfsinnig. Die würde ihm noch Ärger machen, das wurde dem Mann im nachtblauen Anzug in diesem Moment bewusst. Doch sie betrachtete ihn nur einen Augenblick, stellte dann ihr Champagnerglas ab und löste sich von ihrem Begleiter.

Aufrecht und mit langen Schritten durchquerte sie den Raum, als würde er ganz ihr allein gehören. Mehrere Männer folgten ihr unauffällig. Sie trugen alle gleich geschnittene schwarze Anzüge. Sie wirkten alle grobschlächtig. Doch das Wichtigste war: Sie waren alle fraktionslos. Der absolute Bodensatz.

Wer zum Teufel war diese Frau?

Und wie hatte sie es geschafft, Fraktionslose in diese Hochzeit einzuschleusen?

Er beobachtete genau, wie sie vor John und Lissiana Cohen zum Stehen kam. Es fand ein kurzer Wortwechsel statt. Und dann machte einer der untersetzten Männer einen Satz auf John zu. Dieser schob Lissiana direkt hinter sich und riss die Arme hoch, um den kommenden Schlag abzuwehren, während

Tiny dem nächsten Angreifer einen Tritt vor die Brust verpasste. Stimmen wurden laut. Menschen schoben einander hektisch aus dem Weg, um nicht selbst in die Kampfzone zu geraten.

Der Mann im nachtblauen Anzug verstand nicht wirklich, was hier gerade geschah. Aber dieses Handgemenge kam ihm sehr gelegen.

Er hielt Angelina zurück, die einen Schritt nach vorne auf die Cohens zu machte. Hatten jetzt alle den Verstand verloren?

»Wir sollten gehen. Jetzt.« Don Vito klang wütend und angespannt. Ohne eine anstrengende Diskussion würde er sich nicht beschwichtigen lassen.

Der Mann im nachtblauen Anzug schüttelte den Kopf. Sein Plan war noch nicht vollendet. Er konnte noch nicht gehen. Hier war die Chance, seine jahrelange Arbeit endlich zum Erfolg zu führen. Er war so nah dran. Er musste …

»Ich sagte, wir sollten gehen. Jetzt«, sagte Don Vito, diesmal mit deutlich mehr Nachdruck.

Er knirschte mit den Zähnen. Glaubte der Don im Ernst, dass jetzt eine gute Gelegenheit war, um seine Position als Vorstand der Familie auszuspielen? Dem Don stieg seine vermeintliche Autorität zu Kopf, und daran würde er noch irgendwann zugrunde gehen. Don Vito war nichts ohne ihn. Er wäre noch immer ein gebrandmarkter Niemand, wenn er selbst nicht …

Aus dem Augenwinkel sah er einen Schweif aus Gold aus dem Raum huschen. Sofort wurde er vollkommen ruhig. Sein Plan würde funktionieren. Da war er sich nun sicher.

»In Ordnung. Lass uns gehen.«

49

Butch schloss leise die Tür zu Haileys Schlafzimmer und atmete erleichtert aus. Endlich schlief sie. Sie hatte geweint, bis sie vollkommen erschöpft in seinen Armen eingeschlafen war. Noch immer spürte er ihre kleinen Hände, die sich voller Verzweiflung in sein Hemd krallten.

Er rieb sich über die Brust, während er zurück ins Wohnzimmer ging. Vicky saß auf dem Sofa und blickte auf ihre Hände. Ihre Lippen bebten, aber sie presste sie fest zusammen. Dabei begann sie, die langen Nadeln aus ihren Haaren zu ziehen.

Methodisch zog sie eine nach der anderen die spitzen Nadeln aus ihrer Frisur und legte sie auf dem Tisch ab. Direkt neben Haileys Plüschdrachen, den sie vor lauter Erschöpfung hatte liegen lassen. Eine blonde Strähne nach der anderen löste sich von ihrem zuvor zugewiesenen Platz.

Butch setzte sich neben Vicky. Er wusste nicht, was er sagen sollte, um ihr Trost zu spenden. Wusste nicht, was er tun konnte, um ihr Verantwortung leichter zu machen, die sie empfand und die auf ihnen beiden lastete. Er wusste nicht, was er ihr sagen sollte, um das alles besser zu machen. Denn die Realität war in diesem Moment einfach nur zum Kotzen.

»Er ist da unten, Butch.« Vickys Stimme klang anders als sonst, sie klang wütend. Aggressiv. Überhaupt nicht nach der Frau, die er so gut kannte. »Er muss einfach da unten sein.«

Butch wusste, dass sie recht hatte. Er spürte es bis in seine Fingerspitzen. Wer auch immer Hailey gefangen gehalten und misshandelt hatte, war noch dort unten und versteckte sich in einer Menge von vierhundert Menschen.

Zwischen Menschen, die Butch kannte, zumindest vom Sehen.

Das Schwein war wirklich einer von ihnen. Einer von der Elite der New Yorker Unterwelt. Er hatte jedes Bisschen Ehre verloren, als er mit diesen schmutzigen Geschäften angefangen hatte.

»Wir werden ihn finden. Dafür werde ich sorgen.« Butch sah Vicky einen Moment lang an. Ihre sonst weichen Gesichtszüge wirkten verhärtet. Ihre Wangenknochen standen scharf hervor. Ihre Make-Up war leicht verschmiert. Vor allem direkt unter den Augen. Es ließ ihr Gesicht unnahbarer wirken. Verschlossener. Ihre sonst so fließenden Bewegungen wirkten ruppig und unbeholfen. Es schnürte Butch die Kehle zu. Gott, so hatte er sie wirklich noch nie gesehen. »Er wird damit nicht davonkommen.«

Vicky nickte entschlossen. Sie nahm seine Hand und drückte sie. Er fuhr mit dem Daumen über ihren Handrücken und wusste nicht, wen er damit beruhigen wollte, sie oder sich selbst.

Sie waren der Aufklärung von Haileys Fall so nah wie nie. Er würde diesen Scheißkerl schnappen und ihn Höllenqualen leiden lassen. Er würde ihm tausend Mal das zurückgeben, was er Hailey angetan hatte. Und all den anderen Kindern. Niemand wusste, wie lange er diese schmutzigen Geschäfte schon in Butchs Stadt betrieb. Direkt unter seiner Nase. Und niemand von ihnen hatte etwas bemerkt.

Diesen Fehler würde er korrigieren. Am besten noch heute Nacht.

»Butch!«

Jemand hämmerte laut gegen die Hotelzimmertür. Butch zuckte zusammen.

»BUTCH!«

Vicky sah ihn aus weit aufgerissenen Augen an. Er kam auf die Füße und eilte zur Tür. Mit einem Ruck riss er sie auf.

Stephanie stand im Gang. Ihre Stilettos hatte sie in einer Hand, die andere hatte sie erhoben, um noch einmal gegen die Tür zu donnern. Ihr Atem ging schwer und schnell. Aus ihrer eleganten Hochsteckfrisur hatten sich einige Strähnen gelöst. War sie etwa die Treppen hochgerannt?

»Butch. Gott sei Dank.« Stephanie stützte sich mit einer Hand am Türrahmen ab. »Da unten brauchen wir deine Hilfe. Dringend.« Sie holte kurz tief Luft. »Ich weiß gar nicht, was passiert ist. Keine Ahnung, das ging alles so wahnsinnig schnell.« Sie schüttelte den Kopf. »Plötzlich war da diese blonde Frau und hat irgendetwas von Verhaftung gefaselt und dann ist schon so ein bulliger Kerl auf John losgegangen.«

Vicky trat neben Butch. »Rebecca Lightwood.« Aus ihrem Mund klang der Name wie ein Schimpfwort.

Butch wusste er hatte ihn schon irgendwo einmal gehört. »Die Staatsanwältin? Was zum Teufel macht die denn hier?«

»Oh nein! John und Lissiana!« Vicky raffte mit einer Hand den langen Rock ihres Kleides hoch und rannte den Gang hinunter zum Fahrstuhl. Kurz drehte sie sich um. »Sie will John und Lissiana, Butch.«

»Verdammte Scheiße.« Butch stieß ein Knurren aus. Damit konnte er sich jetzt nicht auch noch befassen. Aber er konnte nicht riskieren, dass Haileys Peiniger das Chaos nutzte, um abzuhauen.

Butch zog Stephanie am Oberarm in die Suite. »Pass auf Hailey auf. Schließ von innen ab. Lass niemanden rein außer mir. Ist das klar?«

Stephanie nickte.

»Hailey schläft. Für den Notfall liegt eine Glock in meinem Nachtschrank. Weißt du, wie man mit so was umgeht?«

»Ja.« Stephanie klang ungewohnt entschlossen. »Beeilt euch. Es sieht wirklich nicht gut aus.«

Butch nickte und trat auf den Flur hinaus. Er wartete, bis er hörte, wie das Schloss mit einem Klicken verriegelte. Dann rannte er in einen schnellen Laufschritt Vicky nach, die vor dem Fahrstuhl wartete.

»Hör mir genau zu.« Butch zog Vicky zu den Treppen. Der Fahrstuhl kam nicht und es kostete sie jetzt zu viel Zeit, auf ihn zu warten. »Tiny hat immer ein paar Ersatzschlüssel für den Notfall in seinem Wagen. Auf der Innenseite der linken Radkastens vorn.« Er packte Vicky bei der Hand und eilte mit ihr die Treppen hinab. »Hol den Wagen. Bring ihn zum Seitenausgang. Der, durch den Tiny und Edita rausgegangen sind, um Fotos zu machen. Weißt du noch?«

»Ja.« Vicky nickte. Sie klammerte sich an seine Hand während er sie die große, breite Treppe hinab führte. Der schwarze Teppich, mit dem die Treppe ausgelegt war, schluckte die Geräusche ihrer schnellen Schritte während er mit ihr aus dem vierten Stock hinunter hastete.

Je näher sie dem Erdgeschoss kamen, desto deutlicher hörte er den Tumult. Stimmen riefen wild durcheinander, Menschen bewegten sich in einem Raum, der zu klein geworden war. Geschirr ging zu Bruch. Zum Glück waren keine Schüsse zu hören. Jetzt kam es ihnen zu Gute, dass Tiny und Edita darauf bestanden hatten, dass alle Gäste ihre Waffen abgeben mussten.

»Stell das Navi im Auto auf meine Adresse ein. Sag John, er soll sich mit Lissiana in meiner Wohnung verschanzen, bis wir zurück sind. Er wird wissen, wo ich die Ersatzschlüssel versteckt habe.«

Butch erreichte mit Vicky das Foyer. Durch die großen offenen Türen des Ballsaals konnte er sehen, wie Yui gerade einen Angreifer von sich stieß. Sie schnappte sich die nächstbeste Weinflasche und schlug sie ihm über den Kopf.

»Geh. Jetzt.« Er ließ Vickys Hand los und schob sie in Richtung des Seiteneingangs. Ihre Schritte entfernten sich rasch, als er sich umdrehte und in den Ballsaal ging.

Hier den Überblick zu behalten war so gut wie unmöglich. Viele der Gäste versuchten, hektisch den Saal zu verlassen, um dem Kampf zu entgehen. Die Frau, die ihn vorhin so eingehend beobachtet hatte, hatte die Hände hochgerissen um sich vor verirrten Schlägen zu schützen während der ältere Mann die Leute beiseite schubste um so schnell wie möglich selbst den Ausgang zu erreichen. Viele riefen wild durcheinander. Die meisten wiesen ihre Leute an, sich nicht einzumischen. Niemand wollte einen Krieg provozieren, indem man sich unabsichtlich auf die falsche Seite stellte. Loyalität suchte man hier vergeblich.

Valentin Kasakow legte schützend die Arme um Edita und führte sie begleitet von seinen Leuten in Richtung der Küche. Savannah duckte sich unter dem Schlag eines blonden, drahtigen Angreifers und stürzte sich nach vorne. Sie packte den Typen an seinem kurzen Zopf und rammte ihm mit einem Ruck ihr Knie ins Gesicht.

Wo zum Teufel waren John und Lissiana?

Butch ließ den Blick über die kämpfende Menge gleiten. Tiny und Tyrann steckten ebenso viel ein wie sie austeilten, während Nathan einen weiteren hochgewachsenen, schwarzhaarigen Angreifer mit einem gezielten Tritt direkt in den Magen traf.

Und dann endlich sah Butch John. Er stand in der Nähe der Tische, etwas abseits der Tanzfläche. Er hatte Lissiana hinter

sich geschoben und versuchte sie, mit seinem Körper abzu-
schirmen und gleichzeitig ihren Rücken zu schützen indem er
sich mit ihr nahe an der Wand hielt. Ein weiterer Angreifer
kam auf ihn zu. Der Mann war kleiner als John, aber bulliger.
Ein Schlag von ihm an der passenden Stelle und John hätte
ersthafte Schwierigkeiten.

Butch dachte nicht weiter nach. Er schob sich durch die
Menge aus kämpfenden Menschen auf John zu und packte sich
den Angreifer am Kragen seinen Hemdes. Mit voller Wucht
schlug er ihn mit dem Kopf gegen die Wand. Entfernt nahm er
das laute Knacken wahr, das den Bruch der Nase verkündete,
doch er kümmerte sich nicht weiter darum.

Er stellte sich neben John. Spürte seine Schulter direkt an
seiner, als er einen Schritt nach hinten machte und John seinem Beispiel folgte.

»Seitenausgang.« Butch sagte das Wort gerade laut genug,
dass John es trotz des Chaos hören konnte und es niemand
sonst mitbekam.

»Danke, Butch.« John sah ihn einen Moment lang an.

»Das ändert nichts.« Butch wehrte den Schlag eines weiteren
Gegners ab, griff sich einen der massiven Kerzenleuchter vom
einem der Tische und zertrümmerte ihm damit die Kniescheiı-
be. Der Schrei des Mannes ließ beinahe sein Trommelfell platzen. »Du hast etwas für Hailey getan. Ich gleiche hier lediglich
das Konto aus. Und jetzt hau ab. Bevor ich es mir anders über-
lege.«

Butch verpasste John einen heftigen Stoß in Richtung des
Seitenausgangs. John taumelte kurz, packte Lissianas Hand und
verschwand mit ihr eilig durch die Tür.

Butch wandte sich wieder dem Kampf zu. Er musste diese
Leute noch eine Weile beschäftigen, damit niemand sich an
John und Lissianas Fersen heften konnte.

Er wog den Kerzenständer in seiner Hand. Er war schwerer und kürzer, als er es von seinem Baseballschläger gewohnt war, aber es würde schon gehen.

Seth und Steven waren in Schwierigkeiten geraten, und Butch trat zu ihnen und holte mit dem Kerzenständer aus. Mit einem gezielten Schlag nach oben brach er einem der Kerle mit einer hässlichen Hakennase den Kiefer. Er sah zufrieden dabei zu, wie der Kopf des Mannes zurückgerissen wurde und er auf dem Boden aufschlug. Er krümmte sich zusammen und stieß ein schmerzerfülltes Wimmern aus. Blut tropfte aus seinem Mund auf den Boden. Der würde so schnell definitiv nicht aufstehen.

Gott, hatte er das vermisst. Butch schoss das Adrenalin durch die Adern und sein ganzer Körper spannte sich in freudiger Erwartung an. Er war nicht mehr in der Topform wie noch vor eineinhalb Jahren, aber es fühlte sich verdammt gut an, seinen Körper wieder dafür zu benutzen, wofür das er ihn jahrelang trainiert hatte. Und er hatte nichts verlernt.

Sein Körper erinnerte sich genau an all die Stunden harten Trainings, während er Schlägen auswich, sie blockierte und parierte. Es war das erste Mal seit eineinhalb Jahren, dass er sich nicht in seinem eigenen Körper eingesperrt fühlte. Nichts tat ihm weh. Weder seine Hüfte noch sein Knie. Er genoss den Kampf in vollen Zügen. Nutzte die Kraft, die noch immer in ihm vorhanden war, zu seinem Vorteil und schickte einen Gegner nach dem nächsten zu Boden.

Bis keiner mehr übrig war.

Butch ließ den Kerzenständer fallen und stützte die Hände auf die Knie. Er atmete schwer. Gott, er war wirklich aus der Form. Aber gerade war ihm das völlig egal.

Er schloss für einen Moment die Augen und ließ das Gefühl der Euphorie durch seinen Körper fließen. All die Frustration und die Wut fühlte sich weit weniger erdrückend an. Er hatte das Gefühl, wieder etwas besser atmen zu können.

Wieder etwas mehr er selbst zu sein.

Butch sah auf, als er Tinys schwere Hand auf seiner Schulter spürte. »Willkommen zurück.«

Butch richtete sich auf und strich seinen Anzug glatt. Seine Haut war klamm, seine Hände feucht. Aber die Euphorie wollte nicht abebben.

»Keine Ahnung, wovon du sprichst.« Butch holte tief Luft.

Tiny lächelte nur, klopfte ihm auf die Schulter und deutete auf seine Hüfte. »Denk mal drüber nach.« Er nahm die Hand von Butchs Schulter und wischte sich mit dem Handrücken etwas Blut von der Unterlippe. »Wenn du wirklich einen Gehstock brauchen würdest, hättest du niemals so kämpfen können.« Er grinste breit. »Also: Willkommen zurück.«

Butch öffnete den Mund, um Tiny zu sagen, wohin er sich seinen dummen Kommentar stecken konnte. Doch er hielt inne und sah sich unter den Leuten um, die am Boden lagen oder noch im Saal standen.

»Wo ist sie?«

Tiny folgte seinem Blick und stieß dabei ein tiefes Knurren aus. »Du meinst die Lightwood? Ich habe keine Ahnung.« Er bewegte seinen Nacken, der knackend protestierte. »Aber ich würde ihr raten, in ihrem beschissenen Versteck zu bleiben.«

»Butch!«

Butch sah sofort zu den großen Türen des Ballsaals. Vicky kam mit langen Schritten auf ihn zu, blieb direkt vor ihm stehen und ihre Hände an seine Wangen legte.

»Bist du okay?« Sie musterte ihn genau. »Du siehst furchtbar aus.«

»Wirklich?« Butch spürte erst jetzt die Platzwunde über seinem blinden Auge, die beharrlich blutete. Er hatte es während des Kampfs nicht einmal bemerkt.

»Wo sind Lissiana und John?«, fragte Tiny mit leiser Stimme. Er beugte sich etwas näher zu Vicky hinunter.

»Sie sind mit deinem Wagen auf dem Weg zu Butchs Wohnung.« Vicky nahm die Hände von Butchs Wangen. »Ich sollte mich wirklich um deine Wunde kümmern, Butch.«

Er zuckte mit den Schultern. »Das hat keine Eile. Ist ja nicht so, als könnte ich das Blut sehen.«

»War das etwa ein Witz?« Savannah rieb ihre Hände aneinander als sie aus Richtung der Haupttüren auf sie zukam und über einen der bewusstlosen Kämpfer am Boden hinwegstieg. Als sie bei ihnen ankam verschränkte sie die Arme vor der Brust. »Sag nicht, du hast deinen Humor wiedergefunden.«

Dafür hatte er jetzt wirklich keine Zeit. »Was willst du, Red?«

Savannahs Mundwinkel zuckten leicht, dann wurde sie wieder ernst. »Der Großteil der Gäste ist getürmt. Der Rest reist gerade ab.« Sie sah ihm direkt in die Augen. »Tut mir leid, Butch. Wir können hier heute nichts mehr ausrichten und sollten auch verschwinden. Ich bin mir sicher, dass Hotelpersonal hat die Schlägerei der Polizei gemeldet.«

Butch ballte die Hände zu Fäusten. Der Mistkerl war ihm durch die Hände gerutscht.

»Hey.« Vicky griff sich seine Hand. »Wir haben die Gästeliste. Das grenzt unsere Suche erheblich ein.« Sie strich über seinen Handrücken. »Wir werden ihn kriegen. Aber jetzt müssen wir verschwinden.«

Butch betrachtete einen Moment lang das Chaos im Ballsaal. Auf der Tanzfläche lagen die Scherben vom Geschirr. Einige der Tische waren umgestoßen. Von einem der Stühle war ein Bein angebrochen. Holzsplitter lagen herum. Eine große Pfütze Rotwein breitete sich von der Flasche auf dem Fußboden aus, die zu Bruch gegangen war. Vicky hatte Recht. Sie mussten gehen.

378

»Haut ab.« Tiny stemmte die Hände in die Hüften und ließ den Blick schweifen. »Ich kümmere mich hier um alles und stoße dann zu euch. Treffen bei dir?«

Butch nickte knapp. »Komm Vic. Holen wir Hailey und sehen zu, dass wir verschwinden.«

Butch klopfte nun schon zum dritten Mal an die Tür ihres Hotelzimmers. Ohne jegliche Reaktion. »Stephanie!« Er hämmerte mit der flachen Hand etwas fester dagegen. »Mach auf, verdammt nochmal.«

Vicky legte ihm eine Hand auf die Schulter. Versuchte ihn etwas zurückzuhalten. »Vielleicht ist sie eingeschlafen.« Gott, war das ihre eigene Stimme? Sie klang schrecklich brüchig und unsicher. »Es war auch für sie ein langer, anstrengender Tag.«

Das musste es sein. Sie war einfach nur eingeschlafen. Sie alle hatten einen langen Tag hinter sich. Und die letzten Stunden hatten ihnen viel abverlangt. Sie war bestimmt einfach auf dem Sofa eingenickt.

Ja, das musste es sein.

Butch nickte abrupt. Dann zog er sein Handy aus seiner Hosentasche und reichte es ihr. »Versuch sie anzurufen. Vielleicht hört sie das.«

Vicky tippte mit zittrigen Fingern Stephanies Nummer ein und hielt sich das Telefon ans Ohr. Wieder hämmerte Butch mit der Faust gegen die Tür.

Ein Freizeichen erklang nicht. Stattdessen hörte sie Stephanies gewohnt freundliche und helle Stimme. »Hi, hier spricht Stephanie. Gerade kann ich eure Nachricht leider nicht persönlich entgegennehmen. Hinterlasst einfach eine Nachricht nach dem Piep.« Vicky ließ das Handy sinken. Die Mailbox. Nur die gottverdammte Mailbox. »Butch?« Butch ließ von der Tür ab. Seine Faust schwebte noch immer geballt in der Luft »Ihr Handy ist abgeschaltet.«

Sie hatte das Gefühl, ihre Lunge würde in einer Schraubzwinge stecken, als aus Butchs Gesicht sämtliche Farbe wich. Er sollte ruhig und gelassen sein. Ihr sagen, dass alles in Ordnung sei. Er sollte nicht so aussehen, wie sie sich fühlte. Doch das ungute Gefühl in ihrer Magengegend breitete sich so rasend schnell in ihrem gesamten Körper aus, dass sie beinahe ins Taumeln geriet. Sie stützte sich am Türrahmen ab. Ihre Knie fühlten sich an, als würden sie direkt unter ihr nachgeben.

Butch zog zum wiederholten Mal an der Türklinke. Die Venen an seinen Unterarmen traten hervor. Doch nichts bewegte sich.

Vicky presste sich die Hand auf die Brust. Ihr Herz hämmerte wild. Wie ein Echo hallte es durch sie hindurch. Was war hier nur los? Wo war Stephanie? Wo ...

Vicky kam plötzlich wieder Haileys markerschütternder Schrei in den Sinn. Ihre Panikattacke. Die vor Angst weit aufgerissenen, blicklosen Augen.

»Butch.« Sogar in ihren eigenen Ohren klang ihre Stimme vollkommen panisch. »Oh Gott. Was, wenn diese Leute, die Hailey das angetan haben, die beiden gefunden haben?«

Butch fluchte leise. »Geh einen Schritt zur Seite.«

Vicky trat sofort ein gutes Stück von der Tür weg, und Butch ging einige Schritte rückwärts. Er nahm Anlauf und warf sich mit der Schulter gegen die Tür. Sie gab ein lautes Knarzen von sich. Er warf sich wieder gegen das Holz. Und wieder und wieder und wieder. Beim siebten Versuch knarzte es lauter, die Türzarge splitterte. Mit einem Ruck schwang die Tür auf.

Butch stolperte hinein und fing sich schnell an der kleinen Kommode im Flur ab. Sie folgte ihm sofort, als er ins Wohnzimmer stürzte.

Doch das Wohnzimmer war leer.

Das Sofa vor dem großen Couchtisch war verlassen. Das Puzzle darauf noch immer genauso unvollendet wie heute früh.

Doch ihre Haarnadeln, die sauber aufgereiht neben Haileys Plüschdrachen gelegen hatten, waren auf dem ganzen Couchtisch verteilt, sogar zwischen den Puzzleteilen. Und das Plüschtier lag vor der Couch auf dem Boden.

Hailey hätte ihren geliebten pinkfarbenen Drachen niemals auf dem Boden liegen lassen. Unter gar keinen Umständen.

»Stephanie? Hailey? Schätzchen, wo bist du?« Vicky griff nach Butchs Hand. Umklammerte sie so fest, wie sie nur konnte. Sie hatte das Gefühl, sich nicht selbst aufrecht halten zu können.

Das ungute Gefühl erfüllte jeden Zentimeter ihres Körpers. Wieder und wieder rief sie Stephanies und Haileys Namen. Doch eine Antwort bekam sie nicht.

Kein einziges Mal.

Als Butch sich in Bewegung setzte, blieb sie dicht bei ihm. Ihre Hand hielt noch immer seine. Ihre Übelkeit wurde mit jedem Schritt schlimmer, den sie in Richtung der Doppeltür machte, hinter denen Hailey noch vor kurzer Zeit so friedlich geschlafen hatte.

Bitte. Gott, bitte lass die beiden einfach tief und fest auf dem Bett eingeschlafen sein. Bitte. Bitte.

Butch öffnete einen der Türflügel, und Vicky spähte an ihm vorbei hinein. Im Zimmer war es stockdunkel. Die Vorhänge waren zugezogen, damit die Sonne Hailey nicht zu früh aufweckte.

Aber etwas war anders: Es war viel zu still. Vicky hörte Hailey nicht leise atmen. Hörte nicht das Rascheln der Bettdecke, wenn sie sich im Schlaf bewegte. Ihr Schlaf war immer ein wenig unruhig, obwohl es nicht einmal annähernd so schlimm war wie noch am Anfang.

Butch schaltete das Licht ein. Vicky stieß einen erstickten Schrei aus, während Butch ihre Hand fallen ließ und einen wütenden Schrei ausstieß. Das Zimmer war jetzt hell erleuchtet. Haileys Bett war leer. Ihr Koffer stand noch immer offen neben dem Bett. Die Kleidung darin war unangetastet. Das Kleid, das sie getragen hatte, hing noch immer über der Rückenlehne des Stuhls, der am Schreibtisch stand.

Hailey war fort.

Sie war nicht in ihrem Bett. Sie schlief nicht einfach und drehte sich unruhig von einer Seite auf die andere. Sie war nicht hier. Sie war fort.

Dabei hatten sie doch alles getan, damit Hailey so sicher wie nur irgendwie möglich war. Butch hatte alle Schlüssel eingefordert, niemand außer ihm hatte Zugang zu dem Hotelzimmer und damit zu Hailey gehabt. Sie hatten alles verriegelt. Hatten Stephanie bei ihr gelassen, damit niemand ihr etwas anhaben konnte. Aber das war umsonst gewesen.

Und sie hatten auch noch Stephanie mit hineingezogen. Gott, sie musste absolute Todesangst haben. Sie beide.

Butch ging zurück ins Wohnzimmer. Wie automatisiert folgte sie ihm. Sie nahm nicht wirklich wahr, wie sie einen Fuß vor den anderen setzte. Wie sie zum Sofa ging und kurz davor stehen blieb. Butch lief im Wohnzimmer auf und ab. Leise murmelte er vor sich hin. Hielt immer wieder vor den Regalen an und begann darin zu suchen. So, als würde er nach einem Hinweis darauf suchen, was hier passiert war.

Vickys Blick fiel erneut auf den Plüschdrachen, der verlassen vor dem Sofa lag. Sie beugte sich hinunter. Als sie ihn hochhob, zitterten ihre Finger. Sie strich über die gelben Flügel. Er roch nach Hailey. Nach dieser unverkennbaren Note von Vanille, die ihrem Shampoo anhaftete. Vicky presste den Drachen fest an ihre Brust.

Sie hätte hier sein sollen. Sie hätte Hailey beschützen sollen. Und Stephanie. Ein Schluchzen entrang sich ihrer Kehle, bevor sie es hatte zurückhalten können. Die Tränen brannten heiß auf ihren Wangen.

Hailey musste Todesangst haben. Sie wusste es. Sie selbst hatte Todesangst gehabt, als sie vollkommen allein in dieser Lagerhalle aufgewacht war.

Gott, sie wollte nicht daran denken, was man den beiden antun würde. Was diese miesen kranken Schweine mit den beiden vorhatten. Das Schluchzen brach nun unkontrolliert aus ihr hervor. Ihr ganzer Körper bebte, während sie den Drachen immer noch fest an sich drückte.

»Ich hätte hier sein sollen.« Ihre Worte erstarben, als Butch alles stehen und liegen ließ und mit großen Schritten auf sie zukam. Er zog sie fest an sich. So fest, dass sie kaum atmen konnte.

»Ich bringe unser Mädchen zurück.« Butchs Stimme klang ungewohnt rau. Seine Hand grub sich tief in ihr Haar, während er sie noch näher an sich zog. »Und ich bringe jeden um, der versucht, mich davon abzuhalten.«

50

»Beruhige dich.« Der Mann im nachtblauen Anzug verschränkte die Arme vor der Brust und lehnte sich in dem Sessel zurück, der unter dem Familienwappen an der Wand stand. Der Don ging mit langen Schritten vor seinem Schreibtisch auf und ab. Seine Schritte waren sogar trotz des Teppichs unter seinen Füßen deutlich zu hören.

»Wieso zum Teufel soll ich mich beruhigen?« Don Vito fuhr sich mit beiden Händen durchs Haar. »Die gottverdammten Cohens! Wie konntest du das verdammt nochmal zulassen? Und wie konntest du mir nichts davon erzählen?! Jetzt bin ich es, der seinen beschissenen Kopf für dich hinhalten muss.«

Der Mann im nachtblauen Anzug legte ein Bein über das andere und sah Don Vito gelassen an. Jetzt emotional zu werden brachte niemanden weiter. »Ich wusste, dass du nicht ruhig bleiben könntest. Außerdem war es nicht wichtig genug, um dich damit zu belasten. Du bist ein vielbeschäftigter Mann.«

»Jetzt komm mir nicht mit so einer Scheiße!« Don Vito stützte die Hände auf seinem Schreibtisch ab. Sein Gesicht war vor Zorn rot angelaufen, sein Atem ging schnell. Schade, dass er bei so guter Gesundheit war. Ein Herzinfarkt käme jetzt gerade sehr gelegen.

»Du kannst ganz beruhigt sein. Alles ist in Ordnung. Ich werde das Mädchen noch heute Nacht zurückbekommen.« Er lächelte nichtssagend. »Dann ist das alles ein für allemal vorbei.«

»Oh nein, das wirst du nicht.« Don Vito strich sich die Krawatte glatt und richtete sich auf. Er war jung, aber eine imposante Erscheinung. »Was auch immer du geplant hast, du wirst es absagen. Und du rührst das Mädchen nicht wieder an, ist das klar?«

Er erstarrte. »Was?«

»Du hast mich schon verstanden.« Don Vito drehte den Siegelring an seinem Finger. »Es ist schade um das Geld, das wir verlieren, aber deshalb einen Krieg mit den Cohens zu riskieren, ist es nicht wert.«

»Aber …«

»Kein Aber.« Die Worte von Don Vito klangen wie Peitschenhiebe. »Du hast das nicht zu entscheiden, sondern ich. Ich bin der Don dieser Familie. Und ich sage dir, dass es das nicht wert ist.«

Seine Hände ballten sich zu Fäusten, während der Zorn heiß und glühend in ihm aufstieg. Wieder drehte Don Vito den Ring an seinem Finger. Das Gold blitzte im Licht auf. Der Ring war so alt wie diese Familie. Sein Glanz war schon ein wenig abgestumpft. Das Wappen der Familie, die überkreuzten Schwerter auf dem Lorbeerkranz mit der Krone als Sockel, war deutlich zu erkennen. Doch der Ring hatte Kerben. Von all den Dons zuvor. Die vor nichts zurückgeschreckt waren, um diese Familie zu schützen. An Don Vitos Händen sah das große und schwere Schmuckstück deplatziert aus. Seine Finger waren zu schmalgliedrig. Zu zart. Nicht gemacht für den Ring und die schwere Bürde, die damit einherging.

Don Vito war dieses Rings nicht würdig. Und das war er auch nie gewesen.

Mit einem Satz sprang der Mann im nachtblauen Anzug auf. Der Sessel rutschte quietschend nach hinten und hinterließ Kratzspuren auf dem edlen Parkett.

»Das kannst du nicht machen! Ich habe viel zu hart gearbeitet, um diese Familie wieder aufzubauen und zurück an die

Spitze zu führen.« Sein Herzschlag dröhnte in seinen Ohren. »Dein Vater würde sich im Grab umdrehen, wenn er dich hören könnte.«

»Und ob ich das machen kann.« Don Vito hob den Zeigefinger. Es sah aus, als würde er ein ungehorsames Kind tadeln. »Du hättest sie gar nicht erst entkommen lassen sollen. Das war dein Fehler. Jetzt leb mit den Konsequenzen wie ein Mann.« Er schüttelte den Kopf. »Außerdem habe ich mich längst mit dem Schicksal dieser Familie abgefunden. Es wird Zeit, dass du das auch tust.«

Er atmete stoßweise. Seine Arme zitterten, so fest hatte er die Hände zu Fäusten geballt. Sein Blick fiel wieder auf den Siegelring an Don Vitos Hand.

»Du hast recht.« Er räusperte sich. »Es war mein Fehler. Und ich werde ihn gemäß deinen Wünschen korrigieren.«

Don Vito runzelte einen Moment lang die Stirn. Dann nickte er langsam. »Ich bin froh, dass du es einsiehst. Und morgen kümmern wir uns dann darum, was wir machen, falls das Kind dich wirklich erkannt hat.« Er rieb sich die Schläfen. »Du und Angelina, ihr bringt mich noch ins Grab.« Mit einem leisen Seufzen ließ er die Hände auf die Tischplatte fallen. Dann lächelte er. »Aber für jedes Problem gibt es bekanntlich eine Lösung.«

Er erwiderte das Lächeln von Don Vito.

Ja, für jedes Problem gab es eine Lösung. Das hatte schon sein Vater ihm beigebracht. Und wenn er das Versprechen einhalten wollte, das er damals dem Don gegeben hatte, dann musste er dieses Problem beseitigen.

»Also dann, bis morgen.« Don Vito wandte sich zum Gehen, er machte einen Schritt auf die Tür des Büros zu. Dann noch einen. Und noch einen.

Er war so nah an seinem Ziel. So, so nah. Er konnte jetzt nicht zulassen, dass das alles einfach ein Ende fand. Und nur, weil der jetzige Don zu schwach war, um zu tun, was nun einmal getan werden musste.

Als Don Vito sich zu ihm umdrehte, um noch etwas zu sagen, stürzte der Mann im nachtblauen Anzug auf ihn zu und legte die Hände an seine Kehle.

Don Vito riss die Hände hoch, um ihn abzuwehren. Er legte die Hände an seine Handgelenke. Zog und riss daran. Ohne Erfolg. Dann streckte er die Hände aus, um sich zu verteidigen. Versuchte sein Gesicht zu erreichen, um ihn abzuwehren. Vergeblich.

Er würde diese Familie zurück an die Spitze führen. Mit ihm oder ohne ihn. Ganz egal, was er dafür tun musste. Ganz egal, ob er den jetzigen Don dafür töten musste. Das alles war unbedeutend. Für ihn zählte nur sein Versprechen.

Seine Lebensaufgabe.

Er war es seinem Don, dem wahren Don, schuldig. Kostete es, was es wollte.

51

Rebecca lenkte den Wagen über den Highway und warf immer wieder einen Blick in den Rückspiegel. Doch sie sah niemanden, der ihr folgte. Keine auffälligen Scheinwerfer. Kein Wagen, der praktisch an ihrer Stoßstange klebte. Nicht mal ein Wagen, der ihr ganz behutsam und unauffällig folgte, während sie das Gaspedal bis zum Bodenblech durchtrat.

Ihre Brust hob und senkte sich, während sie so schnell wie möglich zurück nach New York City raste.

In Sicherheit.

Ihr war klar, dass sie in ernsthaften Schwierigkeiten steckte. Sie hatte ihre einzige Chance, Lissiana und John zu fangen, verspielt und sich damit auf die Abschussliste der Cohens gebracht. Von nun an würde sie nie wieder sicher sein.

Mit zittrigen Fingern wählte sie Vitos Nummer und hielt sich das Handy ans Ohr. Doch sie wartete vergeblich darauf, dass er abhob. Seit einer Weile bekam sie nur das Freizeichen, das mit seinem hohen Klang an ihren Nerven zerrten.

Frustriert warf sie das Handy auf den Beifahrersitz und schlug mit der flachen Hand auf das Lenkrad. Wieso zum Geier konnte sie Vito nicht erreichen? Dabei brauchte sie ihn jetzt gerade mehr als jemals zuvor. Das war noch nie vorgekommen. Sie war daran gewöhnt, dass er immer auf ihre Anrufe reagierte. Dass er ihr immer sofort auf ihre Nachrichten antwortete. Dass er für sie da war, wenn es sonst niemand war.

Aber jetzt war auch er für sie unerreichbar. Genau wie John und Lissiana. Oder die Position als Bezirksstaatsanwältin.

Dabei müsste Vito längst zu Hause sein. Er hatte die Feier mit seinen Leuten verlassen, sobald der Kampf ausgebrochen war. So hatten sie es von Anfang an abgesprochen, damit niemand ihn verdächtigen würde, er würde mit ihr zusammenarbeiten. Für die Gäste sollte Rebecca als seine Begleitung gelten. Aber da seine Männer sich nicht eingemischt hatten, sollte niemand irgendeine tiefere Beziehung zwischen ihnen vermuten.

Während des Kampfes hatte Rebecca sich mit angehaltenem Atem in einem engen Säulengang im Hotel versteckt. Insgeheim hatte sie gehofft, dass Lissiana und John doch noch auftauchen würden. Ihr war schlecht gewesen vor Angst, dass jemand von den Cohens sie verfolgen könnte.

Rebecca schluckte den Kloß in ihrem Hals herunter und kämpfte gegen die Enge in ihrer Brust an. Wut und Enttäuschung machten sie beinahe benommen, während sie durch die Nacht raste. Sie war so nah dran gewesen, so verdammt nah dran. Beinahe hätte sie die beiden geschnappt. Und dann war alles, wofür sie so hart gearbeitet hatte, den Bach hinuntergegangen. Wieder direkt vor ihren Augen. Und sie hatte nichts dagegen tun können.

Mittlerweile waren John und Lissiana vermutlich schon auf halbem Weg aus den Staaten hinaus. Und sie waren bestimmt nicht so dumm, dass sie zu ihrem vorherigen Versteck zurückkehrten. Sie würden wieder vom Erdboden verschwinden und Rebeccas Chance auf Rache und Wiedergutmachung mit sich nehmen.

Sie war dazu verdammt, Preston James weiterhin seinen Kaffee zu bringen und die einfachen Arbeiten einer Rechtsanwaltsgehilfin zu erledigen. Sie musste weiterhin hinter ihrem wirklichen Potenzial zurückzubleiben. Für immer musste sie das hämische Flüstern auf den Fluren hören. Verhöhnt als eine Enttäuschung, als eine Schande für ihren Beruf.

Ihre Hände krampften sich so fest um das Lenkrad, dass ihre Arme bebten. Ihr Leben würde ein Albtraum bleiben.

Rebecca sah in der Ferne die Lichter von New York City aufflackern. Wollte sie wirklich dahin zurück? Dort wartete nichts auf sie. Kein Job. Keine Liebe. Gar nichts.

Von New York City hatte sie nur tägliche Demütigung zu erwarten und die Angst, dass die Cohens kommen würden, um sie für ihren Angriff zur Rechenschaft zu ziehen. Denn von Vito konnte sie sich keine Hilfe erhoffen. Er hatte ihr lediglich Zugang zu der Hochzeit verschafft. Aber sobald sie die Cohens angriff, war sie auf sich allein gestellt. Das war ihre Vereinbarung gewesen.

Und sie hatte es akzeptiert, geblendet von ihrer Aussicht auf Erfolg. Wie hatte sie nur glauben können, dass es leicht werden würde, die beiden zu überwältigen?

Aber das Schicksal hatte ihr in die Karten gespielt.

Der Schrei des Mädchens hatte ein perfektes Chaos ausgelöst. Es war ihre Chance gewesen, um die Cohens genau dann zu erwischen, wenn sie am verletzlichsten waren. Butch Cohen war direkt mit dem Kind verschwunden und hatte Victoria Stafford mit sich genommen.

Diese Chance hatte sie sich nicht entgehen lassen können. Unter gar keinen Umständen. Nicht, nachdem sie gesehen hatte, wie glücklich John und Lissiana aussahen, während ihr eigenes Leben in Trümmern lag.

Rebecca hatte alles verloren, was ihr lieb und teuer war. Und daran waren Lissiana und John schuld. Alles was sie gewollt hatte, war ein kleines bisschen Gerechtigkeit. Aber auch das war ihr verwehrt worden.

Immerhin hatten die Cohens an diesem Abend einen Verlust erlitten. Das war ihr einziger Trost. Denn während sie sich im Halbschatten der hohen Säulen versteckt hatte, unfähig, sich auch nur einen Zentimeter zu rühren aus Angst, man könnte sie entdecken, hatte sie genau gehört, was geschehen war.

Das Mädchen, Hailey, wenn sie sich recht erinnerte, war entführt worden. Offensichtlich von jemandem, der den Cohens sehr nahegestanden hatte.

Rebecca hatte zugesehen, wie sie alle überstürzt das Gelände verlassen hatten. Victoria Stafford hatte schrecklich geweint und ihr Gesicht in einem lächerlichen Plüschtier vergraben. Der Ausdruck auf Butchs Gesicht hatte jedem eindeutig klargemacht, dass für diese Tat Blut fließen würde. Vielleicht hatte sie doch genug Zeit, unbemerkt New York zu verlassen. Die Cohens würden erst einmal alles daransetzen, das Mädchen zurückzubekommen. Vielleicht könnte sie …

Rebecca sog scharf die Luft ein und riss das Steuer nach rechts auf den Standstreifen. Dabei trat sie so stark auf die Bremsen, dass sie laut aufheulten. Der Wagen schlingerte leicht und kam schließlich abrupt zum Stehen.

Rebecca atmete tief ein und aus. Die Straße vor ihr war so gut wie verlassen. Nur hin und wieder sah sie Scheinwerfer in der Dunkelheit. In der Ferne ragten die Wolkenkratzer von New York City dunkel in den Nachthimmel. Hailey war das namenlose Mädchen aus dem Krankenhaus. Das Mädchen, dessen Fall definitiv die Aufmerksamkeit der Öffentlichkeit erregen würde. Die Presse liebte solche Horrorgeschichten, wenn es um Kinder ging. In solchen Fällen wollten die Menschen, dass alles gut ausging, wie im Märchen. Obwohl sie sonst nach den blutigsten und schaurigsten Schlagzeilen gierten.

Das war der Fall, den sie hatte verfolgen wollen, um ihr Bild in der Öffentlichkeit reinzuwaschen. Bis sie gesehen hatte, das Lissianas Schwester das Mädchen betreute. Ab dem Zeitpunkt hatte sie sich so auf ihre Rache konzentriert, dass ihr die Alternative, den Fall des Mädchens anders zu ihrem Vorteil zu nutzen, vollkommen entgangen war.

Allerdings hatte sie den Fall als abgeschlossen gemeldet. Niemand bei der Staatsanwaltschaft würde ihr glauben, wenn sie plötzlich sagte, dass das Mädchen jetzt in ernsthafter Gefahr schwebte. Zumal die Mitarbeiterin des Jugendamtes das Kind als bei Verwandten untergekommen gemeldet hatte. Ihre Quellen würden angezweifelt werden. Ebenso wie ihre ursprüngliche Einschätzung des Falls. Sie würde keine polizeiliche Unterstützung erhalten. Preston James und seine Leute hassten sie.

Und auch Vito konnte ihr nicht länger helfen. Immerhin hatte der ältere Mann, der bei Hailey diesen markerschütternden Schrei ausgelöst hatte, das Wappen von Vitos Familie eingestickt auf der Brusttasche seines Jacketts getragen. Die überkreuzten Schwerter mit der Krone als Sockel und dem Lorbeerkranz darum herum. Rebecca hatte es sofort erkannt.

Die Einzigen, die ihr jetzt beistehen konnten, waren die Cohens. Und Rebecca wusste, dass die Cohens nicht zögerten, mit dem Teufel zu paktieren, um an ihr Ziel zu kommen. Koste es, was es wollte.

Sie lachte leise und nahm ihr Handy vom Beifahrersitz. Rasch wählte sie die Nummer ihres treusten Informanten. Er nahm nach wenigen Sekunden ab.

»Ich brauche die Nummer von Nathan Tucson. Sofort.«

52

»Okay, ich habe mal ein bisschen Druck auf meine Politikerfreunde ausgeübt. Ihre Leute fahnden jetzt mit Hochdruck nach Stephanie und Hailey. Außerdem habe ich ihr Bild an ein paar meiner Freunde beim Grenzschutz rausgegeben.« Dan drehte sein Handy in den Fingern und stieß sich von der Milchglaswand ab, an der er zuvor gelehnt hatte. »Tut mir leid, dass ich nicht mehr tun kann.«

»Ich habe Stephanie und Hailey auf sämtliche No-Fly-Listen gesetzt.« Savannah sah von dem Bildschirm ihres Laptops auf. »So schnell verlässt niemand mit den beiden das Land. Ryan hängt sich gerade an ihre Kreditkarte. Sollte irgendwer die benutzen, wissen wir es als Erste. Ihr Handy ist immer noch abgeschaltet. Ich habe also keine Chance, sie zu orten.« Savannah tippte auf ihrer Tastatur herum. »Aber ich habe mir Stephanie mal etwas näher angesehen und etwas tiefer gegraben als bei dem einfachen Background-Check, um den du mich damals gebeten hast.«

Vicky saß neben Butch auf der Couch, und er spürte, wie ihr Körper sich versteifte. Aber er konnte auf ihre Gefühle jetzt keine Rücksicht nehmen. Sie brauchten jede Information, die sie kriegen konnten. Und dafür musste er wissen, ob es für das ungute Gefühl, das er in Bezug auf Stephanie hatte, einen Grund gab. Ob sie eine Unbeteiligte war, die es zu retten galt, oder ob sie irgendwie bei dieser Entführung die Finger im Spiel hatte. Denn die Kampfspuren im Wohnzimmer der Suite hatten für die Gegenwehr einer erwachsenen Frau eigentlich nicht einmal annähernd ausgereicht.

»Ihre Kontoauszüge sind sehr interessant. Verdient 'n bisschen sehr viel für eine einfache Krankenschwester. Laut Rückverfolgung kommt das Geld vom Konto ihres Vaters. Also hab ich mir das mal näher angeguckt. Also, das ist ausgeschlossen. Der Mann ist so gut wie pleite. Das Einzige von Wert, das er noch besitzt, ist sein Haus in den Hamptons. Unmöglich kann er seiner Tochter regelmäßig diese Summen überweisen.« Savannah tippte erneut aus der Tastatur herum. Dann glitten ihre Finger über das Mauspad. »Viel Geld besitzt Stephanie allerdings auch nicht, da gibt es außer einer Lebensversicherung nichts, keine Anlagen, Aktienfonds oder sonst etwas. Das ist schon seltsam. Aber wenn sie in der ganzen Sache drinhängt, was ich nicht glaube, kann ich mir nicht vorstellen, dass sie den Mädchenhandel selbst durchführt. Wenn, dann ist sie wahrscheinlich eine Zwischenhändlerin oder Informantin. Perfekt, wenn man bedenkt, dass sie auf der Kinderstation arbeitet und genau weiß, welche Kinder sich eignen und welche nicht.«

Tyrann ballte die Hände zu Fäusten. »Dieses gottverdammte Miststück. Und wenn sie jemanden hat, der sie beschützt, kann sie sich eigentlich überall verstecken.«

»Noch wissen wir nichts, Tyrann. Das sind gerade alles nur Spekulationen. Es kann gut sein, dass sie nichts mit all dem zu tun hatte und ein Opfer ist, genauso wie Hailey. Wir müssen die beiden zuerst einmal finden. Danke, Red.« Butch nickte Savannah zu und versuchte, seine Wut wegzusperren. Er konnte sich jetzt nicht von dem Zorn beherrschen lassen, der in ihm hochkochte. Er musste rational vorgehen. Denn zu diesem Zeitpunkt wussten sie rein gar nichts. Jetzt musste er erst mal seinen bisherigen Plan ausweiten und weiter ausführen. Er wandte sich an Dragon. »Wie sieht es bei euch aus?«

»Alle großen Familien haben zugestimmt. Ihre Leute lassen überall in ihren Gebieten nach Stephanie und Hailey suchen.«

Er sah von seinen Nägeln auf und schnalzte mit der Zunge. »Dafür musste ich eine ganze Menge Gefallen einfordern, Butch. Mehr, als du jemals zurückzahlen könntest.«

Il-Sung fuhr mit einer Hand sanft über Dragons Schultern. »Darüber können wir uns Gedanken machen, wenn wir das Mädchen gefunden haben, okay?«

»Wir gelten alle seine Schulden ab.« John, der neben Lissiana auf dem Sofa saß und fest ihre Hand hielt, sah Dragon direkt an, der seine Lippen zu einem Grinsen verzog.

Butch stieß ein leises Knurren aus. »Ich gleiche meine Schulden selbst aus. Das hier ist nicht dein Problem, John.«

»Du hast es immer noch nicht begriffen, oder?« John schüttelte den Kopf. »Auch wenn du es nicht hören willst, du bist mein kleiner Bruder. Deine Probleme werden immer auch meine sein. Außerdem schulde ich dir etwas.« Er räusperte sich. »Ohne dich hätten wir zwei es dort nicht rausgeschafft.«

Butch blickte kurz zu John, dann sah er in die Runde. Seine Kehle schnürte sich zusammen. Alle waren hier: die zehn, Il-Sung, Dragon, sogar der Bulle, der gerade vor der Tür telefonierte. Sie alle suchten mit Hochdruck nach Hailey. Einem Mädchen, das den wenigsten von ihnen wirklich etwas bedeutete.

Aber er konnte jetzt nicht darüber nachdenken, was das alles zu bedeuten hatte. Jetzt in diesem Moment zählte nur Hailey.

Butch räusperte sich. »Tiny, wie sieht es mit den Familien in den Randgebieten aus?«

»Ich konnte bisher nur eine Handvoll erreichen. Aber die haben alle zugestimmt.« Tiny rieb sich mit einer Hand über das Gesicht, bevor er sich seine Kaffeetasse vom Küchentresen nahm und zu ihnen herüberkam. »Ich komme nicht zu Vito Terranova durch. Seine Familie kontrolliert größere Gebiete direkt an der Grenze vom Staat New York. Ihn auf unserer Seite zu haben wäre wirklich hilfreich.«

»Ich habe heute Abend noch mit Vito gesprochen.« Tyrann richtete den Verband an seiner Hand und bewegte prüfend die Finger. Seine Verletzung vom Kampf schien immer noch wehzutun, so wie er das Gesicht verzog. »Seltsam, dass er jetzt nicht erreichbar ist.«

Vicky, die bisher vollkommen still gewesen war, bewegte sich und fuhr mit den Fingern über die gelben Flügel des Plüschdrachens. Aus einem Impuls heraus legte Butch ihr einen Arm um die Taille und zog sie dicht an seine Seite.

Vicky lehnte ihren Kopf an seine Schulter und presste den Drachen fest an ihre Brust. »Es muss doch irgendjemanden geben, den wir an Vitos Stelle fragen können. So etwas wie einen Stellvertreter?«

John richtete sich etwas auf. Wahrscheinlich merkte er es selbst nicht, aber für Butch war es eine vertraute Bewegung. »So etwas gibt es. Das wäre dann der Nächste in der Blutlinie der Terranovas.«

Dragon stieß ein leises Lachen aus. »Oh …«

Butch lehnte sich vor. »Vito hat keine Kinder, oder? Dann ist sein Consigliere der Stellvertreter.«

»Er hat keine Kinder«, sagte Tiny. »Aber er hat eine Schwester. Angelina Terranova. Wenn Vito nicht zu sprechen ist, leitet sie die Familie.«

Vicky richtete sich sofort auf. »Hat schon jemand versucht, sie zu erreichen?«

Tiny schüttelte den Kopf. »Bisher nicht. Es ist unüblich, dass ein Stellvertreter solche Entscheidungen trifft. Weiß jemand, wie wir Angelina erreichen können?« Er suchte bereits in seinem Handy nach einer Nummer, die er anrufen konnte.

»Ja. Ihr müsst zum Anwesen der Terranovas rausfahren.« Dragon zuckte mit den Schultern, als ihn alle ungläubig anstarrten. »Angelina Terranova ist der gut gehütete Schatz der Familie. Niemand kommt an sie heran.«

Butch fluchte leise. Die Staatsgrenze war wichtig. Da weder Stephanie noch Hailey das Land verlassen konnten, würde man vielleicht versuchen, sie über die Staatsgrenze zu bringen. In ein Gebiet, in dem Butch keinerlei Einfluss hatte. Aber wenn die Terranovas Butchs Leuten unbegrenzten Zugang zu ihrem Gebiet gaben, dann konnten sie diese Suche viel großflächiger anlegen, und er konnte die Jagd auf Stephanie noch weiter ausdehnen. Außerdem waren die Randgebiete von New York die einzigen Gebiete, in denen sie noch nicht nach dem Mädchenhändlerring gesucht hatten.

Aber ihnen lief die Zeit davon. Je länger Hailey und Stephanie verschwunden waren, desto geringer waren ihre Chancen, sie jemals wiederzufinden. »Gibt es keinen anderen Weg, um Angelina Terranova zu erreichen? Wir haben keine Zeit, um den Terranovas einen gottverdammten Höflichkeitsbesuch abzustatten.«

»Das wird nicht nötig sein.«

Butch sprang mit einem Ruck auf, als er die Stimme von Rebecca Lightwood hörte. Sie stand an der Wohnungstür, direkt neben Nathan. Sie trug noch immer das blaue Kleid, das sie auf der Hochzeit getragen hatte, die Arme hatte sie vor der Brust verschränkt. Auf ihren Lippen lag ein selbstzufriedenes Lächeln, bei dem Butch sofort rotsah.

Ohne nachzudenken, sprang er auf, stürzte über den Couchtisch hinweg und packte sich Rebecca Lightwood. Er legte die Hände fest um ihre Kehle und zerrte sie von der Wohnungstür weg. Mit Gewalt schlug er sie an die Wand, sodass ihr Kopf dagegenknallte.

Sofort hob sie die Hände in einem Versuch der Gegenwehr und zerrte an seinen Handgelenken. Ihre Nägel gruben sich verzweifelt in seine Haut. Sie versuchte, sich zu befreien, während sie mühsam ein- und ausatmete.

Butch drückte noch etwas fester zu.

»Das ist alles deine Schuld.« Die Kälte und der Hass in seiner Stimme erschreckten ihn selbst. Aber er konnte nicht aufhören. »Der Fall ist also nicht zu verfolgen, ja? Ja?!«

»Was?«, krächzte sie. Ihre Stimme war kaum zu hören, was vermutlich an der mangelnden Luftzufuhr lag.

»Butch! Bist du vollkommen irre?«

Nathan riss an seinem Arm, damit er Lightwood losließ. Aber Butch war noch nicht fertig mit Lightwood.

»Der Fall des namenlosen Mädchens. *Meines* Mädchens.« Butchs ganzer Körper bebte vor Zorn. »Sie ist entführt worden, als du dieses gottverdammte Chaos veranstaltet hast.« Er schob sein Gesicht dichter an ihres heran. Ihr Lidstrich war leicht verschmiert. Sie röchelte nur noch. »Das alles ist deine verdammte Schuld.«

Butch drückte noch fester zu, und Lightwood lief bereits rot an, während der Ausdruck in ihren Augen immer panischer wurde. Aber er hatte kein bisschen Mitleid mit ihr. An dieser Situation war allein sie schuld. Sie und ihre gottverdammte Rachsucht, die dazu geführt hatte, dass sie Haileys Situation einfach abgetan hatte. Nur weil sie Lissiana und John hatte festnehmen wollen, hatte er Hailey und Stephanie überhaupt erst allein gelassen.

Sie war der Anfang vom Ende gewesen. Also würde sie jetzt auch ihr gottverdammtes Ende finden.

»Butch, lass sie los!« Nathan klang jetzt panisch. »Du bringst sie noch um.«

»Genau das ist der Plan, Bulle.« Butch drückte seine Daumen noch fester in Lightwoods Hals. Sie schnappte nach Luft.

»Sie sagt, sie weiß, wo Stephanie und Hailey sind!«

Butch musste laut lachen. »Und das hast du ihr geglaubt?«

»Butch«, sagte da Vicky leise.

Vickys Stimme klang so verzweifelt. So voller Trauer.

»Lass sie los. Bitte. Sie weiß vielleicht wirklich, wo die beiden sind. Ich flehe dich an. Bitte …«

Butch fluchte und ließ Lightwood mit einem Ruck los. Sie sank keuchend zu Boden. Mit beiden Händen stemmte sie sich hustend ab und ihre Arme zitterten so stark, dass es ein Wunder war, wie sie überhaupt ihr Gewicht trugen.

Butch ging neben Lightwood in die Hocke. Er legte den Kopf leicht schief und beobachtete mit einer eigenwilligen Befriedigung, wie sie um Atem rang.

»Sag, was du zu sagen hast.«

Lightwood hob den Blick. Tränen liefen über ihr gerötetes Gesicht.

»Fass dich kurz. Uns läuft die Zeit davon.« Lightwood rang noch immer nach Atem. Die Striemen an ihrem Hals waren tiefrot. »Und wenn ich herausfinde, dass du lügst, dann hält mich niemand mehr auf. Dann erwürge ich dich. Ist das klar?«

Lightwood hustete noch ein paar Mal, aber sie nickte. Nathan half ihr auf und führte sie ins Wohnzimmer. Butch ließ sich wieder neben Vicky aufs Sofa fallen. Sie ergriff sofort seine Hand. Ihre Finger waren eiskalt. Mit der anderen Hand presste sie noch immer Haileys geliebten Plüschdrachen an ihre Brust.

»Euer Mädchen …« Lightwoods Stimme war rau und sie hustete nach den ersten zwei Worten. »Hailey. Sie hat auf der Feier geschrien, richtig?«

Butch nickte knapp. »Weiter.«

»Ich weiß, wegen wem sie geschrien hat.« Lightwood hustete wieder, aber ihre Stimme wurde etwas besser verständlich. »Ich konnte es sehen, weil ich nur wenige Meter von ihm entfernt stand und ich eure Gruppe beobachtet habe.«

Vicky lehnte sich nach vorne. Ihre Hand zitterte in seiner. »Wer war es?«

Lightwood verzog leicht das Gesicht. »Das weiß ich nicht.«

Butch stieß ein warnendes Grollen aus, und Lightwood hob abwehrend die Hände. »Ich kenne den Mann nicht, habe ihn noch nie vorher gesehen. Aber er gehört zur Terranova-Familie. Er hatte das Wappen auf seinem Jackett aufgestickt.«

John runzelte die Stirn. »Wie sah er genau aus?«

Lightwood sah zu John, und für einen kurzen Moment flackerte Hass in ihrem Blick auf. Doch sie hatte sich sofort wieder unter Kontrolle. »Ich schätze, er war so Ende sechzig, Anfang siebzig. Schwarzes Haar, mit grauen Strähnen durchsetzt. Körperlich war er sehr fit. Er trug einen dunkelblauen Anzug. Die Stickerei war golden.«

Dragon lehnte sich ein wenig zurück. »Er muss einer der Höherrangigen der Familie sein. Nicht jeder darf das Wappen tragen. Das grenzt die möglichen Personen zumindest ein wenig ein.«

Lightwood hielt einen Moment inne und schloss kurz ihre Augen. Offenbar versuchte sie, sich so gut wie möglich an alles zu erinnern. Sie fuhr sich mit der Hand über die Stirn, und ihre Miene hellte sich auf. »Der Mann hatte eine eigenartige Fehlstellung der Hand. Sein Ringfinger und sein Zeigefinger waren gekrümmt. Es sah nicht so aus, als könnte er sie überhaupt noch bewegen.«

Dragon ließ den Kopf in die Hände sinken. »Ach du Scheiße.«

»Das ist Agon Kasa. Angelinas Ehemann.« John sah Butch direkt in die Augen. »Er ist der Consigliere der Familie.«

53

»Savannah, besorg uns irgendwie Aufnahmen und eine Blaupause vom Anwesen. Ich weiß gerne, was auf mich zukommt. Seth, Steven – seht zu, dass ihr unsere Leute verständigt, und gebt ihnen die Adresse des Anwesens durch.«

Butch beobachtete John einen Moment lang. Er stand am Küchentresen. Direkt neben Nathan. In der einen Hand hielt er sein Smartphone, in das er etwas eintippte. Mit der anderen schob er zwei Gläser aus dem Weg, um sich Platz zu schaffen. Es war erstaunlich, wie schnell sein Bruder wieder zu dem Anführer werden konnte, der er gewesen war, bevor alles den Bach hinuntergegangen war.

In seiner Wohnung herrschte geschäftiges Treiben. Niemand sprach. Lissiana saß auf dem Sofa und sprach leise mit ein paar von Tyranns Kontaktmännern, um die für diesen Einsatz notwenigen Wagen zu besorgen. Lightwood lehnte sich neben Savannah auf dem Sofa etwas nach vorne und deutete auf den Bildschirm. Sie beide versuchten die passenden Blaupausen zu finden. Vicky hockte neben Steven auf dem Boden und klammerte notdürftig die Wunde an seiner Augenbraue. Der Verbandskasten stand neben ihr auf dem Boden. Seth reichte ihr gerade das Desinfektionsmittel. Sie alle widmeten sich schweigend ihren Aufgaben, während sie sich auf das vorbereiteten, was unvermeidlich auf sie wartete. Ihre Bewegungen waren koordiniert. Niemand war hektisch. Niemand strahlte Panik aus.

»Agon Kasa.« John fluchte heftig und ging Tyrann und Tiny entgegen, die gerade mit einer großen silbernen Box durch die

Tür kamen. Yui und Dan folgten ihnen auf den Fersen. Sie hatten noch eine Box bei sich. Beide Boxen stellten sie mitten im Raum ab.

»Wieso bin ich nicht eher draufgekommen?« John ging zu einer der großen silbernen Kisten und öffnete sie. »Dieser gottverdammte Mistkerl.«

John legte sich eine der kugelsicheren Westen an, die mit einer Halterung an dem Deckel der Kiste befestigt waren, und suchte aus den unzähligen Waffen nach der passenden für sich. Seine Hand glitt über eines der Jagdmesser, bevor er bei einem der Maschinengewehre kurz innehielt. Das schwarze Metall einer Beretta glänzte auf, als John diese heraus nahm und die Munition prüfte.

Butch griff ebenso nach einer der kugelsicheren Westen, als Nathan neben ihnen auftauchte.

»Könnte mich mal jemand aufklären?« Er trat einen Schritt zurück, als er all die Waffen sah. »Bei Gott, was habt ihr denn vor?«

»Wonach sieht es denn für dich aus, Bulle?« Butch nahm sich eine Schrotflinte, überprüfte die Patronen und reichte sie an John weiter. Die beiden verfielen automatisch in ihre alte Routine. Ihre Hände bewegten sich wie aufeinander abgestimmt, als sie Holster umlegten, Waffen prüften, durchluden und die Holster damit bestückten. Egal wie die Situation zwischen ihnen auch sein mochte, die Jahre, die sie Seite an Seite verbracht hatten, ließen sich nicht auslöschen. Butch griff sich eine der Schrotflinten und einen Kasten mit der dazu passenden Munition.

»Für mich sieht es so aus, als wolltet ihr eine gottverdammte Bank stürmen. Oder jeden auf diesem Anwesen umbringen.«

John reichte Butch ein Messer, das er in das seitliche Fach seines Brustholsters steckte. Savannah hatte einen Lageplan und die Aufnahmen des Anwesens ausgeteilt, und John hielt die Fotografie hoch. »Siehst du da vielleicht irgendeine Bank?«

Nathan fluchte leise. »Das kann nicht euer gottverdammter Ernst sein!«

Butch hatte genug. Er wandte sich zu Nathan und packte ihn am Kragen. »Jetzt hör mir mal ganz genau zu, Bulle. Terranova hat Hailey entführen lassen. Er will sie an den Meistbietenden verkaufen. Wahrscheinlich hat er schon einen Käufer. Uns läuft die beschissene Zeit davon.« Mit einem Ruck stieß er Nathan von sich und wandte sich wieder den Waffen zu.

»Woher wollt ihr das wissen?« Nathan fing sich und schüttelte den Kopf. »Das sind doch alles nur Spekulationen …«

John lud seine letzte Pistole durch. »Was weißt du über die Familie Terranova?«

»Nicht viel. Auf der Straße heißt es, dass sie zur Cosa Nostra gehören.«

»Die Terranovas gehören zu einer der ältesten Familien der Cosa Nostra in den USA. Sie gehörten schon zum organisierten Verbrechen, als sie über den Teich aus Europa gekommen sind.« John schloss die kugelsichere Weste und rückte sie zurecht, ehe er näher auf Butch und Nathan zutrat. »Jacopo Terranova, der ehemalige Don, hat vor dreißig Jahren bei einem Coup einen schwerwiegenden Fehler gemacht. Er verlor die Hälfte seiner Männer und einen Großteil seines Vermögens. Sein Sohn, Vito Terranova, übernahm damals die Führung. Die Familie hat sich nie wieder wirklich von der Katastrophe erholen können, aber Vito ist ein einflussreicher Mann, dessen Name viel Gewicht in der Unterwelt hat. Aber …« John hob erneut die Fotografie hoch. Auf einem kleinen Hügel hinter hohen Mauern und mit einem schmiedeeisernen Tor geschützt stand ein großes Haus im klassischen italienischen Stil mit einem gelben Anstrich und hohen Säulen vor der großen Eingangstür. »Wir fragen uns seit ein paar Stunden, wie es kommt, dass die Terranovas sich noch immer so ein Anwesen leisten können.«

»Die Familie müsste mittellos sein«, erklärte Il-Sung. »Selbst wenn das Haus seit Generationen in Familienbesitz ist, wäre der Unterhalt für die Familie nicht finanzierbar. Staatsanwältin Lightwood sagte, dass Hailey in dem Moment losbrüllte, als sie Agon gesehen hat. Jetzt benutz mal dein brillantes Ermittlerhirn und sag mir, wonach das für dich klingt.«

Nathan sagte kein Wort.

John lachte auf. »Dachte ich es mir.«

Aber Nathan schüttelte den Kopf. »Was ihr vorhabt, ist Selbstmord. Wir sind nur zu zehnt. Solche großen Mafiafamilien haben nie nur ein oder zwei Leibwächter auf dem Anwesen. Eher so zwanzig. Und das wäre schon wenig. Lass mich die Polizei verständigen. Lass mich …«

»Bis die sich organisiert haben und dort sind, ist Agon mit Stephanie und Hailey wahrscheinlich schon längst über alle Berge.« John griff in eine der Boxen und hielt Nathan eine kugelsichere Weste hin. »Entweder du bist für uns oder du bist gegen uns, Nathan. Es wird Zeit, dass du endlich eine Seite wählst.«

Butch tastete unauffällig nach der Glock, die er hinten in seinen Hosenbund gesteckt hatte, für alle Fälle. Und falls Nathan versuchen würde, sie aufzuhalten, würde er ihn direkt hier erschießen. Hier ging es um Hailey. Und er würde nichts und niemanden dulden, der versuchte, ihn von ihr fernzuhalten.

Nathan stand einen Moment reglos da, nur sein linkes Augenlid zuckte. Dann griff er nach der Weste.

»Wusste doch, dass du einer von uns bist.« John schlug ihm auf die Schulter. »Lissiana hatte wohl doch recht mit dir.«

»Ich mache das nur für Hailey. Nicht für euch.« Nathan zog die Weste an und ging zu einer der Kisten, wo er begann, seine Waffen auszuwählen. »Und ich setze einen Notruf an die Polizeizentrale ab, bevor wir da reingehen.«

Butch zuckte mit den Achseln. »Es ist mir scheißegal, für wen oder was du das hier tust.« Er hielt Nathan die Hand hin. »Jetzt gerade bist du einer von uns, Bulle.«

Nathan zögerte einen Moment, dann schlug er ein. »Für Hailey. Nicht für dich«, sagte er noch einmal, aber es klang weniger harsch.

Butch wandte sich um. Vicky stand wenige Meter von ihm entfernt. Sie reinigte gerade ihre Hände mit einem Tuch von Stevens Blut. Sie reckte das Kinn vor und stellte sich aufrechter hin. Ein klares Zeichen dafür, dass sie vorhatte, ihren Dickschädel durchzusetzen. »Ich komme mit euch.«

»Auf gar keinen Fall.« Butch nahm ihr das blutige Tuch aus der Hand und warf es achtlos beiseite. »Es ist zu gefährlich, Vic.«

Vicky schluckte schwer. »Ich komme mit. Es geht hier um Hailey. Sie ist wie eine Tochter für mich.« Sie nahm sich den Drachen vom Couchtisch und drückte ihn wieder an sich. »Ich werde nicht einfach hier sitzen und warten.«

Tochter. Butchs Herz setzte für einen Moment lang aus.

Ihre Tochter. Sein Mädchen. Seine Tochter.

John trat neben Butch. »Wir können dich nicht dort mit reinnehmen.«

Vicky öffnete den Mund, um zu protestieren, doch John schnitt ihr mit einer Handbewegung das Wort ab. »Du weißt nicht, wie man mit einer Waffe umgeht, richtig?«

»Tiny hat mir gezeigt, wie man schießt.« Vicky sah hilfesuchend zu Tiny, der wie die anderen gerade seine Ausrüstung zusammenstellte. »Er hat gesagt, ich bin nicht schlecht.« Tiny hob den Blick und sah John an. Das Kopfschütteln war kaum zu sehen.

John legte die Hand auf Vickys Schulter. »Hat er dir gezeigt, wie man auf ein bewegliches Ziel schießt? Mit einer großkalibrigen Waffe? Während um dich herum überall Kugeln fliegen?«

»Nein, aber …«

»Dann ist diese Diskussion beendet.« John schüttelte den Kopf. »Wir wissen überhaupt nicht, was auf uns zukommt. Höchstwahrscheinlich sind wir zehn hoffnungslos in der Unterzahl, und wir wissen auch nicht, wann unsere Leute kommen. Einige sind durch die Schlägerei verletzt oder aufgehalten worden. Seth und Steven haben sie zwar benachrichtigt, aber das Mobilisieren braucht Zeit.« Er machte eine Handbewegung, die den ganzen Raum einschloss. »Wir brauchen alle unsere Ressourcen, um Hailey da rauszubekommen. Da können wir uns nicht auch noch um dich Gedanken machen.«

Vicky stiegen die Tränen in die Augen. »Aber ich kann doch nicht einfach hier warten. Ich muss doch irgendetwas tun können!«

»Du kannst nicht mit uns das Anwesen stürmen. Aber ich habe nie gesagt, dass du nicht mit uns kommen kannst.« John drückte sanft Vickys Schulter, bevor er sie losließ. Wie immer las er die Situation. Besser als Butch es selbst gekonnt hätte. »Hailey wird dich brauchen, sobald wir sie rausgebracht haben.«

Vicky wollte etwas sagen, doch dann blickte sie auf den Plüschdrachen. Mit den Fingern fuhr sie wieder über die Flügel. »Okay.«

Lissiana legte ihr einen Arm um die Schulter. »Ich bin direkt bei dir.«

»Sind alle so weit?« John sah einmal in die Runde und bekam ein grimmiges Murren als Bestätigung. »Dann los.«

»Das ist unser Stichwort.« Dragon stand rasch vom Sofa auf und zog Il-Sung sanft, aber bestimmt mit sich. »Tut mir leid, aber das ist nicht unser Kampf. Dafür werde ich nicht mein Leben riskieren.«

Butch hatte mit nichts anderem gerechnet. An vorderster Front hatte Dragon noch nie gekämpft. Er war eher der Typ, der die Dinge hinter den Kulissen lenkte. Oder aber er faselte irgendetwas von bedingungsloser Neutralität nach dem Vorbild der Schweiz und hielt sich komplett raus. Butch streckte ihm die Hand entgegen. »Danke. Für alles, was du bisher für uns getan hast.«

Dragon sah einen Moment zweifelnd auf seine Hand, ehe er sie ergriff. »Gern. Aber das wird nicht ohne Konsequenzen bleiben.«

»Das bleibt es bei dir doch nie, Dragon.«

Dragon grinste und hob die Hand zum Gruß. Zusammen mit Il-Sung verließ er die Wohnung.

»Gut, da das geklärt wäre, kann ich mich ja darum kümmern, dass das Verfahren gegen Agon Kasa eingeleitet wird.« Rebecca Lightwood stand von ihrem Platz auf dem Sofa auf und strich den langen Rock ihres Kleides glatt. »Vergesst nicht unser Abmachung: ohne Zeugen kein erfolgreiches Verfahren. Bringt nicht alle Leute dort um.« Sie packte ihre Handtasche und wollte Dragon und Il-Sung folgen.

Doch bevor Lightwood auch nur in die Nähe der Tür kam, packte Butch sie sich am Oberarm und zog sie mit einem Ruck zu sich.

»Glaubst du, mir ist nicht längst klar, was du da getan hast? Das Leben eines Kindes aufs Spiel zu setzen, nur um an meinen Bruder ranzukommen. Und uns nennt die Öffentlichkeit Monster.« Butch drückte noch etwas fester zu. »Was sie wohl sagen würden, wenn sie wüssten, was du getan hast?«

Lightwood zischte vor Schmerz und versuchte ihm ihren Arm zu entziehen. »Wir hatten eine Abmachung.«

»Du hast eine Abmachung mit meinem Bruder. Aber nicht mit mir.« Butch drückte fester zu, und Lightwood stieß ein schmerzerfülltes Keuchen aus. »Wenn Hailey irgendetwas zustößt, mache ich dich persönlich dafür verantwortlich. Und glaub mir, das willst du auf keinen Fall riskieren.«

Lightwood schluckte schwer.

»Ich hoffe, du hast heute Nacht nichts mehr vor.« Er führte sie durch die Tür auf den langen Flur, während die anderen ihm mit schweren Schritten folgten. Rebecca begann sich zu wehren, aber sein Griff um ihren Oberarm war fest wie eine Stahlklammer. John lief direkt neben ihm. Er betrachtete Lightwood erst mit einem eisigen Lächeln und zwinkerte ihr dann tatsächlich zu. Fast hätte Butch gelacht. Stattdessen stieß er Lightwood, die sich noch immer befreien wollte, vorwärts.

»John, halt im Wagen einen Platz frei«, brummte er. »Die Frau Staatsanwältin kommt mit uns.«

54

Während der Fahrt war es im Wagen vollkommen still. Lissiana steuerte mit einer Hand. Ihre andere umklammerte fest die von John, der auf dem Beifahrersitz saß. Aus dem Radio war leise Musik zu hören, doch Butch achtete nicht darauf. Alles, worauf er sich konzentrieren konnte, war Hailey zurückzuholen. Koste es, was es wollte.

»Noch fünfhundert Meter bis zum Ziel. Ihr Ziel befindet sich auf der rechten Seite.« Die Stimme des Navigationsgeräts war freundlich, aber sie zerrte unnötig an Butchs Nerven.

Er spürte, wie Vicky sich neben ihm versteifte, und auch die Staatsanwältin, die hinter Lissiana saß, wirkte deutlich weniger entspannt als noch vor wenigen Minuten.

»Bist du so weit, Bruder?« Johns Stimme klang ruhig, beinahe gelassen. Aber Butch wusste, dass das nur Fassade war. John hielt Lissianas Hand so fest, dass seine Knöchel weiß hervortraten.

»Ja.« Butch stieß ein leises Knurren aus. »Holen wir uns Hailey zurück.«

Vicky hatte auf der Fahrt bisher kein Wort gesagt. Ihr Kopf hatte die ganze Zeit an seiner Schulter geruht, und sie hatte einfach den Plüschdrachen angesehen, den sie mitgenommen hatte. Jetzt hob sie den Kopf und wandte sich ihm zu.

»Sei vorsichtig«, murmelte sie leise und legte ihre Stirn an seine. »Hol sie uns zurück.«

Butch atmete Vickys Duft nach Jasmin einen Moment lang tief ein und nickte knapp. Er wusste nicht, was er sagen sollte.

Wusste nicht, wie er sie beruhigen sollte. Er wusste nur, dass er Hailey auf jeden Fall zu Vicky zurückbringen musste. Und dass er es niemals zulassen würde, dass Hailey je wieder etwas geschehen konnte.

Der Wagen kam zum Stehen, und John stieß die Beifahrertür auf. Rasch beugte er sich zu Lissiana und küsste sie. Dann stieg er aus.

»Ich liebe dich.«

Vickys Worte hallten im Wagen nach, untermalt von der leisen Musik, die immer noch aus dem Radio dudelte. Kurz hatte Butch das Gefühl, nicht atmen zu können. Vicky legte ihre Hand an seine Wange und küsste ihn. Sanft. Vorsichtig. Und so zärtlich, dass es Butch die Kehle zuschnürte.

Er stieß die Tür auf und löste sich von Vicky. Im Rückspiegel suchte er Lissianas Blick. »Park den Wagen in der Seitenstraße.« Dann sah er zu Lightwood. »Ruf die Polizei, so wie wir besprochen haben.«

Lightwood nickte.

»Kommt dem Grundstück nicht näher als notwendig. Und verriegelt die Türen.« Butch stieg aus dem Wagen aus und trat auf den dunklen Gehweg. Bewusst hielt er sich von den wenigen Laternen fern, die mit einigen Metern Abstand am Straßenrand standen. Die Villa befand sich auf einem Hügel auf einer relativ freien Fläche. Nur hin und wieder wuchsen ein paar vereinzelte große Bäume auf dem Rasen. Neben dem großen Haupthaus gab es noch ein größeres Poolhaus auf dem Anwesen. Es war von hohen Mauern umgeben, und es führte nur ein einziger Weg hinein: durch das schmiedeeiserne Tor mit dem Familienwappen als Verzierung. Der Motor sprang wieder an und Lissiana bog langsam in die nächste Seitenstraße ein. Butch wandte sich zum Tor und lud seine Schrotflinte durch.

Er warf einen schnellen Blick auf seine Uhr. Es war kurz nach ein Uhr nachts. Es wurde Zeit.

In diesem Moment hörte er das Quietschen von Reifen, noch bevor zwei Scheinwerfer am Ende der Straße aufleuchteten. Seth, Steven, Savannah und der Bulle waren da. Der Geländewagen kam rasend schnell näher. Butch lockerte seine Schultern und seinen Nacken. Jetzt wurde es ernst.

Hinter dem ersten Scheinwerferpaar leuchtete ein zweites auf. Das mussten dann Tiny, Yui, Dan und Tyrann sein. Der vordere Wagen hielt auf das schmiedeeiserne Tor zu, ohne die Geschwindigkeit zu drosseln.

»Los geht's.« John trat einen Schritt vom Tor zurück. Ein metallisches Geräusch war zu hören, als der Wagen mit Seth am Steuer auf der Einfahrt aufsetzte. Der Motor heulte auf, als Seth das Gas noch weiter durchtrat, bevor der Geländewagen das Tor mit einem lauten Krachen aus den Angeln riss. Der Geländewagen schob es vor sich her, bis es schließlich von der Motorhaube fiel und der Wagen einfach darüberfuhr. Kies flog umher. Seth hielt weiter direkt auf das Haupthaus zu.

Eine Rasenfläche trennte das Haupthaus von den fein säuberlich geparkten Fahrzeugen am Ende der Kiesauffahrt. Es war dunkel. Die Scheinwerfer strahlten mehr dekorativ das Haus an, als wirklich Licht zu spenden. Was für sie ein echter Vorteil sein würde. Genauso wie die Tatsache, dass es ein wenig neblig war. Sie würden zwar nicht völlig unsichtbar sein, aber etwas schwieriger zu treffende Ziele abgeben. Seth lenkte den Wagen zum Ende der Kiesauffahrt. Der zweite Wagen mit Tiny, Yui, Dan und Tyrann folgte ihm, und kurz darauf waren schon die ersten panischen Rufe und Schüsse zu hören.

John nickte Butch kurz zu. Mit dem Gewehr im Anschlag lief er die lange Auffahrt hinauf. Butch war direkt hinter ihm. In wenigen Sekunden hatten sie zu den beiden Wagen aufgeschlossen.

Eine Kugel zischte extrem nah an Butchs Kopf vorbei und schlug in das Panzerglas des zweiten Geländewagens ein.

Butch fluchte und sah sich nach dem Schützen um. Er lag oben auf dem Balkon des Haupthauses. Lässig kaute er Kaugummi. So als wäre er dort oben unantastbar. Der Lauf seines Präzisionsgewehrs war direkt auf Butch gerichtet. Eine Kugel aus diesem Schätzchen, und Butch würde sich die Radieschen von unten ansehen. Jetzt kam es darauf an, wer schneller war. Butch hob sein Gewehr und schoss dem Schützen direkt in den Kopf. In den letzten beiden Jahren hatte er sich daran gewöhnt, dass er auf einem Auge blind war, sodass es ihn beim Zielen nicht mehr einschränkte. Denn jetzt gerade war jegliches Handicap ein Todesurteil.

Die Türen des Wagens wurden aufgestoßen und im nächsten Moment standen Tyrann und Tiny neben ihm.

Immer mehr Männer der Terranova-Familie strömten aus dem Haupthaus und kamen direkt auf sie zu. Dan stieg hinten aus dem Geländewagen und ließ ein breites Grinsen sehen. Er hob seine Waffe und schoss einem Angreifer direkt in die Kehle. Der Mann ging gurgelnd und zuckend zu Boden. Blut tränkte den Rasen.

Immer mehr Schüsse erklangen. Immer mehr Angreifer gingen zu Boden. Aber sie waren zu wenige. Aus dem Haus kamen immer noch mehr Leute.

Wenn sie nicht bald die Eingangstür erreichten, würden sie abgeknallt wie Hühner auf der Stange, bevor sie auch nur einen Fuß in das Haus setzen konnten.

Butch erschoss den Nächsten, der auf ihn zielte. Eine Lücke tat sich auf, der Weg zum Haus war frei. In gebückter Haltung rannte er quer über den Rasen auf den Eingang des Haupthauses zu. Er hörte schwere Schritte hinter sich, wollte sich schon umdrehen, doch da schlossen Nathan und John zu ihm auf. Die anderen gaben ihnen Feuerschutz und sorgten dafür, dass ihnen niemand folgen konnte.

Alles um ihn herum war ein wildes Chaos aus Schreien und Schüssen. Wagentüren wurden aufgestoßen, als auch der letzte Rest seiner Leute es schaffte, zu ihnen zu stoßen. Die Männer der Terranovas versuchten sich mit Zurufen verzweifelt zu organisieren. Laut brüllend verrieten sie ihre Positionen. Eine Gruppe aus Angreifern kam direkt auf sie zugerannt, während Yui und Savannah hinter den beiden Geländewagen Stellung bezogen. Yui legte ihr Präzisionsgewehr auf der Motorhaube ab, während Savannah ihr den Rücken freihielt, bevor sie schon den ersten Schuss abgab, der einen korpulenten Angreifer zu Butchs rechter Seite direkt zu Boden schickte. Butch ließ sich davon nicht beirren. Er hatte nur ein Ziel: Hailey aus diesem Haus zu holen. Es war ihm vollkommen egal, wie viel Blut er dafür vergießen musste.

Als sie die Eingangstür erreichten, stellte sich Butch mit dem Rücken gegen die Hauswand und zielte auf jeden, der versuchte, sich ihnen zu nähern. John trat mit voller Wucht gegen die schwere Tür. Einmal, zweimal. John brüllte, als er die Schulter mit aller Kraft gegen die Tür rammte. Holz splitterte, und endlich sprang sie auf. Der Weg war frei.

Butch schob sich ins Innere. Er stand in einer großen, hell erleuchteten Eingangshalle mit hohen Marmorsäulen. Der Boden war ebenfalls aus weißem Marmor, darauf lag ein roter Teppich, der eine breite Freitreppe hinaufführte. An den Wänden hingen alte Gemälde, die vermutlich von unschätzbarem Wert waren. Rechts und links gingen jeweils zwei große Flügeltüren von der Eingangshalle ab.

Das hatte ihnen gerade noch gefehlt. Die Halle war zu offen. Zu ungeschützt. Wenn sie sie durchquerten, waren sie leichte Beute.

Aber sie hatten keine Wahl. Agon hatte den Angriff auf das Haus sicher mitbekommen, und wer wusste, was er Hailey antun würde, wenn er sich in die Ecke gedrängt fühlte.

Butch trat einen Schritt vor und nahm seine Waffe hoch. Ein erster Schütze erwartete sie oben an der großen Freitreppe, und Butch erledigte ihn sofort. Nathan stand direkt an seiner Seite und schaltete den nächsten Schützen aus. John folgte ihnen. Er hatte seine Waffe im Anschlag und wandte sich nach rechts, um den angrenzenden Raum zu sichern. Er zog die Tür mit einem Ruck auf und zielte mit dem Lauf seines Gewehrs in die Dunkelheit.

»Pass auf!« Nathans Worte verklangen in der großen Eingangshalle. Ein Schuss knallte. Butch hatte das Gefühl, die nächsten Sekunden zögen sich wie Minuten hin. Johns Körper wurde nach hinten gerissen. Die Schrotflinte fiel ihm aus der Hand und rutschte quer über den Marmorboden der Eingangshalle. Der Schuss hatte ihn direkt in die Brust getroffen. Ungebremst schlug er auf dem Boden auf.

Sofort rannte Butch los. Er packte John am Arm und zog ihn hinter eine der großen Säulen und aus der Schusslinie. Mit fahrigen Händen riss er Johns Lederjacke auf. Seine Augen suchten sofort nach dem Blut aus der Einschusswunde.

»Du gottverdammter Vollidiot.« Das Projektil der Patrone steckte in Johns kugelsicherer Weste. Aber es hatte ihn direkt auf den Brustkorb getroffen, weshalb ihm das Atmen durch den Rückschlag schwerfiel.

»Verdammt. Fuck.« John hustete. Er war blass und versuchte, Luft in seine Lungen zu pumpen. Es würde nur einige Sekunden dauern, dann war er wieder auf den Beinen. Aber so viel Zeit blieb Butch nicht.

Zwei Männer kamen mit den Waffen im Anschlag die Treppe herunter. Und von rechts hörte er schwere Schritte, die sicher nicht nur von einer Person stammten.

Nathan brachte sich gerade noch hinter einer Säule in Sicherheit, als eine Kugel in den Marmor einschlug. Sie mussten hier weg. Und das schnell. Rückendeckung vom Rest konnten sie nicht erwarten. Die anderen hielten noch immer draußen die Stellung.

Irgendeinen Weg musste es doch geben. Irgendwie mussten sie tiefer ins Haus kommen, wo Hailey irgendwo versteckt war. Wenn er sich recht erinnerte, waren im ersten Stock die meisten Zimmer. Aber wie zum Teufel sollten sie …

»Feuer einstellen! Sofort!«

Butch spähte an der Säule vorbei. Eine Frau in einem langen silbernen Kleid eilte durch die große Doppeltür von der linken Seite in die Eingangshalle. Sie hatte die Hände erhoben, ein Zeichen, dass sie aufgeben wollte. Doch Butch würde einen Teufel tun und seine Deckung aufgeben oder die Waffe herunternehmen.

Nach einem kurzen Zögern verklangen die Schüsse draußen.

John richtete sich auf und sah an der Säule vorbei. »Das ist Angelina Terranova«, flüsterte er so leise, dass nur Butch ihn hören konnte. Er stand langsam auf und trat aus der Deckung hervor. Seine Waffe senkte er jedoch nicht.

Die Frau richtete ihren wütenden Blick direkt auf John. Sie hatte feine, aristokratische Gesichtszüge mit einer geraden, schmalen Nase, hohen Wangenknochen und vollen Lippen. Sie war hochgewachsen und sehr schlank. Ihr Haar war lang und braun. Als sie John erblickte, zog sie die Stirn in Falten. Dann trat ein wütendes Funkeln in ihre braunen Augen.

John senkte seine Waffe ein wenig. »Sie sind Angelina Terranova, richtig?«

Die Frau nickte knapp und wortlos.

»Mein Name ist John Cohen. Ich bin nicht hier, um einen Krieg anzuzetteln.«

Angelina verschränkte die Arme vor der Brust. »Ich weiß genau, wer Sie sind, Mr Cohen. Und ich würde Ihnen vielleicht sogar glauben, wenn Sie nicht mit Waffen mein Haus gestürmt hätten.«

»Ehrlich, ich hatte mir unser erstes Treffen auch anders vorgestellt.« John trat noch einen Schritt vor. »Aber die Taten Ihres Mannes haben mir keine Wahl gelassen.« Seine Stimme klang kalt. »Ich bin hier, um das Mädchen meines Bruders zurückzuholen. Wenn Sie mich nicht passieren lassen, werde ich vor einem Krieg allerdings keinen Halt machen. Ihre Wahl, Angelina.«

Angelina musterte John genau, und Butch spannte seine Muskeln an. Sie verloren hier gerade wertvolle Sekunden. Er trat ebenfalls hinter der Säule hervor. Wenn diese Frau absichtlich ihre Zeit verschwendete, würde er sie verdammt nochmal selbst erschießen.

»Ich fürchte, das müssen Sie mir genauer erklären.« Angelina sah an John vorbei und musterte Butch eingehend.

»Für so eine Scheiße habe ich keine Zeit.« Butch schüttelte den Kopf. »Dein Mann hat gegen den Kodex verstoßen, als er beschlossen hat, Kinder zu verkaufen. Er hat sich dafür mein Mädchen gekrallt. Das war sein Fehler. Also entweder lässt du mich passieren, oder du wirst mit deinem Ehemann dran glauben müssen.«

Angelina zögerte einen Moment. Dann hob sie die Hand und sah zu den Männern auf der Treppe, die die Waffen noch immer im Anschlag hatten. »Nehmt die Waffen runter, verdammt nochmal!«

»Aber …« Einer der Männer richtete sich auf. Seine Waffe zielte direkt auf Johns Kopf.

»Ich bin zurzeit der Don dieser Familie! Und ich werde nicht zulassen, dass meine Leute für einen Mann sterben, der unseren Namen beschmutzt! Mein Bruder mag solche Dinge dulden, aber er ist nicht hier.« Angelina trat einen Schritt nach vorn. Sie blickte auf die Waffe, die Butch noch immer auf sie gerichtet hatte. »Ich verspreche euch, dass ihr euch frei in meinem Haus bewegen könnt. Ich habe nur eine Bedingung.«

Wäre die Lage nicht so verdammt ernst, hätte Butch wahrscheinlich laut gelacht. Der Leichtsinn schien dieser Frau im Blut zu liegen. Denn sie war nun wirklich nicht in der Position, um irgendwelche Forderungen zu stellen. Wieso sollte er ihr überhaupt vertrauen? Allerdings waren sie in der Unterzahl. Es war nicht gesagt, dass sie Hailey überhaupt erreichen würden, wenn sie nicht mit dieser Frau kooperierten.

John nickte. »Und die wäre?«

Angelina drückte die Schultern durch. »Ihr bekommt Agon. Ich hatte schon seit einer Weile die Befürchtung, dass er Dinge tut, die dieser Familie schaden. Wenn er getan hat, was ihr sagt, gehört er euch. Aber verschont den Rest meiner Leute.«

Der Ausdruck in ihren Augen wurde etwas weicher. Und er glaubte sogar so etwas wie ehrliche Sorge in ihrem Gesicht erkennen zu können, als sie zu den Männern auf der Treppe sah und ihnen noch einmal mit einer Geste zu verstehen gab, die Waffen nicht zu erheben. Sie schien sich ehrlich um das Wohl ihrer Leute zu sorgen und wollte sie beschützen. Selbst wenn das bedeutete, dass sie ihren eigenen Ehemann dafür opfern musste. Es war der Moment, in dem Butch entschied, ihr zu vertrauen. Zumindest für diesen Augenblick.

»Mir reicht es, wenn ich Hailey zurückbekomme. Alles andere ist für mich Nebensache.« Butch senkte seine Waffe. »Aber ich werde Agon töten. Das bin ich Hailey schuldig.«

Angelina nickte. »Dann haben wir einen Deal.«

Butch nickte. »Wo ist er?«

Sie verzog das Gesicht. »Ich weiß es nicht genau, aber ich nehme an, er ist in seinem Büro. Es ist der sicherste Raum im ganzen Gebäude. Es liegt im ersten Obergeschoss. Die letzte Tür auf der linken Seite.«

Butch nickte. Er streckte die Hand aus, um mit Angelina einzuschlagen. Da sah er aus dem Augenwinkel eine rasche Bewegung.

Oben, auf dem obersten Treppenabsatz, erschien Stephanie. Blindlings rannte sie an den Männern mit den Gewehren vorbei. Als sie Butch sah, stoppten ihre Schritte kurz. Dann raffte sie den Rock ihres goldenen Kleides und hastete weiter die Treppen herunter.

»Butch!« Laut schluchzte sie auf. Tränen rannen ihr über die Wangen. Ihr Make-up war vollkommen ruiniert. Außerdem war sie leichenblass. Sofort ging Butch auf sie zu und fing sie ab, als Stephanie die letzten Treppenstufen beinahe hinunterstolperte. »Gott sei Dank.« Sie klammerte sich an seinen Oberarmen fest. Hielt sich aufrecht. »Er hat Hailey! Sie ist dort oben mit diesem Monster.«

Butch sah die Stufen hinauf. »Wo genau?«

»Am Ende vom Flur. Ich konnte entkommen, als er nicht hingesehen hat. Ich wollte Hailey mitnehmen, aber ich konnte nicht.« Ihre Worte hallten in der großen Eingangshalle wider. »Ich habe wirklich versucht sie zu beschützen. Ich …« Sie ließ ihn los und wischte sich die Tränen von den Wangen. »Sie sind einfach durch die Tür gebrochen und haben uns mitgenommen. Es tut mir so leid, Butch.«

»Du kannst nichts dafür. Ich hätte euch nicht allein lassen dürfen.« Butch deutete in Richtung Eingang. »Geh jetzt. Draußen sind die anderen. Dir kann nichts passieren.«

»Danke.« Stephanie raffte wieder den Rock ihres Kleides. »Viel Glück da oben.« Sofort eilte sie auf die Haustür zu.

Doch bevor sie weit kommen konnte, knallte ein Schuss. Nathan war hinter der Säule hervorgetreten und zielte mit wütendem Blick auf eine Stelle unweit von Stephanie.

»Was glaubst du, wo du hingehst, hm?« Nathans Blick lag kühl auf ihr. »Butch, hast du nicht gesagt, die Tür vom Hotelzimmer war verschlossen?«

»Ja. Das war sie.« Er erinnerte sich nur zu gut daran, wie er die Tür mit der Schulter hatte aufbrechen müssen.

»Wie können sie dann durch die Tür gebrochen sein?« Nathan ging mit erhobener Waffe auf Stephanie zu, die mit geweiteten Augen auf den Lauf starrte. Dann huschte ihr Blick in Richtung des Hauseingangs.

Diesmal schoss Nathan direkt zwischen ihre Füße.

Stephanie schrie auf und kauerte sich auf den Boden. Sie hielt sich mit beiden Händen die Ohren zu, wobei sie unkontrolliert schluchzte. »Bitte tötet mich nicht.« Ihr Flehen war erbärmlich. »Ich habe es nur wegen des Geldes getan. Bitte! Ich habe euch doch sogar gesagt, wo er ist.«

Sie hatte sein Mädchen entführt. Sie hatte Hailey mitgenommen. Ein kleines Mädchen, das ihr bedingungslos vertraut hatte.

Butch hob die Waffe und richtete sie auf Stephanies Kopf. Er hatte mit seinem unguten Gefühl also doch recht gehabt.

John war sofort an seiner Seite und drückte seinen Arm nach unten. »Das ist sie nicht wert. Komm schon, wir müssen weiter.«

Butch knirschte mit den Zähnen. »Ich werde sie auf keinen Fall davonkommen lassen.«

Niemand sagte etwas, für einen Moment war es vollkommen still in der Halle. Da konnte Butch in der Ferne Sirenen hören. Die Bullen! Sie würden in wenigen Minuten das Anwesen erreichen. Die Zeit lief ihnen davon.

»Das muss du auch nicht. Überlass sie mir.« Nathan sah Butch einen Moment an. »Ich lasse sie nicht entkommen. Das verspreche ich dir.«

Butch nickte. Er hatte beschlossen, dem Bullen zu vertrauen, also musste er es jetzt auch tun. Angelina Terranova war zur Treppe getreten, John stand direkt neben ihm. »Dann mal los.«

John senkte seine Waffe und lief los. Butch hielt sich dicht hinter ihm. Sie nahmen die große Freitreppe, immer zwei Stufen auf einmal. Oben öffnete sich zu beiden Seiten ein Flur, der Butch endlos lang vorkam. Aber nichts und niemand konnte ihn von Hailey fernhalten. Er wandte sich nach links und ging mit schnellen Schritten, John immer direkt neben ihm. Die letzte Tür war breiter als die anderen und aus einem schweren, dunklen Holz.

Nur noch wenige Meter. Dann war er endlich bei Hailey. Nur noch ein paar Meter. Nur noch wenige …

Bang!

Verdammt! Butch sprintete los, rannte blindlings in die Richtung, aus der der Schuss gekommen war.

Nein. Nein. Nein! Das durfte nicht sein.

Doch der Schuss war definitiv aus Agon Kasas Arbeitszimmer gekommen.

55

Hailey wiegte sich vor und zurück. Sie starrte auf den Mann, der direkt vor ihr auf dem Boden lag.

Seine Haut war blass und seine Augen waren weit aufgerissen. Vertrocknetes Blut klebte unter seiner Nase, seine Zunge hing schlaff aus seinem Mund heraus. Seine Hände waren blutig und aufgeschürft.

Sie kannte ihn. Hatte ihn hin und wieder in der Wohnung zusammen mit dem Boss gesehen. Er war netter zu ihr gewesen als der Boss. Aber geholfen hatte er nie.

»Ihr neuer Pass und die Flugtickets sind dort drüben.«

Der Boss stand mit dem Rücken zu ihr am Fenster. Die Hände hatte er hinter dem Rücken verschränkt. Sie waren ganz verkratzt. Blut klebte daran. Er sah über die Schulter und deutete nachlässig auf die kleine Kiste, die auf dem Schreibtisch stand. Hailey kauerte sich noch enger an die eine Seite des riesigen Schreibtischs. »Das Geld ist auf ein Konto unter Ihrem Namen überwiesen worden.«

Stephanie kam näher und öffnete die kleine Kiste auf dem Schreibtisch. Hailey wimmerte leise. Stephanie nahm etwas heraus, das Hailey zuerst nicht sehen konnte. Dann blätterte sie darin herum. Es war ein kleines rotes Büchlein. Auf Stephanies Lippen lag ein Lächeln.

Aber kein freundliches Lächeln. Nicht das Lächeln, das sie kannte. Dabei hatte Hailey gedacht, sie wäre ihre Freundin. Sie hatte sie gemocht. Hatte gerne mit ihr gespielt, wenn Vicky einmal keine Zeit dafür gehabt hatte.

Aber Stephanie war keine nette Frau. Überhaupt nicht.

Sie hatte Hailey geweckt und sie im Schlafanzug am Arm aus dem Bett gezerrt. Sie hatte kein Wort mit ihr gesprochen, sondern hatte sie einfach aus dem Hotelzimmer geschleppt. Nicht einmal ihren Plüschdrachen hatte sie mitnehmen dürfen.

Hailey schluchzte leise und zog die Knie an ihre Brust. Wieder kniff sie sich in den Unterarm. Sie wollte aus diesem Albtraum aufwachen. Vicky hatte ihr das mit dem Kneifen gezeigt, als sie mal wieder wegen eines schlimmen Traums geweint hatte.

Aber das hier war kein Albtraum. Das Kneifen tat wirklich weh, bald hatte sie einen blauen Fleck. Sie war wirklich hier.

Weit weg von Butch und Vicky.

Sie vermisste Butch und Vicky. Sie hatte schreckliche Angst. Und sie wollte einfach nur noch nach Hause.

Zurück in Butchs Arme, wo es warm und sicher war.

Wo Vicky ihr Kakao machte und ihr leise etwas vorsummte. Sie wollte nach Hause. Zu Vicky und Butch.

Aber der Boss war hier. Und deshalb wusste Hailey, dass sie nie mehr zurückkonnte. Er würde ihr wieder wehtun. Und dann würde er sie verschwinden lassen, wie alle die anderen Mädchen zuvor auch.

»Ah, Nizza. Gute Wahl.«

Stephanies Stimme kam Hailey kalt und zu schrill vor. Ganz anders als die weiche und warme Stimme ihrer Mama. Als die Stimme von Vicky.

»Vielleicht ist es wirklich mal Zeit für einen Tapetenwechsel.«

»Sie sollten gehen.« Der Boss sprach leise. Das war nie ein gutes Zeichen. »Die Cohens suchen sicherlich schon nach Ihnen.«

Hailey sah vorsichtig auf. Cohen?

Den Namen hatte sie schon einmal gehört. So nannte Nathan Butch, wenn der es nicht mitbekam. *Gottverdammter Cohen.*

Hailey blinzelte. Vielleicht war Butch auf dem Weg hierher und würde sie abholen kommen. Vielleicht würde er sie retten. So wie in dieser Nacht, als sie aus dem Fenster gesprungen war.

Stephanie strich sich durch ihr langes blondes Haar. »Das alles wäre gar nicht nötig gewesen, wenn Owen das im Krankenhaus nicht verbockt hätte.« Sie schüttelte den Kopf. »Er schuldet mir deshalb noch was. Es war nicht einfach, die Pflegedienstleitung davon zu überzeugen, Vicky zu suspendieren.«

»Stellen Sie mir die Kosten für die Bestechung einfach in Rechnung. Ich sorge dafür, dass Sie Ihr Geld zurückbekommen.« Der Boss drehte sich zu Stephanie um. Er grinste. Und sah noch gruseliger aus als sonst. Hailey drückte sich wieder eng an den Schreibtisch. »Sie sind die Einzige, auf die ich wirklich zählen konnte bei diesem ganzen Chaos. Ich hoffe, das ändert sich in Europa nicht.«

Stephanie lachte leise. »Natürlich nicht. Wobei ich es bevorzugen würde, wenn ich nicht noch einmal meinen Kopf hinhalten muss.« Sie wandte sich um und blickte direkt zu Hailey.

Hailey zuckte zusammen. Musste sie mit Stephanie weggehen? Wenn doch nur Butch hier wäre.

Doch Stephanie rümpfte nur die Nase. »Und das alles nur wegen diesem kleinen Schreihals.«

Der Boss schüttelte den Kopf. »Das Mädchen ist essenziell wichtig. Wenn der Kunde zufrieden ist, wird sie uns einen neuen Markt erschließen.« Er verschränkte die Arme vor der Brust. »Sie sollten wirklich gehen. Es wäre eine echte Schande, wenn Butch Cohen Sie findet und tötet.«

»Das würde er nicht tun.« Stephanie klang unsicher. »Oder?«
Der Boss lächelte kühl. »Ich würde es an Ihrer Stelle nicht auf
einen Versuch ankommen lassen.«

Stephanie steckte das rote Büchlein in ihre goldene Handtasche und lehnte sich hinunter zu Hailey. »Tut mir leid, Kleines.
Das war nichts Persönliches.« Sie wollte ihr über die Haare streichen, Hailey zuckte zurück. »Ich mochte dich und Vicky wirklich.«

Der Boss trat zurück zum Fenster und blickte wieder hinaus in
die Nacht.

»Ich melde mich dann bei Ihnen, sobald ich gelandet bin.« Stephanie richtete sich auf und warf einen Blick auf den Mann am
Boden. »Und Sie sollten diese Leiche bald loswerden. Bevor sie
noch anfängt zu stinken.«

»Das lassen Sie ruhig meine Sorge sein.« Der Boss nahm ein
Glas aus einem Regal und goss etwas hinein. Das kannte sie.
Butch trank es oft. Er trank das Glas in einem Zug aus und stellte
die Flasche wieder ab. »Und jetzt verschwinden Sie. Ich will
nicht, dass meine Frau Sie hier sieht.«

»Als hätten wir nicht gerade ganz andere Sorgen als Ihre
Frau.« Sie lachte leise und stieß dabei den Mann vor Hailey mit
der Fußspitze an. »Bin gespannt, wie Ihre Frau reagieren wird,
wenn sie herausfindet, dass Sie ihren Bruder umgebracht haben.«

»Das wird sie nicht.« Die Stimme des Boss wurde tiefer. Stephanie sollte sich besser in Acht nehmen. »Gehen Sie jetzt. Sie
sollten meine Geduld heute wirklich nicht überstrapazieren.«

»Ich wollte nur …«

Draußen vor dem Fenster erklang ein ohrenbetäubender
Lärm, so als ob etwas sehr Schweres umgefallen wäre. Hailey
hielt sich mit beiden Händen die Ohren zu. Leute schrien und
Autos heulten auf. Und dann kam ein lauter Knall nach dem anderen.

Peng. Peng. Peng.

Durch ihre Hände klang es gedämpft, aber es machte ihr wahnsinnige Angst.

»Was zum Teufel …!« Stephanie war ganz blass geworden. Die Handtasche zitterte in ihrer Hand. »Was ist denn los?«

Der Boss verzog das Gesicht. »Das sind die Cohens. Ich habe Ihnen doch gesagt, Sie sollen gehen.«

»Was?« Stephanies Stimme war so schrill, dass Hailey trotz der Hände auf ihren Ohren zusammenzuckte. »Wie ist das möglich?«

»Woher soll ich das denn wissen?« Der Boss ging zu seinem Schreibtisch und riss die oberste Schublade auf. Er nahm etwas Schwarzes und Glänzendes heraus.

So ein Ding hatte sie schon mal gesehen. Bei Butch. Damit hatte er die beiden Männer in der Gasse in die Flucht geschlagen. Es machte einen furchtbaren Lärm, es knallte. So wie die Knallerei draußen.

Cohen.

Hailey nahm die Hände von ihren Ohren.

Cohen. Butch war auf dem Weg zu ihr. Er würde sie holen und sie mitnehmen. Er würde sie retten. Genauso wie damals in der Gasse.

»Oh mein Gott.« Stephanie presste sich die Hand auf den Magen. »Oh mein Gott.«

Der Boss kam mit dem Ding in der Hand um den Schreibtisch herum. Er stieß Stephanie wütend in Richtung Tür. »Raus mit Ihnen. Na los. Machen Sie schon.«

Stephanie machte die Tür auf und stolperte aus dem Raum. Unten im Haus knallte es auch. Bei offener Tür war es wahnsinnig laut. Hailey konnte Stimmen hören. War es Butch? Da zog der Boss die Tür mit einem Ruck zu, und die Knallerei wurde wieder leiser.

Er wirbelte zu ihr herum. »Du.« Seine Stimme war ganz tief, und er klang furchtbar wütend. Hailey begann zu zittern. Sie hatte doch nichts gemacht. »Das ist alles deine Schuld!«, brüllte der Boss sie an.

Er stürzte sich auf sie und Hailey schrie auf. Sie nahm die Hände hoch. Versuchte sich irgendwie gegen seine große Faust zu schützen. Doch er schlug sie nicht. Er packte sie am Oberarm und zerrte sie auf die Füße.

»Wir gehen. Los jetzt.« Er klang wütend. So schrecklich wütend.

Hailey schüttelte den Kopf. Nein. Sie konnte nicht gehen, sie wollte nicht gehen. Nicht, wenn Butch auf dem Weg zu ihr war. Vielleicht war er schon unten in der Halle. Wenn sie jetzt ging, dann würde er sie nie finden. Und wenn er sie nicht fand, dann würde sie ihn nie mehr wiedersehen. Sie würde Vicky nie mehr wiedersehen.

Hailey machte sich so schwer, wie sie nur konnte, und trat dem Boss auf den Fuß, während sie aus vollen Kräften schrie.

Wenn sie schrie, würde Butch sie finden. Das tat er immer. Er würde sie in den Arm nehmen und ihre Tränen trocknen. So wie immer.

»Verdammt nochmal.« Der Boss riss sie am Arm. Schleifte sie auf die Tür zu. Doch Hailey trat um sich, packte alles, was sie erreichen konnte, die Lampe, ein Kissen, sie krallte sich an dem Mann auf dem Boden fest. Sie versuchte, den Boss mit den Beinen zu treten, wo sie nur konnte.

»Jetzt reicht's!« Der Boss bückte sich zu ihr hinunter und wollte sie hochheben. Panisch machte Hailey einen Satz rückwärts, da spürte sie, wie etwas Kaltes und Hartes in ihre Hand stach.

Die Haarnadel.

Als Stephanie sie fortgebracht hatte, wollte sie nach dem Drachen greifen, aber sie hatte nur eine von Vickys Haarnadeln erwischt. Vicky hatte gesagt, dass sie nicht damit spielen durfte, weil man sich damit wirklich wehtun könnte. Aber sie hatte so eine Angst gehabt, dass sie die Nadel die ganze Zeit in der Hand behalten hatte.

Der Boss knurrte. »Komm gefälligst her.«

Wieder machte er einen Schritt auf sie zu und streckte die Arme nach ihr aus.

Wenn er sie erst einmal hatte, dann konnte sie sich nicht mehr wehren und er würde sie wegbringen. Dann hatte sie keine Chance mehr, dass Butch sie finden würde.

Keine Chance mehr, nach Hause zu kommen. Der Boss würde sie zurück in das dunkle Zimmer bringen. Zurück zu den Männern, die sie schlugen, und zu den Kindern, die die ganze Nacht weinten.

Allein bei dem Gedanken wurde ihr eiskalt und Tränen traten ihr in die Augen. Sie wollte auf jeden Fall nach Hause, zurück zu Butch und Vicky. Zurück zu Umarmungen und einem leise geflüsterten *Ich hab dich lieb*. Zurück zu der Wärme und Geborgenheit. Zurück in die Sicherheit.

Dafür musste sie nur bleiben, wo sie war. Butch würde sie finden. Sie musste nur noch einmal mutig sein.

Der Boss beugte sich zu ihr herunter und wollte sie packen. Und Hailey riss ihre Hand hoch und stach dem Boss die Haarnadel mitten ins Auge.

Er schrie laut auf und ließ das schwarze Ding fallen. Er hielt sich die Hände vor das Gesicht. Aber Hailey konnte trotzdem sehen, wie das Blut hervorquoll. Es floss durch seine Finger hindurch und tropfte auf die Füße des Mannes auf dem Boden. Der Boss atmete schwer. Sein Körper war vornüber gebeugt. Er schwankte leicht. Aber er ging nicht zu Boden.

»Du kleines Miststück.«

Er nahm die Hände vom Gesicht. Es war blutverschmiert. Blut quoll aus seinem Auge hervor, lief über seine Wange und tropfte an seinem Kinn herunter. Die schwarze Nadel ragte aus seinem rechten Auge. Das Auge zuckte unkontrolliert. Das Weiß war komplett rot eingefärbt.

Er sah aus wie ein Monster.

Hailey schrie laut auf. Sie hatte Angst. Wahnsinnige Angst. Das Herz hämmerte in ihrer Brust und sie konnte nichts hören, weil das Blut in ihren Ohren rauschte.

Sie kam auf die Füße. Sie wollte weg. Von dem Monster.

Doch der Boss packte sie am Knöchel und riss sie zu Boden. Hart schlug ihr Kopf auf, und sie schrie laut auf, als die leblosen Augen des Mannes auf dem Boden sie anstarrten.

»Hiergeblieben. Ich bin noch lange nicht fertig mit dir.« Der Boss grub seine Finger tief in ihre Haut und sie schrie. Es tat so schrecklich weh. Und sie hatte solche Angst. Mit einem Ruck zog der Boss sie näher zu sich. Blut tropfte auf sie herab. Auf den gelben Schlafanzug, den Vicky ihr gekauft hatte.

Hilfe. Hilfe, ich hab solche Angst.

Hailey presste die Augen fest zusammen. Sie wollte nicht in das Gesicht des Monsters sehen, das jetzt über ihr aufragte.

Papa, hilf mir! Hilf mir!

Der Boss packte ihren Arm, und sie riss die Augen wieder auf. Sie wollte nicht, dass das Monster sie anfasste. Wollte nicht, dass der Boss sie mitnahm. Sie musste ihn verscheuchen. Irgendwie.

Panisch suchte Hailey nach irgendetwas, das sie benutzen konnte, um das Monster zu vertreiben.

Und dann sah sie es.

Das glänzende schwarze Ding.

Sie streckte die Hände danach aus. Sie spürte es kalt an ihren Fingerspitzen, und als sie es hochhob, merkte sie, wie schwer es war.

»Gib das her.« Der Boss streckte die Hände danach aus, doch Hailey klammerte sich daran fest. »Gib das her, habe ich gesagt.«

Der Boss packte das schwarze kalte Ding, er riss daran her-um, doch Hailey ließ nicht los.

Bang.

Der Knall war so laut, dass Hailey nur noch ein fürchterli-ches Pfeifen in ihren Ohren hören konnte. Eine Sekunde lang starrte der Boss mit seinem blutenden Auge auf sie herab.

Dann brach er zusammen. Fiel direkt auf sie.

Und Hailey konnte nur noch schreien, als sich etwas Warmes und Klebriges überall auf ihr ausbreitete.

56

Butch stolperte auf die Tür zu. Er zog sie so heftig auf, dass er sie dabei beinahe aus den Angeln riss. Das Büro war groß und dunkel. Die wenigen Möbel darin edel und antik. Auf dem riesigen Schreibtisch stand eine offene Flasche Scotch. Daneben ein leeres Glas. Es war still. Außer dem Ticken der Wanduhr war nichts zu hören. Sofort suchte er in dem Büro nach Hailey.

Und dann sah er sie. Regungslos am Boden.

Begraben unter Agon Kasa.

Eine Blutlache breitete sich auf dem Boden aus. Saugte sich schneller und schneller in den teuren Perserteppich. Das Herz in seiner Brust hämmerte laut. Er brach in kalten Schweiß aus. Seine Hände zitterten.

Oh Gott! Nein. Bitte nicht. Bitte nicht. Bi...

Haileys lauter Schrei zerriss die gespenstische Stille und holte ihn aus seiner Bewegungslosigkeit.

Blindlings stürzte er nach vorne und riss Agon von Hailey herunter. In der Brust des Consigliere klaffte ein großes Loch. Ein Treffer direkt ins Herz. Er war sofort tot gewesen. Blut strömte unaufhörlich heraus und floss auf Hailey. Ihr gelber Schlafanzug war schon vollkommen rot. Sofort zog Butch das Stück Stoff hoch und untersuchte ihren Bauch und ihre Brust auf Verletzungen. Aber sie hatte nichts, nicht mal einen Kratzer. Ihre Hände umklammerten fest die schwarze Beretta, sie starrte an die Decke und schrie.

»Hailey.« Er konnte selbst hören, wie brüchig und wahnsinnig erleichtert seine Stimme klang. Er kniete sich neben sie und nahm sie in die Arme. Wiegte sie vor und zurück, während er eine Hand in ihrem Haar vergrub und sie an sich presste. Er drückte seine Lippen an ihre Stirn, während er Sätze murmelte, die er selbst nicht verstand. Er spürte ihre Wärme und wie lebendig sie war. Irgendwann hörte sie auf zu schreien, holte tief Atem und schluchzte leise.

»Butch.« Sie weinte wieder so stark, dass er seinen eigenen Namen kaum verstand.

»Ja. Ich bin hier. Ich bin ja jetzt hier.« Er küsste sie wieder auf die Stirn. Butch war kein besonders gläubiger Mensch, aber er dankte Gott dafür, dass sein Mädchen in Ordnung war. Sie war hier, in seinen Armen, am Leben.

Er war noch nie so dankbar für irgendetwas gewesen.

Hailey schluchzte weiter und ließ die Waffe los, die mit einem lauten Knall zu Boden fiel. Sie schlang ihre Arme um seine Schultern und verbarg ihr Gesicht an seinem Hals.

»Ich bin ja da.« Butch hielt sie ganz fest an sich gedrückt. »Jetzt wird alles wieder gut. Ich verspreche es dir.«

Ganz entfernt hörte er laute Schritte, die den Flur entlanggeilten. Dann stand John neben ihm und redete auf ihn ein, aber alles war wie gedämpft. Wirklich wahr nahm er nur Hailey, die an seiner Schulter weinte. Wie sie sich an ihn klammerte. Wie sie atmete.

»Butch! Verdammt, wir müssen verschwinden! Komm schon!«

Er blinzelte. Der Klang der Sirenen wurde deutlicher, die Streifenwagen standen vor dem Haus. Trampelnde Schritte und Stimmen waren zu hören. Die Polizei. Sie war auf dem Weg die Treppe hoch. Und hier im Büro lagen zwei Leichen.

Sie würden Hailey in ein Kinderheim stecken. Vicky und ihn würden sie nie wieder zu Hailey lassen. Nicht nach allem, was passiert war. Die Polizei durfte sie hier nicht finden. Die Bullen würden das ganze Gelände absuchen und die Gegend abriegeln, wenn sie niemanden hatten, den sie für die beiden Toten verantwortlich machen konnten. Sie würden Hailey finden, ihr stundenlang Fragen stellen und sie dazu zwingen, dieses Trauma wieder und wieder zu durchleben.

Doch das würde er zu verhindern wissen.

Butch löste sich sanft, aber bestimmt von Hailey. Er legte die Hände an ihre Wangen und sah sie an. »Alles wird gut. Ich verspreche es.« Sanft hob er sie auf und legte sie in Johns Arme. »Bring sie zu Vicky.«

John runzelte die Stirn. »Butch, was …«

»Verschwinde. Jetzt.«

John fluchte leise und verschwand mit Hailey aus dem Büro. Sie befanden sich im ersten Stock am Ende des Flurs. Vermutlich würde John mit ihr aus einem der anderen Räume verschwinden. Aus dem Fenster in den Garten springen. Dann zur Seitenstraße. Wo Vicky und Lissiana längst auf Hailey warten würden.

»Polizei! Hände hoch.«

Butch ließ seine Waffe in die Blutlache fallen, die sich unter Agons Körper ausbreitete. Er hob die Hände, während er in Agons lebloses Gesicht starrte.

Es war vorbei. Endlich.

Einer der Beamten trat brutal in seine Kniekehle, und Butch ging neben den Leichen zu Boden. Der Bulle riss ihn an den Haaren nach unten und presste seine Wange auf den Boden. Die Handschellen gaben ein leises Klicken von sich, als sie hinter seinem Rücken einrasteten.

Aber das alles war vollkommen egal. Es war vorbei.

Und sein Mädchen war wieder in Sicherheit.

Rebecca zog an ihrer Zigarette und rückte den Mantel um sich herum etwas zurecht. Sie rieb sich mit den Fingern die Schläfen, während sie in der schlecht beleuchteten Seitengasse neben dem Polizeirevier von New York City stand und wartete.

Gott, was war das nur für ein Tag gewesen.

Seitdem Butch Cohen in der Nacht festgenommen worden war, hatte sie die Polizeiwache nicht mehr verlassen. Sie hatte ein Verhör nach dem nächsten durchgeführt. Hatte einen Zeugen nach dem nächsten befragt, einschließlich Butch, der hartnäckig bei seiner Geschichte blieb, er hätte Agon Kasa selbst getötet.

Aus nächster Nähe. Mit einem Schuss direkt ins Herz.

Angelina Terranova hatte ausgesagt, von all dem nichts mitbekommen zu haben. Butch Cohen sei der einzige Fremde auf ihrem Grundstück gewesen. Sie hätte niemanden sonst gesehen.

Dabei wusste Rebecca genau, dass das alles vollkommener Blödsinn war. Immerhin war sie selbst dort gewesen.

Stephanie war schnell eingebrochen, sobald man sie zum Verhör gerufen hatte. Sie hatte alles offengelegt. Wie sie Agon Kasa begegnet war, kurz nachdem ihre Familie alles verloren hatte. Wie er ihr Geld angeboten hatte, wenn sie für ihn arbeitete. Und wie sie es angenommen hatte, weil sie sich nie an den Lebensstandard einfacher Leute hatte gewöhnen können. Rebecca hatte ihr Strafmilderung angeboten, wenn sie dafür ihr ganzes Wissen über den Mädchenhändlerring preisgab. Stephanie hatte sofort angenommen.

Und das alles hatte Rebecca über sich ergehen lassen. In dem blauen Kleid von der Hochzeit und in Stilettos. Schon allein deshalb, um Preston James vorführen zu können. Es war wunderbar gewesen, als der Bürgermeister ihn vor versammelter Mannschaft zur Schnecke gemacht hatte.

In einer ruhigen Minute hatte sie den Bürgermeister wissen lassen, ja, sie habe den Fall verfolgen wollen, doch Preston habe es ihr untersagt. Der Fall sei nicht wichtig genug, um ihn zu verfolgen, habe Preston gesagt. Und Rebecca hatte seine Unterschrift unter ihrem damaligen Protokoll, um es zu beweisen.

Eigentlich hatte sie jeden Grund, glücklich und zufrieden mit sich selbst zu sein. Sobald der Fall an die Öffentlichkeit gelangte, würden die braven Bürger von New York City Prestons Amtsniederlegung fordern. Man würde sie als Heldin feiern. Als eine Stimme von Recht und Anstand. Und dennoch war dieser Sieg höchstens bittersüß.

Rebecca sog das Nikotin tief in ihre Lungen. Es war der erste ruhige Moment, den sie hatte. Ein Gefühl von Verlust und Schmerz kam in ihr hoch und trieb ihr die Tränen in die Augen.

Vito.

Ihre Sicht verschwamm, und sie tupfte sich die Augen vorsichtig mit den Fingerspitzen ab. Sie hatte ihn gesehen. Direkt am Tatort. Seine toten Augen hatten sie vorwurfsvoll angestarrt.

Sie presste sich die Hand vor den Mund, um nicht laut aufzuschluchzen.

So viele Nächte und Morgenstunden hatte sie mit ihm verbracht. Unzählige Gespräche mit ihm geführt. Er hatte sie nie im Stich gelassen, ganz egal, was sie von ihm gefordert hatte.

Sie hatte Vito nicht geliebt. Das wusste sie genau. Aber er war ihr bester Freund geworden. Und irgendwie war er auch ihr einziger Freund gewesen.

Und jetzt war er fort. Sie war wieder ganz allein.

Lächerlich. Die halbe Nacht hatte sie sich darüber geärgert, dass er sie nicht zurückrief. Hatte ihm in Gedanken Vorwürfe gemacht, weil er nicht da war, als sie ihn am meisten brauchte. Dabei hatte Vito sie nicht im Stich gelassen.

Nicht ein einziges Mal.

Die anderen würden ihn jetzt für ein herzloses Monster halten. Aber Rebecca wusste es besser.

Vito Terranova war mehr gewesen als das, was die Umstände aus ihm gemacht hatten. Er war mehr gewesen als ein herzloser

Gangster, der nur seinen eigenen Vorteil im Sinn hatte. Aber vermutlich war sie nun die Einzige, die Vito so gut gekannt hatte.

»Tränen? Wow! Und ich dachte, die große Rebecca Lightwood hat kein Herz.«

Verstohlen strich Rebecca sich die Tränen von den Wangen. Die Zigarette ließ sie in den Schnee fallen und trat sie mit der Spitze ihrer Stilettos aus. Am Ende der Gasse stand John Cohen. In den tiefen Häuserschatten war er kaum zu sehen. Die Hände hatte er in den Taschen seines Wintermantels vergraben. Seine Gesichtszüge waren hart, der Ausdruck in seinen Augen unversöhnlich.

»Du hast Nathan um ein Treffen mit mir gebeten. Also, hier bin ich.« Er trat einen Schritt auf sie zu. »Was willst du von mir?«

Rebecca richtete sich auf. Sie hatte eine wichtige Entscheidung getroffen. Sie würde niemals wieder etwas verlieren, das ihr teuer und wichtig war. Selbst wenn diese Entscheidung bedeutete, dass sie mit dem Mann paktieren musste, den sie wohl am meisten auf dieser Welt hasste.

Sie hatte es mit zweierlei Methoden versucht. Und beide Male war sie kläglich gescheitert. Bei ersten Mal hatte sie ihren Job verloren. Beim zweiten Mal einen wertvollen Freund.

Sie würde nie wieder irgendetwas verlieren.

Aber zuerst musste sie diesen Teufel dazu kriegen, überhaupt einen Pakt mit ihr in Erwägung zu ziehen. Und eines wusste Rebecca jetzt: Ihre Familie war die Schwachstelle, über die man alle Cohens kriegen konnte.

»Ich habe mir gedacht, du willst vielleicht wissen, wie es um deinen Bruder steht.« Rebecca stieß sich von der Hauswand ab und ging auf John zu. Er sollte nicht denken, sie wäre eingeschüchtert.

John seufzte. »Wie geht's ihm?«

»Es geht ihm gut, körperlich. Aber der Fall sieht sonst nicht sonderlich gut für ihn aus.« Rebecca zuckte mit den Schultern. »Er bleibt bei der Aussage, er hätte Agon getötet. Alle Beweise deuten auf ihn. Da er eine kugelsichere Weste trug und bis an die Zähne bewaffnet war, kann man wohl kaum von Notwehr sprechen. Momentan sieht es stark nach Mord aus.« Sie schnalzte mit der Zunge. »Angelinas Aussage entlastet ihn auch nicht.« Sie legte den Kopf schief. »Allerdings frage ich mich, warum Angelina Terranova den Rest von euch schützt. Insbesondere dich.« Bei ihren Worten verzog John Cohen keine Miene. Etwas anderes hatte sie auch nicht erwartet. »Wer ist sie?«

»Das geht dich absolut nichts an.« John musterte sie genau. »Was willst du wirklich von mir?«

Rebecca zuckte zurück. »Was?«

»Du hast mich nicht hergerufen, um mir zu sagen, wie beschissen die Lage für meinen Bruder ist. Du hast mich herkommen lassen, weil du irgendetwas von mir willst. Und dafür willst du die Situation meines Bruders eiskalt ausnutzen.«

»Wieso sollte ich irgendetwas von dir wollen?« Am liebsten hätte sie sich noch eine Zigarette angesteckt, als sie bemerkte, wie ruhig und gelassen John war. »Du bist ein international gesuchter Verbrecher. Ich könnte dich hier auf der Stelle festnehmen lassen.«

John lachte leise. »Aber du nimmst mich nicht fest. Und ich habe den Bullen nicht gesteckt, was du getan hast.« Er grinste schief. »Was? Dachtest du wirklich, Butch ist der Einzige, dem klar geworden ist, was du Hailey angetan hast?«

Rebecca seufzte leise. Er war immer noch so aufmerksam und scharfsinnig, wie sie ihn in Erinnerung hatte. Es würde schwer werden, bei diesen Verhandlungen die Oberhand zu behalten.

John Cohen ließ ein wölfisches Grinsen sehen. »Ich höre.«

Die Oberhand zu behalten konnte sie jetzt wohl völlig vergessen. »Wie bitte?«

»Ich bin mir sicher, dass du mir gerade ein Angebot machen wolltest. Also: Ich bin ganz Ohr.«

57

»Wo sind sie?« Butch rieb sich die Handgelenke, an denen sich von den Handschellen rote Striemen gebildet hatten. Dabei sah er sich suchend im Polizeirevier um. Uniformierte Polizisten und Männer in Anzügen hasteten an ihm vorbei. Auf den Stühlen an der Wand saßen eine junge Polizistin mit blondem Haar und ein bulliger, kahlrasierter Kerl mit einem riesigen Tattoo im Gesicht, der ihr die Schulter tätschelte.

Butch hatte die letzten paar Stunden in Untersuchungshaft verbracht und sich von einem Verhör zum nächsten geschleppt, bis schließlich ein Beamter gekommen war und ihm gesagt hatte, dass er gehen könne. Einfach so. Ohne im Knast zu landen für den Mord an Agon Kasa, obwohl er ihnen ein schönes Geständnis präsentiert hatte.

Und jetzt stand er hier, mitten in der Eingangshalle des New Yorker Polizeireviers, und sah sich Nathan Tucson gegenüber, der ihn mit einem Lächeln betrachtete.

»Ich habe die beiden nach der ganzen Sache erst einmal ins Krankenhaus bringen lassen. Also ganz ruhig, sie sind …«

»Butch!«

Butch drehte sich sofort um. Und da war Vicky, am anderen Ende der Halle, mit Hailey an der Hand und eilte mit großen Schritten auf ihn zu.

Gott sei Dank. Den beiden ging es gut.

Er lief auf sie zu, so schnell er konnte. Aber er hatte sie noch nicht erreicht, als Hailey sich von Vickys Hand losriss und auf ihn zurannte. Sie humpelte stark, da ihr Bein noch lange nicht wieder in Ordnung war, doch das schien sie nicht weiter aufzuhalten. Er ging in die Hocke, streckte die Arme aus und fing sie auf, als sie mit vollem Schwung in ihn hineinrannte und die Arme um seinen Hals schlang.

Butch packte Hailey und hob sie in einer fließenden Bewegung hoch. Sie klammerte sich an ihn, voller Vertrauen, dass er sie hielt und sie beschützte.

Und nichts auf dieser Welt hätte ihn mit mehr Stolz erfüllen können als dieser kleine Moment.

Vicky kam heran, und er streckte sofort einen Arm nach ihr aus und zog sie dicht an seine Seite. Hailey weinte leise an seiner Schulter.

Aber für Butch rückten in diesem Augenblick alle Teile seiner zerstörten Welt wieder an Ort und Stelle. Genau in diesem Moment, als er hier war und die beiden Menschen im Arm hielt, die er um alles in dieser Welt beschützen wollte.

»Geht es dir gut?« Vicky schob sich ein wenig weg von ihm und musterte ihn eingehend.

»Ja. Alles okay.« Butch suchte nach Kratzern oder irgendeinem Anzeichen, dass Vicky verletzt worden war. »Bei euch auch?«

Vicky nickte. »Jetzt wieder.« Sie schmiegte sich an Butchs Seite. »Jetzt ist wieder alles okay.« Sie lehnte ihre Wange an seine Schulter und schloss die Augen.

Butch betrachtete ihre ebenmäßigen Gesichtszüge und die Stupsnase, die sie so viel jünger aussehen ließ, als sie war. Betrachtete ihre gebräunte Haut und die kaum sichtbaren Sommersprossen auf ihren Wangen. Er sah die dunklen Schatten unter ihren Augen und das sanfte Lächeln auf ihren Lippen.

Und wieder spürte er diese Panik, die sich wie ein Lauffeuer in ihm ausbreitete, während er Vicky ansah. Diese Panik, die ihm das Atmen erschwerte und seine Gedanken in Stillstand versetzte.

Gott, schon allein wenn er daran dachte, dass er sie verlieren könnte, dann …

Butch, der sich bereits zum Ausgang gedreht hatte, hielt inne. Sie verlieren? Was zum Teufel war denn mit ihm los? Er …

Vicky öffnete die Augen. Diese eigenwillige Mischung aus Blau, Grau und Grün zog ihn wieder in den Bann und ließ ihn nicht mehr los, während ihm etwas klar wurde, das er viel eher hätte bemerken müssen.

Er liebte diese Frau.

Er liebte alles an ihr.

Wie sie ihn in den Wahnsinn trieb, weil sie alles herumliegen ließ. Wie ihre Vorliebe für Farben seine graue Welt aufbrach. Wie sie sich ihm entgegenstellte, egal wie sehr er sie auch angriff und von sich stieß. Wie furchtlos sie für Hailey gekämpft hatte, als er es beinahe nicht mehr gekonnt hatte.

Ehe er wirklich begriff, was er tat, beugte er sich zu ihr hinunter und legte seine Lippen sanft auf ihre, wobei er sie dicht an sich zog. Dort, wo sie hingehörte. Wo ihr Platz war.

Wenn sie ihn denn wollte.

Butch löste seinen Mund von ihrem.

Vicky betrachtete ihn mit einem Stirnrunzeln. »Sicher, dass alles okay ist?«, murmelte sie leise. Ihr Blick durchschaute ihn, leuchtete durch all den dunklen Unsinn, hinter dem er sich versteckte, und fand ihn selbst dann, wenn er am liebsten allein gewesen wäre.

»Ja, alles okay.« Er räusperte sich, weil seine Stimme belegt klang. Gott, warum konnte er ihr nicht einfach sagen, was er für sie empfand? Warum konnte er nicht einfach den Mund aufmachen und sie wissen lassen, was sie ihm bedeutete? Warum zum Teufel wurde seine Kehle allein bei dem Gedanken daran trocken wie eine Wüste?

Er öffnete den Mund, doch kein Wort kam heraus.

Aber Vicky verstand ihn auch so. Sie lächelte ihn wissend an und schmiegte ihre Wange an seine Schulter. »Es ist okay. Lass uns einfach nach Hause gehen.«

Butch schluckte schwer. Hailey hob den Kopf, und ihre Wangen waren nass, aber sie weinte nicht mehr. Er löste sich aus der Umarmung mit Vicky und strich Hailey mit der Hand die Tränen aus dem Gesicht.

»Sollen wir nach Hause gehen?«, fragte er sie leise. Er konnte nicht lauter reden, weil er fürchtete, dass ihm sonst die Stimme wegbrechen würde.

Hailey lächelte strahlend und nickte eifrig, und Butch wusste überhaupt nicht mehr, wohin mit sich selbst.

Ja, vielleicht war es wirklich das Beste, wenn sie nach Hause gingen. Wenn er einen Moment allein mit diesen beiden bekam. An einem Ort, an dem er tief durchatmen konnte und wo er sie beide in Sicherheit wusste.

»Okay.« Er ließ seine Hand von Haileys Wange herabsinken, und Vicky schob sofort ihre zierlichen Finger zwischen seine. Ihr Griff war fest und warm, und er fragte sich, ob sie es war, die ihn stützte, und nicht er sie. Denn er hatte keine Ahnung, wie er sich sonst gerade auf den Beinen halten konnte.

»Wir gehen dann.« Vicky lächelte Nathan an, der nur kurz nickte.

Sie wollten schon losgehen, da blieb er noch einen Moment stehen.

»Hey, Bulle?« Er wandte sich zu Nathan, der die Arme vor der Brust verschränkte. »Danke, dass du dich um die beiden gekümmert hast.«

Butch blieb nicht, um sich den dummen Ausdruck auf Nathans Gesicht anzusehen. Er wollte einfach nur noch mit Hailey und Vicky allein sein.

Und vielleicht dann, wenn sie endlich zu Hause waren, würde er es schaffen, ihnen zu sagen, was ihm schon die ganze Zeit auf der Zunge gelegen hatte, ohne dass es ihm bewusst gewesen war.

Es war schon eigenartig. Vor eineinhalb Jahren hatte er alles verloren, was ihm wichtig gewesen war. Doch all das kam ihm jetzt seltsam nichtig vor. Sie traten aus dem Polizeirevier hinaus in die kalte Februarnacht, und Butch wurde langsam, aber sicher bewusst, was er in den letzten sechs Wochen dazugewonnen hatte.

Er hatte fest vor, es bei sich zu halten.

So lange er nur konnte.

58

Ian Ramsey sah auf die Karte vor sich und knirschte mit den Zähnen, als er die Markierungen erneuerte.

Denn das was er sah, gefiel ihm gar nicht.

»Gottverfluchte Arschlöcher.« Er schüttelte den Kopf und betrachtete das Gebiet der Cohens genauer. Allein in der letzten Woche hatten sie mehr Gebiete dazugewonnen als er in zwei Jahren. Und woran lag das?

An dieser gottverdammten, cleveren Politik.

Nicht nur das Gebiet der verdammten Russen gehörte jetzt zum neuen Spielplatz der Cohens. Nein, die Randgebiete von New York, die in der Hand der Terranova-Familie gewesen waren, zählten jetzt auch noch dazu. Die gottverfluchten Gebiete der Terranovas. Die Gebiete, an die niemand herangekommen war, weil sie seit Generationen in Familienbesitz waren. Doch seitdem Vito Terranova gegen den Kodex verstoßen hatte und Angelina mit den Cohens zusammenarbeitete, zählten ihre Gebiete auch zum Einflussbereich der gottverdammten Cohens.

Wenn das so weiterging, würde er bald vor einem beschissenen Thron knien und John Cohen die verdammten Füße küssen müssen. Oder Schlimmeres.

Die Cohens waren wirklich wie eine Epidemie, die sich immer weiter ausbreitete. Und das schon seit dem Tage, an dem sie sich in seiner schönen Stadt eingenistet hatten wie Ungeziefer. Wie ein Keim waren sie gewachsen, hatten ihren Einfluss vermehrt und ausgedehnt. Weiter und weiter. Bis fast die ganze Stadt davon befallen war.

Sie waren ein Krebsgeschwür, das man einfach nicht loswurde.

Aber es war Zeit, dass sich das änderte. Er würde auf keinen Fall dulden, dass die Cohens in seiner Stadt weiter taten, was sie wollten. Er hatte sich diesen Zirkus schon viel zu lange angesehen.

Es wurde Zeit, dass New York wieder auf den richtigen Weg geführt wurde. Dass wieder die Männer das Sagen hatten, deren Familien seit Generationen hier die Geschicke lenkten. Und die noch wussten, was es bedeutete, ein Mann auf der anderen Seite des Gesetzes zu sein.

Ramsey machte keine schmierigen Deals mit blonden Staatsanwältinnen oder ließ sich auf eine Zusammenarbeit mit einem ehemaligen Bullen ein.

Er wusste, wer seine Feinde waren. Und gegen die Cohens hätte er schon längst etwas unternehmen sollen. Vor allem jetzt, wo John Cohen bald einen Erben haben würde.

Das konnte er nicht noch länger mit ansehen. Und wenn er dafür die Straßen von New York mit Blut fluten musste. Ian Ramsey war das vollkommen egal.

Er würde diese Dreckskerle dahin zurückschicken, wo sie hergekommen waren. Oder eben ein paar Meter tief unter die Erde.

Ihm war beides mehr als recht.

Epilog

Sieben Monate später

»Mir gefällt das nicht. Ganz und gar nicht.«

»Butch, jetzt fang nicht wieder so an! Wir haben das schon über tausend Mal besprochen.« Vicky verdrehte die Augen.

Butch wusste, dass sie recht hatte. Und dennoch konnte er die Sorge, die in den letzten Wochen an ihm genagt hatte, nicht abschalten. Es verfolgte ihn. Raubte ihm den Schlaf und den letzten Nerv, was ihn besonders unausstehlich machte. »Lass mich wenigstens mitgehen. Nur bis …«

»Unter gar keinen Umständen. Und ich werde das jetzt auch nicht weiter mit dir diskutieren.« Vicky warf ihm einen bösen Blick zu.

Butch knirschte mit den Zähnen. »Du bist irrational. Ich will doch nur …«

»Nein!« Vicky bohrte ihm den Zeigefinger in die Brust. »Du bist derjenige, der hier irrational ist.« Sie hob herausfordernd das Kinn. »Ich liebe dich, aber ich werde das nicht mit dir verhandeln. Wir waren uns einig. Und wir bleiben gefälligst auch dabei. Du kannst nicht einfach ständig deine Meinung ändern wie ein pubertierender Teenager.«

Butch betrachtete Vicky, wie sie dastand und ihm furchtlos die Stirn bot. Er liebte sie dafür. Und für so viele andere Dinge. Wie sie sich nicht erweichen ließ, ganz egal, wie sehr er auch ausflippte. Wie sie einen kühlen Kopf bewahrte, wenn er es nicht konnte. Und wie sie trotzdem jeden Abend zu ihm ins

Bett kam und ihm zuraunte, was für ein Vollidiot er doch wäre, bevor sie sich an ihn schmiegte und dicht an seiner Seite einschlief.

Er liebte diese Frau. Daran gab es nichts zu rütteln.

Doch gerade ging sie ihm gewaltig auf den Wecker. »Ich will doch nur ...«

»Du willst nur wieder alles kontrollieren. Aber das kommt überhaupt nicht in Frage.« Vicky deutete mit dem Buttermesser auf ihn, ehe sie die Kruste von einem Erdnussbutter-Sandwich abschnitt. »Vergiss nicht, was du Hailey versprochen hast, Butch.«

Butch rieb sich mit beiden Händen über das Gesicht und betrachtete die ganzen Umzugskisten, die sich in seinem Loft stapelten. Ihm war gar nicht bewusst gewesen, wie viel Kram er besaß, bis er alles hatte einpacken müssen. Und in den letzten Monaten war eine ganze Menge dazugekommen. Er wusste, er verhielt sich wie der letzte Vollidiot, zumal er heute wegen des Umzugs überhaupt keine Zeit hatte. Und dennoch war es den Versuch wert. Auch wenn er wusste, dass Vicky sich vermutlich nicht erweichen lassen würde.

»Ich weiß. Aber was, wenn ...«

»Wir sind den Weg mindestens zwanzigmal mit ihr gegangen. Sie wird es schon schaffen.« Vicky packte das Brot in eine knallrote Dose mit Blumenaufdruck und steckte sie in Haileys roten Rucksack, der auf dem Küchentresen direkt neben dem Schneidbrett lag. Hatte er schon immer ein Schneidbrett besessen? Er konnte sich nicht erinnern, je ein Schneidbrett angeschafft zu haben.

»Können wir sie nicht wenigstens abholen?«

Vicky blickte ihn entnervt an und Butch hob abwehrend die Hände. Er wusste, wann er aufgeben musste, um nicht in ernsthafte Schwierigkeiten zu geraten. Und Vickys geblähte Nasen-

flügel und der verkniffene Zug um ihren Mund waren über-
deutliche Warnsignale. »Ist ja gut. Ich hab es verstanden. Weder hinbringen noch abholen.« Er murrte leise. »Aber besonders fair ist das nicht.«

Tiny polterte durch die Wohnungstür. »Ich schwöre euch,
wenn ich noch ein Wahlplakat mit der Visage der Lightwood
sehen muss, kratze ich mir die Augen aus.«

John und Nathan kamen direkt hinter ihm und versteckten
ihr Lachen erfolglos hinter vorgehaltener Hand.

»Außerdem – wie erträgst du Butchs Gejammer nur jeden
Tag?«

Gott, Butch hasste es, wenn alle immer so unangekündigt
hereinplatzten. Aber Vicky liebte es, die anderen regelmäßig
um sich zu haben, also ließ er sie gewähren. Zumindest meistens.

»Was glaubst du, wie schlimm es erst wird, wenn sie wieder
Bezirksstaatsanwältin ist. Dann müssen wir ihr Gesicht wieder
ständig im Fernsehen sehen. Also gewöhn dich lieber schon
mal dran.« Vicky nahm den Rucksack vom Tresen, breitete die
Arme aus und stellte sich auf die Zehenspitzen, um Tiny zu umarmen. Er musste sich trotzdem sehr weit zu ihr hinunterbeu-
gen. »Und das Gejammer ignoriere ich die meiste Zeit. Das ist
der einfache, aber effektive Trick dabei.«

Tiny ließ Vicky los und begrüßte Butch mit einem Schulter-
klopfer.

»Beste Methode. So habe ich das die letzten vierunddreißig
Jahre auch gemacht.« John legte Vicky einen Arm um die
Schulter und küsste sie kurz auf die Wange. »Du lernst erstaun-
lich schnell.«

Vicky stieß John spielerisch die Faust in die Seite. »Das muss
man bei euch Cohen-Männern ja wohl auch, weil ihr unverbes-
serliche Dickschädel seid.«

»Was wird das jetzt hier? So eine Art Verschwörung?«

John wandte sich von Vicky ab und zog Butch etwas unbeholfen in die Arme. Ihr Verhältnis war noch immer stark angeknackst, aber es wurde so langsam besser. Alles war eben ein Prozess. Und manches ließ sich nicht beschleunigen.

»Kennst du es anders? Ihr verschwört euch sonst immer gegen mich.« Tiny sah sich suchend um. »Wo ist denn Hailey?«

Vicky deutete zur Badezimmertür. »Zähneputzen und Haare kämmen. Sie will auf keinen Fall zu spät kommen. Oder, Gott bewahre, unordentlich aussehen.« Sie grinste. »Die Kleine wird immer mehr zu einer Kronprinzessin.«

Nathan zog eine Augenbraue hoch. »Und wessen Schuld ist das bitte?«

»Na, seine.« Vicky nickte ungerührt in Butchs Richtung. »Ihr solltet mal sehen, wie schamlos sie ihn um den Finger wickelt, wann immer sie etwas will.«

Butch schüttelte den Kopf, als alle ihn überrascht anstarrten. Er würde auf keinen Fall seine Erziehung mit den dreien diskutieren. Das war eine Sache zwischen Vicky und ihm und ging sonst niemanden etwas an. Und vor allem war es einzig und allein seine Sache, ob er seine Tochter verwöhnte oder nicht.

John lachte auf. »Dann kriegst du ja nachher richtig Spaß mit ihr, wenn du doch mal Nein sagen musst und sie als Teenager auf die Barrikaden steigt, ständig über die Stränge schlägt und ...«

»Das wird nicht passieren.«

»Und warum nicht?« John zog eine Augenbraue hoch. »Ist ja nicht gerade so, als wärst du als Teenager sonderlich vernünftig gewesen.«

»Aber ich erziehe meine Tochter so, dass sie die Entscheidungen trifft, die sie für richtig hält.« Er sah John einen Mo-

448

ment lang in die Augen. »Und sie wird wissen, dass sie immer ein Zuhause hat, zu dem sie zurückkommen kann. Ganz egal, welche Entscheidungen sie im Leben auch trifft.«

Mit einem Mal war es ganz still. Nur das leise Surren des Kühlschranks war zu hören. Alle Augen waren auf Butch gerichtet.

»Was starrt ihr mich bitte so an? Habe ich plötzlich ein Einschussloch in der Stirn oder was?«

Tiny öffnete als Erster den Mund, um etwas zu sagen, doch dann glitt sein Blick an Butch vorbei zur Badezimmertür, und er lächelte strahlend. »Guten Morgen, Sonnenschein. Hübsch siehst du aus.«

Butch wandte sich sofort um. Hailey trug ein blassgelbes Kleid mit T-Shirt-Ärmeln zu einer schwarzen Strumpfhose und einem schlichten Paar schwarzer Schuhe. In ihren Haaren steckte ein Reif und ihre Locken hatte sie adrett gekämmt. Nervös fingerte sie am Saum ihres Kleides herum.

Er wusste sofort, dass etwas nicht stimmte. Er tauschte einen schnellen Blick mit Vicky, die nickte und sich dicht hinter ihm hielt, als er mit langen Schritten auf Hailey zuging. Dafür brauchten sie nun wirklich kein Publikum. Er schob sie sanft, aber bestimmt ins Badezimmer zurück, und Vicky schloss die Tür hinter ihnen. Butch ging in die Hocke und legte die Arme um Hailey.

»Was ist los?«, fragte er leise. Gestern Abend hatte Hailey noch vor freudiger Erwartung nicht schlafen können. Jetzt sah sie aus, als würde man sie zur Schlachtbank führen.

Es folgten lange Sekunden des Schweigens. Dann drei einfache Worte. »Ich habe Angst.«

»Wovor denn?«

»Davor, dass die anderen Kinder mich auslachen.« Sie presste die Lippen fest aufeinander.

Butch schlang die Arme fest um Hailey und sah ihr direkt in die Augen. »Warum sollten sie?«

»Weil …« Hailey sah betreten zu Boden. »Weil ich noch nicht lesen und schreiben kann.«

»Du kommst in die erste Klasse. Da kann das noch niemand. Ihr seid alle da, um es zu lernen.« Vicky trat näher. »Da wird dich niemand auslachen.«

Diese Sorge hatte Hailey bisher noch nie geäußert. Kein einziges Mal. Da steckte etwas anderes dahinter. »Oder hast du Angst, weil du älter bist als die anderen Kinder?«

Hailey Augen begannen zu glänzen und sie ballte die Hände zu Fäusten, ehe sie nickte.

Vicky seufzte leise. »Oh Kleines.« Sie fuhr Hailey sanft durchs Haar. »Alles wird gut.«

Butch legte die Hände an Haileys Wangen und sah ihr tief in die Augen. »Das macht gar nichts.« Er lächelte sie schief an. »Du bist einfach nur ein bisschen anders. Das ist nichts Schlechtes. Sieh mich an, ich bin auch anders.« Er deutete auf sein blindes Auge. »Magst du mich deshalb weniger?«

Sofort schüttelte Hailey den Kopf.

»Na also.« Butch zwinkerte ihr zu. »Und wenn dich doch jemand auslacht, dann sag mir Bescheid, dann verhaue ich ihn.«

»Butch!« Vicky schlug ihm gegen die Schulter. »Bring ihr nicht so einen Unfug bei. Gewalt ist keine Lösung.«

»Aber durchaus eine Möglichkeit, die man in Betracht ziehen sollte.« Butch hob die flache Hand, und Hailey gab ihm sofort ein High-Five.

»Wenn sie irgendeinem Jungen die Zähne ausschlägt, mache ich dich dafür verantwortlich.« Vicky wollte vermutlich ernst und streng klingen, doch es misslang ihr kläglich, weil sie dabei lachen musste.

Hailey kicherte leise. »Keine Angst, das mache ich nicht.«

Butch drückte sie noch einmal fest an sich. »Das ist mein Mädchen. Und jetzt los, sonst kommst du an deinem ersten Schultag noch zu spät.«

Hailey nickte eifrig und löste sich aus seiner Umarmung. Mit schnellen Schritten verließ sie das Bad und nahm ihren gepackten Rucksack vom Tresen. Butch zuckte nur mit den Schultern, als Tiny ihn fragend ansah.

»Du weißt noch, wie du von hier zur Bushaltestelle kommst?« Er begleitete Hailey zusammen mit Vicky zur Tür.

Sie nickte, wobei sie sich den Rucksack umhängte.

»Bist du dir ganz sicher?«

»Ja, ganz sicher.« Hailey lächelte jetzt wieder strahlend. Schon viel besser.

»Und du weißt, dass du nicht mit dem gleichen Schulbus nach Hause fährst? Wir ziehen heute um, also …«

»Ja, ich steige in den anderen. Der, der auf der anderen Straßenseite steht.«

Butch war wirklich nicht wohl bei der Sache. Er verzog das Gesicht, als Vicky ihm warnend auf den Fuß trat.

Entschieden nickte Hailey. »Ich schaff das.«

Daran hatte Butch keinen Zweifel. Er wusste, dass Hailey das schaffen würde. Sie hatte schon ganz andere Dinge gemeistert. Es war mehr die Frage, ob er es schaffen würde. Er hatte sie schon einmal fast verloren. Sie allein zu lassen war sein ganz persönlicher Albtraum. Aber er machte Fortschritte. Am Anfang hatte er sie keine fünf Minuten aus den Augen lassen können. Jetzt schaffte er es immerhin schon ein paar Stunden lang.

Hailey war bei all dem nicht das Problem. Sie war schlau. Sie würde den Weg zur Schule problemlos finden. Und den Weg nach Hause würde sie auch finden. Das wusste er genau. Sein Mädchen brauchte niemanden, der die ganze Zeit an ihrer Seite war.

Er war das Problem. Aber er gab sich Mühe. Jeden gottverdammten Tag. Auch wenn es ihm höllisch schwerfiel.

»Okay. Pass aber auf dich auf, okay? Guck immer nach rechts
und links, bevor du über die Straße gehst. Und wenn dich jemand
anspricht, dann …«

Vicky legte ihm einen Arm um die Taille. »Butch, ich glaube,
sie hat es verstanden. Wie bei den letzten hundert Mal, als du es
ihr erklärt hast.« Sie beugte sich zu Hailey hinunter und drückte
ihr einen Kuss auf die Stirn. »Bis später, Schatz. Und viel Spaß in
der Schule.« Dann ging sie zurück zu den anderen.

Butch lächelte. Vicky wusste immer, wann Hailey und er einen
Moment für sich brauchten. Gott, er liebte diese Frau wirklich.
Mehr als er je in Worte fassen könnte.

Hailey streckte die Arme nach Butch aus und er hob sie sofort
hoch. Sie umschlang ihn vertrauensvoll und vergrub ihr Gesicht
an seiner Schulter. Sie vertraute vollends darauf, dass er sie halten
würde. Und das war alle Bestätigung, die Butch jemals in seinem
Leben brauchen würde.

So standen sie ein paar Augenblicke lang da. Hielten einander
einfach fest und genossen die Stille, bevor Butch einen Blick auf
seine Uhr warf.

»Kleines, du musst jetzt wirklich los.« Widerwillig setzte er Hailey ab. »Vergiss nicht, einfach unten zur Tür raus und nach …«

»Rechts. Dann einen Block einfach geradeaus. Vor dem Bäcker
wartet der Schulbus.« Hailey grinste ihn an. Ihr Lächeln war so
strahlend wie das von Vicky. »Ich weiß.«

»Wir sehen uns dann zu Hause.« Butch öffnete Hailey die Tür.
Gott, es fiel ihm wirklich wahnsinnig schwer, sie gehen zu lassen.
»Hab Spaß in der Schule.«

Hailey ging raus in Richtung des Fahrstuhls. Als sie auf den
Knopf drückte und die Türen sich öffneten, hielt sie einen Moment inne. »Bis später, *Papa*.«

Als die Türen sich schlossen und Hailey schon lange nicht mehr zu sehen war, stand Butch noch immer in der Wohnungstür und starrte auf die Stelle, an der Hailey gestanden hatte, als sie die Wörter gesagt hatte, von denen er nicht einmal gewusst hatte, dass er sie so dringend hatte hören wollen.

Drei einfache Wörter.

Mehr brauchte es nicht, um das Leben eines Menschen für immer zu verändern. Drei einfache Wörter, und die Welt stand für einen Moment lang einfach still.

Bis später, Papa.

Danksagung

Liebe Leser,

für mich ist es kaum zu glauben, dass Sie das Ende von *New York Bastards – In deiner Erinnerung* erreicht haben. Denn glauben Sie mir, dieses Mal hatte ich so meine Zweifel, ob ich es jemals zu Ende schreiben würde. Häufig habe ich auf das leere Blatt gestarrt und mich gefragt, wie ich auch nur noch einen weiteren Satz zu Papier bringen soll.

Denn wenn ich ehrlich bin, dann hat Butchs Geschichte mich wirklich an meine Grenzen gebracht. Er hat mich als Figur sehr lange begleitet. Und jetzt seine Geschichte für Sie niederzuschreiben war für mich deutlich schwieriger, als ich gedacht hatte. Es fühlt sich ein wenig so an, als würde ich mich von einem sehr guten, langjährigen Freund verabschieden. Zugegebenermaßen – ein Freund, der mich in den letzten Wochen und Monaten den letzten Nerv gekostet hat. Aber dennoch von einem Freund, den ich über all die Jahre sehr liebgewonnen habe.

Wieder waren viele Menschen daran beteiligt, dass ich dieses Buch zu Ende bringen konnte.

Fangen wir mit dir an, Lisa Kuppler. Es war mir wirklich eine Freude, gemeinsam mit dir an diesem Projekt zu arbeiten. Ich habe sehr viel von deinen Anmerkungen gelernt, und du wirst dich freuen zu hören, dass ich jetzt bei jedem Satz deine Stimme höre, die mich ermahnt, wenn ich mal wieder einen literarischen Bock geschossen habe. Was leider immer noch ziemlich häufig vorkommt. Aber hey – ich lerne. Und ich hoffe, dass ich noch häufig die Chance haben werde, dir zu zeigen, wie viel ich wirklich von dir lerne. Danke für die unzähligen Telefongespräche, E-Mails und Kommentare am Rande des Textes. Manche haben mich in den Wahnsinn getrieben, andere haben mich aufgebaut, als ich es am meisten brauchte.

Und jetzt zu den beiden Hauptleidtragenden: Frauke Kuder und Raina Niemeyer. Ich habe keine Ahnung, wie oft ihr mir beim Fluchen zugehört habt. Bei meinen unzähligen Tiraden darüber, dass der Plot nicht aufgeht oder dass Butch ein störrischer Mistkerl ist, für den es offenbar unmöglich ist, auch nur irgendetwas so zu tun, wie ich es gern hätte. Vielen Dank für die Worte der Aufmunterung und die langen Umarmungen. Vielen Dank für die bitter nötigen Arschtritte, wenn ich mal wieder den Kopf in den Sand gesteckt habe. Ich weiß, für uns alle war 2017 alles andere als einfach. Danke, dass ihr es mit mir durchgestanden habt. Und vor allem vielen Dank für eure Freundschaft. Vielleicht kann ich mich irgendwann bei euch für all das revanchieren.

Vielen Dank an meine Familie. Dafür, dass ihr nicht erschrocken davonlauft, wenn ich plötzlich über Austrittswunden spreche. Oder wenn ich einen Hammer in der Hand halte und plötzlich laut frage, ob das nicht eine fantastische Mordwaffe wäre. Danke dafür, dass ihr mich aushaltet, wenn ich mal wieder frustriert bin, weil nichts so läuft, wie ich es gerne hätte. Und danke dafür, dass ihr noch immer gespannt zuhört, wenn ich mal wieder anfange, unfertige Plotlines vor mich hin zu murmeln.

Und zum Schluss: Vielen Dank an das gesamte LYX-Team. Danke, dass ihr mir eine Chance gegeben habt, die Geschichte von Butch und Victoria zu erzählen.

Da wären wir also, liebe Leser.

Am wirklichen Ende von *New York Bastards – In deiner Erinnerung*.

Über Meinungen, Kommentare und Anmerkungen bin ich immer froh. Sie finden mich auf Facebook (@k.c.atkinauthor), Twitter (@k_c_atkin) und Instagram (k.c.atkin) oder Sie können mich per Mail (kara.c.atkin@gmail.com) erreichen. Ich freue mich darauf, von Ihnen zu hören.

Vielen Dank dafür, dass ich Ihnen die Geschichte von Butch und Vicky erzählen durfte. Ich hoffe, Ihnen hat *New York Bastards – In deiner Erinnerung* gefallen.

K. C. Atkin
Osnabrück, im Januar 2018

Die Romane der Autorin bei LYX

New York Bastards:

Weitere Romane der Autorin sind bei LYX in Vorbereitung.